SIMONA AHRNSTEDT
Eine unbeugsame Braut

SIMONA AHRNSTEDT

Eine unbeugsame Braut

Roman

Ins Deutsche übertragen
von Corinna Roßbach

LYX

LYX in der Bastei Lübbe AG
Dieser Titel ist auch als E-Book erschienen.

Die Originalausgabe erschien 2012 unter dem Titel »Betvingade«
bei Damm Förlag, Forma Books AB
Copyright © 2012 by Simona Ahrnstedt
Published by arrangement with Nordin Agency, Sweden

Für die deutschsprachige Ausgabe:
Copyright © 2018 Bastei Lübbe AG,
Schanzenstraße 6 – 20, 51063 Köln

Vervielfältigungen dieses Werkes für das Text- und Data-Mining
bleiben vorbehalten.

Textredaktion: Stefanie Kruschandl
Umschlaggestaltung: © www.buersosued.de
unter Verwendung von Motiven von © Ildiko Neer/Arcangel Satz:
Greiner & Reichel, Köln
Gesetzt aus der New Caledonia
Druck und Verarbeitung: Libri Plureos GmbH, Hamburg
Printed in Germany
ISBN 978-3-7363-0702-5

Sie finden uns im Internet unter lyx-verlag.de
Bitte beachten Sie auch: luebbe.de und lesejury.de

MIX
Papier aus verantwortungsvollen Quellen
Paper from responsible sources
FSC® C105338
FSC
www.fsc.org

Für meine Freundinnen.
Es tut so gut, dass es euch gibt. Und gab.

Prolog

Genua, im April 1349
Brief an Roland Birgersson von Birger Sverkersson.

Mein Sohn! Ich, Birger Sverkersson, dein Vater, grüße dich im Namen des Herrn. Dieser Brief findet dich hoffentlich wohlbehalten in Genua vor. Es geht das Gerücht, dass du Weihnachten dort verbracht hast.

Ich schreibe diese Zeilen, weil meine Tage hier auf Erden gezählt sind, und weil ich mit einer Lüge leben muss, die mich bedrückt. Wir beide waren uns nicht immer einig, das schmerzt mich mehr und mehr. Sollte ich zu hart zu dir gewesen sein und dich zu Unrecht verurteilt haben, musst du wissen, dass ich stets dein Bestes wollte.

Während der vielen Jahre, die wir getrennt voneinander waren, bin ich nicht ehrlich zu dir gewesen. Ich habe damals geschworen, dass ich den Jungen töten würde. Aber er lebt. Schon vor langer Zeit ist mir klar geworden, dass wir ihm gegenüber falsch gehandelt haben. Ich hoffe, du empfindest ebenso. Heute habe ich beschlossen, dass ihr beide, Markus und du, mich am Tag meines Todes zu gleichen Teilen beerben sollt. Ich möchte auf diese Weise Wiedergutmachung leisten für das Böse, das wir ihm angetan haben. Ich hoffe, dass du es auch so siehst, und bete, dass dir deine zahlreichen Sünden vergeben werden. Ein Richter ist unterwegs, um meinen letzten Willen niederzuschreiben.

Gott segne dich, mein Sohn.

Dieser Brief wurde am 25. März, dem Tag der Verkündigung des Herrn, im Jahre 1349 in Nyköping geschrieben und aufgegeben.

Roland Birgersson starrte hinaus auf den belebten Hafen und die stark befahrene Bucht von Genua. Er hatte den Brief des Vaters zweimal lesen müssen, bevor er den Inhalt begriff. Niemals hätte er sich vorstellen können, dass sein Vater die Hälfte seines rechtmäßigen Erbes wegschenken würde. An einen Hurensohn, der schon seit Langem hätte unter der Erde liegen sollen. Einen Dieb und Bastard, von dem Roland angenommen hatte, dass er seit dreizehn Jahren vor sich hin rottete – in einem Grab in Stockholm.

In Genua hatte der Frühsommer begonnen. In der blauen Bucht vor ihm wimmelte es von Handelsschiffen. Roland zerknüllte den Brief in seiner Hand. Das erklärte jedenfalls, warum er nicht hatte heimkommen dürfen. Es erklärte die Ausreden, die er bisher nicht verstanden hatte. Er spürte, wie ihm der Schweiß ausbrach. Herrgott, wie lange hatte er auf sein Erbe gewartet! Und wie viele Schulden hatte er damit bezahlen wollen.

Es war an der Zeit, heimzukehren, ob es sein Vater nun wollte oder nicht. Denn eines war sicher: Roland Birgersson würde sein Erbe mit niemandem teilen – am allerwenigsten mit einem Hurensohn.

1

Östergötland
Christi Himmelfahrt, Mai 1349

Die Wahrheit – und darüber machte sich Illiana Henriksdotter keine Illusionen – sah folgendermaßen aus: Sie hatte keine große Auswahl an möglichen Verlobten.

Illiana blickte hinunter auf ihre Hände, die ausnahmsweise einmal ruhig in ihrem Schoß lagen. Sie hatte sie zwar draußen im Eimer gewaschen, aber unter ihren Nägeln war immer noch Erde. Diskret versuchte sie, das Gröbste zu entfernen. Den ganzen Vormittag hatte sie kniend im Garten verbracht. Überall keimte und spross es: Kräuter und duftende Gewürze, die hellen Triebe der Rauke und kleine Büschel aus Thymian. Es war die Jahreszeit, die sie am meisten liebte. Sie versuchte, sich mit Gedanken an ihren erblühenden Garten abzulenken, doch:

Ob sie es nun wahrhaben wollte oder nicht …

»Es wird sie sowieso kein anderer heiraten wollen«, sagte ihre Mutter laut und verärgert.

Genau.

Auch wenn Illiana zum gleichen Ergebnis gekommen war, tat es dennoch weh, es zu hören. Kurz gesagt: Sie war unmöglich zu verheiraten.

Ihre Mutter Rikissa wandte sich vom Fenster ab und fuhr fort: »Wir können Axel ebenso gut eine Zusage geben. Bevor sie zu alt ist. Besser Axel als niemand.« Trotz dieser Worte wirkte ihre Mutter nicht gerade zufrieden. Ja, vielleicht war Axel immer noch besser als gar keiner, aber der Unterschied schien für sie gering zu sein.

Illiana kratzte an einem grünen Fleck auf ihrem Rock und versuchte, nicht zu zeigen, wie sie sich für ihre Unzulänglichkeiten schämte – besonders jene auf dem Heiratsmarkt. Während sie weiter an dem Fleck herumschabte, breitete sich ein Duft nach Minze aus. Minze hatte sie schon immer gemocht, das war eine beständige und winterfeste Pflanze. Viele Kräuter überstanden den Winter nicht, aber die Minze überlebte alles. Illiana hob den Kopf (früher oder später musste sie das ja) und blickte ihre Mutter an. Rikissa war eine herbe Schönheit mit ihren graublauen Augen und den hohen Wangenknochen. Folgsam erwiderte Illiana: »Ich habe nichts gegen Axel.«

Ihre Mutter trommelte mit den Fingern gegen die Holzwand. »Ich hatte wirklich geglaubt, dass es mit Sture etwas werden könnte«, sagte sie. »Ich hatte darauf gehofft.«

»Er war eine bessere Partie«, stimmte Illianas Vater, Henrik Svensson, ihr zu. Breitbeinig stand er da, mit beiden Händen am Ledergürtel, und blickte sein jüngstes Kind finster an. »Was für ein teuflisches Unglück, dass er sterben musste. Sein Hof lag auf fruchtbarem Boden.«

Illiana versuchte, nicht zu zeigen, wie unendlich erleichtert sie darüber war, dass der alte, zahnlose Sture im letzten Jahr das Zeitliche gesegnet hatte. Denn trotz seines Alters hatte er ständig ihren Körper angestarrt, und seine Blicke hatten sich wie Ungeziefer angefühlt, das an ihr hochkroch. Im Gegensatz zum uralten Sture war Axel jung, gutmütig und ruhig. Überdies besaß er noch alle seine Zähne und starrte Illiana nicht ständig an. Sie war zutiefst dankbar, dass er sich getraut hatte, um ihre Hand anzuhalten. Auch wenn sich ihre Eltern einen reicheren Schwiegersohn wünschten, war sie selbst mehr als zufrieden. Axel war der Richtige für sie: rücksichtsvoll, freundlich und fürsorglich.

»Das ist alles deine Schuld.« Ihr Vater verschränkte die Arme vor der Brust und blickte Illiana an, wie er seine einzige Tochter für gewöhnlich anzusehen pflegte – wie ein lahmes Pferd oder einen untauglichen Jagdhund. »Immer bist du allein unterwegs. Wühlst in der Erde und dergleichen. Kein Wunder, dass die Leute dich merkwürdig finden. Ich finde dich auch merkwürdig.«

Illianas Mutter sagte nichts. Sie blickte aus dem Fenster, aber Illiana spürte, dass Rikissa der gleichen Meinung war wie ihr Mann: Es war Illianas Schuld, dass sie noch keinen Ehemann gefunden hatte.

Von draußen hörte man geschäftiges Treiben. Die Bediensteten des Hofs bereiteten das Festmahl für den Abend vor. Sie feierten Christi Himmelfahrt und den Viehtrieb. Die meisten ihrer Freunde von den umliegenden Höfen würden an dieser Feier teilnehmen. Bei so vielen Menschen war eines klar: Was heute Abend hier passierte, würden innerhalb weniger Wochen alle in der Umgebung wissen.

Illiana wartete. Offiziell hatte ihr Vater das Sagen, doch in Wahrheit war Henrik Svensson vollkommen auf die Ansichten und Ratschläge seiner schönen Ehefrau angewiesen, das wusste Illiana. Die Mutter war intelligent. Der Vater war nur rücksichtslos.

»Wir werden die Verlobung heute Abend während des Festessens bekannt geben«, entschied Rikissa. Illianas Vater nickte zustimmend.

»Machen wir das Beste daraus«, fuhr Rikissa fort. »Es ist wie verhext mit ihren Verlobungen.«

Da konnte Illiana ihr leider nur zustimmen. Ihr erster Verlobter war am Abend vor der Trauung gestorben. Nicht weiter merkwürdig, es war ein Unfall gewesen. Er war gefallen, hatte sich gestoßen und war gestorben. Der zweite Kandidat war ebenfalls krank geworden und wenige Wochen vor der Trauung gestorben. Beide Männer waren Söhne von Freunden ihres Vaters gewesen, Illiana hatte sie nie kennengelernt und somit auch nicht betrauert. Dann aber waren keine weiteren gefolgt. Sie war fünfzehn geworden, sechzehn und siebzehn, ohne dass eine Familie davon hatte überzeugt werden können, sie zur Schwiegertochter zu nehmen. Niemand hatte es laut ausgesprochen, aber Illiana war sich recht sicher: Die Leute dachten, dass sie Unglück brachte. Außerdem vermutete Illiana, dass ihr Geschick im Umgang mit Pflanzen auch nicht gerade zur Verbesserung ihres Rufs beitrug. Sie kratzte an dem unschuldigen Minzefleck und dachte an ihre Petersilien- und Basilikumpflanzen. Natürlich wusste sie, welche Pflanzen giftig waren und welche nicht. Die Natur war voller Gift und Tod. Aber diese Gewächse mied sie, sie brachten ihr keinen Nutzen. Sie wusste, dass sie niemals einem Lebewesen etwas antun würde. Doch genau darin lag das Problem: *Sie* wusste das, aber die Leute wussten es nicht. Und als Illiana Henriksdotters Verlobte einfach einer nach dem anderen starben, hatten die Leute natürlich zu reden begonnen. Nicht, dass jemand sie direkt anklagte, sie war niemand, der die Gemüter wirklich erregte. Illiana schielte zum Fenster hin. Außer vielleicht das Gemüt ihrer Mutter. Wenn sie alle Enttäuschungen zusammennahm, die sie ihrer Mutter schon bereitet hatte, so war diese die größte. Und niemand konnte so enttäuscht sein wie Rikissa.

Illianas Vater schüttelte sein grauhaariges Haupt und warf ihr einen letzten irritierten Blick zu. »Ich werde wohl mit Axel über eine Mitgift reden müssen.« Und damit war es beschlossene Sache. Illiana Henriksdotter würde sich mit dem Bauern Axel verloben.

Erleichtert trat Illiana hinaus auf die Treppe in den Sonnenschein. Es war vorbei. Hineingerufen zu werden zu einem Gespräch mit den Eltern war selten erfreulich, dieses Mal war es jedoch gut gegangen. Es war, als wäre eine zentnerschwere Last von ihren Schultern genommen worden. Sie blickte sich um. Braune Hennen pickten in den Blumenbeeten nach Körnern, die Jagdhunde ihres Vaters dösten im Schatten und beobachteten die Hühner mit halb geschlossenen Augen. Überall waren die Festvorbereitungen in vollem Gange. Düfte verbreiteten sich aus den Brathütten, und aus der Braustube drang das Rumpeln von Fässern und das Geschepper von Krügen, die mit Bier und Met gefüllt wurden. Ihr wurde warm ums Herz. Sie liebte ihr Zuhause, und ein Großteil der Erleichterung über Axels Heiratsantrag beruhte auf der Tatsache, dass er auf dem Nachbarhof wohnte. Sie würde es nie weit bis nach Hause haben.

Illiana beschattete ihre Augen mit der Hand.

»Haben sie es dir gesagt?«, hörte sie Axel fragen.

Er stand gegen die sonnenwarme Hauswand gelehnt und blickte Illiana unsicher an. Wie immer sah er aus, als käme er direkt vom Feld. Er hatte etwas Robustes, Ländliches an sich, so als wäre er Teil der Erde, die er bebaute.

Illiana nickte. »Ja«, antwortete sie und lächelte.

»Wie fühlt es sich an?«

Sie strich mit den Händen über ihren Rock. »Ungewohnt.«

»Dein Vater hat mich mehrmals darauf hingewiesen, dass ich nicht reich bin.«

Illiana verzog das Gesicht. »Ich bin nicht schön, also gleicht es sich wieder aus.«

Axel lachte auf, es war ein warmes und sonniges Lachen. So war er – warm und sonnig. »Du bist innerlich schön, das ist für mich wichtig. Und du bist vernünftig und praktisch. Was kann sich ein Mann Besseres wünschen?«

Illiana musste lächeln. Es war für sie in Ordnung, dass er so ehrlich war. Gott hatte in seiner unendlichen Weisheit ihrer Mutter und ihrem Zwillingsbruder so viel Schönheit gegeben, dass für sie nicht mehr viel übrig geblieben war.

»Du musst mir versprechen, nicht zu sterben!«, sagte sie halb im Scherz. Nicht, dass sie abergläubisch war, aber … »Denn ich würde dich wirklich vermissen«, fügte sie sanft hinzu.

Und mein Ruf wäre dahin, wenn auch mein dritter Verlobter sterben würde.

Axel strich ihr eine Haarsträhne aus dem Gesicht. »Ich verspreche es. Also hast du nichts gegen die Verlobung einzuwenden?« Seine Stimme klang ernst. Sie wusste, dass Axel sie niemals gegen ihren Willen heiraten würde, unabhängig davon, was ihr Vater sagte. Axel war ihr gegenüber noch nie laut geworden. Er würde nicht gewalttätig sein und sich ihr nicht aufdrängen. Er war einfach der liebenswerteste Mensch, den sie kannte.

»Ich freue mich«, ergänzte sie, und das stimmte. »Und ich fühle mich geehrt«, fügte sie hinzu. Sie mochte Axel, alle mochten ihn. Natürlich wollte sie ihn heiraten. Sie waren beide hellhäutig und blond, also würde sie ihm blonde, helläugige Kinder gebären, die sie von ganzem Herzen lieben würde. Niemand würde in ihrem Heim schreien oder wütend sein. Das hatte sie sich immer gewünscht. Sie *wollte* ein stilles Leben führen.

»Du weißt, dass du viel zu gut für mich bist«, sagte Axel. Die Sonne ließ seine Augen glitzern wie einen See im Sommer.

»Mit dieser Ansicht«, sagte sie trocken, »bist du wohl ziemlich allein.«

Er lachte. »Aber das bist du. Klein und rechtschaffen und praktisch verlangt.« Er strich ihr über die Wange. »Und du hast Erde im Gesicht.«

»Ich wollte vor dem Fest noch baden«, sagte sie.

»Tu das«, sagte er. »Ich werde jetzt ein weiteres Gespräch mit deinem Vater führen.« Seine Miene verriet, dass er sich auf dieses Gespräch nicht gerade freute, doch so ging es den meisten Leuten mit Henrik Svensson.

»Worauf es ankommt, sind wir beide«, sprach sie ihm Mut zu. »Das, was wir gemeinsam erschaffen wollen.«

»Das ist wahr. Wir sind gleich, du und ich.« Er legte eine Hand an ihre Wange. Plötzlich sah sich Illiana mit seinen Augen, spiegelte sich in seinem Blick und sah das, was er sah. Und sie erkannte die Wahrheit: Sie war weder wie die frische grüne Minze noch wie die harmlose Petersilie, ja, noch nicht einmal wie die unscheinbare, wenn auch niedliche Ringelblume. Axel hatte es für sie auf den Punkt gebracht: Sie war rechtschaffen, zupackend und ein wenig erdig.

Sie war wie eine Rübe.

2

Am selben Tag
In einem Dorf ganz in der Nähe

Markus Järv, schwedischer Ritter und König Magnus Erikssons engster Vertrauter, kippte auf dem grob gezimmerten Stuhl nach hinten. Das Holz knarrte unter seinem Gewicht, und der Becher vor ihm war leer. Der Becher war schief und schlecht gearbeitet, genau wie der knarrende Stuhl. Markus sah sich um. Alles hier schien vom selben ungeschickten Handwerker gefertigt worden zu sein. Grob, unansehnlich und unpraktisch.

Nicht, dass es ihn kümmerte. Er hatte schon Schlimmeres gesehen. Der Mann, dessen Name auch »Vielfraß« oder »Bärenmarder« bedeutete, ließ den Stuhl niederplumpsen und wartete darauf, dass irgendetwas die Stille durchbrechen würde. Aber nichts geschah. Er überlegte, ob er nach der Bäuerin rufen sollte. Sie war wieder verschwunden, nachdem sie ihn bedient hatte. Es war natürlich möglich, dass sie und die anderen Hausbewohner sich versteckt hielten, weil ihre Biervorräte aufgebraucht waren. Möglich, aber eher unwahrscheinlich. Sie versteckten sich, weil sie Angst hatten. Gleich nachdem er mit seinen Männern ins Dorf geritten war, hatte das Gewisper begonnen. Gesichter waren erblasst, Kinder versteckt und Türen zugeschlagen worden. Das war nicht weiter besorgniserregend, im Gegenteil. Den Ruf eines grausamen Bösewichts zu haben hatte eine Menge Vorteile. Die Leute gaben ihm das, was er haben wollte, für gewöhnlich schneller und reibungsloser, wenn sie Angst hatten. Manchmal war es jedoch verdammt unpraktisch. Er nestelte am leeren Becher herum, den niemand aufgefüllt hatte, lehnte den Kopf zurück und betrachtete die Deckenbalken. Einen kurzen Moment ließ er zu, dass die Müdigkeit ihn übermannte. Markus konnte sich nicht erinnern, wann er das letzte Mal eine ganze Nacht geschlafen hatte. Er streckte den Nacken, hörte die verspannten Muskeln knacken. Das einzige Fenster des Raumes war mit Holzläden verschlossen, um die Hitze abzuhalten. Im Zimmer roch es muffig. Draußen war die Luft klar und die Böden trocken. Es herrschte gutes Reitwetter, und es würde noch mehrere Stunden lang hell sein. Eigentlich hätten sie noch das nächste Dorf erreichen sollen, bevor sie für die Nacht einkehrten. Sie waren erfahrene Reiter mit schnellen Pferden und leichtem Gepäck. Früh am Morgen waren sie in Gränna aufgebrochen und hätten es weiter als nur ein paar Meilen schaffen können. Aber die Pferde waren in der drückenden Hitze müde geworden, die Männer durstig. Also hatten sie hier haltgemacht, in diesem gottvergessenen Dorf, dessen Namen niemand wusste, und wo es so still war, dass man seine eigenen Atemzüge hören konnte.

Markus fragte sich, wie viele solcher Zimmer er auf seinen Reisen schon gesehen und wie viele namenlose Dörfer er durchquert hatte. Wie viele verängstigte Bauern und Bäuerinnen hatten ihm einen Teller mit dürftigem Essen und ein lauwarmes Bier serviert, während er unterwegs gewesen war zum nächsten Kriegsschauplatz?

Ein Hund bellte, aber sonst war alles still. Das Dorf bestand nur aus einer Handvoll Häuser und einer einfachen Holzkirche. Nicht einmal Markus' Männer waren zu hören, obwohl sie sich unmittelbar vor der Tür befanden. Kein Waffengerassel, keine schnaubenden Pferde, nichts. Er hatte sie gut trainiert.

Sie mochten noch so müde sein – still und effektiv waren sie, bewegten sich und redeten nur, wenn es nötig war.

»Herr?«

Außer diesem hier. Es war einer seiner neuesten Soldaten, der nun in die Stube trat. Ein junges, schlaksiges Etwas, das ihm vom König aufgedrückt worden war, bevor sie sich am Morgen getrennt hatten. Einer von vielen jungen Männern, die er trainieren, ausbilden und am Leben erhalten sollte, bis sie alt genug waren, um selbstständig zu sterben. Er hatte nach dem Jungen gerufen, wusste aber nicht mehr warum.

Markus blickte auf den leeren Becher. Trinken, um zu vergessen, hatte auch seine Nachteile.

Vielleicht sollte er morgen etwas weniger trinken.

Und vielleicht würde er eines Tages ohne Kopfschmerzen aufwachen und ohne vorher Albträume gehabt zu haben.

Vielleicht.

»Ja?«, sagte der Jüngling. Seine Stimme klang nervös und übereifrig. Der Kleine sollte sich besser mal beruhigen, dachte Markus. Während des relativ kurzen Weges von der Festung Bohus an der Westküste bis nach Gränna war es diesem Jüngling – dessen Namen Markus verdrängt hatte – gelungen, ein ausgezeichnetes Pferd lahmzureiten, einen Köcher mit teuren französischen Pfeilen zu verlieren sowie einen der königlichen Vogte zu beleidigen. Letzteres war natürlich das Schlimmste, denn König Magnus vermied Aufstände, wenn er konnte. Der ganze Hof hatte angehalten und über mehrere Stunden versucht, den Frieden wieder herzustellen. Selbst der König war tätig geworden und hatte versucht, mit diplomatischem Geschick den Vogt wieder zu beruhigen.

Wäre diese wandernde Katastrophe kein entfernter Verwandter der Königin Blanche gewesen, hätte sein Kopf längst auf einem Holzpfahl irgendwo südlich von hier gesteckt.

Magnus Eriksson war ein durchaus milder König, der keine übereilten Entscheidungen fällte. Aber auch die Geduld eines milden Herrschers hatte ihre Grenzen. Diese Grenze war gestern in Höhe Gränna überschritten worden, als der Jüngling – der, wie Markus nun einfiel, Philippe hieß – es fertiggebracht hatte, die Lieblingsstiefel des Königs zu zerstören, anstatt sie zu reinigen. Der König liebte seine Fußbekleidung, und der gesamte Hof hatte den Atem angehalten.

Der König hatte Markus beiseite genommen. Sein Gesichtsausdruck war streng gewesen.»Sieh zu, dass der Junge am Leben bleibt!«, hatte er gesagt.»Ich verspüre nämlich gerade das Bedürfnis, ihm den Hals umzudrehen. Diese Stiefel erhielt ich vom englischen König. Sie waren das prächtigste Paar, das ich jemals besessen habe.« Der König hatte sich mit der Hand über die blonden Bartstoppeln gestrichen.»Wenn ich ihn umbringe, verzeiht mir das meine Königin nie. Sorg *du* dafür, dass er Stockholm in einem Stück erreicht!«

Das war natürlich ein ziemlicher Witz. Denn Markus größtes Talent war es nicht, den Amme zu spielen. Es war, Menschen zu töten.

»Erinnerst du dich an die Frau, die wir eben gesehen haben?«, fragte er jetzt Philippe.

Die Frau hatte mit der Hand an der Hüfte vor einem der grauen Häuser gestanden. Im Gegensatz zu den anderen Dorfbewohnern war sie ihren Blicken nicht ausgewichen, als sie angekommen waren. Anstatt sich vor den schwarz gekleideten Fremden zu bekreuzigen, hatte sie ihnen interessiert hinterher geschaut. Mit einem kleinen Lächeln hatte sie am Halsbündchen ihres Kleides gespielt, und *diese* Geste war eindeutig gewesen. Markus hatte sein Pferd angehalten und die Fremde genauer betrachtet. Erstaunlich viele Frauen schienen unter der Einförmigkeit und Tristesse des Alltags zu leiden und sich nach etwas Abwechslung zu sehnen. Nicht einmal die Tatsache, dass diese Abwechslung in Gestalt eines berüchtigten Ritters daherkam, schreckte sie ab. Oder vielleicht fanden sie gerade das besonders spannend? Auf jeden Fall hatte Markus die Figur und Rundungen der Unbekannten begutachtet und sich gedacht, dass sie unbedingt die Nacht hier verbringen sollten. Schon seit Russland hatte er keine Frau mehr gehabt. Er vermutete, dass sie Witwe war, und er mochte Witwen. Sie bestimmten über sich selbst und waren unkompliziert. Das bevorzugte er.

»Frau?«, sagte Philippe. Als wolle er Markus' geringschätzige Meinung über ihn noch bestätigen, fügte er hinzu: »Ich habe keine Frau gesehen.« Er kratzte sich am Kopf und stampfte auf und ab. »Hätte ich das tun sollen?«

Markus zog eine Grimasse. Dieser Jüngling sah und bemerkte nichts. Es war wirklich ein Wunder, dass er noch lebte.

»Blond«, sagte er kurz angebunden. »Großer Mund, graue Kleidung. Willig. Bring sie her.«

»Aber was soll ich sagen?«

»Sag, dass ich dich schicke«, antwortete er und streckte die Beine aus. »Sag, dass Järven dich schickt.«

3

Der Himmel über Illiana war geradezu unwirklich blau. Hohe, duftende Fichten und hellgrüne Laubbäume umgaben den See und streckten sich in einem grünen Rund in den Himmel. Sie trieb auf dem Rücken, mitten auf dem See, und blinzelte im grellen Sonnenlicht. Mit den Armen machte sie kleine, wedelnde Bewegungen, um nicht unterzugehen. Das Wasser des Waldsees war eigentlich noch zu kalt zum Baden, sie wollte es jedoch noch einen kurzen Moment aushalten. Etwas an der eisigen Kälte beruhigte sie. Immer wenn sie sich bewegte, wirbelte eiskaltes Wasser herauf und verdrängte das Wasser, das ihre Haut bereits erwärmt hatte. Also versuchte sie, so wenige Bewegungen wie möglich zu machen. Als sie ihren Kopf langsam nach hinten beugte, hoben sich ihre Brüste über die Wasseroberfläche. Sie waren vor Kälte voller Gänsehaut, und ein Schauer überlief Illiana. Sie schloss die Augen und konzentrierte sich ganz darauf zu hören, fühlen und zu riechen. Es duftete nach Wald und nach Sommer. Eine Entenmutter war mit ihren Küken ins Schilf geflohen, es raschelte leise. Keine anderen Vögel waren zu hören. Keine Insekten summten, noch nicht einmal die Blätter rauschten. Abgesehen von einzelnen neugierigen Fischen umgab sie nur kaltes, dunkles Wasser, stiller Wald und ein schwacher Wind. Sie entspannte sich vollkommen und ließ sich vom Wasser tragen.

In allen Jahren, die sie nun schon hierherkam, hatte sie noch keine Menschenseele getroffen. Die Bewohner des Dorfes, das ein Stück von ihrem Hof entfernt lag, kamen nicht zu dem kleinen See. Zu Hause teilte niemand ihre Wasserbegeisterung, die meisten konnten nicht einmal schwimmen. Vereinzelte Tiere kamen, um zu trinken, und die Enten kehrten Jahr für Jahr hierhin zurück. Ansonsten gehörte der See ihr allein.

Nach einer Weile wurde ihr Körper taub vor Kälte, und sie klapperte mit den Zähnen. Trotzdem zwang sie sich, bis hundert zu zählen, bevor sie keuchend umdrehte und zum Ufer zurückschwamm. Das Wasser rann von ihrem steif gefrorenen Körper, als sie auf den kleinen Uferflecken stieg, der den See von Büschen, Sträuchern und Wald trennte. Sie streckte sich nach ihrem dünnen Umhang. Sie würde sich mit ihm abtrocknen, sich einreiben und ein sauberes Kleid anziehen. Axel und sie würden sich heute Abend auf dem Fest sehen, und sie wollte der ganzen Familie beweisen, dass sie eine gute Ehefrau werden würde und dass sich niemand für sie zu schämen brauchte. Sie hatte gerade den Umhang zur Seite gelegt, um die letzten Tropfen von der Sonne trocknen zu lassen, als ein Rascheln sie erstarren ließ. Ihr Herz pochte, während sie nach dem nächstliegenden Kleidungsstück griff. Das Rascheln war erneut zu hören. Gedanken über unziemliche Nacktheit und Dorfklatsch schossen Illiana durch den Kopf. Doch dann entdeckte sie ein Reh, das aus den Büschen trat. lliana rührte sich nicht und betrachtete die nervöse Ricke. Ihr Fell war von einem warmen Hellbraun, und Illiana hoffte, dass das schöne Tier die jährliche Jagd der Männer überstehen würde. Das Reh verschwand im nächsten Gebüsch, und Illiana atmete auf. Sie nahm ihr Bündel, in dem sie Salbe, Kamm und verschiedenfarbige lange Haarbänder aufbewahrte. Mit geübten Bewegungen löste Illiana ihren Zopf, den sie auf ihrem Scheitel befestigt hatte. Das Haar war frisch gewaschen, und sie wollte es nun kämmen, bis es glänzte. Ein Ast zerbrach im Wald. Illiana blickte auf. Diesmal hatte es nicht wie ein Reh geklungen.

»Axel?«, rief sie, aber erhielt keine Antwort. Niemand sonst wusste, dass sie hier war.

Es raschelte wieder. Beim hastigen Strecken nach ihren Kleidern verlor sie alles aus den Händen. Wie hatte sie nur so unfassbar dumm sein können, darauf zu warten, von der Sonne trocken zu werden.

Ein weiterer Laut war zu hören. Mit einem Mal war der Wald um sie herum ein bedrohlicher Ort. Illiana presste das Kleiderbündel vor die Brust in einem ungeschickten Versuch, sich zu bedecken. Sie hatte es nicht mehr geschafft, sich etwas überzuziehen. Ein Junge trat aus den Büschen, blieb stehen und starrte sie an. Er sah verschwitzt und irritiert aus.

»Wer bist du?«, fragte Illiana mit betont barscher Stimme.

Der Junge, der dunkle Kleidung aus guter Qualität trug, war in ihrem Alter. Hinter ihm erkannte sie ein Pferd. Soweit sie wusste, trugen Räuber und Verbrecher für gewöhnlich keine teuren Kleider und besaßen auch keine blankgestriegelten Pferde. Vielleicht hatte dieser hoch aufgeschossene, schlaksige Junge gar nicht vor, sie auszurauben und zu vergewaltigen.

Sie schielte hinüber zu dem kleinen Messer, das noch in ihrem Gürtel steckte. Lieber hätte sie es jetzt in ihrer Hand gehabt.

Der Junge machte einen Schritt auf sie zu, und Illiana wich auf dem glitschigen Gras zurück. Mit einem seiner langen Arme machte er eine ungeduldige Geste. »Mein Herr bittet dich – Euch – zu kommen«, sagte er. »Seid so nett und beeilt Euch, ich bin bereits verspätet. Ich habe mich verirrt, das passiert mir ständig.« Er runzelte die Stirn. »Ich muss im Kreis geritten sein. Kommt nun, beeilt Euch.«

Seine Sprache war für einen Räuber gewiss viel zu gewählt – und Illiana meinte, einen schwachen französischen Akzent herausgehört zu haben –, aber sein nervöses Verhalten war alles andere als vertraueneinflößend.

»Ich kenne Euren Herrn nicht«, sagte sie und wich noch einen Schritt zurück. Zweige kratzten an ihren nackten Schenkeln. »Lasst mich bitte in Frieden.«

Der Junge wischte sich den Schweiß von der Oberlippe und blickte sie entschlossen an. »Er meinte, Ihr würdet kommen«, erwiderte er mit Nachdruck, legte eine Hand an den Schwertgriff und trat einen Schritt auf sie zu.

Weiter konnte Illiana nicht mehr zurückweichen, Büsche und Sträucher standen ihr im Weg. Auch nach vorne konnte sie nicht entkommen. Der schmale Pfad wurde durch den Jungen mit dem langen Schwert versperrt.

»Er meinte, Ihr würdet kommen, und dass Ihr willig wärt. Bitte, macht mir jetzt keine Schwierigkeiten. Ich weiß nicht, was er mit mir tun wird, wenn ich mit leeren Händen zurückkehre. Er ist schon wegen irgendetwas verärgert.« Der Junge strich sich über die Stirn und stolperte über einen Ast. »Immer ist er verärgert.«

»Ich mache keine Schwierigkeiten«, sagte Illiana mit so ruhiger Stimme wie möglich, während sie Anlauf nahm. Sie hatte nur diese eine Chance. So schnell sie nur konnte, drehte sie sich um und warf sich ins Gebüsch. Sie hörte den Jungen fluchen und wie er ihr durch die Sträucher nachsetzte. Er bekam ihre Haare zu fassen und zog sie fest nach hinten. Sie schrie. Etwas wurde ihr über den Kopf gezogen. Es wurde dunkel und stickig, und sie bekam keine Luft. Sie versuchte wieder zu schreien, aber dicker Stoff wurde gegen Mund und Nase gepresst. Panisch versuchte sie, sich zu wehren.

Illiana schlug und trat um sich, bis Sauerstoffmangel und Schock sie ohnmächtig werden ließen.

4

Ein Mann, der vom Töten lebte, musste Geduld haben. Markus' Geduld war für gewöhnlich grenzenlos, wie Luft, Sonne und Regen.

Jetzt war sie jedoch am Ende.

Wenn er aus dem Fenster blickte, sah er eine Handvoll Häuser, kleine Gärten, in denen das erste Frühlingsgrün vor dem Hintergrund dunkler Erde leuchtete, und blühende Obstbäume. Hier lebten Bauern und einzelne Handwerker, hart arbeitende Menschen, die davon abhängig waren, was Erde und Wald ihnen gaben. Und zumindest ein Priester, der Kirche samt Glockenturm nach zu urteilen. Der schwedische Frühsommer hatte etwas Besonderes: scharfe Konturen, frischen Windhauch, wenn der Regen einmal kam, und wohltuend kühle Nächte. Im letzten und vorletzten Sommer war Markus im Land der Russen gewesen. Dort gab es keine Abkühlung. Im Jahr davor ... Er konnte sich kaum erinnern. Polen vielleicht? Polen war in den letzten sieben Jahren nur eine von vielen Höllen auf Erden gewesen, wo er durch Blut gewatet war und die Angstschreie sterbender Männer hatte hören müssen.

Seine Männer hatten sich in den Schatten einer Birke begeben und waren mit der Waffenpflege beschäftigt. Diese Pflege nahm nie ein Ende. Das wiederholte Untersuchen des Leders und der Spannvorrichtungen sowie das Putzen der Schwert- und Lanzenklingen konnte für sie alle den Unterschied zwischen Leben und Tod ausmachen. Hin und wieder trockneten sich die Männer die Stirn oder tranken tiefe Schlucke des hiesigen Mets, bevor sie systematisch mit der Arbeit fortfuhren.

Der Einzige, der seine Arbeit wieder nicht verrichtete, war Phillipe. Markus hatte dem Jungen befohlen, die willige Witwe herbeizuschaffen. Doch inzwischen war die Frau garantiert längst über alle Berge. Also würde er die Nacht allein verbringen müssen. Grimmig stellte Markus sich vor, wie er den Jungen an ein Pferd binden würde, falls der es doch noch wagen sollte, zurückzukommen. Den ganzen Weg nach Stockholm hinter einem Pferdehintern hergezogen zu werden würde Phillipe Demut lehren. Umso bedauerlicher, dass Markus diese schöne Idee nicht in die Tat umsetzen konnte. Aber der Befehl des Königs war sonnenklar gewesen: »Unter keinen Umständen darfst du Hand an ihn legen, Markus!« Die Schärfe des königlichen Befehls war, tja, scharf gewesen. König Magnus Eriksson hatte den Ruf, eher schwach zu sein. Markus wusste jedoch aus eigener Erfahrung, dass das nicht stimmte. Der schwedische König war weder schwach noch unentschlossen, der Monarch war standhaft wie eine Klippe der westlichen Provinz Bohuslän. Unglücklicherweise war er aber auch stur wie ein Esel und legte großen Wert darauf, dass man ihm gehorchte. Das war wohl unvermeidlich, wenn man seit dem dritten Lebensjahr König war. Man gewöhnte sich daran, seinen Willen durchzusetzen.

Markus ließ den Blick auf der Kirchenwand ruhen. Das Holz war altersgrau, und das Dach musste neu gedeckt werden. Es war wohl kein besonders reiches Dorf.

Ein paar Kinder hatten sich in die Nähe seiner Männer gewagt. Sie beobachteten deren Arbeit mit großen Augen. Das Leben in einem Dorf war hart und hatte eine feste Struktur, auch für die Kleinsten. Bewaffnete, dunkel gekleidete Fremdlinge waren eine spannende Abwechslung. Ein Junge traute sich ganz nah heran, zog sich aber sofort wieder zurück, als einer der Männer ihn wütend anknurrte. Die Kinderschar rannte davon. Es war immer ratsam, seine Männer von unschuldigen Kindern fernzuhalten. Deshalb würde er Karl, den stummen Livländer, der mit tödlicher Präzision seinen Dolch wetzte, auch nicht dafür tadeln, dass er die Kinder vertrieben hatte. Keiner von ihnen wollte, dass Unschuldige zu Schaden kamen. Sie hatten genug Blut an den Händen.

Markus beschloss, hinauszugehen und zu helfen. Hier konnte er nichts Sinnvolles tun, und gegen Arbeit hatte er nichts einzuwenden. Es gab sicher Pferde zu striegeln, Gepäck zu kontrollieren und Waffen zu reparieren, bis er hoffentlich ein paar Stunden Schlaf bekommen würde. Wenn es irgendeine himmlische Gerechtigkeit gab, war Philippes schlaksige Gestalt für immer in den ostgötischen Wäldern verschwunden. Doch gerade, als Markus diesen Gedanken hatte, war entferntes Hufgetrappel zu vernehmen. Die Hufschläge näherten sich, nun hörten die anderen es auch. Karl erhob sich, beschattete seine Augen mit der Hand und blickte in Richtung des ankommenden Reiters. Gleichzeitig begann die Glocke im Glockenturm zum Nachmittagsgebet zu läuten.

Philippe schlug die Tür zur Hütte krachend auf. »Hier bin ich wieder«, sagte er triumphierend. Er war schmutzig und zerzaust, sein Schwert baumelte nachlässig am Gürtel. Über der Schulter trug er ein Stoffbündel, ansonsten kam er mit leeren Händen. Er hatte einen Befehl erhalten, einen einzigen. Einen einfachen Auftrag, den jeder beliebige zwölfjährige Anfänger hätte ausführen können. Natürlich hatte er wieder versagt.

»Du kommst spät«, sagte Markus.

Der Junge trat einen weiteren Schritt in den Raum hinein. Mit zufriedener Miene setzte er das Stoffbündel ab, und Markus sah, dass es sich keineswegs um einen Umhang oder Sack handelte. Er meinte, schlanke Füße zu erkennen und ahnte bereits Unheil, als Sekunden später tatsächlich ein Paar Frauenfüße den Boden berührten. Er traute seinen Augen nicht, als er erst auf die erdigen Zehen und dann wieder auf Philippe blickte.

Philippe lächelte breit.

Aus dem Bündel war ein Jammern zu hören, und Markus fühlte einen stechenden Schmerz im Nacken. »Was hast du getan?«, fragte er.

Noch bevor der Junge den Stoff auseinandergezogen hatte und ein weiteres Wimmern zu hören war, wusste Markus, dass die Sache böse enden würde. Und dann stand sie da. Eine splitterfasernackte Frau, die nach Luft schnappte. Ihr zerzaustes Haar war so dicht und lang, dass es große Teile des Körpers verbarg. Aber bevor sie sich mit den Händen bedeckte, hatte Markus einen kurzen Blick auf runde Brüste und ein blondes Dreieck erhaschen können. Sie warf den Kopf hin und her, um die Haare aus dem Gesicht zu bekommen. Es ist ein reines Wunder, dachte er, dass sie unter dem dicken Umhang nicht erstickt ist. Aber die Frau war tatsächlich vollkommen nackt. Nicht eine Faser am Körper, nur schlanke Glieder und diese üppige Haarmähne.

»Was hat das zu bedeuten?«, fragte Markus, während er die Position wechselte und das Licht auf die Stickereien seiner Hemdbrust fallen ließ. Die Frau fuhr zusammen. So, nun wusste sie, wer er war.

»Hier ist die Frau, die ich holen sollte«, sagte der Junge und bewies damit ein für alle Mal, dass sein Gehirn die Größe einer Erbse hatte.

»Diese hier?«, fragte Markus leise und drohend.

Philippe trat von einem Fuß auf den anderen, sein Gesicht nahm einen beunruhigten Ausdruck an. »Aber sie war dort hinten«, sagte er und zeigte vage in Richtung Tür. »Und sie war nackt«, fügte er mit wachsender Verzweiflung in der Stimme hinzu. Er warf einen anklagenden Blick auf sein Opfer. Sie starrte zurück, mutiger und streitlustiger mit jeder Sekunde, die sie wieder zu Atem kam. Vielleicht war sie bloß verrückt, denn welche Frau bei Verstand lief nackt umher? Markus bekam große Lust, ihr zu zeigen wie schlimm es ausgehen konnte für jemanden, der so wenig Vernunft besaß.

»Das ist eine andere Frau«, fauchte er. »Du hast sie geraubt.«

Philippe näherte sich der Frau, und sie fuhr erneut zusammen. Er griff sich eine Handvoll blondes Haar und hielt es Markus hin.

»Blondes Haar, genau wie Ihr gesagt habt«, murmelte der Junge. »Das ist die Frau, die ihr beschrieben habt.« Er schluckte. »Wer oder was sollte sie denn sonst sein?«

Das war die erste intelligente Äußerung, die Markus aus Philippes Mund vernahm. Sie waren immerhin in Östergötland. Nirgendwo sonst gediehen Intrigen, Aufstände und Hochverrat wie hier. Er nickte Philippe zu sich heran. Der Junge gab der Frau einen Stoß, sodass sie einige stolpernde Schritte machen musste, um nicht hinzufallen.

Markus nahm ihre Hand und zog sie zu sich. Sie versuchte, die Hand wegzuziehen. Ihre schlanken Finger – überraschend stark im Hinblick auf ihre geringe Größe – sträubten sich mit aller Kraft, aber Markus ließ nicht los. Mit ihren erschrockenen Augen und schmutzigen Füßen sah sie nicht aus wie eine Spionin oder Meuchelmörderin. Aber man konnte nie wissen. Seiner Erfahrung nach waren Frauen ebenso in der Lage, Morde zu begehen wie Männer. »Warum läufst du nackt im Dorf herum?«, fragte er, während er ihre Brüste betrachtete. Spitze Brustwarzen, weiße Haut. Er hätte diese Witwe gebrauchen können, stellte er fest, als sein Körper auf die Nacktheit reagierte. An ihrem Hals schimmerte ein silbernes Kreuz. Vielleicht war sie eine flüchtige Nonne. Aber warum nackt? War ihr klar, welches Glück sie gehabt hatte, dass einer seiner Männer und nicht jemand anderes sie geraubt hatte? Keiner aus seiner Truppe würde eine Frau schänden, doch viele andere Männer waren skrupelloser. Eine einsame nackte Frau war in jedem Fall eine vielversprechende Beute.

»Wer bist du?«, fragte er und drehte ihre Handfläche nach oben. Spuren von Erde unter den Nägeln, sonst aber zart und weich. Keine entlaufene Magd jedenfalls. Und ihr Blick war viel zu klar, um der einer religiösen Verrückten zu sein.

»Niemand«, antwortete sie kurz.

Er musste den Druck auf ihre Hand nur leicht erhöhen, und schon würden diese feinen Knochen brechen. Sie war klein und delikat wie eine Wachtel. Schmerz pflegte die Leute dazu zu bringen, die Wahrheit zu sagen. Er fragte sich, warum sie log. »Wohnst du hier im Dorf?«, fragte er.

»Nein«, sagte sie, und diesmal war er beinahe sicher, dass sie ehrlich war. Die Frau vermischte Wahrheit und Lüge wie eine schlechte Falschspielerin. Mit anderen Worten: keine Spionin. Aber irgendjemand war sie, es gab unzählige Möglichkeiten.

»Was machst du also hier?«, fragte er und ließ ihre Hand los.

Sie zog die Hand zu sich und bedeckte ihre Brüste mit einer femininen Geste. »Ich wüsste nicht, warum ich Euch das mitteilen sollte«, antwortete sie mit angenehmer Stimme. Das hier war keine Verrückte, auf keinen Fall. Er besaß keinen genauen Überblick über die Familien in diesem Teil des Landes, aber es gab einen Sven, ein paar Birger und einen Henrik Svensson. Und natürlich Birgitta Birgersdotter auf Alvastra mit ihrem Anhang, die ihn alle mehr oder weniger abgrundtief hassten. Aber Birgitta Birgersdotter wohnte weiter nördlich. Das Königspaar würde sie treffen. Markus hatte sich vom reisenden Hof getrennt und den Landweg nach Stockholm gewählt, um ein Zusammentreffen mit ihr zu vermeiden. Wäre er gezwungen gewesen, einer weiteren Hasstirade Birgittas gegen Sünder im Allgemeinen und ihn im Besonderen zuzuhören, hätte er einen Mord begangen. Das wiederum hätte dem Frieden im Reich nicht gedient.

»Sagt Bescheid, wenn Ihr fertig gestarrt habt«, befahl die Unbekannte kühl und unterbrach damit Markus' Gedanken. Verdammt, die Aussprache ließ keinen Zweifel zu, dass sie aus einer angesehenen Familie stammen musste. Töchter von Adeligen waren genau die Art von Frauen, die er normalerweise mied. Diese hier war zudem noch kompliziert. Markus zeigte auf Philippe. »Du«, sagte er und brachte den Jungen mit seinem Blick zum Erblassen. »Raus. Schließ die Tür hinter dir. Und halte dich von mir fern. Für immer.«

»Aber …«

Markus griff nach seinem Messer. Er hatte es am Morgen geschliffen, bevor sie Gränna verlassen hatten. Es schnitt durch Haut und Leder wie ein Pfeil durch die Luft. »Für jedes Wort, das ich ab jetzt von dir höre, schneide ich dir einen Finger ab«, drohte er. »Nimm den Umhang mit.«

Der Junge wurde noch bleicher, verneigte sich und riss den Umhang vom Boden an sich.

»Noch einmal«, sagte Markus, nachdem sich die Tür geschlossen hatte, sie allein waren und er sich konzentrieren konnte. Er hatte schon unzählige Männer und Frauen verhört. »Warum bist du hier?«

»Ich bin hier«, begann sie mit ihrer klaren Stimme, »weil er mich geraubt hat.« Die Unbekannte betrachtete ihn. Sie hatte große und kluge graue Augen, die nun schmal wurden. »Auf Euren Befehl hin, wenn ich das richtig verstehe«, fuhr sie fort. »Ihr müsst verrückt sein, das wird ja auch allgemein behauptet.«

Keine gute Idee, seinen Gefangenenwächter zu provozieren. Nur wer sehr dumm oder sehr mutig war, tat so etwas. Markus hatte im Leben viel Gelegenheit gehabt darüber nachzudenken, wie schmal der Grat zwischen beidem war.

»Warum bist du nackt?«, fragte er und ließ seinen Blick über ihre Kurven schweifen. Die Haut war makellos, wie feinstes Pergament oder florentinische Seide. Eine Woge von Begehren durchflutete Markus. Er hätte nichts dagegen gehabt, diesen makellosen kleinen Körper unter seinem zu haben.

Sie schnaubte als Antwort. Danach war sie still und betrachtete ihn. Das war eine ungewöhnliche Eigenschaft bei einer Frau, nicht mehr als unbedingt notwendig zu reden. Markus trat einen Schritt auf sie zu und sah sie durchdringend an. Ausgewachsene Männer zitterten, wenn er sie scharf ansah und mit Tod und Vernichtung drohte. Die hartgesottenen Soldaten, die er trainierte und über die er befahl, wurden lammfromm. Einige begannen zu weinen. Aber diese Frau hier blinzelte noch nicht einmal.

»Lass mich raten«, sagte er. »Du bist die Tochter eines Adeligen, bist ausgerissen und wirst Ärger bekommen. Also willst du am liebsten davonschleichen und so tun, als sei nichts passiert.«

Sie sah derart ertappt aus, dass er fast auflachen musste. Es erfüllte ihn mit tiefer Genugtuung, dass er sie richtig eingeschätzt hatte, auch wenn es reines Glück gewesen war. »Du weißt, wer ich bin.«

Sie nickte ein Mal.

»Wie heißt du?«, fragte er.

Sie zögerte. Er trat noch einen Schritt auf sie zu.

»Illiana Henriksdotter«, antwortete sie schnell.

Sie war also keine Spionin, genau wie er bereits vermutet hatte. Und damit war sie uninteressant.

»Du solltest nach Hause gehen«, wies er sie an.

Illiana Henriksdotter zog die Augenbrauen hoch. Sie waren lang und schmal und dunkler als ihr blondes Haar. »Der Gedanke kam mir auch schon«, entgegnete sie trocken.

»Du bist frei«, sagte er und machte eine auffordernde Geste. Er hatte nicht vor, sie am Gehen zu hindern.

»Wirklich?«

»Natürlich nur, wenn du nicht bleiben möchtest«, setzte er hinzu, denn sie war auf ungewohnte Weise appetitlich, und er war ausgehungert, gewaltig ausgehungert. Er begriff nicht, wie die Mönche es aushielten, die im Zölibat lebten.

»Du könntest mir deinen Umhang anbieten«, warf sie ein.

»Ja, das könnte ich«, stimmte Markus ihr zu.

Als er sich nicht vom Fleck rührte, warf sie ihm einen Blick zu, aus dem die Funken sprühten. Markus lächelte in sich hinein. Klein wie eine Maus war sie, aber sie besaß ordentliches Temperament und wirkte nicht sonderlich mitgenommen. Er würde sie gehen lassen, entschied er. Und dann sah er es. Wie Illiana ins Schwanken geriet. Es war nur ein kurzes Straucheln, und es gelang ihr, sich am Stuhl abzustützen, aber Markus hatte es gesehen. Es wurde ihm klar, dass sie von den Ereignissen wohl doch mehr mitgenommen sein musste, als er zunächst geglaubt hatte. Trotz allem war sie eine sehr junge Frau, die gegen ihren Willen fortgeschleppt worden war, und das auch noch äußerst brutal.

Die Tür zur Hütte wurde wieder geöffnet. Diesmal war es nicht Philippe, sondern Karl.

Er blieb im Türrahmen stehen und betrachtete das Geschehen mit leerem Gesichtsausdruck. Karl war mit Markus aus dem Land der Russen geflohen. Vorher hatten sie so viel an Karl herumgeschnitten, dass er beinahe gestorben war. Es gab nicht viele Dinge, die ihm noch eine Gemütsregung entlockten. Aber Markus zog dennoch seinen Umhang aus. Mit einem großen Schritt stellte er sich neben die Frau und legte ihn ihr um die Schultern. Aus irgendeinem Grund wollte er sie nicht länger demütigen.

Illiana Henriksdotter.

»Dein Vater ist Henrik Svensson, richtig?«

Sie gab einen kleinen Laut von sich und versuchte, hinauszugelangen, aber auf Markus' stummen Befehl hin blockierte Karl die Tür.

Sie senkte den Kopf, umfasste den Stoff und zog ihn fest um sich. Der Umhang war ihr viel zu groß und schleifte über den Boden. »Lasst mich einfach gehen«, sagte sie.

»Wohin willst du?«

»Nach Hause.«

Markus zögerte einen Moment. Sie war noch so jung, und für Philippes Handeln war er verantwortlich gewesen. Zum Teil war es wohl auch sein Fehler, dass sie hier gelandet war.

»Ich begleite Euch nach Hause«, entschied er. Wer wusste schon, was sie sonst noch aushecken würde. Oder was ihr noch passieren konnte.

»Ich schaffe das allein«, erwiderte sie und reckte ihr Kinn in die Luft.

Markus rollte mit den Augen. Er hätte wissen müssen, dass sie Schwierigkeiten machen würde, ihr Vater stritt sich ständig mit dem König. Als Antwort wurden Illianas Augen schmal. Sie wandte sich um und stolperte beinahe über den Umhang, als sie zur Tür hinauseilte. Markus folgte ihr.

5

Illiana betrachtete den Mann, den alle »Järven« nannten. Er rückte das riesige Schwert an seinem Gürtel zurecht und blickte hinaus über das Dorf. Jedes Mal, wenn er sich bewegte, rasselte es leise. Es war ein Rasseln, das von Schwert, Dolch, Sporen und weiß Gott von was noch allem herstammte.

»Bring mir meine Handschuhe«, befahl Järven demselben Mann, der eben hereingekommen war und sie mit seinem Narbengesicht, den abgeschnittenen Ohren und dem leeren Blick fast zu Tode erschreckt hatte.

Die beiden Männer führten eine Art wortloser Kommunikation miteinander, daraufhin sagte Järven:

»Ich schaffe es wohl allein, eine einzelne nackte Frau durch den Wald zu befördern. Bleib du hier und achte darauf, dass Philippe sich benimmt.«

Der Mann nickte wortlos und ging weg.

Illiana versuchte, unter dem schweren Umhang nicht zu zittern. Auf keinen Fall wollte sie zeigen, was für eine erbärmliche Angst sie hatte. An den Goldsporen konnte man erkennen, dass Järven vom König zum Ritter geschlagen worden und dazu ausersehen war, die Schwachen zu beschützen. Aber trotzdem. Järven. Er war eine Legende. Illiana hatte schon ihr halbes Leben lang Geschichten über ihn gehört. Mit ihm machte man den Dorfkindern Angst. »Pass auf, dass dich der Järv nicht holt!« Sie war an Gewalt und kämpfende Männer gewöhnt, ihr Vater und die Halbbrüder waren gewalttätige Männer. Ihr ältester Halbbruder hatte, seit sie klein war, an mehreren Aufständen und Kriegen teilgenommen, aber dieser Mann hier war von ganz anderem Kaliber.

Als sie dort drinnen nackt und hilflos gestanden und den aufgestickten Vielfraß auf seiner Brust gesehen hatte, war sie sicher gewesen, dass ihr letztes Stündlein geschlagen hatte, dass er sie vergewaltigen und in Stücke reißen würde. Immer noch war sie außer sich vor Angst. Dennoch versuchte sie, unter ihrem Umhang eine aufrechte und furchtlose Haltung einzunehmen. Der Umhang lag schwer und rau auf ihrer Haut. Je mehr Zeit verging, desto mehr schien es ihr, als habe Järven gar nicht die Absicht, sie zu schänden und zu ermorden. Die Sonne stand schon tief über den Baumwipfeln und erinnerte daran, wie spät es mittlerweile geworden war. Bald würde es zum Abendgebet läuten. Sie war schon viel zu lange weg, zu Hause mussten sie sich langsam fragen, wo sie geblieben war. Sie spürte Panik in sich aufsteigen und wagte kaum, sich auszumalen, was ihre Familie sagen würde.

»Was?«, fragte Järven, als ob er ihre Gedanken gelesen hätte.

»Wie heißt du?«, fragte sie.

Er sah sie so lange an, dass sie dachte, er würde gar nicht antworten. »Markus«, antwortete er kurz.

Markus. Das war ein so gewöhnlicher Name, dass es ihr schwerfiel, es zu glauben.

»Ich brauche keine Begleitung«, sagte sie mit betont vernünftiger Stimme. Lieber wollte sie das Risiko auf sich nehmen, allein durch den Wald zu gehen. Gesehen zu werden – im Prinzip nackt, mit diesem Mann – würde, zusammen mit so einigem anderen, ihre Anziehungskraft als Axels zukünftige Ehefrau nicht gerade steigern.

»Ja, das hat man ja gesehen, dass du alleine klarkommst«, erwiderte er, und sein Tonfall war voller Sarkasmus. Er nahm seine Reithandschuhe entgegen, die ihm sein stiller Gefährte geholt hatte. Es waren robuste Lederhandschuhe mit Stahlbesatz auf Handrücken und Fingern, und abgesehen vom Stahl, dem aufgestickten Vielfraß auf seiner Brust und den rasselnden Sporen war das meiste an ihm schwarz. Sein Haar hing in langen, schwarzen Strähnen herunter und der wild gewachsene Bart, der einen Großteil seines Gesichtes verbarg, war schwärzer als schwarz. Eine nachtschwarze Tunika mit einem dunklen Kettenhemd darunter und hohe schwarze Stiefel vervollständigten sein Erscheinungsbild. Falls er durch diese Farbwahl Schrecken hervorrufen wollte, so musste Illiana zugeben, dass es ausgezeichnet funktionierte. Sie konnte sich nicht erinnern, jemals solche Angst gehabt zu haben.

»Wenn Ihr mir ein Pferd leiht, reite ich allein«, sagte sie.

Seine Männer, die im Schatten eines Baumes saßen, verfolgten das Geschehen mit unverhohlenem Interesse. Illiana zog den Umhang enger um sich. Ich hätte niemals allein zum See gehen sollen, dachte sie bestimmt zum hundertsten Mal. Die Wälder waren alles andere als sicher, das wussten alle. Von Kindesbeinen an hatte man sie vor den Räubern und Vergewaltigern gewarnt, die als Vogelfreie im Wald hausten.

Er blickte sie so kühl an, dass sie schlucken musste. »Ein Pferd?«, fragte er.

Sie nickte eifrig. Wenn sie sich beeilte und sich auf den Hof schlich, würde sie vielleicht unbemerkt bleiben und niemand brauchte …

»Wie du willst«, antwortete er.

Illiana atmete auf vor Erleichterung. Alles würde in Ordnung kommen, sie würde …

»Gib mir meinen Umhang zurück, dann kannst du gehen«, sagte er.

»Waaas?« Illiana umklammerte den rauen Stoff, als sei er das Einzige, das ihr noch Würde und Halt gab. Die Soldaten beobachteten mit breitem Grinsen den Meinungsaustausch. Markus blickte Illiana herausfordernd an, und ihr wurde klar, dass es ihm Spaß machte, mit ihr zu spielen wie eine Katze mit einer Maus. Sie verlagerte ihr Gewicht von einem auf den anderen Fuß und versuchte, ruhig zu bleiben. Eines war sicher: Niemand würde sich in ihre Nähe wagen, wenn sie in Begleitung dieses Mannes kam. Wenn er sie außerhalb des Hofs verließ, würde sie sich vielleicht unbemerkt hineinschleichen können und …

Ihre Gedanken wurden von dem Knappen unterbrochen, der sie am See überfallen hatte. Mit Genugtuung erkannte sie eine tiefe Kratzwunde auf seiner Wange. Er führte zwei Pferde. Das eine war ein schwarzer Hengst mit bebenden Nüstern und unruhigen Hufen, und es gab keinen Zweifel, wem er gehörte. Das andere Pferd war eine grauweiße Stute, langbeinig, mit weißen Ponyfransen und wachem Blick, offensichtlich für sie vorgesehen. Unentschlossen sah Illiana auf die Stute, die nach dem feurigen Hengst schnappte.

»Worauf wartest du noch?«, fragte Markus.

Sie konnte sich immer noch nicht mit dem Gedanken anfreunden, dass er ein gewöhnlicher Mensch war. Alles an ihm schien außergewöhnlich. Wobei sie ihm das natürlich niemals gesagt hätte. Im Gegenteil – sie würde so tun, als ob sie sich täglich mit legendären Kriegern unterhielt. Zu Pferde würde sie wesentlich schneller zu Hause sein. Aber …

»Sitz auf!«, befahl er ungeduldig.

Doch sie blieb stehen. Sie wollte heute nicht noch mehr Fehler begehen. Illiana sah sich um und blickte auf die Männer, die mit ihren Waffen dasaßen. Überall lagen Lederstücke, Wetzstahl und Werkzeug herum. Der Anblick war ihr vertraut. Die Männer zu Hause auf ihrem Hof waren auch immer mit Waffen und Gewalt beschäftigt.

»Was ist?«, fragte Markus ungeduldig. »Du denkst doch wohl nicht, dass ich über dich herfalle, sobald wir außer Sichtweite sind?« Sein kalter Blick ruhte auf ihr. »Ich werde versuchen, mich zusammenzureißen«, sagte er, nahm die Zügel aus der Hand des Jungen und führte die Stute zu ihr hin. Er beruhigte das Tier mit einer kurzen Bewegung. »Komm jetzt. Ich habe nicht den ganzen Abend Zeit.«

So sehr sie sich auch recken mochte, Illiana reichte ihm nur bis zur Brust. Der Umhang glitt ihr beinahe von den Schultern, als sie sich in die Höhe streckte. Im letzten Moment gelang es ihr, ihn festzuhalten. »Verzeiht, wenn ich Euch von wichtigen Dingen abhalte«, sagte sie. »Habt Ihr einen Termin einzuhalten?« Sie lächelte einnehmend. »Oder vielleicht ein Dorf zu verwüsten?«

Seine Augen waren schmal, als er einen Schritt auf sie zutrat. Gegen ihren Willen wich sie zurück.

»Du solltest lieber schweigen«, entgegnete er und reichte ihr die Zügel der Stute.

Illiana nahm die Zügel entgegen, drehte sich um und wollte aufsteigen, um so schnell wie möglich von hier zu verschwinden. Aber das Pferd war viel zu hoch. Sie würde es nie schaffen, hinaufzugelangen, ohne den Umhang loszulassen. Sie hätte vor Wut über ihr Unvermögen schreien können.

Lautlos war er hinter sie getreten. Sie spürte seine Nähe als eine Abkühlung, eine Verdichtung der Luft, und dann hatte er sie auch schon hochgehoben, als wäre sie eine Feder. Mit einem uneleganten Plumps und bis ins Mark gedemütigt landete sie im Sattel. Einer der Männer prustete los, und Markus' Augen blitzen sie von unten herauf an. Das hier ist kein einfältiger Krieger, dachte sie verstimmt, während er mit geübten Griffen die Steigbügel einstellte. Er war unfreundlich und grob, aber in seinem schwarzen Blick hatte sie Intelligenz gesehen. Still saß sie im Sattel, während er Steigbügel und Zügel für sie anpasste. Sie erschauerte, als er sie leicht berührte, und zwang sich, nicht unwillkürlich das Bein wegzuziehen. Kaum war er fertig, trieb sie ihr Pferd an, um wegzukommen. Sie brauchte unbedingt Abstand von seiner überwältigenden Gegenwart.

Markus schwang sich auf den schwarzen Hengst und schloss zu ihr auf. »Findest du den Weg?«, fragte er.

Sie nickte.

Den Weg nach Hause, dachte sie bedrückt. Zurück nach Månssättra, wo alle auf sie warteten.

Schweigend ritten sie durch den Wald. Zu spät begriff Illiana, dass sie besser den längeren Weg am See vorbei als den kürzesten gewählt hätte, aber sie war zu unruhig gewesen, um klar zu denken. Nun würde sie es nicht mehr schaffen, ihre Kleider zu holen. Es raschelte vor ihnen im Gehölz, die Blaubeersträucher zitterten. Illianas Pferd schnaubte, als sich plötzlich die größte Kreuzotter, die Illiana jemals gesehen hatte, aus dem Grün direkt vor die Hufe ihres Pferdes schlängelte. Die Stute scheute, brach zur Seite aus und stellte sich auf die Hinterhufe. Alles ging so schnell, dass Illiana kaum reagieren konnte. Die Schlange verschwand, aber das Pferd bäumte sich weiterhin angstvoll auf. Illiana begann, im Sattel das Gleichgewicht zu verlieren. Sie war dabei, mit den Zügeln zu kämpfen, als Markus plötzlich neben ihr auftauchte. Er beugte sich vor und packte das Zaumzeug der Stute. Sein Hengst schien völlig unbeeindruckt. Mit festem Griff und leisem Murmeln beruhigte er die Stute. Sein Bein streifte kurz Illianas, harte Muskeln unter grobem Tuch, und sie zuckte zusammen, als hätte sie sich verbrannt. Es war nur ein Reflex gewesen, aber er hatte ihn gesehen. Es hätte sie auch gewundert, wenn ihm ausnahmsweise einmal etwas entgangen wäre.

»Nur ruhig, ich habe nicht vor, dich aufzufressen«, sagte er und verzog den Mund zu einem freudlosen Grinsen. »Es sei denn, ich bin furchtbar hungrig.«

Sie versuchte, die Zügel wieder aufzunehmen, sie aus seinen Händen zu ziehen. Es entspann sich ein Wettkampf, den sie um jeden Preis gewinnen wollte. Schon wieder verzog er sein Gesicht zu diesem harten Lächeln ohne jede Freude. Illiana spürte, dass sie diesen Gesichtsausdruck wirklich verabscheute.

»Gib auf, Illiana.«

Irgendetwas an seinem Befehlston und seiner überlegenen, selbstsicheren Art brachte sie dazu, wie ein Kind zu reagieren. Wider besseres Wissen zog sie erneut an den Zügeln und versuchte zu ignorieren, wie albern sie sich selbst vorkam: Mitten im Wald versuchte sie, ein Gerangel zu gewinnen, das sie nur verlieren konnte. Markus war größer, stärker und ein besserer Reiter. Außerdem musste er nicht die ganze Zeit einen Umhang zusammenhalten, der zu Boden zu gleiten drohte.

»Weißt du, heute war nicht gerade mein Tag«, erklärte sie.

Der Umhang rutschte hinunter, und sie sah, wie Markus ihre nackte Schulter betrachtete.

»Wirklich? Mein Eindruck ist, dass dieser Tag gerade anfängt, richtig gut zu werden«, sagte er mit spöttischem Grinsen und zog so fest an den Zügeln, dass sie vornüber fiel. Gerade wollte sie etwas richtig Böses über Männer sagen, die ihre Stärke nutzten, um Schrecken zu verbreiten, als ein neuer Laut sie beide ihr Tauziehen unterbrechen ließ. Halb nackt über dem Pferd hängend sah Illiana einen Reiter herannahen, den sie nur zu gut erkannte.

Und ich dachte, es kann nicht noch schlimmer werden.

Es war Joar, ihr Zwillingsbruder, der angeritten kam, während sie halb nackt auf einem Pferd hing und sich mit einem berüchtigten Krieger zankte. Sie wollte zu einem Erklärungsversuch ansetzen. Doch bevor sie noch dazu kam, gab Joar seinem Pferd die Sporen, erhob das Schwert und griff wortlos an. Offenbar hatte er die Situation falsch eingeschätzt und ging davon aus, dass es sich wirklich um eine bedrohliche Situation handelte. Illiana wollte protestieren, aber Markus war schon dabei, den Angriff mit stummer Wut zu parieren.

Illiana schrie, doch niemand nahm Notiz von ihr.

»Hör auf zu fuchteln, du Idiot!« Markus brüllte noch lauter. »Du bringst uns beide um!«

Aber Joar hörte nicht auf, er attackierte weiter.

»Nein!«, schrie Illiana. Joar war jung und viel zu selbstsicher. »Hör auf, ich kenne ihn! Hört beide auf!«

Doch die Männer reagierten nicht, und sie musste mit ansehen, wie Markus sein Schwert in Joars Arm rammte. Joar schrie auf, verlor sein Schwert und fiel vom Pferd. Regungslos blieb er im moosigen Gras liegen.

Illiana blickte auf die liegende Gestalt. Joar bewegte sich nicht. Sein Kopf lag in einem so unnatürlichen Winkel, dass ihr von dem Anblick übel wurde.

»Verdammt!«, brüllte Markus.

»Du bist wahnsinnig!«, schluchzte Illiana. »Du hast ihn getötet. Das ist mein Bruder!«

Markus wandte den schnaubenden Hengst um und sah erst auf Joars Körper, dann auf Illiana. »Hat er sich das Genick gebrochen?«

»Mörder!«, schrie Illiana. Außer sich vor Zorn wendete sie ihr Pferd und ritt direkt auf Markus zu. »Du hast ihn ermordet!«, stieß sie mit tränenerstickter Stimme hervor.

»Wer zum Teufel bricht sich denn gleich den Hals, wenn er vom Pferd fällt«, sagte Markus ungläubig und sprang aus dem Sattel. Mit dem blutigen Schwert in der Hand blickte er auf den gefallenen Joar.

»Mörder!«, schrie Illiana wieder. Drei Reiter näherten sich auf dem Pfad. Sie erkannte ihre Halbbrüder und wagte sich kaum auszumalen, was die mit ihr anstellen würden. »Du hast Joar getötet!«, schluchzte sie. Sie sprang aus dem Sattel, rannte zu Markus und schlug auf ihn ein. »Du verdammter Mörder!«, rief sie, außer sich vor Verzweiflung.

Dann griffen ihre Halbbrüder an. Keiner der drei fragte nach, was geschehen war. Stattdessen stürzten sich die Männer in blinder Wut auf Markus. Illiana, die ihnen im Weg stand, stießen sie einfach um. Sie schaffte es gerade noch, sich von den Hufen wegzurollen und ihren Kopf schützend mit den Armen zu bedecken. Alles ging schief. Sie hörte die Hufe, die Schreie und wollte rufen, dass sie alles falsch verstanden hätten. Dass Joar als Erster angegriffen und sie im Affekt geschrien hatte. Dass Markus versucht hatte, Joar zu entwaffnen, nicht, ihn zu ermorden. Sie versuchte verzweifelt, sich Gehör zu verschaffen, doch ihre Stimme ging im Kampflärm unter. Pferde donnerten aus allen Richtungen herbei, und während die Schwerter mit großem Getöse aneinanderklirrten, wurde ihr klar, dass Markus sterben würde. Und obwohl er sie hatte rauben lassen, Joar getötet und sie gedemütigt hatte, empfand sie merkwürdigerweise ein schlechtes Gewissen. Wäre sie nicht zum See gegangen, wäre nichts von alldem passiert. Wegen ihr würde er sterben.

Und dann sah sie, wie es geschah: Wie die tödliche Kraft, die er im Kampf mit Joar noch zurückgehalten hatte, losbrach. Durch Staub, Chaos und Gedröhne bewegte sich Markus mit einer solchen Präzision, dass Illiana ihren Augen nicht trauen wollte. Diese Stärke hatte sie gespürt. Diese Energie, die ihn wie eine Aura umgab und ihr das Gefühl gab, einer Naturgewalt gegenüberzustehen. Es war kaum verwunderlich, dass er sie so leicht hatte hochheben und Joar ohne Anstrengung zu Fall hatte bringen können. Und nun hielt er die drei grausamsten Männer, die sie kannte, auf Abstand. Es war beinahe übernatürlich. Doch schließlich kam es, wie es kommen musste. Dem Ältesten ihrer Halbbrüder, Falke, gelang ein Treffer, der Markus erst schwanken und dann mit dumpfem Aufprall zu Boden gehen ließ. Er stützte sich auf ein Knie und hielt sich die Angreifer noch eine Weile vom Leib, doch schließlich übermannten sie ihn mit Hieben und Schlägen vom Pferderücken aus. Auf der kleinen Lichtung war er chancenlos angesichts der drei Reiter. Illianas Halbbrüder sprangen von ihren Pferden und traten so lange auf Markus ein, bis er wie leblos dalag.

»Hört auf!«, schrie Illiana. »Er kann sich doch gar nicht mehr verteidigen!«

»Wir nehmen ihn mit auf den Hof«, keuchte Falke, ihr ältester Halbbruder. Seine Wut loderte wie Feuer. »Vater soll entscheiden, was wir mit ihm machen.« Falke wischte sich die Stirn und trat ein letztes Mal gegen den Körper. »Fesselt ihn!«, befahl er und wandte sich dann an Illiana. Er blickte seine Halbschwester mit derselben Verachtung an wie immer. »Um dich soll sich Vater kümmern«, sagte er. »Das hier ist deine Schuld.«

Für einen Moment dachte Illiana, dass er sie schlagen würde, aber er drehte sich um und signalisierte den anderen, dass sie Markus auf sein Pferd heben sollten. Doch als ihre Brüder versuchten, den Körper auf den schwarzen Hengst zu legen, bäumte sich das Tier auf, riss sich los und galoppierte durch den Wald davon. Stattdessen legten sie Markus auf den Rücken der kleinen Stute. Markus' Kopf hing baumelnd herunter. Sollte er noch leben, so würde er keine Gnade erfahren, dachte Illiana und sah zu, wie sie seine Handgelenke fesselten. Sie setzten sich in Bewegung. Die Sonne berührte bereits die Baumwipfel.

6

Månssättra, am selben Abend

Langsam erwachte Markus aus seiner Bewusstlosigkeit. Während er in Richtung des Rauches und der Hitze blinzelte, versuchte er einzuschätzen, wie verletzt er war. Ohne aufzublicken, wusste er schon, dass er von einem Seil an einem Deckenbalken hing. In den Armen, die bis zum Äußersten gestreckt waren, hatte er schon lange kein Gefühl mehr. Seine Füße jedoch, die mit Lederriemen zusammengebunden an groben Eisenringen im Boden befestigt waren, taten höllisch weh. Jedenfalls war es ihnen wohl nicht gelungen, ihm irgendwelche Knochen zu brechen, noch nicht. Es gab keine Fenster in der Schmiede, sodass er nicht wusste, ob es Tag oder Nacht war. Inzwischen war er so oft von einem Dämmerzustand in den nächsten gefallen, dass er sein Zeitgefühl verloren hatte. Sie hatten sich lange mit ihm befasst, es gab keine Stelle an seinem Körper, die nicht schmerzte. Außer vielleicht die taub gewordenen Arme.

Ohne einen Laut von sich zu geben und ohne sich mehr als absolut notwendig zu bewegen, betrachtete er seine Umgebung. Brecheisen, Hammer und anderes Werkzeug lag auf Holzblöcken und hing an den Wänden der Schmiede. Eine Zange lehnte an einer Holztonne. Das Eisen schimmerte bedrohlich im Schein der Feuerstelle. Das war immer eine problematische Kombination: Zangen und Feuer.

Es war nicht ungewöhnlich, dass sich Höfe und Dörfer auf die Herstellung bestimmter Gegenstände spezialisierten. In dem einen Dorf fertigte man Waffen wie Schwerter und Dolche, im anderen wurde Werkzeug hergestellt, und man tauschte untereinander. Markus hatte schon Panzerhemden in Schonen und Lederarbeiten in Västergötland bestellt. Von einem taubstummen Schmied auf Gotland hatte er eine kräftige Holzkeule mit einer faustgroßen Eisenkugel am einen Ende gekauft. Wenn er in die Schlacht zog, befestigte er die Keule auf seinem Rücken. Sie war eine ausgezeichnete Nahkampfwaffe. Er hatte sie im Dorf zurückgelassen.

Obwohl die Ecken der Schmiede im Dunkeln lagen, konnte Markus eine Vorrichtung zum Auspeitschen erkennen, die an einer Wand lehnte. Den dunklen, eingetrockneten Flecken nach zu urteilen, wurde sie häufig benutzt. Das ganze Werkzeugarsenal in der Schmiede, der Angstgestank, der wie Farbe an den Wänden klebte, und nicht zuletzt die Tatsache, dass sie ihn gefühlt tagelang misshandelt hatten, zeugten davon, dass die Männer auf Månssättra daran gewöhnt waren, Gerechtigkeit mithilfe von Folter zu üben.

Markus betrachtete die vier Männer, die am knisternden Feuer standen und ihm ihre behaarten Rücken zukehrten. Drei von ihnen hatten ihn im Wald überwältigt, es waren Illianas Brüder. Der vierte Mann war deutlich älter. Sein Haar war grau, und mit seinem schmutzigen Körper und den noch schmutzigeren Kleidern sah er aus, als hätte er die letzten Jahre in einem Schweinestall verbracht. Angesichts des grobschlächtigen Körpers und der schwerfälligen Bewegungen war es nicht leicht, Ähnlichkeiten zu Illiana zu entdecken, aber Markus wusste, dass dieser Mann ihr Vater war, Henrik Svensson. Und es gab keinen Zweifel daran, dass er derjenige war, der hier das Sagen hatte. Er war Vater, Hofherr und Folterknecht in einem.

Einer der Männer – durch den Rauchdunst und die zugeschwollenen Augenlider war es schwer, zu erkennen, welcher – stocherte im Feuer herum, sodass noch mehr Funken zur Decke stoben. Das Atmen fiel Markus immer schwerer, sein Hals war staubtrocken. Wenn sie sich nicht beeilten, würde er ihnen den Spaß dadurch verderben, dass er verdurstete.

Markus hatte keine Angst zu sterben. Zumindest redete er sich das ein, und das war beinahe dasselbe. Aber Karl würde ihn sicher vermissen, vielleicht auch der König.

Einer der Männer am Feuer, der älteste, der den Namen Falke trug, wandte sich um. Er hielt ein glühendes Eisen in der Hand und grinste breit. Davon wurde er auch nicht schöner. Markus schloss die Augen und fühlte eher als er es sah, wie sich das heiße Eisen seiner nackten Haut näherte. Jetzt würde es wehtun. Sie hatten ihm seine Kleider abgenommen, bevor sie ihn gefesselt und aufgehängt hatten. Er hatte diese Kleider gemocht. Er war zwar nicht eitel wie König Magnus (was man nur hinter vorgehaltener Hand äußern durfte), aber er war von seiner gut gearbeiteten Kleidung sehr angetan gewesen. Nun würde eines dieser Scheusale in seinem teuren flandrischen Tuch und schwedischen Leinen herumstolzieren. Andererseits, wenn man bedachte, was ihm nun bevorstand, würde er nie mehr Kleidung benötigen. Man konnte sich schon fragen, wie alles derart hatte schiefgehen können und warum er hier gelandet war, wo er doch ausnahmsweise einmal nur von der Westküste zur Ostküste hatte reisen wollen, ohne Streit zu suchen. Wäre Markus' Hals nicht so trocken gewesen, hätte er über diese Ironie des Schicksals gelacht. Wenn der junge Philippe nicht so furchtbar untauglich und wenn dieses junge Ding nicht am falschen Ort gewesen wäre ... Aber es war müßig, sich mit solchen Überlegungen aufzuhalten. Besser, er konzentrierte sich jetzt darauf, ruhig zu atmen und sich gegen den Schmerz zu wappnen, der ihm bevorstand.

Es gab keinen Zweifel daran, dass dieser Falke, der sich erwartungsvoll einem gefesselten Mann mit einem glühenden Eisen in der Hand näherte, ein Monster in Menschengestalt war. Solche wie ihn gab es dutzendfach. Auf den Schlachtfeldern wimmelte es von ihnen. Männer, die zu ihrem Vergnügen vergewaltigten, schändeten und töteten. Männer, die sich an den Folgen ihrer Verwüstung ergötzten und ihre Macht über die Machtlosen genossen. Aber Markus hatte auch Männer getroffen, die diesen Schweden vor Schreck erblassen lassen würden. Er wartete auf den Moment, in dem der Eisenspieß in Reichweite kam. Falke war sich seines Sieges schon gewiss, und das war immer ein Fehler. Markus konzentrierte sich und befahl jedem protestierenden Muskel und jeder Sehne seines Körpers, ein letztes Mal mit ihm zusammenzuarbeiten. Mit einem Ruck bekam er ein Bein los und legte all seine verbliebene Kraft in einen Tritt, der Falke direkt zwischen die Beine traf. Der Mann schrie auf, krümmte sich und ließ den Spieß fallen. Markus hörte sich selbst durch die aufgesprungenen Lippen lachen.

»Wir sehen uns in der Hölle«, sagte er, aber seine Stimme war so heiser, dass Falke ihn in dem Tumult, der nun ausbrach, womöglich gar nicht hörte.

Die anderen verloren keine Zeit und stürmten herbei. Markus nahm die Schläge entgegen, ohne sich wehren zu können, denn schnell hatten sie seinen Fuß wieder am Boden festgezurrt. Jetzt war es nur noch eine Frage der Zeit, bis sie ihre Knüppel hervorholen, seine Knochen brechen und es vorüber sein würde. Wenn er sich etwas hätte wünschen oder ein letztes Gebet hätte sprechen dürfen, dann, dass es schnell gehen würde. Doch Gott erhörte selten seine Gebete, also setzte er keine großen Hoffnungen darauf.

Bald hatten sie Markus so fixiert, dass er kein Glied mehr rühren konnte. Falkes Gesicht glänzte rot, und Markus hatte das Gefühl, als sei dessen Brutalität von einer Art persönlichem Hass getrieben. Als das glühende Eisen auf seine nackte Haut gedrückt wurde, konnte er nichts mehr denken, nur noch laut schreien.

Teufel, Teufel, Teufel, wie weh das tut!

Er sog die Luft durch die Zähne ein und versuchte, den Schmerz wegzuatmen. Einen letzten Rest Würde wollte er sich bewahren, auch wenn sich Sadisten selten von Selbstbeherrschung beeindrucken ließen.

»Was meinst du, Vater?«, fragte Falke über die Schulter. »Wollen wir ihn auch kastrieren? Wie den Dieb letztes Jahr?«

Markus versuchte, die Füße hochzuziehen, was völlig sinnlos war, denn sie saßen wie angegossen am Boden fest. Die Männer murmelten zwischendurch miteinander. Ihre Stimmen klangen verzerrt, so als ob sie durch einen Erdtunnel oder eine Wassertonne rufen würden. Er war wieder dabei, das Bewusstsein zu verlieren. Wahrscheinlich besser so. Es gab nichts mehr, was er noch tun konnte. Und wenn ihm weitere Schmerzen erspart blieben, umso besser.

Doch plötzlich strömte ihm kühle Luft entgegen. Die Tür zur Schmiede wurde weit aufgerissen, das Licht der Morgendämmerung strömte herein und erfüllte den Raum zusammen mit frischer Luft, die man atmen konnte. Jemand trat ein.

Ein stürmisches Handgemenge brach aus. Trotz seines halb ohnmächtigen Zustandes nahm Markus wahr, dass etwas passiert sein musste, das seine Widersacher bei ihrem Vorhaben gestört hatte.

Noch ein kühler Windhauch, und dann eine Stimme, die er wiedererkannte: »Du folterst also wieder Leute, Henrik!«

Durch Blut, Schweiß und Schmerz versuchte Markus seinen Blick auf den Mann zu fokussieren, der hereingetreten war.

»Du scheinst die Leute ja wirklich immer gegen dich aufzubringen, Markus!«, fuhr der Mann fort. Sein Ton war entspannt, beinahe heiter, und seine Sprache klar und angenehm wie eine frische Sommerbrise. Mit dieser Stimme hatte er schon immer für sich einzunehmen gewusst. »Was hast du bloß angestellt, um das hier zu verdienen?« Er klang amüsiert.

»Ihr kommt verdammt noch mal im richtigen Moment«, zischte Markus.

König Magnus Eriksson bürstete einen Fleck von seinem mit weißem Pelz gefütterten Umhang. »Du kennst mich doch«, sagte der König. »Ich lebe dafür, meine Untertanen glücklich zu machen.« Er zeigte mit dem Kinn zur Türöffnung. Leises Gerassel von Soldaten in Kettenhemden war zu hören, die mit gezogenen Waffen in die Schmiede traten.

Ohne Markus aus den Augen zu lassen, befahl der König den Männern: »Nehmt ihn runter!«

Zwei von ihnen lösten die Riemen, mit denen seine Beine am Boden gehalten wurden, und ließen danach die Ketten herunter, die ihn an den Dachbalken festhielten.

Das Blut strömte zurück in die tauben Glieder. Ja, er würde überleben. Ein weiteres Mal.

Der König legte eine Hand auf seine Schulter. Still, so dass niemand sonst ihn hören konnte und in einem völlig anderen Tonfall sagte er:

»Ich bin froh, dass du lebst. Karl ist bei mir. Dein Pferd kam ohne dich zurück, da wurde Karl unruhig. Wir sind die ganze Nacht geritten und in letzter Minute gekommen, wie ich sehe.«

Markus antwortete nicht.

»Du siehst wirklich furchtbar aus«, fuhr der König fort. Er hob den Kopf und befahl: »Los, holt ihm etwas zu trinken! Und schafft Kleider her!«

Markus nahm den Krug mit Wasser, der ihm gereicht wurde und trank lange, bis er sich den Mund trocknete. Es kribbelte und stach in Händen und Armen. Sein Gesicht war angeschwollen, die Nase wahrscheinlich angeknackst. Aber nichts war gebrochen, alle Zähne noch da und das freute ihn. Er war zufrieden mit seinen Zähnen.

König Magnus Eriksson schüttelte den Kopf. »Wenn du dich schon mit einem Adeligen aus Östergötland anlegen musst, warum ausgerechnet mit Henrik Svensson! Weißt du nicht, wie reizbar er ist? Gerade brüllt er draußen herum, dass er deinen Kopf auf dem Silbertablett haben will.«

»Henrik Svensson ist ein Untier. Gott weiß, wie viele sie hier drinnen schon umgebracht haben.«

»Wir reden später weiter.« Der König seufzte. »Ich denke, ich muss dieses Durcheinander aufklären, bevor ich noch einen Aufstand am Hals habe.«

Es war reiner Zufall, dass Markus es bemerkte. Aus den Augenwinkeln nahm er eine flatternde Bewegung wahr. Als er genauer hinsah, wollte er seinen Augen kaum trauen. Es war die kleine graue Maus, die versuchte, sich so unauffällig wie möglich davonzustehlen. »Bist du jetzt zufrieden?«, rief er hinter ihr her. »Das alles ist deine Schuld!«

»Markus?«

Markus wandte sich an den König. »Majestät?«

»Ich bin wie gesagt die ganze Nacht geritten. Die Königin ist unterwegs. Ich habe nur zehn Männer bei mir.« Er hob seine königliche Augenbraue. »Meinst du, wir könnten das Provozieren einmal unterlassen?«

7

»Eure Majestät.«

Rikissa, Hausfrau auf Månssättra und Mutter des ermordeten Joar, verneigte sich tief vor Blanche, Königin der Schweden. Das Zimmer, in dem die beiden Frauen standen, war überfüllt mit Menschen, ebenso das gesamte Hauptwohnhaus und der ganze Hof. Es strömten immer mehr herbei, wie eine unerschöpfliche Quelle aus neugierigen Freunden, Verwandten und anderen Besuchern. Alle Gäste des ausgefallenen Verlobungsfestes waren geblieben, niemand wollte diesen Abend verpassen. So viel war geschehen – Joars Tod, die unerwartete Ankunft des Königs und Järvens Anwesenheit. Daher würde dies ein Fest werden, das sich für immer in Rikissas Gedächtnis einprägte. Auch die anderen Leute würden an dunklen Winterabenden von diesem Fest erzählen, es in Geschichten festhalten und über viele Jahre in Liedern besingen. Die Anwesenheit des glamourösen Königspaares und der von Illiana ausgelöste Skandal würden sich für immer ins Gedächtnis der Menschen einbrennen. Rikissa empfand Ekel.

Der Duft von Fleisch, Bier und frisch gebackenem Brot ließ die Leute die Luft schnuppern. Jemand hinter ihr machte einen Witz, was schallendes Gelächter zur Folge hatte. Es war warm, es duftete und es war laut. Rikissa umfasste das Kreuz an ihrem Hals und blickte zu Boden. Es war eine Farce, ein unpassendes Spektakel. Joars Ermordung durch einen berüchtigten Totschläger des Königs hätte die Leute dazu bringen sollen, leise zu sprechen, mit gesenktem Kopf zu gehen und keinen

Appetit zu haben. Stattdessen hallten die Räume wider von Lachen, Begrüßungen und Gesprächen. Als ob nichts geschehen wäre. Als ob der Tod eines geliebten Sohnes weniger bedeuten würde als die Tatsache, dass der König samt Hofstaat beschlossen hatte, am Festmahl teilzunehmen.

Sie knickste noch tiefer vor der Königin. Das weiße Leinenkleid bauschte sich auf und legte sich über den sauber geschrubbten Holzfußboden. »Es ist mir wie immer eine Ehre, Eure Majestät zu Gast zu haben«, sagte sie, ohne ein Wort davon zu meinen.

Sie war stark, und sie wusste, dass sie lange so kauern konnte, ohne ins Schwanken zu geraten. Ohne Schwäche zu zeigen. Es gab nichts zu beanstanden. Ihr Haushalt war in perfekter Ordnung. Ein mustergültiger Großbauernhof im Wald, weit weg von Stadt, Schloss und jeglichem Glanz. Praktisch und robust und so glamourös wie ein Holzkarren.

Mit einer Geduld, die durch das jahrelange harte Leben auf dem Hof gestählt worden war, wartete Rikissa darauf, dass die Königin sie bitten würde, sich wieder aufzurichten. Von ihrer unterwürfigen Position aus konnte sie sehen, dass die Schuhe der Königin bestickt waren. Die Schuhspitzen, die unter dem roten Kleidersaum hervorschauten, zierten mit kleinen Stichen genähte goldene Blumen und Blätter. Die Königin und ihr kicherndes Gefolge waren zwar erst vor etwa einer Stunde auf Månssättra angekommen, Blanche hatte jedoch ihre staubige Reisekleidung bereits durch ein prachtvolles Abendkleid ersetzt. In Rikissas Stube leuchtete die Königin wie ein exotischer Schmetterling zwischen grauen Nachtfaltern. Auch ihr Kleid war mit Gold bestickt, und auf den langen, weiten Ärmeln waren kleine Süßwasserperlen aufgenäht, die rosa und weiß schimmerten. Es war ausgezeichnet gearbeitet. Wahrscheinlich kam das Kleid aus Frankreich, geliefert per Schiff für teures Geld, um nur ein paar Mal getragen und dann durch ein neues ersetzt zu werden. Blanche war verwandt mit König Ludwig VIII dem Achten, genannt der Löwe; ihre Familie in Namur in der Wallonie war reich, und sie kannte nichts anderes als Reichtum und Luxus.

Ich war genauso, vor langer Zeit.

Damals, bevor sie mit dem dreißig Jahre älteren Henrik verheiratet worden war, war Rikissa wie Blanche gewesen: schön, hofiert und davon überzeugt, alles bekommen zu können, was sie haben wollte. Wie wenig sie damals vom Leben gewusst hatte. Und wie einfältig, sich so viel zu wünschen. Rikissa umfasste den Stoff ihres Gewands. Es war aus guter Qualität, von geschickten Nonnen gesponnen und gewebt, weich, geschmeidig und blitzsauber, aber nicht im Entferntesten zu vergleichen mit dem Samt, Gold und den Perlen der Königin.

Die Hofdamen, die in einer farbenfrohen Gruppe um die Königin herumstanden, lärmten und schwatzten die ganze Zeit und trugen somit zur Kakofonie im Raum bei. Sie kicherten und zogen Grimassen und kommentierten alles, wirklich alles in ihrem grässlichen Französisch.

»Meine liebste Rikissa!« Die Stimme der Königin klang warm und fürsorglich. Nur ein schwacher Akzent verriet ihre französische Herkunft. »Mein herzliches Beileid! Joar war ein so bemerkenswerter Junge. Er ist nun bei Gott.«

Rikissa antwortete nicht.

Blanche fuhr fort, als sei es ihr jetzt erst bewusst geworden: »Ich vergesse mich. Erhebe dich, Rikissa!« Sie reichte ihr die Hand. Ringe schmückten jeden ihrer Finger mit den kurzen, sauberen Nägeln. Ein Duft nach Iris und Veilchen umgab ihre Gestalt. Rikissa erhob sich, streckte die Beine und begegnete dem Blick der Königin. Sie waren gleich groß, sie und Blanche von Namur, gleich groß und fast gleich alt. Rikissa küsste die

Luft über der ausgestreckten Hand und roch wieder den Duft der violetten Blumen.

Blanches Schleier war dünn wie ein Schmetterlingsflügel, ihr dunkles Haar wallte gut sichtbar um ihre samtbekleideten Schultern. Um den Hals trug die Königin ein Samtband mit einem einzigen großen Juwel. Überall dieser Überfluss. Rikissa trug einen Schleier, nicht eine unschickliche Strähne war zu sehen. Als verheiratete Frau verbarg sie ihre Haare, das war die Sitte. Hier auf dem Land, im Wald.

»Ist es wahr, dass Joar vom Pferd fiel?«

Noch immer, fast fünfzehn Jahre nachdem der König sie in sein Land gebracht hatte, war Blanche nahezu überirdisch schön. Man munkelte, dass sie geschickt im Umgang mit Kräutern und Giften war. Vielleicht nutzte sie Zauberkräfte, um ihr Aussehen zu erhalten, oder sie war eine der Frauen, die mit den Jahren immer schöner wurden.

»Joar fiel nicht vom Pferd, er wurde ermordet«, antwortete Rikissa mit harter Stimme.

»Markus tötet keine Kinder«, entgegnete die Königin und wedelte mit ihrer juwelengeschmückten Hand abwehrend in der Luft herum. »Egal, was über ihn gesagt wird. Glaub mir, er ist nicht halb so barbarisch, wie er aussieht.«

»Eure Majestät«, antwortete Rikissa nur. Einer Königin widersprach man nicht, mochte sie noch so unrecht haben.

Durch die gesenkten Wimpern hindurch sah Rikissa, wie ihr Gatte Henrik auf sie zukam. Untersetzt und grauhaarig drängte er sich mit den Ellenbogen gewaltsam durch den engen Raum. Neben ihm ging der König, die eine Hand am Gürtel, die andere am Degen. Verglichen mit Henriks grobschlächtigem Altmännerkörper und seinem grauen Gesicht sah der um viele Jahre jüngere König Magnus aus wie ein goldener Ritter aus einer der Geschichten, die Illiana so mochte. Es gab keine Frau im gesamten Raum, die nicht durch Lächeln, Verneigen oder Kichern seine Aufmerksamkeit zu erlangen versuchte.

Rikissa betrachtete Henrik, den Mann, mit dem sie fast zwanzig Jahre verheiratet war. Eine Zeit lang war es fast unerträglich gewesen, besonders am Anfang, aber als sie die Zwillinge bekommen hatte, war ihr Leben heller geworden. Wie sie Joar geliebt hatte! Ihr Sohn hatte ihr geglichen und sie verstanden. Wenn er geheiratet hätte, wäre seine Wahl bestimmt auf eine angemessene Frau gefallen, die auch Rikissa das harte Leben erleichtert hätte. Doch das würde nun nicht mehr passieren. Sie strich sich über den flachen Bauch. Joar war tot, und sie würde keine weiteren Kinder bekommen. Obwohl Henrik sie bestieg, so oft er konnte, wurde sie nicht schwanger. Wahrscheinlich war er zu alt. Zu grausam. Vielleicht bestrafte sie Gott für etwas.

»Rikissa!«

Die Stimme des Königs riss sie aus ihren Gedanken. Erneut verbeugte sie sich tief.

»Eure Majestät«, sagte sie.

Im Unterschied zu Blanche reichte ihr der König sofort die Hand und half ihr hoch. König Magnus hatte ein paar Lachfalten, eine tiefere Stimme und breitere Schultern bekommen, das stand ihm gut, gab seiner jungenhaften Schönheit eine gewisse Reife. Sie waren ein beeindruckendes Paar – die dunkelhaarige Königin und der blonde König. Sie hatten einfach alles. Macht, Liebe und eine fruchtbare Ehe. Blanche produzierte ihrem Gatten starke und gesunde Söhne, und ihrer fülligen Figur nach zu urteilen war sie wieder schwanger. Rikissa verspürte einen beinahe unerträglichen Neid.

»Aus deinem Speisezimmer duftet es herrlich!«, sagte der König freundlich.

Königin Blanche blickte einer Magd nach, die eine riesige Platte mit gebranntem Fleisch trug, und schaute in das fertig eingedeckte Speisezimmer. »Rikissa ist wirklich eine prächtige Gutsherrin«, sagte sie.

»Bitte sehr, nehmt Platz!«, rief Rikissa. Das waren die einzigen Worte, die sie in der Lage war zu sagen. Sie ließ das Königspaar vorbei und ging hinter ihnen an der Seite ihres Mannes hinein. Blanche flüsterte etwas auf Französisch in Magnus' Ohr, und Magnus drückte ihre Hand. Noch immer, nach allen Jahren, benahmen sie sich wie frisch Verliebte.

Im Speisezimmer standen die gedeckten Tische in Hufeisenform. An den Wänden waren Halter mit brennenden Kerzen befestigt, und am frühen Morgen hatte Rikissa Illiana hinausgeschickt, um Blumen und Zweige für die Vasen zu sammeln. An einer Seite der Tische standen Sitzbänke, sodass die Gäste sich untereinander sehen und zudem das Unterhaltungsprogramm beobachten konnten. Außerdem kamen die Bediensteten so von allen Seiten heran.

Das Königspaar nahm zusammen mit dem Gastgebern am Kopf der Tafel Platz, während sich die restlichen Gäste an den Tischen verteilten. Das Speisezimmer war so voll, dass nicht alle einen Sitzplatz erhielten. Das Getöse der Gäste, das sich mit dem Gebell der Hunde vermischte, war nahezu ohrenbetäubend. Hinter dem Königspaar, zwischen dem Tisch und der Wand, hatte sich dessen Gefolge in einem Halbkreis positioniert. Rikissa blickte über die Tische hinweg. Am liebsten hätte sie Illiana die Teilnahme komplett verboten, ihr, die mit dem Teufel nackt und eigenmächtig umhergewandert und die direkte Ursache für den Tod des Zwillingsbruders gewesen war. Wäre es nach Rikissa gegangen, hätte sie ihre Tochter blutig gepeitscht und sie dann irgendwo eingesperrt. Aber der König hatte befohlen, dass Illiana anwesend sein sollte, also hatte man sich zu fügen. Rikissa hatte ihre unglückselige Tochter weit hinten, fast an der Tür, bei den weniger prominenten Gästen platziert. Gott hatte in seiner unendlichen Weisheit entschieden, ihr alle Kinder außer Illiana zu nehmen. Aber Joar hätte hier sein sollen, dachte sie. Sein Verlust tat so weh, dass sie kaum atmen konnte. Im Gegensatz zu seiner vom Unglück verfolgten Zwillingsschwester und seinen brutalen Halbbrüdern hätte Joar der Tafel einen Hauch von Eleganz verliehen.

»Schau nicht so mürrisch!«, sagte Henrik.

»Mein Sohn ist tot«, antwortete sie. »Es fällt mir schwer, fröhlich zu sein.«

»Er war auch mein Sohn«, sagte er. »Wichtig ist, dass wir eine Entschädigung erhalten. Dann ist er nicht umsonst gestorben.«

Rikissa machte eine abwehrende Handbewegung, als eine der Mägde ihr von dem gesüßten Met eingießen wollte. »Hol lieber Wein!«, befahl sie. »Und ein Stück Honigbrot!«

Das Mädchen knickste und verschwand. Einer der Musikanten begann zu spielen. Das Essen wurde hereingetragen, eine Platte nach der anderen, dazu Kannen und Becher mit Bier, Wein und Met. Das Gegröle nahm zu. Niemand würde sich über mangelnde Gastfreundschaft beklagen können. Rikissa nippte an ihrem Wein und brach sich ein Stück Brot ab. Henrik sprach gerade mit dem König über die Ernte und die Jagd, und der König hörte mit anteilnehmendem Gesichtsausdruck zu. Henrik hatte nie einen Hehl daraus gemacht, dass ihm Magnus' Politik missfiel. Nach Altmännerart wollte ihr Mann, dass alles so blieb, wie es immer gewesen war. Doch heute war er klug genug, Diskussionen über Gesetze und Rechte zu vermeiden. Heute wollte er den König und die Macht auf seiner Seite haben.

Und dann fühlte Rikissa den Blick des schwarzen Teufels auf sich ruhen. Er, dessen Namen sie noch nicht einmal zu denken vermochte, saß am langen Tisch auf der anderen Seite, in der

Nähe des Königs. Sie weigerte sich, seinen Blick zu erwidern. In ihren Augen sollte er tot sein. Dass ihr Mann – Joars Vater – diesen Teufel hatte leben lassen, war unfassbar. Wenn Henrik es nur nicht so genossen hätte, seine Gefangenen zu foltern, bevor er sie totschlug, dann wäre Järven jetzt tot und die Gerechtigkeit wieder hergestellt gewesen. Rikissa umklammerte das Kreuz an ihrem Hals so fest, dass es in die Haut einschnitt, und sie zu bluten begann.

Später, als das Essen abgeräumt und süße Naschereien bereitgestellt worden waren, sah Markus, wie der König sich erhob. Die Leute verstummten und warteten. Markus tauschte einen Blick mit Karl, der an einer der Wände stand. Karl nickte ihm zu. Sie waren beide bereit, falls etwas passieren sollte. Die Spannung im Raum war deutlich zu spüren, und die Feindlichkeit, die ihm entgegenschlug, war so massiv, dass sie beinahe mit Händen zu greifen war. Ein Meer aus Feinden mit Inseln reinen Hasses. Die weiß gekleidete Frau, die zusammen mit ihrem Mann und dem Königspaar auf den Ehrenplätzen saß, umfasste das Kreuz, das sie um den Hals trug. Ihr Haar war unter einem weißen Tuch verborgen, sodass man nicht sagen konnte, ob sie dunkelhaarig oder blond war. Aber sie hatte reine Haut, hohe Wangenknochen und war auf die gleiche Art schön wie eine Schneeflocke oder ein Eiszapfen. Abgesehen von der Königin war Rikissa trotz der vielen jungen Frauen und koketten Hofdamen ohne Zweifel die auffälligste Frau im Raum. Mit geradem Rücken und kühl wie Neuschnee saß sie neben ihrem Mann auf der Bank. Nicht ein einziges Mal hatte sie ihre Tochter angesehen. Das war Markus aufgefallen, denn er beobachtete Illiana, die ihrerseits häufig zur Mutter hinblickte. Oder hinunter auf den Tisch. Hin und wieder tauschte sie entschuldigende Blicke mit einem jungen Mann, der ein Stück von ihr entfernt saß. Der junge Mann betrachtete Illiana mit Wärme und noch etwas anderem im Blick.

Junge Liebe. Wie rührend.

»Henrik Svensson«, begann der König, und sofort wurde es mucksmäuschenstill im Raum. »Wenn ich es richtig verstehe, hast du Anschuldigungen gegen Markus Järv vorzubringen«, fuhr er in ernstem Tonfall fort.

Markus blickte auf das blutrünstige Quartett, das ihn eine Nacht gefoltert hatte. Was konnten *sie* ihm zur Last legen? Er streckte sich. Die Bänke besaßen keine Rückenlehnen, und sein geschundener Körper protestierte gegen die Bewegung. Er befürchtete, dass es ihnen gelungen war, ihm eine Rippe zu brechen, aber sie hatten keine inneren Organe verletzt. Er hatte eine paar Brandwunden, Striemen über Rücken und Armen und Blutergüsse mehr oder weniger überall. Und seine Nase tat höllisch weh. *Nur ein paar Schrammen. Was für Stümper!*

Karl hatte ihn wieder zusammengeflickt, und bald würde diese verrückte Familie nur noch eine Erinnerung sein.

Falke, der Älteste der Brüder, starrte ihn hasserfüllt an. Markus kam wieder in den Sinn, dass er ihn schon einmal gesehen haben musste. Aber es war schwer zu sagen, Sadisten sahen alle gleich aus.

»Er hat meinen Sohn getötet, ihn niedergestochen«, sagte Henrik. »Er hat meine Tochter entführen lassen«, fuhr er fort und erhob sich nun auch. »Und er hat sie geschändet.« Er zeigte auf Illiana, worauf sich alle zu ihr hinwandten und sie ansahen. Markus konnte die Röte sehen, die ihr ins Gesicht schoss. Gemurmel breitete sich im Speisezimmer aus.

»Markus, was hast du dazu zu sagen?«, fragte der König ernst.

»Der Junge wäre nicht gestorben, wenn er mich nicht angegriffen hätte«, antwortete Markus kühl. »Im Übrigen habe ich ihn nur am Arm verletzt. Er fiel vom Pferd, das war seine eigene Schuld.« Er sah Illiana an, ließ den Blick über sie schweifen und versuchte gar nicht, seine Verachtung zu verbergen. »Und glaube mir, ich habe deine Tochter bestimmt nicht geschändet.«

Gekicher war im Raum zu hören. Illiana wurde noch röter im Gesicht.

»Aber meine Söhne haben es gesehen«, protestierte Henrik. »Sie sind bereit, das zu bezeugen!«

Nicht gerade die glaubwürdigsten Zeugen, wenn du mich fragst.

Doch der König schien Henriks Worte abzuwägen. Er schaute in den Saal und erwiderte die Blicke der bedeutendsten Gäste. »Die Familie des Mädchens muss eine Entschädigung bekommen!«, konstatierte er, und die Leute nickten zustimmend.

Markus persönlich war nicht klar, wofür die Familie entschädigt werden sollte. Joar war der ungeschickteste Ritter gewesen, den er je getroffen hatte, und Illiana war nichts geschehen. Aber er war bereit zu bezahlen, nur um von hier wegzukommen.

»Ich verlange Kompensation!«, brüllte Henrik, der offenbar merkte, dass er die Mehrheit der Gäste auf seiner Seite hatte. »Meine Tochter ist für alle Zeiten verdorben. Ihre Zukunft ist ruiniert.« Er zeigte auf Markus. »Und das ist seine Schuld!«

»Frauen, die nackt im Wald herumspazieren, schaffen es hervorragend, sich ihre Zukunft selbst zu ruinieren«, antwortete Markus kalt.

Das Gemurmel nahm zu. Jemand rief ein Schimpfwort. Henrik sah aus, als wolle er über den Tisch springen und einen Mord begehen. Markus legte eine Hand an den Dolch im Gürtel. Aus den Augenwinkeln konnte er sehen, wie Karl die Position änderte und sich bereit für den Kampf machte. Zusammen waren sie in der Lage, eine Menge Schaden anzurichten, sollten sie dazu gezwungen werden. Aber eine Prügelei würde eine von König Magnus' langen Predigten über Frieden und Diplomatie nach sich ziehen, und Markus wusste nicht, ob er das in seinem derzeitigen Zustand aushalten würde. Immerhin hatte er nur mit Mühe und Not eine Nacht in der Folterkammer überlebt. Er konnte sich durchaus vorstellen, sich in den nächsten vierundzwanzig Stunden einmal nicht zu schlagen.

Der König sah zwar aus wie ein sanftmütiger Landesvater, war aber ein cleverer Stratege. Er blickte auf die aufgewühlte Versammlung. »Draußen stehen zwei Dutzend meiner bewaffneten Männer«, sagte er milde. »Aber wir klären das bestimmt ohne sie.«

Die Drohung kam an. Henrik plumpste zurück auf die Holzbank, und Magnus wartete, bis die Spannung abgeklungen war. Blanche legte ihre Hand auf seine, er beugte sich zu ihr und hörte zu, was sie ihm ins Ohr flüsterte. Den Gästen, die ihm am nächsten saßen, fiel es schwer, ihre Neugier zu verbergen.

Magnus nickte ein weiteres Mal, streichelte seiner Königin über die Hand und wandte sich dann direkt an Illiana. »Sieh mich an, mein Kind.«

Illiana saß da mit durchgedrückten Schultern und erhobenem Kinn, aber als ihre Hand auf dem Tisch zu zittern begann, legte sie sie hastig in den Schoß.

»Du siehst unversehrt aus«, begann der König und blickte sie freundlich an. »Stimmt das?«

»Ja, Eure Majestät«, antwortete sie mit fester Stimme. »Vollkommen unversehrt.«

Im Unterschied zu ihrem Vater lügt sie jedenfalls nicht, dachte Markus.

Der König wandte sich nun an Markus, nicht als Freund, sondern als König des Landes und höchster Richter. »Für das

Töten von Henriks jüngstem Sohn, Joar Henriksson, legen wir, König der drei Kronen, dir, Ritter Markus Järv, eine Geldstrafe von zwanzig Silbermark auf«, sagte er in formellem Ton. »Sie ist unverzüglich zu entrichten.« Er sah sich herausfordernd um, ob irgendjemand zu protestieren wagte, und fuhr dann im selben offiziellen Ton fort: »Hiermit betrachten wir die Sache als erledigt.«

Rikissa blickte Markus hasserfüllt an. Ihre Kiefer mahlten, aber Markus wusste, dass es ein gerechtes Urteil war – so, wie es König Markus' Urteile zu sein pflegten.

»Aber meine Tochter, Eure Majestät!«, protestierte Henrik. »Ihre Ehre ist dahin. Wir werden sie nicht mehr verheiraten können. Nicht, nachdem das passiert ist.«

Der junge Mann, der dagesessen und Illiana mit traurigen Hundeaugen angesehen hatte, öffnete den Mund, um etwas zu sagen, wurde aber durch eine wütende Geste Henriks daran gehindert.

König Magnus lächelte. Es war sein selbstzufriedenes Lächeln. In Markus' Nacken begann es zu stechen.

Wieder wartete der König, bis ihm die Aufmerksamkeit aller gewiss war. Er liebt das hier, dachte Markus, im Mittelpunkt zu stehen, zu reden und zu befehlen. Sich in das Leben der Leute einzumischen.

Teufel, wie es im Nacken sticht!

Nachdem schließlich Ruhe eingekehrt war, ergriff der König das Wort. Er sagte: »Markus wird sie heiraten.«

Dann brach die Hölle los.

8

Alle im Speisesaal blickten sie an, und Illiana begann zu zittern. Kalter Schweiß trat ihr auf die Stirn, unter die Arme und in die Handflächen. Ich habe einen Schock, dachte sie verwirrt, so fühlt sich ein Schock an. Sie versuchte, tief und ruhig zu atmen, zwang sich dazu, frische Luft aus dem warmen Zimmer zu filtern. Sie versuchte zu denken, aber ihr Kopf war leer. Nur einer Sache war sie sich sicher: Sie konnte diesen schwarz gekleideten Krieger nicht heiraten. Die Geschichten, die sie über ihn gehört hatte, handelten ausschließlich von Grausamkeit, Unbarmherzigkeit und Tod. Sie bebte, der Raum um sie herum schien sie zu erdrücken. Plötzlich konnte sie sich an keine Anekdote über Järven erinnern, die nicht von grässlichen Handlungen berichtete. Er war schonungslos. Ein Schlächter, der gewissenlos tötete, vergewaltigte und verstümmelte. Ihre Atmung wurde immer schneller. Sie blickte nach oben, um ihre Panik, den Schwindel und die Übelkeit zu überwinden.

Markus hatte sich noch nicht zur Verlautbarung des Königs geäußert. Er saß unbeweglich auf seinem Platz. Sein Gesicht war hart und kalt wie eine Maske.

»Kann ich mich nicht einfach zu Tode foltern lassen?«, war das Erste, was er sagte. Die Worte klangen ruhig, fast gelangweilt, doch Illiana ahnte eine eiskalte Wut dahinter. Dieser Mann hielt seine Gefühle eisern in Schach, was ihn nur umso bedrohlicher wirken ließ.

Ein leises Kichern war zu hören, dann ein Flüstern und ein

weiteres Kichern. Es verbreitete sich über die Tische hinweg durch den Saal.

Sie lachten über sie.

Menschen, mit denen sie aufgewachsen war, deren Wunden sie versorgt und deren gebrochene Knochen sie verbunden hatte, saßen nun da und machten sich über ihr Schicksal lustig. Über sie, die es nicht für möglich gehalten hatte, dass sie noch mehr gedemütigt werden könnte, nicht seit gestern. Die Geschichte von Illiana Henriksdotters nacktem Waldspaziergang, Joars Tod und Järvens Anwesenheit hatte sich wie ein Lauffeuer unter den Gästen verbreitet und einen solchen Skandal hervorgerufen, dass Illiana nicht sicher war, ob sie es überleben konnte. Sie versuchte, sich darauf zu konzentrieren, nur zu atmen und zu denken, dass diese ganze schreckliche Szene bald vorbei sein musste. Doch die Frage, ab wann das alles so schrecklich schiefgegangen war, ließ sich nicht vertreiben. Ihre Eltern waren rasend vor Wut gewesen und hatten ihr befohlen, auf ihrem Zimmer zu bleiben. Dort war sie gewesen und hatte die ganze Nacht gehört, wie Vater und die Halbbrüder Markus in der Schmiede quälten. Die Schreie waren über den Innenhof geschallt, und als der König mit seinem Gefolge im Morgengrauen angeprescht gekommen war, hatte sie sich trotz des Verbotes hastig angezogen und war hinausgeeilt, um den Männern zu zeigen, wo sie Markus finden konnten. *Sie* hatte dazu beigetragen, dass er überlebt hatte. All das war ihre eigene Schuld. Illiana musste sich beherrschen, um nicht in ein hysterisches Lachen auszubrechen.

Eine ihrer Dienstmägde, eine magere junge Frau mit Namen Helvig, kam mit einer Kupferschale Wasser und stellte sie vor Illiana auf den Tisch. Illiana tauchte ihre Hände ins Wasser, obwohl sie weder etwas gegessen noch klebrige Finger hatte. Das Wasser fühlte sich kühl und angenehm an. »Danke!«, flüsterte sie, nahm die Serviette entgegen und trocknete sich ab. Die harte Arbeit hatte die Magd mürrisch und abweisend werden lassen, doch nun stand so viel Mitleid in ihren braunen Augen, dass Illiana fast in Tränen ausbrach.

Sie streichelte Illiana über die Hand. »Am dunkelsten ist es immer, bevor es hell wird«, flüsterte sie und überließ es ihr, darüber nachzudenken, dass es wohl kaum dunkler sein konnte als gerade jetzt.

Einige Zeit später, nachdem sich der schlimmste Tumult gelegt hatte, die Leute tranken und sich unterhielten und sie niemand mehr beachtete, schlich sich Illiana hinaus. Alle waren so damit beschäftigt, die sensationelle Bekanntgabe des Königs zu besprechen, dass sie, die außen am Rand saß, unbemerkt den Raum verlassen konnte.

Draußen leuchtete eine schmale Mondsichel bleich am noch nicht völlig dunklen Himmel. Sie atmete tief die Nachtluft ein, ging die Treppe hinunter und weiter zum Abtritt. Je weiter sie vom Gegröle des Haupthauses wegkam, desto leichter fiel ihr das Atmen. Nachdem sie sich erleichtert hatte, nahm sie die hölzerne Schöpfkelle aus einem Eimer, füllte sie mit Wasser und wusch sich das Gesicht. Sie spülte sich auch den Mund aus, rieb ihre Zähne mit Minzblättern ab und ließ den erfrischenden Geschmack ihre aufgewühlten Sinne beruhigen. Als sie sich umdrehte, stand Axel im Dunkel und sah sie an.

Lieber, lieber Axel.

»Es tut mir so leid!«, sagte sie, und die Tränen schossen ihr in die Augen.

»Nein, ich bin es, der sich entschuldigen muss«, entgegnete Axel, trat zu ihr und nahm sie in die Arme.

Sie lehnte sich an ihn, sog den Duft nach Gras, Erde und Alltag ein, der Axel ausmachte. Es musste doch eine Lösung für alles geben! Es war absurd. Sie wollte Markus nicht, und wer Augen im Kopf hatte, dem war klar, dass Markus sie auch nicht wollte. Er war ein Krieger, verrückt nach Kämpfen, was sollte er mit einer Ehefrau? Sie war die Tochter eines Großbauern, daran gewöhnt, im Haus und auf dem Hof zu arbeiten. Was dachte sich der König? Dass sie mit in den Kampf ziehen, ein Leben im Sattel führen würde?

»Es ist meine Schuld. Ich hätte dich nicht allein zum See gehen lassen sollen«, sagte Axel. Er fasste sie vorsichtig bei den Schultern, schob sie von sich weg und sah sie fragend an. »Erzähl mir, was passiert ist, Illiana. Ich möchte es aus deinem Munde hören.«

»Ich weiß gar nicht, wo ich anfangen soll«, erwiderte sie.

»Du musst wissen, dass dein Vater sich irrt. Ich will dich, egal was passiert ist«, sagte Axel, und sein gutmütiges Gesicht verriet ihr, dass er die Wahrheit sprach. Er war der Beste von allen. »Aber ich bin froh, dass dieser Mann dich nicht angerührt hat«, fügte er mit Nachdruck hinzu. »Froh für *dich*. Ich würde niemals wollen, dass dir etwas passiert.«

Illiana konnte nicht anders, sie begann zu weinen. Bis jetzt war ihr nicht klar gewesen, wie weh es getan hatte, von ihrem Vater zu hören, dass Axel sie nicht mehr wollte. Aber es war ein Missverständnis gewesen. Sie schluchzte. Es würde sich alles finden. Gott sei Dank, alles würde wieder gut werden.

»Oh Axel«, flüsterte sie und drückte sich an ihn. In diesem Moment war er ihr lieber als jemals zuvor. »Ich werde dir die beste Ehefrau von allen sein«, schniefte sie und umarmte ihn fest. Sie sah vor sich, wie sie auf seinem kleinen Hof leben, sich um ihn kümmern und ihn lieben würde. Das würde überhaupt nicht schwer sein. Illiana klammerte sich an diese Hoffnung für die Zukunft, als sei es das einzig Beständige in einer Welt, die um sie herum zusammenbrach.

»Schsch …«, machte Axel und hielt sie fest in seinen Armen. Sie vergrub ihr Gesicht an seiner Schulter.

»Wen haben wir denn da?«, war plötzlich eine kühle Stimme zu vernehmen.

Illiana blickte auf und war kurz davor, loszuschreien, als sie sah, wie sich ein Schatten aus dem Dunkel löste. Es war, als verdichtete sich ein Teil der Nacht und nähme menschliche Gestalt an und käme ihnen entgegen. Natürlich ist er es, dachte sie, als sie Markus' Augen im Mondlicht aufglimmen sah. Sie hatte noch nie einen Vielfraß gesehen, aber vermutlich sahen sie so aus, wenn sie im Wald umherstreiften, groß und grausam, lautlos und mit dem Blick eines Raubtieres.

Axel erstarrte einen Moment lang. Dann wandte er sich um, schob Illiana hinter sich und schützte sie mit seinem Körper. Illiana lugte hinter seinem Rücken hervor. Markus stand ganz still und betrachtete sie beide. Sein Gesichtsausdruck war unmöglich zu deuten.

»Was tut ihr da?«, fragte er.

»Ich …«, begann Illiana, verstummte dann aber. Sie würde ihn nicht heiraten, also musste sie sich auch nicht vor ihm rechtfertigen.

Axel trat einen Schritt vor. »Wir haben nichts getan«, sagte er.

Auch wenn er sich in die Höhe reckte, sah Axel genau so aus wie das, was er war: ein junger, hochgewachsener Bauernknabe, der versuchte, vor einem überlegenen Gegner mutig zu wirken. Illiana spürte, dass sie die Situation klären musste, bevor Axel etwas wirklich Tollkühnes tat.

Sie glitt hinter ihm hervor und lächelte ihr einnehmendstes Lächeln.

Markus hob eine Augenbraue.

Axel rief: »Nein!«, aber Illiana lächelte weiter, warm und beruhigend, als würde sie sich einem knurrenden Hund nähern.

Das bärtige Gesicht war blau geschlagen, und im Grunde glich er einem wilden Tier. Aber sie hatte trotzdem keine Angst, denn sie wusste, dass er ebenso erleichtert sein würde wie sie, wenn er erfuhr, dass sie nicht heiraten mussten. Er würde Månssättra verlassen und sie sich nie wieder sehen, solange sie lebten.

Der Gedanke beruhigte sie, und sie sagte: »Es war schon bestimmt, dass Axel und ich heiraten werden. Wir wollen es immer noch, beide!« Sie nickte, um ihren Worten Gewicht zu verleihen. »Es war alles ein Missverständnis. Aber es wird sich zum Guten wenden, du wirst sehen. Für uns alle.« Sie lächelte wieder, zufrieden mit ihrer Erklärung. Sie klang vernünftig und ansprechend, jetzt musste Markus nur noch …

»Wirklich?«, fragte Markus und hob eine Augenbraue.

Da alles sich zu klären schien, war es Illiana leicht ums Herz. Sie würde nie wieder mit Markus zu tun haben, also konnte sie ruhig großherzig ihm gegenüber sein. Sie lächelte erneut. Langsam begannen ihre Wangen von all dem Lächeln zu schmerzen. »Ja, ich will Axel, und er will mich«, verdeutlichte sie.

»Ich verstehe«, sagte Markus. Seine schwarzen Augen blitzten, als reflektierten sie den Mond. »Und das bedeutet, du willst mich nicht?«

Illiana lächelte breit. Sie war froh, dass er die Lage so schnell zu verstehen schien. Sie fühlte sich stark, es würde alles gut werden. »Ja, genau!«, nickte sie eifrig.

»Wie praktisch«, sagte Markus gemächlich. Er verlagerte sein Gewicht vom einen auf den anderen Fuß. Ein kurzes Zucken seines Gesichts zeigte Illiana, dass er Schmerzen hatte. Sie ahnte, wie viele Blutergüsse er unter dem Bart und den schwarzen Kleidern haben musste und empfand eine Spur Mitleid mit ihm. Er hatte fürchterliche Prügel bekommen. Markus Järv musste ebenso viel daran liegen wie ihr, dass sie endlich getrennte Wege gingen. Aber wie er so dastand und sie betrachtete, sah er weder froh noch erleichtert aus, sondern immer noch grausam. Vielleicht waren die guten Neuigkeiten noch nicht richtig bei ihm angekommen. Oder aber er besaß nur diesen einen Gesichtsausdruck.

»Soso, ihr zwei Turteltäubchen plant also, hinüberzuspazieren und ihrem Vater zu erzählen, dass ihr einander haben wollt?«, sagte Markus und wandte sich an Axel. »Trotz der Aussage des Königs?«

»Aber Axel und ich sind verlobt«, behauptete Illiana. Sie spürte, wie dieses Gespräch ihr zu entgleiten drohte. Sie blickte auf Axel, der blass geworden war.

Markus blickte ebenfalls auf Axel. Er verschränkte die Arme vor der Brust und fragte sanft: »Seid ihr das?«

Axel sank in sich zusammen, Illiana konnte sehen, wie er aufgab. Er war ein so ehrlicher, guter Junge, er würde es niemals wagen, dem König, Markus oder ihrem Vater zu trotzen. Axel fuhr sich unschlüssig mit der Hand durch die Haare. Sie sah, wie er mit seiner eigenen Rechtschaffenheit kämpfte.

»Nein«, antwortete er schließlich. »Wir haben nur darüber gesprochen. Nicht mehr.« Er blickte Illiana entschuldigend an. »Verzeih mir«, sagte er.

»Lass uns allein!«, befahl Markus Axel.

Als Axel zu protestieren begann, legte Markus warnend eine Hand an sein Schwert. Illiana schlug die Hand vor den Mund, aber Axel zögerte dennoch, wollte sie nicht allein lassen. Als Markus seine Hand um den Schwertgriff schloss und einen Schritt nach vorne machte, verneigte Axel sich jedoch schnell. »Wenn du sie entehrst, bekommst du es mit mir zu tun.« Markus verzog keine Miene, doch Illiana hatte Axel noch nie höher geachtet. Er verschwand nach einem letzten unruhigen Blick auf sie.

»So«, sagte Markus, nachdem Axel über den Innenhof entschwunden war. »Noch etwas, das du sagen willst?« Er trat ihr entgegen.

»Wir können nicht heiraten«, stieß sie hervor und versuchte zurückzuweichen, ohne dass er es merkte. Hatte er nicht selbst gesagt, dass er lieber sterben würde?

Es sah aus, als lächelte Markus. Aber wahrscheinlich spielte ihr das Mondlicht einen Streich, denn es gab nichts zum Lächeln.

»Nicht?«, fragte er.

Illiana wich so weit zurück, bis sie die Holzwand an ihrem Rücken spüren konnte. Jetzt gab es kein Zurückweichen mehr.

»Wie kommst du denn darauf?«, fragte er und näherte sich ihr unerbittlich immer weiter.

»Du hast gesagt, du würdest lieber gefoltert werden als mich zu heiraten«, entgegnete sie ihm. Diese Worte hatten ihr übrigens sehr wehgetan. Nicht etwa, weil sie ihn wollte, nein, aber trotzdem … Sie riss sich wieder zusammen.

»Habe ich wirklich etwas so Dummes gesagt?«, fragte er und hob die Hand.

Beim Anblick seiner erhobenen Hand schloss Illiana automatisch die Augen und wartete mit angehaltenem Atem auf die Ohrfeige, die jetzt kommen würde. Doch nichts geschah.

»Illiana?«

Vorsichtig öffnete sie die Augen wieder. Markus sah sie an, und zum ersten Mal hatte sie das Gefühl, ihn aus der Fassung gebracht zu haben. »Was?«, fragte sie.

Aber er schüttelte nur den Kopf und hob erneut seine Hand, aber diesmal langsam, um sich gegen die Holzwand hinter ihr zu stützen. Er sah ihr die ganze Zeit in die Augen, und dann saß sie fest, zwischen ihm und dem Haus.

»Willst du denn?«, fragte sie schließlich. Ihr Herz raste, aber die Angst war ein wenig gewichen. Aus der Nähe war er gar nicht so Furcht einflößend, sondern fast menschlich.

»Will ich was?«, fragte er leise und ließ den Blick über ihr Gesicht gleiten und auf ihrem Mund ruhen.

»Mich«, flüsterte sie.

»Ich habe mich noch nicht entschieden«, sagte er. »Ob ich dich *haben* will. Aber eines ist sicher: Dein Axel ist nicht Manns genug, sein Recht zu verteidigen. Er war schneller weg als ich gucken konnte.« Markus Blick war wie eine Liebkosung. Sie hielt den Atem an. »Und wie ich höre, brauchst du einen Mann.«

»Aber Axel ist ein Mann, ein guter Mann. Ich liebe ihn.« Letzteres war nicht ganz die Wahrheit, aber auch keine richtige Lüge. Sie liebte Axel wie einen Bruder. »Du hast ihm Angst eingejagt, aber er ist ein besserer Mann, als du dir vielleicht vorstellst.« Vielleicht gelang es ja doch noch, vernünftig mit ihm zu reden.

Markus bewegte seine Handfläche noch näher zu ihrem Kopf hin. Offensichtlich versuchte er, sie zu provozieren, also bemühte sie sich, ruhig stehen zu bleiben. Er spielte die Macht seiner Größe aus, und Illiana hatte nicht vor, ihm zu zeigen, wie gut das funktionierte.

»Das klingt fast so, als würdest du meine Männlichkeit infrage stellen«, sagte er.

Wenn Illiana sich nicht sicher gewesen wäre, dass Markus Järv ein Mann war, der keinen Spaß verstand, hätte sie gesagt, dass da Belustigung in seiner Stimme zu hören war. Sie runzelte die Stirn. Fand er die Situation etwa witzig?

»Geht es also darum?«, fuhr er fort und kam mit seiner Hand so nah, dass sie deren Wärme spüren konnte. »Dass du die Sorge hast, ich könnte nicht Manns genug für dich sein?«

Illiana sank gegen die Wand und vermied es, ihm in die

Augen zu schauen. Irgendwie gelang es ihm, jedes ihrer Worte zu verdrehen. Fast hatte sie den Eindruck, dass er sie absichtlich missverstand. Aber warum sollte er das tun? Dieser Mann war ihr ein Rätsel. Drinnen im Speisesaal war er außer sich vor Wut gewesen. Sie war sicher gewesen, dass er dankbar jede Hilfe annehmen würde, um dieser ungewollten Verlobung zu entgehen. Aber nun stand er hier und schlug sie mit ihren eigenen Argumenten.

»Ich fühle mich ja fast gezwungen, dir zu beweisen, dass du unrecht hast«, sagte er.

»Du brauchst mir wirklich nichts zu beweisen«, erwiderte sie schnell. »Du bist der männlichste Mann, den ich je getroffen habe.«

Wieder hatte sie den Verdacht, dass er sich das Lachen verkneifen musste, doch Markus' Stimme klang tief und ernst, also hatte sie sich wohl geirrt. »Warum fällt es mir schwer, dir das zu glauben?«, fragte er.

»Ich werde mit meinem Vater sprechen«, sagte sie und gab ihrer Stimme einen vernünftigen und furchtlosen Klang. »Ich will dich nicht. Du willst mich nicht. Das muss doch zu verhandeln sein.«

Markus erhob seine Hand in Richtung ihres Gesichtes, und sie erstarrte. Mit all ihrer Kraft konzentrierte sie sich darauf, still zu stehen und zu atmen.

Sanft umfasste er ihr Kinn. »Das sagst du die ganze Zeit«, flüsterte er, »dass ich dich nicht will.« Seine Hand war groß, grob und warm und duftete nach Leder. Als er sie berührte, war Illiana, als könne sie jede einzelne Lebenslinien auf den Fingerspitzen und die Struktur der ganzen Handfläche spüren. Er beugte sich zu ihr hinunter, und ihr stockte der Atem. Herr im Himmel!

Er will mich küssen.

Illiana war noch nie geküsst worden, nicht auf diese Art. Axel war schüchtern, und vermutlich war er zu anständig, um mit ihr etwas zu tun, bevor sie Mann und Frau waren. Der alte Sture hatte sie mehrfach gegen eine Wand gedrückt und sie mit seinen krummen Fingern begrapscht, aber es war ihr jedes Mal gelungen, sich davonzumachen, bevor sein zahnloser Mund ihren gefunden hatte. Die Jungs, mit denen ihr Vater sie verlobt hatte, kannte sie nicht einmal, geschweige denn war sie von ihnen geküsst worden. Sie war auf dem Hof aufgewachsen, hatte ihre Kräuter angepflanzt und ihre Stoffe bestickt, während die Mägde kichernd von Jungen, Küssen und anderem erzählten. Als sie älter geworden war, hatte sie von Weitem die Dorfschönheiten mit ihren Freunden hinter Bäumen herumschäkern gesehen, aber sie hatte nie dazu gehört und war noch niemals so nahe an einem Kuss gewesen, wie sie es jetzt war.

Markus' Mund war so dicht an ihrem, dass sie seinen heißen Atem spüren konnte. Aus der Nähe unterschied sie weitere seiner Düfte: Er roch nach Wein und nach Leder, außerdem leicht nach irgendeiner Creme oder Salbe. Ihr eigener Atem kam stoßweise, plötzlich war sie froh darüber, dass sie an einer Holzwand lehnte, denn ihre Beine fühlten sich wackelig an. Ein fremder, beinahe eigenständiger Teil von ihr wollte sich Markus entgegenlehnen. Sie mochte menschliche Berührung, das hatte sie schon immer getan, aber diese fremde, raue Handfläche verursachte mehr als eine Berührung. Es war, als würde ihre Haut mit seiner kommunizieren. Illiana versuchte, sich alle schlechten Eigenschaften dieses Manns wieder ins Gedächtnis zu rufen: seine Grausamkeit, die skrupellosen Taten. Doch jeder klare Gedanke wurde sogleich von dieser Wärme und diesem Duft verdrängt. Sie konnte sich nicht erinnern, jemals so gefühlt zu haben. In ihrer Familie waren Liebkosungen nicht üblich. Ihre Zuneigung und Fürsorge hatte sie harmlosen Kindern und Alten geschenkt, nicht aufregenden Männern, die ihre Knie zum Zittern brachten.

»Du kleine Lügnerin«, sagte er, und seine Stimme klang fast belustigt. »Natürlich willst du mich.«

Es war wohl einer der beschämendsten Momente ihres Lebens, als sie nun aufsah und seinem belustigten, selbstzufriedenen Blick begegnete. Markus verschränkte die Arme vor der Brust: »Ich denke, wir beide setzen unser faszinierendes Gespräch an einem anderen Abend fort. Bevor du vollkommen die Fassung verlierst, meine ich.« Er zwinkerte. »Trotz allem scheint es so, als hätten wir noch den Rest des Lebens Zeit.«

Wortlos schob Illiana ihn zur Seite und ging. Nach einer Weile begann sie zu laufen, sie konnte nicht anders. Sie erreichte das Haupthaus, riss die Eingangstür auf, eilte am Speisesaal vorbei, wo noch einige übrig gebliebene Gäste lärmten und tranken, lief die Treppe hinauf und hinein in ihre Kammer. Hastig zog sie sich aus, kämmte ihr Haar mit festem Strich, flocht es und fiel dann vor ihrem Bett auf die Knie. Mit gefalteten Händen begann sie ihr Abendgebet, inbrünstiger als je zuvor. Am nächsten Morgen würde sie ihren Vater auf Knien darum bitten, ins Kloster gehen zu dürfen. Sie würde alles dafür tun, nicht die Ehefrau dieses Mannes werden zu müssen.

9

»Guten Morgen!«, begrüßte ihn der König. Markus fiel auf, dass Magnus fröhlich und ausgeruht aussah. Frisch und bereit, sich in die Leben seiner Untertanen einzumischen, wie zu vermuten stand.

»Bist du bereit, deinen zukünftigen Schwiegervater zu treffen?«, fuhr der König fort und rieb sich die Hände in gespannter Erwartung.

Markus verzog das Gesicht. *Schwiegervater.*

Im Gegensatz zum König war er nicht ausgeschlafen. Er hatte eine weitere schlaflose Nacht in einem erbärmlichen, viel zu kurzen Bett verbracht. Seine Rippe pochte, der Rücken brannte, und überhaupt schmerzte sein Körper noch mehr als tags zuvor. Das kannte er bereits. Am schlimmsten war es nach einigen Tagen. Dann wurde es entweder besser, oder man starb. Jedenfalls hatte er genug Zeit zum Nachdenken gehabt, also antwortete er: »Kann ich mich nicht einfach aus der Sache freikaufen?«

Der König zog seinen blauen Königsmantel über die Schultern. Er war frisch rasiert und trug eine filigrane Krone aus schimmerndem Silber. Das war typisch für ihn, sich wie ein König zu kleiden, wenn er vorhatte, die Meinungen anderer zu ignorieren, um seine Entscheidungen durchzudrücken. König Magnus war unbeliebt bei Adeligen und Kirchenoberhäuptern, die selbst gewohnt waren, ihren Willen durchzusetzen, doch Markus hatte Respekt vor ihm. »Willst du das?«, fragte der König erstaunt.

»Vielleicht«, erwiderte Markus und fragte sich, wie viel es

wohl kosten mochte, sich von einer Ehe mit Henrik Svenssons einziger Tochter freizukaufen. Henrik gehörte nicht zu den mächtigsten Adeligen des Landes, aber er besaß genügend Einfluss, um Streit anzufangen, wenn er sich übervorteilt fühlte. Die Machtbalance im Land war unausgewogen und sehr davon abhängig, wie sich der König verhielt. Dieser Landadel mit seinen eigenen Ansichten und Gesetzen und veralteten Denkmustern, der ständig quertrieb, Aufruhr und Verrat anzettelte … Manchmal hatte Markus den Eindruck, als kämpfte er schon sein ganzes Leben lang auf die eine oder andere Art an der Seite des Königs gegen ebendiesen Adel.

Der König machte eine abwehrende Handbewegung, wie er es immer tat, wenn er sich schon für etwas entschieden hatte. »Ich habe meinen Standpunkt geäußert, Henrik ist mit dieser Ehe einverstanden, und das Mädchen muss ja irgendjemanden heiraten.«

Und irgendjemand bin dann wohl ich.

»Hat jemand mal gefragt, was *sie* will?«, fragte Markus und dachte an den blonden Jungen, den er heute Nacht in die Flucht geschlagen hatte. Aus irgendeinem Grund hatte ihn dieser mustergültige Bauerntölpel irritiert. Er war so verdammt *untadelig* gewesen.

»Warum sollte sie dich nicht heiraten wollen?«, fragte der König, hielt inne und wirkte aufrichtig erstaunt.

Weil sie einen durch und durch gutherzigen Mann will. Weil sie mich für ein Monster hält. Weil sie damit recht hat.

»Keine Ahnung«, antwortete Markus trocken.

»Natürlich will sie dich«, behauptete der König und ging weiter. Ab und zu winkte er einer knicksenden Magd oder einem sich verbeugenden Knecht zu. Das Volk liebte seinen König. Sie wussten, dass er auf ihrer Seite war, dass er die Benachteiligten schützte. »Im Übrigen hat nicht sie es zu bestimmen«, sagte der König, »sondern ihre Eltern. Und die wollen dich als Schwiegersohn. Alles andere wäre Wahnsinn.«

Als ob *das* das Wahnsinnigste war, das hier auf Månssättra passiert ist, dachte Markus. Sie waren verrückt, nicht nur der folternde Vater und die brutalen Brüder, sondern auch die eiskalte Mutter. Es war, als wohnte das Böse an diesem Ort. Die Einzige, die frei davon zu sein schien, war Illiana. Sie war wie frische Luft und klares Wasser. Wenn er sich weigerte, sie zu heiraten, würde ihr Leben vermutlich die Hölle auf Erden sein, nach allem, was geschehen war. Nicht, dass es ihm etwas ausmachte. Er erinnerte sich daran, wie er sie beinahe geküsst hatte. Das war nicht geplant gewesen. Er war Frauen wie sie nicht gewöhnt – widerspenstig, unerfahren und ihm offen feindlich gesinnt. Wenn er ehrlich war, konnte er sich nicht erinnern, wann er das letzte Mal die Initiative hatte ergreifen müssen. Er war gewöhnt an Witwen und Hofdamen, Dorffrauen und Mädchen in Wirtshäusern. Diese Frauen musste man nie lange bitten, im Gegenteil, seine Person und Stellung zog sie geradezu magisch an. Seit er vor acht Jahren vom König zum Ritter geschlagen worden war, hatte er sich immer die Besten aussuchen können. Aber als Henrik Svenssons Tochter erzählt hatte, was sie und dieser Axel planten, hatte sich Markus bei dem Gedanken ertappt, dass er es schade finden würde, wenn die beiden heirateten. Er hätte nämlich nichts dagegen gehabt, Illiana zu *haben*. Auch wenn er sich recht sicher war, dass seine Definition von »haben« eine andere war als die der unschuldigen Illiana Henriksdotter. Denn sie war unschuldig. Obwohl sie nackt im Wald umhersprang und offensichtlich mit allen möglichen Männern verlobt gewesen war, hätte er seinen besten Hengst darauf verwettet, dass sie unerfahren war wie eine Nonne. Keine erfahrene Frau zitterte und bebte so, wie sie es getan hatte.

»Ich nehme an, sie haben von meinen Besitztümern erfahren?«, fragte Markus. Er machte sich keine Illusionen, dass ihnen etwas anderes an ihm gefiel. Die meisten Eltern schützten ihre tugendhaften Töchter vor jemandem wie ihm.

»Es sind ihre Eltern, sie wollen nur ihr Bestes. Es ist wohl kaum ein Geheimnis, dass du mehr zu bieten hast als ein Bauernjunge.«

Nun war es an Markus, stehen zu bleiben. »Ihr habt Euch wirklich entschieden?«

Der König nickte. »Heirate das Mädchen«, sagte er. »Je früher, desto besser. Ich muss nach Stockholm zur Hochzeit der Herzöge.« Beide Halbbrüder des Königs würden in einigen Wochen in Stockholm heiraten – seine Gedanken waren offensichtlich mit Eheschließungen beschäftigt.

»Blanche sagt, dass deine zukünftige Ehefrau nicht auf den Kopf gefallen ist. Illiana ist sehr belesen und begabt«, fuhr der König fort. »Sie hat die Klosterschule besucht, und ihre Mutter hielt sich bei Hofe auf, als wir alle noch jünger waren. Wer weiß, vielleicht werdet ihr sogar glücklich miteinander!« Er lächelte schief. »Und wenn du sie heiratest, habe ich einen Aufruhr weniger am Hals!«

Markus dachte an all die Aufstände, die er über die Jahre für König Magnus niedergeschlagen hatte. Es waren meist deprimierend blutige Geschichten. Wenn er sich weigerte, würde das einer Kriegserklärung gegen Magnus gleichkommen. Er wollte nicht gegen den König Krieg führen, nicht wegen einer Frau.

»Eine Ehefrau braucht dein Leben nicht allzu sehr einzuschränken«, fügte der König hinzu.

»Sprecht Ihr aus eigener Erfahrung«, fragte Markus trocken, »dass sich Ehefrauen im Hintergrund halten?«

Der König lächelte. »Blanche würde ein solches Arrangement niemals akzeptieren. Wir haben aus Liebe geheiratet, das ist etwas anderes. Dich hindert doch nicht etwas?«

Flüchtig dachte Markus an eine Frau, die er einen Sommer vor langer Zeit gekannt hatte. Aber sie gehörte der Vergangenheit an. Die Vorteile einer Heirat mit Illiana Henriksdotter lagen auf der Hand. Er konnte eine Auseinandersetzung mit dem König vermeiden, Henrik würde keinen Aufstand anzetteln, außerdem – und das war das stärkste Argument – würde der König aufhören, ständig davon zu reden, dass er eine Ehefrau brauchte. Zudem schien es Markus, dass er niemals von hier wegkommen würde, wenn sie nicht endlich eine Entscheidung trafen. Und das war alles, was er momentan wollte: diesen verdammten Ort verlassen. Also würde er das bedauernswerte Wesen heiraten, sie dann auf seiner Burg zurücklassen und vergessen, dass es sie gab. »Dann heirate ich sie wohl«, sagte er mit einem Seufzer. »Aber sie wird keinen Einfluss auf mein Leben haben.«

»Natürlich nicht. Nicht im Traum würde es mir einfallen, dir für deine Ehe Vorschriften zu machen!«

Sicher nicht.

»Ich möchte ein schnelles Aufgebot und dann so schnell wie möglich von hier wegkommen!«

Der König nickte. »Das sollte kein Problem sein. Ich habe schon mit dem Priester gesprochen. Natürlich möchte er vor der Trauung auch mit dir reden.«

»Glaubst du, er wird Weihwasser auf mich spritzen?«, fragte Markus. »Wie der Priester in Skara?«

»Nein«, entgegnete der König, »er scheint ein vernünftiger Kerl zu sein.«

Markus sagte nichts dazu. Der König fand *alle* vernünftig. In diesem Punkte unterschieden sie sich. Er schnitt eine Grimasse. Seine Wunden schmerzten immer schlimmer, und der König schüttelte bekümmert den Kopf. »Sieh zu, dass deine Verletzungen versorgt werden. Sonst stirbst du womöglich noch, bevor du heiraten kannst.« Er blieb vor der Tür stehen und legte eine Hand auf Markus' Schulter. »Das wäre doch schade!«

»Ja, wirklich!«, rief Markus, ohne den Sarkasmus in seiner Stimme zu verbergen. Er hielt die Tür zum Saal auf, in dem sie gestern zu Abend gegessen hatten, und sie traten beide in das Dunkel. Der Speisesaal war aufgeräumt und gelüftet, von den gestrigen Festlichkeiten war nichts mehr zu erkennen. Neue Kerzen steckten in den Wandhaltern, die Tische waren mit frischen, sauberen Tüchern gedeckt und der Fußboden war geputzt. Henrik war schon da, und Rikissa saß an seiner Seite, genauso hochmütig und eiskalt wie tags zuvor. Diesmal fiel Markus die Ähnlichkeit zwischen Mutter und Tochter ins Auge. Illiana besaß die gleiche helle Haut, die gleichen hohen Wangenknochen und elegant geschwungenen Augenbrauen.

Falke war auch anwesend. Er stand mit verschränkten Armen hinter seinem Vater und strahlte einen solchen Hass aus, dass Markus das Gefühl hatte, ihn mit Händen greifen zu können. Es war schwer zu glauben, dass die zierliche Illiana mit diesen beiden Bestien verwandt war. Diese Familie ist wirklich merkwürdig, dachte er bei sich.

Rikissa war deutlich jünger als Henrik, und als sie kurz Blickkontakt mit dem König hatte, sah Markus plötzlich alles klar vor sich: Das hier war eine verbitterte Frau, und es ging eher um Rikissas Genugtuung als um Illianas Ehre. Aber war ihnen nicht klar, dass er Illiana für immer von hier wegführen würde? War ihnen das Gold so wichtig, dass sie dafür ihr Kind opferten? Er blickte auf die kühle Frau, den ältlichen Mann und den hasserfüllten Sohn.

Dumme Frage. Letztendlich ging es immer um Gold, Silber und Reichtum.

»Henrik, welche Mitgift wolltest du Illiana geben?«, fragte der König, als sie sich alle gesetzt hatten. Ein mageres Dienstmädchen mit krausem Haar servierte ihnen Getränke und warf Markus hin und wieder verstohlene Blicke zu – nicht unfreundlich, aber forschend –, als beobachte sie einzelne Züge von ihm und versuche, diese zu einem begreifbaren Ganzen zusammenzufügen. Er ergriff den Krug, den sie gefüllt hatte, und fragte sich einen flüchtigen Moment lang, ob sie ihn vorhatten zu vergiften. Dann leerte er den Krug, streckte die Beine aus, legte eine Hand auf den Tisch und die andere an den Dolch und wartete darauf, dass das Spektakel beginnen würde.

»Es ist nicht rechtens, dass wir ihr unter diesen Umständen eine Mitgift geben müssen«, begann Henrik und bestätigte damit Markus Vermutung: Hier ging es darum, ihm so viel Gold wie irgend möglich abzupressen. Der König sah aus, als wolle er protestieren, doch Markus schüttelte den Kopf. Er hatte genug davon, wie sich König Magnus in seine Angelegenheiten einmischte. Das hier war seine Verhandlung. »Fahre fort«, sagte er stattdessen.

Henrik wandte sich an den König und sprach weiter: »Järven hat sie zerstört, ihr Schicksal ist besiegelt, und er hat ihrer Familie geschadet. Es wäre angemessen, wenn er den Schaden mit Gold und anderen Gütern kompensieren würde.«

Hätte Markus diesen Henrik Svensson nicht so sehr verachtet, wäre er vielleicht in die Konfrontation gegangen. Aber er wollte nicht mehr Zeit in Anwesenheit dieses Mannes verbringen als unbedingt nötig. Es ekelte ihn zu sehen, wie der Kerl um die Zukunft seiner Tochter feilschte. Es war Henriks Aufgabe, seiner Tochter eine ordentliche Mitgift zu geben.

»War noch was?«, fragte er kühl.

»Du bist ein Bastard, ohne Geschlecht, ohne Familie. Illiana kommt aus einer angesehenen Familie, ihre Mutter ist mit dem Königshaus und anderen einflussreichen Geschlechtern verwandt. Meine Tochter ist eine geschickte Haushälterin, sie besitzt wertvolle Fähigkeiten. Du wirst nirgendwo eine bessere Ehefrau finden. Aber immerhin bist du reich, und es wäre nur recht und billig, wenn du wieder gutmachen würdest, was du angestellt hast.«

Markus hob die Augenbrauen. »Recht und billig? Es ist die Aufgabe eines Vaters, seine Tochter zu ehren, indem er ihr eine anständige Mitgift aushändigt. Stattdessen willst du Güter von mir?«

»Das ist nur angemessen«, wiederholte Henrik stur.

Aus den Augenwinkeln sah Markus, wie der König die Stirn runzelte, aber das hier war eine Sache zwischen ihm und Henrik, sonst niemandem. Henrik hatte unrecht, seine Forderung war unangemessen, aber Markus war sich nicht sicher, ob er noch länger diskutieren wollte. Er wollte hier weg. Es war geschmacklos, wie der Vater seine Tochter verkaufte, wie die Gier in seinen Augen leuchtete. Markus wollte sich nicht an diesem Gefeilsche beteiligen. Reich genug war er, um Henrik alles bezahlen zu können, was dieser verlangte, wahrscheinlich würde es ihm nicht einmal auffallen.

»Was wollt Ihr haben?«, fragte Markus. Ohne seine Verachtung zu verbergen, hörte er zu, wie Henrik die Menge an Gold und die Gegenstände aufzählte, die er als angemessene Kompensation dafür betrachtete, dass er seine unglaublich fähige, jedoch leider noch immer unverheiratete Tochter freigab.

Henrik verstummte.

»Noch ein Wunsch?«, fragte Markus ironisch. »Meinen Kampfhengst? Meine Burg?«

Henrik sah auf seine Frau, die unmerklich den Kopf schüttelte.

Mit einem Gefühl von Ekel erhob sich Markus vom Verhandlungstisch. Henriks Ansprüche waren zwar absurd gierig, doch selbst wenn er das Doppelte verlangt hätte, wäre Markus' Besitz nicht nennenswert reduziert worden. Er besaß Höfe und Häuser im gesamten Land, und außerdem konnte er sich nicht länger mit dieser widerlichen Verhandlung befassen, in der Illianas eigene Familie sie wie eine Ware behandelte. Die zweifelhafte Ehre einer Frau im Austausch gegen Frieden im Reich. Nun ja, immerhin litt sie an keinem Gebrechen, und er erinnerte sich daran, wie sein Körper auf ihre Nacktheit reagiert hatte.

Der König erhob sich ebenfalls, und auch die anderen kamen schnell auf die Füße. Bänke rutschten über den Fußboden, und Staub wirbelte im Sonnenlicht auf.

»Bereitet die Dokumente vor, dann unterschreibe ich heute Abend«, sagte Markus. Er hatte seine Siegel im Gepäck, es würde schnell gehen, und dann konnte er diesen Ort endlich für immer verlassen. »Die Trauung findet morgen statt. Übermorgen soll sie bereit zur Abreise sein.«

Henrik öffnete den Mund, um etwas zu sagen. Markus hob die Hand. »Genug jetzt. Das sind meine Bedingungen. Du tust gut daran, meine Geduld nicht weiter zu strapazieren.«

Henrik verstand es, zu schweigen, doch Falke ging auf Markus zu, stellte sich unbehaglich nahe an ihn heran und stieß mit der Hand gegen seine Brust, direkt über die angeknackste Rippe.

»Du verdammtes Schwein!«, sagte Falke. »Ich wünschte, wir hätten dich umgebracht.« Er bohrte noch einmal den Finger in Markus' Brust, sein Gesicht war hassverzerrt.

Markus verzog keine Miene. Er erwiderte nur höhnisch lächelnd: »Dann musst du deine Tätigkeiten in der Schmiede wohl noch etwas perfektionieren, meinst du nicht?«

Falke fluchte auf, der König trat einen Schritt auf sie zu, aber Henrik Svensson ging dazwischen und brüllte: »Falke!«

Falke war geistesgegenwärtig genug, zu gehorchen und zurückzuweichen.

»Pass auf, dass du ihn im Zaum hältst!«, rief der König zu Henrik. »Ihr solltet dankbar sein«, fuhr er streng fort. »Markus war mehr als großzügig!«

»Ja, Eure Majestät«, sagte Henrik und verbeugte sich. Rikissa knickste.

Der König legte eine Hand auf Markus' Schulter. »Wir gehen. Es ist vorbei.«

Vielleicht, vielleicht auch nicht. Falke könnte ein Problem werden.

Aber gerade jetzt hatte Markus andere Sorgen. Es hatte höllisch weh getan, als Falke ihn angestoßen hatte, etwas war gebrochen, und er war gezwungen, Karl erneut um Hilfe zu bitten. Er hasste das. Karl war nicht gerade der behutsamste Mensch.

10

»Mama sagt, dass Järven dich stücken wird und dich aufessen und töten will!«, sagte das kleine Mädchen und blickte Illiana mit großen Augen an.

»Stücken?«, fragte Illiana.

Das Mädchen, vielleicht sechs Jahre alt, steckte einen Zeigefinger in den Mund, überlegte und erklärte dann: »Zerstücken mit dem Messer!«

Ah. Zerstückeln.

Das Mädchen fragte interessiert: »Warum will er das machen? Was hast du getan?«

»Nichts.«

Nur bewirkt, dass er gefoltert wurde und zwangsverheiratet wird.

»Und er wird mich auch nicht zerstückeln«, fügte Illiana bestimmt hinzu.

Das Kind blickte sie enttäuscht an, und Illiana zwang sich zu einem klugen Erwachsenenlächeln. Das Kind kratzte sich an der Nase und schien dann das Interesse an dem Thema zu verlieren. Während es anfing, einen Korb mit bunten Bändern zu untersuchen, blieb Illiana sitzen und starrte in die Luft. Um sie herum, auf Regalen und in Truhen, lagen ungefärbte Stoffballen aus grober Schafswolle, Leinen und feiner Wolle. In geflochtenen Körben lagen Wollknäuel, und in der Ecke stand ein Spinnrad, auf dem die Wolle zu Garn gesponnen werden sollte. In anderen Körben lagen kleine Glöckchen, Perlen und gefärbte Bänder, mit denen die Festkleidung geschmückt wurde.

Illiana griff nach einem gelben Haarband und gab es dem Kind.

Das Mädchen nahm das Band mit begierigem Blick und klebrigen Fingern.

»Hast du nichts zu tun?«, fragte Illiana.

Die kleinen Kinder hatten die Aufgabe, die Kleintiere des Hofs zu beaufsichtigen: Gänse, Hühner und Lämmer. Eigentlich durften sie nicht in der Nähstube sein. Das Kind nickte widerwillig als Antwort.

»Dann ist es am besten, wenn du gehst«, sagte Illiana. Normalerweise kam sie mit den Kindern des Hofs gut zurecht, aber sie wollte nicht daran erinnert werden, wie die Leute schon über sie redeten, nicht jetzt, wo sie hier saß und auf ihr Urteil wartete.

Das Mädchen zögerte, offensichtlich unwillig, die Nähstube mit ihren Schätzen zu verlassen. Doch nach einem letzten ermahnenden Blick Illianas hüpfte es davon und stieß in der Türöffnung beinahe mit Helvig zusammen.

Die Magd ließ das Kind vorbei und sah auf Illiana. »Es ist so weit, sie wollen, dass Ihr kommt«, sagte sie. Illiana spürte Panik in sich aufsteigen. Das alles war so ungerecht, dass sie fast nicht atmen konnte. Sie wollte Järven nicht heiraten. Wenn sie ehrlich war, verstand sie, warum sich gewisse Frauen zu Markus Järv hingezogen fühlten. Gestern zum Beispiel hatte sie sich – und das war so peinlich, dass sie kaum daran denken konnte – plötzlich *gewünscht*, er möge sie küssen. Die Atmosphäre zwischen ihnen war so aufgeheizt gewesen, dass es sich wie die natürlichste Sache der Welt angefühlt hatte, die Augen zu schließen und sich ihm entgegenzulehnen. Er hatte es gemerkt und sie deswegen ausgelacht, und das war so demütigend gewesen, dass sie die Erinnerung daran verdrängte. Aber abgesehen von dieser grenzenlosen Demütigung konnte sie tatsächlich verstehen, warum einige Frauen ihn anziehend fanden. Wenn man auf große, grimmige Männer stand, die verwüsteten, schändeten und grölten, so war er ohne Zweifel die Männlichkeit in Person.

»Weißt du, was sie entschieden haben?«, fragte sie.

Sie mussten eine bessere Lösung gefunden haben, alles andere war undenkbar.

»Ihr solltet selbst mit ihnen sprechen«, antwortete Helvig ausweichend.

Seufzend erhob sich Illiana und legte ihre Handarbeit zur Seite. »Glaubst du, ich muss ihn nicht heiraten? Hast du irgendetwas gehört?«

Helvig zögerte.

»Was?«, machte Illiana.

»Egal, wie es heute ausgeht, so dürft Ihr nicht alles glauben, was über ihn erzählt wird«, sagte Helvig. Dann kniff sie ihre Lippen zusammen, als hätte sie bereits zu viel gesagt.

Illiana steckte den Schlüssel in ihren Beutel, den sie am Gürtel trug, und fragte: »Was meinst du? Was hast du gehört?«

Aber Helvig schüttelte den Kopf, sodass ihre Locken hin und her flogen. »Wir haben jetzt keine Zeit dazu. Kommt, sie warten auf Euch.«

Zusammen gingen sie über den Innenhof. Je näher sie dem Haupthaus kamen, desto unruhiger wurde Illiana. Schließlich musste sie ihre Füße zwingen, die Treppe hinauf und über die Türschwelle hinein in den Saal zu gehen, wo ihre Eltern und der König auf sie warteten. Die langen Tische waren beiseitegestellt worden, die Eltern saßen an einem kleineren Tisch. Eine Kerze brannte in einem Kerzenhalter aus Zinn, und Dokumente mit schnörkeligen Buchstaben und dickem Siegellack lagen verstreut auf dem Tisch. Das Kreuz ihrer Mutter glänzte im Licht der Kerzenflamme. Draußen vom Hof hörte man

Wortfetzen und vereinzelte Geräusche von Tieren und Kindern, doch hier drinnen war es ernst und still.

»Eure Majestät«, machte Illiana und knickste vor dem König, bevor sie ihre Eltern begrüßte. Ihr Vater schaute grimmig, doch der Gesichtsausdruck ihrer Mutter war leer. Es war unmöglich, herauszufinden, was entschieden worden war. Illiana hatte vorgehabt, einen gehorsamen und würdigen Eindruck zu machen, doch als ihr klar wurde, dass ihre Zukunft davon abhing, was gleich gesagt werden würde, begann sie zu zittern.

»Es ist entschieden«, sagte ihr Vater. »Morgen heiratet ihr.«

Ihre Eltern saßen aufrecht und ohne Mitgefühl in ihren Blicken da, und etwas in ihr zerbrach.

Illiana sank niedergeschmettert auf ihre Knie. Ihr hellgrauer Rock verbreitete sich flatternd auf dem Holzfußboden. »Bitte!«, flehte sie. »Ich habe euch nie um etwas gebeten, aber ich flehe euch jetzt auf meinen Knien an: Bitte, Vater, erspart mir diese Hochzeit!«

»Es ist bereits entschieden!«, verkündete ihr Vater.

»Das ist die Gelegenheit für dich, endlich von Nutzen zu sein«, sagte ihre Mutter. »Er ist reicher als Axel und hat unsere Bedingungen akzeptiert.«

Illiana kämpfte gegen die Panik an. »Vater, bitte!« Ihre Stimme versagte, doch sie zwang sich, weiterzusprechen. »Lieber sterbe ich!« Sie wagte nicht, den König anzublicken, der gelassen, breitbeinig und königlich neben dem Tisch stand.

Es war ihre Mutter, die antwortete. »Wenn du Schande über uns bringst«, sagte sie mit leiser Stimme, »dann bin nicht ich es, die dich bestraft, es wird dein Vater sein.«

»Ist es das, was du willst?«, fragte ihr Vater und trat drohend einen Schritt näher. »Dass ich dich mit hinaus in die Schmiede nehme und die Peitsche sprechen lasse?«

Illiana senkte den Kopf. Sie bemühte sich, eine folgsame

Tochter zu sein. Doch einmal hatte sie von ihrer Mutter zehn Peitschenhiebe erhalten, und das war furchtbar gewesen. Wenn der Vater sie schlug, würde sie vielleicht sterben. Sie wusste, dass er schon Leute zu Tode gepeitscht hatte, und sie war sich nicht sicher, ob er darauf Rücksicht nehmen würde, dass sie seine Tochter war – nicht, wenn man ihn kränkte und sich ihm widersetzte.

Bis gerade eben war Illiana noch völlig überzeugt davon gewesen, dass sie lieber sterben als Markus heiraten würde. Doch wenn es darauf ankam, wenn die Alternative bedeutete, gefesselt und ausgepeitscht zu werden, falls sie sich weigerte, dann lähmte sie der Schrecken.

Welch eine demütigende Erkenntnis: Sie war offenbar nicht bereit, für ihre Überzeugung zu sterben.

Ich muss gehorchen, dachte sie und spürte, wie sich der Abgrund vor ihr auftat. Als Frau war sie abhängig von ihrer Familie, und die Ehre der Familie war wichtiger als alles andere. Aber vielleicht gab es eine Alternative, die keinen Schatten auf ihre Eltern und ihren Namen werfen würde. War es genauso für ihre Mutter gewesen? Hatte sie den gleichen Schrecken verspürt, als sie verheiratet worden war?

»Lasst mich eine Braut Jesu werden!«, versuchte sie, doch noch einen Ausweg zu finden. »Lasst mich ins Kloster gehen. Ich verspreche, euch stolz zu machen!«

Ihre Worte hallten im stillen Raum wider. Illiana hatte nie vorgehabt, ins Kloster zu gehen. Aber das Leben mit diesem brutalen Fremdling würde nicht einmal ansatzweise glücklich oder erfüllt sein. Lieber wollte sie Gott dienen und danach streben, sich unterzuordnen, Kindern und dem Familienleben entsagen.

Sie war so mit ihren Klostergedanken beschäftigt, dass sie unvorbereitet war, als sich ihre Mutter erhob und ihr mitten ins

Gesicht schlug. »Wie kannst du es wagen, dich uns zu widersetzen?«, fragte sie rasend vor Wut.

»Du bist verlobt, das ist eine verbindliche Abmachung!«, brüllte ihr Vater. Er lehnte sich zurück auf seinem Stuhl und ließ seinen Kopf an der Rückenlehne ruhen. »Du kannst noch dankbar sein, eine Möglichkeit zu bekommen, deine eigenen Fehler wieder gutzumachen!«

»Wenn es nötig sein sollte, schleppe ich sie höchstpersönlich an ihren Haaren zum Priester!«, sagte Rikissa zum König, der sie mit ruhigem Gesichtsausdruck betrachtete. Järven war die rechte Hand des Königs. Und wenn der Herrscher von Schweden befahl, dass sie diesen Mann heiraten sollte, dann hatte sie kein Recht, den Befehl infrage zu stellen. Ihre Wange war heiß von der Ohrfeige, und die Tränen brannten in ihren Augen.

Es ist vorbei.

Illiana erhob sich und versuchte, ihre Gefühle zu ignorieren. Ihre Eltern hatten recht: Sie war eine wirtschaftliche Belastung für die Familie, und sie konnte sich nicht einfach auf Kosten aller über Entscheidungen hinwegsetzen. Das Glück eines Einzelnen wog niemals höher als das Wohlbefinden der Familie.

»Järven will eine schnelle Trauung und danach so bald wie möglich abreisen«, sagte ihr Vater, und sein Tonfall machte deutlich, dass das Gespräch beendet war. »Ich habe nichts dagegen. Sprich mit deiner Mutter über die Kleidung. Und sag einer der Mägde, dass sie deine Sachen packen soll. Du nimmst das mit, was du brauchst, aber er wird dir einiges neu kaufen. Das ist Teil deiner Morgengabe.« Er zeigte auf eines der Dokumente. »So ist es abgemacht.«

Der König fragte: »Illiana, können wir uns kurz unterhalten?«

Sie überlegte, welche Strafe er ihr wohl auferlegen wollte, weil sie es gewagt hatte, seinen Befehl infrage zu stellen.

Aber er lächelte sie beruhigend an. »Ich erinnere mich, dass du eine geschickte Krankenpflegerin bist«, sagte er. »Schon als Kind warst du gut darin, dich um alle Lebewesen zu kümmern. Ich möchte, dass du dir Markus' Wunden anschaust, mein Vertrauen in Karl ist diesbezüglich nicht allzu groß.« Er blickte sie freundlich an, als handele es sich um eine Anfrage und nicht um einen königlichen Befehl. »Ich würde es als einen persönlichen Gefallen ansehen, wenn er gut versorgt wird.« Er strich ihr über die Schulter. »Und ich wäre untröstlich, wenn ihm etwas zustoßen würde. Er ist ein guter Mann. Einer der Besten.«

Sie senkte den Kopf und murmelte: »Natürlich, Eure Majestät«, weil es darauf nichts anderes zu sagen gab. Die Botschaft war leicht zu deuten: Markus sollte leben. Wenn er starb, wäre sie dafür verantwortlich.

»Du kannst gehen«, sagte ihr Vater. »Hole, was du benötigst.«

Illiana verließ das Haupthaus, wich Helvigs beunruhigtem Blick aus und ging, um ihre Sachen zu holen. Sie würde Markus pflegen und die Wunden versorgen, die ihm ihr Vater und die Brüder zugefügt hatten. Järven und sie würden in aller Hast heiraten, und dann würde sie gezwungen sein, ihm in allem zu gehorchen. Das ist das Einzige, was ich tue, dachte sie voll Bitterkeit. Erst dem einen, dann dem anderen Mann gehorchen. Wie ein Schilfrohr im Wind, hin- und hergeworfen zwischen den Ansprüchen anderer.

Sie fand Markus im Küchengebäude, wo einige verschreckte Mägde mit Töpfen und Kochlöffeln hantierten und aussahen, als wünschten sie sich weit weg. Er saß auf einem Schemel und blickte düster drein.

Illiana grüßte ihn nicht, sondern holte schweigend das hervor, was sie hastig zusammengesammelt hatte: Spitzwegerich und Purpurweide, Leinenstreifen, Schere, Beutel mit getrockneten Kräutern und eine Salbe.

»Wärt ihr so nett und lasst uns allein?«, bat sie die Mägde, die mit unendlich erleichterten Mienen davoneilten.

Über der Feuerstelle stand ein Kessel mit heißem Wasser. Sie nahm sich schnell mehrere Holzschälchen, goss Wasser hinein, leerte ihre Beutel und griff zum Mörser. In den Schalen stellte sie die Kräuterauszüge her, die Wegerichblätter landeten im Mörser.

»Ich gehe davon aus, dass du nicht hier bist, um mich zu töten«, sagte Markus. Sein Tonfall war sarkastisch, aber sein angestrengter Gesichtsausdruck zeigte Illiana, dass er Schmerzen hatte.

Sie goss das Wasser aus einer der Schalen in einen Becher und gab ihn ihm. »Trink. Das lindert die Schmerzen.«

Er schnüffelte misstrauisch. »Was ist das?«

»Mädesüß. Völlig ungefährlich, glaub mir.«

Er stellte ihn beiseite, ohne zu trinken, und sie verdrehte die Augen. »Der König hat gesagt, dass ich mich um dich kümmern soll. Also musst du tun, was ich sage! Sonst riskiere ich womöglich, geköpft zu werden.«

»Sei nicht albern. Er würde dich niemals köpfen lassen. Du würdest lebendig begraben werden.«

»Trink jetzt den Trunk aus Mädesüß, dann kann ich mir deine Wunden ansehen.«

Markus nahm den Becher entgegen. »So ist es also, wenn man verheiratet ist«, sagte er. »Eine Frau, die nörgelt, bis einem die Ohren abfallen.« Er klang gereizt, gehorchte aber und leerte den kleinen Becher.

»Ich habe keine Ahnung«, sagte Illiana kurz und nahm den leeren Becher. »Ich war noch nie verheiratet. Zieh jetzt dein Hemd aus, damit ich es mir anschauen kann.«

Er verzog den Mund zu einem Grinsen. »Du willst also, dass ich mich vor dir ausziehe? Fällst du auch nicht in Ohnmacht?«

»Sei nicht albern«, sagte sie, und ordnete ihre Sachen, obwohl sie eigentlich gar nicht geordnet werden mussten. Sie wusste genau, wo alles stand. Ohne ihn dabei anzusehen, so weltgewandt wie sie konnte, sagte sie:»Ich habe schon massenweise nackte Männer gesehen.«

Das entsprach nicht ganz der Wahrheit. Ein paarmal hatte sie die haarige Brust ihrer Brüder und manchmal einen Knecht auf dem Feld mit nacktem Oberkörper gesehen. Aber seit sie erwachsen war, hatte sie hauptsächlich mit den Frauen des Hofs zu tun gehabt. Doch letztendlich waren sie alle Geschöpfe Gottes – wie groß konnte der Unterschied schon sein?

Schnell und effektiv zog Markus seine Tunika aus, und Illiana erhielt unmittelbar die Antwort auf ihre Frage. Es gab definitiv einen Unterschied zwischen Mann und Frau, jedenfalls, wenn es sich um Markus Järv handelte. Sie schluckte. Was in aller Welt hatte sie sich hier eingebrockt? Überall hatte er Muskeln. Sein Hals war dick wie ein Baumstamm, die Oberarme gewaltig und seine Brust hart und breit vom Kampf und Training. Sein Anblick war schon an sich überwältigend, aber was ihr am meisten in die Augen fiel, waren trotz allem die Narben und Verletzungen. Es gab kaum eine Stelle an ihm, die nicht von Narbengewebe, Wunden oder Blutergüssen bedeckt war. Dieser Körper gehörte einem Mann, der den Großteil seines Lebens geschlagen, geschnitten und ausgepeitscht worden war. Sie versuchte, es nicht zu zeigen, aber innerlich war sie voller Mitleid. Kein Mensch durfte so viel Gewalt ausgesetzt sein. Illiana ging um ihn herum und konnte ein schockiertes Aufstöhnen nicht zurückhalten, als sie seinen Rücken sah. Er war bedeckt mit roten Striemen.

»Dein Vater hat die Peitsche sprechen lassen«, sagte er tonlos.

Die meisten Wunden waren nicht verbunden, aber er hatte eine Bandage um die eine Schulter und eine um seinen Rumpf. Sie löste beide Verbände. Sie waren schmutzig und rochen scharf und beißend nach etwas, das sie nicht einordnen konnte. Aber es war nichts, was mit Wundpflege zu tun hatte, dessen war sie sich sicher. Sie legte die Verbandsstreifen zur Seite und beschloss, sie später zu verbrennen. Der unangenehme Geruch kam nicht von den Wunden, das konnte sie sehen, sondern von einer Art Schmiere, mit der sie bestrichen waren. Illiana untersuchte vorsichtig eine der Wunden. Sie war voll mit Resten getrockneter Pflanzen. Wenn man seine Sache verstand, dann gab man niemals Sud oder Pflanzen direkt auf die Wunde, man legte Stoff dazwischen.

»Stümper«, murmelte Illiana. Sie griff nach ein paar sauberen Leinenstreifen und legte sie in die Schüsseln mit den Kräuterauszügen. Dann nahm sie ein sauberes Stück Stoff und begann mit leichter Hand Markus' Rücken zu waschen. Nach jeder Wunde nahm sie neuen Stoff, denn sie hatte es noch nie gemocht, alte Verbände zu benutzen. Vorsichtig untersuchte sie die Striemen. Einige der Hiebe hatten tiefe Wunden hinterlassen, doch die meisten waren oberflächlich. Sie wusch sie behutsam aus und beschloss, ihre Salbe nicht für die schlimmsten Wunden zu benutzen. Sie war effektiv, aber brannte wie glühendes Eisen, und sie wollte Markus nicht noch mehr Schmerzen aussetzen, als er ohnehin schon ausgesetzt gewesen war.

»Ich nehme an, du weißt, dass wir morgen heiraten werden«, sagte er.

»Ja«, entgegnete sie und fuhr fort, seine Wunden auszuwaschen, eine nach der anderen. Sie brachte es nicht über sich, sie zu zählen. Es waren entsetzlich viele. Sie runzelte ihre Stirn über den Gestank der Schmiere. »Wer hat diese Wunden eigentlich versorgt?«

»Karl.«

»Kennt er sich wirklich damit aus?«, fragte sie zweifelnd.

Markus schnaubte verächtlich. »Ich würde sagen, es ist reines Glück, dass er nicht geschafft hat, mich umzubringen.«

Illiana war geneigt, ihm zuzustimmen.

»Wie findest du es?«, fragte er.

Sie befeuchtete ein weiteres Stoffstück und fragte: »Finde ich was?«

»Dass wir verlobt sind.«

Sie hielt inne und sagte ironisch: »Natürlich bin ich überglücklich!«

Er prustete los.

»Ich bin froh, meiner Familie helfen zu können«, sagte sie. Sie war froh, redete sie sich ein, dass sie Schande von ihnen abgewendet hatte.

»Du klingst wie eine christliche Märtyrerin, die von römischen Löwen aufgefressen werden soll.«

»Der Vergleich ist gar nicht so weit hergeholt, wenn du mich fragst«, sagte sie.

Markus lachte wieder, aber diesmal war es ein richtiges Lachen, und genau in diesem einen Moment, für den Bruchteil eines Atemzuges, hatte Illiana das Gefühl, dass sie keine Gegner waren, dass sie zusammen über ihre absurde Situation lachen konnten. Vorsichtig strich sie mit ihrem Finger über eine Stelle mit unverletzter, sonnengebräunter Haut.

»Die Loyalität gegenüber deiner Familie ist wirklich rührend«, fand er, und das Lachen in der Stimme war verschwunden. »Aber du hast mich ein Vermögen gekostet, also erwarte ich, dass ich etwas für mein Geld bekomme!«

»Hast du mich deshalb entführen lassen?«, fragte sie.

Vielleicht hatte er Probleme, Frauen zu bekommen? Sie war davon ausgegangen, dass es Frauen gab, die ihn anziehend fanden, aber vielleicht war das gar nicht so. Vielleicht hinderte ihn sein brutaler Ruf daran, eine Ehefrau zu finden. Das kam ihr ungerecht vor. Markus Järv war die rechte Hand des Königs und diente ihm loyal. Die Leute sollten sich nicht um sein Aussehen und um böswillige Gerüchte scheren. Auf einmal war sie davon überzeugt, dass sein Ruf übertrieben sein musste. Kein Mensch war durch und durch böse.

»Ich brauche keine Frauen zu rauben, um das zu bekommen, was ich haben will«, antwortete er belustigt. »Als du zu mir gebracht wurdest, hatte ich eigentlich eine andere Frau erwartet. Eine Frau, die mehr als willig war, mir das zu geben, was ich wollte.« Markus grinste sie vielsagend über die Schulter an. »Und damit meine ich keine Ehe ...«

Illianas Mitgefühl verschwand, als sie begriff, was er gesagt hatte. Sie befand sich in dieser grässlichen Situation, weil er sich mit einer *Hure* hatte vergnügen wollen.

Sie griff nach der Dose mit der Salbe. Während sie die Worte verdaute, wog sie die Dose in der Hand. Sie hatte diese Salbe selbst hergestellt, es war das wirkungsvollste Mittel, das sie besaß. Die Salbe war entsetzlich intensiv und brachte Kinder zum Weinen und erwachsene Männer zum Schreien. Die Leute auf dem Hof pflegten zu sagen, dass sie lieber starben als mit ihr behandelt zu werden. Sie benutzte sie nur im äußersten Notfall, denn auch die dünnste Schicht brannte wie Feuer, und sie hatte Markus eigentlich verschonen wollen. Aber dann dachte sie an seine Worte, ihre eigene Hilflosigkeit und an seine belustigte Miene. Dann fuhren ihre Finger in die Dose. Schnell, bevor sie es bereute, klatschte sie die Salbe auf die tiefste seiner Wunden, die wie ein roter Strich über seinen halben Rücken lief. Ihre Augen tränten allein vom Geruch, und sie hielt den Atem an in Erwartung seiner Reaktion.

Er verzog keine Miene, rührte keinen Muskel.

Sie wartete, doch nichts geschah.

»Bist du fertig, Illiana?«, fragte Markus sanft.

Sie schluckte. Er hätte vor Schmerzen zu Boden fallen müssen. Vielleicht war er doch der Teufel, trotz allem.

»Bald«, sagte sie. Schnell wusch sie die restlichen Wunden aus. Die schlimmste Wunde verband sie, während er still da saß. Sein Atem ging ruhig und entspannt.

Sie trocknete sich die Hände. Plötzlich wollte sie nur fort, fort von ihm und allem, was er repräsentierte. »Ich möchte die Wunden heute Abend noch einmal sehen. Und dann noch einmal morgen früh. Aber es sollte heilen.« Trotz allem war sie mit ihrer Arbeit zufrieden. Sie hatte sämtliche Stoff- und Schmutzreste entfernen können. Alles war gesäubert und das Schlimmste verbunden. Sie war eitel genug, um auf ihre Fähigkeiten stolz zu sein. Sollte er sterben, wäre es jedenfalls nicht ihre Schuld.

»Ich gehe jetzt«, sagte sie und begann, ihre Sachen zusammen zu räumen.

Und dann, ohne dass sie seine Bewegung gesehen oder gehört hatte, landete sie mit einem schmerzhaften Plumps auf seinem Schoß. Sie hatte gedacht, er sei geschwächt von seinen Verletzungen, aber der Arm, der sie umfasste, war kraftvoll.

Er legte eine Hand um ihren Nacken und schloss seine Finger um ihn. »Als wir deine Mitgift verhandelt haben, prahlte dein Vater damit, was für eine tüchtige Hausfrau du bist«, murmelte er mit dem Mund an ihrem Hals. »Also wirst du dich am Tage um mein Haus kümmern, es in Ordnung halten und dafür sorgen, dass alles funktioniert.« Er streichelte ihren Hals. »Und in den Nächten wirst du mein Bett wärmen. Wie eine folgsame

Ehefrau.« Er beugte sich zu ihrem Nacken. »Du gehörst jetzt mir«, flüsterte er. »Ich habe Schmerzen aushalten müssen, die du dir nicht vorstellen kannst. Nichts, was du tust, kann etwas daran ändern, dass du jetzt mir gehörst.« Sein Atem brannte auf ihr. »Mit Leib und Seele.«

11

Die kleine Steinkirche, in der sie heiraten würden, war mit grünen Zweigen und bunten Bändern geschmückt. Die Glocke im Turm der Kirche hatte den ganzen Vormittag über geläutet, und das eintönige Gebimmel begann, Markus auf die Nerven zu gehen. Er fuhr sich mit dem Finger am Halsbund entlang. Heute trug er seine Farben: eine schwarze Tunika, auf der Brust bestickt mit einem silbernen Vielfraß. Doch sie kratzte und war zu eng. Philippe hatte ihm beim Ankleiden geholfen, aber der Junge hatte sich dabei genauso dumm angestellt wie bei allem anderen. Abgesehen davon fühlte er sich jedoch erstaunlich wohl. Er hatte unerwartet gut geschlafen, und sein Körper schmerzte fast gar nicht mehr. Als Illiana am Morgen nach seinen Verletzungen gesehen hatte, musste sie ihm etwas gegeben haben, das auch seine Kopfschmerzen milderte. Wenn sie nicht gerade diese Salbe benutzte, die brannte wie Feuer, war sie sanft und umsichtig, und er würde bald wieder hergestellt sein. Alles in allem schien sich die Angelegenheit doch noch zum Guten zu wenden.

Wenn man davon absah, dass er heiraten würde.

Noch mehr Gäste trafen ein. Einer nach dem anderen tauchten sie auf dem Kirchhügel auf, sahen sich um, nickten einander zu und stellten sich dann so weit von Markus entfernt hin, wie sie nur konnten. Die Glocke hörte nicht auf zu läuten.

Und dann kam das Königspaar. Die Leute sanken untertänigst nieder. Markus verbeugte sich, küsste die Hand der Königin, die so voller Ringe war, dass man kaum noch Haut erkennen konnte, und schüttelte dann dem König die Hand.

»Ist alles gut gegangen?«, fragte der König und rieb sich die Hände nach bester Landesvatermanier, bevor er eine Hand auf Markus' Schulter legte. »Hat sie nach deinen Wunden gesehen?«

Markus nickte. Man mochte sagen, was man wollte, aber Illiana Henriksdotter verstand ihr Handwerk.

Der König betrachtete ihn kritisch. »Du hättest dich rasieren sollen. Du siehst ganz schön unzivilisiert aus. Haben sie hier keinen Barbier?«

»Das haben sie bestimmt. Aber ich hatte keine Lust, jemanden aus Månssättra mit einem scharfen Messer an mich heranzulassen.«

»Da kommt die Braut!«, rief Blanche mit einem breiten Lächeln. Endlich hörten die Glocken auf zu läuten. »Lieber Markus, du hast die Richtige gewählt!«, sagte sie und schlug die Hände zusammen, als hätte sie ein unerwartetes Geschenk erhalten. »Wir werden uns doch hoffentlich oft sehen?«

Das machten sie so, der König und die Königin: ließen ihre Befehle klingen wie eine freundliche Anfrage.

»Ich freue mich schon darauf, eure Kinder zu treffen, und ich möchte, dass Illiana unsere Söhne kennenlernt.« Blanche strahlte ihn an.

Markus sagte nichts.

Das Gerede über Kinder verstimmte ihn. Natürlich mochte er die beiden Söhne des Königspaares, den neunjährigen Håkan und den ein Jahr älteren Erik, aber selbst plante er nicht, sich mit einer Familie zu umgeben. Der bloße Gedanke daran war absurd. Er war ein Krieger und dies hier eine Vernunftehe. Illiana und er würden wohl kaum ein glückliches Ehepaar sein und ständig Zeit miteinander verbringen. Sie würde sich auf seiner Burg niederlassen und er sein gewohntes Leben weiterleben.

»Sie ist eine Ehefrau, auf die du stolz sein kannst!«, sagte Blanche sanft, als ob sie seine Gedanken gelesen hätte.

Markus wollte gerade laut losprusten, als er sich umwandte und Illiana erblickte. Und plötzlich war es nicht mehr schwer zu verstehen, was Blanche meinte. *Sie ist ja attraktiv!,* war sein erster Gedanke. Illiana war nicht schön, noch nicht einmal direkt hübsch. Aber sie war jung und schlank, und ein Leuchten umgab sie, als sie ihnen in ihrem goldenen Brautkleid mit offenem Haar und der Sonne im Rücken entgegenschritt.

»Ist dieses Kleid nicht wunderschön?«, fragte Blanche zum König. »Das ist mein Hochzeitsgeschenk an sie. Aus Venedig, von einem dieser Handelshäuser, die die Seide importieren, die wir so mögen.«

Aber Markus hörte der Königin nicht zu. Er war damit beschäftigt, seine zukünftige Ehefrau zu betrachten. Die engen, langen Ärmel des Kleides hoben ihre grazile Figur hervor, und etwas an der Haltung ihrer Schultern und ihres Kinns ließ sie aussehen wie eine feingliedrige, aber unbezähmbare Elfe. Ein juwelenbesetzter Ledergürtel lag auf ihren Hüften und betonte ihre weichen Formen. An den meisten Höfen hatte Markus elegante Frauen gesehen, weltgewandte Schönheiten, doch verwundert stellte er fest, dass sich Illiana ohne Weiteres mit ihnen messen konnte. Sie besaß einen eigenen Reiz, dieses gewisse Etwas, das Männer ansprach und lockte. Und die Tatsache, dass es ihr noch nicht einmal bewusst zu sein schien, machte sie nur noch attraktiver. Es war nicht das erste Mal, dass sie ihn überraschte.

Das tut sie, dachte er. *Sie überrascht mich.*

Illiana knickste tief, und ein weicher, femininer Duft umwehte sie, als das goldene Kleid sich um ihre Füße bauschte.

»Du bist sehr hübsch«, fand Blanche, reichte Illiana die Hand und ließ ihren Blick anerkennend über das Brautkleid schweifen. »Du wirst Markus stolz machen!«

»Danke, Eure Majestät!«, sagte Illiana.

Eine filigrane, mit Perlen besetzte Silberkrone war in einem Blumenkranz befestigt. Illianas Haar fiel wie goldene Sonnenstrahlen in weichen Wellen über ihre Schultern hinunter bis zu ihrem wohlgerundeten Hinterteil. Markus konnte sich noch gut erinnern, wie sie dagestanden hatte, nackt, nur umhüllt von diesen fantastischen Locken. Sie war wie ein Honigtopf: süß, goldfarben und appetitanregend.

Die Königin streichelte ihr über die Hand. »Er ist ein guter Mann«, sagte sie laut und mit Nachdruck, und Markus musste ein Lachen unterdrücken, als er Illianas Gesichtsausdruck sah. Es war deutlich zu erkennen, was sie von seiner »Güte« hielt. Er hatte sie erschreckt, und ein Teil von ihm bereute es. Gestern hatten sie beide in der Küche für einen kurzen Moment etwas erlebt, dass sich fast wie Freundschaft angefühlt hatte. Er stellte fest, dass er es vermisste, als er Illiana höflich der Königin lauschen sah, die ihn über den grünen Klee lobte. Natürlich sagte sie nichts, sie war eine wohlerzogene Großbauerntochter, und immerhin hatte sie die Königin vor sich. Aber er konnte sie geradezu denken *hören*, was er für ein Scheusal war. Sie knickste erneut, diesmal eine Spur förmlicher, und wich seinem Blick aus. Dann versuchte sie, ihr bereits glattes Brautkleid mit der Hand zu glätten, und blieb stehen.

Das mochte er an ihr: dass sie aufrecht und stolz dastand, obwohl man ihren großen grauen Augen ansah, dass sie von Panik ergriffen war. Siebzehn Jahre war sie, ein Alter, in dem die meisten Frauen schon verheiratet waren. Wäre sie jünger gewesen, hätte er sich geweigert, ungeachtet der Konsequenzen. Er fand die Sitte, junge Mädchen, fast noch Kinder, zu verheiraten, widerwärtig. Sie aber würde noch in diesem Jahr achtzehn werden, er war sechsundzwanzig, sie waren beide erwachsen. Er betrachtete sie – ihre tiefgründigen Augen und die weichen Rundungen. Bisher war sie ihm nur vage interessant erschienen. Doch der Gedanke daran, dass er heute Abend das Lager mit ihr teilen würde, kam ihm auf einmal alles andere als unangenehm vor.

Illianas Familie kam als Letzte an: die eiskalte Mutter, der grauhaarige Vater und die drei Brüder mit ihren Ehefrauen. Keiner von ihnen blickte ihn an, keiner von ihnen kam nach vorne zu Illiana. Sie stand still und atmete mit kurzen, schnellen Atemzügen. Er bekam Lust, schützend den Arm um sie zu legen, um ihr Halt zu geben angesichts derer, die sie nicht so liebten wie sie es sollten. Illiana schien seinen Blick gespürt zu haben, denn sie sah ihn aus den Augenwinkeln an. Er grinste herausfordernd, und endlich fiel die Panik von ihr ab. Das hatte er schon über sie gelernt: Wenn sie böse war, vergaß sie, dass sie Angst hatte. Sie reckte sich mit einer eleganten, hochmütigen Bewegung, und er fühlte etwas wie Stolz in sich aufsteigen. Sie war niemand, der weinend zusammenbrach, sondern sie sammelte sich und stellte sich ihrem Schicksal entgegen.

Der Priester trat aus der Kirche, ganz in Weiß gekleidet. Hinter ihm stand ein Junge, ebenfalls in ein weißes Gewand gehüllt, mit einem mit Ornamenten verzierten Weihrauchfass in der Hand. Rauch stieg empor, als der Junge das Fass an einer langen Kette hin- und herpendeln ließ. Die Gäste verteilten sich im Halbkreis um das Paar herum. Der Priester machte vor sich in der Luft das Kreuzzeichen. »Ich frage euch nun«, sprach er mit lauter Stimme und formellem Tonfall, »ob ihr beide willens seid, die Ehe miteinander einzugehen?« Er schaute Illiana forschend an und fuhr fort: »Aus eigenem, freien Willen?«

Dieser Priester ist mutig.

Illiana schluckte mehrmals, und als ihr Zögern langsam auffällig wurde, hob Markus warnend eine Augenbraue. Würde sie sich wirklich lächerlich machen, indem sie sich weigerte? Es gab Grenzen, wie viel Mut er seiner zukünftigen Ehefrau zugestand.

»Ja«, sagte sie schnell.

Der Priester sah Markus auffordernd an und wartete auf dessen Antwort. Auf dem Kirchhügel war es totenstill.

»Jetzt macht schon!«, befahl Markus, plötzlich verärgert über die absurde Situation. »Damit wir es endlich hinter uns haben!«

Der Priester blickte ihn missgelaunt an, tat ihm aber den Gefallen. Er segnete den Ring auf Latein, bevor er ihn Markus gab. Dieser streifte ihn erst über Illianas Daumen, dann über ihren Zeigefinger, um ihn dann schließlich über ihren rechten Ringfinger gleiten zu lassen. Der Ring war aus Gold, mit großen violetten Steinen und einer weißen Perle. Schwer und kostbar und außergewöhnlich exotisch.

Illianas Augen weiteten sich, als sie das Schmuckstück sah. Markus konnte das gut verstehen. Der Ring wirkte hier, in einem winzigen Dorf irgendwo auf dem schwedischen Land, sicher sehr befremdlich. Es war ein Schmuckstück, das in der Tat einer Königin würdig war. Markus hatte den Ring von einem Sultan erhalten, dessen Leben er vor langer Zeit gerettet hatte. Er hatte ihn bei sich im Gepäck geführt und vom Dorfschmied an ihren schmalen Finger anpassen lassen. Der Ring passte Illiana perfekt.

Der Priester hob seine goldene Stola, nahm Illianas Hand und legte sie in Markus' Handfläche. Markus schloss seine Finger um ihre und fragte sich, ob Illiana auch so fühlte wie er: dass ihre Haut und ihr Blut miteinander »sprachen«, unabhängig davon, was der eine vom anderen hielt. Der Priester wickelte die Stola um ihre Hände. Die Schichten des Brokats verbanden sie miteinander als ein Symbol dafür, dass der Mensch nicht trennen darf, was Gott zusammengefügt hat. Mit gebieterischer Stimme befahl der Priester ihnen, sich einander zuzuwenden, sodass ihre Köpfe sich berührten. Illianas Haar streifte Markus' Wange, und ein Duft nach etwas Reinem, Grünen stieg in seine Nase, während der Priester den Brautsegen sprach.

Nach dem Segen würden alle gemeinsam in die Kirche gehen, und es würde die Brautmesse gehalten werden, aber im Wesentlichen war die Sache überstanden.

Illiana war seine Ehefrau. Er drückte erneut ihre Hand. Ihre Finger waren eiskalt.

12

Bis vor wenigen Tagen war Illiana auf ein geruhsames Leben als Bauersfrau eingestellt gewesen. Nun saß sie an der Hochzeitstafel, verheiratet mit einem der berüchtigtsten Männer des Landes, und versuchte, nicht in Ohnmacht zu fallen. Die Hochzeitsgäste scherzten, prosteten einander zu, einige hielten Reden, doch in ihren Ohren verband sich alles zu einem unzusammenhängenden Gemurmel. Was ihr am meisten auffiel, war, wie Markus trank und mit den anderen anstieß, als ob nichts gewesen wäre, und wie sie das erschreckte.

Unmittelbar vor der Trauung hatte sie etwas Mut geschöpft und geglaubt, dass sie ihre Eltern vielleicht doch stolz machen würde mit der Verbindung, die sie einging. Sie hatte sich geschworen, würdevoll und stoisch zu wirken. Aber jetzt fühlte sie sich kein bisschen mehr stoisch. Sie griff nach dem Krug mit Wein. Der Ehering glitzerte an ihrem Finger. Etwas Vergleichbares hatte sie noch nie gesehen. Er war offensichtlich vermögend. Helvig kam zu ihr und füllte Wein nach, obwohl sie bisher nur an ihrem Krug genippt hatte. Die Magd blickte sie aufmunternd an, und Illiana versuchte, zurückzulächeln. Die Dinge waren, wie sie waren, und Illiana hatte vor, für die Folgen einzustehen.

Der Abend und das Festmahl vergingen beunruhigend schnell, dann lehnte sich Markus zu ihr herüber und sagte: »Der König und die Königin ziehen sich zurück. Ich werde noch ein paar Worte mit dem König wechseln. Dann komme ich wieder und hole dich.«

Sie nickte, ohne wirklich zuzuhören.

»Sieh mich an, Illiana!«, bat er und wartete, bis sie es tat. »Wenn ich komme, werden wir uns zurückziehen.« Es dauerte einen Moment, bis ihr der Sinn seiner Worte klar wurde. Sie blinzelte. Sie wollte aufstehen und fliehen.

»Bleib hier!«, verlangte er. Seine Stimme war zwar nicht hart, dennoch konnte sie eine Schärfe heraushören. Markus erwartete Gehorsam und war es gewohnt, das zu bekommen, was er erwartete.

Nachdem er gegangen war, glitt ihre Mutter neben sie auf die Bank.

»Das ist deine Hochzeitsnacht«, sagte ihre Mutter leise. »Es ist wichtig, dass die Ehe vollzogen wird, bevor du Månssättra verlässt.« Ihr Gesicht war hart und glatt. »Hörst du? Es muss passieren. Anderenfalls kann die Ehe annulliert werden, und dann müssen wir alles zurückzahlen. Außerdem wirst du eine Morgengabe erhalten, wenn die Ehe vollzogen ist, darauf haben wir Brief und Siegel.« Sie erhob sich. »Also halte es aus, ich möchte morgen früh Beweise sehen, hast du verstanden?«

Noch bevor Illiana den Mund öffnen und antworten konnte, war ihre Mutter bereits wieder verschwunden.

Unter wachsenden Qualen – es schien keine Grenze für ihr Elend zu geben – blieb Illiana an ihrem Platz sitzen. Sie konnte sich nicht dazu durchringen, etwas zu essen, sondern zupfte stattdessen an einem Fädchen am Ärmel und starrte vor sich hin.

Je mehr Zeit verging, desto mehr stieg ihre Hoffnung, dass Markus sie vergessen haben könnte. Doch dann tauchte er in der Türöffnung auf. Er sah sie direkt an, und der Schreck fuhr ihr in die Glieder. Eine kleine Gruppe aufgekratzter junger Leute hatte sich versammelt, um sie mit dem Priester und

Markus hinauf zum Schlafzimmer zu geleiten. Illiana blieb keine andere Wahl, als sich ihnen anzuschließen. Die Sitte des Beilagers unter Zeugen hatte sie schon immer grässlich gefunden, doch heute fand sie das Spektakel abstoßender denn je. Sie ging langsam, musste sich selbst die Treppen hinaufzwingen. Als sie stolperte, hielt Markus sie am Ellenbogen fest. Er ließ sie nicht wieder los, bis sie oben angelangt waren. Illiana hatte das Gefühl, als würden die Wände des Hauses immer weiter auf sie zukommen, ihren Körper umschließen und ihr Luft aus der Lunge drücken. Plötzlich standen sie vor der Tür, ohne dass sie wusste, wie sie dort hingekommen waren.

Die Scherze der Jugendlichen über Zeugung und Fruchtbarkeit prasselten auf sie ein, und Illiana hätte am liebsten geschrien, dass sie sofort aufhören sollten.

»Nur ruhig«, sagte Markus, und sie dachte bei sich, dass es dieselbe Stimme war, mit der er die Stute besänftigt hatte, als die Schlange vor ihr aufgetaucht war. Markus wandte sich an die Jugendlichen. »Verschwindet!«, rief er, und sie mussten seiner Stimme angehört haben, dass er keinen Widerspruch duldete, denn welch Wunder – sie verschwanden.

Mit ernster Miene öffnete der Priester die Tür und betrat Illianas kleine Kammer. Ihr ganzes Leben lang hatte sie diesen Raum für sich gehabt, im Schlafalkoven geschlafen, am Bildnis der Heiligen Anna gebetet und sich sicher gefühlt. Es war ihr Rückzugsort, ihre eigene Welt gewesen.

Jetzt nicht mehr.

Markus lehnte sich gegen die Wand, während der Priester das Brautlager segnete. Nach einem Blick auf Markus' hochgezogene Augenbraue verließ er den Raum.

Und dann standen sie da, allein. Zusammen. Eine Kerze brannte auf dem Nachttisch, und jemand hatte die frisch gewaschene Bettwäsche mit Blättern und Wiesenblumen geschmückt. Das hätte eine schöne Geste sein können, wenn es Illiana nicht daran erinnert hätte, was auf sie wartete.

Markus stellte sich mit dem Rücken gegen die geschlossene Tür, und sie fragte sich, ob er sie bewusst daran hindern wollte, zu fliehen.

Als ob sie einen Ort gehabt hätte, wo sie hätte hin fliehen können.

»Möchtest du eine Weile allein sein?«, fragte er, und sie hätte sich gewünscht, dass er sanft oder wenigstens nervös geklungen hätte. Aber seine Stimme klang kühl und sicher, so als wüsste er exakt, was er nun zu erwarten hatte.

Illiana nickte und dachte, dass sie jedenfalls ein wenig Zeit gewonnen hatte.

»Ich bin gleich zurück.« Er verzog den Mund, als hätte er ihre Gedanken gelesen. Erst schien es, als wolle er noch etwas sagen. Doch dann senkte er nur den Kopf und öffnete die Tür.

Er blieb stehen und drehte sich um. »Illiana?«

Sie riss die Augen auf, Panik stieg wieder auf.

»Vergiss nicht zu atmen!«, erinnerte er. »Wir wollen doch nicht, dass du ohnmächtig wirst.«

Dann war er weg.

Bald lagen Brautkrone und Blumenkranz auf einem Stuhl. Jemand hatte ihr Haar gebürstet. Derselbe Jemand – vage erinnerte sie sich, wie Helvig ins Zimmer gekommen war und das Kommando übernommen hatte – war ihr beim Wechseln der Kleidung behilflich gewesen. Sie trug nun ein dünnes weißes Nachthemd. Und dann, ohne dass sie richtig wusste, wie es zugegangen war, saß sie auf dem Deckel der großen Kleidertruhe, gebürstet, umgezogen und platziert wie eine Opfergabe.

Es klopfte. Markus sagte irgendetwas auf der anderen Seite

der Tür, aber sie konnte es nicht verstehen, weil das Blut in ihren Ohren rauschte. Die Tür ging auf und Markus trat ein.

»Illiana?«

»Ja?«, flüsterte sie mit einer Stimme so heiser und verzerrt, dass sie kaum zu hören war.

Der Raum schien zu schrumpfen, als er hereinkam und die Tür hinter sich schloss. Er betrachtete sie. Langsam wanderte sein Blick über ihr offenes Haar, ihre lose sitzende Kleidung, und etwas in seinem Gesicht veränderte sich.

»Was wirst du mit mir machen?«, fragte sie flüsternd.

Er grinste. »Wer hat gesagt, dass *ich* etwas machen werde?«, antwortete er.

Sie zögerte. »Aber müssen wir nicht …?«

Als er ihr entgegenkam, wich sie so weit zurück, bis sie fast mit dem Rücken auf der Holztruhe lag. »Was ist es, das wir müssen?«, fragte er.

»Mutter hat gesagt …«, begann sie, aber unterbrach sich. Irgendetwas stimmte nicht.

»Was hat deine Mutter gesagt, Illiana?«, fragte er sanft.

Sie versuchte, aufrecht und würdig dazusitzen und vernünftig zu klingen. »Dass die Ehe vollzogen werden muss, sonst …« Sie brachte es nicht über sich, die Worte laut auszusprechen, es klang so ungeheuerlich und berechnend.

»Sonst bekommen deine Eltern kein Gold, ist es das, was du meinst?«, fragte Markus mit so viel Verachtung in der Stimme, dass sie sich nicht zu bewegen wagte.

Aus irgendeinem Grund war er wütend.

Sie biss sich auf die Lippen. Was nun?

Markus hob fragend eine Augenbraue. Wenn er versuchte, sie zu verwirren, so gelang es ihm ausgezeichnet.

»Und wie wolltest du das tun?«, fragte er.

Dieser Mann schien andauernd in Rätseln zu reden. »Was

tun?«, fragte sie eine Spur weniger ängstlich und dafür zunehmend irritiert.

»Was willst du tun, um unsere Ehe zu vollziehen?«, fragte er langsam, als würde er mit einem einfältigen Kind reden.

Tun? Ich bin doch hier. Reicht das nicht?

»Es reicht nicht, dass du einfach nur da bist«, sagte er als Antwort auf ihre Gedanken. »*Du* hast gesagt, dass du mich heiraten willst.« Er kam näher und flüsterte: »Und jetzt kannst du mir zeigen, wie sehr du das willst.« Er hätte die Worte genauso gut schreien können.

Illianas Mund wurde so trocken, dass sie nicht schlucken konnte. »Was meinst du?«, fragte sie nervös.

»Das, was ich gesagt habe. Wenn du mich willst, zeig es!«, verlangte er.

»Aber was soll *ich* tun?«, fragte sie.

Seine Augen blitzten auf. »Du kannst damit anfangen, mich auszuziehen«, sagte er und trat ganz nah an sie heran. Seine mit Hosen bekleideten Beine berührten ihre nackten, und sie lehnte sich noch weiter zurück.

Nun lag sie beinahe ausgestreckt auf der Truhe, in einem Meer aus raschelnder Nachtwäsche. »Was?«, fragte sie und schämte sich für den erschreckten Tonfall und ihre unwürdige Position. Sie stützte sich auf die Ellenbogen. Die Art und Weise, wie er seine überlegene Größe einsetzte, um sich vor ihr aufzutürmen, wenn er etwas zu sagen hatte, begann ihr zunehmend auf die Nerven zu gehen.

Aber Markus sah sie nur an, ohne die Initiative zu ergreifen, ohne sich auf sie zu werfen, ohne sie auch nur zu *berühren*. Illiana begriff, dass er es exakt so meinte, wie er gesagt hatte. Es war an ihr, die Ehe zu vollziehen. Und sein überheblicher Gesichtsausdruck machte deutlich, dass er sie für viel zu ängstlich dafür hielt. Diese Erkenntnis bewirkte endlich etwas in ihr. Sie war es leid, von Männern unterdrückt zu werden. Obwohl er so nahe stand, dass sie ihren Kopf weit zurückbeugen musste, wenn sie nicht direkt mit der Nase gegen seinen Brustkorb stoßen wollte, setzte sie sich auf. Sie war es leid, Angst zu haben und die Schwächere zu sein.

Außerdem hatte sie ihn schon mit nacktem Oberkörper gesehen, auch wenn er das vergessen zu haben schien. Und sie hatte sowohl ihrem Vater als auch ihren Brüdern schon aus den Kleidern geholfen. Völlig anders konnte das hier *eigentlich* doch nicht sein …

Triumphierend und voll neuer Energie erhob sich Illiana von der Truhe. Ja, sie würde das hier trotz allem meistern!

Sie fiel ihm regelrecht in die Arme, weil er keinen Schritt zurückwich, und irritiert legte sie ihre Hand an seine Brust. »Beweg dich, du Tollpatsch!«, murrte sie. »Geh einen Schritt zurück, ich kann kaum atmen!«

Er lachte. Natürlich … Es war einer der grässlichsten Abende in ihrem Leben, und er fand es lustig. Aber er tat, was sie gesagt hatte, und trat einen Schritt zurück. Illiana verschaffte sich einen schnellen Überblick über seine Kleider. Sie sahen harmlos aus. Eine schwarze Tunika mit aufgesticktem Wappen, ein weiter Halsausschnitt, der etwas Haut sehen ließ, Hosen aus dünnem, samischen Leder, die an der Seite geschnürt waren, schwarze Lederstiefel. Eigentlich war Markus ein ziemlich gewöhnlicher – wenn auch recht überwältigender – Mann. Also atmete sie tief ein, gemahnte sich selbst zur Ruhe und Vernunft und …

»Sag Bescheid, wenn du einen Rat brauchst«, sagte er gedehnt. »Du könntest zum Beispiel …«

Sie unterbrach ihn mit einer wütenden Bewegung und begann, seine Tunika hochzuziehen. Aber sie hatte Schwierigkeiten, seine Taille zu umfassen und kam seiner Brust beim

Versuch, ihm das Kleidungsstück auszuziehen, unangenehm nahe.

»Du musst dich nach vorne beugen!«, sagte sie frustriert, denn er war viel zu groß, als dass sie es hätte schaffen können. Er stand da wie eine grinsende Steinstatue, beugte sich dann jedoch nach vorne mit ausgestreckten Armen und ließ sie das dünne Kleidungsstück ausziehen. Es landete in ihren Armen und duftete nach etwas, das sie inzwischen schon mit Markus verband: Waffen, Leder und frische Luft. Sie konnte es nicht lassen, den Stoff durch ihre Finger gleiten zu lassen. Nie zuvor hatte sie so feines Leinen gefühlt.

»So«, sagte sie und faltete die Tunika zusammen, zufrieden mit sich selbst.

Ruhig und mit einer gewissen Würde hatte sie ihn entkleidet. Fast jedenfalls. Ihr Blick eilte über seine nackte Brust. Sie spürte ein merkwürdiges Gefühl in der Herzgegend, ignorierte es jedoch und begegnete stattdessen seinem Blick. Herausfordernd sah er sie an, und dieses elende Grinsen umspielte immer noch seine Lippen. Sie drückte die Kleidung an sich, als ihr klar wurde, was das bedeutete. Gütiger Gott, er konnte doch nicht wollen, dass sie noch mehr tat?

Markus hob eine Augenbraue, und sein Blick war so provozierend, dass sie ihm am liebsten eine Ohrfeige gegeben hätte. »Ist das alles, was du auf Lager hast?«, sagte er gedehnt. »In dem Fall muss ich dich enttäuschen. Ich bin nicht einer deiner Bauernjungen, ich erwarte etwas anspruchsvollere Handgriffe als das hier.«

»Aber was soll ich denn machen?«, fragte sie frustriert.

Aus dem Speisesaal hörte man immer noch Geräusche und Lachen, und genau jetzt wäre sie sogar lieber dort gewesen, unter den grölenden und anzüglichen Hochzeitsgästen, als hier.

»Du könntest mich streicheln wie eine Ehefrau«, schlug Markus vor.

Illiana runzelte die Stirn. Sie hatte nicht vor, sich die Blöße zu geben und ihm zu zeigen, dass er sie aus der Fassung gebracht hatte. Das Problem war aber, dass sie eigentlich nicht recht wusste, wie man einen Mann streichelte. Sollte sie ihm über den Rücken streichen? Ein schnelles, ehefrauliches Streicheln … Sie schluckte. Er war so übel zugerichtet, dass man kaum unverletzte Haut erkennen konnte. Vielleicht reichte ja ein kleines Fingerstreichen aus?

Er blickte sie auffordernd an.

»Wo?«, fragte sie seufzend.

Seine Mundwinkel zuckten. »Wo du willst.«

Am liebsten nirgendwo, dachte sie. Doch im selben Augenblick wurde ihr klar, dass das nicht stimmte. Sie hatte seinen Körper schon heimlich bewundert, hatte gespürt, wie sich Muskeln und Sehnen unter ihren Fingerspitzen bewegten, hatte es gemocht. Das Blut rauschte ihr durch die Adern, als warte es darauf, dass etwas passieren würde.

Vorsichtig streckte sie ihre Hand aus und legte sie auf seinen Oberarm. Dort gab es Haut, die nicht blau geschlagen, sondern sonnengebräunt und gesund war. Sie berührte sie sanft und spürte das, was sie immer spürte, wenn sie ihn berührte.

Spürt er das auch?

Sie ließ das Gefühl zu, ließ ihre Hand über die schwellenden Konturen des Arms streichen, wanderte mit den Fingern über die sonnengebräunte Haut. Sie konnte das Spiel seiner Muskeln unter ihrer Berührung fühlen. Nicht ein Gramm Fett gab es zum Hineingreifen, er bestand nur aus Härte und Stärke. Fast kam es ihr vor, als nähere sie sich einem wilden Tier. Die kleinste unvorsichtige Bewegung, und das Raubtier würde auf sie losgehen. Als sie ihn verstohlen durch die Wimpern ansah, merkte sie, dass er sie intensiv beobachtete. Seine Brust hob und senkte sich schneller als zuvor, und sie wusste nicht länger, wer von ihnen die Oberhand besaß. Irgendetwas hatte die Machtbalance zu ihrem Vorteil verschoben. Sie legte die Hand auf seine Brust und spürte, wie er tief Luft holte. Sanft kräuselte sie das schwarze Haar, das seine Brust bedeckte und in einer faszinierenden Linie hinunter zum Hosenbund führte, zwischen ihren Fingern. Er war herrlich anzusehen. Arme und Schultern waren durch unzählige Kämpfe muskelbepackt, die Beine durch jahrelanges Reiten kraftvoll und stark.

»Hast du Schmerzen?«, fragte sie und berührte vorsichtig den Verband. Er blinzelte, und ihr fiel etwas auf, das sie vorher noch nicht bemerkt hatte: Markus Järv besaß sehr lange Wimpern. Sie musste lächeln. Neben all dem Harten, Vernarbten und Männlichen hatte er Wimpern, für die jede Frau gemordet hätte.

»Glaub mir, ich kenne keinen Schmerz«, sagte er mit heiserer Stimme und legte seine Hand auf ihre.

Sie blickte zu Boden und fühlte sich besiegt. »Es tut mir leid«, flüsterte sie, »Aber ich weiß nicht, wie man es macht.« Sie versuchte, ihre Hand zurückzuziehen.

Er hielt sie fest. »Aber ich finde, du machst das schon ganz gut!«

Sie lächelte zweifelnd, unsicher, ob er sie nur aufzog oder es ernst gemeint war. Seltsam, wie wichtig es ihr schien, ihm zu gefallen.

»Auf Streicheln folgt gewöhnlich Küssen«, sagte er, legte den anderen Arm um ihre Taille und zog sie sanft zu sich hin.

Ihre Augen weiteten sich, doch als er sie noch fester umfasste, fanden ihre Hände wie von selbst den Weg zu seinem Gesicht. Sie musste nicht darüber nachdenken, es schien, als wüssten sowohl Hände als auch ihr Körper genau, was zu tun war. Sie legte die Hand an seinen Nacken, fuhr mit ihren Fingerspitzen durch sein schwarzes Haar, das sich überraschend weich anfühlte, lächelte vorsichtig und zog ihn zu sich hin.

Er ließ es zu, dass sie seinen Kopf zu ihrem hinunterzog. Mit erwartungsvollem Schaudern schloss Illiana die Augen und wartete.

Und wartete.

Sie schlug die Augen wieder auf und sah, dass Markus sie mit einem seiner unergründlichen Blicke betrachtete, wie schon mehrfach an diesem Abend. »Ich warte«, sagte er und sah aus, als müsse er sich das Lachen verkneifen.

»Ja, ja!«, murrte sie.

Sie stellte sich auf die Zehenspitzen und zog seinen Kopf noch etwas weiter in ihre Richtung, bis sich ihre Münder berührten. Er hatte einen schönen Mund, normalerweise hart, jetzt aber weich unter ihren Lippen, als sie sich endlich küssten.

Sie betrachtete ihn heimlich durch ihre fast geschlossenen Augenlider. Er stand ganz still. Illiana drückte ihren Mund fester auf seinen, streichelte seinen Nacken, spürte ein Prickeln in ihrem Körper, hatte aber dennoch das Gefühl, dass irgendetwas fehlte, dass sie noch mehr tun musste. Sie presste sich ziemlich schamlos an ihn und drückte so feste mit dem Mund, dass ihr fast der Atem ausging. Doch er blieb weiter passiv. Schließlich fand sie, dass sie ihn lange genug geküsst hatte, und zog sich ein wenig eingeschüchtert zurück. Es fiel ihr schwer, ihre Enttäuschung zu verbergen. Sie wusste, dass sie keine Verführerin war, aber er wirkte so unbeeindruckt, dass es schon peinlich war.

»Illiana?«

»Ja?«, fragte sie und fühlte sich ziemlich miserabel.

»Du weißt, dass du noch nicht fertig bist, oder?«, entgegnete er, und es war weniger eine Frage als eine Feststellung.

Er legte einen Finger unter ihr Kinn und hob es an, sodass sie gezwungen war, in seine Augen zu schauen. »Ich will, dass du mich *küsst*«, sagte er leise, aber mit solchem Nachdruck, dass sie zusammenfuhr.

»Aber das habe ich doch!«, protestierte sie. Herrgott, hatte er das noch nicht einmal mitbekommen?

Markus schüttelte den Kopf. »Das war kein Kuss. Das war ein Küsschen, wie du es auch einem Familienmitglied geben kannst.« Sein Blick war so durchdringend, dass sie sich wegdrehen wollte. »Wie küsst du Axel?«

Illiana errötete. Warum konnte er sie nicht einfach in Ruhe lassen?

»Wie viel Erfahrung hast du eigentlich?«, fragte er.

Sie krampfte ihre Zehen zusammen. Es war wirklich furchtbar demütigend. »Ich war noch nicht verheiratet«, antwortete sie abwehrend.

Markus lachte sein leises, heiseres Lachen und schloss eine Hand um ihr Gesicht. »Ich muss mich wohl opfern und dir erklären, wie es geht«, sagte er und zog sie in seinen Arm, sodass sie mit Nase und Brust seine warme, duftende Haut berührte.

»Deinen Mann küsst du mit geöffnetem Mund«, erklärte er und sah auf ihre Lippen. »Mit der Zunge und dem Körper.«

Sein Mund kam hinunter auf ihren, und sie verstand, warum er nicht auf den ersten Kuss reagiert hatte. *Das* hier war es, worum es ging. Seine Zunge, rau und nach Wein schmeckend, fiel in ihren Mund ein und prompt entzündete sich ihr gesamter Körper – es gab kein anderes Wort für das, was gerade passierte. Sie begann ihn nachzuahmen, ließ ihre Zunge seinen Mund erkunden, zuerst zögernd, doch zunehmend selbstsicher. Und als sie ihn stöhnen hörte, empfand sie eine Woge des Triumphs. Endlich hatte sie etwas bewirkt, hatte diesen Riesen von einem Mann erregt. Sie wand sich in seinem Arm, und er zog an ihrem Nachtgewand, bis der dünne Stoff zu Boden glitt. Illiana spürte die kühle Luft an ihrer Haut und registrierte benommen, dass sie bis zur Taille nackt war. Doch sie brauchte sich nicht zu schämen, sein Blick war so voller Bewunderung, dass sie sich traute, ihm schamlos ihre Brüste entgegenzustrecken. Markus nahm sie gierig in seine beiden Hände, sie wimmerte auf und begrub ihre Hände in seinem Haar. Sein Mund presste sich fest auf den ihren, und Illiana ließ ihre Hände ohne Rücksicht auf seine Verletzungen über seine Arme und Brust wandern. Seine Hände und sein Mund waren überall, und sie dachte, wenn er sie nicht festgehalten hätte, wäre sie vor Sehnsucht und Begehren in sich zusammengefallen.

»Zieh mich ganz aus«, befahl Markus mit belegter Stimme, und sie ließ sich nicht lange bitten. Sie schnürte seine Hose an den Seiten auf, kniete vor ihm nieder und zog ihm erst die Stiefel, dann, mit einiger Mühe, die Hose aus. Beschämt wandte sie den Blick ab. So unerfahren war sie nicht, dass sie nicht wusste, was sie da sah.

Oh mein Gott, er wird mich kaputt machen!

»Komm zu mir«, sagte Markus leise. Sie ergriff seine ausgestreckte Hand, ließ sich in seine Arme ziehen und dachte, dass sie etwas missverstanden haben musste. Es konnte ja nicht sein, dass dieser … Sie konnte es noch nicht einmal denken.

»Ich habe schon lange keine Frau mehr gehabt«, murmelte er in ihr Haar. »Ich werde nicht der zärtliche Liebhaber sein können, den du verdienst. Nicht heute Abend.«

Sie kuschelte sich an seine Brust, und er legte seine Hände um ihr Gesicht und küsste sie lange und innig.

Können wir nicht einfach so weitermachen?

Sie klammerte sich an ihn und versuchte zu ignorieren, wie seine Männlichkeit gegen ihren Bauch drückte.

»Ich möchte dich anschauen«, sagte er heiser. »Alles von dir.«

Mit wenigen Handgriffen hatte er die Bänder gelöst, die ihre Nachtkleidung zusammenhielten. Markus trat einen Schritt zurück und ließ seine Blicke über Illianas Nacktheit schweifen. Wie von selbst legte sie die Hand über ihre Schenkel, verbarg ihren Schoß und versuchte, nicht zu erröten.

»Nein.« Er schüttelte den Kopf. »Bedecke dich nicht vor mir!«

Sie atmete tief ein, nahm ihre Hände weg und stand barfuß und schutzlos vor ihm. Genauso hatte sie vor ihm gestanden, als sie sich das erste Mal begegnet waren, und es kam ihr eine Ewigkeit her vor.

»Du bist schön«, sagte er leise und streckte die Hand nach ihr aus.

Die Kammer war klein, das Bett stand direkt hinter ihr, und als er ihr entgegenkam, stieß sie mit der Hinterseite ihrer Beine an die Bettkante, verlor das Gleichgewicht und fiel rücklings auf die weichen Kissen.

Markus lachte auf, doch sein Blick wich nicht von ihr. Wie sie so dalag, ihr Haar über dem Bett ausgebreitet, verspürte Illiana ein völlig ungewohntes Machtgefühl. Sie hatte Macht über Markus, weil er sie schön und begehrenswert fand. Offenbar sogar sehr begehrenswert, denn jetzt stieß er auf sie herab wie ein Raubtier auf seine Beute. Das schmale Bett knarrte unter seinem Gewicht. Er drängte sich an sie und legte eine Hand auf ihren Bauch. Sie fühlte die raue Haut und spürte, wie er die Hand spreizte, bis seine Finger ihre blonden Löckchen steiften. Ein erwartungsvolles Prickeln überlief sie.

Er küsste sie. »Ich werde nicht mehr länger warten können«, sagte er mit heiserer Stimme. Gleich darauf stützte er sich auf einen Arm, schob den anderen unter sie und veränderte ihre Position. Das Bett war eng, und ihre Beine, Knie und Füße wirbelten durcheinander. Es war ungewohnt. Das Verlangen mischte sich mit Unruhe und Unsicherheit. Die Küsse und Liebkosungen hatte sie als deutlich angenehmer empfunden.

»Du musst deine Beine spreizen«, forderte er sie auf.

Sie schluckte, gehorchte aber. Als er sich zwischen ihre Beine legte, war jegliches Verlangen verschwunden. Sie sah ihn mit weit geöffneten Augen an. Ihr Puls raste.

»Nur ruhig«, sagte er.

Sie nickte. Was blieb ihr anderes übrig?

Er senkte sich nieder und gab ihr einen zärtlichen, langen Kuss, der sie dahinschmelzen ließ. Sie stöhnte an seinem Mund. Aber dann begann er, sich an sie zu pressen. Er nahm eines ihrer Beine und legte es sich um die Körpermitte. Sie wollte mehr Küsse, mehr Liebkosungen und mehr heiße Worte. Mehr von dem Verlangen, das ihr die Sinne vernebelte. Weniger von dem hier, das sie so weit offen und verletzlich daliegen ließ. Es war nicht direkt unangenehm, aber ungewohnt, und ehrlich gesagt kam sie gut ohne aus.

Illiana legte ihre Hand auf seine Brust. »Markus«, flüsterte sie. Sie wollte ihn bitten, sich zurückzuhalten, aber er küsste sie wieder, und sie vergaß, was sie gerade hatte sagen wollen. Ihre Brüste hoben sich ihm entgegen, und als sie seinen Brustkorb berührten, holte er tief Luft. Im flackernden Schein der Kerze neben dem Bett sah er plötzlich aus wie ein riesiger Dämon, der sich über ihr aufbäumte, und sie musste ihre Angst hinunterschlucken. Er war kein Dämon, er war ihr Ehemann. Es war so, wie es sein sollte.

»Illiana«, sagte er heiser an ihrem Mund, »es tut mir leid.«

»Was tut dir leid?«

»Ich weiß, dass es wehtun wird. Verzeih mir.«

Illiana öffnete den Mund, um zu erklären, dass er sich irrte. Es tat gar nicht weh. Doch im selben Augenblick ging das Druckgefühl in Schmerz über. Erschrocken versuchte sie, sich ihm in dem schmalen Bett zu entwinden. Doch es gelang ihr nicht, sie war gefangen. Sie wollte ihn bitten, aufzuhören, doch genau da drückte er sich in sie hinein mit der enormen Kraft seines mächtigen Körpers, und sie war kurz davor, laut aufzuschreien. Der Schmerz ließ sie alles Vorherige vergessen. Niemand hatte sie darauf vorbereitet, dass es so wehtun würde. Illiana hätte wimmern können, doch sie beherrschte sich und zwang sich, ruhig dazuliegen, obwohl es sich anfühlte, als zerreiße es sie. Markus stieß noch einmal in sie hinein. Und gleich darauf wieder. Tränen stiegen ihr in die Augen. Dann regte er sich nicht mehr. Ein dumpfer Laut, wie von einem Tier, war zu hören. Noch ein Stoß, dann war es vorbei.

»Oh mein Gott«, keuchte Markus. Schweiß glänzte auf seiner Brust, seine Arme zitterten. Er erhob sich von ihr und kniete sich zwischen ihre Beine. Das Bein, das sie um seine Mitte geschlungen hatte, ruhte nun weiß auf seinen braunen Schenkeln.

»Es war schon so lange her«, sagte er. »Beim nächsten Mal werde ich es besser für dich machen.«

Illiana versuchte, nicht zu zeigen, wie sehr sie seine Worte erschreckten. Sie drehte den Kopf zur Seite und schluckte ihre Tränen herunter. Guter Gott, würde er sie noch einmal dazu zwingen? Vieles war unsicher in ihrem Leben, aber in einer Hinsicht war sie sich absolut sicher: Das hier wollte sie nicht noch einmal tun. Sie holte tief Luft, zwang sich zur Beherrschung. Sie saß in der Falle. Jetzt waren sie Eheleute in jeder Hinsicht. Es fiel ihr schwer zu atmen.

»Ich glaube, ich möchte allein sein«, sagte sie mit erstickter Stimme. Sie fühlte sich gebrochen. All ihre Illusionen über das Zusammenleben und ihre Hoffnungen für die Zukunft waren zerstört. Übrig blieben nur Schmerz und Hoffnungslosigkeit. »Ich muss schlafen.« Sie zwang sich, seinem fragenden Blick zu begegnen.

Er streckte eine Hand nach ihr aus, und sie erstarrte.

Nicht schon wieder!

Er streichelte ihre Wange. »Aber ich dachte, dass wir …«

Sie schüttelte den Kopf. Die Tränen saßen locker.

»Illiana, was …«

»Bitte, ich flehe dich an!«

Markus erhob sich. Schweigend suchte er seine Kleider zusammen. Illiana vermied seinen Blick. Er hatte Blut an seinen Schenkeln, und sie wusste, dass auch die Bettwäsche blutverschmiert war.

»Nun ist es also vollzogen, und deine Familie wird das bekommen, was sie so gerne haben wollen.« Er sah sie an, und jetzt war es wieder der andere Markus, der sprach, der harte, unversöhnliche Mann, der weder lachte noch lächelte. »Wir reisen im Morgengrauen ab«, sagte er kurz.

Die Tür schlug hinter ihm zu. Illiana starrte sie an, bis sie sicher war, dass er verschwunden war. Dann rollte sie sich auf ihrem Bett zusammen – so weit wie möglich weg vom Blut und der Nässe – und ließ ihren Tränen freien Lauf.

13

Gut Alvastra, Östergötland

Roland Birgersson blickte aus dem Fenster und stellte fest, dass er während der Jahre im Exil beinahe vergessen hatte, wie schön sein Heimatland war. Er lehnte sich aus dem Fenster und bewunderte die Ebene, die sich vor ihm ausbreitete. Überall zeigte sich üppiges Grün. Gestreifte Bachstelzen schossen pfeilschnell durch die Luft, und es duftete aus dem Klostergarten der Mönche. Am Horizont schimmerte der Vätternsee wie ein dunkelblaues Band.

Es war schon eigenartig, wie das Gedächtnis einem einen Streich spielen konnte. Das Heimatland, das er vor dreizehn Jahren verlassen hatte, war dunkel, kalt und primitiv gewesen. Und es war anzunehmen, dass die Winter nach wie vor so waren. Aber dieser schwedische Sommer konnte sich mit jeder europäischen Sehenswürdigkeit messen. Als Roland vor einer Woche an der Ostküste wieder schwedischen Boden betreten hatte, waren ihm Tränen in die Augen gestiegen. Der raue Charme der Landschaft, das kalte Meer, die widerstandsfähige Vegetation und die strebsamen Menschen – das fand man nur hier. Die Schönheit der Natur gab ihm ein Gefühl, Gott nahe zu sein. Ein Gefühl, das er lange nicht mehr gespürt hatte. Nachdem er das Schiff in Genua bestiegen hatte und während der langen Reise über Gibraltar, durch die Biscaya und die Nordsee hatte er nur einen Gedanken gehabt: dass er es verdiente, nach Hause zu kommen. Und nun war er hier.

In Söderköping war er umgestiegen auf ein kleineres Boot, das ihn ins Innere des Landes bringen sollte – über den Vätternsee bis hin zu Birgittas Hof. Aufgrund des günstigen Windes war er bereits gestern angekommen, hatte seine Unterkunft bezogen und eine Mahlzeit eingenommen, und nun stand er hier und hörte die Kirchenglocken drüben im Kloster Alvastra läuten. Die Mönche läuteten zu ihren Stundengebeten, Tag und Nacht, doch der ständige Geräuschpegel störte Roland nicht. Er war zwar erst einen knappen Tag hier, hatte aber bereits begonnen, sich in der frommen Umgebung einzuleben. Der Alltag auf dem Hof war geruhsam und strukturiert, sein eigener Rhythmus schon verlangsamt und seine Stimme leiser geworden. Das elegante Schwert und den messerscharfen Degen hatte er beiseitegelegt. Anstelle der Waffen trug er einen Rosenkranz gut sichtbar um eine Hand. Er war Experte darin, sich anzupassen. Diese Fähigkeit hatte er während der vielen Jahre im Ausland perfektioniert. Noch kürzlich, in Genua, hatte er einen Spitzbart getragen, wild mit den Händen gestikuliert und exotische Waren konsumiert. In Frankreich hatte er mehr Frauen gehabt und mehr Wein getrunken als sonst irgendwo, während er in Norddeutschland am Hofe Albrechts die diplomatischen Ränkespiele mitgespielt hatte. Überall hatte er sich eingefügt. Aber in all diesen Jahren hatte er nur darauf gewartet, wieder heimkehren zu können. Die Ausreden des Vaters waren vielfältig gewesen: Der Zeitpunkt war unpassend, es war zu chaotisch. Doch seit er den Brief in Genua erhalten hatte, begriff Roland endlich, was in Wahrheit dahintersteckte. Sein Vater hatte ihn seit dem furchtbaren Abend vor so langer Zeit hinters Licht geführt.

Roland wandte sich vom Fenster mit der schönen Aussicht ab. Das Zimmer, das er zugewiesen bekommen hatte, war asketisch eingerichtet: ein Bett, ein Kreuz, mehr nicht. Das Bett, in dem er die Nacht verbracht hatte, war schmal und hart, doch er hatte überraschend gut darin geschlafen.

Die Hausherrin hatte ihn mit festem Handschlag und kurzer Begrüßung willkommen geheißen, als hätten sie sich erst kürzlich und nicht vor fünfzehn Jahren das letzte Mal getroffen. Aber so war sie schon immer gewesen, Frau Birgitta Birgersdotter: ruhig und unerschütterlich.

Roland rückte sich seine streng wirkenden, grauen Kleider zurecht, die er für diesen Tag ausgewählt hatte, und ging hinunter, um das Fasten zu brechen. Er zwang sich, langsam und mit leicht gebeugtem Kopf zu gehen, als sei er ins Gebet versunken. Der Rosenkranz klirrte leise.

»Du weißt sicher, dass der König und die Königin für heute erwartet werden, nehme ich an«, sagte Birgitta später, als sie gemeinsam am Tisch saßen. Ihre altersfleckigen Finger eilten über die Bernsteinperlen des Rosenkranzes. Das Essen hatte sie nicht angerührt. Mit scharfem Blick und aufrechter Haltung verfolgte sie die Verrichtungen der Bediensteten.

Roland brach ein Stück Brot ab und fingerte dann an einem Stück herum, das ungefähr die gleiche Konsistenz wie Baumrinde hatte. In Frau Birgittas Haushalt sollte man sowohl körperlich als auch seelisch abgehärtet werden, doch die vielen Jahre im Ausland hatten ihn eine Schwäche für frisches, weiches Brot entwickeln lassen.

Roland war unentschlossen, ob ihm die Neuigkeit von der Ankunft des Königspaares gefiel oder nicht. Er hatte nicht damit gerechnet, Magnus und Blanche zu treffen, bevor er in Stockholm war. Vielleicht war das ein Zeichen des beginnenden Alters, dass das Unvorhergesehene ihn störte.

»Ich habe das Königspaar seit der Krönung nicht mehr gesehen«, antwortete er und legte das dunkle Brotstück zur Seite.

An jenem Tag – dem Krönungstag 1336 –, an dem seine Welt zusammengebrochen war, war es furchtbar heiß in Stockholm gewesen. Die Sonne hatte erbarmungslos auf die Zuschauer niedergebrannt, die versucht hatten, einen Blick auf die Krönungspracht zu erhaschen. In der Kirche war es so warm gewesen, dass Leute ohnmächtig geworden waren. Die Zeremonie war langatmig gewesen, die Festivitäten extravagant, und eine große Anzahl Gefangener war, im Namen Gottes und der Barmherzigkeit, vom neu gekrönten König Magnus Eriksson begnadigt worden. Der König und seine junge Königin hatten danach bis in die frühen Morgenstunden hinein gefeiert, doch Roland war gezwungen worden, unbemerkt das Land zu verlassen. Sein Leben hatte sich damals und dort von Grund auf verändert. Wegen eines Dreizehnjährigen, den man hätte hinrichten und nicht begnadigen sollen. Roland fingerte am einfachen Zinnmesser herum, das auf dem Tisch lag.

Birgitta hatte ihn nicht gefragt, warum er in jener Nacht verschwunden war. Vielleicht erinnerte sie sich nicht mehr daran? Er betrachtete ihr rundes Gesicht und fragte sich, was es mit den himmlischen Offenbarungen auf sich hatte, die ihr angeblich zuteilwurden. War Birgitta verrückt geworden oder sprach Gott wirklich durch sie?

»Ist Königin Blanche immer noch so schön?«, fragte er stattdessen. Blanche war jung gewesen, noch ein Mädchen, als Roland sie das letzte Mal gesehen hatte. Die zukünftige Königin hatte einen Hauch von Eigensinn und Eleganz aus ihrer Heimat Namur mitgebracht, und der König war sternenäugig vor Liebe gewesen. Natürlich war es nur eine Frage der Zeit gewesen, bis sie Birgitta zu missfallen begann.

Birgittas Rosenkranz rasselte schneller. »Sie ist eine Schlange mit der Zunge einer Dirne«, konstatierte sie hart, und rote Flecken breiteten sich auf ihren Wangen aus. »Sie hat Gift im

Blut. Wie sie aussieht, ist mir egal. Ich bete für ihre Seele. Jeden Tag.«

Das Königpaar kam direkt nach dem Mittagsgebet. Birgittas Haus lag auf einem Hügel, strategisch vorteilhaft und mit schöner Aussicht über das Kloster. Aber das bedeutete auch, dass Besucher, die über den Landweg kamen, wie jetzt das Gefolge des Königs, einen steilen Anstieg meistern mussten. Der frische Wind, der vom Vätternsee herüberwehte, straffte die farbenfrohen Banner, und Rolands Herz pochte ungewohnt heftig.

»Eure Majestäten!«, sagte Birgitta, als das Königspaar in ihre dunkle Eingangshalle trat. Sie lächelte nicht, als sie sich vor ihnen verbeugte, und knickste auch nicht, denn sie war keine Frau, die vor irgendjemandem knickste.

Die Königin gab ihrer alten Mentorin eine flüchtige Umarmung und rümpfte gleichzeitig die Nase. Roland verstand sie. Frau Birgitta hielt nichts davon, ihren Leib zu reinigen, und roch dementsprechend.

»Ich habe einen weit gereisten Besucher hier«, sagte Birgitta zum Königspaar. Ihre Stimme hallte im asketisch kahlen Raum wider. Auf Alvastra stellte man Textilien und Wandteppiche her, Dinge von höchster Qualität, das meiste davon wurde jedoch verkauft, sodass die Wände karg und schmucklos blieben.

Als Roland aus dem Schatten trat, schlug sein Herz so stark, dass es in der Brust wehtat. Die Augen der Königin weiteten sich beunruhigt, als sie ihn sah – sie war schon immer äußerst scharfsinnig gewesen –, und schnell legte Roland mehr Wärme in seinen Blick. Er senkte seine Schultern, setzte ein charmantes Lächeln auf und gab sich so harmlos wie möglich. Er war nur ein älterer, distinguierter Ritter, verlässlich, freundlich und weit gereist. Ein guter Freund, der zurückgekehrt war, nichts anderes. Blanche entspannte sich sichtbar, und dann erkannte auch Magnus ihn wieder.

»Roland«, sagte er mit vor Rührung belegter Stimme und schloss ihn in seine Arme. »Roland«, wiederholte er und klopfte ihm auf den Rücken. »Dein Vater wollte nicht erzählen, wo du steckst. Ich war richtig böse auf ihn. Ich dachte, du bist tot.«

Natürlich. Sein Vater hatte nicht erzählen können, was an jenem Abend geschehen war, warum er seinen eigenen Sohn gezwungen hatte, ins Exil zu gehen. Und warum er Roland nicht erlaubt hatte zurückzukehren.

König Magnus räusperte sich. Seine Augen waren feucht. Magnus war schon immer sentimental gewesen. Es gab Leute, die ihn für zu weich hielten, doch Roland hatte gesehen, wie Magnus Kampf und Massenmord anordnete, ohne mit der Wimper zu zucken. Also beging er nicht den Fehler, diese sentimentalen Tränen mit Schwäche zu verwechseln.

»Wo bist du all die Jahre gewesen? Ich hätte nie gedacht, dass ich dich wiedersehen würde!«, sagte der König.

Roland tat gut daran, diese beiden nicht zu unterschätzen. Er sah Blanche an, die ihn immer noch mit einer gewissen Wachsamkeit betrachtete. An den meisten europäischen Höfen, die Roland besucht hatte, sprach man respektvoll über dieses Königspaar. Das Reich der Schweden war zwar nicht so groß und glamourös wie Frankreich, England oder Deutschland, doch der schwedische König wurde als jemand angesehen, mit dessen Stärke man rechnen konnte, und das nicht zuletzt wegen Blanche und ihrer Klugheit.

Roland setzte eine angemessen ernste Miene auf. Er legte Wärme und eine Spur Trauer in seinen Blick, senkte die Stimme und holte mit der Hand aus, um die er den Rosenkranz gewickelt hatte. »Ich erzähle Euch gerne, wo ich all die Jahre gewesen bin. Ich würde Euch niemals etwas vorenthalten, und es schmerzt mich, zu hören, dass ich Euch Unruhe bereitet habe.« Freundlich, fast väterlich, reichte er Blanche seinen Arm, und endlich, *endlich* gab die schöne Königin nach und erwiderte sein Lächeln. Zufrieden stellte Roland fest, dass er seine Fähigkeit noch besaß. Und nun war er wieder da, wo er hingehörte. Noch war die Schlacht nicht verloren. Sein Vater hatte ihn wie immer unterschätzt.

»Was tut Ihr hier?«, fragte ihn die Königin Blanche. »Ich meine, hier in Östergötland?«

»Buße und innere Einkehr haben mich viel zu lange von hier ferngehalten«, antwortete Roland. Als Lüge taugte diese Antwort durchaus. Sowohl der König als auch die Königin hatten starke religiöse Gefühle. Dass solche Gründe einen Mann dreizehn Jahre im Ausland hielten, würden sie nachvollziehbar finden. »Aber dann wurde mein Heimweh zu übermächtig.«

Und ich bin pleite, völlig ausgebrannt. Und mein eigener Vater will mir in den Rücken fallen.

»Ihr müsst uns nach Stockholm begleiten!« Die Königin blickte ihn mit ihren Rehaugen an und lächelte. »Beide Halbbrüder des Königs werden heiraten. Es gibt eine prunkvolle Doppelhochzeit, die dürft Ihr nicht verpassen! Ich bestehe darauf!«

Roland neigte den Kopf. »Gerne wäre ich meiner Königin zu Willen. Aber ich muss zuerst meinen Vater aufsuchen. In Nyköping.«

Ich muss herausfinden, ob er vollkommen verrückt geworden ist.

»Wir kommen gerade vom Hof Månssättra«, sagte Magnus mit breitem Lächeln und lehnte sich auf seinem Stuhl zurück. »Von der Hochzeit eines meiner Männer. Er wollte auch nach Nyköping. Er kennt deinen Vater.«

»Wie heißt er?«, fragte Roland, obwohl er glaubte, die Antwort schon zu wissen.

»Markus Järv«, antwortete der König. »Hast du ihn jemals getroffen? Oder warst du schon weg, als ich ihn kennenlernte? Ich kann mich nicht erinnern.«

Roland lächelte steif. »Nein, ich hatte nicht das Vergnügen«, log er. *Wenn man davon absieht, dass ich es zwei Mal nicht geschafft habe, ihn zu töten.*

Roland fragte sich, wie ein Hurensohn es fertiggebracht hatte, sich erst bei seinem Vater und dann beim König einzuschmeicheln. Doch keine anderen Könige waren wie Magnus und ließen gewöhnliche, einfache Menschen so in ihre Nähe. Kein Wunder, dass der König Probleme mit dem Adel und mit Birgitta hatte. Keiner von ihnen sah es gern, dass ihre Macht durch schwärmerische Ideen von einer allgemeingültigen Ordnung gemindert wurde. Dieser Emporkömmling Markus hatte eindeutig Nutzen aus der Schwäche des Königs gezogen.

»Ja, das war eine interessante Verbindung«, lachte Blanche.

Roland lächelte automatisch, während seine Gedanken auf Hochtouren liefen. Wenn Markus auf dem Landweg unterwegs nach Nyköping war, würde er ihn vielleicht abpassen können.

»Ich weiß nicht, wer wütender aussah, die Braut oder der Bräutigam«, fuhr Blanche fort.

»Erzähl!«, sagte er und versuchte, interessiert zu klingen, obwohl er nichts lieber getan hätte, als aufzuspringen und diesem Markus nachzujagen, der vorhatte, ihm sein rechtmäßiges Erbe wegzunehmen. Bei diesem Gedanken durchfuhr Roland ein eisiger Schrecken. Er brauchte das Geld. Wenn er seine Schuldner nicht bald bezahlte, würden sie ihm bei lebendigem Leibe die Haut abziehen, und zwar buchstäblich. Sie besaßen überall Spione, und er würde den Rest seines Lebens auf der

Flucht verbringen. Er griff nach einem Stück Trockenfrucht, um seinen Gesichtsausdruck zu verbergen.

»Markus ist einer meiner Ritter«, sagte der König. »Und ein guter Freund. Du kennst ihn wirklich nicht?«

»Nein«, behauptete Roland, und die Lüge ging ihm leicht und automatisch von den Lippen.

Er steckte die Frucht in den Mund und hatte sich entschieden. Er würde Markus töten. Einnehmend lächelnd fuhr er ruhig fort: »Aber erzählt mir alles von ihm, meine Königin!«

14

Irgendwo in Östergötland

Alles nur wegen der Karren, dachte Markus und betrachtete düster seine Hände. Seine Reithandschuhe waren geschmeidig und viel benutzt, mit Eisenplatten über den Knöcheln. Auf einem Finger sah man einen Fleck, den Philippe nicht hatte entfernen können. Vielleicht war es Blut, vielleicht war es Erde.

Er starrte nach vorne, duckte sich unter einem Ast, spähte hinein ins undurchdringliche Grün und versuchte, den gereizten Seufzer zu unterdrücken, der in ihm aufkam. Obwohl sie Kirchen, Bäche und vereinzelte Höfe passiert hatten und schon seit dem Morgengrauen unterwegs waren, hatten sie noch nicht einmal ein Viertel der Strecke zurückgelegt. Sogar sein Hengst, der ein höheres Tempo gewöhnt war, zeigte durch seine Körpersprache, wie das langsame Vorankommen ihn irritierte. Als Markus hinter sich Flüche und Rufe vernahm, wusste er sofort, was los war. Einer der beiden Karren, zum Bersten gefüllt mit Illianas Habseligkeiten, war wieder stecken geblieben. Er hielt sein Pferd an, das wieherte und mit dem Schweif schlug, bevor es sich schließlich fügte. Alle hielten an. Einer der Knechte, ein starker junger Bursche namens Samuel, der mit Abenteuerlust im Blick darum gebeten hatte, mitkommen zu dürfen, sprang hinunter vom Kutschbock, während Markus' Männer nur herüberstarrten, unsicher, was von ihnen erwartet wurde. Sie waren Krieger und Elitesoldaten, die es nicht gewohnt waren, Karren aus dem Dreck zu ziehen und mit Mägden, Knechten und Hausrat zu reiten.

»Sieh zu, dass sie Hilfe bekommen!«, befahl Markus Karl, der hinten ritt und das Chaos mit ausdrucksloser Miene betrachtete.

Karl nickte und machte eine befehlende Geste, woraufhin die anderen Männer widerwillig von ihren Pferden stiegen. Einer von Markus' Soldaten, ein hartgesottener Krieger namens Sigvard, begann, sich gemeinsam mit Karl um das festgefahrene Rad zu kümmern. Markus blickte zu Illiana, doch sie tat das, was sie schon seit ihrer Abfahrt gestern und seit der Hochzeitsnacht getan hatte: Sie ignorierte ihn.

Durch gemeinsame Anstrengung schafften es Karl, Sigvard und die anderen Männer, das Rad aus dem Graben zu ziehen, und als sich die ganze Gruppe wieder in Bewegung gesetzt hatte, schloss Karl zu Markus auf und hob fragend eine Augenbraue.

»Kannst du nicht dafür sorgen, dass sie sich etwas schneller bewegen?«, fragte Markus ärgerlich, obwohl er wusste, dass er Unmögliches verlangte. Der Waldweg war schmal, streckenweise kaum vorhanden, und die Karren schwerfällig.

Karl zuckte mit den Schultern, was im Prinzip alles bedeuten konnte. Aber Markus wusste, dass der vernarbte Livländer seine Frustration teilte. Die Karren hielten sie auf, und die erbärmliche Fahrt stellte ein Sicherheitsrisiko dar. Sie hatten zwei Frauen dabei, Illiana und die mürrische, kraushaarige Magd, sowie zwei Knechte aus Månssättra, von denen Samuel einer war. Sie leisteten Dienst als Kutscher, denn Markus' Männer wären lieber gestorben als dass sie die Schmach erduldet hätten, hinter einem Zugpferd zu sitzen. Die Wege waren nicht sicher, und sie würden eine leichte Beute sein, wenn sie voneinander abgeschnitten wären. Außerdem würden sie es nicht schaffen, rechtzeitig zur Hochzeit der Herzöge in Stockholm oder überhaupt irgendwo zu sein.

Wir wären schneller zu Fuß.

»Ich schicke das Gepäck per Schiff«, beschloss Markus. »Wenn alles auf dem Landweg transportiert wird, sterben wir an Altersschwäche, noch bevor wir die Hälfte geschafft haben. Wir schicken es von Skänninge aus.« Die Seefahrt nach Stockholm und über den Mälarsee wurde von Skänninge aus betrieben, und mit geeigneten Winden würde ihre Last wahrscheinlich vor ihnen ankommen.

Als sie für die Nacht einkehrten, war die Dämmerung schon hereingebrochen. Der Bauernhof war klein, aber aus dem Schornstein stieg Rauch, und die Tiere auf der Weide sahen wohlgenährt aus. Markus schickte Philippe hinein, um das Nachtlager klarzumachen. Er wies Karl mit einer Handbewegung an, die Karren und Knechte zu den Scheunen und Ställen zu dirigieren, und saß dann ab. Sie waren den ganzen Tag geritten, und Markus ging hinüber zu Illiana, um ihr vom Pferd zu helfen. Sie saß aufrecht auf der grauen Stute, bleich, aber gefasst. Er streckte ihr die Hand entgegen. Mit eleganten Bewegungen griff sie in die Zügel, tat so, als sähe sie ihn nicht und glitt aus dem Sattel, ohne seine Hilfe anzunehmen. Sie war eine geschickte Reiterin und ritt bestimmt schon, seit sie ein Kind war, im Gegensatz zu ihm, der in der Gosse aufgewachsen war und erst seit dem Jünglingsalter ritt.

Illiana reichte die Zügel einem Jungen, immer noch, ohne Markus eines Blickes zu würdigen. »Ich habe um Essen gebeten«, sagte er und beobachtete sie. Sie sah völlig erschöpft aus. »Du musst dich ausruhen.« Er merkte selbst, wie schroff er klang. Prompt meldete sich sein schlechtes Gewissen. Es musste sehr anstrengend für sie gewesen sein, den ganzen Tag im Sattel zu sitzen. Sie hatte jedoch nichts gesagt und nicht ein einziges Mal geklagt. Nur der Schmerz, der ihr jetzt über das bleiche Gesicht fuhr, als sie ein paar vorsichtige Schritte machte, verriet, wie ungewohnt es für sie war, so lange im Sattel zu sitzen. Aber sie blieb still.

»Wir bekommen ein Zimmer. Ruh dich aus, solange sie das Essen vorbereiten.«

Sie ignorierte ihn weiter, ging ins Haus und verschwand im Dunkel.

Als Markus nach den Tieren gesehen hatte und in die Stube trat, war sie nirgends zu sehen.

»Die junge Frau isst auf dem Zimmer«, erklärte die Bauersfrau.

Markus nickte und nahm am Tisch Platz. Er würde Illiana ein paar Stunden Zeit für sich lassen. Gestern hatte er Abstand gehalten, weil er gedacht hatte, sie sei noch wund von der Hochzeitsnacht. Und es war gut, wenn sie noch etwas Ruhe bekam, bevor er zu ihr ging. Aber dann würden sie das Bett teilen, das sie erhielten.

Er öffnete eine Reisetasche und verteilte den Inhalt auf dem Tisch. Erst vor zwei Tagen hatten sie sich verabschiedet, doch der König hatte bereits Dokumente, Pergamentrollen und Nachrichten per Bote schicken lassen. Das war seine Art, Markus zu verstehen zu geben, dass er mit ihm reisen sollte: diese Boten und Späher mit Fragen, Briefen und Unterlagen zu ihm zu schicken. Einst war Markus selbst so ein unerschrockener Botenjunge gewesen, einer der Besten. Er nahm alle Briefe und Dokumente und breitete sie auf dem Tisch aus. Er würde diese Sendungen durchgehen, noch einmal nach den Tieren sehen und noch ein paar Worte mit Karl reden. Doch dann waren seine Verantwortung und Pflichten für heute erledigt, und er konnte zu seiner Ehefrau. Am liebsten hätte er sich sofort erhoben, den Reisestaub abgewaschen und wäre nach oben zu ihren kühlen Händen und weichen Rundungen gegangen, doch als er die Pergamentrollen und Schreibwerkzeuge vor sich sah, seufzte er, streckte sich nach dem Becher und begann zu arbeiten.

Die Nachtruhe hatte sich über den Hof gesenkt, und Markus saß am Tisch, vertieft in eine Schrift, in welcher der König seine Gedanken zum Handel mit den Völkern im Norden darlegte, als er den Schrei hörte. Es war ein Schmerzensschrei, der durch das ganze Haus schallte und das Blut in seinen Adern gefrieren ließ.

Illiana.

In weniger als einer Sekunde war er aufgesprungen. Während das Blut in Arme und Beine schoss, rannte er zum Zimmer, von wo er den Schrei gehört hatte. Türen wurden geöffnet, Vorhänge aufgezogen, verschlafene Menschen riefen etwas, doch Markus beachtete nichts davon. Schließlich hatte er ihre Tür erreicht. Von drinnen war gedämpftes Stöhnen zu hören. Mit dem Schlimmsten rechnend riss er die Tür so heftig auf, dass er sie fast aus den Angeln gehoben hätte.

Er begegnete Helvigs erschrockenem Blick. Die Magd kniete auf dem Fußboden, die Haare wirr und die Augen weit aufgesperrt. Illiana lag zusammengesunken und mit schmerzverzerrtem Gesicht auf dem Fußboden.

»Wo ist er?«, brüllte Markus, während er abzuwägen versuchte, wie schwer ihre Verletzungen waren und wohin der Angreifer entschwunden war.

»Wovon redest du?«, stöhnte Illiana. Ihre Stimme klang äußerst angestrengt, und er fragte sich, ob er zu spät gekommen war. »Niemand ist hier«, sagte sie erstickt.

»Du hast geschrien!«, brüllte er, während sich immer mehr

Zuschauer in der engen Türöffnung versammelten. Sie musste irgendeine Verletzung haben, weil sie auf dem Boden lag. Aber er sah kein Blut, nichts.

»Ich habe einen Krampf«, stieß sie zwischen den Zähnen hervor. »All das Reiten …«

»Ist das alles? Ich dachte, jemand sei dabei, dich zu ermorden!«, brüllte er als Antwort.

Illiana stützte sich auf einen Ellenbogen, bleich und verschwitzt, aber eindeutig noch höchst lebendig, und warf ihm einen wütenden Blick zu. »Hör auf zu brüllen«, fauchte sie.

»Wir sind so viel geritten«, fügte Helvig mit anklagender Stimme hinzu und unternahm einen ungeschickten Versuch, das Bein zu massieren.

»Krampf?«, fragte Markus dümmlich.

»Idiot!«, murrte Illiana.

»Liegt still!«, sagte Helvig.

Die Magd fuhr fort, das Bein ungeschickt zu massieren, und soweit Markus das beurteilen konnte, schien es den Schmerz nur noch zu verschlimmern.

»Das hilft nicht, er breitet sich noch aus!«, bestätigte Illiana seine Vermutung mit immer schwächerer Stimme. Ihr Blick war schon ganz verschwommen.

Markus sank auf die Knie und steckte das Messer zurück in seinen Stiefel. »Zeig mir, wo es wehtut.«

Sie antwortete nicht, und er konnte sehen, wie sie dabei war, das Bewusstsein zu verlieren.

»Hinaus!«, befahl er, während er gleichzeitig Illianas Bein umfasste. Er schob Helvig beiseite, die protestieren wollte, und brüllte: »Alle! Und schließt die Tür hinter euch!«

Während sich das Zimmer leerte und Stille einkehrte, begann Markus, mit energischen Bewegungen das Bein zu massieren.

»Au!«, jammerte sie und versuchte, sich dem harten Kneten zu entziehen, doch er machte weiter. Er hatte schon genug Krämpfe gesehen und wusste, was zu tun war.

»Bitte, das hilft nicht!«, flehte sie mit vor Schmerz und Tränen erstickter Stimme.

»Das kommt davon, wenn man nicht ordentlich isst und trinkt!«, sagte er und hörte selbst, wie verärgert er klang.

»Und immerzu reitet«, hob sie hervor. »Vergiss das nicht. Ich bin zwei verdammte Tage lang geritten.«

»Du bist ausgetrocknet«, sagte er grimmig. »Dadurch bekommt man einen Krampf.« Aber natürlich hatte sie auch recht. Sie hatte zwei lange Tage von morgens bis abends im Sattel gesessen. »Du hättest etwas sagen sollen!«, knurrte er.

Illiana zog eine Grimasse. Doch dann sah er, wie der Schmerz endlich nachzulassen begann. Die plötzliche Erleichterung ließ sie aufschluchzen und danach tief einatmen. Farbe kehrte in ihr Gesicht zurück, die Gesichtszüge wurden wieder weicher, und er sah Tränen in ihren Wimpern glitzern. Sie wischte sich die Nase.

»Besser?«, fragte er, ohne mit dem Kneten ihrer Muskeln aufzuhören, wenn auch mit weniger Kraft.

Sie nickte vom Fußboden aus. Er massierte sie mit immer sanfteren Bewegungen, zwang den großen Wadenmuskel, sich noch mehr zu lockern, suchte nach Knoten und Verspannungen, aber fand nur weiche Muskeln und warme Haut. Behutsam streichelte er ihre Kniekehle und spürte, wie sie sich entspannte.

»Gott sei Dank!«, sagte sie und blickte ihn so erleichtert an, dass er lächeln musste.

»Bitte schön!«, sagte er und spürte, wie die Anspannung auch seinen Körper verließ. Er war überzeugt davon gewesen, mit Gewalt und Tod konfrontiert zu werden, als er durch die

Tür hereingestürmt war. Nun war er dankbar, dass es dieses eine Mal noch glimpflich abgelaufen war.

Markus streckte den Rücken und lehnte sich ans Bett, immer noch mit einer Hand auf Illianas Bein, das auf seinen Knien lag. Die Nachtkleidung, die sie trug, ähnelte der in der Hochzeitsnacht. Es war eine Menge weißer Stoff, der sich um sie herum bauschte, doch das Bein in seinem Schoß war nackt. Er betrachtete ihre helle Haut, die sich schimmernd gegen das Dunkel des Zimmers abhob.

In Gedanken versunken strich er ihr über das Bein. Sie erstarrte und beobachtete wachsam, wie er seine Hand immer höher wandern ließ. Sie sagte nichts, doch er spürte ihre Unruhe. Sie war warm und verströmte den Duft, den er schon mit ihr verband. Ihr Haar war zu einem dicken goldfarbenen Zopf geflochten, und er fragte sich, was sie wohl sagen würde, wenn er sich vorbeugen, die Bänder lösen und die lockige Haarmenge befreien würde. Sie gehörte jetzt ihm, vor Gott und vor dem Gesetz. Lust erfüllte ihn, roh und primitiv. Ihre Pflicht ist es, mir zu gehorchen, dachte er und strich über die weiche Haut.

Sie versuchte, ihr Bein zurückzuziehen. »Danke«, sagte sie steif und versuchte sich loszumachen. »Danke für die Hilfe. Jetzt komme ich alleine klar.«

Während sie weiter versuchte, ihr Bein zu sich hinzuziehen, hob Markus den Kopf und sah sich in dem gemütlichen Zimmer um. Die Dachbalken waren mit Farbe gestrichen, und eine Vase mit weißen Blumen stand auf einer Truhe, in der man Kleider und Wäsche aufbewahrte. Das Bett war nicht besonders breit, aber robust, und mit dicken Federbetten und Kissen bedeckt.

Sie maßen einander mit ihren Blicken, wussten aber beide, dass dies ein Stellungskrieg war, den Illiana schon verloren hatte. Er erhob sich vom Boden, und ohne seine ausgestreckte

Hand zu ergreifen, stellte Illiana sich ebenfalls hin. Sie verzog das Gesicht, als sie sich an einem Bein stieß, doch sonst sah sie aus, als würde es ihr wieder gut gehen.

»Das wird eine Weile wehtun«, erklärte er.

»Ja.« Sie strich sich das Haar aus dem Gesicht. Der stattliche Trauring schimmerte im Dunkeln. Eigentlich, dachte Markus, hätte der Ring an ihrem schmalen Finger viel zu groß wirken müssen. Doch auf irgendeine Weise besaß seine kleine Ehefrau ausreichend Würde, solche Juwelen zu tragen.

»Ich weiß«, sagte sie. »Ich habe schon einmal einen Krampf gehabt.«

Er legte eine Hand auf ihren Arm und schloss seine Finger um ihn. Er konnte ihn fast umfassen, und die Angst stand ihr ins Gesicht geschrieben.

»Illiana«, sagte er leise.

Es hätte so gut zwischen ihnen sein können, wenn sie nur aufhörte, sich dagegen zu sträuben. Er war erfahren genug, um zu wissen, dass das, was jedes Mal zwischen ihnen passierte, wenn sie sich berührten, ungewöhnlich war. Zwischen ihren Körpern bestand eine gegenseitige Anziehungskraft. Warum sollten sie sich den körperlichen Freuden nicht hingeben?

»Wir sind hier, wir sind verheiratet, wo ist das Problem?«, fragte er, obwohl ihm klar war, dass Illianas Gefühle in Bezug auf diese Ehe komplizierter waren. Wenig überraschend sah sie alles andere als froh aus, als sie merkte, in welche Richtung das Gespräch ging. Man mochte sagen, was man wollte über die Frau, die er geehelicht hatte – einfältig war sie nicht.

»*Das* tue ich nie mehr freiwillig!«

»Jetzt bist du aber störrisch. Du kannst doch nicht im Ernst meinen, dass wir nie wieder beieinander liegen werden!«

Ihre Reaktionen waren echt gewesen, keine Frau – erfahren oder nicht – konnte eine solche Glut vortäuschen. Sie konnte sich selbst einreden, dass sie ihn nicht wollte, doch ihr Körper verriet sie jedes Mal, wenn er sie nur leicht berührte.

»Ich weiß ja, dass es wehtut, aber irgendetwas an mir muss fehlgebildet sein, denn es war absolut unerträglich. Du kannst mich schlagen, wenn du willst«, sie zuckte mit den Achseln, als sei es das, was sie nun erwartete, »aber ich weigere mich.«

Fehlgebildet? Sie malte sich die Ehe mit ihm offenbar als eine permanente Vergewaltigung aus. Er bekam nicht übel Lust, ihr ein wenig Verstand beizubringen. Sie mochte eigensinnig und tollkühn sein, aber sie war die am wenigsten fehlgebildete Frau, die er je getroffen hatte.

»Aber wenn du mich zwingst, werde ich mich verteidigen«, fuhr sie fort, schnappte sich ihren Dolch und wedelte mit ihm herum.

Markus rollte mit den Augen. Wenn sie nicht aufpasste, würde sie sich noch die Nasenspitze abschneiden. »Ich zwinge mich keiner Frau auf, das habe ich gesagt. Leg den da weg, bevor du dich noch selbst verletzt.«

»Lässt du mich dann in Ruhe?«

Er zögerte.

»Ich wusste es«, sagte sie bitter, aber senkte dennoch ihren Dolch.

»Ich will dich, Illiana«, sagte er leise. »Du bist meine Ehefrau, vor Gott und aus freiem Willen, und du kannst dich mir nicht verweigern.« Er legte seine Hand unter ihr Kinn und strich mit dem Daumen über ihren Kieferknochen. Sie fühlte sich so zart an, dass er weiche Knie bekam. »Aber ich möchte dich willig in meinem Bett haben. Wenn ich also gehen soll, dann tue ich es«, kapitulierte er und ließ sie los. Dieses Mal noch, fügte er in Gedanken hinzu.

Hoffnung erfüllte ihren Blick, und sie nickte so eifrig, dass er beinahe schmunzeln musste. Das hier war eine völlig neue

Erfahrung. Die meisten Frauen pflegten zu intrigieren, um ihn ins Bett, nicht aus ihrem Zimmer zu bekommen.

»Aber erst nach einem Kuss«, fügte er hinzu und sah sie geradeheraus an. »Ein Kuss ist alles, was ich begehre.«

Sie legte ihre Stirn in Falten, und er beobachtete die unterschiedlichen Gefühle, die sich in ihrem Gesicht widerspiegelten. Illiana Henriksdotter war der Meinung, ihn überlistet zu haben. Er verbarg sein Lächeln, sah, wie sie sich ein Herz fasste, ihr Gesicht anhob und ihn anblickte wie eine Heilige, die sich auf den Märtyrertod vorbereitet. »Fang schon an«, befahl sie mit der Stimme einer Frau, die im Begriff stand, etwas äußerst Qualvolles zu erdulden, dies jedoch mit Würde zu tun gedachte.

Sie merkte es nicht, aber sie hatte ihn provoziert, und sie hatte nicht die leiseste Ahnung, worauf sie sich eingelassen hatte.

Also küsste er sie.

Er küsste sie, aber nicht mit dem rasenden Hunger, der in ihm tobte, sondern sanft und zärtlich wie ein gefühlvoller Liebhaber. Zuerst stand sie ganz still, wie im Schock. Zärtlich küsste er sie weiter und spürte, wie die Erstarrung langsam von ihr wich. Er biss ihr in die Lippe, nicht fest, es war nur ein kleines erotisches Schnappen. Sie sah ihn mit großen Augen an. Wieder biss er leicht zu. Dann fuhr es wie ein Stromstoß durch Markus' ganzen Körper, als Illiana plötzlich dasselbe tat, ihm an der Unterlippe knabberte, vorsichtig und forschend. Er stöhnte leise, als sie ihre weichen Kurven gegen ihn presste und dieser Duft, für den er keinen anderen Namen als Illiana hatte, ihm entgegenströmte. Vorsichtig entzog sie sich ihm, und er ließ sie gewähren. Sie sah benommen aus. Ihr Mund war geschwollen vom Küssen, und Markus konnte beim besten Willen nicht mehr das Verlangen unterdrücken, das bewirkte, dass er sie sofort wieder küssen wollte. Er zog sie fest zu sich heran

143

und fragte sich, ob ihr überhaupt bewusst war, wie sie sich an ihm festklammerte. Als sie sich losriss, um zu atmen, blickte sie ihn an, und in ihren Augen spiegelte sich das Licht des Mondes wider. Sie leuchteten wie Scherben aus Silber.

»Was?«, fragte er und versuchte, seine Erregung hinter einem leisen Lachen zu verbergen.

Tatsache war, dass der Kuss ihn umgehauen hatte. Von Kopf bis Fuß war sie nur weich, sanft und sinnlich. Er hätte sich, ohne zu zögern, auf sie stürzen, sie aufs Bett werfen, ihre Nachtkleider hochziehen und sich in ihr vergraben können.

»Das waren zwei«, sagte sie mit leicht zitternder Stimme. »Du hast gesagt, dass du mich ein Mal küssen willst.« Ihre Augen glänzten, die Wangen waren gerötet und widersprachen dem schwachen Protest. »Es waren *zwei*.«

»Illiana, ich …«, begann er, um ihr das Offensichtliche klar zu machen – dass sie beide einander begehrten –, als es an der Tür klopfte und Philippes Stimme von außen zu hören war. »Herr?«

Er stöhnte. Dieser Junge besaß ein außergewöhnliches Talent, zum falschen Zeitpunkt aufzutauchen. »Verschwinde!«, brüllte er, ohne Illiana loszulassen.

Stille. Doch er konnte Philippe geradezu vom einen auf den anderen Fuß treten hören. Markus ignorierte das Geräusch, lächelte Illiana an und streichelte ihren Arm, den sie um ihn geschlungen hatte.

»Eine Botschaft ist gekommen«, ertönte wieder Philippes Stimme durch die Tür. »Vom König. Ihr müsst sie entgegennehmen, persönlich!«

Markus hatte eine wirklich abfällige Bemerkung über den schwedischen König auf der Zunge, den er gerade jetzt zum Teufel wünschte. Doch Illiana hatte sich so weit wieder gefasst und trat einen Schritt zurück. Sie blickte ihn unsicher an und sah dabei so klein und schutzlos aus, dass ihn ein Gefühl übermannte, das er als Zärtlichkeit bezeichnet hätte, wäre es nicht so undenkbar gewesen. Aber sie hatte dunkle Schatten unter den Augen und sah vollkommen erschöpft aus. Die letzten zwei Tage waren anstrengend für sie gewesen, und morgen würden sie früh wieder abreisen.

Auch wenn es ihm schwerfiel, es sich einzugestehen: Er wollte, dass es für sie gut war – nicht nur gut, sondern einzigartig. Er wollte sie locken und verführen, bis sie sich ihm hingab, statt seine Nähe nur zu ertragen. Dafür musste sie jedoch in besserer Verfassung sein. Markus seufzte. Na schön, dann würde er eben warten, auch wenn ihm das gehörig gegen den Strich ging. Er wandte sich ab und marschierte zur Tür, um nach den vermaledeiten Papieren zu sehen. Illiana, die so verlockend und begehrenswert aussah, dass es wehtat, ließ er im Zimmer zurück.

15

Stadt Skänninge

»Ich sage doch nur, dass ich auch anderes über ihn gehört habe«, erklärte Helvig, faltete einen von Illianas Röcken zusammen und legte ihn in die Ledertasche, die sie gerade packte. Sie reichte Illiana einen Kissenbezug und begann dann, die wenigen Toilettenartikel zusammenzusuchen.

»Glaubst du denn, dass alles andere nur erfunden ist?«, fragte Illiana zweifelnd. Sie band eine Schnur um den zusammengerollten Bezug, verstaute ihn in der Tasche und ließ ihren Blick noch einmal durch das kleine Gemach schweifen, um sicherzugehen, dass sie auch wirklich alles eingepackt hatten. Es war ihre vierte Nacht auf Reisen gewesen, und Helvig und Illiana waren schon routiniert im Ein- und Auspacken.

Sie hatten Skänninge spät am gestrigen Abend erreicht, und es war nicht leicht gewesen, einen Platz zum Übernachten zu finden. Die Stadt barst buchstäblich aus allen Nähten. Das Einzige, was sie gefunden hatten, war dieses wackelige, schmale Bett in einem Raum gewesen, der eher einer Abstellkammer glich. Helvig hatte auf einer Decke in der Küche geschlafen, Illiana hatte das Bett bekommen, und Markus hatte sie nicht mehr gesehen, seit sie sich eine gute Nacht gewünscht hatten.

»Ich meine, dass alles immer zwei Seiten hat«, sagte Helvig. »Wenn das einer wissen sollte, dann Ihr, Herrin.«

Illiana nickte, denn die Magd hatte recht. Helvig hatte fast immer recht. Sie wartete. Helvig strich über Matratze und Kissen, rückte alles wieder zurecht und kniff ihren Mund zusammen.

»Was hast du denn nun gehört?«, fragte Illiana ungeduldig. Manchmal war Helvigs Art, nur das Allernötigste zu sagen, erholsam, manchmal hätte sie sie jedoch schütteln mögen.

Helvig zuckte mit den Achseln. »Karl hat einiges erzählt.«

»Wirklich?«, fragte Illiana skeptisch. Sie konnte sich nicht erinnern, jemals die Stimme des vernarbten Karl gehört zu haben. »Er sagt nicht besonders viel.«

»Weil sie ihm die Zunge abgeschnitten haben.«

»Was?«

Helvig nickte und bedeutete Illiana, sich auf den Hocker zu setzen, damit sie ihr den Zopf flechten konnte.

»Aber wie kann er dann sprechen?«, fragte Illiana.

»Wir verständigen uns auf unsere Weise«, sagte Helvig kurz. Sie knotete ein Band um den Zopf, steckte ihn dann mit einer Haarnadel fest und reichte Illiana den Schleier. »Denkt darüber nach, was Ihr über Järven gehört habt. Und wer was gesagt hat.«

Während Illiana sich den Schleier überzog (wenn man ein seelenloses Kleidungsstück hassen konnte, dann hasste sie ihren warmen, rauen und unpraktischen Schleier), dachte sie darüber nach. Sie hatte die Erzählungen über den bösen Järven schon ihr Leben lang gehört, und es war schwierig zu rekonstruieren, wer was gesagt hatte. Aber wenn sie wirklich versuchte, das über die Jahre Gehörte einmal von außen zu betrachten, so stellte sie fest, dass das meiste von Birgitta auf Alvastra gekommen war. Die fromme Frau sah in Markus Järv den Teufel in Menschengestalt. Während der Jahre, die Illiana als Kind bei ihr verbracht hatte, hatte Birgitta beinahe täglich von Järvens fürchterlichen Taten erzählt. Dass ihre Mutter ihn wegen Joars Tod hasste, konnte sie verstehen. Aber auch die

Männer des Hofs, ihr Vater und die Brüder, schienen eine Art persönlichen Groll gegen ihn zu hegen. Vielleicht waren die Geschichten, die sie gehört hatte, mehr durch die individuellen Ansichten der Leute gefärbt als durch tatsächliche Ereignisse. Wenn Markus nur ein ganz gewöhnlicher Mensch war, der sowohl Gutes als auch Böses tat …? Wenn sie ehrlich war, alles wegfilterte, was sie von anderen gehört hatte, und sich nur auf ihr eigenes Gefühl verließ, dann war Markus ein wesentlich komplexerer Charakter als das mordlüsterne Untier, als das er dargestellt wurde. Nicht, dass sie ihn nicht für fähig gehalten hätte, Menschen zu töten. Aber er war kein Sadist, kein kaltblütiger Mörder. Immerhin hatte er bis zuletzt versucht, Joar zu verschonen.

Illiana war geübt darin, Menschen zu beobachten, und sie hatte durchaus schon mehrere Seiten an Markus wahrgenommen. Er konnte im Gegensatz zu vielen anderen Rittern, die sie getroffen hatte, lesen. Es würde sie nicht verwundern, wenn er mindestens so gut las und schrieb wie sie selbst, und sie war äußerst gut darin. Als sie ihn nach seiner Arbeit gefragt hatte, hatte er ihr erzählt, dass er zusammen mit dem König an neuen Gesetzen feilte. Vor Verwunderung war sie verstummt. Seit den letzten Tagen betrachtete Illiana jedenfalls einige Dinge anders. Er hatte ihren Krampf gelöst und ihr ein Pferd geschenkt. So etwas tat kein böser Mann. Und sie wusste bei Gott, wie sich böse Männer benahmen.

»*Das* hier ist jetzt mein Leben«, sagte sie zu Helvig, die bestätigend nickte, als sei es eine Selbstverständlichkeit. Aber Illiana wurde das erst jetzt klar, hier, in dem kleinen Zimmer, das auf die belebte Stadt hinausblickte. Sie konnte selbst bestimmen, wie sie das, was geschehen war, und das, was noch geschehen würde, bewertete. Diese Wahl konnte ihr niemand nehmen. Es war an ihr, das Beste aus ihrer Situation zu machen. Ihr ganzes Leben hatte sie auf einem Bauernhof verbracht, hatte notwendige Fähigkeiten erworben, sich eingeredet zufrieden zu sein. »Helvig?«

»Ja?«

Illiana schluckte, ihr Mund war plötzlich trocken. »Hat Markus Karl die Zunge abgeschnitten?«

Helvig blickte sie lange an, ihre runden Augen blinzelten nicht. »Nein«, antwortete sie. »Sie wurden beide gefoltert. Markus hat Karl das Leben gerettet.«

Nachdem sie fertig gepackt hatten und Markus immer noch nicht wieder aufgetaucht war, beschloss Illiana, nach draußen zu gehen und sich umzusehen. Skänninge war die größte Stadt, die sie bisher gesehen hatte, und das Erlebnis wollte sie sich nicht entgehen lassen. Auf dem Weg in Richtung Hauptstraße wich Illiana kläffenden Hunden aus und musste sich unter einer Leine mit Wäsche ducken. An einer Hauswand wuchs ein kleiner Apfelbaum. Jede noch so winzige Fläche wurde genutzt, und sie konnte sich das Lachen nicht verkneifen, als sie Schafe entdeckte, die auf einigen der grasbewachsenen Dächer weideten. So etwas hatte sie noch nie gesehen. Sie grüßte eine Frau, die mit mehligen Händen einen Teig knetete, und trat dann hinaus auf die Hauptstraße.

Hier in der Stadt, wo Fremde etwas Alltägliches waren, nahm niemand Notiz von ihr, und so konnte sie einfach nur dastehen und schauen. Skänninge war durch seinen Hafen und den lebhaften Handel geprägt. Die meisten Stadthäuser hatten kleine Vorbauten, die als Geschäfte dienten. In diesen Buden lagen die Waren zum Betrachten aus. Männer aus Gotland boten Leder an, und weit gereiste Händler aus Nowgorod und Lübeck, die Unwetter und Piraten getrotzt hatten, breiteten Waren aus Bernstein, Glas und Silber vor sich aus. Illiana blieb stehen und betrachtete das ungewohnte Schauspiel. Das Leben in der Stadt war nicht zu vergleichen mit dem Leben auf dem Land. Gerüche und Kleidung, wie man baute und wohnte – alles war anders. Von überall her vernahm sie unterschiedliche Sprachen und Dialekte, die teilweise so eigenartig klangen, dass sie nicht begriff, wie sich die Menschen untereinander verständigen konnten.

Es war eng. Sie wagte es nicht, sich unter die Leute zu mischen, sondern begnügte sich damit, im Schatten einer der Buden zu stehen und dem Treiben zuzuschauen. Als sie den Blick hob, sah sie plötzlich jemanden, den sie wiedererkannte. Das war so überraschend, dass es eine Weile dauerte, bis sie registriert hatte, um wen es sich handelte. Kaum war sie sich der Sache sicher, lief sie auf den breiten Rücken zu und rief: »Falke?«

Ihr Halbbruder – er war es tatsächlich – wandte sich hastig um, als habe man ihn bei etwas ertappt. Er blickte sie an. Illiana lächelte zur Begrüßung, doch er lächelte nicht zurück.

»Ich bin's!«, lachte sie. Sie zeigte zur Erklärung auf ihr Haartuch, denn Falke hatte sie noch nie mit einem solchen gesehen.

Er sah sich hektisch nach allen Seiten um, bevor er sie wieder anschaute.

»Hast du nach mir gesucht?«, fragte sie. Die Freude, jemanden von zu Hause zu treffen, und das heftige Heimweh, das sie überfiel, ließ sie trotz seines ernsten Gesichtsausdrucks breit lächeln.

»Unser Quartier ist hier ganz in der Nähe«, fügte sie hinzu.

Falkes Augen wurden schwarz. »Wo ist er?«

Irgendetwas stimmte nicht. Sie und Falke hatten sich nie sehr nahe gestanden, doch jetzt wirkte er direkt abweisend. »Hast du Nachrichten von Mutter?«, fragte sie leise. In den letzten Tagen hatte sie kaum an ihre Mutter gedacht, aber jetzt spürte sie eine schmerzliche Sehnsucht danach, etwas von ihr zu lesen oder zu hören.

»Was? Nein.« Er sah sich wieder um. »Wie behandelt er dich?«

Sie empfand Rührung. Er war ihr ältester Halbbruder. Als kleines Mädchen hatte sie ihn vergöttert, und es wärmte ihr das Herz, dass er sich Gedanken um sie machte.

»Er ist gar nicht so schlimm«, beeilte sie sich zu sagen. »Er hat seine guten Seiten. Er ...«

»Er ist der Teufel!«, unterbrach sie Falke mit so viel Hass in der Stimme, dass sie zurückfuhr. »Du bist naiv, wenn du etwas anderes glaubst. Er ist Abschaum, er verdient es nicht, zu leben ...«

Illiana legte beruhigend eine Hand auf seine rote Tunika. »Falke«, begann sie sanft. »Ich weiß, aber ich habe auch andere Seiten an ihm gesehen. Er ist mein Ehemann.«

Seine Kiefer mahlten. »Du darfst nicht erzählen, dass wir uns getroffen haben!«

»Ihr seid jetzt verwandt, möchtest du nicht ...«, versuchte Illiana, ihn zu besänftigen.

Falke riss sich los. »Ich gehe jetzt«, sagte er und spuckte auf den Boden vor ihren Füßen. »Gott sei deiner Seele gnädig!«

Sie sah, wie er in den Menschenmassen verschwand. Als Illiana den Blick hob, ertappte sie Karl dabei, wie er sie betrachtete, bevor er schnell sein deformiertes Gesicht abwandte.

Illiana kehrte zurück zum Haus, sie wagte es nicht, noch länger wegzubleiben. Vor dem Haus, den Fluss im Rücken, entdeckte sie Markus, der wie immer voller rastloser Energie zu sein schien.

Er lächelte ihr zu. »Gut geschlafen?«, fragte er und blickte sie so intensiv an, dass ihr Herz wild zu pochen begann.

»Ausgezeichnet«, antwortete sie heiter und fragte sich gleichzeitig, wo *er* die Nacht verbracht hatte. Mit Sicherheit gab es eine Menge Frauen in einer Stadt wie dieser, die, ohne zu zögern, das Bett mit ihm geteilt hätten. Merkwürdig, wie niedergeschlagen sie dieser Gedanke machte. Sie sah ihn mit festem Blick an, betrachtete das bärtige Gesicht, die gewaltigen Schultern, und versuchte sich vorzustellen, wie sie beide zusammenleben würden – als Mann und Frau, in seinem Heim. Ein undefinierbares Gefühl fuhr ihr durch den Körper. War es Lust? Vorfreude? Unruhe?

»Wie viele Menschen es hier gibt«, sagte sie leicht dahin, so als sei sie vollkommen unberührt von seiner Gegenwart. Verliebt? Nein, das war sie ganz bestimmt nicht.

»Es ist Markttag«, sagte er und winkte Karl zu sich, der über die mit Holzbohlen bedeckte Straße geschritten kam. Illiana versuchte, Karls Gesichtsausdruck zu interpretieren. Sie fragte sich, ob er wohl etwas von Falke sagen würde, doch der Livländer vermied ihren Blick.

»Wir werden das Gepäck von hier aus verschiffen«, erklärte ihr Markus. »Dann sind wir schneller zu Pferde.«

»Ich werde Helvig bitten, die Tasche hinunterzutragen«, sagte sie mit einem kleinen Seufzer. Sie wäre zu gerne noch geblieben und hätte etwas vom Markttreiben gesehen.

»Illiana?«

»Ja?«, fragte sie und wandte sich um.

Beide Männer betrachteten sie.

»Du bist doch schon mal auf einem Markt gewesen, oder?«

Sie biss sich auf die Lippen, fühlte sich wie ein Landei. Was sie ja auch war. »Nein«, sagte sie.

»Haben dein Vater oder deine Brüder dich nie auf einen mitgenommen?«

»Nein.«

Er sah sie an mit Augen, denen nichts verborgen blieb, und sie wand sich wie ein Aal.

Er fragte freundlich: »Würdest du gerne noch bleiben und dich etwas umsehen?«

Oh! Freude stieg in ihr auf. »Wenn es nicht zu viele Umstände macht«, antwortete sie vorsichtig, unsicher, ob er es auch ernst meinte.

Markus grinste, und sie wartete darauf, dass er sie einfältig nennen würde, so etwas auch nur zu glauben.

»Alles an dir macht zu viele Umstände«, sagte er. »Aber dass du noch nie auf einem Markt warst ...« Er schüttelte den Kopf, als sei diese Tatsache unfassbar. »Da bleibt mir wohl nichts anderes übrig, als ihn dir zu zeigen. Gib mir noch ein wenig Zeit, das zu Ende zu bringen, was ich angefangen habe. Dann werde ich mit dir gehen. Ich möchte nicht, dass du alleine umherirrst.«

Sie nickte. Markus wandte sich an Karl, und die beiden begannen einen dieser gestikulierenden Dialoge, die sie ständig führten.

Sie waren gefoltert worden. Markus hatte Karls Leben gerettet.

Bevor sie darüber nachgedacht hatte, hörte sie sich selbst mit lauter Stimme sagen: »Markus?«

Er drehte sich um. »Ja?«

»Danke!«

Er sagte nichts, sah sie nur eine Spur länger an, als nötig gewesen wäre und wandte sich dann ab.

»Ist das wirklich echt?«, fragte Illiana eine Weile später skeptisch. Sie waren die belebte Hauptstraße entlanggegangen, hatten Pelze, Keramiken und exotische Dinge bewundert, deren Namen Illiana nicht einmal kannte. Von den vielen Eindrücken war ihr beinahe schwindlig geworden. Schließlich blieben sie vor einer Bude stehen, wo Amulette und Talismane verkauft wurden. Illiana betrachtete etwas, das dem Verkäufer zufolge das Horn eines echten Einhorns war. Sie drehte und wendete es, betrachtete es genau und legte es dann weg. »Ziege«, stellte sie fest, sah den Verkäufer an und sagte: »Keine Chance, eine Frau, die auf dem Land aufgewachsen ist, mit so etwas zu täuschen. Ihr solltet Euch schämen!«

Markus lachte und zog sie mit sich fort. Sie kamen an Gegenständen aus Bernstein, Silber und Glas vorbei. Illiana bewunderte farbenfrohe Vögel und ein Tier, das Markus Affe nannte, und schnüffelte an gesprenkelten Käselaiben, von deren Geruch ihr die Augen tränten.

»Das muss ich mir ansehen!«, rief sie und blieb an einem Karren stehen, an dem ein Mann mit einer Haut wie schwarzes Leder Gegenstände aus dem Morgenland feilbot. Sie berührte vorsichtig einen Kamm aus Elfenbein. Kleine Figuren waren in den Knochen eingeritzt. Der Verkäufer kramte in seinen Sachen und holte eine goldene Schnalle hervor, die er ihnen zeigte. Es war eine hübsche Schnalle, mit aufwendig gearbeitetem, durchbrochenem Muster. Illiana nickte freundlich.

»Schaut sie Euch genau an, meine Dame«, sagte der Mann mit heiserer Stimme, und Illiana kam näher.

Sie streckte einen Finger aus und sah, dass die filigranen Verzierungen tatsächlich etwas darstellten.

»Ein Pferd!«, rief sie begeistert, und der Mann nickte. »Geht noch näher heran!«, sagte er, und plötzlich war ein Miniaturritter auf der Schnalle zu erkennen, als sie sich näher beugte. Der Ritter führte das Pferd mit perfekt abgebildeten Zügeln. Und auf dem Pferd, in einem exotischen hohen Damensattel saß eine Frau mit langem Haar und ausladenden Röcken. Aus der Nähe wirkten alle Details gestochen scharf, das kleine Paar sah beinahe lebendig aus. Illiana konnte erkennen, dass der Ritter und die Frau lachten. Sie gab die Schnalle zurück.

»Möchtest du sie haben?«, fragte Markus gut gelaunt.

Sie schüttelte den Kopf. Es war ein Kunstwerk und kostete bestimmt ein Vermögen. Sie blickte über die verstreuten Sachen und zeigte dann auf eine dünne Silbermünze von der Größe ihres Daumennagels. »Diese dort will ich haben!«

Er blickte sie verwundert an, kaufte ihr aber die Münze, ohne zu protestieren und ohne zu fragen, wofür sie sie benötigte. Illiana bedankte sich und steckte sie zufrieden in ihren kleinen Lederbeutel. Sie wusste genau, was sie damit vorhatte.

Die Buden, Stände und Karren, an denen sie vorbeikamen, lagen dicht nebeneinander, und es herrschte ein enormes Gedränge. Als Markus sie dichter zu sich heranzog und den Arm um sie legte, lehnte sie sich leicht an ihn. Sie tat so, als sei es ganz unabsichtlich und genoss den festen Griff seines Armes um ihre Schultern. Das gelang ihm ständig: ihr das Gefühl zu geben, sicher zu sein.

»Können wir hier kurz stehen bleiben?«, fragte sie, als sie Stoffballen in allen Farben des Regenbogens entdeckte. »So etwas habe ich noch nie gesehen!«, staunte sie und hielt ein Stück lila Stoff gegen die Sonne. Es fühlte sich an wie die Flügel einer Libelle.

»Seide. Aus Florenz?«, fragte Markus den Verkäufer, der bestätigend nickte.

»Warst du schon einmal dort?«, fragte sie und betrachtete das Sonnenlicht, das durch den lavendelfarbenen Stoff fiel. *Magisch.*

»Florenz?« Er nickte. »Heiß wie in der Hölle.«

Sie lächelte über seine Worte und legte das schimmernde Tuch beiseite. »Wann gedenkst du mir zu sagen, wohin wir unterwegs sind?«, fragte sie.

»Habe ich das noch nicht getan?«

»Du bist nicht besonders mitteilsam«, stellte sie fest. »Hat sich noch niemand darüber beklagt?«

Er verzog das Gesicht. »Die Leute beklagen sich ständig, ich höre schon gar nicht mehr hin. Aber wohin wir unterwegs sind, ist kein Staatsgeheimnis. Wir wollen nach Uppland. Mein Zuhause, nehme ich an. Zu meiner Burg.«

»Siehst du, war doch gar nicht so schwierig«, sagte sie und lächelte lieblich. »Sind deine Eltern dort?«

»Meine Eltern sind tot. Ich bin Waise, seit ich sieben Jahre alt war.«

Sie verstand ihn nicht. »Aber bei wem bist du aufgewachsen?«

»Bei niemandem«, sagte er so kurz angebunden, dass sie beschloss, das Thema zu wechseln. Sie wollte die gute Stimmung nicht zerstören. »Werden wir an Linköping vorbeikommen?«, erkundigte sie sich stattdessen.

»Warum fragst du?«

Illiana strich ein letztes Mal über die Stoffe und lächelte ihn an. »Ich würde gerne den Dom sehen. Von dem habe ich schon so viel gehört.«

»Dann sollst du ihn auch sehen, meine neugierige kleine Ehefrau. Komm jetzt«, sagte er. »Ich bin hungrig.« Er streckte seine Hand nach ihr aus, und sie zögerte, bevor sie vorsichtig die Fingerspitzen auf seinen Handteller legte. Gleich darauf schloss sich Markus' große warme Hand fest um ihre. Er zog sie mit sich zu einem Stand, wo sich auf der Auslage Platten, Kübel und Kisten mit Delikatessen aneinanderreihten. Illiana musste lachen. Das hier war wirklich ein großartiges Abenteuer. Aus dem Standinneren, wo in einer Pfanne runde Nüsse kandiert wurden, duftete es nach Kräutern und Honig. Getrocknete Äpfel hingen in dünnen Scheiben an Stangen unterm Dach und dufteten nach Zimt, dass einem das Wasser im Munde zusammenlief. Markus nahm einen pudrig-weißen Ball von einer der Platten, die der Verkäufer ihnen darbot.

»Was ist das?«, fragte sie und roch daran.

»Probier!«, befahl er und hielt ihn ihr hin. Sie schaute auf den schneeweißen Ball und biss ein winziges Stück ab. Unter dem süßen Weißen glänzte das Innere des Balls gelb von Safran und Honig, und die Aromen explodierten in ihrem Mund.

»Lecker?«

Illiana fing einen Tropfen des Safranteigs mit ihrer Zungenspitze auf – das war nicht lecker, das war göttlich. Sie nickte, und Markus lächelte so, dass ihr ein Schauer über den Rücken lief. »Da werde ich dich wohl in Zukunft mit Süßigkeiten mästen müssen.« Seine Stimme klang leise und belustigt, und sie sah plötzlich ein Bild vor sich – so deutlich, als wäre es ein Gemälde: Wie sie zusammen nackt auf Fellen ausgestreckt lagen und Markus Järv sie mit klebrigen Süßigkeiten fütterte. Wie sie seine Finger ableckte. Wie er sie küsste.

Hastig senkte sie den Blick.

»Wollen wir weiter?«, fragte er.

»Gib mir den Rest!«, verlangte sie und streckte die Hand nach ihm aus.

»Wirklich? Du bist ein Schleckermaul? Das hätte ich gar nicht gedacht«, sagte er lachend und gab ihr die Safrankugel, die sie mit kleinen Bissen aufaß, während sie weitergingen und die Broschen, Schuhe und Glasgegenstände bewunderten, bis sie ganz wirr im Kopf davon wurde.

Seufzend vor Wohlbehagen stopfte sie den letzten Rest des Balls in den Mund.

»Satt?«

Illiana nickte.

»Warte«, sagte Markus, blieb stehen und fuhr mit seinem

Daumen über ihren Mund. Wärme breitete sich blitzschnell in ihrem Körper aus. Sie wagte nicht, sich zu rühren, stand still. Er nahm seine Hand wieder hinunter und sagte leise, mit den Augen auf ihrem Mund: »Du hattest Zucker auf der Lippe.«

»Danke«, sagte sie, ohne den Blick von ihm abzuwenden.

Küss mich.

»Was?«, fragte er, und für einen grässlichen Moment lang, war es ihr, als habe sie die sehnsüchtigen Worte wirklich ausgesprochen.

»Nichts«, behauptete sie, erschüttert darüber, wie furchtbar enttäuscht sie über den ausgebliebenen Kuss war. »Nichts«, wiederholte sie mit Nachdruck.

Das Gedränge um sie herum wurde immer dichter, und als jemand gegen sie stieß, wurde sie einen unfreiwilligen Schritt nach vorne befördert. Markus wich nicht aus, und plötzlich standen sie so nahe beieinander, dass sie kaum atmen konnte. Überall, wo seine Kleider sie berührten, spürte sie ein Prickeln, das durch den ganzen Körper ging. Sie konnte nicht denken, konnte nicht blinzeln, konnte ihn nur anstarren. Im hellen Sonnenlicht erkannte sie bernsteinfarbene Streifen in seinen schwarzen Augen. Kleine, feine Fältchen in den Augenwinkeln, und dann diese unglaublichen Wimpern. Markus berührte sie mit seiner Hand, was sie so sehr erzittern ließ, dass er es merken musste. Er nahm die dünne Silberkette und das Kreuz, das sie immer um den Hals trug, in die Hand.

»Was machst du da?«, stieß sie keuchend hervor. Statt einer Antwort zog er sie an ihrem Kreuz nur noch näher zu sich heran. Sie landete unsanft an seiner Brust, wurde dagegengepresst wie gegen eine Steinmauer. Er hielt sie fest, lächelte und beugte sich zu ihrem Mund. Und hier, mitten im lärmenden Menschengewühl, küsste er sie. Es war ein gewagter, erotischer Kuss. Seine Zunge suchte sich ihren Weg, wild, fordernd und ohne Vorspiel. Illianas Hände fuhren nach oben, legten sich auf seine nackten Oberarme. Markus legte seine andere Hand auf ihr Hinterteil und drückte sie noch fester an sich. Sie klammerte sich an ihm fest wie einer Ranke an eine Holzstange. Es war verrückt, sie standen inmitten einer Menschenmenge, doch sie war nicht in der Lage zu denken, sondern erwiderte nur den heißen Kuss, der nach Safran, Honig und nach Markus schmeckte. Doch dann stieß wieder jemand gegen sie. Markus fluchte auf und trat einen Schritt zurück. Die sinnliche Stimmung war endgültig verflogen, als er dabei gegen den Karren stieß, der hinter ihm stand.

Illiana hörte, wie Sachen zu Boden fielen. Gleichzeitig kehrten all die anderen Geräusche zu ihr zurück – Sachen, die sich auf dem Boden verteilten, jemand, der schrie, und die vielen weiteren Geräusche des Marktes.

Markus wandte sich an die Frau mit dem Karren. Sie gestikulierte wild mit den Armen und fauchte etwas in einem fremden Dialekt. Die Frau war groß, und ihr Gesicht war dunkel und trocken wie altes Leder. Sie war wütend.

Markus sagte zu ihr: »Beruhige dich, nichts ist zerbrochen«, während er sich gleichzeitig niederbeugte, um ihr zu helfen, die Körbe, Krüge und Talismane aufzusammeln, die verstreut im Dreck lagen. Er griff nach einem Korb, aus dem getrocknete Blätter herausgefallen waren. Mit einem Ruck kehrte Illiana aus dem Nebel des Verlangens in die Realität zurück. »Nein!«, schrie sie Markus zu. Sie beugte sich hinunter, legte die Hand auf seinen Arm und schüttelte den Kopf. »Nicht anfassen!«

»Was ist das?«, fragte Markus.

Illiana betrachtete die auf dem Boden verstreuten Pflanzenteile. Es waren Blüten, Blätter und große Wurzelstücke. Sie blickte die wütende Frau geschockt an. Es war *Gift*, was hier herumlag, große Mengen an Gift. Sie blickte sich hastig um, ob Kinder in der Nähe waren.

Markus musterte skeptisch die trockenen Blätter auf dem Boden, gehorchte ihr aber und berührte sie nicht.

»Sei vorsichtig!«, mahnte Illiana. Sie hatte das Gift noch nie in solch großer Menge gesehen. Sie wandte sich an die sehnige Frau. »Du dürftest diesen Beutel nicht offen bei dir haben!«, sagte sie scharf. »Weißt du nicht, wie gefährlich das ist? Wenn ein Kind das in die Hände kriegen würde …«

Die Frau fluchte und begann, mit schwarzen Lederhandschuhen die Blätter aufzusammeln und sie in Beutel zu stecken.

»Was ist es denn?«, wiederholte Markus seine Frage.

Es war das stärkste Gift, das Illiana kannte. Sie hatte es nie gewagt, auch nur in die Nähe der Pflanze zu kommen, vermied die Plätze, an denen sie wuchs. Es gab kein Gegenmittel, und der Tod war ein furchtbarer. »Fingerhut«, sagte sie leise.

Die Frau murrte etwas in ihrer Sprache, riss Markus den Korb aus der Hand und sammelte schnell all ihre Kräuter und Pflanzen ein. Nachdem sie alles wieder verstaut hatte, blickte sie Illiana direkt an. Ihr Gesicht war rund und die schrägen Augen voller Leben. Sie trug eine Rabenklaue um den Hals, und an ihrem Gürtel hingen Rattenschwänze. Illiana lief ein kalter Schauer über den Rücken. Das hier war eine Kräuterhexe, eine Frau aus dem sagenumwobenen Volk der Samen. Die Frau hob ihren knochigen Zeigefinger und sagte auf Schwedisch, mit starkem Akzent: »Ihr Christen habt eure eigenen Namen.« Sie blickte auf Markus' breite Brust und studierte lange den aufgestickten Vielfraß. Dann wandte sich die Frau an Illiana und lächelte ein höhnisches Lächeln. »Aber lange bevor die Christen mit ihrem faden Gott und ihrer weißen Magie in den Norden kamen, kannte mein Volk dieses Gift und auch andere

Gifte. Unsere Jäger benutzen es, wenn sie Raubtiere jagen. Sie tauchen ihre Pfeile und Messer hinein.« Sie lachte schrill und setzte ihren Karren in Bewegung. »Denn es tötet unbarmherzig und qualvoll.« Sie blickte Illiana ein letztes Mal an. »Es stimmt, dass es kein Gegenmittel gibt. Wir nennen es Wolfszahn.« Sie betrachtete erneut Markus' Brust und entblößte ihr Zahnfleisch. »Oder Vielfraßtöter.« Die Frau lachte wieder und zog mit ihrem Karren davon.

16

Roland hielt sich auf dem schwankenden Schiff an der Reling fest. An beiden Seiten strich die Landschaft gemächlich an ihm vorbei. Die Königin lag mit geschlossenen Augen unter einem Baldachin. Flüsse und Gewässer waren stark befahren, aber das königliche Schiff kam gut voran. Andere Boote und Wasserfahrzeuge wichen zur Seite aus, wenn sie kamen. Der König stand breitbeinig an der Reling und winkte den Leuten zu, die am Ufer standen und die königliche Schaluppe bestaunten, die über die Flüsse Östergötlands auf dem Weg zur Küste war.

Wimpel in Magnus' Farben Himmelblau und Gelb flatterten im Wind, und die Farben des Bugs spiegelten sich im Wasser. Magnus ist ein König, dachte Roland, dem die Nähe zu seinen Untertanen gefällt. Er schaute zu, wie die Bauern am Flussufer ihre Mützen vom Kopf rissen und damit winkten. Gelangweilt betrachtete er die Bauern und ihre kleinen Äcker an der Uferlinie und ließ dann seinen Blick über Blanches Hofdamen schweifen. Es waren kleine, flinke Französinnen und die eine oder andere weltgewandte Stockholmerin. Mehrere von ihnen hatten deutlich signalisiert, dass sie nichts dagegen gehabt hätten, das Bett mit ihm zu teilen, aber er war nicht interessiert. Er fuhr fort, Landschaft und Leute zu betrachten. Hin und wieder wechselte er ein paar Worte mit Magnus. Als die Königin nach ihm rief, ging er zu ihr und unterhielt sie mit Geschichten von den verschiedenen Höfen, an denen er sich aufgehalten hatte. Vergnügliche, harmlose Geschichten. Die meisten waren Lügen. Die ganze Zeit arbeitete sein Hirn auf Hochtouren. Er würde seinen Vater in Nyköping besuchen. Der Alte hatte ihm einiges zu erklären. All die Jahre hatte Roland sich im Verborgenen gehalten, an seinen Vater geglaubt, in der Gewissheit, dass es so am besten war. Während Markus sich bei seinem Vater eingeschlichen hatte. Es musste einen Weg geben, alles wieder geradezurücken. Er würde die verlorenen Jahre nicht wieder zurückbekommen, aber er weigerte sich, sein Erbe aufzugeben, und er weigerte sich ebenso, die Schmach zu erdulden, etwas mit dem Sohn einer Hure zu teilen. Natürlich gab es Mittel und Wege. Das gab es immer. Roland lächelte die junge Königin wieder an, hörte aber nur mit einem Ohr zu. Blanche war zwar charmant und intelligent, aber ihr ständiges Geplapper ging ihm auf die Nerven. Bald würden sie ihn in Nyköping von Bord gehen lassen, und er wäre endlich allein mit seinen Plänen. Er konnte es kaum erwarten. Falls Markus glaubte, dass er noch einmal davonkommen würde, so hatte er sich geirrt. Markus Järv war bereits tot, er wusste es nur noch nicht.

17

»Nein, so musst du sie halten!«, erklärte Philippe. »Locker, aber energisch.«

Markus drehte sich im Sattel um und sah, wie Philippe Samuel, dem Knecht aus Månssättra, Anweisungen gab, wie er das langbeinige Pferd reiten und die Zügel halten sollte. Der Knecht Samuel, der bisher wahrscheinlich nur mit Zugpferden und Ochsen zu tun gehabt hatte, sah etwas kläglich auf dem Pferderücken aus, bemühte sich aber, die Handgriffe des französischen Jünglings zu imitieren. Beide Jungen wirkten sehr konzentriert.

Markus musste lächeln. Die beiden Jüngsten in ihrer Reisegesellschaft hatten sich ohne Zweifel gefunden. Sie waren ein ungleiches Paar, der schüchterne, grobschlächtige Knecht aus Månssättra und der elegante französische Junge, aber sie schienen gut miteinander auszukommen. Sie lachten und scherzten, und so lange sie ihre Aufgaben erfüllten, hatte Markus nichts dagegen. Er selbst hatte nie den Luxus genossen, sich wie ein Kind benehmen zu können, und es erfüllte ihn mit merkwürdiger Freude, die beiden so sorglos unter seinen Fittichen zu haben.

Samuel hatte sich entschieden, sie von Skänninge aus weiter zu begleiten, anstatt mit den Karren nach Månssättra zurückzukehren, und Markus hatte ihm Arbeit auf der Burg versprochen. Samuel war stark wie ein junger Stier, freundlich und zuvorkommend und beklagte sich nie. Es würde nicht schwer sein, für solch einen jungen Mann eine Beschäftigung auf der Burg zu finden.

Markus hatte seine Burg seit vielen Jahren nicht mehr besucht. Mit einem Mal wurde ihm klar, dass der Haushalt möglicherweise während seiner Abwesenheit gelitten hatte. Er würde mit Sicherheit mehr Knechte und Mägde brauchen, und nur Gott allein wusste, was man alles noch benötigte, um Haus und Hof ordentlich in Schuss zu halten. Er schob diese Sorgen beiseite. Er hatte genügend anderes, um das er sich Sorgen machte.

Der Wald, durch den sie ritten, war so dicht, dass es dunkel war, obwohl die Sonne hoch über den Baumwipfeln stand. Die Pferdehufe berührten beinahe lautlos den weichen Untergrund aus Baumrinde und Moos, und die einzigen Geräusche, die zu hören waren, waren das Klirren des Metalls, das leise Kichern der beiden Jungen und ab und zu Illianas sanfte Stimme, wenn sie mit Helvig sprach.

Seit sie die Karren und den größten Teil des Gepäcks auf den Schiffen in Skänninge gelassen hatten, kamen sie in wesentlich höherem Tempo voran. Im Großen und Ganzen schien seine Reise endlich nach Plan zu verlaufen. Er wandte sich erneut im Sattel um. Illiana saß kerzengerade auf ihrer grauen Stute. Elegant hielt sie die Zügel in den Reithandschuhen, die er ihr in Skänninge gekauft hatte, und der Schleier saß ordentlich an seinem Platz. Sie blickte ihn kühl mit ihren grauen Augen an, doch er durchschaute sie und grinste, was sie kleidsam erröten und sich dann hastig abwenden ließ.

Die vergangene Nacht hatten sie im Freien verbringen müssen. Er und die übrigen Männer hatten sich beim Wachehalten abgewechselt, doch auch in den Phasen, in denen er eigentlich hätte schlafen können, hatte er Illiana nicht aus den Augen gelassen. Sie war nicht so beherrscht, wie sie vorgab. Immer wenn sich ihre Blicke trafen, errötete sie leicht, und die Erinnerung an den Kuss in Skänninge stand ihr ins Gesicht geschrieben. Er freute sich schon darauf, wenn sie endlich wieder allein sein würden. Weiche Betten und warmes Essen erwarteten sie in Linköping, und die Vorstellung, sie endlich so lange und behutsam lieben zu können wie er es sich in den letzten Tagen vorgestellt hatte, brachte ihn dazu, erwartungsfroh zu lächeln.

Der Wald wurde noch dichter. Die Landschaft war zunehmend geprägt von Felsen und Abgründen auf der einen und Unheil verkündenden Mooren und Sümpfen auf der anderen Seite. Der Reitweg war schon sehr schmal, und als er noch schmaler wurde, tauschte Markus einen schnellen Blick mit Karl. Der Livländer hatte bereits bekümmert ausgesehen, als sie Skänninge verlassen hatten, nun sah er richtiggehend elend aus. Aber Karl war ständig beunruhigt. Wahrscheinlich war er schon so geboren worden. Vielleicht war er auch so geworden, nachdem er die Gefangenschaft in Nowgorod überlebt hatte. Doch Karl hatte natürlich recht, wenn er sich jetzt Sorgen machte. Das unwegsame Gelände zwang sie, in einer langen Kolonne hintereinander zu reiten, was verteidigungstechnisch einem Albtraum glich. Karl und Sigvard bemühten sich, die Gruppe beisammenzuhalten, doch unweigerlich entstanden immer wieder Lücken, was sie angreifbar machte.

Markus hielt sein Pferd an, wartete auf die anderen Reiter und stellte fest, dass er Karls Unruhe teilte. Markus war sonst nicht unruhig, aber jetzt war es anders. Er war für Illiana verantwortlich und machte sich deshalb mehr Sorgen als gewöhnlich.

Pflichtgefühl, nichts anderes.

Er versuchte erneut, Blickkontakt mit Karl aufzunehmen, doch dieser saß still im Sattel und starrte auf die Frauen. Markus runzelte die Stirn über Karls Miene. Selbst für seine Verhältnisse blickte dieser ungewöhnlich düster. Er sah auf die steile Felswand, die sich auf der einen Seite des Weges auftürmte. Es würde doch wohl niemand so verrückt sein, sie anzugreifen? Sie waren schwer bewaffnet. Schilde, Schwerter und Armbrüste schimmerten bedrohlich, und niemand konnte sie für etwas anderes als eine Eliteeinheit halten. Trotzdem würde er sich besser fühlen, wenn sie den Wald endlich verlassen und die flache ostgötische Ebene erreicht hatten. Er trieb seinen Hengst über einen Steg, nicht viel mehr als ein grob gehauenes Holzbrett, das über einen Bach führte. Das Wasser wirbelte glitzernd unter den Pferdehufen. Nach diesem Gewässer würden sie bald den Wald hinter sich gelassen haben. Illiana ritt hinter ihm. Ihr zierliches Pferd warf über dem Wasser missgelaunt den Kopf hin und her, doch dann war es auch auf der anderen Seite. Er lächelte sie an, sie errötete, und dann hörte er es. Ein Geräusch. Es war so leise, dass es nicht viel mehr als eine vage Wahrnehmung war. Ein fallendes Blatt und ein Zweig, der nicht hätte erzittern sollen. Er tauschte einen schnellen Blick mit Karl. Diese wortlose Kommunikation, die nur einen Sekundenbruchteil währte, beinhaltete alle ihre Befürchtungen. Hier war es nahezu unmöglich, sich zu verteidigen, Bewegungsspielraum war nicht vorhanden, und sie hatten zwei Frauen zu beschützen. Markus schaffte es gerade noch, sein Schwert aus der Scheide zu ziehen und den Hengst mit den Beinen anzutreiben, bevor ein gewaltiger Steinblock durch die Luft geschossen kam. Krachend traf er den Steg und brach ihn entzwei. Wasser spritzte auf, und der unerwartete Lärm erschreckte die noch folgenden Pferde. Als Pfeile über ihnen durch die Luft flogen, brach Chaos aus, und dann wurden sie auf beiden Seiten des Bachs von einer Horde vermummter Männer überfallen. Plötzlich stand Markus allein einer ganzen Schar Angreifer gegenüber. Illiana schrie, und ihre Stute stampfte verängstigt mit den Hufen.

»Halt die Zügel fest!«, rief er ihr zu.

Mit ihren etwas ungeschickten Bewegungen und lautstarken Flüchen wirkten die Angreifer wie gewöhnliche Räuber. Im Wald wimmelte es von größeren und kleinen Banden Vogelfreier und Ausgestoßener, doch hier war jemand eindeutig klug genug gewesen, den Angriff zu koordinieren. Deshalb beschloss Markus, sie keinesfalls zu unterschätzen, vor allem, weil er auch an Illiana denken musste. Von der anderen Seite des Baches, wo Karl, Sigvard und die anderen Männer mit den Angreifern kämpften, hörte man gellende Schreie. Illianas Pferd stellte sich auf die Hinterbeine, als einer der Männer heranritt und ihr die Zügel entriss. Markus trieb den Hengst an, schwang sein Schwert und spaltete den Rücken des Mannes mit einem gewaltigen Hieb. Daraufhin kesselten ihn ein halbes Dutzend Vermummter mit Dolchen und langen Stangen mit spitzen Haken ein und schnitten ihn ganz von Illiana ab.

»Den Nächsten, der sie anrührt, spieße ich auf!«, brüllte Markus. Es gelang ihm, seinen Hengst dazu zu bringen, sich aufzubäumen, kurz bevor die Männer ihre Haken erhoben. Er warf sich aus dem Sattel und parierte den Stoß mit einer Schulter. Die spitzen Haken waren dazu da, ihn hinunterzuziehen, die Dolche sollten die Beine der Pferde verletzen. Er wollte das Tier nicht opfern, und in der Enge war es nicht von Vorteil, im Sattel zu sitzen. Illiana war kreideweiß im Gesicht, hatte aber ihre Zügel wieder unter Kontrolle. Er wollte ihr zurufen, dass sie sich nicht beunruhigen sollte, niemand würde ihr etwas zuleide tun. Er würde es nicht zulassen, dass dieses Pack ihr zu nahe kam. Illiana stand unter Schock und schüttelte nur mit dem Kopf. Er betete zu Gott, dass sie dort blieb, wo sie war und die Räuber sich stattdessen auf ihn konzentrierten. Sie kämpften ungeschickt und hatten wahrscheinlich gehofft, dass ihre zahlenmäßige Überlegenheit das kompensieren würde. Ein taktischer Fehler wie jetzt würde sie das Leben kosten. Er hatte seine Eisenkeule hervorgeholt, und mit dieser in der einen und dem Schwert in der anderen Hand drängte er sie unerbittlich hinunter zum Wasser. Als es für sie keinen Ausweg mehr gab, tötete er sie erbarmungslos, einen nach dem anderen. Er trat ihre Körper hinab ins Wasser, das sich rasch rot färbte. Als würde man Schafe schlachten, dachte er, angeekelt vom Tod, den er verbreitete. Das hier waren untrainierte Bauern, es war kein ebenbürtiger Kampf. Schließlich war nur noch ein Mann übrig, bei dem es sich um den Anführer zu handeln schien. Er hielt ein kurzes Schwert in der einen und einen Dolch in der anderen Hand. Der Typ wusste zumindest, was er tat. Er hatte die anderen vorgeschickt und war nun alleine übrig.

Dich will ich lebend ...

Der Vermummte griff mit seinem Kurzschwert an. Markus wartete, bis der Arm des Mannes komplett ausgestreckt und entblößt war. Dann setzte er schnell und effektiv einen Hieb über seine Oberarme, so tief, dass die Schneide den Knochen traf.

»Nein!«, schrie Illiana. Sie warf sich vom Pferd und trat ihnen entgegen.

»Bleib da!«, brüllte Markus, ohne sie anzusehen.

Der Mann brüllte vor Schmerzen. Blut schoss aus den tiefen Schnittwunden, und er hatte seine Waffen verloren. Markus ging hinter ihm auf die Knie und schnitt ihm schnell und tief in die Kniekehlen. Illiana schrie erneut, als der Mann wie ein geschlachteter Eber zu Boden ging. Er war wehrlos und blutete, aber er lebte noch.

Du wirst dir wünschen, du wärst tot, noch bevor ich mit dir fertig bin.

Wer tat so etwas? Die Kampfgeräusche auf der anderen Seite des Bachs hatten auch nachgelassen. Karl und die anderen Männer trockneten die Schneideblätter und ihre Stirnen. Tote und Verletzte lagen überall herum. Die Pferde stampften und schnaubten, waren aber wenigstens nicht geflohen. Karl trocknete seinen Dolch im Gras ab, steckte ihn an den Gürtel und sah sich um. Sie würden eine neue Brücke bauen müssen, um alle hinüberzubekommen.

Markus trat drohend auf den am Boden liegenden Mann zu.

»Nein!«, sagte Illiana wieder. Sie lief auf sie zu, und eine Vorahnung ergriff Markus. Brüsk hielt er sie zurück. Er betrachtete den vermummten Mann, der keuchend vor Schmerzen zu seinen Füßen lag. Eine rote Tunika schaute unter dem Kettenhemd hervor.

Markus zog dem Mann den Kopfschutz ab. Und dachte, dass er eigentlich nicht überrascht sein sollte. Aber das war er.

Er drehte sich zu Illiana um, die ihn mit Schrecken und Grauen ansah. Plötzlich kam es ihm vor, als würde er sie zum ersten Mal sehen, als wäre sie eine Fremde. Was sie im Grunde auch war.

Er richtete den Blick direkt auf ihre von Panik erfüllten grauen Augen. »Das ist Falke«, stellte er fest.

Illiana schluchzte auf.

»Wusstest du, dass er es war?«, fragte er, obwohl es für ihn keine Zweifel daran gab, dass es sich so verhielt.

Markus hob den Kopf und ließ Kälte und Distanz innerlich die Oberhand gewinnen. Wie gesagt, er hätte nicht überrascht sein sollen. Er sah, wie Karl Illiana einen seiner sonderbaren Blicke zuwarf, und verstand. Das hatte Karl Sorgen bereitet. Verrat.

»Antworte auf meine Frage!«, befahl er Illiana kalt.

Sie schüttelte den Kopf. Aber er brauchte Karl nicht ansehen, um zu wissen, dass sie log. Auf irgendeine Weise hatte sie es gewusst.

Als Illiana erneut den Kopf schüttelte, waren ihre Augen

weit aufgesperrt, und sie atmete wie ein gejagtes Tier. Bemerkenswert, dachte Markus, wie dieser Verrat ihn aus der Bahn warf. Er, der sein ganzes Leben lang mit Betrug und doppeltem Spiel zu tun gehabt hatte, hätte es besser wissen müssen. Sich nicht betrogen fühlen sollen.

Aus dem Augenwinkel nahm er eine Bewegung wahr und wirbelte herum. Falke hatte sein Messer, ein großes, hässliches Ding, aus dem Stiefel gezogen und war einfältig genug, ihn anzugreifen. Markus zog nun ebenfalls sein Messer aus dem Stiefel. Die Wut, die er bisher mühsam im Schach gehalten hatte, brach sich nun Bahn in einem einzigen Hieb. Er hatte Falke aufgeschlitzt, bevor dieser auch nur mit dem Angriff beginnen konnte.

Falke fiel wie ein gefällter Baum. Er starb sofort, still, und ohne ein Gurgeln.

Illiana schrie, und ihr Schrei ging über in ein Wimmern. Und dann war endlich die neue Brücke an ihrem Platz. Helvig eilte hinüber, Karl folgte ihr.

»Verluste?« Markus sah Karl fragend an.

Karl nickte. Er machte eine Geste mit der Hand.

Philippe war tot, der junge Samuel ebenso.

Teufel auch!

Markus trat einen Schritt auf Illiana zu. Sie wich zurück. Schreckensbleich stolperte sie über Steine und Wurzeln. Sein Arm holte aus wie eine schwarze Kreuzotter, und er schloss seine Hand im Würgegriff um ihren Hals. Die stahlbesetzten Reithandschuhe, besudelt mit dem Blut ihres Bruders, befleckten den jungfräulich weißen Schleier. »Es spielt keine Rolle, wen du auf mich hetzt. Ich töte alle, ohne mit der Wimper zu zucken. Mache nicht den Fehler, jemals zu glauben, ich sei etwas anderes als ein Mörder!«

Er schloss seine Hand noch fester um ihren Hals, vor Wut

blieb ihm fast die Luft weg. Sie hatte Tränen in den Augen, aber das machte ihn nur noch wütender. Wie konnte sie, die das Leben mehrerer Männer auf dem Gewissen hatte, es wagen zu weinen?

»Markus …« Ihre Stimme klang erstickt, das Gesicht war verzerrt, und die Augen waren schreckgeweitet. Er ließ sie fluchend los. Sie sank schluchzend vor ihm zusammen.

»Um dich kümmere ich mich später!«, sagte er.

18

Illiana lag immer noch auf dem Boden, wo Markus sie hingeworfen hatte wie ein Lumpenbündel. Moos und Tannennadeln pressten sich gegen ihr Gesicht, während sie mühsam atmete und versuchte, sich sämtlichen Sinneseindrücken zu verschließen. Sie war von den Ereignissen geschockt, und die Verwüstung um sie herum war unerträglich. Überall lagen Tote und Sterbende, und die Schmerzensschreie der Verwundeten schnitten durch die Stille des Waldes. Als sie aufblickte, landete ein Raubvogel auf einem Baum in der Nähe. Er wartete geduldig auf das Unvermeidliche, und sie wollte aufspringen und ihn fortjagen. Markus, Karl und die anderen Männer gingen schweigend zwischen den Leichen umher und verständigten sich mit kurzen Gesten. Irgendjemand hatte eine neue, provisorische Brücke gebaut, und die Männer bewegten sich über sie hinweg, holten die Pferde und sammelten mit verbissenen Mienen das Gefolge wieder zusammen.

Leute sind verletzt, dachte sie verwirrt. Ich muss ihnen helfen. Langsam richtete sie sich auf die Knie auf, wickelte sich in ihren Rock und wollte gerade sagen, dass sie vorhatte, den Verletzten zu helfen, als sie bemerkte, wie Markus und seine Männer umhergingen und den tot und verletzt am Boden liegenden Feinden die Kehlen durchschnitten.

Ihr Schleier und das Brusttuch fühlten sich plötzlich wie eine Schlinge um den Hals an. Illiana riss sich den blutigen Stoff vom Kopf, konnte aber dennoch kaum Luft bekommen. Sie konzentrierte sich auf ihre Atmung und zwang sich, nicht auf das Geschehen zu achten und so wenig wie möglich an sich heranzulassen. Der Wunsch, sich zu reinigen, den Schmutz, das Blut und die Angst abzuwaschen war überwältigend, doch das Wasser im Bach war rot vor Blut, und sie brachte es nicht über sich, dorthin zu gehen.

Als sich einer der Männer dem toten Falke mit dem Messer näherte, gab sie einen langen, klagenden Laut von sich, der ihn innehalten ließ. Illiana blickte ihn flehend an. Es war Viking, einer der Soldaten, mit dem sie während der Reise am meisten gesprochen und gescherzt hatte. Ein junger Mann, der ihr sein Heimweh anvertraut hatte, und dass er Markus bewunderte und seine Mutter krank war. Aber Viking blickte sie nur hasserfüllt an und hob dann seinen Dolch, um dem toten Falke die Kehle durchzuschneiden.

»Bitte nicht!«, flehte sie. Falke hatte Unverzeihliches getan und vielleicht den Tod verdient, aber zuzusehen, wie die Leiche ihres Halbbruders geschändet wurde, war mehr, als sie ertragen konnte.

Viking zögerte, das Messer halb in der Luft. Er schaute hinüber zu Markus und erwartete dessen Anweisungen.

Ein Muskel in Markus' Gesicht zuckte, doch er schüttelte den Kopf. »Lass die Leiche in Ruhe«, befahl er kurz.

»Danke!«, flüsterte Illiana, als Viking das Messer sinken ließ, sie angeekelt ansah und weiterging. Sie wagte nicht, darüber nachzudenken, was er tun würde.

»Ich bitte dich …«, wandte sie sich an Markus, der sie von Weitem betrachtete. Aber sie wusste noch nicht einmal, worum sie bat.

Markus kam zu ihr und blickte sie kalt an. »Wir begraben ihn hier«, sagte er.

»Hier?«, fragte sie und blickte sich voller Entsetzen um. Im Boden, im Wald. Sie legte ihre Hand auf seinen Arm und sagte flehend: »Ohne einen Priester?« Er musste doch einsehen, wie barbarisch das war. Falkes Seele würde niemals Frieden finden.

Markus Blick war voller Wut. Keine Versöhnung, kein Verständnis war in seinem Gesicht zu sehen. Er zog seinen Arm weg, als ertrage er ihre Berührung nicht. »Das ist mehr, als er verdient«, sagte er. »Entweder so oder ich überlasse ihn den Tieren.«

Es war deutlich zu merken, dass er aus irgendeinem Grund ihr die Schuld am Geschehenen gab, und den misstrauischen Blicken seiner Männer nach zu urteilen war das die allgemeine Auffassung. Sogar Helvig blickte sie ein paarmal fragend an, und die Angst begann Illiana zu lähmen. Das Misstrauen lag wie ein klebriger Dunst über den Überlebenden des Angriffs, und Illiana brachte es nicht über sich, ihre Stimme zu erheben und sich zu verteidigen. Vielleicht hatten die anderen ja recht, vielleicht waren der widerwärtige Hinterhalt und die getrübte, geschockte Stimmung wirklich ihre Schuld. Was sie auch tat, es ging schief. Sie hatte der Familienehre halber geheiratet, das hatte sie nun davon. Als sie an ihre Familie dachte, konnte sie kaum mehr an sich halten. Was würden ihre Eltern zu Falkes Tod sagen?

Philippes und Samuels übel zugerichtete Leichen wurden hochgehoben und auf Pferderücken gelegt. Wenigstens würden die beiden Jungen ein christliches Begräbnis in Linköping erhalten. Markus befahl Sigvard, der bisher sowohl höflich als auch freundlich gegenüber Illiana gewesen war, sie jetzt jedoch voller Zweifel anstarrte, sie zu bewachen.

Sie blickte sich suchend nach Helvig um.

»Die Magd reitet mit Karl«, sagte Markus. »Bis ich weiß, was passiert ist, kümmert sich Sigvard um dich.«

Später am Nachmittag erreichten sie Linköping. Der Dom, auf den Illiana sich so gefreut hatte, prangte auf einem Hügel, doch sie ritten an ihm vorbei, hinein in einen mit Steinen gepflasterten Hof vor einem großen Steinhaus mit Holzdach.

Als Illiana vom Pferd stieg und auf dem Boden landete, stand Markus schon vor ihr. Er blickte sie mit stechendem Blick an. Illiana hatte gehofft, er würde sich während des Rittes beruhigen, doch das war offenbar nicht der Fall. Er sah so wütend aus, dass sie befürchtete, er würde sie vor allen Leuten schlagen. Sie wappnete sich, unschlüssig darüber, was sie mehr fürchtete, den Schmerz oder die Demütigung. Markus blickte hinauf zum Haus. Es besaß zwei Stockwerke und kleine Schießscharten. Niemand hatte etwas gesagt, aber Illiana bemerkte die Farben des Königs oberhalb der Tür, und ihr wurde klar, dass sie sich auf einem seiner Krongüter befanden.

»Du wirst dich um jede einzelne Wunde, jeden Kratzer und Bluterguss kümmern, die dein Bruder und sein Abschaum von Gefolge verursacht haben«, sagte Markus kühl, während ein Stalljunge ihm die Zügel abnahm. »Du wirst erst jeden einzelnen meiner Männer versorgen, bevor du Essen und eine Ruhestätte bekommst«, fuhr er fort. »Verstanden?«

Sie blickte ihm fest in die Augen. »Ja.«

»Bring sie auf ihr Zimmer!«, befahl Markus.

Sigvard, der den ganzen Weg nicht ein einziges Wort zu ihr gesagt hatte, nickte kurz. Einen schrecklichen Moment lang glaubte Illiana, dass er sie packen und ins Haus schleppen würde, aber er wartete nur mit angespannten Schultern und versteinertem Gesicht.

»Ich werde meine Sachen aus der Gepäcktasche holen«, sagte sie, während sie in Gedanken schon durchging, was sie alles brauchte, um die vielen Wunden der Männer zu versorgen.

Nachdem Sigvard sie zu ihrem Zimmer geleitet hatte, eine

kleine, aber gemütliche Kammer, stellte sie ihre Sachen auf eine Anrichte. Sie nahm die Silbermünze, die Markus ihr gekauft hatte, aus ihrem Lederbeutel, goss Wasser in einen Becher und legte sie hinein.

Sigvard legte die Hand ans Schwert und machte einen drohenden Schritt auf sie zu. »Was tust du da?«, fragte er misstrauisch. Sie konnte ihn geradezu das Wort »Hexe« denken hören. *Männer.*

»Ich tue das, was ich am besten kann«, antwortete sie. »Geh mir aus dem Weg und lass mich machen. Es sind viele Männer, um die ich mich kümmern muss.« Sie sah ihn aus zusammengekniffenen Augen an, bis er zurückwich. »Und wage es nicht, mir zu unterstellen, dass ich etwas anderes will als helfen!«, setzte sie grimmig hinzu. Es gab Grenzen, wie viel Schikane sie bereit war zu ertragen. »Das Silber reinigt das Wasser.«

Er sah skeptisch aus, nahm aber die Hand vom Schwert. »Wie?«

Illiana schnaubte durch die Nase und wandte ihm den Rücken zu. Sie hantierte geschäftig mit ihren Krügen und Beuteln. Um ehrlich zu sein wusste sie auch nicht genau, warum Silber das Wasser für die Wundreinigung besser machte. Aber sie hatte genug von Sigvards Feindseligkeit und nicht vor, ihre Unsicherheit zu offenbaren. Wie gesagt, hiervon verstand sie etwas.

»Du kannst den Ersten schon mal hereinlassen«, sagte sie und schickte ein kurzes Stoßgebet gen Himmel, dass nichts schiefgehen würde, sowohl um der Männer als auch um ihretwillen.

Viking trat ein und setzte sich auf die äußerste Kante des Hockers, so als wollte er jederzeit bereit sein, aufzustehen und zu gehen. Doch sie hatte keine Lust mehr, sich darum zu scheren. Behutsam reinigte sie Vikings Wunden und verband sie. Die gleiche Prozedur wiederholte sich wieder und wieder, bis

sie alle traurigen, enttäuschten und feindlich gesinnten Männer versorgt hatte. Als sie endlich mit dem letzten fertig war,
zitterte sie vor Erschöpfung. Langsam faltete sie Stoffstücke
und Beutel zusammen. Als Markus hereintrat, wusch sie sich
gerade die Hände.

»Setz dich«, befahl sie und wies auf den Hocker.

Er blieb stehen.

»Du bist verletzt«, sagte sie müde. »Lass mich die Wunden
anschauen.«

»Nur ein paar Schrammen.«

»Was passiert mit den Jungen? Philippe und Samuel?« Sie
konnte es noch immer nicht fassen, dass sie wirklich tot waren.
Sie waren so voller Freude und Jugend gewesen. Schon lange
hatte sie Philippe verziehen, dass er sie entführt hatte, und sich
darüber gefreut, wie viel Spaß er mit Samuel zu haben schien.

»Ich habe mit einem Priester gesprochen, der sie beerdigen
wird.« Markus sah sie mit zusammengebissenen Zähnen und
versteinerter Miene an. »Außerdem habe ich einen Boten nach
Månssättra gesandt.«

Seine Worte klangen kurzangebunden und emotionslos,
doch sie erleichterten sie ungemein. »Danke!«, flüsterte sie.

Markus blickte sie lange an, als überlege er, was er mit ihr
tun sollte.

Sie trat einen Schritt vor. »Markus, ich …«

Ehe sie sich versah, hatte er die Hand ausgestreckt, ihre
Haare gepackt und ihren Kopf so weit nach hinten gezogen,
dass sie Mühe hatte, das Gleichgewicht zu halten. Sie atmete
schwer. Der heutige Tag war beängstigend gewesen. Doch jetzt
verwandelten Müdigkeit, Hunger und Trauer die Angst in pure
Panik. Wenn Markus nur ein wenig mehr zog, würde er ihr das
Genick brechen. Er konnte sie vernichten, ohne dass ihr jemand zu Hilfe eilen würde. Keine Regung zeigte sich in seinem

Gesicht, während er sie mit eiskaltem Blick betrachtete. Eine Zeitlang hatte sie gedacht, dass die Geschichten über ihn übertrieben waren. Sie hatte auch andere Seiten an ihm kennengelernt: Rücksicht, Verantwortungsgefühl, Freude. Doch jetzt, als sie das Gefühl hatte, in den Vorhof der Hölle zu blicken, schien es ihr ein Irrtum. Scheinbar hatte sie sich die Grausamkeit dieses Mannes nur nicht richtig vorstellen können.

Markus näherte sein Gesicht dem ihren, und sie schloss die Augen. Sie war überzeugt, dass ihre letzte Stunde geschlagen hatte, und nicht mutig genug, ihr ins Auge zu sehen. Sie spürte seinen Atem an ihrer Wange. »Geh schlafen!«, sagte er. »Morgen reden wir. Dann wirst du mir alles erzählen.«

Er ließ sie los, und sie knallte gegen den Türrahmen.

»Falls du vorhaben solltest, auszureißen, rate ich dir vehement davon ab!«, fügte er hinzu. »Zwei Männer werden vor deiner Tür stehen. Sie haben den Befehl dich zu töten, falls du versuchst zu fliehen.« Markus öffnete die Tür und sagte freudlos: »Irgendetwas sagt mir, dass sie nur allzu gerne diesen Befehl ausführen werden.«

Früh am nächsten Morgen wurde Illiana abgeholt.

»Komm!«, sagte Sigvard grimmig in der Türöffnung.

Der andere Mann, ein bärtiger Schone, dem sie gestern den Arm verbunden hatte, stand mit zusammengezogenen Augenbrauen und angespannten Gesichtszügen ruhig da.

Schwer bewaffnet eskortierten die beiden Männer sie durch das aus Stein gebaute Haus. Die Wände zierten Wandbehänge mit Motiven aus Ritterlegenden, und überall standen und hingen Waffen, Rüstungen und Kriegsbeute – Dinge, die dem Betrachter imponieren und ihm Furcht einjagen sollten. Seit sie in Linköping waren, hatte Illiana noch nichts zu essen bekommen, und sie fragte sich, ob das zu Markus' Taktik gehörte: sie erst hungern zu lassen und ihr dann all diese Waffen zur Einschüchterung vorzuführen. Sie hoffte, dass man nicht sah, wie gut das funktionierte. Nachdem Sigvard eine Tür geöffnet und sie in ein großes Zimmer hineingelassen hatte, wo Markus breitbeinig und schwarz gekleidet schon auf sie wartete, verließ Illiana das letzte bisschen Mut. Wenn sie sich wenigstens nicht so schmutzig, müde und hungrig gefühlt hätte! Im Gegensatz zu ihr sah Markus ausgeschlafen aus. Er hatte sich umgezogen und trug nun komplett Schwarz, von den kniehohen Stiefeln bis zur Tunika. Illiana hatte schon oft Garne gefärbt, doch solch einen nachtschwarzen Ton hatte sie noch nie zustande gebracht. Wäre sie nicht so voller Angst gewesen, hätte sie die geschickte Handwerkskunst bewundert.

Er muss sein Haar gewaschen haben, dachte sie, denn es war im Nacken noch feucht. Sein Umhang war aus schwerem schwarzen Leder, die Gürtelschnalle zeigte einen Wolf mit gefletschten Zähnen, der sich selbst in die Rute biss, und die Sporen an Markus' Stiefeln glänzten frisch poliert. Das hier ist Järven, dachte sie. Mörder im Dienste des Königs. Der Handlanger des Teufels und der berüchtigte Ritter. Der Markus, der mit ihr gelacht und gescherzt und ihr den Zucker von der Lippe gewischt hatte, war unwirklich geworden – wie ein Traum oder eine Reflektion auf der Wasseroberfläche.

Vorsichtig sah sich Illiana um. Es war ein großer, männlich eingerichteter Raum. Nicht ein femininer Gegenstand, so weit das Auge reichte, nur dunkle, überdimensional große Möbel, von denen am meisten ein riesiger Schreibtisch ins Auge stach. Pergamentrollen bedeckten den Tisch. Dicke, in Leder gebundene Bücher stapelten sich auf ihm, Siegel und Siegellack lagen ordentlich zur Anwendung bereit. Die schweren Vorhänge vor den Fenstern hielten sowohl Licht als auch Wärme ab. Es war ein Raum, wo Feldzüge geplant und das Reich regiert wurde. Und nun ein Raum, wo ihr Schicksal besiegelt werden würde.

Die beiden Männer, die sie begleitet hatten, blieben an der Tür stehen. Illiana wurde klar, dass alles, was hier drinnen geschah und zwischen ihnen gesagt wurde, innerhalb kürzester Zeit jeder wissen würde.

»Komm her!«, kommandierte Markus.

Sie ging durch den großen Raum auf ihn zu. Der Teppich verschluckte jeden Laut, und der Weg schien endlos lange zu dauern.

Markus wartete schweigend. Er strahlte die Aura eines unerbittlichen Heerführers aus. »Wärst du ein Mann, hätte ich dich längst hinrichten lassen«, sagte er schließlich.

»Weswegen?«, fragte sie.

Markus rührte sich nicht vom Fleck, stand nur da, wie ein Fels, schwarz und drohend. »Leugnest du, dass du deinen Bruder in Skänninge getroffen hast?«

Illiana biss sich auf die Lippen und versuchte, so ruhig und gefasst wie möglich zu wirken. Er musste doch mit sich reden lassen. »Ich leugne nicht, dass wir uns gesehen haben«, begann sie, »und ich hätte es dir sagen sollen. Aber du musst mir glauben.«

Markus sah sie nur mit kalten Augen an, blickte lange auf ihr zerzaustes Haar und die zerknitterten Kleider. »Warum sollte ich dir glauben?«, fragte er schließlich.

»Weil es die Wahrheit ist«, antwortete sie, und ihre Augen begannen zu brennen. Er schien ihr absichtlich misstrauen zu wollen.

»Das Problem liegt darin«, sagte er kühl, »dass du lügst.«

»Ich lüge nicht!«, rief Illiana mit Nachdruck. »Ich habe Falke getroffen, das habe ich schon zugegeben, aber ich wusste nicht, was er plante.« Sie verschränkte die Hände ineinander. Markus glaubte doch nicht etwa, dass sie zum Tod so vieler Männer beigetragen hatte! Sie sagte mit all der Trauer und Verzweiflung, die sie seit dem gestrigen Tag empfand: »Es tut mir so leid!«

»Leid? Ich habe zwei junge Männer verloren, und dir tut es *leid*? Weißt du, wie viele Menschen wegen deines Bruders umgekommen sind?«

Für ihn schien es festzustehen, dass sie mit Falke unter einer Decke gesteckt hatte. Er schien ihr nicht weiter zuhören und sich allen alternativen Erklärungen versperren zu wollen.

»Karl sagt, dass er dich mit einem Mann hat sprechen sehen. War das Falke?«

Illiana drückte die Schultern durch und richtete sich auf. »Ich habe einen kurzen Moment mit meinem Bruder in Skänninge gesprochen. Wenn das so schlimm war, warum hat Karl dann nichts gesagt?«

»Er war sich nicht sicher.«

Illiana schüttelte den Kopf. »Ich habe mit meinem *Bruder* gesprochen, Herrgott noch mal! In deiner Welt bedeutet das vielleicht, dass ich in irgendeiner Weise mitschuldig bin für das, was passiert ist. Aber du merkst auch, wie absurd das klingt? Ich treffe meinen Bruder und soll sofort begreifen, dass er plant, uns zu überfallen? Dich zu ermorden?«

»Wenn ich ihn in Skänninge gesehen hätte, wäre es mir klar gewesen.«

Illiana schüttelte erneut den Kopf, denn gegen ihren Willen fühlte sie sich zunehmend provoziert. Sie war hungrig, müde und traurig. Und Markus war *dickköpfig*. »Ich fange an zu verstehen, dass das hier dein Alltag ist«, sagte sie. »Dass dich alle hassen und töten wollen. Aber so ist es nicht für mich und die meisten anderen Menschen. Ich kann immer noch nicht glauben, was mein Bruder getan hat.«

»Bist du wirklich so naiv?«

»Lieber naiv als eine kaltblütige Mörderin!«, antwortete sie hitzig. »Ihr habt die Verwundeten *ermordet*.«

»Keiner von ihnen hätte noch länger als ein paar Stunden überlebt«, sagte er. »Wir haben nur ihr Leiden verkürzt.«

»Ihr habt sie wie Tiere behandelt!«, rief sie.

»Die meisten von ihnen *waren* Tiere«, antwortete Markus kurz. »Weißt du, was sie mit dir gemacht hätten, wenn sie gewonnen hätten? Was solche vogelfreien, von der Gesellschaft verbannten Männer mit Frauen tun? Du glaubst doch nicht etwa, dein Bruder hätte es fertiggebracht, sie von dir fernzuhalten? Vielleicht hatte er ihnen sogar versprochen, sich mit dir vergnügen zu dürfen. Zur Belohnung.«

»Nicht alle sind so wie du«, sagte sie.

Markus packte sie am Kinn und drückte so fest zu, dass ihre Augen zu tränen begannen. Er zwang ihr Gesicht nach oben, sodass sie sich kaum noch bewegen konnte, und verzog den Mund. »Das war es, was ihr wolltet«, erkannte er mit leiser Stimme. »Du und deine gierige Familie habt das alles geplant, nicht wahr? Für solche wie euch geht es immer nur um Gold. Ihr habt gehofft, dass Falke mich töten würde und du als reiche Witwe zu deiner Familie zurückkehren kannst.«

»Du bist komplett verrückt«, keuchte sie.

Markus' Griff wurde noch fester. »Möglich. Aber ich habe recht.«

»Meine Familie würde niemals so etwas tun, das ist ein fürchterliches Missverständnis. Sie würden mich nicht verheiraten und dann meinen Ehemann töten lassen.« Illiana war geschockt. »Du bist wahnsinnig, wenn du so etwas auch nur denkst!«

Sein Griff war jetzt so fest, dass sie wirklich glaubte, er wolle sie zerdrücken.

»Deine Loyalität ist rührend. Aber irgendetwas sagt mir, dass du nicht so wichtig für deine Familie bist wie sie für dich. Vielleicht haben sie das hier geplant, ohne dir etwas davon zu sagen?«

»Das ist nicht wahr!«, flüsterte sie. Sie weigerte sich, an diese Möglichkeit auch nur zu denken.

»Sie haben deinen mageren Körper verkauft«, stellte er fest.

»Und dann haben sie versucht, mich zu ermorden.«

Sie schluckte angestrengt und spürte, wie der Zweifel in ihr Wurzeln schlug. Das ist es also, was mich erwartet, dachte sie betrübt. Ständiges Misstrauen, vielleicht sogar Hass. Sie fragte sich, wie lange es wohl dauern würde, bis sie ebenso innerlich verhärtet war wie er. Bis auch sie überall Lügen und Treulosigkeit wittern würde und alle im Verdacht hatte, sie zu verraten.

»Du hast es selbst gesagt«, sagte sie und riss sich los aus seinem Griff. Eisige Kälte begann sich in ihr auszubreiten, und Illiana begrüßte das. Bald würde es gar nicht mehr wehtun. »Ich war naiv.« Sie sah ihn an, versuchte, in seine Seele zu blicken, begegnete aber nur bodenloser Schwärze. »Was bist du nur für ein Mensch?«, fragte sie leise. »Alle hassen dich. Ich habe versucht, dich zu mögen, etwas Gutes in dir zu sehen. Ich wollte glauben, dass du menschlich bist. Aber ich habe mich geirrt. Es gibt nichts Gutes in dir. Du bist nur grausam und leer.«

Illiana wandte sich ab und ging. Sigvard ließ sie passieren. Kurz vor der Tür drehte sie sich ein letztes Mal um. Sie blickte auf Markus, der noch genauso dastand, wie sie ihn verlassen hatte. Sein Gesicht war ausdruckslos. Aber sie hatte es aussprechen müssen, auch wenn er ihr nicht zugehört hatte, weil für ihn feststand, dass sie an Falkes Tat beteiligt gewesen war. Auch wenn er der Meinung war, dass sie ihn hintergangen hatte. »Du hast mit allem recht«, sagte sie. »Außer in einem Punkt. Ich wusste von nichts. Ich dachte, ich tue das Richtige. Sie haben

gedroht, mich auszupeitschen, falls ich nicht Ja zu dir sage.«
Sie war naiv gewesen, zu glauben, dass sie ihrer Familie etwas
bedeutete. Und noch naiver, zu glauben, dass sie Markus etwas
bedeutete und sie sich eine gemeinsame Zukunft erschaffen
konnten. »Vater war bereit, mich zu Tode zu prügeln, wenn
ich nicht gehorchte, also habe ich mich gefügt.« Illiana lächelte
bitter. »Das bereue ich jetzt natürlich«. Sie legte die Hand auf
den Türgriff und öffnete die Tür. »Nichts hätte schlimmer sein
können als das hier.«

19

Auf einem Hof unmittelbar vor Nyköping

Zum ersten Mal seit über dreizehn Jahren betrat Roland Birgersson das Haus, in dem er geboren worden war. Er blickte sich um im staubigen Dunkel und rümpfte die Nase über den Geruch nach Krankheit und Verfall.

»Wer seid Ihr?«, fragte der Knecht, der ihm die Tür geöffnet hatte.

»Wer bist *du*?«, fragte Roland kühl. Er zog seinen Umhang auseinander und ließ seine prachtvollen Kleider im Dunkeln aufleuchten.

Der Knecht machte untertänig einen Diener. »Verzeiht, Herr, mein Name ist Nils.«

»Und *ich* bin Roland Birgersson. Ich bin gekommen, um meinen Vater zu besuchen. Lebt er noch?« Der Geruch im Haus ließ Roland sich fragen, ob er bereits zu spät gekommen war.

Der Knecht betrachtete Rolands ausländische Kleidung und kostbaren Schmuck mit Neid im Blick. »Er ist bettlägerig und schwach. Aber er lebt.«

»Führ mich zu ihm!«

Der Knecht ging eine Treppe hinauf und dann einen dunklen Gang entlang. Als er die Tür zu einem Zimmer öffnete, übermannten Roland die Erinnerungen. In diesem Zimmer hatte er als Kind mit dem älteren Bruder Sven gespielt. Hier war ihre Mutter gestorben. Hier hatte sein Vater gelegen,

nachdem ihn die Nachricht vom Tode Svens – des Lieblings-
sohnes – hatte zu Boden gehen lassen.

»Wer kommt da wie ein Dieb in der Nacht?«, rief Birger aus
dem Raum.

»Begrüßt man so seinen *einzigen* Sohn?«, fragte Roland und
zeigte sich in der Türöffnung.

Weder Freude noch Wärme war im Gesicht des Vaters zu erkennen. Er wirkte noch nicht einmal überrascht.

»Was machst du hier?«, fragte Birger nur. Seine Stimme war
zwar schwach, aber die Verachtung war deutlich herauszuhö-
ren. Wie immer, dachte Roland. Er war einfältig gewesen zu
glauben, dass sich etwas verändert hatte. Dass sein Vater ihn
jetzt vielleicht lieben würde.

»Da wir scheinbar direkt zur Sache kommen wollen: Ich bin
hier, um meine Interessen durchzusetzen«, sagte Roland ungerührt, so als habe er den abweisenden Tonfall des Vaters nicht
bemerkt. »Ist er hier?«

»Niemand ist hier«, antwortete Birger und begann zu husten. Sein Körper bebte unter der Hustenattacke, und Roland
wartete, bis die Krämpfe wieder abgeebbt war.

»Wie geht es dir, Vater?«, fragte er.

»Ich liege im Sterben. Wie soll es mir schon gehen?«

»Apropos Tod. Wenn ich mich recht erinnere, versprachst du
damals, den Sohn der Hure zu töten«, sagte Roland und legte
seine Handschuhe ab. »Trotzdem scheint er sich des Lebens
und bester Gesundheit zu erfreuen. Was ist passiert?« Er massierte seine Hand, wo die kreisförmige Narbe schmerzte, und
überlegte, wann das alles angefangen hatte, derart schiefzuge-
hen. Was hatte er getan, dass ihm Gott zur Strafe diesen Mann
auf den Hals gehetzt hatte? Einen Bastard, der offenbar alles
überlebte und sich jetzt auch noch in Birger Sverkerssons Testament geschmuggelt hatte.

Roland blickte sich in dem schmutzigen Schlafzimmer um. Überall lagen Heiligenbilder, Kruzifixe und Räucherwerk, es war offensichtlich, dass der Alte Angst vor dem Tod hatte. »Was ist eigentlich passiert?«, fragte Roland. »Du hast damals gesagt, dass du ihn töten wirst. Wenn ich mich recht erinnere, hast du es sogar versprochen.«

Er erinnerte sich, wie blind er dem Vater vertraut und wie gut es sich angefühlt hatte, dass der Vater ausnahmsweise auf seiner Seite zu stehen gedachte. Wie sehr er sich geirrt hatte.

»Ich konnte ihn damals nicht töten lassen«, entgegnete Birger mühsam. Er wurde immer grauer im Gesicht, die eine Gesichtshälfte schien nach unten zu hängen. »Es wäre Mord gewesen. Ich bin froh, dass ich ihn gerettet habe. Er ist ein guter Mann.«

Besser als dein eigener Sohn?, fragte sich Roland und der vertraute Neid stach wie ein Dorn in seiner Brust. Immer wurde er verglichen. Immer zog er den Kürzeren. Erst sein Bruder Sven und nun dieser Markus.

»Warum ...«, begann Roland, bemerkte aber zu seinem Entsetzen, dass ihm die Stimme versagte. Er verstummte.

»Warum was?«, fragte Birger irritiert.

Warum kannst du mich nicht lieben?

»Warum hast du ihn am Leben gelassen?«, fragte er stattdessen. »Er weiß viel zu viel.«

Birger hob seine magere, klauenartige Hand und machte eine abweisende Bewegung. »Es ist so lange her.«

Roland dachte an die schwarzen Augen des Jungen. Birger war verrückt, wenn er glaubte, dass diese Augen etwas vergessen würden. Er betrachtete seinen Vater, fragte sich, ob dieser Mann je etwas anderes als Enttäuschung über ihn empfunden hatte.

»Wenn du vorhast, nur dazustehen und zu starren, während

ich sterbe, kannst du ebenso gut wieder gehen!«, sagte Birger und schloss die Augen.

Roland verbeugte sich kurz vor seinem Vater, warf einen letzten Blick auf den Schmutz und ging. Mochte sein Vater doch verrecken.

Draußen lehnte er sich gegen die Wand, schloss die Augen und holte zittrig Luft. Es war dumm von ihm gewesen, an eine Veränderung zu glauben, dumm, darauf zu hoffen.

Als er die Augen wieder geöffnet hatte, stand der Knecht Nils vor ihm und blickte ihn erwartungsvoll, beinahe gierig an.

»Nils«, sagte Roland, während ein Plan in ihm zu reifen begann. Er holte eine Münze hervor und schnippte sie hinüber zum Knecht. »Ich brauche dich. Es wird ein Mann herkommen, und ich möchte, dass du mir bei einer Sache behilflich bist.«

Nils steckte die Münze in seine Hemdtasche und lächelte. »Was soll ich machen?«

»Ich brauche einen Spion«, sagte Roland. »Und wenn alles gut geht, bezahle ich in Gold.«

20

»Fass das nicht an!«, brüllte Markus.

Illiana ließ hastig das Schwert fallen, das sie untersucht hatte. Sie blickte ihn böse an, und Markus wusste, dass er unnötig barsch geklungen hatte. Aber die Schwertklinge war so scharf, dass sie durch Haut und Muskeln wie durch Butter schnitt, und er hatte schon zu viele Menschen erlebt, die auf diese Weise Finger und Zehen verloren hatten. Aber sie verstand ihn natürlich falsch. Die Stimmung zwischen ihnen glich mittlerweile einer dicken Mauer aus wütendem Schweigen. Markus wandte sich um und blickte auf Viking. Dem Jüngling war die Ermahnung nicht entgangen. Doch nun hatte er tatsächlich die Stirn, ihn vorwurfsvoll anzusehen. War ihm nicht klar, dass Markus als Anführer für die Sicherheit aller verantwortlich war – auch die seiner eigenen Ehefrau? »Mach weiter!«, brüllte er ihn an. Als sich der Junge nicht rührte, griff Markus blitzschnell an und versetzte dem unvorbereiteten Viking einen harten Schlag auf den Arm. Der Junge fluchte.

»Konzentrier dich!«, sagte Markus. Er attackierte erneut, und diesmal parierte Viking so, wie er es sollte.

Vier Tage zuvor hatten sie Linköping verlassen. Das Tempo war hoch und die Pausen minimal gewesen, bald hatten sie die halbe Strecke geschafft. Sie waren dem Verlauf der uralten Eriksgata gefolgt, hatten per Schiff die Bucht Bråviken überquert, eine Nacht im belebten Krokek verbracht und waren dann weiter in den dunklen Wald Kolmården geritten. Hier machten sie nun Rast auf einer Lichtung, um den Pferden etwas Ruhe zu gönnen und sich den einstündigen Trainingseinheiten zu widmen, die sie zweimal täglich durchführten.

Viking griff an. Markus parierte und drückte den Jungen nach hinten. Er merkte, dass er immer noch wütend war. Das sah ihm gar nicht ähnlich. Doppeltes Spiel und Verrat waren für ihn so selbstverständlich wie Tag und Nacht, und eigentlich hätte längst Gleichgültigkeit die Wut ablösen sollen. Aber das war nicht der Fall. Er warf einen Blick auf Illiana. Abgesehen von einzelnen kurzen Befehlen und Zurechtweisungen von seiner Seite hatten sie seit dem Verhör im Krongut kaum ein Wort miteinander gewechselt.

Er schlug Viking das Schwert aus der Hand, und es fiel scheppernd zu Boden. Während Markus verbissen darauf wartete, dass Viking sein Schwert wieder aufnahm und sich vom Angriff erholte, blickte er Illiana verstohlen von der Seite an. Sie saß im Schatten einer Fichte. Ihr Kleid breitete sich um sie herum auf dem Moos aus, und sie hatte ihre Füße ordentlich an den Körper gezogen. Sie beschäftigte sich mit irgendeiner Handarbeit. Immer, wenn er sie sah, ging sie irgendeiner Beschäftigung nach. Unermüdlich hatte sie sich um die Verletzungen der Männer gekümmert. Einer nach dem anderen hatte begonnen, über ihren Verrat hinwegzusehen und sich ihrem Charme zu beugen. Wenn sie überhaupt eine Verräterin war. Dieser Gedanke war ihm in den letzten Tagen immer öfter gekommen. Sie hatte so aufrichtig gewirkt, und es fiel ihm auch schwer, sie sich als jemanden vorzustellen, der den Tod von Menschen in Kauf nahm. Sein Blick blieb an ihrem Lederbeutel hängen, den sie immer am Gürtel trug, und plötzlich wusste er ohne den geringsten Zweifel, wie es sich verhielt. Markus erhob die Stimme.

»Illiana?«

Die Hand mit Nadel und Faden verharrte mitten in der Luft.

»Ja?«

»Warum wolltest du, dass ich dir die Silbermünze in Skänninge kaufe?«, fragte er.

Illiana legte ihre Hand auf den Lederbeutel und blickte ihn wachsam an, als ob sie herauszufinden versuchte, welche Falle er ihr diesmal wieder gestellt hatte.

»Antworte!«, befahl er.

»Ich benutze sie zur Wundpflege«, erklärte sie und fügte trotzig hinzu: »Das weißt du doch schon.«

Sigvard war herangetreten und sah Markus an. »Das hat sie in Linköping erzählt«, bestätigte er.

Aha, auch Sigvard nahm sie jetzt also in Schutz. Doch Markus hatte seine Antwort bekommen. Illiana hatte um die Münze gebeten, bevor sie überfallen worden waren. Das machte man wohl kaum, wenn man plante, seine Reisegesellschaft aus dem Hinterhalt abschlachten zu lassen. Er nickte Viking kurz zu, dass er wieder bereit war, und parierte dann eine eher ungeschickte Attacke. »Versuch wenigstens, dich nicht selbst zu töten!«, sagte Markus irritiert.

Plötzlich erinnerte er sich – wie konnte er es nur vergessen haben! –, wie ehrlich erschrocken sie ausgesehen hatte, als er mit dem Karren der Samin zusammengestoßen war und den giftigen Fingerhut verstreut hatte. Illiana war wirklich beunruhigt gewesen, dass er das Gift berühren könnte. Wahrscheinlich war sie genauso unschuldig, wie sie es die ganze Zeit behauptet hatte. Also hatte er sich geirrt. Markus überlegte, wann das das letzte Mal passiert war. Er war so mit seinen Überlegungen beschäftigt, dass er für einen kurzen Moment vergaß, sich zu konzentrieren. Viking war jung und eifrig dabei, zu zeigen, was er konnte. Er begab sich in Markus' Bereich und schaffte es, ihn mit dem Schwert anzuritzen. Markus fluchte laut, es brannte wie Feuer, und Illiana schrie auf. Sie öffnete den Mund, er verzog das Gesicht zu einer Grimasse und brüllte – viel zu laut: »Hör auf, mich zu verhätscheln!«

Auf der Lichtung wurde es still. Illiana erstarrte.

Zum Teufel!

Illiana warf den Kopf in den Nacken und widmete sich schnell wieder ihrer Handarbeit, aber nicht schnell genug. Bevor sie den Kopf schüttelte, sodass ihr Haar wie eine Gardine vor ihr Gesicht fiel, hatte er sehen können, wie sich ihre Augen mit Tränen füllten.

Sigvard und Viking sahen aus, als wollten sie zu ihr hinlaufen und sie trösten. Sie blickten Markus anklagend an.

Bald habe ich wohl eine verdammte Meuterei am Hals.

»Wir brechen auf«, sagte er und steckte sein Schwert in die Scheide. Morgen würde er sie verlassen, und darauf freute er sich schon.

»Guten Morgen!«, rief Markus höflich tags darauf.

»Guten Morgen«, antwortete Illiana. Sie sah bleich aus im milden Licht der Dämmerung.

»Wenn wir heute in Nyköping ankommen, werde ich euch dort verlassen.«

Ihre grauen Augen weiteten sich, und er konnte die Unruhe in ihnen erkennen. Illiana war vollständig von ihm und von dem, was er tat, abhängig, und er wusste, wie sich das anfühlte. Nicht Herr über sein eigenes Leben zu sein. Er war schon in sehr jungen Jahren gezwungen gewesen, das zu lernen.

»Ich werde zurückkommen«, sagte er und war selbst darüber verwundert, wie beruhigend er klang, so als wolle er ihr versichern, dass er sie nicht verlassen würde. Markus fragte sich, woher er kam, dieser Wunsch, sie zu beschützen. Es war das gleiche Gefühl, das ihn überkommen hatte, als sie von den angedrohten Schlägen ihres Vaters erzählt hatte. Damals hatte er vor seinem inneren Auge ihre weiche, zarte Haut voller Peitschenstriemen gesehen. Und er hatte gewusst, dass er jeden, der Illiana etwas antat, töten würde.

»Was hast du vor?«, fragte sie leise.

»Ich muss einen …«, er schwieg und dachte nach, »… Freund besuchen«, sagte er schließlich, ungeübt darin, jemand anderem über seine Vorhaben Auskunft zu erteilen.

Illiana nickte, jedoch mit gerunzelter Stirn und einem unsicheren Flackern in ihrem Blick. Sie vertraute ihm nicht.

»Das steht dir gut«, bekundete er, streckte seine Hand aus und wickelte eine der goldenen Locken, die wie ein heller Schein um ihr Gesicht standen, um seinen Finger. Irgendwann hatte sie aufgehört, dieses grässliche Tuch zu benutzen, das ihr Haar und die Hälfte des Gesichtes verdeckte. Mit ihren goldenen Locken und dem bronzefarbenen Schimmer, den ihre Haut bekommen hatte, wirkte sie sehr verführerisch. »Die offenen Haare«, fügte er hinzu.

Ein Junge brachte Illiana die grauweiße Stute, der sie den Namen Lilja gegeben hatte. Markus half ihr hinauf. Sie nahm die Zügel in ihre behandschuhten Hände. Sie saß aufrecht und elegant, als hätte sie sich schon an ein Leben im Sattel gewöhnt.

Einige Stunden später blickte Markus auf Nyköping, das am Horizont zu erkennen war. Heute würde er sich auf eine Reise in seine Vergangenheit begeben. Er schüttelte den Kopf. Merkwürdig, wie sehr er die Gemeinschaft vermisste, die vorher zwischen ihm und Illiana bestanden hatte. Er wollte sie wieder küssen, ihre Sorgen wegküssen, sie zum Lächeln und zum Kichern bringen. Ihre weichen Lippen in Besitz nehmen, sich in ihrem duftenden Körper vergraben, ihr beibringen, es zu genießen, und ihr leuchtendes Gesicht sehen …

Er drehte sich um und betrachtete seine Frau eingehender. Gleich darauf legte er die Stirn in Falten. Illiana war kreidebleich. Nicht strahlend hell wie die Sonne, sondern wirklich bleich, fast grünlich.

Er brachte sein Pferd zum Stehen und bedeutete Karl durch ein Nicken, dass er die Spitze übernehmen sollte. Illiana sah wirklich überhaupt nicht gesund aus. Am Morgen war sie schon bleich gewesen, doch da hatte er es auf ihre Müdigkeit geschoben. War sie krank? Kaum hatte Markus diesen Gedanken gehabt, sah er auch schon, wie sie auf dem Pferderücken schwankte.

»Illiana?«, fragte er, während er sein Pferd antrieb. Ihr Blick war verschleiert, als sie ihn ansah. Und dann fiel sie.

Er schaffte es, sie festzuhalten, bevor sie aus dem Sattel glitt. Als Markus einen Arm um sie legte, sagte sie kein Wort. Eine gesunde Illiana hätte protestiert, dachte er. Behutsam nahm er sie in seine Arme. Ihre Augenlider flatterten, die ungesunde Farbe war noch nicht aus ihrem Gesicht gewichen. Hatte er zu fest zugedrückt? Vor Linköping hatte er sie noch nie weinen gesehen. Ungeachtet aller Umstände hatte sie nicht ihre Gelassenheit verloren. Doch in den vergangenen Nächten hatte er wach gelegen und sie weinen gehört, als sie glaubte, dass alle anderen schliefen.

»Wie geht es dir?«, fragte er.

»Ich muss mich übergeben«, flüsterte sie, die Demütigung ließ ihre Stimme dünn klingen.

Es gelang ihm gerade noch rechtzeitig, sowohl sich selbst als auch sie vom Pferderücken hinunterzuhangeln. Illiana krümmte sich und erbrach sich auf den Boden.

»Was ist mit ihr?«, fragte er Helvig, die ebenfalls von ihrem Pferd gestiegen war. Er versuchte unbekümmert zu erscheinen, war aber beunruhigt.

Illiana lag bleich und mitgenommen im Gras.

»Ich bin mir nicht sicher«, antwortete die Magd mit ihrer zurückhaltenden Stimme. »Aber ich kenne das.« Sie verstummte. »Ich vermute, sie hat ihre Blutung«, erklärte sie schließlich widerwillig und durch zusammengepresste Lippen. Es schien ihr zu widerstreben, auch nur ein Wort zu sagen, das Markus Unruhe mindern konnte.

»Sie hat dann immer starke Schmerzen, und manchmal muss sie sich deswegen übergeben.« Die Magd strich Illiana über den Rücken, und ihre Augen wurden schmal, als sie hinzufügte: »Sie ist nicht so stark, wie es scheint.«

Eine Welle der Erleichterung fuhr durch Markus. »Es geht also vorüber?«

»Ja«, sagte Helvig trocken. »Das geht es wohl.«

Karl hatte sein Pferd angehalten und blickte Markus fragend an. Nach einem schnellen Blick von Markus forderte Karl die anderen – inklusive Helvig – auf, den Weg fortzusetzen.

Illiana lag noch im Gras. »Ich kann nicht mehr«, flüsterte sie. Markus wollte sie zu sich ziehen.

»Nein, lass mich«, sagte sie, die Stimme voller Selbstmitleid. »Ich kann nicht mehr. Immer Angst zu haben. Schaffe es nicht. Ich möchte hier sterben, ich habe keine Kraft mehr.«

Trotz ihrer Ankündigung, sterben zu wollen, war ein wenig Farbe in ihr Gesicht zurückgekehrt, und sie wirkte etwas munterer. Also hörte Markus nicht weiter auf ihre Proteste und hob Illiana auf seine Arme. Solange man melodramatisch sein konnte, war man selten dem Tode nahe, das zeigte seine Erfahrung.

Er drückte sie an sich, während sie sich murmelnd weiter beklagte und schmiegte sein Kinn an ihr Haar.

Sie brummte irgendetwas an seiner Brust, atmete tief ein wie in einem Weinkrampf und flüsterte mit dem Mund an seinem Hemd: »Ich hasse dich.«

»Ich weiß«, sagte er und drückte sie fester an sich. Erst sträubte sie sich dagegen, schwach und ohne Wirkung, doch dann gab sie nach und entspannte sich.

»Du reitest ab jetzt mit mir«, befahl er entschlossen, und überraschenderweise hatte sie nichts dagegen einzuwenden. Sobald er sicher war, dass sie sich nicht mehr übergeben würde, erhob er sich, und den Rest der kurzen Strecke bis Nyköping saß sie in seinem Arm auf dem Pferderücken.

Als sie das Stadttor erreicht hatten, saß sie mit dem Gesicht an seine Brust geschmiegt, und er war nicht sicher, ob sie schlief. Markus schloss seinen Arm noch fester um sie. Sie ritten durch das Stadttor und weiter bis zu dem Haus, in dem sie die Nacht verbringen wollten.

»Wie geht es ihr?«, fragte Helvig, als Markus vor dem Haus, in dem sie ein paar Tage bleiben wollten, wieder zu den anderen stieß. Es war ein solides Steinhaus mitten in Nyköping, das Markus schon seit ein paar Jahren besaß, und er hatte im Voraus einen Boten geschickt, damit ihnen geöffnet werden würde.

»Sie hat sich nicht mehr übergeben«, antwortete Markus.

»Ich habe mich um ein eigenes Zimmer für sie gekümmert«, sagte Helvig. »Und Suppe.«

»Das ist gut«, fand Markus. »Kannst du dafür sorgen, dass sie alles bekommt, was sie braucht?«

Helvig nickte.

»Ich kann es selbst«, protestierte Illiana, als Markus vorsichtig versuchte, ihr vom Pferd zu helfen.

»Bist du sicher?«, fragte er zweifelnd.

Illiana nickte, taumelte dann aber und wurde von einer keuchenden Helvig aufgefangen. Fluchend saß Markus von seinem Pferd ab und nahm Illiana auf seine Arme.

»Schlepp mich nicht immer herum«, murmelte Illiana, während sie sich an ihn kuschelte. »Ich hasse dich«, fügte sie hinzu.

»Das sagtest du bereits.«

»Es stimmt«, sagte sie mit einem kleinen Seufzer. Sie schnüffelte an seiner Brust. »Aber du riechst gut«, sagte sie und machte es sich gemütlich in seinem Arm.

Markus atmete auf. Ein Gefühl der Leichtigkeit und Hoffnung erfüllte ihn.

21

Stadt Nyköping

Es klopfte an der Tür, und Illiana setzte sich im Bett auf. Verschlafen blinzelte sie in die Sonne, in deren Licht der ganze Raum badete. Sie gähnte ausgiebig und streckte sich. Das Bett war wunderbar kühl und weich, und sie konnte sich nicht erinnern, wann sie das letzte Mal so gut geschlafen hatte. Es klopfte wieder. Sie zog die Decke bis unter den Hals, fuhr sich mit den Fingern durchs Haar und hoffte, nicht allzu zerknautscht im Gesicht zu sein. Erwartungsvoll rief sie: »Herein!«

Die Tür wurde geöffnet, Helvig trat ein, und Illiana sank in sich zusammen. Aber ich sitze doch nicht hier und sehne mich nach Markus, redete sie sich ein, ich bin *nicht* enttäuscht.

»Helvig!«, rief sie und setzte ein fröhliches Lächeln auf.

Die Magd schnaubte durch die Nase, so als wüsste sie genau, was in Illianas Kopf vorging, und stellte sich an die Seite. Zwei Dienstmädchen kamen herein, ein kolossales Ding zwischen sich tragend.

»Was ist denn das?«, fragte Illiana.

»Stellt ihn hierhin«, sagte Helvig zu den Mädchen, und dann an Illiana gewandt: »Der Herr lässt ausrichten, dass du heute zum Essen herunterkommen kannst, wenn es dir besser geht.«

»Ist das ein Badezuber?«, fragte Illiana mit großen Augen. Noch nie hatte sie einen so großen Zuber gesehen. Er war oval, aus rotem Kastanienholz mit mächtigen Metallbeschlägen und so hoch, dass sie Hilfe benötigen würde, um hineinzusteigen.

»Das Wasser ist auch schon unterwegs«, sagte Helvig. »Habt Ihr genügend Kraft, Herrin?«

Oh ja, das hatte sie! Sie musste eine Ewigkeit geschlafen haben, denn die Sonne stand schon hoch am Himmel, und sie hörte eine Menge Geräusche von draußen. Der Gedanke, sich zu waschen, war absolut unwiderstehlich.

Während Helvig ihr aus den Kleidern half, brachten Mägde eimerweise duftendes, warmes Wasser. Illiana konnte sich kaum zurückhalten, und sobald der Zuber gefüllt war, half Helvig ihr, hineinzuklettern.

Illiana tauchte ein in das nach Lavendel und Minze duftende Wasser und ließ sich von ihm umschließen. »Oh mein Gott, wie herrlich!«, stöhnte sie. Der Zuber war so tief, dass ihr das Wasser bis zu den Schultern reichte.

Helvig half ihr, sich die Haare zu waschen, massierte ihre Kopfhaut fest und schmerzhaft, spülte und ordnete die Haare anschließend mit den Fingern und wickelte sie dann in ein Tuch ein. »Wenn Ihr fertig seid, sollt Ihr Euch noch etwas ausruhen, das ist ein Befehl des Herrn!«, sagte sie und trocknete sich die Hände an der Schürze ab.

»Hast du mit ihm gesprochen?«, fragte Illiana und bemühte sich, beiläufig und uninteressiert zu klingen. Sie ließ ihre Hand durchs Wasser gleiten. Es schäumte leicht, und Stücke der getrockneten Blütenblätter trieben auf der Oberfläche.

»Bevor er gestern davongeritten ist. Aber er hat eine Menge Verhaltensregeln aufgestellt«, sagte Helvig trocken.

Schläfrig dachte Illiana, dass sie es sich eigentlich nicht gefallen lassen wollte, wie ein Kind herumkommandiert zu werden. Aber der Duft, die Wärme und das Wasser verwandelten ihr Hirn in Watte. Sie schloss die Augen und genoss es.

»Warst du schon mal in Nyköping?«, fragte sie.

»Nein«, antwortete Helvig, und dann schwiegen beide.

Als das Wasser unbarmherzig kalt geworden war, half Helvig ihr hinaus und flocht das handtuchtrockene Haar in zwei dicke Zöpfe. Illiana kramte eine ihrer Cremes hervor, die himmlisch nach Blumenwiese roch, und rieb sich großzügig damit ein. Sie reichte die Dose Helvig, die sich auch etwas nahm und auf ihren Händen verrieb.

»Du glaubst doch wohl nicht, dass ich etwas mit Falkes Plänen zu tun hatte, oder?«, fragte Illiana vorsichtig, während sie die Creme in die Haut einmassierte. Sie wusste nicht, was Helvig über die Geschehnisse dachte. Was sollte sie tun, wenn sie ihre grimmige Magd nicht auf ihrer Seite hatte?

Doch Helvig schüttelte nur den Kopf. »Nein. Dafür seid Ihr viel zu gutmütig.«

»Ich verstehe einfach nicht, wie Falke das tun konnte.«

»Illiana«, sagte Helvig seufzend und zog sich die Schürze aus. »Ich weiß, dass Ihr Eure Familie und auch die Halbbrüder liebt, Gott weiß warum. Aber auch wenn es wehtut, müsst Ihr einsehen, dass Falke kein besonders guter Mensch war.« Sie setzte sich in den Schaukelstuhl, der am Fenster stand, und blinzelte in die Sonne. »Er hat die Frauen auf dem Hof belästigt. Viele Male.«

Illiana schluckte. Nie hätte sie so etwas vermutet. Ich bin wohl die naivste Frau auf der Welt, dachte sie, während sie wieder ins Bett kroch. »Dich auch?«, fragte sie leise, beunruhigt über die mögliche Antwort.

»Nein«, sagte Helvig kurz. Sie saß mit geschlossenen Augen da und atmete ruhig, und eine Weile dachte Illiana, dass ihre wenige Jahre ältere Begleiterin eingeschlafen sei, doch dann fügte Helvig hinzu: »Markus ist jetzt Eure Familie.«

»Ich glaube, er hasst mich«, sagte Illiana und zog an einem ihrer Zöpfe. Sie hatte keinen Schimmer mehr von ihm gesehen, seit er sie in dieses Schlafzimmer getragen hatte. Er war fortgeritten, um einen *Freund* zu besuchen, und niemand wusste offenbar, wann oder ob er überhaupt zurückkehren würde. Vielleicht hatte er sie hier für immer zurückgelassen.

»Seid nicht so töricht, das zu denken«, sagte Helvig und schnaubte durch die Nase. »Dieser Mann sieht Euch an wie jemand, der sich sein Leben lang von trockenem Brot und saurem Bier ernährt hat, und nun süßen Wein und saftigen Kuchen gereicht bekommt.« Helvig grinste so, dass sich ihr Gesicht in kleine Falten legte. »Es ist *kein* Hass. Aber ich denke, es wird eine Weile dauern, bis er damit zurechtkommt.« Sie lehnte sich noch weiter zurück, schaukelte langsam in ihrem Schaukelstuhl und murmelte: »Ich habe noch keinen gesehen, der so besessen davon ist, über wirklich alles die Kontrolle zu haben.«

Illiana versuchte, Helvigs Gedanken zu folgen. »Zurechtkommen mit was?«

Aber bevor Helvig antworten konnte, wurden sie dadurch unterbrochen, dass es erneut an der Tür klopfte. Illianas Herz machte einen Hüpfer.

Markus.

Sie strich die Bettdecke glatt, legte ihre Zöpfe über die Brust und setzte sich voller Erwartung im Bett auf. Die Tür öffnete sich, und dieselben zwei Mägde, die eben das Wasser hereingetragen hatten, traten ein, diesmal mit schweren Ledertaschen in ihren Händen.

Was zum Teufel …

Die Mägde stellten die Taschen auf den Boden und knicksten hastig. Helvig betrachtete sie wachsamem Auge.

»Was ist das?«, fragte Illiana und blickte auf die Taschen. Sie sahen aus wie gewöhnliche Gepäcktaschen.

»Für Euch«, sagte die eine, und dann knicksten sie erneut, bevor sie kichernd verschwanden.

Helvig war aufgestanden, und zusammen öffneten sie die Taschen.

»Was *ist* das hier?«, wiederholte Illiana. Sie nahm ein dünnes Stück Stoff in ihre Hände und hielt es vor sich. Es schimmerte und wog so gut wie nichts. »Ich glaube, so etwas habe ich in Skänninge gesehen«, sagte sie atemlos und bewunderte das geradezu wie lebendig wirkende Tuch. Es war hellviolett und kunstvoll bestickt mit dünnen Silberfäden. Als sie es vor sich ausgebreitet hatte, sah sie, dass es ein Kleid war.

»Herr im Himmel!«, stieß sie hervor. Sogar Helvig sah beeindruckt aus.

»Ich habe es auf dem Markt gesehen«, erklärte Illiana und drehte und wendete das Kleid, um sich zu vergewissern, dass sie es sich nicht einbildete. »Genau dieses hier. Ich erinnere mich, denn ich fand, dass es in meiner Größe sein könnte.«

»Was gibt es mehr?«, fragte Helvig. Sie blickten einander mit großen, aufgeregten Augen an, und wie auf Kommando tauchten sie hinein in die Taschen. Sie fanden Tonkrüge, Schüsseln und kleine Stoffsäckchen mit Lavendel – alles fein säuberlich aufgestapelt, zusammengefaltet oder mit Bändern in unterschiedlichen Farben zusammengebunden. Illiana erkannte jeden Gegenstand wieder, nicht nur das Kleid, sondern fast alles – den Elfenbeinkamm und die Schnalle mit dem reitenden Liebespaar. All das hatte sie auf dem Markt in Skänninge bewundert. In einer kleinen Holzkiste lagen die weißen Safranbälle.

»Ich verstehe das nicht«, sagte sie leise, denn es war unbegreiflich. Irgendwie hatte Markus es geschafft, mehr oder weniger alles zu kaufen, was sie sich angeschaut hatte. Und noch etwas mehr. Ihr Hals brannte. So aufmerksam war noch niemals jemand zu ihr gewesen. Und sie hatte ihn nun dazu gebracht, sie zu hassen, oder zumindest an ihr zu zweifeln.

Helvig nahm einen bestickten Beutel, aus dem sie ein Paar Pantoffeln zog, die mit weichstem Eichhörnchenfell gefüttert waren. Sie schmiegte ihre Wange vorsichtig, beinahe ehrfurchtsvoll an den feinen Pelz. Eine Weile saßen sie nur auf dem Bett und betrachteten die Schätze, die im gesamten Zimmer verteilt waren.

»Sie gehören dir!«, sagte Illiana und zeigte auf die Eichhörnchenpantoffeln. Die Magd lächelte und drückte sie an ihre Brust.

Der Nachmittag in Skänninge war wunderbar, dachte Illiana und spürte, wie ihr unwillkürlich die Tränen in die Augen stiegen. Hastig wischte sie sie weg. Wie albern, zu weinen, wo sie sich doch freute.

»Schlaft jetzt ein bisschen. Danach helfe ich Euch mit dem Kleid«, sagte Helvig sanft.

Als Illiana am Nachmittag erwachte, war sie wieder ausgeruht und munter und hatte einen Bärenhunger. Das lila Kleid, das Markus ihr gekauft hatte, war eigentlich viel zu fein für ein einfaches Abendessen, doch plötzlich schien es ihr enorm wichtig, gut auszusehen. Helvig protestierte auch nicht, sondern half ihr hinein in die schimmernde Seide und sagte dann: »Soll ich Euer Haar bürsten?«

Illiana nickte, setzte sich zurecht und ließ Helvig ihre Zöpfe ausbürsten. Die Magd kämmte so lange, bis das frisch gewaschene Haar duftend und lockig über Illianas Rücken fiel, und als Illiana kurz darauf die Steintreppe hinunterging, spürte sie ein erwartungsvolles Prickeln in ihrer Brust. Die weiten, trompetenförmigen Ärmel des Kleides ließen große Teile der Arme frei, und sie fror im kühlen Treppenhaus. Als sie unten angekommen war, führte sie ein Diener zum Speisesaal. Mit durchgestrecktem Rücken, würdevoller Miene und so anmutig wie möglich glitt sie durch die Tür – eingehüllt in eine Wolke aus lila Seide und aufgekratzter Vorfreude.

Sie blickte sich um und sah hohe Kerzenständer aus Zinn, Schalen voller getrockneter Früchte und Nüsse, aber nur einen einzigen Gast am Tisch, der ihr den Rücken zuwandte. Einige Lehnstühle und ein weißes Tischtuch. Wandteppiche mit schwarz-rotem Muster. Einen schlafenden Hund. Aber keinen Markus. Nirgendwo. Sie ließ den Kopf hängen. Vielleicht würde er nicht wieder zurückkommen.

»Guten Abend«, sagte sie laut zu dem breiten Rücken. Es gab keinen Grund unhöflich zu sein, nur weil sie enttäuscht war. Das Gefühl würde bald vorübergehen, redete sie sich ein. Und sie war wirklich hungrig. Am besten aß sie etwas, bevor sie zu Helvig zurückkehrte.

Der Mann am Tisch wandte sich um, und Illiana erstarrte mitten in der Bewegung.

Gütiger Gott!

Sie versuchte, nicht zu starren, was ihr gewaltig misslang.

Gütiger Gott im Himmel.

Sie räusperte sich, atmete tief ein und fragte: »Darf ich mich setzen?« Ihre Stimme klang fest, was ihr wie ein Wunder vorkam.

Der Fremde erhob sich, schob ihr einen der Stühle hin, und sie wollte gerade anmutig Platz nehmen, als er sie so feurig anlächelte, dass sie unelegant niederplumpste.

Ein weiterer schweigsamer Diener des Hauses brachte ihr einen Teller und einen Zinnbecher, doch sie bemerkte es kaum. Sie starrte immer noch und hätte auch nicht damit aufhören können, wenn Gott persönlich seinen Kopf durch die Zimmerdecke gesteckt und es ihr befohlen hätte.

Gold. Er sieht aus, wie aus Gold gemacht.

Illiana lehnte sich zurück, dankbar über den Halt, den die

hohen, verschnörkelten Lehnen ihr gaben. Der Mann war wie aus Gold – von dem dichten, langen Haar über die sonnengebräunte Haut bis hin zu den ausgeprägten Muskeln unter der gelben Leinentunika. Er sah aus wie die Inkarnation der heidnischen Wikinger, die vor Hunderten von Jahren das Land bevölkert hatten. Wäre der heidnische Gott Thor, der größte Held von allen, aus Walhalla herabgestiegen, hätte er nicht halb so göttlich ausgesehen, dachte sie.

»Etwas Wein, Kleines?«, fragte der Mann, und Illiana versuchte, wieder klar zu denken.

Sie nickte matt, und er gab die Anweisung, dass man eine Flasche holen sollte. »Den weißen Rheinischen«, sagte er, grinste sie an und nahm ein Stück Fleisch von der Platte in der Mitte des Tischs.

Während er das Fleisch aß, nippte Illiana am Wein, der kühl, süß und frisch schmeckte. Sie wusste nicht, wohin sie blicken sollte. Noch nie hatte sie so einen schönen Menschen gesehen. Solche Männer bringen Frauen dazu, Dummheiten zu begehen, dachte sie und trank. Goldene Männer mit breitem Mund und einer Stimme wie Frühlingswind, lebendig und potent und aufregend.

Sie ließ sich mürbes Lammfleisch und ein Stück Geflügel servieren. Die Haut glänzte vor Fett, und sie nahm ihr Messer, um ein Stück abzuschneiden. Ihr Magen knurrte. Sie trank hastig und mehr als gewöhnlich. »Verzeiht, aber ich habe Euren Namen nicht verstanden«, sagte sie und versuchte, nicht auf seinen breiten Mund zu starren. Oder seine Brust. Oder sonst irgendwohin. Schließlich fixierte sie einen Punkt schräg hinter ihm.

Er lächelte verschmitzt. »Aber ich habe doch noch gar nicht gesagt, wie ich heiße!« Seine Stimme brachte etwas in Illianas Körper zum Vibrieren. Er nahm ihren Becher, füllte ihn erneut und hielt ihn ihr hin. »Hier, meine Süße, trink noch etwas Wein!«

Illiana nahm einen Schluck, bekam ihn aber in die falsche Kehle. Als sie versuchte, das Husten zu unterdrücken, stiegen ihr Tränen in die Augen.

Er lächelte, ein zögerliches Lächeln, das in den Mundwinkeln begann und sich über sein Gesicht ausbreitete. Es ließ seine goldbraunen Augen glitzern wie Bernstein in der Sonne. »Stellan«, sagte er gedehnt. »Ich heiße Stellan.« Er beugte sich vor. Ein Duft nach Sonnenschein, frisch gemähtem Heu und etwas, was sie Sünde genannt hätte, falls es so einen Duft gab, schlug ihr entgegen.

Stellan legte ihr ein dreieckiges Stück weißen Käse auf den Teller. »Von den Ziegen des Hofs«, sagte er und schob ihr den kleinen Zinnteller hin. Sogar seine Finger waren golden, sonnengebräunt, mit hellen Härchen bedeckt und mit sauberen, polierten Nägeln. Sie bekam Lust, ihn zu berühren, um zu sehen, ob es ihn wirklich gab. Der weiße Käse zerkrümelte auf dem Teller, und das Wasser lief ihr im Mund zusammen. »Sie füttern ihre Ziegen mit Kräutern und Lavendel, der Geschmack ist himmlisch«, fuhr er mit dieser Stimme fort, die vermutlich Hunderte von Frauen ins Verderben geführt hatte. »Man isst ihn mit warmem Honig.« Er rührte mit einem Holzlöffel in einem Krug, hob den Löffel heraus und ließ goldgelben Nektar herabfließen. »Der hier ist auch aus der Gegend.« Er schnitt ein mundgerechtes Stück Käse ab, ließ Honig vom glänzenden Holzlöffel darauf tropfen und hielt ihr die Herrlichkeit hin. »Probier!«

Illiana schloss die Augen und ließ sich von einem fremden goldenen Mann mit Käse und Honig füttern. Der Geschmack des cremigen, säuerlichen Käses und des süßen Honigs entfaltete sich im Mund. Er hatte recht. Es war der Geschmack des

Paradieses, und sie ließ sich hinwegtreiben. Es war beinahe unwirklich, und ein kleiner Teil von ihr fragte sich, ob sie noch immer oben im Zimmer lag und träumte.

»Sieh einer an!«, hörte sie eine mürrische Stimme sagen und landete mit einem Schlag wieder in der Wirklichkeit. Illiana schlug die Augen auf, und da stand Markus in der Tür. Mit verschränkten Armen und kühlem Gesichtsausdruck betrachtete er sie.

»Markus!«, sagte sie und erhob sich von ihrem Stuhl, möglicherweise eine Spur zu schnell. Ihr Herz klopfte.

Jetzt kommt er also.

»Wo bist du gewesen?«, fragte sie, noch immer etwas atemlos und ein wenig zu laut. Sie wischte sich den Mund mit einer Serviette ab.

»Ich habe doch gesagt, dass ich einen Freund besuchen würde«, entgegnete er kühl.

Markus blickte auf Stellan. »Und was hast du gemacht?«, fragte Markus langsam, und sah Stellan dabei mit so düsterer Miene an, dass es Illiana schauderte. »Während meiner Abwesenheit, meine ich.«

Stellan erhob sich und türmte sich neben ihr auf. Er war mindestens genauso groß wie Markus, und die Feindseligkeit zwischen den beiden Männern war deutlich zu spüren.

»Jetzt mach mal nicht so ein Fass auf«, sagte Stellan. Der warme Klang seiner Stimme war verschwunden. Jetzt war sie hart wie Stahl.

Illiana blickte von einem zum anderen. Sie begriff nicht richtig, was hier passierte, was die wortlose, doch intensive Kommunikation zwischen beiden bedeutete, doch sie spürte, dass sie die Situation erklären musste. Sie trat zwischen sie, lächelte freundlich und begann: »Also …«

»Sie gehört mir!«, unterbrach Markus sie kalt.

»Markus, du verstehst das falsch!«, ging sie dazwischen. »Das ist Stellan, er …«

»Ich weiß genau, wer und *was* er ist«, sagte Markus.

»Aber …«, begann sie.

»Sie ist von guter Abstammung«, unterbrach Stellan sie nun auch. »Du kannst sie nicht wie eine deiner gewöhnlichen Frauen behandeln.«

Sie hatte sich in Stellan geirrt. Er war ganz und gar nicht nur Gold und Lachen, er war mindestens so gefährlich wie Markus. Nun sahen beide Männer so aus, als wollten sie sich gegenseitig an die Gurgel gehen. Wegen ihr. Das war beinahe komisch.

»Hah, hah«, lachte sie und versuchte damit, die hitzige Stimmung aufzulockern.

Keiner der beiden nahm Notiz von ihr.

»Hörst du schlecht?«, fragte Markus. »Sie gehört *mir*.«

Illiana trat einen Schritt vor, um alles zu erklären, bevor Blut floss. »Ich verstehe, dass es vielleicht missverständlich aussah«, sagte sie bestimmt, als ob sie mit zwei aufgeregten Kindern reden würde. Sie zeigte auf ihr unbedecktes Haar und fuhr fort: »Aber es stimmt.« Sie hielt Stellan ihre Hand mit dem Ehering vor die Nase und wedelte mit dem Ringfinger, dass die lila Steine nur so blitzten. »Wir sind verheiratet.«

Stellan sah ihren Ehering konsterniert an. Dann blickte er auf Markus, der ihn selbstzufrieden angrinste. Anschließend schaute er wieder auf Illiana, als sähe er sie zum ersten Mal. »Verheiratet?«, fragte er dümmlich.

Markus trat an sie heran, legte fest den Arm um sie und demonstrierte somit unmissverständlich sein Besitzrecht. Als sie zu ihm aufschaute, verlor sie sich in seinen schwarzen, wohlbekannten Augen. Sie sog seinen Duft ein, sein Griff um ihre Schulter wurde noch fester, und für einen kurzen Augenblick schien es, als seien nur sie beide im Raum.

Doch dann räusperte sich Stellan und grinste über das ganze Gesicht.

Illiana lächelte zurück.

Dann runzelte sie jedoch die Stirn, denn sie erinnerte sich an etwas, das Stellan gesagt hatte. Sie wandte sich an Markus, blickte ihn durchdringend an und fragte misstrauisch: »Wo bist du eigentlich gewesen? Und was meint Stellan mit deinen ›gewöhnlichen Frauen‹?«

Stellan prustete los.

22

»Und was machst du in meinem Haus, wenn ich fragen darf?«, fragte Markus kühl, als Stellan aufgehört hatte zu lachen.

Stellan zuckte mit den Schultern. Die kurzärmelige Leinentunika betonte seine braun gebrannten Oberarme, und Markus fragte sich, ob der Mann wirklich eine so glänzende Haut hatte oder ob er sie eventuell einölte. Stellan lächelte wieder sein unwiderstehliches Lächeln, diesmal an Illiana gerichtet, und Markus konnte sich ein leises Knurren nicht verkneifen.

Stellan lachte auf. Er hatte niemals Verstand genug besessen, sich vor etwas zu fürchten, also trat Markus warnend auf ihn zu. Doch als sich Illiana an ihn lehnte und ihm ihre Nähe bewusst wurde und wie perfekt ihr kleiner, weicher Körper sich an seiner Seite anfühlte, besann er sich. Illiana sah wieder gesund aus – tatsächlich sah sie fantastisch aus –, und das machte ihn froh. Sie trug das Kleid in dieser femininen Farbe, das er ihr in Skänninge gekauft hatte, also nahm er an, dass sie mit den übrigen Geschenken auch zufrieden war. Aber was wusste er schon … Er hatte noch nie zuvor Sachen für eine Frau gekauft.

»Ich habe eine Menge Gerüchte gehört, dass Järven angeblich in der Gegend herumgaloppiert«, sagte Stellan gedehnt. Das irritierende Lächeln stand immer noch in seinem lächerlich schönen Gesicht. Stellan lächelte ständig, das hatte er schon als Kind getan. Eine verdammt unangenehme Angewohnheit. »Ich war gerade in der Nähe, also …«

»In der Nähe?«, hakte Markus nach. Er überlegte, was Stellan in Nyköping interessieren konnte. Die Stadt war geprägt von ihrem großen Hafen und der Nähe zur Ostsee. Vielleicht war Stellan mit einem der Schiffe gekommen. Er war immer unterwegs. In der Hinsicht waren sie gleich – rastlos und ständig unterwegs.

»Eine Frau«, sagte Stellan leichthin, so als erkläre das alles. Was es ja auch tat. Bei Stellan ging es immer um eine Frau.

»Du bevorzugst den unzivilisierten Stil, wie ich sehe. Stellan hob eine dunkelblonde Augenbraue. »Vollbart, Markus? Ernsthaft?«

»Wir können nicht alle wie geleckt aussehen«, entgegnete Markus irritiert. Stellan war stets untadelig gekleidet und sehr gepflegt. Er besaß mindestens zwei Knechte, deren einzige Aufgabe darin bestand, dafür zu sorgen, dass er unversehrt, sauber und wohlriechend blieb. Neben Stellan wirkte Markus wahrscheinlich wie ein Barbar.

»Aha, und du bist wieder im höchsten Auftrag unterwegs, wie immer?«

»Wir werden den König in Stockholm treffen«, erwiderte Markus.

»Zur Hochzeit der Herzöge?«

Markus nickte kurz.

»Ich auch!«, sagte Stellan mit einem breiten Grinsen. »Da kann ich mich euch anschließen.«

»Na großartig«, murrte Markus.

»Also kennt ihr beide euch schon länger?«, fragte Illiana.

Markus reichte Stellan die Hand. »Das kann man so sagen.«

»Aber es ist schon eine Weile her, dass wir uns gesehen haben«, erklärte Stellan und schüttelte Markus fest und lange die Hand. »Du warst in Russland«, sagte er, und sein scherzhafter Tonfall war verschwunden. »Ich habe gehört, es war sehr hart.«

Hart. Unmenschlich. Der Unterschied war eher eine philosophische Frage. Die heiligen Kriege waren ebenso blutig, schmutzig und voller Schrecken wie die unheiligen. Markus schüttelte den Kopf. Er wollte nicht darüber reden, was in Russland passiert war.

Mehrere Hausdiener traten ins Zimmer. Markus hatte, bevor er hereingekommen war, um weitere Speisen und Getränke gebeten, und nun befahl er zusätzlich, ein Feuer zu entzünden. Es war immer noch hell draußen – in einem Monat würde es beinahe die ganze Nacht über hell sein –, aber die Abende waren noch sehr kühl. Eine Magd kniete sich an der Feuerstelle nieder, um das Feuer zu entfachen. Weißbrot und Käse wurden in Körben bereitgestellt, dazu Krüge mit frisch gekirnter Butter und kleine Schälchen mit Salz.

Stellan machte eine Geste mit dem Arm zum gedeckten Tisch hin. »Kommt, setzt euch.« Er zog einen Stuhl für Illiana heran, und Markus ließ ihn widerwillig gewähren. Stellan gluckste vor Lachen, schob Illiana an den Tisch und setzte sich dann ihr gegenüber. Markus zog eine breite Bank mit hoher Rückenlehne herbei und platzierte diese und sich selbst neben seiner Frau.

Eine Magd erschien mit einer Flasche Wein, und während sie Stellan schöne Augen machte, lehnte sich Illiana über die Armlehne zu Markus.

Sie lächelte sanft. »Ist er dein Freund?«, fragte sie.

Er und Stellan waren in beinahe jeder Hinsicht grundverschieden. Markus hatte von Kindesbeinen an mehr oder weniger ums Überleben kämpfen müssen. Stellan war das verwöhnte Nesthäkchen, an Luxus gewöhnt und daran, dass andere seine Probleme lösten. Markus war ein Gassenjunge gewesen, hatte gestohlen, um zu überleben, und sich seinen Rittertitel jung verdient, als er mit brutaler Kraft einen Aufstand gegen den König niedergeschlagen hatte. Stellan hatte die meiste Zeit damit verbracht, Frauen zu verführen und wütenden Ehemännern zu entkommen. Seine Familie gehörte zur absoluten

Oberschicht, sie waren mit allen und jedem verwandt, während Markus niemanden hatte außer sich selbst, seit seine Mutter eines gewaltsamen Todes gestorben war. Sie waren beide intelligent, doch während Markus die rechte Hand des Königs war und sich mit komplexen Gesetzen und Zusammenhängen beschäftigte, hatte Stellan sich seine Stellung am Hof nie erarbeiten müssen. Stattdessen konnte er seine Zeit damit verbringen, Frauen ins Bett zu kriegen.

Und trotzdem …

»Er ist mein bester Freund«, sagte Markus.

»Also, was führt dich in diese Gegend?«, fragte Stellan, als die Magd mit glühenden Wangen gegangen war. Er streckte sich – grinsend und in seiner ganzen Pracht – und fuhr sich mit der Hand durchs Haar. »Dich und deine bezaubernde Ehefrau.« Er betonte das Wort Ehefrau, als könne er sich immer noch nicht vorstellen, dass Markus tatsächlich verheiratet war.

»Ich habe Birger Sverkersson besucht.«

Stellan nahm seinen Becher Wein. »Ich wusste noch nicht einmal, dass er hier wohnt. Hatte er nicht einen Hof in Uppland?«

»Er ist hier geboren«, antwortete Markus kurz.

Birger war nach einem Streit mit Markus im letzten Jahr zurück auf den Hof seiner Väter gezogen. Der Alte hatte nicht gewollt, dass Markus nach Russland ging. Er hatte behauptet, dieser Krieg sei hoffnungslos und unheilig. Den König selbst hatte er als »Ketzer« bezeichnet. Daraufhin waren Markus und der alte Mann im Unfrieden auseinandergegangen. Und nun lag Birger anscheinend im Sterben.

»Er ist krank. Es fällt ihm schwer zu sprechen. Sein Diener berichtete, dass er eine Art Anfall hatte, kurz bevor ich kam, was seinen Zustand noch verschlechtert hat. Er wird wohl nicht überleben.«

Birger Sverkersson war einer der ganz Großen gewesen, ein richtiger Gigant. Als der König noch ein Kind gewesen war, hatte Birger zu den Männern gehört, die die Geschicke des Landes steuerten. Aber jetzt war er alt und krank.

»Er ist bettlägerig. Wir sind nicht immer einer Meinung gewesen, aber du weißt, dass er so etwas wie ein Vater für mich ist.«

»Und ich dachte, du warst bei einer Frau«, murmelte Illiana.

»Warum dachtest du das?«, fragte Markus verwundert. Auf diesen Gedanken wäre er nie gekommen.

»Du hast so geheimnisvoll gewirkt und warst so lange weg.«

Markus lächelte schief. »Glaub mir, *eine* Frau reicht mir völlig aus!«

Stellan betrachtete sie mit einem Lächeln in den Mundwinkeln. »Ehe – aha …«, machte er gedehnt. »Das muss schnell gegangen sein. Ob es wohl Liebe auf den ersten Blick war?«

Illiana musste lachen. Sie trank einen Schluck Wein, und Markus hätte sich am liebsten niedergebeugt und den Tropfen auf ihrer Lippe weggeküsst.

»Nicht direkt«, erwiderte sie, und ihre Augen glitzerten charmant und voller Übermut. »Weißt du, mein Vater hat ihn gefoltert«, begann sie an ihren Fingern abzuzählen. »Und dann hat er meinen Bruder getötet«, fuhr sie fort. »Und danach befahl der König, dass wir heiraten sollten.« Sie überlegte. »Aber nicht ganz in dieser Reihenfolge.« Dann hickste sie hinter vorgehaltener Hand und fragte: »Habe ich irgendetwas vergessen?«

Markus grinste etwas gequält. Seine Frau war ohne Zweifel betrunken. Wenn er Stellan richtig einschätzte, dann hatte er sie bestimmt auf leeren Magen mit Wein abgefüllt. Er stand auf und hob Illiana einfach von ihrem Stuhl, ignorierte ihr verwundertes Quietschen und setzte sie auf die Bank neben sich. Stellan sah ihnen belustigt zu.

Markus legte den Arm um seine Ehefrau. »Der König hat gedroht, mir den Kopf abzuschlagen«, sagte er, angesteckt von ihrer guten Laune.

»Pah! *Mir* haben sie Schläge angedroht. Sie klimperte mit den Wimpern. »Es war also ganz und gar nicht Liebe auf den ersten Blick, wie du merkst!«

»Tut mir leid, deine romantischen Illusionen zu zerstören«, setzte Markus ironisch hinzu.

Stellan nippte am Wein. »Und wie kam es dazu, dass du ihren Bruder getötet hast?«, fragte er beiläufig. Schon immer hatte er einen Sinn für das Wesentliche gehabt. Er redete nicht lange um den heißen Brei herum.

Markus zog eine Grimasse. »Den einen aus Notwehr.«

»Den *einen*?«, fragte Stellan erstaunt und setzte den Becher ab.

»Ihr anderer Bruder überfiel uns vor ein paar Tagen aus dem Hinterhalt«, antwortete Markus.

Illiana schluckte und nickte, diesmal jedoch nicht zu Scherzen aufgelegt. Die Ereignisse im Wald waren eine Tragödie, über die niemand Späße machen wollte.

»Sie haben *dich* überfallen?«, fragte Stellan ungläubig. »Sie müssen verrückt gewesen sein.«

»Einer von ihnen war auf jeden Fall verrückt. Vor Hass.«

»Es hört sich so an, als ob du ihn gekannt hast«, sagte Stellan. Er nahm sich Fleisch und Käse und führte mithilfe eines juwelenbesetzten Dolchs kleine Stücke zum Mund. Alle seine Bewegungen waren elegant, kein Krümelchen fiel auf die kostbare Kleidung. Man konnte Stellan für einen Snob halten. Aber Markus hatte ihn mit diesem Dolch töten sehen.

»Ich hatte ihn vor einigen Jahren schon einmal getroffen«, sagte Markus.

Illiana sah ihn entgeistert an.

»Das ist mir erst neulich klar geworden«, erklärte er. »Erinnerst du dich an den Aufstand 1341?«, fügte er an Stellan gewandt hinzu. »In Småland?«

»Was passierte damals?«, fragte Illiana.

Markus sah sich vor. Es würde unangenehm für sie werden, die Wahrheit zu erfahren. »Ich ritt damals dorthin, um im Auftrag des Königs einen Aufstand niederzuschlagen. Das war das erste Mal, dass ich Befehlsführer war.«

Er war jung und bemüht darum gewesen, seine Tauglichkeit zu demonstrieren. Sie hatten den Aufstand brutal und effektiv niedergeschlagen, und seinen Soldaten war der Sieg zu Kopf gestiegen. »Einer meiner Männer begann, die überlebenden Frauen zu schänden. Er war aus gutem Haus und der Meinung, er habe als Sieger das Recht, sie zu vergewaltigen. Ich war jung und wollte ein Exempel statuieren.«

»Markus konnte so etwas noch nie leiden«, sagte Stellan mit schiefem Lächeln. »Man sagt, er habe ihn öffentlich erniedrigt, vor allen anderen Männern, und zwar gründlich.«

»Wie ist es der Frau ergangen?«, fragte Illiana flüsternd.

»Sie hat es überlebt«, antwortete Markus kurz. »So gerade eben«, fügte er hinzu.

»Hast du ihn getötet?«

»Nein«, antwortete Markus und dachte an die rasende Wut, die in ihm getobt hatte, als er den Vergewaltiger von der weinenden Frau weggerissen und das Blut und ihren Schrecken gesehen hatte. »Aber ich hätte es tun sollen. Stattdessen demütigte ich ihn vor all meinen Männern. Sein Hass hat sich wohl mit den Jahren gesteigert.«

»War es Falke?«, wisperte Illiana und sah ihn an.

Er begegnete ernst ihrem Blick: »Ja.«

Markus hatte nicht gedacht, dass er so etwas vergessen könnte. Aber mit den Jahren hatte er immer weitere Gräuel erlebt.

Und irgendwann waren Falke und diese abscheuliche Tat aus seinem Gedächtnis verdrängt worden. Bis ihm vor einigen Tagen klar geworden war, dass sie sich schon einmal getroffen hatten. »Ich denke, sein Hass wurde nicht weniger, als ich ihn dann auf Månssättra nicht wiedererkannt habe«, fügte er hinzu.

Auch wenn der Aufstand und die Vergewaltigung schon lange her waren, verstand Markus, wie erniedrigend es für den einige Jahre älteren Falke gewesen sein musste, dass er ihn noch nicht einmal wiedererkannt hatte. Zu seiner Verteidigung konnte er sagen, dass er damals jung gewesen war und um sein Leben gefürchtet hatte.

»Deswegen hat er uns überfallen«, sagte Illiana schwach. Die Farbe war aus ihrem Gesicht gewichen. »Wollte er sich an dir rächen?«

»Ja«, antwortete Markus und schloss schnell die Augen. Illiana hatte zumindest darin recht gehabt, dass er viele Feinde hatte.

»Wenn ich in diesem Hinterhalt gestorben wäre, wäre es Falke vermutlich vollkommen egal gewesen«, sagte Illiana voller Trauer. Ihre Familienloyalität, die Markus vorher so irritiert hatte, rührte ihn nun. Falke verdiente durch nichts die Loyalität seiner Halbschwester, trotzdem erwies sie sie ihm. Er hätte es gern gehabt, dass ihre Loyalität auch ihm gegolten hätte.

»Illiana, es tut mir leid«, sagte er.

Sie hob abwehrend die Hand. »Ich hätte sagen sollen, dass ich ihn in Skänninge getroffen habe. Mir tut es leid. Es ist meine Schuld, dass alle gestorben sind.« Tränen stiegen ihr in die Augen, und sie schluchzte auf. »Alles ist meine Schuld!«

»Illiana?«

Sie schluchzte erneut und wischte sich die Nase, bevor sie ihn mit ihren großen, glänzenden Augen ansah. »Ja?«

»Wie viel hast du eigentlich getrunken?«

Stellan zuckte entschuldigend mit den Schultern. »Wir haben einiges getrunken. Ich wusste ja nicht, dass sie deine Frau ist.«

Illiana zitterte vor Kälte.

»Frierst du?«, fragte Markus. Das Kleid war dünn, und die Ärmel eher dekorativ als funktionell.

Sie nickte. Er nahm die Decke, die über der Rückenlehne hing, und legte sie ihr um. Als sie schließlich ordentlich eingepackt in seinem Arm saß und er sich mit einem zufriedenen Seufzer zurücklehnte und die Beine bequem vor sich ausstreckte, sah er Stellans amüsierten Blick.

»Was?«, fragte er.

Doch Stellan schüttelte bloß den Kopf und erhob seinen Becher. »Du armer Teufel.«

»Wovon redet ihr?«, fragte Illiana und gähnte herzhaft. Markus zog sie noch näher zu sich heran. Illiana legte ihren Kopf an seine Brust, und er zog die Decke bis über ihre Schultern. Er spürte, wie sich ihr Körper entspannte und zur Ruhe kam.

Stellan blickte ins Feuer, und Illianas Atemzüge wurden gleichmäßiger.

»Schläft sie?«, fragte Stellan mit leiser Stimme.

Markus blickte verstohlen auf die geschlossenen Augen seiner Frau. »Es ging ihr nicht gut. Als wir herkamen, war sie vollkommen erschöpft.«

»Du tötest also ihre halbe Familie, und sie wird gezwungen, dich zu heiraten. Und trotzdem seid ihr so zärtlich miteinander. Was habe ich verpasst?«

Markus lächelte über Stellans verwirrten Tonfall und sprach aus, was er schon lange tief in seinem inneren gespürt hatte. »Sie ist ein guter Mensch.«

»Ich verstehe.« Stellan sah ins Feuer.

Illiana bewegte sich leicht. »Markus?«

»Ich dachte, du schläfst.«

»Mhm, aber ich wollte dir noch etwas sagen: Ich komme gerne mit, um Birger zu treffen.«

Markus schluckte. Wie konnte sie es wissen? Dass er sie demjenigen präsentieren wollte, der wie ein Vater für ihn gewesen war?

Er nickte. »Dann reisen wir morgen zusammen dorthin«, sagte er. »Schlaf jetzt.«

»Markus?«

»Ja?«

»Ich *bin* ein guter Mensch.«

Er vergrub sein Kinn in ihrem Haar, spürte, wie sie wieder zur Ruhe kam und roch Blumenduft.

Ja, das bist du.

23

Illiana trat vorsichtig über die Türschwelle des dunklen, aus Holz gebauten Hinterhauses. Es roch stickig, von den breiten Dielenbrettern wirbelte der Staub auf. Auf den Weiden draußen hatte sie kaum Tiere gesehen, und der gesamte Hof schien dem Verfall preisgegeben.

Sie hatte ihre Kleidung sorgfältig ausgewählt, würde sie doch den Mann treffen, der einem Verwandten Markus' am nächsten kam. Ihr moosgrüner Rock fiel locker über die dünnen Kalbslederstiefel, und sie trug ihre elegantesten Reithandschuhe. Ich hätte ein Taschentuch mitnehmen sollen, dachte sie, als sie von dem Staub niesen musste.

Markus, in seiner dunkelsten Montur, mit grauen, stahlverstärkten Handschuhen, glänzenden Sporen und grimmiger Miene, sah nicht besonders froh darüber aus, heute erneut hier zu sein. Er stand mit verbissenem Gesicht und gerunzelter Stirn auf der Schwelle, und impulsiv streckte Illiana die Hand nach ihm aus. Er hielt sie fest, ohne sie dabei anzusehen, aber sie spürte, wie seine Anspannung nachließ, als er Kraft aus ihrer Berührung schöpfte.

»Wie fühlst du dich?«, fragte sie, nachdem sich die Tür hinter ihnen geschlossen hatte und sie sich im Haus befanden.

»Ich wünschte, wir wären im vergangenen Jahr nicht im Unfrieden auseinandergegangen«, sagte Markus zerknirscht. »Ich habe einiges gesagt, was ich jetzt bereue. Wir waren uns nicht einig.«

»Er war um dich besorgt.«

»Ja.«

»Bist du zu ihm gekommen, nachdem du deine Mutter verloren hattest?«

Markus schwieg zunächst und sagte dann: »Nach einer Weile.«

Sie gingen die Treppe hinauf. »Wie alt ist er?«, fragte Illiana. Die gedämpfte Atmosphäre im Haus ließ sie ihre Stimme senken.

»Fast siebzig. Er schien sich zu freuen, als er hörte, dass ich geheiratet habe.«

Mit einem Mal verstand Illiana, warum der Mann an ihrer Seite so bedrückt und unsicher wirkte. Markus, der unverwundbarste Mensch, den sie jemals getroffen hatte, legte Wert darauf, Birger zu gefallen.

»Dann gehen wir jetzt hinein zu ihm, finde ich«, sagte sie leise.

Birger Sverkersson saß mit dem Rücken gegen das Kopfende des Bettes gelehnt, als Markus und eine kleine, blonde Frau in sein Schlafzimmer traten. Das Herz ging ihm auf, als er Markus sah, doch die unscheinbare Frau an Markus' Seite verwunderte ihn. Er hätte nie gedacht, dass eine solche Frau, bleich und proper, Markus' Interesse wecken würde.

»Das ist meine Frau, Illiana Henriksdotter«, präsentierte Markus sie förmlich.

»Guten Tag!«, grüßte Illiana. Ihre Augen blitzten vor Intelligenz, und als sie lächelte, war sie beinahe hübsch. Birger dachte, dass Markus trotz allem seine Ehefrau so gewissenhaft ausgewählt hatte wie alles andere, was er tat. Illiana Henriksdotter war gewiss keine dumme Gans. Sie schien eine Frau zu sein, auf die man zählen konnte. Birger musterte Markus. Er hatte ihn noch nie mit diesem Gesichtsausdruck gesehen, einer

Mischung aus Stolz und Besitzanspruch. Sein ganzes Wesen drückte aus, dass Illiana ihm gehörte.

»Habt Ihr Schmerzen?«, fragte Illiana. »Ich kenne mich mit Heilkräutern aus. Kann ich Euch etwas geben?«

Birger schüttelte den Kopf. Er hatte zwar Schmerzen, die fast unerträglich waren, aber der Schmerz war nicht mehr nur rein physisch. Nachdem Roland ihn verlassen hatte, war etwas mit ihm passiert. Er wusste nicht recht, was, aber seit der Begegnung waren sein Gedächtnis und seine Gedanken trübe, und es fiel ihm immer schwerer, sich zu artikulieren. Der Priester, der ihm am Morgen die Beichte abgenommen hatte, hatte bekümmert ausgesehen, und Birger wusste, dass er sich nur noch mühsam verständlich machen konnte, dass Zunge und Mund ihm nicht länger gehorchten.

Birger betrachte die fürsorgliche Illiana, die von Medizin, Essen und frischer Luft sprach, und dachte bei sich, dass es genauso hätte werden können.

Er hätte eine Familie um sich haben können. Eine junge Schwiegertochter, die ihn umsorgte, und einen starken Sohn, der nur das Beste für ihn wollte. Wenn er auch viele Fehler begangen hatte, Markus' Leben hatte er jedenfalls damals gerettet. Es blieb nur zu hoffen, dass Gott dies berücksichtigte, wenn es an der Zeit war. Denn unabhängig davon, was sein ständig unzufriedener Sohn Roland glaubte, hatte Birger das getan, was er versprochen hatte. Er *hatte* damals drei Männer ausgesandt, Markus zu töten. Und er hatte selbst dabeigestanden, um sich davon zu überzeugen, dass die Tat ausgeführt wurde. Doch der junge Markus hatte so viel Kampfesmut bewiesen, dass Birger wankelmütig geworden war. Es war eine intuitive Entscheidung gewesen, als er den Jungen seinen Mördern entriss. Birger hatte die drei ohne schlechtes Gewissen getötet und dann den übel zugerichteten Jungen mit sich nach Hause genommen. Markus war dreizehn Jahre alt gewesen, im gleichen Alter wie Birgers ältester Sohn Sven, als er starb. Birger hatte sich viele Male gefragt, ob Gott ihm Markus als Ersatz für Sven geschickt hatte. Doch Markus war schwer verletzt gewesen. Mehrere Male in diesen ersten Tagen war Birger unschlüssig geworden. Vielleicht sollte er den Jungen sterben lassen, und sei es nur Roland zuliebe. Aber irgendetwas hatte ihn davon abgehalten. Und dann hatte der König Markus getroffen. Der König war beeindruckt von Markus' Fähigkeiten gewesen und hatte ihn zu sich an den Hof geholt. Markus hatte seinem König gut gedient, und Birger hatte gedacht, dass er die Sache mit Roland einfach später klären würde. Und so waren dreizehn Jahre vergangen.

»Markus trägt Euch hinaus«, unterbrach Illiana seine Gedanken. »Etwas frische Luft wird Euch guttun. Ich werde die Mägde anweisen, Euer Zimmer zu putzen. Mögt Ihr Suppe?«

Birger nickte matt. Schon lange hatte er seinen Appetit verloren, aber man konnte sehen, dass seine Antwort Illiana freute, und er wollte sie Markus zuliebe froh machen.

Markus hob ihn hoch, als wöge er nicht mehr als ein Kind. Birger wurde durchs Haus getragen und draußen auf einen Stuhl unter einen der blühenden Obstbäume gesetzt. Er konnte sich nicht erinnern, wann er das letzte Mal draußen gewesen war. Die Luft war frisch und klar. Illiana wickelte ihn in eine Decke und streichelte ihn über die Knie. Birger schloss die Augen, froh, aber vollkommen erledigt. Offenbar war sein Zustand schon so schlecht, dass es ihn erschöpfte, getragen zu werden. Es konnte nicht mehr lange dauern. Es würde schön sein, keine Schmerzen mehr zu haben. Er musste Markus noch etwas erzählen, aber erst musste er sich ausruhen.

Illiana betrachtete den Mann, wie er mit geschlossenen Augen dasaß.

»Ich werde mit den Mägden sprechen«, sagte sie leise zu Markus. »Sie sollen hier sauber machen und den Nachttopf unter dem Bett leeren.«

»Kannst du ihm irgendetwas geben? Ihn behandeln?«

»Nein«, flüsterte sie. »Es ist ein Wunder, dass er überhaupt noch lebt.«

»Ich kümmere mich um die Dienerschaft«, sagte Markus. »Sie sind bestimmt seit Langem nicht bezahlt worden. Ich spreche mit ihnen und sorge dafür, dass sie deine Anweisungen befolgen.« Er sah sie an. »Danke.«

Nachdem Markus gegangen war, streichelte Illiana den schlafenden Birger über die Beine. Sie wünschte, sie hätte mehr tun können. Plötzlich, bevor sie reagieren konnte, hatte er seine Augen geöffnet und nach ihrem Arm gegriffen. Sie fuhr zusammen. Er besaß noch verblüffend viel Kraft in seiner gekrümmten Hand, und sie ahnte, wie stark dieser Mann einmal gewesen sein musste.

»Strengt Euch nicht zu sehr an«, sagte sie sanft.

Birgers Augen flackerten, doch seinen Griff lockerte er nicht. »Markus wird die Hälfte erben«, keuchte er angestrengt. »Ich habe es schriftlich fixieren lassen. Das ist wichtig, verstehst du?«

Der Alte sank sichtlich ermattet zurück an die Stuhllehne. »Gerechtigkeit«, murmelte er und ließ ihren Arm los. »Versprich es mir«, sagte er und schloss wieder die Augen.

Illiana schluckte, ihr Mund war plötzlich komplett trocken. Ihr war nicht klar, was Birger eigentlich gesagt hatte, und was er mit Gerechtigkeit meinte, doch er sah vollkommen erschöpft aus.

»Ich verspreche es«, flüsterte sie, obwohl sie überzeugt war, dass er sie nicht hörte und sich nicht erinnerte, was er gerade gesagt hatte. »Ich verspreche es«, wiederholte sie.

Als Markus zu ihnen zurückkehrte, schlief Birger tief in seinem Stuhl. Illiana blickte sehnsüchtig zur grauen Hofkirche hinüber. Während der Reise hatte sie kaum einmal das Innere einer Kirche gesehen, geschweige denn mit einem Priester gesprochen oder die Beichte abgelegt.

»Ich würde gerne in die Kirche gehen«, sagte sie. »Schaffen wir das noch?«

»Ich gehe mit dir«, bejahte Markus. »Wir gehen hinein und danach trage ich Birger wieder ins Haus.« Er sah sie entschuldigend an. »Aber dann müssen wir weiter.«

»Wusstest du, dass er dich zu seinem Erben gemacht hat?«, fragte sie, während sie zur Kirche spazierten.

»Ja«, antwortete Markus kurz. »Er erzählte es mir gestern. Es gibt ein beglaubigtes Testament in Stockholm. Ich dachte, wir sollten ihn auch mit dorthin nehmen«, fügte er hinzu.

Illiana schüttelte den Kopf. »Eine Reise nach Stockholm würde er bestimmt nicht überleben. Hier geht es ihm besser.« Sie überlegte. »Hat er Kinder?«

»Ja, sein einziger Sohn Roland lebt offenbar. Ich hatte keine Ahnung davon, ich dachte, er sei tot. Aber die Dienstboten berichteten mir, dass er vor einigen Tagen hier war.«

»Ist er nicht geblieben?«

»Offensichtlich nicht.«

»*Wir* können ja hierbleiben«, schlug sie vor.

»Nein.«

Illiana seufzte. Sie hatte gewusst, dass er so antworten würde.

Als sie in die Kirche hineintraten, war es dunkel und roch nach Feuchtigkeit und Stein. Durch die schmalen Öffnungen in den Wänden drang nur wenig Licht herein. Die Wände waren in leuchtenden Farben gestrichen, das Dach erstreckte sich hoch über ihnen, und ganz vorne hing ein vergoldetes Kreuz. Illiana blieb an einem Altar stehen, der an einer der Kirchenwände stand. Sie betrachtete die Heiligenfigur und berührte ehrfürchtig deren vergoldete Füße aus Holz. Es gab mehrere Altäre an den Längswänden der Kirche, und auf ihrem Weg durch das Kirchenschiff blieb sie an jedem einzelnen stehen und murmelte einen Gruß. Auf einigen lagen kleine Gaben, eine Nuss, ein schöner Stein oder eine Blume. Jemand musste kürzlich Weihrauch entzündet haben, denn der Duft hing noch in der Luft.

Schließlich fand Illiana das, was sie gesucht hatte. Die Heiligenstatue war vergoldet und mit klaren Farben bemalt. Ein himmelblauer Umhang fiel ihr über die Schultern, der mit einem Tuch bedeckte Kopf war zur Seite geneigt, und die Heilige erwiderte Illianas Blick mit milden Augen.

»Welche Heilige ist das?«, fragte Markus und betrachtete die kleine Holzstatue. »Ich kann sie nur schwer auseinanderhalten.«

Das versetzte Illiana einen Stich. Sie hatte diese Heilige immer geliebt, mehr als alle anderen. »Es ist die Großmutter Jesu«, sagte sie leise. »Die Heilige Anna. Beschützerin der ungeborenen Kinder und werdenden Mütter.«

Markus ging schnell weiter, doch Illiana blieb bei der Statue stehen, bis sie hörte, wie Markus den Priester begrüßte. Sie folgte den Männern und begrüßte ebenfalls den Priester. »Es ist gut, dass Ihr hier seid, Pater.«

»Er quält sich«, antwortete der Priester mit sorgenvollem Blick. »Euer Besuch bedeutet ihm viel.«

Nach einem kurzen Gespräch verabschiedeten sie sich. Markus öffnete die schwere, eisenbeschlagene Kirchentür, und gemeinsam spazierten sie über den Friedhof. Die Birken bewegten sich sachte im Wind, die Luft war mild.

»Hast du den König durch Birger kennengelernt?«, fragte Illiana.

»Ja.«

Sie pflückte eine gelbe Butterblume ab. »Es war gut, dass wir hergekommen sind.«

»Ja.«

»Markus?«

»Ja?«

Sie konnte sich ein Lachen nicht verkneifen.

»Was?«, fragte er.

»Manchmal bist du sehr einsilbig. Wenn du so weitermachst, werden wir an Altersschwäche sterben, bevor wir alles voneinander wissen.«

Markus hob eine schwarze Augenbraue. »*Das* ist also deine Vorstellung von unserer Beziehung?«, fragte er. »Dass wir eine Menge Dinge übereinander erfahren?«

»Ich weiß wie gesagt nicht, wie man es macht, ich bin noch nie verheiratet gewesen«, erinnerte sie ihn. »Und du?«

»Nein.« Er lächelte. »Nein, ich auch noch nicht«, fügte er hinzu. »Also, meine neugierige Ehefrau. Was interessiert dich besonders?«

Oh. Eine Menge. Zum Beispiel, ob du vorhast, mich auf deiner Burg zurückzulassen.

»Alles«, sagte sie nonchalant.

»Alles? Könntest du etwas spezifischer werden?«

»Erzähl von deiner Mutter«, bat Illiana schnell, bevor sie der Mut wieder verließ. Sie ahnte, dass Markus dieses Thema für gewöhnlich aussparte.

Markus' Brust hob und senkte sich schnell, und er schwieg so lange, dass sie schon glaubte, er würde gar nicht antworten.

»Meine Mutter starb, als ich sieben Jahre alt war. Sie war eine Dirne«, erzählte er schließlich. »Eine Frau, für die Männer bezahlen …«

»Ich weiß, was eine Dirne ist«, sagte Illiana sanft. Sie legte ihre Hand auf seinen Arm, spürte seine Unruhe, beschloss aber, sie zu ignorieren. »Lebt dein Vater noch?«

Er blickte sie an. »Wie gesagt, sie war eine Dirne«, erwiderte er kurz. »Gott weiß, wer mein Vater war.«

»Aha, ich bin also mit einem Bastard verheiratet«, stellte sie ruhig fest, ohne sich darum zu kümmern, dass Markus in Abwehrhaltung ging.

»Ja, und du brauchst nicht so gelassen zu tun. Ich verstehe sehr gut, wenn dich das schockiert«, sagte er gereizt. »Dein Vater hat eine ordentliche Kompensation dafür ausgehandelt, dass seine vornehme Sippe derart besudelt wird.«

Es tat weh zu hören, dass ihr Vater Markus erniedrigt hatte, doch Illiana war darüber nicht sonderlich erstaunt. Bastarde wurden von vielen Leuten kaum als Menschen angesehen, am allerwenigsten von ihrem Vater. Was natürlich nicht bedeutete, dass Illianas Vater nicht auch eine Reihe Bastarde in die Welt gesetzt hatte. Uneheliche Kinder, die ihre Mutter umgehend hinausgeworfen hatte. Illiana konnte sich Markus' Kindheit gut vorstellen. Verhöhnt, ausgestoßen, ohne Rechte. Die Kinder und deren Mütter – immer waren sie es, die den Preis zahlten.

»Keine Frau lebt ein solches Leben aus freiem Willen. Vielleicht tat es deine Mutter, um zu überleben?«

»Und dann findest du es weniger verwerflich?«, fragte er und beschleunigte seine Schritte über die Wiese, weg von der Kirche. »Dass sie sich fremden Männern verkauft hat?«

Illiana sah ihn missbilligend an. »Ich habe nicht vor, über irgendjemanden ein Urteil zu sprechen. Am allerwenigsten über eine Frau, die ich niemals getroffen habe.« Doch dann lächelte sie, um ihren Worten die Spitze zu nehmen und sagte sanft: »Du hast sicher auch Dinge getan, auf die du nicht stolz bist. Das haben wir alle.«

Markus fuhr sich mit der Hand durch die Haare und schien nachzudenken. Dann lächelte er Illiana schief an, sodass ihr Herz einen Hüpfer machte. »Kann schon sein, dass ich in einigen unbedeutenden Fällen besser anders gehandelt hätte«, sagte er und lächelte wieder, ein Lächeln, das ihr durch Mark und Bein ging.

Vorsicht, dachte Illiana. Sei bloß vorsichtig, sonst wird dieser komplizierte Mann dein Herz vollends erobern und große Unordnung anrichten.

»Vielleicht«, fügte er hinzu.

»Was sagst du da?«, fragte sie mit gespieltem Erstaunen. »Du bist also nicht unfehlbar?«

»Nein«, grinste er. »Darüber wundern sich viele, wenn sie es hören.«

Illiana begann zu lachen, Markus lächelte breit und die gedrückte Stimmung war vorüber.

Als Markus mit seiner Frau – Birger konnte sich nicht mehr an ihren Namen erinnern – zu ihm in den Schatten des Obstbaumes zurückkehrte, war er fürchterlich müde. Doch er wusste, dass er Markus das Wichtige noch sagen musste, solange er sich daran erinnerte.

»Markus«, sagte Birger mit Mühe. »Hör zu. Mein Sohn Roland. Er wollte nach Stockholm.«

»Ja, das hast du gestern erwähnt«, erwiderte Markus achselzuckend. Er beugte sich hinunter, um Birger hochzuheben. »Vielleicht treffe ich ihn dort.«

»Aber du kennst ihn nicht!«, rief Birger frustriert aus. Da war etwas, was er Markus unbedingt sagen musste, aber seine Gedanken waren so träge und verwirrt, und er wusste nicht mehr, wie er nach draußen gelangt war. Hatte er nicht noch eben im Bett gelegen? Und wer trug ihn gerade?

»Dann werde ich mich ihm wohl vorstellen müssen«, sagte der Mann, der ihn trug, und den Birger plötzlich nicht mehr erkannte. Er sah aus wie Sven. War Sven zurückgekehrt?

Birger legte die Stirn in Falten. Er freute sich, Sven zu sehen, aber da war etwas, dass er sagen musste. »Du verstehst nicht. Dein Bruder ist wütend. Du musst vorsichtig sein, Sven, versprich mir das. Dein Bruder Roland ist immer so wütend. Manchmal fürchte ich mich vor ihm. Du kannst ihm nicht vertrauen.«

Doch die Arme, die ihn trugen, waren so kräftig und sicher, dass Birger stolz feststellte, dass sein ältester Sohn groß und stark geworden war wie ein Bär. Er würde zurechtkommen.

»Ich bin nicht Sven, ich bin Markus. Sven ist schon lange tot. Weißt du das nicht mehr? Du musst dich ausruhen. Illiana hat deinen Bediensteten Anweisungen gegeben, sie werden sich um dich kümmern.«

»Sei vorsichtig!«, wiederholte Birger, doch er erinnerte sich nicht mehr daran, was er zu sagen versuchte. Er schloss die Augen. Müde … Er war so furchtbar müde. Er würde sich nur ein wenig ausruhen …

Nachdem Markus sich vom zunehmend verwirrten Birger verabschiedet hatte – der Mann hatte ihn offenbar für seinen längst verstorbenen Sohn Sven gehalten –, blieb ihnen nichts weiter zu tun, als nach Nyköping zurückzukehren. Dort würden Karl und die anderen inzwischen damit beschäftigt sein, das Schiff zu beladen, das sie weiter nach Stockholm bringen sollte. Stellan hatte beschlossen, sie zu begleiten. Einer von Birgers Knechten, ein junger Bursche namens Nils, hatte darum gebeten, mit ihnen Richtung Norden kommen zu dürfen. Jetzt stand er mit seinem Bündel in der Hand bereit und wartete auf die Abreise. Der Junge hatte nach Arbeit gefragt, und

Illiana hatte gehört, wie Markus ihm versprochen hatte, dass er auf die Burg mitkommen durfte.

Markus half Illiana aufs Pferd und stellte einen der Steigbügel wieder richtig ein, der sich aus seinem Riemen gelöst hatte.

»Wie hieß sie?«, fragte Illiana.

»Wer?« Markus blickte nicht auf, sondern fuhr damit fort, an Riemen und Metall zu ziehen.

Illiana schüttelte den Kopf über seine ausweichende Antwort. »Tu nicht so. Du weißt, wen ich meine.«

Er sah sie an, und seine schwarzen Augen, diesmal nicht hart und leer, sondern lebendig und voller widersprüchlicher Gefühle, blickten in ihre. Das hier war Markus, ohne den Schutz eines amüsierten Lachens oder einer ausdruckslosen Maske, nur Markus.

»Anna«, sagte er. »Meine Mutter hieß Anna.«

Pater Eskil blickte dem Paar und ihrem mitreisenden Knecht hinterher, als sie den Hof verließen. Dem Priester hatte die blonde Frau mit dem freundlichen Lächeln und der Vorliebe für Sauberkeit und gesundes Essen gefallen. Sie hatte Birgers gesamtes Hauspersonal dazu gebracht sich anzustrengen und ihnen sowohl Instruktionen als auch Medikamente dagelassen. Und der große Mann, Markus Järv, hegte offensichtlich echte Gefühle für Birger, denn er war sehr um ihn besorgt gewesen. Pater Eskil ging über die Wiese zurück zur Kirche. Er wünschte, er hätte auf irgendeine Weise davon erzählen können, was er wusste, denn es betraf Markus Järv in höchstem Maße. Der Priester seufzte. Er war an das Beichtgeheimnis gebunden, es gab keine Möglichkeit, es zu brechen, noch nicht einmal, wenn es um Leben und Tod ging. Also konnte er das, was Birger über Markus' Mutter erzählt hatte, niemals einer Menschenseele erzählen. Schweren Schrittes und mit gebeugtem Kopf öffnete der Priester die Kirchentür. Er würde für sie alle beten. Mehr konnte er nicht tun. Er bekreuzigte sich. Der Rest lag in Gottes Hand.

24

Sie verließen Nyköping per Schiff. Mit dem Wind im Rücken traten sie die Seereise an, die sie nach Stockholm bringen würde. Dieses Mal lief alles nach Plan, doch Markus hatte trotzdem das Gefühl, als würde er langsam, aber sicher verrückt. Nichts war falsch, alles war wie es sein sollte, aber Illiana *duftete* die ganze Zeit so verführerisch weiblich und verlockend, und die weichen Kurven, die sich unter ihrer Kleidung abzeichneten, machten ihn wahnsinnig. Das ist normal, redete er sich ein. Der Besuch bei Birger hatte ihn aufgewühlt, ihm die eigene Sterblichkeit bewusst gemacht und so weiter. Er hatte es viele Male draußen auf dem Schlachtfeld gesehen, hatte es selbst erlebt. Er reagierte nur, wie er es immer getan hatte und wie es die meisten taten. So einfach war das: Das Leben wollte den Tod besiegen, sonst nichts. Und hier draußen auf See, nachdem sie Birger und Nyköping hinter sich gelassen hatten, gab es auch nicht viel, an das man sonst denken konnte. Er starrte hinaus aufs Wasser und hoffte, dass er bald wieder er selbst sein würde.

In der ersten Nacht auf See ankerten sie an einer Insel und schlugen ihr Lager mitten in der Natur auf. Die Leute waren müde von der Seereise und schliefen schnell ein.

Am nächsten Morgen erwachte Markus früh. Die meisten schliefen noch, doch als er sich umsah, bemerkte er, dass Illiana sich offenbar weggeschlichen hatte. Sie musste wirklich mucksmäuschenstill gewesen sein, denn er hatte einen leichten Schlaf. Sie hatte sich also erneut davongestohlen. Das tat sie manchmal, und inzwischen wusste er, warum Illiana bei ihrem ersten Zusammentreffen nackt gewesen war. Er hatte noch nie eine Frau getroffen, die so besessen davon war zu baden.

Deshalb wusste Markus bereits, was er sehen würde, noch bevor er durch die Zweige geblickt hatte. So früh am Morgen war es noch windstill und die See glatt, doch gerade als er einen Ast zur Seite schob, kam Illiana prustend durch die Wasseroberfläche nach oben. Sie schüttelte ihre Haare, schwamm ans Ufer und stieg aus dem See. Das Wasser rann an ihr hinab, und in der Sonne schimmerte sie wie ein silberner Fisch. Sie war nackt. Während Markus den Körper seiner Frau bewunderte und fieberhaft überlegte, wie er sich am besten bemerkbar machen sollte, beugte sie sich hinunter zu einem flachen Felsen und griff nach einer Dose. Ihre Kleider und eine Stofftasche lagen noch auf dem Boden. Sie zog sich weder an noch trocknete sie sich ab, sondern fing stattdessen an, ihre feuchte Haut einzureiben, langsam und methodisch. Markus stand wie angewurzelt da, unfähig, die Augen von diesem erotischen Schauspiel abzuwenden. Lustvoll bearbeitete sie ihre Waden, ihre Oberschenkel und die weichen Innenseiten ihrer Schenkel, viel weiße Haut, die sie liebkoste und einschmierte. Und dann – Markus traute seinen Augen kaum – glitten ihre Finger vorsichtig tastend über die feuchten, blonden Löckchen zwischen ihren Schenkeln. Sie streichelte sich vorsichtig, lächelte ein wenig, nahm noch mehr Salbe und begann, ihren Bauch einzureiben. Er hörte sie vor sich hin summen, und konnte nur eins denken, nämlich, dass er sich nicht bewegen durfte. Sie strich sich über ihre Brüste, ließ die glatte Handfläche vor- und zurückgleiten und lächelte dabei so, als täte sie etwas Verwegenes. Sie schien es von ganzem Herzen zu genießen. Illiana ließ ihre Hand langsame, kreisförmige Bewegungen ausführen, erst um die ganze Brust, dann in immer kleineren Kreisen, bis sie nur noch ihre harte, helle Brustwarze streichelte. Sie sah sich hastig um, und dann tasteten sich ihre Finger erneut zwischen ihre schlanken Schenkel. Markus verlor beinahe das Gleichgewicht.

Gott im Himmel.

Es war, als stünde die Zeit still. Dann holte Illiana Luft, bückte sich, nahm noch mehr Creme und begann summend, ihre Arme einzureiben.

Markus verlor den Halt. Er wusste nicht, wie es passieren konnte – dass man ausrutschte, wo man doch still gestanden hatte –, aber er glitt aus. Illiana zuckte zusammen und sah sich hastig um. Ihr Blick glitt zu der Baumgruppe, wo er stand. Ein Vogel flatterte auf und verschwand mit irritiertem Krächzen über den Baumwipfeln, doch sie blickte sich immer noch suchend um, und er konnte geradezu hören, wie sie dachte, dass sie zur Gruppe zurückkehren sollte, bevor sie jemand vermisste.

Hör nicht auf, bleib in der Sonne, in der Wärme. Mach weiter.

Illiana zögerte, bevor sie sich einen Krug nahm, der ebenfalls auf dem Felsen stand. Sie schüttete Öl in ihre Hand und schloss wieder ihre Augen. Markus bereitete sich auf ein weiteres erotisches Erlebnis vor, doch sie musste wieder etwas gehört haben, denn sie hielt mitten in einer Bewegung inne.

»Hallo?«, rief sie, und Markus gab auf. Er wollte sie nicht erschrecken, also kroch er aus den Büschen hervor.

»Ich dachte, du hättest gelernt, nicht mehr auf diese Weise nackt umherzulaufen«, sagte er gedehnt.

Illiana nahm ein Tuch und wickelte es sich um, und er spürte einen Stich der Enttäuschung. Gerne hätte er noch mehr von ihrer ansprechenden Nacktheit gesehen.

»Markus!«, keuchte sie atemlos. »Wo kommst du denn her? Und warum versteckst du dich in den Büschen?« Sie errötete kleidsam und fragte abweisend: »Wie lange hast du schon dort gestanden?«

Er grinste und log unbekümmert: »Ich bin gerade gekommen.« Er betrachtete ihre Rundungen, die unter dem dünnen Stoff zu erkennen waren. Ihre Brustwarzen waren vom kalten Wasser und dem heimlichen Spiel noch immer hart. »Was machst du hier?«

»Nichts«, antwortete sie schnell und trat einen Schritt zurück.

»Du riechst gut«, sagte er, trat auf sie zu und nahm ihre Hand. Er führte sie an seine Nase und sog ihren Duft ein. Es wurde ihm fast schwindelig davon. »Was ist das eigentlich, was da so duftet?«, fragte er grinsend.

»Was machst du hier?«, fragte sie und versuchte, ihre Hand zurückzuziehen. Sie errötete bis hinunter zur Brust.

Markus zog sie an sich, und das dünne, feuchte Leinentuch, das ihren halb nackten Körper bedeckte, wurde gegen grobes Leinen, Leder und Metall gedrückt. Illiana leistete keinen Widerstand, sah ihn nur mit ihren schönen grauen Augen an. Markus legte einen Arm um ihren Rücken, mit dem anderen zog er behutsam, fast übertrieben langsam, das Tuch über ihre eine Schulter und beugte sich zu ihr hinab. Er ließ seine Lippen über die duftende Haut wandern, und Illiana erschauerte in seinem Arm.

»Markus«, sagte sie und legte eine Hand auf seine Hüfte. Sie streichelte seinen Rücken, glitt tiefer, und ihre Augen weiteten sich.

Er legte eine Hand auf ihr weiches, rundes, fülliges Hinterteil und drückte sie an sich, rieb ihre berauschende Zartheit an seiner Härte.

Illiana stöhnte und rieb sich an ihm. Unter dem dünnen Stoff war sie eine warme, weiche, einladende Frau. Rohe, primitive Lust durchfuhr Markus. Hier draußen in der Natur, in der Morgensonne, die soeben über die Baumwipfel geklettert war, fühlte es sich genau richtig, beinahe vorherbestimmt an, es zu tun.

»Illiana?«

»Ja«, murmelte sie mit dem Gesicht an seiner Brust. Es sah aus, als wolle sie mit ihm verschmelzen.

»Du blutest noch, oder?«

Er hoffte *inständig*, dass sie Nein sagen würde.

Doch sie nickte als Antwort. »Ein bisschen.«

Er legte die Hand unter ihr Kinn und hob ihr Gesicht an. Sie reagierte, indem sie sich der Länge nach an ihn drückte. Ihr zu widerstehen war unmöglich. »Was für ein unwiderstehliches Wesen du doch bist«, sagte er heiser und küsste sie.

Er war um Längen erfahrener als sie, und nun bediente er sich dieser Erfahrung, um ihr zu zeigen, wie es zwischen ihnen sein konnte, sein *sollte*.

Illiana klammerte sich an ihn, hielt ihn fest als wäre er ihr einziger Halt, und die Küsse wurden immer fordernder, wilder. Er nahm eine ihrer Brüste in die Hand, hart und ungestüm, und sie wimmerte und wand sich um ihn, presste sich ihm entgegen.

Er ließ stöhnend von ihr ab, wagte seine Selbstbeherrschung nicht länger herauszufordern.

»Zieh dich an«, befahl er, schärfer als beabsichtigt.

Illiana blickte ihn unsicher an, nickte aber. Markus wandte sich ab und sammelte sich, während sie sich anzog und ihre Sachen zusammensuchte. Er war überwältigt von ihrer Anziehungskraft. Ein einziger Kuss an einem grasbewachsenen Ufer, und er hörte auf zu denken. Er gab einen langen, frustrierten Seufzer von sich, der ihm einen unsicheren Blick von Illiana einbrachte. Er schüttelte den Kopf und wandte sich wieder ab.

»Ich bin fertig«, sagte sie schüchtern.

Sie gingen zurück.

»Bist du böse?«, fragte sie.

»Nein«, antwortete er.

»Du wirkst so.«

Er schüttelte den Kopf. Wie sollte er es ihr erklären, wenn er es sich nicht einmal selbst erklären konnte?

Sie war etwas außer Atem, und Markus bemerkte, dass sie laufen musste, um mit ihm mitzuhalten, also verlangsamte er seine Schritte. Und dann schob sie ihre Hand in die seine. Er drückte sie dankbar und dachte, dass er, der schon das meiste erlebt hatte, noch nie Hand in Hand mit einer Frau über eine Wiese gegangen war.

Am Abend, bevor sie Stockholm erreichten, schlugen sie ihr Lager wieder auf einer Insel auf. Der Wind hatte sich gedreht, sie hatten nun Gegenwind. Sie würden also einen Tag später als geplant ankommen, aber wenigstens war es trocken und warm. Es war schon spät, und ein gelber Mond stand am Himmel, der um diese Jahreszeit nicht dunkel wurde. Sie nahmen eine einfache Abendmahlzeit zu sich, und als es kühler wurde, breitete Markus seinen Umhang in der Nähe des Feuers aus, das die Männer reihum am Brennen hielten. Er wendete die gefütterte Innenseite nach außen und klopfte darauf. »Komm und setz dich zu mir«, sagte er zu Illiana.

Sie ließ sich nieder, zog die Beine unter ihr Kleid und machte es sich in der Wärme gemütlich. Markus warf ein Holzscheit ins Feuer, sodass Funken in die Luft stoben.

Stellan saß, die Augen geschlossen, mit dem Rücken an einem Stein. Karl saß im Schneidersitz und fütterte das Feuer mit Tannenzapfen und Stöckchen. Die Flammen warfen ihre Schatten auf sein entstelltes Gesicht. Die übrigen Männer saßen verstreut an den Außenseiten des Lagers.

Helvig kam auf sie zu. »Braucht Ihr irgendetwas?«, fragte sie Illiana, während sie zu Karl hinschielte.

Stellan grinste die Magd an und sagte: »Komm, Helvig, leiste uns am Feuer Gesellschaft!«

»Das schickt sich nicht«, begann Helvig, doch Stellan unterbrach sie schnaubend. »Du bist jung, tu in Gottes Namen einmal etwas Unpassendes!«

Illiana lächelte aufmunternd. »Ich könnte etwas weibliche Gesellschaft gebrauchen. Setz dich zu uns.«

Helvig setzte sich auf den Boden, ein Stück von Karl entfernt, und starrte ins Feuer.

Stellan holte einen Stoffbeutel hervor, öffnete ihn und entnahm ihm etwas, das aussah wie getrocknete Blätter. Sorgfältig stopfte er sie in eine Pfeife, die er ebenfalls hervorgeholt hatte. Dann zog er einen glühenden Zweig aus dem Feuer, zündete die Pfeife an und nahm einen tiefen Zug. Er blies den Rauch mit einem wohligen »Ah« wieder hinaus.

»Was ist das?«, fragte Illiana neugierig.

Stellan reichte ihr die Pfeife. »Es sind bloß Kräuter. Probier mal.«

Sie sah ihrerseits Markus fragend an, der mit einem Achselzucken antwortete. »Sei nur ein bisschen vorsichtig, man weiß nie, wie stark es ist. Weißt du, wie man es macht?«

Illiana schnaubte selbstbewusst. »Ich probiere alle meine Kräuter, bevor ich sie anderen gebe. Das hier kann nicht so viel anders sein.«

Markus hob eine Augenbraue und verspürte so etwas wie Unruhe. Sie musste verrückt sein. »Doch wohl nicht alle?«

»Doch. Irgendwann werde ich meine Beobachtungen aufschreiben. Ich habe sie im Kopf, aber mein Traum ist es, alles aufzuschreiben.«

Stellan reichte ihr die Pfeife.

»Ich mache das«, sagte Markus bestimmt und lehnte sich an Illiana. »Versprich mir, dass du vorsichtig bist!« Am liebsten hätte er ihr verboten, sich solch wahnsinnigen Risiken auszusetzen, doch er vermutete, dass man Illiana nichts verbieten *konnte*, also begnügte er sich mit Vorsicht.

»Ich verspreche es«, murmelte sie, und Markus legte seine Hand um ihre.

»Du musst den Pfeifenstiel mit den Lippen umschließen«, erklärte er. »Und dann durch den Mund einatmen.«

Illiana tat, was er sagte, und umschloss den Stiel mit ihrem Mund. Dann sog sie den Rauch ein, so fest sie konnte.

»Nicht ganz so viel«, lachte Markus, als sie husten musste. »Versuche, den Rauch beim nächsten Mal etwas in der Lunge zu behalten.«

»Noch mal?«, fragte sie blinzelnd.

»Nein, wir wechseln uns ab«, erwiderte Markus und nahm die Pfeife. Er sog ein wenig von dem süßen Rauch in seine Lunge. Dann reichte er die Pfeife weiter an Stellan, der sie an Karl weitergab. Auch Helvig ließ sich überreden und nahm die Pfeife aus Karls Hand. Karl instruierte die Magd durch Gesten. Helvig verfolgte seine Instruktionen konzentriert und sog dann den Rauch ein, behielt ihn eine Weile in sich und blies ihn danach mit nonchalanter Miene aus, als hätte sie in den letzten Jahren nichts anderes getan, als Kräuter zu rauchen. Ein kurzes Lächeln erhellte Karls Gesicht, und Markus wurde bewusst, wie gut Karl und Helvig sich verstanden. Er konnte sich nicht erinnern, Karl jemals lächeln gesehen zu haben.

Die Pfeife machte erneut die Runde.

»Wie soll es sich anfühlen?«, fragte Illiana nach einem weiteren Zug. »Ich spüre nichts.« Sie leckte sich über die Lippen. »Aber ich habe Durst.«

Markus reichte ihr einen Becher. Ihre Augen waren weit aufgerissen, und sie lächelte einfältig. »Trink«, befahl er.

Illiana trank das kühle Getränk in langsamen, tiefen Zügen.

»Gott, wie lecker!«, sagte sie, trank alles bis zum letzten Tropfen aus und wischte sich dann den Mund mit dem Handrücken ab.

Markus nahm sein Messer und schnitt ein Stück Käse ab, das er ihr reichte. Sie rückte näher heran, bis sie dicht nebeneinander vor dem Feuer saßen.

»Das hat gut geschmeckt«, schwärmte sie, nachdem sie die Käsestücke hinuntergeschluckt hatte, mit denen er sie gefüttert hatte. Sie leckte sich die Finger ab und sah sich um. »Das war der leckerste Käse, den ich je gegessen habe«, seufzte sie zufrieden.

»Langsam spürst du die Wirkung«, sagte Markus, als sie anfing, über die Felle zu streichen, auf denen sie saßen.

Sie strich und strich, als könne sie nicht genug davon bekommen. »Ich habe noch nie so ein weiches Fell gefühlt«, murmelte sie. »Fühl doch!« Sie griff nach der Pfeife, doch Markus schüttelte warnend den Kopf. »Nur noch ein kleines bisschen«, sagte er. »Du stehst schon unter der Wirkung des Krauts.«

»Aber ich spüre ja gar nichts«, sagte Illiana träumerisch. »Spürst du etwas?«, fragte sie Helvig.

»Nicht viel«, antwortete Helvig, streckte ihre Beine in Richtung des Feuers und fing an zu kichern.

»Sind das nicht die Pantoffeln, die ich gekauft habe?«, fragte Markus, als er sie an den Füßen der Magd sah.

Illiana biss sich auf die Lippe und schüttelte sich vor Lachen. »Verzeihung!«, sagte sie, ohne im Mindesten kleinlaut zu wirken.

Helvig lachte auch. Sie lachte so sehr, dass sie nach hinten kippte und auf dem Boden landete. Karl erhob sich und breitete seinen Umhang neben ihr aus. Kichernd rollte sie sich darauf und blieb dann auf dem Rücken liegen.

Illiana lachte ebenfalls ein glucksendes Lachen.

»Wollt ihr sehen, was mir passiert ist, als ich das letzte Mal geraucht habe?«, fragte Stellan. »Wollt ihr?«

Sowohl Illiana als auch Helvig nickten eifrig. Karl stöhnte.

Lachend begann Stellan, seine Tunika am Hals aufzuschnüren.

»Er ist so schön«, sagte Helvig atemlos.

»Mmm«, stimmte Illiana ihr zu.

Stellan, der sich vor Lachen kaum halten konnte, warf Markus einen Blick zu.

»Zeig's ihnen. Ich kann dich doch nicht daran hindern«, sagte Markus. Er sah zu Karl, dessen Miene sich deutlich verdunkelt hatte.

Geschmeidig zog sich Stellan die Tunika aus. »Seht ihr?«, fragte er.

»Was ist das?«, fragte Illiana und sah fasziniert auf seine Brust.

»Darf ich mal anfassen?«, flüsterte Helvig.

Stellan grinste die Magd an. »Du darfst alles anfassen, was du willst«, sagte er gedehnt und seine Augen glitzerten dabei.

Helvig streckte die Hand aus und berührte den Goldring in Stellans Brustwarze. »Tut es weh?«, fragte sie.

»Als ich ihn durchgebohrt habe, tat es höllisch weh. Aber es gibt Stellen am Körper, da tut es noch mehr weh, einen Ring zu haben.«

»Was meint er?«, fragte Illiana mit großen, fragenden Augen.

»Er meint, so kann es gehen, wenn man etwas geraucht hat und in der Nähe von Männern mit Nadeln ist«, antwortete Markus trocken.

»Die Frauen hatten auch welche«, sagte Stellan träumerisch. »An allen möglichen Stellen.«

Die beiden Frauen bekamen einen Lachanfall, und Markus

rollte mit den Augen. Er nahm von Stellan die Pfeife und entspannte sich. Währenddessen betrachtete er seine Frau, die nun mit glänzenden Augen halb auf seinem Umhang lag.

Normalerweise mochte er Stellans Kräuter nicht rauchen. Es gefiel ihm nicht, die Kontrolle zu verlieren. Doch inzwischen war sowieso nichts mehr, wie es einmal gewesen war, also machte er noch ein paar Züge und ließ sich von der lockeren Stimmung mitreißen.

Illiana sah ihn mit großen, sehnsüchtigen Augen an. Bei einigen Leuten steigerte sich die Lust durch diese Kräuter. Er zog sie an sich.

»Ich mag das, wenn du das machst«, murmelte sie.

»Was denn?«

»Wenn du mich umherschleppst, mich hochhebst, mich festhältst. Ich mag es. Ich fühle mich dann sicher.«

Markus strich ihr über das Haar, und Illiana kuschelte sich mit einem zufriedenen Seufzer an ihn. Er hörte, wie Stellan schallend lachte und schaute hinüber zu seinem Freund. Stellan und Helvig lieferten sich eine Art Wortgefecht, und Karl starrte ihn mürrisch an. Die Magd hatte sich auf die Seite gedreht, ihre Locken waren wilder als je zuvor, ihr Kleid war hochgerutscht und entblößte ihre hübschen Waden. Markus lächelte. Das musste Karl alleine regeln.

Er legte sich hin, zog Illiana neben sich und gab ihr einen leichten Kuss. »Weit, weit weg von hier gibt es goldene Paläste. Wenn sie von der Nachmittagssonne beschienen werden, leuchten sie in allen Nuancen der Farbe Gold, vom hellsten Weizengold bis hin zu Bernstein und Honig«, sagte er.

»Das klingt schön«, erwiderte Illiana träumerisch.

»Es *ist* schön.« Er blickte auf ihr Haar, wie es sie umfloss. Die Sonne hatte es gebleicht und zu Gold gesponnen. »Wie dein Haar jetzt gerade.«

»Oh.«

»Sie verkaufen Menschen dort unten«, fuhr er fort und wickelte eine Haarsträhne um seinen Finger. »Sie verkaufen sie wie jede andere Ware. Frauen und Männer. Kriegsbeute, die als Sklaven verkauft wird.«

»Das klingt fürchterlich.«

Er betrachtete ihr blondes Haar. »Für dich würde man ein Vermögen bekommen.«

Sie zog die Nase kraus. Sie hatte Sommersprossen bekommen. Sie waren hell, und es waren viele. Markus hätte gerne über sie geleckt.

»Ich hoffe, du planst nicht, mich zu verkaufen«, sagte sie.

Markus sah sie lange an. Die untergehende Sonne ließ ihre Augen glitzern wie Edelsteine. »Nicht für alles Gold der Welt«, erwiderte er leise.

Illiana schluckte, und sie konnten ihre Blicke nicht mehr voneinander abwenden. Markus pfiff auf Stellan und Karl, pfiff auf die Magd und alle anderen und gab seiner Frau einen leidenschaftlich heißen Kuss, einen einladenden Kuss, der keine Zweifel daran ließ, was er eigentlich mit ihr tun wollte.

»Markus?«, murmelte sie.

»Mmm«, sagte er und knabberte an der weichen Haut in ihrem Nacken.

»Ich habe daran gedacht, wie wir …, eh, wie du …« Sie räusperte sich. »In der Hochzeitsnacht, meine ich. Es war nicht dein Fehler, es war meiner«, fuhr sie fort. »Ich *weiß* ja, dass Frauen es unangenehm finden, das ist es nicht. Aber es hat mir so unglaublich wehgetan. Ich habe gedacht, ich zerreiße.« Sie biss sich auf die Lippe. »Es ist nicht deine Schuld. Also, ich verstehe, wenn du nicht mehr interessiert bist«, schloss sie. Sie blickte ihn verstohlen durch die Wimpern an, und er zog eine Grimasse. »Hast du gerade mit den Augen gerollt?«, fragte sie misstrauisch.

Markus streckte seinen Arm nach ihr aus. »Einfältige Frau! Du bist zänkisch und dickköpfig und anstrengend. Aber du bist *nicht* falsch gebaut. Es muss nicht wehtun, und es war nicht dein Fehler.« Er nahm ihr Gesicht in seine Hände und strich ihr mit dem Daumen über die Wange. »Versprich mir, dass du mir glaubst, was ich jetzt sage: Was passiert ist, hatte nichts mit dir zu tun.«

Markus beugte sich hinunter, Illiana schloss die Augen und schmiegte sich an ihn. »An dir ist nichts falsch, du bist perfekt«, flüsterte er.

Sie murmelte etwas, als seine Lippen über ihre glitten, und seine Zunge sich in ihren Mund stahl.

»Das ist auf jeden Fall nicht unangenehm«, flüsterte sie.

Er küsste sie wieder.

»Aber dein Bart kitzelt mich«, kicherte sie.

Er lächelte an ihrem lachenden Mund.

»Schau, ich schwebe durch die Luft«, sagte sie. »Oh, ich falle!«

»Illiana?«

Sie lächelte. »So viele Sterne!« Sie fing an zu kichern. »*Du* bist ein Stern.«

Und dann war sie eingeschlafen.

Markus blickte hinunter auf seine Frau, die auf seinem Schoß weggenickt war. Ihre Wange ruhte auf seinem Oberschenkel, und ihr helles Haar breitete sich über seine Beine aus. Behutsam glitt er mit den Fingern durch die seidenweichen Strähnen.

Illiana murmelte etwas, bewegte sich jedoch nicht.

Stellan meldete sich von der anderen Seite des Feuers. »Schläft sie?«, fragte er und nickte in Richtung Illiana.

»Wie ein Stein«, antwortete Markus. Er zeigte mit dem Kinn auf Helvig und sah Karl fragend an. »Und sie?«

Karl seufzte und nickte als Antwort. Er warf noch einen Tannenzapfen ins Feuer, stand auf und legte eine Decke über die schnarchende Helvig.

25

Als Illiana am nächsten Morgen erwachte, war die Sonne gerade aufgegangen. Eine Amsel sang im Wipfel einer Birke, und Illiana blinzelte in die Nebelschleier, die noch über dem taubedeckten Gras hingen. Es roch nach Rauch vom erloschenen Feuer, und zwei halbwüchsige Fuchswelpen schlichen umher, schnüffelten an den Gepäckstücken und wühlten nach Krumen. Es war kühl, das Meer schickte ein paar salzhaltige Windstöße ans Land, und ihr war ordentlich kalt um die Nase. Aber sonst war es ihr herrlich warm. Sie wusste nicht mehr viel vom vergangenen Abend, erinnerte sich nicht, dass sie eingeschlafen war. Überhaupt war ihr Gehirn eigentümlich langsam und matt, doch hier lag sie, eingekuschelt in ein gemütliches, weiches Fell. Ihr benebeltes Gehirn dachte, dass sie vielleicht aufstehen und Frühstück machen sollte, wo sie nun einmal wach war. Doch als sie den Kopf drehen wollte, merkte sie, dass ihre Haare irgendwo festhingen. Sie zog daran, um loszukommen, woraufhin sie ein protestierendes Schnarchen direkt in ihrem Ohr vernahm. Schließlich gelang es ihr doch noch, den Kopf ein wenig zu drehen. Prompt landete sie mit der Nase in Markus' Gesicht. Er lag dich neben ihr auf dem warmen Fell. Ihr Haar, das sie gestern Abend nicht mehr zu einem Zopf geflochten hatte, hatte sich fächerförmig ausgebreitet. Und nun lag Markus mit seinem ganzen Gewicht darauf. Sie zog erneut, aber bekam es nicht los. Illiana betrachtete ihren schlafenden Mann. Seine langen Wimpern, so unglaublich feminin in dem sonst so harten, kantigen und bärtigen Gesicht, bewegten sich nicht. Seine Brust senkte und hob sich ihr entgegen, und sie musste lächeln. Normalerweise war er so voller Kraft und Kompetenz, doch jetzt, im rosa Morgenlicht, eingekuschelt in weiches Fell, sah er aus wie ein normaler Mann. Eine Welle von Zärtlichkeit durchfuhr sie.

Das hier war ein Mann, der von frühster Jugend an schon größte Verantwortung hatte übernehmen müssen. Ein Mann, der nicht zuließ, dass Frauen geschändet wurden, ein Mann, der ohne Eltern, ohne Familie aufgewachsen war, ohne Grundsicherheit. Sie konnte sich nicht vorstellen, wie sein Leben gewesen sein musste. Plötzlich erinnerte sie sich an etwas, das Blanche gesagt hatte und das sie jetzt erst begriff: Die Königin hatte gemeint, dass Markus der einsamste Mann war, den sie je getroffen hatte.

Illiana genoss die Wärme, drückte sich an ihn und wünschte, die Zeit würde stillstehen. Sie hörte Helvig schnarchen. Karl lag neben ihr. Sein entstelltes Gesicht war friedvoll. Aus den Augenwinkeln konnte sie Stellan auf dem Rücken liegen sehen, mit einem Arm über den Augen und den Beinen weit auseinander. Er schlief mit einem Lächeln auf den Lippen. Außer ihr und der verschlafen blickenden Wache war noch niemand wach. Illiana versuchte, sich zu erinnern, wie sie überhaupt hier gelandet war, doch die Erinnerungen an den Abend waren flüchtig. Sie würde Stellans Kräuter in Zukunft besser meiden. Sie drehte sich ein wenig. Keine Reaktion von Markus. Illiana schlängelte sich an ihn heran und machte eine für sie völlig neue und faszinierende Entdeckung. Ein Mann musste offensichtlich nicht wach sein, um erregt zu sein.

Ich hatte keine Ahnung davon.

Sie drehte sich erneut und erhielt die Bestätigung. Markus war hart an ihrer Hüfte. Wie fantasieanregend. Wenn sie sich noch ein wenig drehte und ihre Hand etwas ausstreckte, dann …

Sie betrachtete eingehend sein Gesicht. Doch er schlief, dessen war sie sich sicher. Und dann gewannen ihre Neugier und möglicherweise ein Rest dieser berauschten Stimmung vom gestrigen Abend die Oberhand. Langsam und atemlos ließ Illiana ihre Hand über seine Brust und den flachen Bauch gleiten. Die Hand glitt weiter, bis unter den Hosenbund. Aber dann hielt sie inne, als Markus etwas im Schlaf murmelte. Illiana hielt den Atem an und überlegte. Wenn sie jetzt aufhörte, würde es sein, als sei nichts geschehen. Doch dann wurde er wieder still, und nach kurzem Zögern setzte sie ihre Entdeckungsreise fort. Die Hand glitt hinein in die Wärme, und nichts trennte sie mehr vom intimsten Körperteil ihres Mannes. Sie berührte die gerundete Spitze und ließ ihre Finger über die warme Haut gleiten. Er war heiß und zart. Diese Zartheit hatte sie nicht erwartet. Ihre Neugier wurde übermächtig. Schnell vergewisserte sie sich, dass er immer noch schlief, und umschloss ihn dann mit der Hand. Er war groß, viel größer, als sie für möglich gehalten hätte, ihre Finger reichten nicht um ihn herum. Illiana drückte leicht zu, und Markus stöhnte auf und presste sich in ihre Handfläche. Sie schloss ihre Hand noch fester um ihn und beobachtete dabei genau sein Gesicht. Er presste sich an sie, als ob es ihm gefallen würde. Das war interessant, sie hätte nie gedacht, dass ein so starker Druck ihm gefallen würde. Und sie hätte auch nicht erwartet, dass ihre Bewegungen, die ihm den Genuss verschafften, tatsächlich etwas Ähnliches bei ihr bewirkten. Sie ließ ihre Hand bis ganz nach unten wandern. Die Haut war unfassbar warm, zart und uneben. Sie konnte kaum glauben, dass er einmal Platz in ihr gefunden hatte. Der Gedanke brachte sie fast dazu, von ihm abzulassen, doch dann berührte sie das warme, widerspenstige Haar, und ihr Blut geriet erneut in Wallung. Markus bewegte sich unruhig zu ihr hin. Sollte sie es wagen? Wenn

sie sich schon ein einziges Mal im Leben vollkommen skandalös benahm, dann konnte sie es auch bis zum Schluss auskos-
ten. Sie schloss ihre Hand um die zarte, warme Haut darunter.
Dieser Teil von ihm fühlte sich ganz anders an, und instinktiv
berührte sie ihn dort leicht und zärtlich. Er ist so schutzlos
in meiner Hand, dachte sie und streichelte die weiche, faltige
Haut.

»Illiana, was tust du da?«

Im letzten Moment unterdrückte sie einen überraschten
Schrei. Sie war so voller Entdeckungsfreude gewesen, dass
sie nicht gemerkt hatte, wie er aufgewacht war. Sie biss sich
auf die Lippe, spürte die Röte ins Gesicht steigen und blickte
dann geradewegs in Markus' Augen. Sie waren schwarz, hell-
wach und erwartungsvoll. Peinlich berührt zog sie ihre Hand
zurück, doch sofort nahm er sie in die seine. »Du kannst jetzt
nicht aufhören«, sagte er heiser und drückte sie an sein hartes
Glied. »Mach weiter.«

Illiana nahm ihn wieder in die Hand und wurde mit ge-
dämpftem Stöhnen belohnt. Sie hielt ihn, verzaubert von seinen schwarzen Augen und dem Gefühl, das seine sichtbare Erregung bei ihr verursachte.

»Ist es gut so?«, fragte sie leise. Sie spürte, dass es noch nicht
reichte und sie mehr tun musste. Zögernd bewegte sie ihre
Hand wieder nach oben. »So?«

Markus legte seine große Hand fest auf ihre und führte sie
mit energischen Bewegungen hinauf und hinab, und zwar
deutlich härter, als sie es getan hatte. Seine Augen glänzten.
Er wiederholte es, und die Erregung in seinem Gesicht über-
trug sich so schnell auf sie, dass sie aufstöhnte. Das hier war
unglaublich intim, und sie waren sich unfassbar nahe. Automatisch passte Illiana ihren Rhythmus an seinen immer schneller gehenden Atem an.

Dann hustete jemand. Illiana hatte die anderen Leute völlig vergessen. Sie blickte Markus an und begriff, dass sie nicht aufhören konnte, nicht jetzt.

Markus zog das Fell über sie und legte sich auf die Seite, sodass es sie beide bedeckte, und sie hörte nicht auf mit ihren Bewegungen.

»Illiana«, flüsterte er und vergrub sein Gesicht in ihrem Haar.

Plötzlich erstarrte er. Jede Sehne und jeder Muskel seines Körpers spannte sich an, und sie ahnte, wie sehr er sich beherrschen musste, um keinen Laut von sich zu geben. Und dann, vollkommen geräuschlos, ergoss er seinen Samen über ihre Hand. Er war warm, und auch das hatte sie so nicht erwartet. Sie bewegte ihre Hand ein letztes Mal, spürte, wie Markus ruhiger wurde und ihn ein Schauer überlief. Dann ließ sie ihn ganz los und legte stattdessen die Hand auf seinen Bauch. Illiana hatte ihre Beine um Markus geschlungen, sie waren so ineinander verwoben, als seien sie eins. Sein Atem beruhigte sich zunehmend, aber er war schweißgebadet. Sie beugte sich vor, leckte an seiner Brust, schmeckte ihn. Um sie herum wurden immer mehr der anderen Leute wach. Die Sonne schien, die Nebelschleier waren verflogen, und Stellan gähnte lauthals. Illiana vergrub sich tiefer in dem Fell, wollte in dem warmen Kokon bleiben. Doch die Geräusche des Lagers waren nicht mehr zu überhören, und der Zauber des Augenblicks zerstob.

»Guten Morgen«, sagte Markus leise.

Er legte eine Hand auf ihre Hüfte, glitt unter ihre Kleider und streichelte sie sachte. Erregung erfasste sie. Markus lächelte, und seine Augen glitzerten wie schwarze Kristalle. Sie lagen da, die Gesichter einander zugewandt, während ihre Blicke einander festhielten. Es ist ein Band, dachte sie, ein neues Band zwischen uns. Und dann war der Moment vorüber.

Markus wickelte sich aus den Fellen heraus, stand auf und reichte ihr die Hand. »Hungrig?«

Illiana nickte und beeilte sich, ihre Kleidung zu richten. »Merkwürdigerweise habe ich einen Bärenhunger«, sagte sie. »Obwohl ich doch gestern schon viel gegessen habe.«

»Das liegt an Stellans Kräutern«, erklärte Markus. »Du hast den Rauch inhaliert wie Luft. Das steigert den Appetit.« Er grinste und gab ihr einen liebevollen Klaps auf den Hintern. »In jeder Hinsicht.«

Illiana stand am Bug des Schiffes und blickte über die Wellen, die sie das letzte Stück nach Stockholm tragen sollten. Während des letzten Teils der Reise hatten sie ordentlich Rückenwind bekommen. Die Segel bauschten sich, und Illiana sog die salzige Luft in sich auf, um sie wie im Glücksrausch wieder auszustoßen. Sie strich sich die Haare aus den Augen, und hinter dem nächsten Wellental sah sie die Burg, wie sie hoch oben auf der Insel Stadsholmen thronte. Sie schimmerte in der Nachmittagssonne und schien all die kleinen Boote und großen Schiffe zu betrachten, die der Stadt entgegenstrebten.

»Sieh nur!«, rief Illiana aus und zeigte auf zwei Ruderboote in den Farben des Königs, die geradewegs auf sie zusteuerten.

»Wir werden das letzte Stück eskortiert«, sagte Markus.

Im Hafen unterhalb der Burg wurden sie von Leuten des Königs willkommen geheißen. Markus reichte ihr die Hand, und Illiana stieg über den Holzsteg an Land. Sie legte den Kopf in den Nacken und blickte die massiven Steinmauern empor, die sich bis in den Himmel zu erheben schienen. Ein Tor zur Seeseite hin wurde von bewaffneten Männern bewacht, die Burg sah nahezu uneinnehmbar aus. Vom Bergfried aus, dem höchsten der Türme, musste die Sicht meilenweit sein. Der Hafen unterhalb bestand aus Holzstegen, Karren und Booten, die am Kai auf dem Wasser schaukelten. Hunde streunten umher, und kleine, borstige Schweine mit scharfen Eckzähnen wühlten in der Erde. Hier und da gab es einfache Holzschuppen, aber der steile Weg hinauf zur Burg war öde und leer. Hier konnte niemand angreifen, ohne entdeckt zu werden.

Markus führte das letzte Pferd von Bord. Illiana nahm Liljas Zügel entgegen, das Pferd wieherte leise zur Begrüßung. Ein paar Hafenarbeiter nickten einander zu, jemand zeigte auf sie, ein Priester eilte mit gesenktem Kopf vorbei, und Illiana bemerkte die verstohlenen Blicke, die man Markus zuwarf.

»Bist du schon einmal hier gewesen?«, fragte sie und betrachtete die starrenden Leute. Es erzürnte sie zu sehen, wie sie einen Mann verachteten, den sie gar nicht kannten. Sie zwang die Gaffer mit einem scharfen Blick dazu, sich hastig abzuwenden. Ein Mann drohte zwei mageren, schmutzigen Jungen mit Prügel, und sie rannten auf ihren nackten, mageren Füßen davon. Der Mann fluchte, und Markus blickte den zwei Jungen hinterher, bis sie Richtung Stadt verschwunden waren. »Das hätte ich sein können. Ich bin hier geboren«, sagte er kurz.

Illiana sah den Straßenkindern nach. Hier war es also gewesen, in den Gassen Stockholms, wo er als Waise gelebt hatte. Er war solch ein Kind gewesen, hungrig und unerwünscht. Nur mit Stärke und Glück konnte man eine solche Kindheit, wie er sie gehabt hatte, überleben. Die große Stadt wirkte mit einem Mal nicht mehr spannend und exotisch, sondern eher grausam und hoffnungslos. Illiana entdeckte eine Frau, die auf dem Boden saß. Ihr Gesicht war verhüllt, die Hand ausgestreckt. Auf Månssättra hatte es keine Bettler gegeben. Auf einem Gutshof herrschte selten Hunger, und auch sonst unterschied er sich von einer Stadt. In einer Stadt konnte man einfach verschwinden und verhungern, allein und verlassen, sei es als Kind oder als Erwachsener. Sie hatte bisher noch nie wirklich über echte Armut nachgedacht.

»Aber du konntest doch immerhin bei Birger wohnen«, sagte sie und fühlte, wie Dankbarkeit sie ergriff, darüber, dass der alte Mann sich des einsamen kleinen Jungen angenommen hatte.

»Ja«, sagte Markus, und Illiana fragte sich, wie lange er eigentlich auf der Straße gelebt hatte, bis Birger ihn bei sich aufgenommen hatte. Als sie nachfragte, antwortete er nur vage, und plötzlich wollte sie es gar nicht mehr wissen.

Im Gegensatz zu ihr schienen Markus die Blicke und das Elend nichts auszumachen. Er warf sich eine Tasche mit Gepäck über die Schulter und ging hinüber zu Karl, der mit den Pferden beschäftigt war.

Illiana kramte in ihren Lederbeuteln und fand schließlich die Silbermünze, die sie bekommen hatte. Sie ging zu der Bettlerin, kniete sich vor sie und legte ihr die Münze in die Hand. Als sie sich erhob, stand Stellan vor ihr.

Er schüttelte den Kopf. »Das ist nur ein Tropfen auf den heißen Stein.«

»Das ist mir klar«, erwiderte sie und sah hinauf zur Burg. Die hohen Mauern sahen nicht gerade einladend aus. Dahinter breitete sich die Stadt aus. In solch unbarmherziger Umgebung ein Kind zu sein … Der Gedanke war unerträglich.

»Ich bin froh, dass Markus jemanden hatte«, sagte Illiana mit Nachdruck.

Stellan wandte sich um und ging zurück zur Bettlerin. Illiana sah, wie er ihr etwas in die Hand legte, und sie lächelte, als er wieder zu ihr zurückkam. Er zuckte mit den Schultern.

»Birger hat Markus vermutlich das Leben gerettet. Wusstest du, dass Markus hingerichtet werden sollte?«

Illiana schlug sich die Hand vor den Mund. »Ich hatte keine Ahnung«, flüsterte sie und schielte hinüber zu Markus.

»Er wurde vom König am Tag der Krönung begnadigt. Fünfzig Gefangene in den Kerkern wurden an diesem Tag begnadigt, und Markus war einer von ihnen. Doch als er aus dem Kerker kam, wurde er von drei Männern überfallen. Keiner weiß warum, doch Birger tauchte auf, rettete ihn und nahm ihn mit zu sich nach Hause. Offenbar war es reines Glück, dass er überlebt hat.«

»Ja«, entgegnete Illiana schwach. Was sollte man darauf antworten?

Stellan lächelte, doch Illiana sah den Ernst in seinen Augen. »Ich habe Markus ein paar Jahre später kennengelernt. Wir wurden Freunde.«

»Das ist schön. Jeder braucht Freunde.« Sie biss sich auf die Lippe. Doch sie musste es einfach fragen. »Weißt du, wie seine Mutter gestorben ist?«

Ein Schatten fiel über Stellans sonst so sonniges Gesicht. »Hat er dir nichts erzählt?«

»Nein.«

Stellan blickte hinüber zu Markus, der gerade über die Mähne eines Pferdes strich. Er zögerte. »Sie starb, als er noch ein Kind war.«

»Ja, aber *wie*?«

»Sie wurde ermordet. Vor seinen Augen.«

Illiana wurde es eiskalt. Doch irgendwie – warum, wusste sie nicht – hatte sie es geahnt. Ihre Augen füllten sich mit Tränen. »Wie schrecklich«, flüsterte sie.

»Ich kenne Markus schon lange«, sagte Stellan leise. »Und er hat noch nie eine Frau so angesehen wie dich. Vergiss das nicht: Egal, was auf der Burg passieren wird – Markus braucht dich, auch wenn er es vielleicht nicht zugibt. Es ist eine verrückte Umgebung.«

Illiana wollte nachfragen, was er damit meinte, denn sie

konnte sich nur schwer vorstellen, dass Markus irgendjemanden brauchte, am allerwenigsten sie, doch der Augenblick ging vorüber. Markus rief, und Stellan ging hinüber, um ihm mit einem der Pferde zu helfen, das sich querstellte. Illiana blieb auf dem Anlegesteg stehen, den salzigen Wind im Rücken und die unbarmherzige Stadt vor sich.

Sie ließen die Pferde auf der Wiese vor der Burgmauer weiden und gingen den kurzen Weg zur Burg zu Fuß. Es tat gut, sich nach der Seereise die Beine zu vertreten, doch der Weg war steil, sodass Illiana außer Atem war, als die Wachen sie hineinließen. Der Burghof hinter der Mauer, die mindestens drei Armlängen dick war, schien eine Welt für sich zu sein. Es gab Marktstände, Werkstätten und unzählige Menschen, die unterwegs waren. Illiana und ihre Begleiter wurden an kleinen Holzkaten vorbeigeleitet, einer Menge Zelte und Menschenmassen, bis sie schließlich den inneren Burghof erreichten. Hier war es genauso eng und fast noch lauter als auf dem größeren Burghof, und Illiana musste rufen, um sich Gehör zu verschaffen. »Sind hier immer so viele Leute?«

Überall waren Menschen. Bedienstete, Kinder und Soldaten mischten sich mit samtbekleideten Frauen und Männern in kostbaren Gewändern, und alle schienen sich miteinander zu unterhalten.

»Es ist ungewöhnlich chaotisch heute«, sagte Markus und zog sie rasch an sich, bevor sie mit einer Frau zusammenstieß, die einen Korb mit Wurzelgemüse trug. »Der König hat massenweise Leute eingeladen, und alle haben sie ihre eigenen Bediensteten mitgebracht. Sowohl die Kirche als auch das Kloster mussten zusätzliche Unterkünfte zur Verfügung stellen, sonst hätten all diese Leute niemals einen Schlafplatz gefunden.« Er sprach mit lauter Stimme, um das Getöse zu übertönen.

Das erklärte in jedem Fall die Zelte, die sie sowohl außerhalb als auch innerhalb der Mauern gesehen hatten. Dort übernachteten die Hochzeitsgäste, die nirgendwo sonst untergekommen waren.

Markus gab einem Esel einen Klaps aufs Hinterteil, der daraufhin widerwillig zur Seite trat. Illiana wich einem Jungen aus, der eine Karre voller Kerzen zog, und dann wurden sie hinein ins Königshaus geleitet, ein lang gestrecktes rotes Ziegelgebäude, in dem es kühler und ruhiger war. Sie wäre gerne eine Weile in der Eingangshalle stehen geblieben. Dort gab es Wandteppiche mit Fabeltieren in grellen Farben, Gegenstände aus Gold, die sie nie zuvor gesehen hatte, und bunte Glasscheiben, die eine beinahe magische Stimmung erzeugten. Doch sie wurde zwischen Markus und Stellan weitergeschoben, hinein in einen hellen, hohen Raum.

»Aufgeregt?«, flüsterte Markus, als sie nach seiner Hand tastete.

»Nicht im Geringsten«, log sie und tat so, als kümmere es sie nicht, dass er ihre Hand nicht ergriff, sondern sie vor sich her bis zum Podest im hinteren Teil des Raumes gehen ließ.

Im Raum war es bei ihrem Eintreten still geworden. Die Geräusche, die ihre Sporen verursachten, waren plötzlich überdeutlich hören. Das Familienwappen der Silverbielkes auf Stellans Brust – ein weißer Balken über einem roten Feld – zog die Blicke der Menschen auf sich. Markus trug seine üblichen dunklen Farben, was ihn zu einer imponierenden Erscheinung machte. Und zwischen diesen beiden Männern, stand sie selbst, mit großen Augen, staubig von der Reise, und begegnete unsicher den Blicken der Reichselite. Der König saß auf einem verschnörkelten goldenen Thron in der Mitte und bildete das natürliche Zentrum seines Hofstaats. Junge Knaben, nicht viel älter als die Bettlerjungen, die Illiana im

Hafen gesehen hatte, standen bereit, um jeden auch noch so kleinen Befehl oder Wink auszuführen. Ältere, ernst dreinblickende Männer mit Büchern, Federn und gerunzelten Stirnen betrachteten sie, als seien sie gerade in einer wichtigen Diskussion unterbrochen worden. Und überall standen Wachen und Soldaten, die stetigen Begleiter des Königs. Neben dem König saß Königin Blanche auf einem ebenso mit Samt bezogenen, wenn auch etwas kleineren und einfacheren Stuhl.

Markus und Stellan fielen auf die Knie und verneigten sich tief.

Illiana knickste schnell und wünschte, sie hätte Helvig vorher kontrollieren lassen, ob sie auch ausreichend sauber und ordentlich aussah. Die Männer erhoben sich wieder, und Illiana stand stocksteif da und wusste nicht, was von der Frau eines Ritters erwartet wurde. Blanches Hofdamen blickten sie herablassend an, bevor sie damit fortfuhren, die beiden Männer mit hungrigen Blicken anzusehen. Auf dem Schiff war es kalt gewesen, und Illiana hatte sich einen warmen, jedoch ziemlich abgenutzten Umhang umgeworfen. Inzwischen war ihr nach dem steilen Aufstieg und dem schnellen Marsch durch die Gluthitze der beiden Burghöfe ordentlich warm. Sie schwitzte unter ihrem Schleier, den sie ganz und gar nicht so benutzt hatte, wie sie es hätte tun sollen. Deswegen war sie jetzt gebräunt und sommersprossig wie ein Bauernmädchen und weit entfernt davon, dem weißhäutigen Ideal der Hofdamen zu entsprechen. Sie stand also vor dem König und der Königin mit roten Flecken auf ihren sommersprossigen Wangen, in Kleidern, die schon bessere Tage gesehen hatten, und versuchte, wie die Frau eines Ritters auszusehen, während ihr der Schweiß herunterlief. Sie hielt sich so gerade wie möglich, und als sich Blanche an sie wandte, war Illiana froh über die Gelegenheit, sich auf etwas anderes als auf die höhnischen Blicke der schlanken, gut gekleideten Hofdamen konzentrieren zu können. Sie konnte geradezu hören, wie sie sich fragten, was Markus denn mit *ihr* wollte.

»Ich habe erfahren, dass unterwegs ein Unglück passiert ist«, sagte die Königin ernst.

Illiana biss sich auf die Lippe. Ihr Bruder – wenn auch nur Halbbruder – war der direkte Grund dafür gewesen, dass Philippe, der Verwandte der Königin, im Wald umgekommen war.

»Eure Majestät, es tut mir so leid!«, beteuerte sie. Eine der Hofdamen kräuselte die Lippen, eine andere flüsterte offenbar etwas Gehässiges.

»Es war nicht deine Schuld«, sagte die Königin mit ihrem charmanten Akzent. »Ich habe Philippes Familie unterrichtet.« Sie zuckte mit den Schultern, als wolle sie damit ausdrücken, dass für sie die Sache erledigt war. »Ich habe dir ein Zimmer hier im Haus herrichten lassen«, fuhr sie fort. »Lass deine Diener hochtragen, was du benötigst.«

»Danke, Eure Majestät«, murmelte Illiana. Ihre Audienz war offensichtlich beendet, und sie traute sich nicht zu fragen, wo Markus schlafen würde. Ihr war elend zumute, als sie sah, wie die Hofdamen ihn mit ihren Blicken förmlich *auffraßen*. Mehr Menschen drängten von hinten nach, und Illiana wurde einfach zur Seite geschoben. Markus warf ihr einen Blick zu. »Wir sehen uns«, gab er ihr mit seinem Gesichtsausdruck zu verstehen, bevor er vom König vereinnahmt wurde.

Illiana lächelte unsicher, knickste vor niemandem bestimmten und folgte dann einem Mädchen, das sie zu einem Zimmer führte, wo Helvig bereits dabei war, ihre Sachen auszupacken. Seufzend sank Illiana aufs Bett. Sie zog sich den staubigen Umhang und den Schleier aus. Behutsam strich sie über die Schnalle mit dem reitenden Paar. Auf der Reise hatte sie viel Zeit mit Markus verbracht, und erst jetzt wurde ihr klar, dass es sich dabei um eine Ausnahme gehandelt hatte. Hier war Markus' eigentliche Welt. Und in dieser Welt hatte sie weder einen Platz noch eine Funktion. So würde es ab jetzt sein.

»Möchtest du, dass ich dir helfe?«, fragte sie Helvig.

»Wenn diese Schlossbediensteten nur halb so hochnäsig wären, wäre es immer noch zu viel«, murrte die Magd. Sie zog ein einfaches, blaues Kleid hervor und hängte es über eine Stuhllehne. »Ruht Euch aus, ich gehe in die Küche.«

»Danke, Helvig«, sagte sie, legte sich hin und starrte die Deckenbalken an.

Die Ehe war ein Arrangement, das stand fest. Ihre Aufgabe würde es sein, sich um den Haushalt und die Bediensteten zu kümmern. Markus und sie würden sich tagelang, vielleicht wochenlang nicht sehen. Er würde seinen Gewohnheiten nachgehen, und sie würde … Illiana schlug die Hände vors Gesicht, ihre Augen brannten. Markus würde vermutlich andere, spannendere Frauen haben, und es war vollkommen unerheblich, wie weh es ihr tat, so war das höfische Leben nun mal. Vielleicht plante er bereits, die Nacht mit einer der Hofdamen zu verbringen. Die würden sich nicht lange bitten lassen, nach der Art zu schließen, wie sie ihn angesehen hatten. Illiana schluckte. So fühlt sich also Eifersucht an, dachte sie. Ein Gefühl, um das sie weiß Gott nicht gebeten hatte. Hätte ihre Mutter davon gewusst, hätte sie garantiert gesagt, dass es Liebe nur in Märchen gab, und dass sie gefälligst zufrieden und dankbar sein sollte.

Und sie *war* dankbar.

Und Vernunftehen waren ihr bekannt.

Und sie wusste, dass sie keinen Grund hatte, niedergeschlagen zu sein.

Illiana schluchzte auf, verbarg ihr Gesicht in den Kissen und ließ ihren Tränen freien Lauf.

Markus war müde. Der König und er hatten den gesamten Abend mit Arbeit zugebracht. Magnus hatte große Pläne bezüglich einer Expansion Richtung Norden. Das Reich sollte durch friedliche Kolonisation der unabhängigen nördlichen Gebiete wachsen. Entlang der Flussniederungen und des bottnischen Meerbusens sollten sich abenteuerlustige junge Schweden ansiedeln, denen man dafür Steuerminderung versprach. Die schwedischen Siedler in den neuen Gebieten sollten dort Ackerbau betreiben. Weiterhin wollte der König den Leder-, Fisch- und Eisenhandel mit dem Volk der Samen ausweiten. Und vor allem wollte er den Russen zuvorkommen und die Wildnis mit ihren natürlichen Ressourcen als zu Schweden gehörend erklären. König Magnus hatte mitgeteilt, dass er mit der Arbeit fortfahren wollte, sobald sie eine schelle Mahlzeit zu sich genommen hatten. Danach war er zum Abendgebet in die Schlosskapelle geeilt, doch Markus hatte ihn nicht begleitet. Stattdessen hatte er die Gelegenheit ergriffen, um in der Dämmerung einen kurzen Spaziergang durch die Straßen der Stadt zu machen. Er ging durch die Gassen in den südlichen Teil der Stadt. Dort klopfte er an eine schwarze Tür und wurde von einem Mann mit einem langem schwarzen Umhang und der typischen Tonsur der Dominikaner hereingelassen.

»Ist Bruder Konstantin hier?«, fragte Markus.

»Bist du ein Freund?«, fragte der schwarz gekleidete Mönch.

Markus nickte kurz.

Der Mönch trat zur Seite und ließ Markus hinein. »Es tut mir leid, aber Bruder Konstantin ist tot«, sagte er betrübt. »Er starb, nachdem er ein ungewöhnlich – ähm – schweres Essen gegessen hatte.«

Markus empfand tiefe Trauer. Konstantin war einer der wenigen Kirchenmänner gewesen, denen er vertraut hatte. Leider war der Mönch dem Wein und gutem Essen über alle Maßen zugetan gewesen, was wohl letztlich zu seinem Tod geführt hatte. »Es soll hier ein Kästchen geben, das mir gehört«, sagte Markus, während er hinter dem Mönch hinein ins neu erbaute Dominikanerkloster ging. Sehr lange hatte er nicht mehr an das Kästchen gedacht. Vielleicht war es die Rückkehr nach Stockholm, vielleicht das Gespräch mit Illiana über seine Mutter gewesen – irgendetwas hatte seine Gedanken auf das Kästchen gebracht, das Einzige, was er noch von seiner Mutter besaß.

Der Mönch ging mit ihm in einen kahlen Raum, in dem es nach Weihrauch roch. Aus einer großen Truhe nahm er einen in Stoff gewickelten Gegenstand und gab ihn Markus. »Vater Konstantin hat oft von dir gesprochen. Er sagte, dass du eines Tages kommen würdest, um das hier zu holen.«

Markus faltete den Stoff auseinander und betrachtete die kleine Kiste, die so viele Jahre eingewickelt gewesen war. Sie war einfacher und gröber gearbeitet, als er sie in Erinnerung hatte. »Danke«, sagte er leise.

Der Mönch neigte den Kopf. »Du kannst bleiben, so lange du willst.« Er ließ Markus allein. Langsam hob Markus den Deckel und betrachtete den Inhalt. Ein glatter Stein, den er gefunden und seiner Mutter einst geschenkt hatte. Ein völlig wertloses Kreuz aus Holz. Und die kleine, einfache Heiligenfigur. Das war alles, was von der Frau übrig war, die seine Mutter gewesen war. Irgendwie hatte der Heilige mit seinem Vater zu tun, das hatte seine Mutter jedenfalls gesagt. Markus fragte sich, ob es stimmte oder ob sein Gedächtnis ihm einen Streich spielte. Vielleicht war es eine Lügengeschichte, als Trost für einen kleinen Jungen, der eine Vaterfigur vermisste. Markus fuhr mit einem Finger über die Schnitzereien im dunklen Holz. Er würde Illiana fragen, welcher Heilige es war. Wenn es jemand wusste, dann sie. Das Kästchen unter dem Arm verließ er das Kloster und wandte seiner Vergangenheit den Rücken zu.

26

Die Burg zu Stockholm

Am nächsten Morgen geleitete ein kleines Dienstmädchen, noch fast ein Kind, Illiana durch die Korridore der Burg zur Königin.

»Geht es hier immer so zu?«, fragte Illiana das Mädchen. Es wimmelte von Bediensteten, und alle schienen irgendetwas zu transportieren oder auf dem Weg irgendwohin zu sein.

»Es ist wegen der Hochzeit«, kicherte die kleine Magd. »In der Küche bereiten sie rund um die Uhr Essen zu. Die Witwe des alten Königs, Ingeborg, ist hier, und die Schwester des Königs ist gekommen. Kennt Ihr Prinzessin Eufemia?«

Illiana schüttelte den Kopf, sie hatte Magnus' jüngere Schwester noch nie getroffen.

»Sie ist süß wie Zucker«, sagte das Mädchen stolz, als sei es ihr Verdienst. »Und die beiden kleinen Prinzen sind hier.« Sie errötete leicht. »Alle lieben sie.«

Illiana lächelte. Obwohl sie so niedergeschlagen gewesen war, ließ sie sich doch von der Freude der kleinen Schlossdienerin über die festliche Stimmung, die königlichen Gäste und den Sommer anstecken. Im Winter, wenn Dunkelheit und Schnee den Steinkoloss samt Hafen von der Außenwelt abschnitten, war das Leben auf der Burg gewiss hart. Sogar jetzt, Mitte Juni, waren die Steinwände kühl.

Heute befand sich Königin Blanche nicht im Audienzzimmer. Illiana wurde stattdessen in eine Art chaotische Nähstube geführt. Näherinnen saßen mit bunten Stoffen auf den Knien da, nähten, schnitten oder stickten in rasendem Tempo. Überall lagen Haufen aus Seide, Brokat und Samt, und über einer Reihe von Wandschirmen hingen mit Perlen, Gold und Stickereien verzierte Kleider in schimmernden Farben. Zarte Schleier, kleine Samthüte, Schärpen und Gürtel hingen über Stuhllehnen oder quollen aus Holzkisten. Auf Sitzkissen in grellen Farben saßen oder lagen Blanches Hofdamen behaglich ausgestreckt und bewunderten die Kleider.

»Da bist du ja!«, rief die Königin freudig, als sie Illiana sah. Als sie sich erhob, hüpfte ein junger Hund, der auf ihrem Schoß gesessen hatte, kläffend zu Boden. Blanche nahm den Welpen auf den Arm und vergrub ihre Nase in dessen weißem, flauschigem Nacken, bevor sie ihn einer Hofdame reichte.

»Hast du gut geschlafen?«, fragte sie.

Illiana nickte. »Ja, Eure Majestät.«

»Gestern kam eine Sendung aus Venedig«, sagte Blanche und wies mit der Hand auf das Durcheinander. »Ich dachte, du könntest mir helfen, den letzten Rest auszupacken, und dich dabei mit mir unterhalten. Ein Schneider von dort hat meine Maße, und ich bestelle alle meine Kleider bei ihm!« Blanche hob ein Kleid aus blauem Samt auf. »Es gibt keine schwedischen Schneider, die Kleider von dieser Qualität fertigen können.« Sie strich über den Rocksaum. Sie hielt sich ein anderes Kleid vor. »Diese Farbe steht mir überhaupt nicht«, sagte sie missmutig. »Was hat er sich nur dabei gedacht!« Sie drehte und wendete die Seide.

»Vielleicht steht es einer blonden Frau besser, wenn mir die Äußerung gestattet ist, Eure Majestät«, sagte eine blonde Hofdame, die Illiana bisher noch nicht gesehen hatte. Sie lächelte schelmisch von einem der Sitzkissen. Die Frau war groß, füllig und atemberaubend schön mit ihren Rundungen, der schmalen Taille und dem hellen Haar. Ihre blauen, mandelförmigen Augen saßen weit auseinander, und beim Lächeln zeigten sich kleine Grübchen in ihren Wangen. Sie sah aus wie eine Göttin, das Kleid würde ihr fantastisch stehen.

Blanche lächelte kühl. »Vielleicht hast du recht, Leda«, sagte sie und legte die Hand auf die winzige Wölbung ihres Bauches. »Ich werde wohl für längere Zeit keine enggeschnittenen Kleider tragen können.« Sie lächelte Illiana mit glitzernden, dunklen Augen an. »Hoffentlich wird es diesmal ein Mädchen.« Blanche legte das Seidenkleid zur Seite und nahm sich stattdessen eines aus dunkelrotem Brokat. Sie seufzte sehnsüchtig: »Vielleicht schaffe ich es ja, mich in dieses hier hineinzuzwängen, wenn ich mich anstrenge.«

Der kleine Hund kam auf Illiana zu. Er schnüffelte an ihrem Rocksaum, ließ sich hinterm Ohr kraulen, und plötzlich fühlte Illiana, wie das Heimweh sie übermannte. Sie vermisste die Ruhe und die Tiere zu Hause auf dem Hof, verstand sich nicht auf die abweisenden Blicke und das gehässige Lächeln der Hofdamen. Und sie fragte sich, wo Markus geblieben war. Das einzige Lebenszeichen von ihm war ein Brief oder eher ein Stückchen Pergament gewesen, den er geschickt hatte. Dort schrieb er, dass er noch die nächsten Tage beschäftigt sei und hoffe, dass man sich gut um sie kümmere.

Hmm …

Blanche legte das rote Kleid zur Seite und holte stattdessen einen Traum in Rosa hervor. »Ich hasse es, sie unbenutzt hängen zu sehen. Ihnen gebührt Besseres.« Sie betrachtete Illiana. »Wir haben doch fast die gleichen Maße. Vielleicht sollte ich sie dir geben!« Die Königin lächelte verschmitzt und blickte zu Leda.

Die schöne Hofdame gab einen schockierten Laut von sich, den sie jedoch blitzschnell durch ein Husten zu vertuschen versuchte. Blanche zwinkerte Illiana zu.

»Ihr ehrt mich«, sagte Illiana, wohl wissend, dass sie es sich nicht trauen würde, derart *gewagte* Kleider zu tragen. Das eine war enger und ausgeschnittener als das andere.

Leda sah sie spöttisch an, als wüsste sie genau, was in Illianas Kopf vorging. Plötzlich wusste Illiana, ohne den geringsten Zweifel, dass diese Frau es auf Markus abgesehen hatte.

Atme, Illiana, atme.

»Ich erinnere mich daran, wie ich in das Land der Schweden gekommen bin«, sagte Blanche langsam. Auf ihren Wink hin holte eine der Hofdamen ein Kästchen und öffnete es. Darin lag eine große goldene Brosche. Sie war rund mit goldenen Blütenblättern in der Mitte. Inmitten der Blätter saß ein Saphir wie der dunkelblaue Stempel in einer goldenen Blume. Illiana und die anderen Frauen beugten sich über das Kästchen und blickten ehrfurchtsvoll auf die Kostbarkeit. Um den Saphir herum befanden sich Edelsteine in vielen Farben: Rubine, Smaragde, noch mehr Saphire, Amethyste und Perlen, die wie eingestreut zwischen den großen Edelsteinen eingearbeitet waren. Schaute man genau hin, konnte man in Gold gegossene kleine Tiere erkennen, naturgetreue und perfekt gestaltete Zentauren, Adler, Drachen und Greife. Die Brosche war so schön, dass es wehtat.

»Es dauerte seine Zeit, bis ich mich an alles gewöhnt hatte«, fuhr Blanche fort. »Nicht alle waren freundlich zu mir. Doch nach einer Weile fand ich meinen eigenen Weg, damit umzugehen.« Die Stimme der Königin war leise und der Raum still, wie verzaubert von der Magie der Brosche und der Königin. Leda erhob sich geräuschlos, holte einen goldenen, hermelinbesetzten Umhang und legte ihn Blanche um die Schultern.

»Markus ist ein Krieger, Illiana«, sagte die Königin. »Er ist es gewöhnt, sein Leben so zu leben, wie er es will. Und schon immer ist er einer der begehrtesten Männer am Hof gewesen.

Alle meine Hofdamen haben ein Auge auf ihn geworfen, nicht zuletzt Leda.«

Die blonde Hofdame lächelte steif.

»Alle haben sie geseufzt, als er wieder abgereist ist. Denn er reist immer wieder ab. Sie sind so. Er und mein Magnus.«

Illiana hörte mit trockenem Mund zu. Sie wagte nicht, die anderen Frauen anzusehen.

Die Königin ordnete ihren Umhang und fuhr fort: »So, und nun ist einer der begehrtesten Männer des Landes zurückgekehrt. Mit einer Ehefrau. Viele sind enttäuscht. Ein Teil wird wütend sein, und es wird unzählige Versuchungen geben. Ich würde sagen, man muss schon eine besondere Frau sein, um mit dieser Situation umgehen zu können.«

Blanche wartete, bis Leda die Brosche am Umhang befestigt hatte. Dann richtete sie sich auf, majestätisch und in Gold gehüllt. Die Sonne schien durch die bunten Fenster herein, ließ ihr dunkles Haar mit Gold durchsetzt erscheinen, und Illiana bekam eine Gänsehaut. Das war die Königin, gekrönt durch die Kirche und ausgewählt von Gott, zu herrschen an der Seite ihres Mannes.

Blanche lächelte: »Es geht darum, für das, was man für wichtig erachtet, zu kämpfen. Sonst verliert man es.«

27

Am nächsten Morgen, unmittelbar nach Sonnenaufgang, fand Markus den König kniend in der Schlosskapelle vor. Die Morgensonne schien durch die farbigen Glasfenster, und er wartete, während der König den Segen des Schlosskaplans entgegennahm. Die Kapelle war prunkvoll ausgestattet mit einem goldenen Kreuz, das von der Decke hing, hohen Kerzenhaltern und einem aufwendig bestickten Altartuch.

Der Kaplan hielt dem König den Kelch an die Lippen, Magnus nippte am Wein und trocknete sich danach den Mund mit einem Leintuch ab, das einer der Ministranten bereithielt. Markus wartete geduldig, während Magnus den Kopf zu einem letzten Gebet senkte. Der König kniete waffenlos und mit ungeschütztem Rücken und Nacken, was Markus irritiert zur Kenntnis nahm. Es war ein Wagnis für den König, sich so wehrlos zu zeigen. Markus seinerseits hatte immer einen Dolch im Stiefel. Gott mochte es ihm verzeihen, aber er zog die Sicherheit vor.

Der König richtete sich schließlich auf, und auf Latein hallte es durch das Kirchenschiff:

»... *et spiritus sanctus.*«

»Amen.«

»Friede sei mit Euch, Eure Majestät«, sagte der Kaplan und schwenkte das Weihrauchfass so, dass es ein Kreuz in der Luft bildete.

»Deo gratias«, entgegnete der König, und die Morgenmesse war vorüber.

Er wandte sich um und erblickte Markus.

»Guten Morgen, Eure Majestät!« Markus grüßte den grün gekleideten Kaplan mit einem Nicken und ließ den König an sich vorbeigehen. Sie tauchten ihre Finger ins Weihwasser, bekreuzigten sich, knieten kurz nieder und traten dann aus der Schlosskapelle heraus. Während sie sich ihre Waffen umschnallten, gelangten sie in den belebten Korridor.

»Hast du schon gebeichtet, seit du hier bist?«, fragte der König.

Markus hob die Augenbrauen auf diese Frage. »Ich habe mit Seiner Majestät zusammengesessen, seit ich hier bin«, sagte er trocken. »Ich habe kaum Zeit gehabt zu atmen, geschweige denn zu beichten!«

Das war die Wahrheit. Markus war geradewegs in den Strom von Ideen und Aktivitäten hineingesogen worden, die König Magnus Erikssons Markenzeichen waren. Es waren eine Menge Informationen und Fragestellungen gewesen, mit denen er sich hatte befassen müssen, denn das stellte seine eigentliche Arbeit dar, wenn er nicht gerade Leibwächter oder Krieger war: Gesprächspartner des hyperaktiven Königs zu sein. Normalerweise hatte Markus nichts dagegen. Er bewunderte den Enthusiasmus und den Glauben des Königs daran, dass man die Dinge verändern konnte. Doch am vergangenen Tag war es unerwartet frustrierend gewesen, nicht über seine eigene Zeit bestimmen zu können. Er hatte keine Ahnung, wo sich Illiana aufhielt, war nur davon unterrichtet worden, dass sich die Königin um sie kümmerte. Es war natürlich normal, dass Eheleute getrennte Schlafzimmer und getrennte Leben hatten. Und vor gar nicht allzu langer Zeit hätte er deswegen nicht mal mit der Wimper gezuckt. Doch Teufel auch! – er hatte sich an sie *gewöhnt*. Er schlief schlecht ohne Illiana. Er vermisste ihren Körper. Und außerdem – rechtfertigte er seine schlechte

Stimmung –, wie sollte er sie beschützen, wenn er keine Ahnung hatte, wo sie sich aufhielt?

»Du weißt, dass ich mich um dein Seelenheil sorge«, unterbrach der König seine Gedanken, und Markus musste ein Aufstöhnen unterdrücken. Diese Diskussion hatten sie schon oft geführt, doch der König war jedes Mal besonders empfindlich und religiös, wenn er Birgitta auf Alvastra getroffen hatte und von der frommen Frau belehrt worden war. Das wiederum endete immer auf dieselbe Weise: Der König begann, sich um das *Seelenheil* seiner Leute zu sorgen. Markus seinerseits war der Ansicht, dass es viel zu spät war, sich gerade um seine Seele zu sorgen. Außerdem war der letzte Priester, der Markus die Beichte abgenommen hatte, weinend zusammengebrochen. Das ermunterte nicht gerade zu neuen Versuchen.

»Ich werde es später tun«, log Markus unbeschwert. Er würde stattdessen einen Abstecher zu Karl und den anderen Soldaten machen, die die Burg bewachten. Das war deutlich besser genutzte Zeit, wenn man ihn fragte. Vielleicht würde er auch nach Stellan suchen, seinem Freund, der vermutlich schon die Hofdamen abgraste, so schnell wie nur möglich. Stellan war immer Herr über seine Zeit, und es hatte Momente gegeben, wo Markus ihn darum beneidet hatte.

»Komm mit mir«, sagte der König. »Wir können uns diesem Gesetzesentwurf widmen, von dem ich letzte Nacht gesprochen habe.« Seine Miene erhellte sich, und er beschleunigte seine Schritte. »Es gibt noch eine Menge Schriften, die ich dir noch nicht gezeigt habe.«

Markus musste sich beherrschen, nicht das Gesicht zu verziehen. Er hatte nur wenige Stunden geschlafen, es schien ein weiterer langer Vormittag zu werden, und er begann sich zu fragen, ob er es überhaupt schaffen würde, Illiana zu treffen, geschweige denn … Ihm wurde heiß, als er daran dachte, was er am liebsten mit Illiana getan hätte, und es fiel ihm schwer, nicht daran zu denken, was neulich passiert war. Allein der Gedanke daran erregte ihn. Es war nur allzu leicht, von dem Genuss, den sie ihm bot, abhängig zu werden. In der Tat hätte er jetzt am liebsten ...

»Markus?«

»Eure Majestät?« Er war wieder in Gedanken versunken gewesen.

Der König war vor der Tür seines Arbeitszimmers stehen geblieben und sah ihn fragend an.

»Verzeiht«, sagte Markus und brachte das Thema auf etwas, das den König mit Sicherheit interessieren würde. »Ich habe Birger Sverkersson unterwegs besucht. Er liegt im Sterben. Wusstet Ihr, dass er mich zu seinem Erben bestimmt hat?«

»Ich habe davon gehört«, nickte der König, und Markus öffnete ihnen die Tür. Sie betraten das königliche Arbeitszimmer, und König Magnus fuhr fort: »Die Kirche wird vermutlich protestieren, doch er hat das Gesetz auf seiner Seite.« Der König fügte hinzu: »Wie du weißt, ist Birger bei uns in Ungnade gefallen.« Markus fiel auf, dass der König zum formellen *Pluralis maiestatis* übergegangen war, dem königlichen Plural. Markus verabscheute es, wenn der König sich so aufführte, doch es war seine Art, seine Unzufriedenheit kundzutun. Das Verhältnis zwischen Birger Sverkersson und König Magnus Eriksson war mit den Jahren immer frostiger geworden. Anfangs war Birger Sverkersson einer der königlichen Berater gewesen, als dieser mit drei Jahren die Krone geerbt hatte. Magnus' Berater waren erfahrene Adelige gewesen, die de facto die Belange des Reiches für den jungen König gesteuert hatten. Doch je mehr Magnus herangewachsen war, desto mehr hatte er sich von seinen ehemaligen Ratgebern entfernt und sukzessive die Macht in seine eigenen Hände genommen. Einige der ehemaligen Berater hatten sich seinem Stil angepasst, doch viele waren mit seinen Ideen und Visionen nicht einverstanden. Der König und Birger waren schon seit vielen Jahren nicht auf einer Wellenlänge, um es milde auszudrücken, und es war dem König schon immer ein Dorn im Auge gewesen, dass Markus loyal gegenüber seinem Pflegevater geblieben war und sich in allen Jahren geweigert hatte, Stellung zu beziehen.

König Magnus begab sich an den Schreibtisch und lehnte sich im Stuhl zurück. »Ich kann nicht behaupten, dass ich traurig darüber bin, dass der Alte im Sterben liegt«, sagte er kurz. »Auch wenn ihr euch immer noch nahesteht.« Er bedeutete Markus mit einem Nicken, sich auf den anderen Stuhl zu setzen.

Markus setzte sich und überlegte. Standen sie sich wirklich nahe, er und Birger? Sie hatten eigentlich nie darüber gesprochen, was damals passiert war, als Birger ihm das Leben gerettet hatte. Den seltsamen Vorfall hatten sie nie erwähnt, sondern stattdessen über Männerthemen wie Kampf, Waffen und Politik gesprochen. Er wusste nicht, ob er jemals irgendjemandem nahegestanden hatte. Seiner Mutter? An sie erinnerte er sich kaum. Er erinnerte sich nur an weiche Hände und einen immer betrübten Blick, an nichts anderes. Stellan? Vielleicht, auf unsentimentale, kumpelhafte Weise.

Markus betrachtete den König. Zwischen ihnen lagen sieben Jahre Altersunterschied, und das war eigentlich nicht besonders viel. Aber Magnus war der Enkel des Königs Magnus Ladulås, sein Urgroßvater war Birger Jarl, und er selbst saß auf dem Thron, seit er ein Kind war. König Magnus Eriksson war fast sein halbes Leben lang verheiratet, herrschte über drei Reiche und besaß zwei Söhne, die selbst eines Tages Könige sein würden. Der König war von Gott gesegnet, während Markus seinerseits das Gefühl hatte, den Teufel auf den Fersen zu haben. Der Gedanke zu sterben, hatte ihn bisher nicht gestört, doch jetzt spürte er, dass er dazu noch nicht bereit war. Dass er noch bleiben, mit Illiana zusammen sein wollte. Diese Einsicht machte ihn nachdenklich. Wann war das geschehen?

»Birger hat einen Sohn, den ich nie getroffen habe«, sagte Markus langsam. »Ich frage mich wirklich, was er von dem Ganzen hält.«

»Jetzt, wo du davon sprichst«, sagte der König und streckte sich auf seinem Stuhl, »fällt es mir wieder ein: Sein Sohn ist *hier*, auf dem Schloss. Es ist merkwürdig. Ich war sicher, dass er tot ist. Ich hatte ihn seit der Krönung nicht gesehen. Er wurde offenbar über Nacht zum Pilger und verschwand. Es ging das Gerücht, er sei verrückt geworden.«

Während Markus sich die Geschichte anhörte, wie das Königspaar Roland Birgersson auf Alvastra getroffen hatte, fragte er sich nicht zum ersten Mal, ob es da einen Zusammenhang gab: Der vermögende Birger lag im Sterben, und genau in diesem Moment tauchte sein Sohn wieder aus der Versenkung auf. Reiner Zufall, oder steckte da doch etwas anderes dahinter? Aber vielleicht bin ich zynisch, dachte er und spielte mit einer Schreibfeder. Vielleicht liebt dieser zurückgekehrte Sohn seinen Vater wirklich.

Eher geht ein Kamel durch ein Nadelöhr …

Der König gab einem seiner Pagen ein Zeichen. »Lass nach Roland Birgersson zu suchen!«, befahl er. Der Bursche eilte davon.

Gut, wenn die Sache erledigt ist, dachte Markus. Er würde diesen Roland begrüßen, doch dann wäre das Thema für ihn beendet. Sie hatten bisher nichts miteinander zu tun gehabt, und das würde auch in Zukunft so bleiben. Markus wandte sich um und konzentrierte sich wieder auf die Dokumente, die der König mit ihm diskutieren wollte.

Als sich die Tür das nächste Mal öffnete, wurde ein großer, grauhaariger Mann hereingelassen. Der Mann war prachtvoll gekleidet, beinahe übertrieben. Das Haar reicht ihm bis auf die Schultern, und der rote Umhang wurde von einer schweren Goldkette über der Brust zusammengehalten. Seine roten Handschuhe waren ebenfalls mit Gold verziert, und der schmale Degen schimmerte wie ein Schmuckstück.

Der König stellte sich breitbeinig und lächelnd hin und sagte: »Das ist mein Freund Roland Birgersson.«

Roland verbeugte sich, elegant und formvollendet.

Der König fuhr fort: »Und das ist Markus Järv, meine rechte Hand. Er erzählte mir gerade, dass er deinen Vater besucht hat.«

Markus streckte seine Hand aus.

Roland Birgersson schüttelte sie und lächelte ein höfliches Lächeln, das die Augen nicht erreichte. »Welcher Familie gehörtest du noch mal an?« fragte Roland mit unverhohlener Verachtung. Diesen Tonfall hatte Markus schon viele Male vernommen. Aber seit Langem hatten die Beleidigungen wegen seiner Herkunft aufgehört, wehzutun.

»Keiner«, antwortete er ruhig. Roland konnte ihn verachten, wie er wollte, denn Markus war auch nicht gerade von diesem Aasgeier mit dem bunten Gefieder beeindruckt, der nur darauf zu warten schien, dass sein Vater starb.

»Aha«, machte Roland. »Während der Jahre, die ich im Ausland verbracht habe, bist du also an der Seite meines Vaters gewesen. Das ist bemerkenswert. Er hat dich nie erwähnt. Nicht ein einziges Mal.«

Rolands Gesicht war zerfurcht, doch früher musste er ein äußerst attraktiver Mann gewesen sein. Markus hatte das merkwürdige Gefühl, ihm schon einmal begegnet zu sein.

»Wie habt ihr euch denn kennengelernt, du und mein Vater?«, fuhr Roland mit einem Lächeln fort. »Wenn ich fragen darf?«

Du kannst verdammt noch mal fragen, was du willst. Aber das bedeutet nicht, dass ich darauf antworten werde.

Markus betrachtete den Mann genauer. Roland kam ihm vor wie einer dieser typischen arroganten Adeligen, die es am Hof zu Dutzenden gab. Am liebsten hätte er ihn einfach aus seinem Gedächtnis gestrichen. Doch irgendetwas hielt ihn davon ab. Es war etwas mit den roten Handschuhen. Etwas mit dem grauen Haar und dem höhnischen Lächeln. Irgendetwas …

Roland beobachtete den großen bärtigen Mann und dachte, dass er eigentlich Angst verspüren sollte. Doch merkwürdigerweise spürte er vor allem Erregung. Hier stand er, von Angesicht zu Angesicht mit dem Sohn der Hure, und wurde nicht wiedererkannt. Das war ausgezeichnet. Er suchte in diesem Markus nach einer Ähnlichkeit mit Anna, doch abgesehen von den Augen fand er nichts.

Roland Birgersson hatte die schöne Anna getroffen, als er sehr jung gewesen war. Anna war der einzige Mensch gewesen, der ihn zur Ruhe hatte bringen können. Zumindest für eine Weile. Doch dann hatte Anna angefangen, sich zu beklagen. Früher oder später begannen sie alle, sich zu beklagen und Dinge zu verlangen, die er ihnen nicht geben konnte. Er hatte nicht vorgehabt, Anna zu töten, aber gegen Ende hatten sie sich nicht mehr so oft gesehen, und sie hatte sich über etwas beklagt, woraufhin er sie geschlagen hatte. Sie hatte geschrien. Und dann war wie aus dem Nichts ein kleiner Junge aufgetaucht.

Roland ließ den Blick auf dem Mann mit den schwarzen Augen ruhen, der ihm nun mit verbissenem Gesichtsausdruck gegenüberstand. Damals hatten sie sich das allererste Mal gesehen. Markus, ein kleiner Knirps, hatte seine Mutter Anna verteidigt. Roland hatte noch nicht einmal gewusst, dass Anna ein Kind hatte. Doch Markus – der Knirps – hatte sich wie ein kleines, knurrendes Tier auf ihn gestürzt und Roland in die Hand gebissen. Die Zähne waren bis auf die Knochen gegangen. Rasend vor Wut hatte Roland nach seinem Dolch gegriffen. Und dann war es gekommen, wie so oft, wenn Frauen beteiligt waren. Anna hatte sich zwischen den Dolch und ihren Sohn geworfen, und der Dolch hatte sich in ihre Brust gebohrt. Noch heute erinnerte sich Roland an den zischenden Laut der punktierten Lunge, an das Blut, das hervorgequollen war, und an den schreckgelähmten Blick des Jungen. Diesen Moment würde er nie vergessen. Und selbst wenn, gab es da noch immer die Narbe, die ihn daran erinnern würde. Sie war nie ordentlich verheilt.

Anna war auf dem Fußboden des kahlen Zimmers gestorben, in dem sie ihren Körper verkauft hatte. Sie war eine Dirne gewesen, eine von Hunderten von Frauen in der Stadt, die die Männer bedienten, doch Roland hatte sie tatsächlich zwischendurch vermisst. Das Kind hatte er erst gejagt, dann aus den Augen verloren, und sich schließlich entschieden, dass er sich die Mühe sparen konnte. In Stockholm wimmelte es von Bastarden, und nur wenige überlebten länger als ein Jahr auf den unbarmherzigen Straßen der Stadt.

»Wie hast du meinen Vater kennengelernt?«, wiederholte Roland, obwohl er es nur zu gut wusste. Birger hatte Markus das Leben gerettet, anstatt ihn zu töten, wie er versprochen hatte.

Aus irgendeinem Grund erinnerte sich Markus plötzlich an den Tod seiner Mutter, als er dem höhnischen Blick Roland Birgerssons begegnete. Etwas hatte ihn daran erinnert, wie er den Mörder seiner Mutter gebissen hatte. Der Biss war tief gewesen, und er hatte den Geschmack von Blut und den Schrecken nicht vergessen. Doch dann war er geflohen, und er hatte sich nie verziehen, seine Mutter im Stich gelassen zu haben.

Er hatte sich in den Gassen versteckt und war erst zurückgekehrt, als es hell geworden war. Der Körper seiner Mutter hatte in einer Blutlache gelegen. Starr vor Trauer und Angst hatte er die wenigen Habseligkeiten seiner Mutter zusammengesucht und dann das Zimmer verlassen, das sie gemietet hatte. Von dem Zeitpunkt an hatte er auf der Straße gelebt, bis zu dem Tag, an dem Birger ihn gerettet hatte.

»Birger nahm mich bei sich auf, als ich dreizehn Jahre alt war. Ich durfte für ihn arbeiten, und er trainierte mich«, sagte er kurz.

Wenn er nur darauf gekommen wäre, was so furchtbar an ihm nagte.

Graues Haar, rote Handschuhe. Graues Haar, rote Handschuhe.

Roland konnte regelrecht sehen, wie es in Markus' Hirn arbeitete. Er fragte sich, ob Markus das Rätsel lösen und was das für ihn selbst bedeuten würde. Sollte er auf der Hut sein?

Der König sprach weiter über seine Angelegenheiten, und Roland antwortete höflich und automatisch, während er den Schreibtisch des Königs überblickte. Stapel aus Pergamentrollen und Büchern gaben Auskunft darüber, dass die beiden Männer in Arbeit vertieft gewesen waren. Wut stieg in ihm auf. Der Hurensohn hatte es wirklich zu etwas gebracht. Erst ließ Birger sich von ihm blenden und dann auch noch der König höchstpersönlich, während Roland an die Peripherie verbannt wurde. Es war höchste Zeit, das Gleichgewicht wieder herzustellen. Zwei Mal hatte er bereits versucht, diesen Markus umzubringen. Zuerst dort im Zimmer, wo Anna gestorben war, und dann ein weiteres Mal.

Sechs Jahre nach Annas Tod war Roland nach Stockholm zurückgekehrt. Es war das Jahr 1336, das Königspaar sollte in der Kirche gekrönt werden. Stockholm war festlich geschmückt gewesen, und Roland hatte sich hinaus in die Straßen der Stadt begeben, rastlos und durstig. Er war in einem Wirtshaus gelandet, hatte Bier getrunken und sich ausnahmsweise einmal zufrieden gefühlt. Er war ein wenig berauscht gewesen, doch nicht so stark, dass er nicht die flinken Finger des Taschendiebes an seinen Kleidern hatte spüren können. Als er sich umgewandt und die mageren Handgelenke des Taschendiebes gepackt hatte, hatte er wieder in diese schwarzen Augen geblickt. Sie waren härter und älter gewesen, die Jahre auf der Straße hatten alles Kindliche zerstört. Doch Roland hatte den Taschendieb direkt an seinen schmutzigen schwarzen Haaren und dem arroganten Blick erkannt und gefragt: »Wie heißt du?«

Der Junge hatte sich in seinem Griff gewunden und geantwortet: »Markus«, und noch immer erinnerte sich Roland an die Euphorie, die er verspürt hatte.

»Bist du der Sohn der Hure?«, hatte er gefragt und gedacht, dass es unglaublich war, dass der Junge immer noch lebte.

»Meine Mutter hieß Anna«, hatte der junge Markus trotzig geantwortet und damit sein Schicksal besiegelt.

Roland hätte ihn sofort töten können, wenn es nicht so viele Zeugen gegeben hätte. Stattdessen sorgte er dafür, dass der Junge in den Kerker geworfen wurde, um bald darauf gehenkt zu werden. Roland war so zufrieden gewesen, dass er etwas sagte, was er hätte für sich behalten sollen: »Jetzt kommst du in dieselbe Hölle, in die ich die jammernde Hure geschickt habe!«

Doch dann hatte sich die Nachricht wie eine Lauffeuer durch die Stadt verbreitet: Anlässlich der Krönung sollte eine große Anzahl Gefangener begnadigt werden. Und Markus, der dreizehnjährige Taschendieb, war einer von ihnen.

Roland war von Panik ergriffen worden, woraufhin er sich seinem Vater anvertraut hatte. Das hatte er bisher noch nie getan. Birger war geschockt darüber gewesen, dass Roland eine Frau getötet hatte, was typisch für den Vater gewesen war. Er sah nicht das, was wichtig war. Doch dann war Birger zur Vernunft gekommen und hatte gesagt, dass er sich darum kümmern wolle.

»Was wirst du tun?«, hatte Roland gefragt.

»Ich werde ihn töten«, hatte die kurze Antwort seines Vaters gelautet. Er hatte ihn angesehen, wie er es immer tat, wenn er ihm einen Vortrag darüber hielt, wie Rolands Bosheit alles zerstörte und wie wenig er taugte. Doch der Vater hatte sein Versprechen nicht gehalten, und nun stand Roland vor dem Mann, den er zwei Mal zu töten versucht hatte. Und dann sah Roland, wie es passierte. Wie Markus Järv den Zusammenhang herstellte.

Die Einsicht traf Markus mit voller Wucht. Er trat einen Schritt auf Roland zu. Graues Haar, das einmal dunkel gewesen war. Ein Mann, der ihn in den Kerker hatte werfen lassen. Ein Mörder mit einer Hand, die er unter einem Handschuh verbarg. Zwei Mal hatten sie sich getroffen. Und nun standen sie sich wieder Auge in Auge gegenüber.

»Zeig mir deine Hand!«, sagte er kurz.

Mit einem leichten Lächeln reichte Roland ihm die Hand. Er wirkte nicht im Mindesten beunruhigt, und der Schatten eines Zweifels ließ Markus zögern. Doch er konnte sich nicht geirrt haben. Es konnte nicht sein.

»Markus?«, fragte der König verwundert.

Markus war erschüttert, sein Schädel brummte, und er versuchte, klar zu denken. Doch er musste die Gewissheit haben. »Nimm die Handschuhe ab«, verlangte er.

Roland hob eine Augenbraue. »Wenn du mich so freundlich darum bittest«, sagte er, immer noch verbindlich lächelnd. Langsam zog er den Handschuh aus. Eine rote Narbe in Form eines Halbkreises leuchtete ihnen entgegen.

»Wie ist das passiert?«, fragte Markus erstickt.

»Das hier?« Roland wedelte mit der Hand. »Eine Ratte hat mich gebissen. War ein verdammtes Glück, dass ich nicht gestorben bin.«

Markus versuchte zu tun, was er gewohnt war: die Situation zu analysieren und dann einen Plan zu entwickeln. Doch er konnte kaum klar denken. »Du bist es«, flüsterte er.

Der König hatte sich erhoben. Die beiden Wachen an der Tür waren herbeigetreten und hatten ihre Waffen gezückt. »Markus, was ist los?«, fragte der König.

Doch Markus antwortete nicht. Er stürzte sich auf Roland und drückte ihn mit solcher Kraft zurück, dass er gegen die Wand knallte. Er hörte den König rufen, doch das Einzige, was er denken konnte, war, dass dieser höhnisch grinsende Roland Birgersson der Mörder seiner Mutter war.

»Markus!«

Eine Hand landete auf seiner Schulter. Fast hätte Markus zugeschlagen, doch dann sah er, dass es der König war. Mit beinahe übermenschlicher Kraft beherrschte er sich. Auf den Befehl des Königs hin senkten die Wachen ihre Waffen und zogen sich zurück.

Markus ließ den hustenden Roland los und hob seine Hände, um zu zeigen, dass er sich wieder gefangen hatte. »Er hat meine Mutter ermordet. Ich erkenne ihn wieder.«

Der König blickte erst skeptisch zu ihm und dann auf den keuchenden Roland. »Du hast immer gesagt, dass du den Mörder deiner Mutter nicht gesehen hast. Dass du nicht weißt, wer er ist.« Die Stimme des Königs war voller Zweifel.

»Ich habe ihn gebissen. Er ist es.«

Er musste es sein.

Oder irrte er sich?

Der König musterte Roland. Das Gesicht des grauhaarigen Mannes war voller Mitleid. Er strich sich die Kleider glatt und lächelte so freundlich, dass Markus außer Fassung geriet. Roland hatte eine Art Verwandlung vollzogen. Jetzt wirkte er plötzlich so demütig und wohlwollend, dass man ihn unmöglich für einen Mörder halten konnte.

»Du irrst dich«, sagte Roland.

Der Zweifel übermannte Markus.

»Du musst einsehen, dass ich nichts tun kann«, sagte der König. »Du warst noch ein Kind. Roland bestreitet das, es steht Aussage gegen Aussage. Es tut mir leid, Markus, aber es ist so lange her.«

Markus wusste nicht, was er entgegnen sollte. »Er ist es«, wiederholte er, doch bemerkte selbst die Unsicherheit in seiner Stimme.

»Genug jetzt!«, sagte der König mit scharfem Tonfall. »Keine Anschuldigungen mehr ohne Beweis. Du standest im letzten Jahr unter Druck und bist seit der russischen Gefangenschaft noch nicht wieder du selbst. Und du weißt auch, dass das Gedächtnis einem einen Streich spielen kann.«

Markus öffnete den Mund, um zu protestieren. Doch dann erinnerte er sich daran, wie er Falke erst wiedererkannt hatte, als es schon zu spät gewesen war. Konnte er sich in Roland getäuscht haben? Er schaute sich im Raum um. Sah ihre skeptischen, zweifelnden und verwirrten Blicke.

»Wenn Ihr verzeiht«, sagte er kurz, verbeugte sich und verließ das Zimmer, bevor jemand noch etwas sagen konnte. Er fühlte sich, als würde er fliehen.

28

»Die Königin hat gut reden, wenn sie sagt, man solle für das kämpfen, woran man glaubt«, sagte Illiana missmutig. Sie zupfte an ihrem Schleier, der ihr nicht nur die Sicht einschränkte, sondern unter dem sie auch gewaltig schwitzte. Noch nie hatte sie so stark geschwitzt wie hier in Stockholm. »Was ich mich frage, ist, wie ich um Markus *kämpfen* soll, wenn er es vorzieht, *weg* zu sein«, fuhr sie fort. »Kannst du mir das sagen?«

Illiana blickte die Magd, die mit zusammengekniffenen Lippen und konzentriertem Blick neben ihr stand, gereizt an.

»Helvig? Hörst du mir überhaupt zu?«

»Ich versuche, es zu vermeiden«, flüsterte Helvig. »Das ist wahrscheinlich die einzige königliche Hochzeit, die ich in meinem Leben zu sehen bekomme. Meint Ihr nicht, wir können über all das nicht auch später reden?«

Illiana öffnete den Mund, um etwas darauf zu sagen, begnügte sich dann aber mit einem Schnauben. Danach schwieg sie gehorsam.

Die Doppelhochzeit zwischen den halländischen Herzögen und den adeligen Frauen Ingrid und Märta war ohne Zweifel das pompöseste Ereignis in Illianas bisherigem Leben.

Die Brautmesse war sowohl rührend als auch feierlich, die schöne Kirche voller Gäste aus ganz Nordeuropa und die Pracht einzigartig. Aber Illiana interessierte sich nicht im Geringsten dafür. Stattdessen starrte sie auf Markus, der vorne beim König stand, umgeben von den wichtigsten Gästen, und wachsam über die Versammlung blickte.

Seit sie zum Schloss gekommen und getrennt worden waren, hatten sie kein Wort mehr miteinander gewechselt. Ein paarmal hatte sie ihn in der Ferne vorbeieilen sehen. Ansonsten war das einzige Lebenszeichen, das sie in den letzten drei Tagen erhalten hatte, ein weiterer kurzer Brief gewesen, in dem Markus seine Abwesenheit bedauerte und erklärte, dass er mit anderen Dingen beschäftigt war.

Jetzt stand sie also hier, und dort vorne stand er. Wahrscheinlich hatte er sie nicht einmal gesehen. Illiana fixierte seinen Nacken mit ihrem Blick. Er schien ein leises Gespräch mit einer blonden Frau zu führen, die zumindest von hinten Ähnlichkeit mit Leda hatte. Illiana fragte sich, ob sie zu diesen anderen Dingen gehörte, mit denen er so *beschäftigt* war.

»Er ist überhaupt nicht mehr bei mir gewesen!«, flüsterte sie Helvig zu, unfähig, noch länger zu schweigen. Es tat weh, dieses Gefühl, was auch immer es war.

»Er hatte bestimmt viel zu tun«, antwortete Helvig kurz. »Seid jetzt still!«

Karl kam jedenfalls ständig zu Helvig. Karl hatte offensichtlich Zeit. Stellan hatte auch Zeit. Er tat nichts anderes, als mit den Frauen auf der Burg zu flirten. *Alle* hatten sie Zeit, außer Markus. Illiana wollte sich gerade weiter beklagen, kniff jedoch die Lippen zusammen, als sie Helvigs warnenden Blick sah.

Schräg vor ihnen stand Stellan. Als hätte er Illianas Blick gespürt, wandte er sich um und lächelte sie freundlich an. Er sah blendend aus in seinem gelben Hemd, das zu seinem goldenen Haar passte. *Dieser Mann* schenkte ihr wenigstens etwas Aufmerksamkeit. Scheu lächelte sie zurück, bevor sie wieder hinüber zu Markus schaute. Nun konnte sie sehen, wie die blonde Frau sich zu ihm hin lehnte, sodass ihre üppigen Brüste – ja, es war Leda – seinen Arm berührten. Illiana schluckte. Sie hatte keine große Lust, noch mehr gedemütigt zu werden. Als Stellan das nächste Mal ihren Blick suchte, lächelte sie deshalb ausgiebig und einladend. Sicherheitshalber lachte sie auf, winkte und – nicht, dass Stellan es auf die Entfernung sehen konnte – zwinkerte ihm sogar zu. Wenn Markus dastehen, sie ignorieren konnte und mit anderen Frauen flirtete, dann konnte sie in Gottes Namen ja wohl dem einzigen Mann zuwinken, der sich wenigstens die Zeit nahm, sie anzusehen. Stellan lächelte zurück, und falls er eine Spur verwirrt aussah, hatte sie nicht vor, das weiter zu beachten.

Aus den Augenwinkeln sah Markus, wie Illiana dastand und jemanden anlächelte. Verdammt, er wollte bei ihr sein statt hier stehen und sich höflich gegenüber Leda, dem König und der Welt verhalten zu müssen. Doch seit dem Zusammentreffen mit Roland konnte er nicht mehr klar denken. So viele Gedanken musste er ordnen, dass er Illiana regelrecht gemieden hatte. Es war so viel geschehen, dass er nicht länger wusste, was wesentlich war und was nicht. Gequält sah er sich in der prachtvollen Kirche um. Vor dreizehn Jahren waren König Magnus und Königin Blanche genau hier gekrönt worden. Er selbst hatte in einem Kellerloch auf seine Hinrichtung gewartet, zusammen mit einem Folterknecht, der sich an seiner Angst ergötzt hatte. Aber die Kirche ist schön, dachte er. Eine Schule gehörte dazu, in der die Knaben der Stadt lesen und schreiben lernten. Er hatte diese Schule auch besucht. Während der Zeit als Straßenkind hatte er manchmal – natürlich nur gnadenhalber – am Unterricht teilnehmen dürfen. Der Bastard der Hure besaß nämlich wider Erwarten einen schlauen Kopf. Die Priester hatten ihre Aufgabe, den Teufel aus seinem sündigen Leib auszutreiben, sehr ernst genommen. Viele seiner Narben besaß er seit seiner Zeit in der Kirchenschule.

Markus drehte sich um und sah über die Schulter zu Illiana.

Sie stand mit gesenktem Kopf neben Helvig. Ihn durchfuhr eine Welle der Unruhe. Alles, was er von jetzt an tat, würde auch Illiana berühren. Er konnte nicht einfach hingehen und Leute ermorden, wenn er sich um die Zukunft seiner Frau kümmern musste. Merkwürdigerweise war ihm das vorher nicht bewusst gewesen. Illiana bedeutete ihm etwas, das wurde ihm immer klarer. Doch zu einer weiteren Analyse seines Gefühlslebens war er derzeit nicht in der Lage. Was er für seine Frau empfand, war sehr kompliziert. Und sein Leben war auch so schon kompliziert genug. Er blickte suchend über die Menschenmenge nach Roland, sah ihn jedoch nirgends. Das Gefühl, in einem Meer aus Menschen nach dem Mörder seiner Mutter zu suchen, kannte er nur allzu gut. Er hatte es getan, seit Birger ihn gerettet hatte. Tagaus und tagein hatte er nach dem Mann gesucht, der ihn ins Gefängnis hatte werfen lassen, hatte gefragt und Ausschau gehalten. Doch niemand hatte Informationen über den Mann gehabt, der, wie er jetzt annahm, Roland gewesen sein musste.

Oder irrte er sich?

Markus kam der Gedanke, dass er vielleicht wirklich verrückt geworden war. Wenn er sich nun getäuscht hatte und sich Dinge einbildete? Wenn es stimmte, was der König gesagt hatte, dass er seinem Gehirn nicht trauen konnte? Das passierte mit Menschen, die zu lange im Krieg gewesen waren, sie verloren ihr Urteilsvermögen und sahen in jedem einen Feind. Markus hatte es bei anderen erlebt, doch niemals gedacht, dass es auch ihn betreffen konnte. Gerade hatte er begonnen, nach vorne zu blicken, die Vergangenheit hinter sich zu lassen und sich vielleicht ein gemeinsames Leben mit Illiana aufzubauen. Und dann war es passiert. Ein Gespenst aus der Vergangenheit war aufgetaucht und hatte ihn daran erinnert, dass das für ihn nicht möglich war. Er würde die Fesseln der Vergangenheit niemals abstreifen und hoffungsvoll in die Zukunft blicken können.

Endlich blickte Illiana wieder auf und begegnete seinem Blick über die Menschenmassen hinweg. Markus wollte lächeln und zu ihr gehen. Doch die Leute begannen, sich zu bewegen, Leda zog ihn am Ärmel und automatisch wandte er sich ab, der Augenblick war verloren. Als er das nächste Mal nach Illiana sah, war sie schon auf dem Weg aus der Kirche heraus.

Illiana und Helvig warteten vor der Kirche auf die Königin und ihr Gefolge. Es war eng, und Gesprächsfetzen drangen an Illianas Ohr.

»Ich verstehe nicht, was er an der grauen Maus findet«, sagte eine Frau mit spöttischer Stimme.

Illiana schluckte. Sie sprach doch nicht etwa von …

»Aber ich habe gehört, dass der König ihn gezwungen hat«, warf eine andere Frau ein. »Er ist offenbar verrückt geworden. Man sagt, er habe dem König Krieg angedroht.«

Schadenfrohes Kichern war zu hören, und Illiana musste sich nicht umdrehen, um sicher zu sein. Die Frauen sprachen über sie. Und sie wollten, dass sie es hörte. Sie sah zu Helvig, die missbilligend ihren Mund verzog. Auch sie hatte es gehört. Illiana versuchte so zu tun, als würde sie das gehässige Gerede nicht im Geringsten stören, merkte jedoch, dass es ihr nicht gelang.

»Der arme Järven«, sagte jemand. Illiana hätte am liebsten laut aufgestöhnt. Konnten sie nicht einfach *gehen* und sie in Ruhe lassen?

»Nein, *sie* tut mir leid«, kicherte eine der Frauen. »Die kleine Kröte. Wie sie nur aussieht … Er wird ihr niemals treu sein. Sie wird zu Hause sitzen und verrotten.«

Jemand lachte wiehernd, und die Stimmen entfernten sich,

jedoch nicht, ohne dass eine letzte Verunglimpfung zu hören gewesen wäre. »Warum sollte Markus Järv auch treu sein? Er kann doch jede haben. Ich würde jedenfalls gerne die Beine für ihn breit machen.«

Stille. Illiana zitterte.

»Ich dachte, das hättest du schon getan«, rief jemand, und Gelächter brach aus.

Illiana vermied Helvigs Blick, sie hielt es nicht aus, bemitleidet zu werden. Sie strich den Schleier zur Seite. Keine der Hofdamen trug ein Brusttuch oder einen Schleier. Sie hatten die glänzenden Haare kunstvoll hochgesteckt und mit Kettchen und Perlen geschmückt, die in der Sonne schimmerten. Ihre schönen Kleider waren figurbetont und weit ausgeschnitten. Düster blickte Illiana hinunter auf ihren eigenen sittsamen Rock und die eingeschnürte Brust. Man konnte den Frauen nur recht geben. Warum sollte sich Markus etwas aus ihr machen? Sie spürte, wie ihr Mut unaufhaltsam immer tiefer sank. Nun musste sie sich nicht länger fragen, warum Markus nicht bei ihr war. Die Antwort war sonnenklar.

»Kümmert Euch nicht um sie«, sagte Helvig leise.

»Tu ich nicht«, log Illiana, doch Helvigs mitleidiger Blick verriet, dass ihre Lüge leicht zu durchschauen war. Dieser Tag war einfach nicht ihrer. Sie versuchte krampfhaft, zu lächeln, als Stellan auf sie zukam. Er verneigte sich vor Illiana und fragte: »Geht es dir gut?«

»Ja«, antwortete sie.

»Ich …«, begann Stellan, unterbrach sich jedoch. Dann sagte er freundlich: »Das freut mich. Das Leben bei Hofe kann manchmal hart sein.«

Er sah so lieb und gutmütig und ungeheuer attraktiv aus, dass Illiana nicht nachdachte und fragte: »Können wir beide nicht heute Abend beim Essen nebeneinander sitzen?«

Um ehrlich zu sein, fand sie die Vorstellung eines weiteren Abendessens ohne Markus, umgeben von stichelnden oder sie ignorierenden Hofdamen, ziemlich unerträglich.

»Aber Markus …«, fing Stellan an.

»Ach, Markus«, sagte sie ungeduldig. »Er hat so viel anderes zu tun.«

Zum Beispiel, sich um Leda zu kümmern.

Sie klimperte mit den Wimpern und bat: »Bitte!«

Stellan nickte. »Es ist mir eine Ehre.« Er verbeugte sich ritterlich und fügte hinzu: »Dann ist es entschieden.«

Sie lächelte, doch gleichzeitig schnürte es ihr die Kehle zu.

Stellan betrachtet sie eingehend. Seine schönen Augen konnten beunruhigend durchdringend sein. »Sicher, dass alles in Ordnung ist?«, fragte er.

»Noch nie ging es mir besser«, antwortete sie und hoffte, dass Gott ihr verzeihen würde, dass sie hier auf dem Kirchhügel stand und log.

Stellan sah nicht sehr überzeugt aus, sagte aber nichts mehr.

29

Die Burg zu Stockholm war wie eine kleine Stadt innerhalb der großen Stadt. Sie versorgte sich weitgehend selbst, sodass die Bewohner in der Lage sein würden, einer möglichen Belagerung standzuhalten. Innerhalb der Mauern arbeiteten Schmiede, Schneider und Handwerker jeglicher Art.

»Nimm alles weg«, sagte Markus zum Barbier, der hinten in der Badestube stand und seine Messer schliff. Es duftete nach Blüten und Ölen, und von irgendwoher hörte man das Geräusch schwappenden Wassers.

Geübten Blickes musterte der Barbier Markus' Gesicht und gab dann einem seiner Laufburschen einen kurzen Befehl. Der Barbier wies mit dem Kinn auf einen Schemel, auf dem Markus sich niederließ. Markus streckte sich und spürte seine schmerzenden Muskeln, die gespannt waren wie Drahtseile. Aber zum Barbier zu gehen, sich hinzusetzen und rasiert zu werden sowie die Haare geschnitten zu bekommen lenkte ihn vom ewigen Kreisen seiner Gedanken ab, und genau das brauchte Markus jetzt.

Während Markus die verschiedenen Utensilien des Barbiers klappern hörte, stellte er fest, dass er so viele Gedanken zu ordnen hatte, dass er gar nicht wusste, wo er beginnen sollte. Der gestrige Zusammenstoß mit Roland beschäftigte ihn noch immer, und das daraus resultierende offene Misstrauen des Königs war ein Tiefpunkt für ihn gewesen. Er wusste noch nicht, wie er damit umgehen sollte. Und er war wütend auf den König, was ungewöhnlich war. Sie waren immer gut miteinander ausgekommen, und Markus hatte sich eingebildet, dass sie gegenseitigen Respekt füreinander hegten. Doch am gestrigen Tag hatte es ihn in seinen Grundfesten erschüttert, dass Magnus ihm offenbar skeptisch gegenüberstand. Seitdem herrschte Eiszeit zwischen ihnen. Er kratzte sich am Bart. Er würde noch einmal mit dem König reden müssen. Die Sache konnte nicht zwischen ihnen in der Luft hängen bleiben. Die Frage war nur, was er ihm sagen sollte. Es war ja nicht so, dass er Beweise gehabt hätte.

Misstrauisch betrachtete Markus das scharfe Messer, das der Barbier an einem geölten Ledergürtel schliff. »Wenn du damit abrutschst, wirst du für lange Zeit gar nichts mehr tun!«, sagte Markus kühl.

Doch der Barbier rollte nur mit den Augen und fuhr fort, sein Messer zu schleifen, vor und zurück über das blanke Leder. Einer seiner Burschen kam mit einer Schere, und Markus zwang sich, stillzusitzen, während der Barbier das Messer beiseitelegte, die Schere nahm, an ihn herantrat und begann, seinen Bart zu stutzen.

»Entspann dich, mein Junge, ich tue das schon seit zwanzig Jahren«, murmelte der Barbier.

Schon lange hatte niemand mehr zu Markus »mein Junge« gesagt, und er war kurz davor, den Barbier anzuschnauzen, beherrschte sich aber dann. Er entspannte sich tatsächlich ein wenig.

Markus hatte sich schon immer gefragt, was er tun würde, wenn er den Mörder seiner Mutter fand. Als Kind hatte er viele Nächte frierend und hungrig wach gelegen und sich ausgemalt, wie er sich rächen würde. Doch in jüngster Zeit hatte er mehrfach gedacht, ob es nicht besser sei, die Vergangenheit ruhen zu lassen. Und dann war das hier passiert. Es war, als hindere ihn die Vergangenheit daran, sich zugehörig zu fühlen. Er hatte nicht die geringste Ahnung, was er tun sollte, und zudem schien Roland verschwunden zu sein. Markus hatte ihn jedenfalls seit dem vorigen Tag nirgendwo am königlichen Hof mehr gesehen.

Der Barbier hatte inzwischen fleißig Messer und Schere geschwungen, und die schwarzen Locken lagen nun büschelweise zu ihren Füßen. Einer der Burschen fegte schnell die Haare zusammen, während der Barbier eine klebrige, duftende Creme auf Markus' Gesicht verteilte.

Markus hatte schon gestern Abend zu Illiana gehen wollen, sich nach ihrer Ruhe und ihrem milden Gemüt gesehnt. Aber stattdessen war er gegen sein Frust angegangen, indem er mit Karl und den anderen Männern trainiert hatte, bis der Schweiß in Strömen geflossen war. Trotzdem war er noch aufgedreht gewesen, und nun merkte er, dass er sich wieder nach Illiana sehnte. Es tat so gut, mit ihr zusammen zu sein, er war dumm, wenn er sich das nicht eingestand. Nur, weil sie demnächst getrennte Leben führen würden, musste er sich nicht jetzt schon von ihr entfernen. Bei dem Gedanken daran, sie zurückzulassen, verspürte er ein seltsames Gefühl in der Herzgegend. Aber darüber würde er jetzt nicht weiter nachdenken. Bisher hatte er keine Probleme damit gehabt, jemanden zu verlassen.

Aber Illiana ist nicht irgendjemand, flüsterte eine leise Stimme.

»Wenn du aufhörst, die ganze Zeit zu zucken, können wir Blutvergießen vermeiden«, murrte der Barbier.

»Ich habe gar nicht gemerkt, dass ich *gezuckt* habe«, sagte Markus kühl.

»Sitz einfach still. Und lehn dich zurück.«

Gehorsam streckte Markus den Hals nach hinten, sodass der Barbier ihn weiter rasieren konnte. Er lauschte dem kratzenden Geräusch und dachte daran, dass Illiana ihn noch nie ohne Bart gesehen hatte. Sie hatte sich darüber beklagt, dass es kitzeln würde. Er freute sich schon darauf, etwas repräsentabler auszusehen. Das hat nichts mit Eitelkeit zu tun, redete er sich ein. Normalerweise sah er nicht so unzivilisiert aus, und es war wirklich an der Zeit gewesen, etwas an Haaren und Bart zu ändern. Doch seit der Gefangenschaft hatte er es noch nicht geschafft, sich darum zu kümmern. Er schloss die Augen, als der Barbier ihm ein warmes Tuch über die frisch rasierten Wangen legte, und blieb mit seinen Gedanken bei seiner Frau. Illiana hatte heute früh in der Kirche verloren gewirkt, bevor er sie aus den Augen verloren hatte und von seinen Pflichten in Anspruch genommen worden war. Sie war so klein und zierlich. Das prunkvolle Leben am Königshof passte nicht zu ihr. Hier verschwand sie nur. Heute würde er sich ihr widmen, sich um sie kümmern. Darauf freute er sich schon. Aber das war ja wohl normal? Sie war seine Frau, und er wollte Zeit mit ihr verbringen. Das hieß noch lange nicht, dass er *verliebt* war oder so ähnlich.

Als Markus schließlich glatt rasiert war, wurde er eingecremt, gekämmt und herausgeputzt, bis er die Hand des Barbiers brüsk beiseiteschlug und sich erhob. Er strich sich über das Kinn. Es war ungewohnt und juckte. Außerdem roch er verdächtig nach Rosen, doch abgesehen davon stellte er fest, dass es sich richtig gut anfühlte. Er bezahlte den Barbier. Nun würde er nach seinen Männern sehen, sich einem Dokument widmen, das nicht länger warten konnte, und ein paar Worte mit Karl wechseln. Doch danach konnten ihn seine Pflichten kreuzweise. Er würde baden, und sich dann seiner Frau zuwenden.

»Ich bleibe für den Rest meines Lebens hier«, sagte Illiana.

Sie lag in ihrem Zimmer im Bett auf dem Rücken und starrte an die Decke.

»Ich bin das Sticheln und die abschätzigen Blicke so *leid*«, klagte sie laut.

Und sie war es leid, von Markus ignoriert zu werden, noch nicht einmal zu wissen, wo sich sein Zimmer befand. Genervt davon, nichtssagende Nachrichten darüber zu erhalten, wie beschäftigt er war, während er doch offensichtlich alle Zeit der Welt für Leda hatte.

Illiana befürchtete, dass ihre Ehe in Zukunft genau so sein würde. Vermutlich hätte ihr das klar sein müssen, doch gerade jetzt hatte sie keine Lust, stoisch alles zu akzeptieren.

»Ihr habt Stellan versprochen, neben ihm am Tisch zu sitzen«, warf Helvig von ihrem Schaukelstuhl aus ein. Sie biss den Faden entzwei, mit dem sie nähte, und betrachtete skeptisch das Stück Stoff. »Es sieht aus, als hätte ein Hund darauf herumgekaut«, stellte sie fest.

»Stellan wird schon klarkommen«, sagte Illiana. Es war ihr wichtig, ihre eigenen Probleme im Blick zu behalten.

Helvig legte das Stoffstück beiseite, das wirklich erbärmlich aussah, schaukelte ein wenig im Schaukelstuhl und fragte: »Habt Ihr gehofft, dass es anders sein würde?«

Illiana stieß einen Seufzer aus. *Natürlich* hatte sie es gehofft. Nach der Sache in den Fellen hatte es sich angefühlt, als seien sie einander nahegekommen. Aber Markus hatte es vielleicht ganz anders empfunden. Vielleicht hatte er sogar gedacht, dass es für eine Ehefrau nicht schicklich war, sich so zu benehmen. Vielleicht zog er Ledas Fingerfertigkeiten vor. Eifersucht war wirklich widerwärtig. »Ich habe keine Ahnung«, sagte Illiana düster. »Es ist ja nicht so, dass er mit mir reden würde.« Im Stillen hatte sie schon vermutet, dass Markus ihrer überdrüssig werden würde. Doch deshalb tat es nicht weniger weh.

»Ihr hasst ihn jetzt also?«, fragte Helvig.

»Du weißt, dass ich das nicht tue.«

»Ja, natürlich«, sagte Helvig seufzend und schloss die Augen. Sie schaukelte vor und zurück. »Und ich hatte wirklich gedacht ... Nein, es ist nicht gerecht.«

»Das *Leben* ist nicht gerecht.«

Illianas Magen knurrte. Sie war so niedergeschlagen gewesen, dass sie seit Ewigkeiten nichts mehr gegessen hatte, so fühlte es sich jedenfalls an. Und aus der Schlossküche drangen appetitanregende Essensdüfte. »Vielleicht sollte ich mich hinunter zum Festmahl schleichen und schnell eine Kleinigkeit essen«, überlegte sie laut.

»Oder Ihr bleibt dort«, sagte Helvig, ohne die Augen zu öffnen. »Unterhaltet Euch mit Stellan und amüsiert Euch. Ihr seid zu jung, um Euch dem Leben zu verschließen. Und noch seid Ihr nicht in dieser Burg, weit draußen im Nirgendwo. Ihr seid am königlichen Hof, Herrgott noch mal. Hier gibt es massenweise freundliche Menschen, und Ihr seid nie jemand gewesen, der sich versteckt.«

Illiana starrte immer noch die Balken an der Decke an. Sie war sich nicht so sicher, ob sie Helvigs Überzeugung teilte, dass es hier freundliche Menschen gab. Doch dann fasste sie einen Entschluss. »Du hast recht.« Sie stand auf, schlüpfte in ihre Schuhe, strich ihr Kleid glatt und sagte: »Komm!«

Helvig öffnete die Augen und blickte sie misstrauisch an. »Wohin wollen wir?«

»Wir sprechen mit der Königin. Komm, beeil dich!«

Auf dem Weg zu den Privatgemächern der Königin sank Illianas Mut sukzessive. Nachdem man ihr und Helvig Zutritt gewährt hatte, zögerte sie auf der Schwelle in das gemütliche Zimmer.

»Komm herein, Illiana«, sagte Blanche. Sie saß dort mit ihrem Hund auf dem Schoß und ihren Füßen auf einem kleinen Schemel. »Die Füße tun mir weh vom vielen Stehen in der Kirche, und zu Beginn meiner Schwangerschaften bin ich immer so müde.« Sie strich sich über den Bauch. »Ich ruhe mich ein wenig aus.«

»Eure Majestät«, sagte Illiana und knickste zutiefst verlegen vor ihr nieder. Plötzlich schien es ihr gar keine gute Idee mehr zu sein, bei der Königin des Reichs um Kleider zu betteln. Unglücklich dachte sie, dass sie besser auf ihrem Zimmer geblieben wäre und sich nicht dazu entschlossen hätte, das Beste aus dem Abend zu machen. Hinter hier scharrte Helvig mit den Füßen, und Illiana fand, dass alles Helvigs Schuld war, Helvig mit ihrem Gerede davon, sich zu amüsieren und sich nicht zu verstecken. Sie hoffte, dass sich die Magd genauso unbehaglich fühlte wie sie selbst.

Blanche blickte sie freundlich, aber fragend an, und Illiana wurde bewusst, dass sie schon eine Weile schweigend dagestanden hatte.

»Was wolltest du?«, fragte die Königin.

»Ich bitte um Verzeihung, falls ich mich irren sollte«, begann Illiana und wagte dabei kaum, der Königin in die Augen zu blicken. »Doch vor ein paar Tagen erwähntet Ihr, dass ich mir eventuell eines der venezianischen Kleider ausleihen könnte.«

Blanche sah fragend aus. »Sagte ich das? Welches Kleid meinst du?«

Illianas Mut sank weiter, das hier war eine ausgesprochen dumme Idee gewesen. Man ging nicht zur Königin des Landes und erinnerte sie an Dinge, die sie unbedacht geäußert hatte. »Ihr erwähntet kein bestimmtes, aber ich dachte an das gelbe«, sagte sie gequält. Es war einfach geschnitten und hatte nicht ganz so kostbar ausgesehen. »Nur für einen Abend«, fügte sie rasch hinzu.

Blanche sah sie lange an. »Jetzt erinnere ich mich an das Gespräch«, sprach sie dann langsam. »Aber habe ich das wirklich gesagt? Das gelbe?« Sie schüttelte den Kopf. »Es tut mir leid, Illiana, aber ich habe es Leda gegeben, es ist nichts für dich.«

Illiana schämte sich so, dass sie am liebsten im Boden versunken wäre. »Verzeiht. Ich wollte nicht unverschämt sein. Verzeiht.«

Illiana wandte sich um, um zu gehen, doch Blanche erhob sich und hielt sie mit einer Handbewegung zurück. Der kleine Hund sprang auf den Boden und schüttelte sich. Er trug ein rotes Halsband. Illiana dachte bei sich, dass sie noch nie einen Hund mit Halsband gesehen hatte.

Blanche ging zu einem Wandschirm, der in der Ecke stand. Über dem Schirm hing ein Stoffbeutel, der raschelte, als die Königin ihn Illiana reichte. Trotz des einfachen Stoffschutzes war es Illiana, als spüre sie das Kleid darunter. Es war wie ein lebendiges, sündiges Wesen, ein knisterndes, loderndes Geschöpf, das ungeduldig darauf wartete, freigelassen zu werden. »Diese Farbe wird dir viel besser stehen als Gelb«, sagte die Königin lächelnd. »Nimm es. Und sieh zu, dass deine Zofe etwas mit deinen Haaren macht. Den Schleier kannst du auf dem Land und tagsüber benutzen. Aber am Abend ...« Die Königin schüttelte den Kopf. »Nicht am Abend.«

»Danke!«, flüsterte Illiana, und sie sah etwas in den braunen Augen der Königin, das ihr das Gefühl gab, dass es trotz allem noch ein magischer Abend werden konnte.

Zusammen mit Helvig und mit dem Kleid über dem Arm verließ Illiana die Zimmer der Königin.

Freudig eilte sie zurück zu ihrem eigenen Zimmer. Triumphierend blickte sie Helvig an. Heute Abend würde sie etwas tun, das sie noch nie zuvor getan hatte.

Heute Abend würde sie flirten.

30

Nachdem sie in Illianas Zimmer zurückgekehrt waren, half Helvig ihr, in ein zartes Unterkleid mit sehr schmalen Trägern zu schlüpfen. Es war so fein gewebt wie Seide, und Illiana erschauerte, als es sich mit sanftem Hauch an ihren Körper schmiegte. Sie nickte Helvig zu, und schweigend begannen sie, die schlichte Stoffhülle zu öffnen, die das Kleid schützte.

Der Stoffschutz fiel zu Boden, und die Frauen starrten.

»Gütiger Gott!«, entfuhr es Helvig.

»Es sieht aus, als würde es leben!«, sagte Illiana.

Sie wagte es kaum, den schweren Seidenbrokat zu berühren, der wie ein exotisches rotes Geschöpf in ihrem kleinen Zimmer schimmerte und glänzte, doch Helvig nahm es mit zufriedenem Lächeln an sich. »Dieses Kleid wird keiner übertreffen können, das ist sicher.«

Die langen Ärmel waren eng anliegend und bildeten einen dreieckigen Zipfel auf dem Handrücken. Gemeinsam knöpften sie die stoffumhüllten Knöpfe zu, die am unteren Teil des Ärmels angebracht waren, und danach schnürte Helvig ihr das Kleid am Rücken. Sie zog an den Bändern, bis sich das Kleid eng und figurbetont wie eine zweite Haut nach Illianas Körper formte. Das Dienstmädchen trat vor sie und blickte sie bekümmert an. »Irgendetwas stimmt nicht. Man sieht sehr viel Haut!« sagte sie und zog am Ausschnitt.

»Nein, lass nur.« Illiana wehrte Helvigs Hände ab. »Es soll so aussehen. Aber kann man es nicht noch enger in der Taille schnüren?«

»Nicht, wenn Ihr noch atmen möchtet«, sagte Helvig. Sie betrachtete Illiana von oben bis unten. Ihr Blick verweilte auf dem engen, tief ausgeschnittenen Oberteil, über dem ihre Brüste wackelten wie Gelee. »Seht Ihr nicht, dass Eure Brüste aussehen, als würden sie explodieren?«

»Ich weiß«, erwiderte Illiana glücklich und streckte ihre Brüste noch mehr heraus. Der Effekt war wirklich erstaunlich. Mithilfe von Abnähern, die von außen nicht zu sehen waren, wurden ihre Brüste gleichsam angehoben, und als Illiana an sich hinunterblickte, sah es geradezu makellos aus. »Es ist wie ein Wunder«, sagte sie. Ihre unscheinbaren Brüste wirkten plötzlich groß und – tja, appetitanregend.

»Ja, tatsächlich«, sagte Helvig trocken. »Ein Wunder. Genau das dachte ich auch!«

»Sei nicht spitzfindig. Mach mir stattdessen die Haare!«

Helvig nahm das Holzkästchen, in dem sich der wenige Schmuck befand, den Illiana besaß. Die Magd öffnete es und begann, in den Perlen, Steinen und Ketten herumzukramen.

Währenddessen strich Illiana den Seidenbrokat über ihren Hüften glatt. Das Kleid saß am Bauch und ein Stück über die Hüften eng an, wurde dann aber weiter. Hinten bildete der Stoff eine lange Schleppe, die herrlich raschelte, wenn Illiana sich bewegte. Unten war der Rock mit Hermelinpelz gesäumt, mit schwarzen Punkten auf schneeweißem Fell. Illiana schlüpfte in die Seidenschuhe, die auch dazu gehörten. Sie waren dunkelrot, mit dicken Goldfäden bestickt und mit Perlen verziert.

Sie wartete geduldig, als Helvig ihre Zöpfe auskämmte und Bänder und Perlen in ihre Locken flocht, bevor sie einen Teil der Haarmasse aufsteckte. Der Rest fiel ihr in weichen Locken ums Gesicht und den Rücken hinunter. Illiana gab Rosenöl in ihre Hand, strich es sich ins Haar, bis es glänzte und verrieb den Rest auf ihrer Haut.

»Wie sehe ich aus?«, fragte Illiana nervös. Es war eine Sache, das gewagte Kleid anzuziehen, aber eine völlig andere, sich damit tatsächlich unter die Leute zu wagen. Ihr Mut sank. Mit einem Mal hatte sie große Lust, den ganzen Luxus von sich zu werfen und sich hinter ihrem gewohnten Schleier und den sittsamen Kleidern zu verstecken.

Helvig sagte nichts, sondern reichte ihr einen breiten Gürtel aus vergoldetem Leder, den Illiana mit zitternden Händen über ihren Hüften befestigte.

»Ich gehe dann wohl mal«, sagte Illiana und versuchte, unbeeindruckt zu wirken, merkte aber, dass es ihr gewaltig misslang.

»Viel Glück«, sagte Helvig.

Illiana zögerte und blieb im Raum stehen, unwillig, die Sicherheit zu verlassen. »Was wirst du tun?«, fragte sie. »Triffst du dich mit den anderen Dienstmädchen?«

»Nie im Leben«, entgegnete Helvig. »Die Schlossdienerinnen sind dumm wie Bohnenstroh.«

»Ich dachte, hier gäbe es eine Menge freundlicher Menschen«, sagte Illiana skeptisch.

»Karl möchte mir beibringen, Schach zu spielen.«

»Schach? Karl?«

Helvig machte eine abwehrende Geste mit der Hand, als hätte sie genug von Illianas Fragen. Sie scheuchte Illiana zur Tür. »Bringt mir etwas Süßes mit«, bat Helvig bestimmt und knuffte sie regelrecht zur Tür hinaus. Illiana wollte den Mund öffnen, um zu protestieren, doch die Tür hatte sich bereits hinter ihr geschlossen, und sie war allein.

»Gut, dann gehen wir wohl«, sagte sie zu ihren Brüsten. »Wir drei.«

31

Illiana hastete durch die Korridore zum Speisesaal. Sie beschleunigte ihre Schritte, damit ihr keine Zeit blieb, sich noch mal umzuentscheiden. Als sie in dem Gewölbe stehen blieb, das sich zum Saal hin öffnete, schlug ihr ein enormer Geräuschpegel entgegen. Von einem Balkon auf der einen Schmalseite schallte Musik herunter. Auf den prächtig eingedeckten Tischen verströmte ein Meer von Rosen und Pfingstrosen einen überwältigenden Duft.

Sie blieb eine Weile stehen und ließ die Pracht und die Geräusche auf sich wirken, unsicher, was sie als Nächstes tun sollte. Doch dann fiel ihr etwas höchst Interessantes auf: Männer, die sie in den letzten Tagen kaum eines Blickes gewürdigt hatten, zuckten zusammen, als sie sie erblickten. Einige von ihnen flirteten sogar eindeutig mit ihr, indem sie ihr lächelnd zuzwinkerten oder sich übertrieben verbeugten. Klopfenden Herzens und mit dem Gefühl, dass etwas Großartiges bevorstand, glitt Illiana in den Saal. Die Männer lächelten immer noch, und sie fühlte sich getragen von einer Welle der Vorfreude.

Auf einer Erhöhung in der Mitte des Saales tanzten Frauen mit fast schwarzer Haut einen Tanz, der mit einer Menge durchsichtigen Stoffes und klirrenden Ketten einherging. Die dunkelhäutigen Tänzerinnen waren schockierend leicht bekleidet, doch keiner der anderen Gäste schien sich daran zu stören, also beschloss Illiana, sich ebenfalls nicht darum zu scheren. Zwischen den Tischen bewegten sich Feuerschlucker und Jongleure, und von den Wänden beleuchteten Fackeln den riesigen Saal. Es war wie in einer Märchenwelt, in der die alltäglichen Gesetze und Regeln außer Kraft gesetzt waren, in der die Leute einander in stiller Übereinkunft die Erlaubnis erteilten, sich einen magischen Abend lang skandalös verhalten zu dürfen. Illiana sah sich um, hungrig und aufgeregt. Ein Mann warf ihr einen anerkennenden Blick zu, und sie lächelte automatisch zurück. Die Augen des Mannes glitzerten, und er kam auf sie zu. Im selben Augenblick hörte Illiana eine warme, sanfte Stimme hinter sich, die »Guten Abend!« sagte. Hastig wandte sie sich um. Da stand Stellan, lächelnd und in seiner ganzen Pracht, und alle anderen Männer schienen plötzlich in den Hintergrund zu treten. Er durchbohrte sie mit seinen Blicken, und Illiana lief ein Schauder der Erwartung über den Rücken.

»Guten Abend!«, erwiderte sie lachend.

Stellan ergriff ihre Hand, hielt sie auf eine Armlänge Abstand und betrachtete sie mit unverhohlener Bewunderung in den bernsteinfarbenen Augen. Illiana spielte mit und neigte leicht ihren Kopf, wie eine Prinzessin, die ihren Untertan begrüßt. Es war in Stellans Augen zu lesen – genau wie in denen der anderen Männer: Sie war schön. Es war möglicherweise das aufregendste Gefühl, das sie je erlebt hatte. Den Kopf zur Seite gelegt, klimperte sie mit den Wimpern und stellte fest, dass Stellan seinen Blick nicht von ihr abwenden konnte.

Ein neckisches Lächeln spielte in Stellan Mundwinkeln. »Markus ist nicht hier.«

Illiana schob die unerwartet heftige Enttäuschung darüber beiseite, dass sie offenbar einen weiteren Abend ohne Markus würde verbringen müssen, und lächelte stattdessen.

Stellan trat einen Schritt näher und führte ihre Hand an seinen Mund. »Darf ich zu hoffen wagen, dass all das« – er blickte sie anerkennend an –»meinetwegen ist?« Er küsste ihre Hand und bedachte sie mit einem weiteren seiner glühenden Blicke. Es bringt nichts, dachte Illiana, sich nach einem abwesenden Ehemann zu verzehren. Stattdessen sollte sie sich lieber darüber freuen, dass Stellan hier stand und mit ihr flirtete. Wenn sie es sich recht überlegte, hatte sie auch Leda noch nicht entdeckt. Vielleicht waren Markus und die Hofdame zusammen? Schnell verdrängte Illiana den unangenehmen Gedanken. Heute Abend wollte sie sich *amüsieren*. Und mit wem konnte man sich besser amüsieren als mit Stellan – der Mann mit den heißen Blicken und dem sündigen Lächeln?

»Gefällt dir mein neues Kleid?«, fragte sie, lächelte herausfordernd und ahmte damit schamlos das Verhalten der Hofdamen nach.

Stellan grinste, als würde er durchschauen, was sie im Schilde führte. »Ja, ich nehme an, Markus hat es verdient«, sagte er und nahm ihre Hand. »Er ist einfach selbst schuld.«

»Keine Ahnung, wovon du sprichst«, sagte Illiana leichthin. »Heute Abend möchte ich mich bloß unterhalten. Ich kümmere mich nicht mehr um Markus, als er sich um mich kümmert.« Sie probierte aus, sich die Lippen zu befeuchten, und anschließend süß zu lächeln, nur um zu sehen, was passierte. Die Wirkung zeigte sich sofort. Stellan drückte ihre Hand noch fester, und Illianas Zustand näherte sich dem der Euphorie.

Ist es wirklich so einfach?

Sie klimperte mit den Wimpern und wurde mit einem weiteren bewundernden Blick belohnt, der ein angenehmes Prickeln in ihrem Körper zur Folge hatte.

Ja, offensichtlich war es so einfach.

Markus hatte am täglichen Training mit den Soldaten des Schlosses teilgenommen. Zusammen mit Karl hatte er Angriff und Verteidigung geübt, immer und immer wieder. Nun war er spät dran für die abendlichen Festivitäten. Der Lärm der Feierlichkeiten hallte schon über den Burghof, doch er wollte sich noch die Zeit nehmen, sich zu waschen, bevor er sich für das Essen umzog. Die anstrengende physische Betätigung hatte ihm gutgetan, und er fühlte sich ruhiger und fokussierter. Er wusch sich mit kaltem Wasser direkt aus dem Schlossbrunnen und zwang sich, die Kälte auszuhalten, die seinen Körper erfasste. Er reinigte sich hastig, aber nicht ohne sich die Zeit zu nehmen, dabei an Illiana zu denken. Plötzlich konnte er sich kaum beherrschen. Er sehnte sich danach, sie zu treffen. Diese Wirkung hatte Illiana einfach auf ihn. Sie passten gut zusammen. Physisch, fügte er schnell für sich hinzu, nur physisch, nichts anderes.

Als Markus – frisch rasiert, gewaschen und umgezogen – hinunter zum Festessen ging, fühlte er sich beinahe wieder wie ein Mensch. Roland und der König – an all das würde er später denken, nicht jetzt. In den Schlosskorridoren wimmelte es von Menschen, und alle möglichen fremden Sprachen waren zwischen den Steinwänden zu vernehmen. Fackeln steckten in Haltern entlang der Wände, und vom Saal her hörte man, dass das Fest schon in vollem Gang war.

Leda trat aus der breiten, gewölbeartigen Türöffnung. Als sie Markus erblickte, lehnte sie sich mit der Hüfte an den Türrahmen und lächelte sinnlich.

»Ich hatte schon fast die Hoffnung aufgegeben, dass du noch kommst«, sagte sie und lachte ihr tiefes Lachen.

Sie war wirklich eine außergewöhnlich schöne Frau, und im Normalfall hätte Markus keine Sekunde gezögert, auf ihre einladenden Gesten einzugehen. Leda hatte in den letzten Tagen mehr als deutlich signalisiert, dass sie nicht abgeneigt war. Widerwillig blieb Markus stehen. Aus dem Saal waren Flötenspiel, Trommeln und Gesang zu hören. Er wollte Leda gegenüber nicht unhöflich sein. Sie hatten einige vergnügliche Momente miteinander verbracht, und er wusste, dass sie tiefunglücklich in ihrer Ehe war, doch er konnte nur daran denken, dass Illiana irgendwo dort drinnen war. Es war ihm nicht klar gewesen, wie sehr er sie vermisst hatte, und wie wohl er sich in ihrer Gesellschaft fühlte. Es tat so gut, sich in ihrer Aufmerksamkeit zu sonnen und sich in ihrer sanften Ruhe zu entspannen. Also grüßte er Leda höflich, ging dann an ihr vorbei, trat in den Saal und sah sich nach seiner kleinen Ehefrau um.

Vielleicht war Illiana schon einmal noch besserer Laune gewesen, doch ehrlich gesagt wusste sie nicht, wann das gewesen sein sollte. Das hier war in jedem Fall einer der besten Abende ihres Lebens.

»Denn offenbar«, sagte Illiana zu Alfonso, dem jungen Mann mit der olivfarbenen Haut, der sie gerade mit voller Aufmerksamkeit und ungehemmter Heiterkeit betrachtete, »kann man Goldringe in allen möglichen Körperteilen haben.«

Mit herrlich frechem Glitzern in den Augen lehnte sich Alfonso zu ihr, legte eine Hand auf ihren seidenumhüllten Arm und fragte: »Wirklich? In welchen denn?«

Noch einer der Männer wandte sich ihr mit interessiertem Blick zu. Illiana legte den Kopf zur Seite. Das Lachen kullerte aus ihr heraus. Der Wein, den sie tranken, berauschte sie, das ganze Schloss war berauschend, doch am allermeisten berauschten sie all diese Männer, die ihr so angenehm Gesellschaft leisteten. Sie standen in einem Halbkreis um sie herum und lauschten andächtig jeder Äußerung, die über ihre Lippen kam.

»Da bin ich ehrlich gesagt unsicher«, sagte sie und biss sich auf die Lippe. (Männern schien das zu gefallen, und tatsächlich kamen alle noch ein Stück näher heran.) »Derjenige, der es mir erzählt hat, blieb etwas vage, was die Details angeht. Aber ich denke, es handelte sich um unaussprechliche Körperteile«, sagte sie und lächelte.

Alfonso, ein spanischer Prinz – oder vielleicht auch nur Herzog –, nahm ihre Hand und führte sie an seine Lippen. Er drückte einen heißen Kuss auf ihre Handfläche, und Illiana ließ ihn gewähren, da ihr kein einziger Grund einfiel, warum sie ihn hätte bitten sollen, damit aufzuhören.

»Stellan«, sagte sie atemlos über die Schulter hinweg, während Alfonso ihre Handfläche mit sanften Küssen bedeckte. »Ich nehme an, du ziehst dich nicht aus und zeigst diesen freundlichen Herren deinen Goldring, oder?« Sie zwinkerte. »In deinem unaussprechlichen Körperteil?«

Stellan nahm ihre andere Hand, drehte sie um und küsste die Innenseite ihres Handgelenkes. »Leider nicht hier, meine Schöne«, murmelte er.

»Das hatte ich befürchtet«, seufzte Illiana.

»Ich glaube, ich liebe Euch!«, bekundete Alfonso.

Illiana zog die Hand zurück, die der spanische Jüngling gehalten hatte, und sagte mit gespielter Strenge: »Such dir ein Mädchen in deinem Alter!«, obwohl der Altersunterschied zwischen ihnen nicht viel mehr als ein Jahr betragen konnte. »Eine Prinzessin vielleicht. Du interessierst dich doch nicht für ein schwedisches Bauernmädchen!«

»Ihr ahnt nicht, was mich alles interessiert«, erklärte Alfonso. »Vielleicht bin ich jung«, fuhr er fort, »aber ich bin erfahrener, als Ihr glaubt.« Und mit diesen Worten tauchte er einen Finger in seinen Weinbecher, nahm ihn heraus, steckte ihn in den Mund und saugte an ihm, während er Illiana mit glühendem Blick anlächelte.

Sie hätte es skandalös finden sollen, aber es ging nicht, Alfonso war himmlisch wie kandierte Früchte und süßer Wein. Er war so jung, fröhlich und aufmerksam, dass es wie Balsam für ihr geschundenes Selbstwertgefühl war. Auch Stellan bewirkte mit seinen bewundernden gemurmelten Worten, dass sie sich wunderbar attraktiv fühlte. Vielleicht war sie ungerecht, aber wenn Illiana ihre Augen schloss und die beiden Männer ihre Haut küssen ließ, konnte sie sich vorstellen, dass es Markus' Lippen waren, und diese Fantasie machte sie ganz matt.

Bengt (oder Björn) flüsterte ihr ins Ohr: »Ich vergöttere Euer Kleid!«

»Es ist aus Venedig«, flüsterte sie zurück. Wenn sie ehrlich war, musste sie den Großteil des abendlichen Erfolges dem grandiosen Kleid zuschreiben. Hätte sie gewusst, dass es so einfach war, sich zu amüsieren, hätte sie es schon viel früher getan, anstatt dazusitzen und sich nach Markus zu verzehren.

»Venedig«, sagte Bengt/Björn mit träumerischer Stimme. Sein Blick wich nicht mehr von den beiden Hügeln, die ihre Brüste waren, und da Illiana großzügig gestimmt war, atmete sie tief ein. Die Brüste hoben sich folgsam gegen den glänzenden Stoff.

Er stöhnte auf und fiel dann dramatisch vor ihr in die Knie. »Euer treu ergebenster Diener.« Er nahm ihre Hand, die gerade frei war, und bedeckte sie mit feuchten Küssen.

»Wenn Ihr schon da unten seid, könnt Ihr auch meine Schuhe bewundern«, kicherte Illiana. »Weil Ihr ja entzückt seid von Dingen, die aus Venedig kommen, nicht wahr?« Entgegenkommend hob sie ihren schweren Rock und streckte eine verzierte Schuhspitze heraus. Bengt/Björn wimmerte so hingerissen, dass Illiana lachen musste.

»Es scheint dir gut zu gehen«, sagte Stellan und reichte ihr ein kleines Glas mit süßem Wein. Illiana nahm das Glas, und Stellans goldener Zeigefinger streichelte ihren. Sie führte das Glas zum Mund und seufzte vor Behagen. Bengt – sie war fast sicher, dass er Bengt hieß – schien es am Boden zu ihren Füßen ausgezeichnet zu gefallen. Alfonso küsste die Fingerspitzen ihrer anderen Hand, und die übrigen Männer wetteiferten damit, wer ihr ein Glas Wein reichen durfte. Illiana hatte immer Wert darauf gelegt, gerecht zu sein. Daher entschloss sie sich, niemanden Bestimmten zu bevorzugen, sondern aus allen Gläsern zu trinken.

»Weißt du, als ich dich traf, dachte ich, dass du der schönste Mann bist, den ich je gesehen habe«, sagte sie zu Stellan über den Rand ihres Glases hinweg.

»Und jetzt?«, fragte Stellan lachend. Er nahm ihr das Weinglas aus der Hand. »Trink nicht so schnell, du Schöne. Der Wein des Königs ist nicht verdünnt.«

»Mal sehen«, sagte Illiana. Sie war herrlich beschwipst, und sogar der Schwindel im Kopf fühlte sich angenehm an. »Hier gibt es so viele Männer, vielleicht habe ich mich auch geirrt. Vielleicht bist du bloß einer von vielen.« Sie blickte umher, um die männlichen Gäste genauer unter die Lupe zu nehmen, und registrierte aus den Augenwinkeln, wie sich ein hochgewachsener Mann näherte. Etwas an seiner Größe und dem selbstsicheren Gang erinnerte sie an Markus, und sofort spürte sie wieder ein Prickeln in ihrem Körper. Illiana nippte am nächsten Glas Wein, das ihr Stellan jedoch auch wieder vorsichtig aus der Hand nahm. Hm. Das war seltsam … Der Mann, der sich energischen Schrittes näherte, trug eine Tunika aus dunkelblauer Seide, die exakt jener glich, die Markus besaß. Und dann sah sie, dass der Mann Markus *war*. Dann konnte sie nicht mehr denken, denn er hatte sich schon durch die Männer hindurchgedrängt und sich neben ihr aufgetürmt, breitschultrig und groß und duftend und …

Illiana fiel die Kinnlade herunter.

Gütiger Gott!

Markus blickte sie kühl an und lächelte steif. »Guten Abend!«, Er sah voller Abscheu auf den Mann zu Illianas Füßen, der dabei war, sich wieder aufzurichten. Die absurde Situation und der Schock, Markus endlich wiederzusehen, ließen Illiana beinahe in hysterisches Lachen ausbrechen.

Sie unterdrückte ein Kichern. »Sieh an, du hast dich rasiert!«, rief sie, als sei es nicht mehr als ein unbedeutendes, angenehmes Ereignis. Innerlich hüpfte ihr Herz wie verrückt vor Glück.

Grübchen! Er hat Grübchen!

Die Grübchen veränderten Markus' sonst eher hartes Gesicht vollkommen. Sie machten ihn jünger, menschlicher und ungeheuer attraktiv.

»Ich habe mich verspätet«, sagte er immer noch kühl, »doch jetzt bin ich hier.«

»Ja, das sehe ich«, sagte Illiana und trank vom Wein, der ihr wie von Zauberhand wieder zur Verfügung stand. Sie blickte Markus durch die Wimpern hindurch an. »Und du hast dir auch die Haare schneiden lassen«, murmelte sie. Sein Haar lag schimmernd und ordentlich um sein Gesicht und sah aus wie feuchte schwarze Seide. Es war unglaublich, welchen Unterschied es machte. In der letzten Zeit hatte sie begonnen, Markus trotz seiner etwas schroffen, kurz angebundenen Art als einen durchaus ansprechenden Mann zu betrachten. Doch jetzt …

Am liebsten hätte sie sein Kinn mit ihrer Hand berührt, es war so nackt und glatt. Sie wollte sich an ihn schmiegen, an seinen Wangen riechen und mit den Fingern durch die schwarze Seide seiner Haare fahren. Ein kleiner Teil von ihr wollte auch an ihm lecken und naschen. Doch dann fiel ihr wieder ein, wie Markus sie in den letzten drei Tagen ignoriert hatte. Außerdem bemerkte sie Leda, die plötzlich hinter ihm aufgetaucht war, also lächelte sie stattdessen kühl und stellte lediglich fest: »Wir haben uns länger nicht gesehen.«

»Ich musste über vieles nachdenken«, antwortete Markus und starrte Alfonso missbilligend an, der munter zurücklächelte.

Illiana hob eine Augenbraue. »Ach, wirklich?« Sie blickte auf Leda, die mit offenem Mund und verblüfftem Gesichtsausdruck neben Markus stand. Illiana streckte sich und ließ ihr Kleid in seiner ganzen Pracht erstrahlen. Sie strich sich eine Locke aus der Stirn. »Über was denn?«, fragte sie zuckersüß.

Markus machte eine abwehrende Handbewegung. »Verschiedene Dinge.«

»Aha, wie interessant«, sagte Illiana und kippte den Wein in sich hinein, bevor Stellan sie daran hindern konnte.

Markus sah sich um. Er blickte auf den grinsenden Stellan, starrte Alfonso an, der immer noch Illianas Hand hielt, und Bengt, der zu Füßen seiner Frau gelegen, sich nun aber aufgerappelt hatte und schwankend zum Stehen gekommen war. »Du scheinst dich ja gut zu amüsieren«, sagte Markus frostig.

»So gut wie noch nie«, zwitscherte Illiana. »Die Leute hier sind zu freundlich!« Sie lächelte Leda zuckersüß an. Die Hofdame starrte immer noch, als hätte sie Illiana nie zuvor gesehen.

»Die meisten sind auf jeden Fall freundlich«, fügte Illiana hinzu und blickte Leda dabei direkt an. Illiana hatte sich selbst nie als jemanden gesehen, der andere hasste, doch das Gefühl, das sie durchfuhr, war so heftig, dass es Hass sein musste. Warum kam Markus mit dieser Frau? Die Eifersucht tobte in Illiana. »Wie ich sehe, trifft sich Leda wieder mit meinem Mann«, sagte sie, blickte Markus direkt an und fragte: »Und was habt ihr beiden als Nächstes vor?« Sie gratulierte sich selbst, dass sie es geschafft hatte, vollkommen unberührt, beinahe gelangweilt zu wirken.

Markus Kiefer mahlten. »*Ich* habe nichts mehr vor«, sagte er kurz.

Illiana blickte schnell zu Leda.

»Markus, wir …«, begann Leda.

»Ich bleibe hier«, unterbrach Markus, ohne Leda auch nur anzusehen. »Ich werde Zeit mit meiner Frau und ihren Freunden verbringen.«

Leda sah Illiana wütend an, aber sie hatte das Spiel eindeutig verloren. Markus schien nicht einmal zu merken, dass sie da war. Fast tat sie Illiana leid, aber nur fast.

Die gelbgekleidete Frau nickte Illiana kurz zu. »Wenn Ihr verzeiht«, sagte sie steif, neigte den Kopf, drehte sich um und ging.

Ein Punkt für mich. Endlich.

Illiana legte ihren Kopf schief und lächelte Markus an. Er sah immer noch verbissen aus, doch sie beschloss, es zu ignorieren.

Sie griff sich einen Becher mit Wein und nahm einen kleinen Schluck. »Schön, dass du eine Weile bleiben willst.« Sie nickte in Richtung der Männeransammlung. »Du findest sicher Platz hier bei den anderen.« Sie hörte, wie Stellan sein Lachen unterdrückte, lächelte und fügte hinzu: »Wir haben uns gerade über unaussprechliche Körperteile unterhalten.«

32

Markus' verbesserte Laune hatte sich wieder ordentlich verdüstert. Denn in seiner Abwesenheit hatte Illiana offenbar eine Art Verwandlung vollzogen. Nach dem ersten Schock musste sich Markus eingestehen, dass er so etwas noch nicht erlebt hatte. Von der süßen Maus zu … diesem herrlichen Wesen. Illianas helle Haut war geradezu schockierend weiß im Kontrast zu dem dunkelroten Stoff des Kleids. Die blonde Mähne, die ihr Gesicht umstrahlte, schimmerte wie Gold.

Und dieser Duft …

Wütend blickte Markus sich um. Die Männer, die wie schnüffelnde Hunde um Illiana herumstanden, mussten ihn auch gerochen haben: einen Duft nach Frau. Seiner Frau.

Ein Wort, ein einziger lüsterner Blick, und er würde sie alle töten.

Doch zuerst wollte er ein paar Worte mit seiner Frau wechseln.

»Ich möchte mit dir reden«, verlangte er. Hier drinnen konnte er nicht denken, und er wollte sie nur wegbekommen von diesem Wolfsrudel von Männern. Illiana gehörte ihm, sahen sie das nicht?

»Hier geht es doch auch«, zwitscherte Illiana. »Komm doch hierher – wir reden ja schon, und hier ist auch Platz für dich.« Sie lächelte. Es fehlte nicht viel, und Markus wäre die Kinnlade vor Verwunderung heruntergeklappt. *Widersetzte* Illiana sich ihm?

Offensichtlich unbeeindruckt von seiner Stimmung machte

Illiana eine Geste in Richtung der Männer, die sie umringten und Markus mit mehr oder minder ausgeprägtem Missfallen betrachteten. »Wir sind mitten in einem Gespräch«, erklärte sie, und ihre grauen Augen tanzten vor guter Laune. »Wolltest du über etwas Bestimmtes reden? Oder kann es noch warten?« Sie klimperte unschuldig mit den Wimpern. »Bis morgen?«

Ich glaube es nicht.

»Nein, du verstehst mich falsch«, sagte Markus und ergriff Illianas Oberarm. Die rote Seide war warm von ihrer Körperwärme und fühlte sich unter seiner Hand fast lebendig an. Ein Geruch nach Rosen vermischte sich mit dem Duft ihres Körpers. »Es war keine Frage«, sagte er kurz. »Es ist ein Befehl. Ich will, dass du *jetzt* mitkommst.«

Stellan trat einen Schritt vor. Er lächelte, doch gleichzeitig blickte er Markus warnend an. Der traute kaum seinen Augen. Forderte Stellan ihn heraus? Erst Illiana und dann das.

»Was ist los mit dir, Markus?«, fragte Stellan in seiner gedehnten Sprechweise, die klang wie der reine Samt, jedoch unter der Oberfläche hart sein konnte wie Stahl, wenn man genau hinhörte. »Lass Illiana sich doch amüsieren, ich versichere dir, es ist völlig harmlos.« Er nahm einen Schluck Wein und sah Markus schelmisch an.

Nichts, was Stellan tat, war harmlos.

»Illiana ist meine Frau«, antwortete Markus kühl. »Wenn ich mit ihr reden will, dann tue ich es, wann immer es mir passt. Ich wüsste nicht, was dich das angeht.«

Illiana war seine Frau, also sein Eigentum. Und wenn Stellan nicht bald aufhörte, seine Frau mit Wein abzufüllen und sie auf diese unanständige Art und Weise anzusehen, würde er es schon sehr bald bereuen.

»Aber du warst so beschäftigt«, sagte Stellan, unbeeindruckt von Markus' offener Feindseligkeit. Markus hätte schwören können, dass Stellan fast Gefallen an der Situation fand. Als ob ihm nicht klar gewesen wäre, wie kurz davor Markus war, sich auf ihn zu stürzen.

»Jetzt ist Illiana beschäftigt«, fuhr Stellan fort. »Wo ist da der Unterschied?«

»Was zum Teufel meinst du damit?«

Stellan antwortete: »Ich meine, wenn du so beschäftigt bist, dass du dich nicht um deine Frau kümmern kannst, dann gibt es genug andere, die sie sehr gerne unterhalten.« Die übrigen Männer nickten, und Stellan fügte sarkastisch hinzu: »Die sehr gern mit ihr verkehren.«

»Genau«, warf Illiana ein. Ihre Augen waren eine Spur zu blank, und ihr Lächeln wirkte eindeutig betrunken. »Sie wollen mit mir verkehren«, fügte sie hinzu. »Und ich mit ihnen.«

Stellan war tatsächlich so dreist, über ihren Kommentar zu grinsen. »Es ist wohl wie mit allem anderen: Wenn man sein Eigentum nicht bewacht, gibt es viele, die nur allzu interessiert daran sind.« Die Worte klangen munter, doch der drohende Unterton war nicht zu überhören.

»Eigentum? Ich gehöre mir selbst«, hob Illiana hervor. Dann lächelte sie Stellan mit diesem neuen, sinnlichen Lächeln an, das Markus' Blut in Wallung brachte. Wo zur Hölle hatte sie gelernt, auf diese Weise zu flirten? Und was war da zwischen ihr und Stellan? Was hatte er verpasst?

»Was zum Teufel meinst du?«, fragte er wieder und musste sich zwingen, nicht zu brüllen. »Wer ist nur allzu *interessiert* an ihr?«

Wen muss ich töten?

»Ziemlich viele wollen mich haben, würde ich mal behaupten«, zwitscherte Illiana fröhlich. Sie wollte noch mehr Wein in sich hineinschütten, doch Stellan nahm ihr behutsam den Kelch aus der Hand und stellte ihn beiseite.

»Aber was zur Hölle geht hier vor?«, fragte Markus wütend.

»Sei nicht albern, Markus«, lachte Stellan und klopfte ihm auf den Rücken, heiter und unbekümmert, als sprächen sie über Belanglosigkeiten. »Warum regst du dich eigentlich so auf? Wir feiern ein Fest und haben Spaß. Sei doch kein Spielverderber!«

»Genau«, lächelte Illiana. »Spaß.« Sie hickste hinter vorgehaltener Hand.

Markus war schon aufgefallen, dass sich sein Gehirn jedes Mal, wenn er Illiana ansah, ausschaltete und nur noch schrie: Haben will! Und als sie ihn nun auch noch mit diesem neuen, verführerischen Gesichtsausdruck ansah, wurde es zu viel. Markus hörte auf zu denken.

Und dann wählte Illiana auch noch ausgerechnet diesen Augenblick, um sich zu strecken, so dass Markus völlig aus dem Konzept geriet. Ihre Brüste hoben sich wie weiche, weiße Globen unter dem dunkelroten Stoff, und Lust – rohe, heiße, wütende Lust überkam ihn. Illiana lächelte lieblich, öffnete den Mund, um irgendetwas zu sagen – bestimmt etwas Schlüpfriges zu einem der Männer, die sabbernd um sie herumsaßen –, und genau da hatte Markus genug. Wie konnte sie nur so leichtfertig und ungerührt sein? Sein Griff um sie wurde fester.

»Was machst du da?«, fragte Illiana. Ihre Augen verdunkelten sich, als würde ihr langsam klar, dass er es ernst meinte und wirklich nicht erfreut war. Sie zog an ihrem Arm, doch Markus ließ nicht los.

»Ich sagte doch, dass ich keine Zeit für dich habe«, sagte sie und zog erneut an ihrem Arm. Doch Markus hatte nicht die leiseste Absicht, sie loszulassen. Er war es gewohnt, dass man ihn fürchtete und ihm gehorchte, doch Illiana, deren einzige Aufgabe es war, ihm zu gehorchen, rollte nur mit den Augen und kippte Wein in sich hinein.

Stellan räusperte sich. Markus blickte ihn warnend an, und offenbar spürte Stellan, dass es Grenzen gab, die er nicht überschreiten durfte, denn dieses Mal mischte er sich nicht weiter ein.

Markus zog Illiana zu sich heran, senkte den Kopf und flüsterte ihr ins Ohr: »Entweder kommst du freiwillig mit, mir oder ich werfe dich über meine Schulter und trage dich weg. Entscheide selbst!«

Illiana erstarrte. Hitze schoss ihr in die Wangen, und Markus fragte sich, ob sie es wirklich wagen würde, ihm eine Szene zu machen. Doch dann lächelte sie nur lieblich die Männer an, die sie unruhig betrachteten. »Offenbar vergeht mein Mann gerade vor Sehnsucht nach mir«, sagte sie heiter. »Es ist wohl am besten, wenn ich meine eheliche Pflicht erfülle und ihm gehorche!« Sie rollte mit den Augen, als sei alles nur ein lustiges Spiel. Die Männer entspannten sich und lachten. Jemand rief sogar »Viel Glück!« hinter ihnen her, doch da waren sie schon gegangen. Markus hielt Illianas zarten Arm immer noch fest umklammert, denn er war noch lange nicht fertig mit ihr.

Als sie endlich in den Flur und aus dem Lärm heraustraten, gewann Markus langsam seine Fassung zurück. Er fand nicht, dass er angesichts ihrer Verehrer überreagiert hatte. Doch es war gut, dass Illiana genug Verstand besessen hatte mit ihm zu kommen, denn dort drinnen hatte er nicht klar denken können. Nun würde er ein ernstes Wort mit ihr reden, ihr begreiflich machen, was er wollte. Eigentlich war Illiana eine ruhige und verständige Frau, und natürlich würde sie ihm zuhören.

»Illiana, ich …«, begann er, wurde jedoch von einer gezielten Ohrfeige unterbrochen. Klatsch! Direkt auf die Wange. Er wusste nicht mehr, wann er das letzte Mal so überrascht worden war.

»Was ist denn mit dir los?«, fragte er erstaunt.

»Was bildest du dir ein?«, zischte Illiana. Die gute Laune und alles Spielerische waren aus ihrem Gesicht verschwunden. Ihre Augen waren dunkel, fast schwarz, und die roten Flecken hatten sich ihren Hals hinunter bis zur Brust ausgebreitet. »Erst ignorierst du mich drei Tage lang, und dann soll ich weggeschleppt werden, um zu *reden*!« Sie stemmte die Hände in die Hüften und schob ihr Kinn nach vorne. Sie sah aus wie ein wütender Käfer, bereit zum Kampf. »Ich will nicht reden!«, fauchte sie, und Markus war sich nicht sicher, ob er Illiana jemals hatte fauchen hören. »Zum ersten Mal, seit wir auf diesem verfluchten Schloss sind, hatte ich fünf Minuten lang Spaß, und den musst du natürlich zerstören, indem du kommst und mich demütigst!«

»*Ich* habe *dich* also gedemütigt?«, fragte Markus. Er musste sich eingestehen, dass er nicht eine Sekunde daran gedacht hatte, dass Illiana über etwas verärgert sein könnte. Er war es doch, der rund um die Uhr schuftete und mit Dämonen aus der Vergangenheit konfrontiert wurde. Worüber hatte sie sich schon zu beklagen? Sich in ein Kleid hineinzuzwängen, das sie kaum bedeckte, schien die größte Anstrengung gewesen zu sein, die sie vollbracht hatte. Leider beging er an dieser Stelle den Fehler, den Blick über ihr Dekolleté schweifen zu lassen, und die Lust durchfuhr ihn wieder wie ein zitternder Stoß.

Er wollte nicht streiten, er wollte sie haben.

Er beugte sich hinunter. »Illiana«, murmelte er und näherte sich ihrem Mund.

Klatsch!

Wieder hatte er ihre Wut vollkommen unterschätzt, und eine weitere Ohrfeige traf ihn mitten ins Gesicht.

»Was ist denn los mit dir?«, fragte Markus. Er wollte sie schütteln, damit sie wieder zu Verstand kam, und war kurz davor, die Beherrschung zu verlieren.

»Was mit mir los ist?«, brüllte Illiana. »Mit *mir*?«

»Ich war es jedenfalls nicht, der dort drinnen mit halb Stockholm geflirtet hat«, sagte er verärgert und rieb sich die Wange. Dafür, dass sie so klein war, hatte sie erstaunliche Kraft in ihrer rechten Hand.

»Nein, du bist stattdessen mit Leda überall umhergezogen«, sagte sie mit vor Sarkasmus triefender Stimme.

»Leda?«, fragte er. »Bist du beunruhigt wegen Leda?« Er musste breit grinsen, denn ihre Eifersucht tat ihm gut. »Das brauchst du doch nicht, Süße. Ich bin doch jetzt hier, mit dir. Leda ist gegangen.«

»Bist du möglicherweise der dümmste Mann der Welt?« Sie schrie fast.

»Illiana, ich verstehe nicht, warum du dich so aufregst«, sagte Markus. Dieses Gespräch verlief überhaupt nicht so, wie er es sich vorgestellt hatte. Illiana sollte ruhig und fügsam sein und sich küssen lassen, nicht rasen wie eine Furie. »Ich habe gearbeitet«, fügte er hinzu.

»Gearbeitet«, schnaubte sie. »Das Einzige, was ich in den letzten Tagen über dich gehört habe, ist, dass du mit jeder Frau hier im Umkreis geschlafen hast. Also komm nicht her und sage mir, du hättest gearbeitet!«

Fast hätte er erwidert, dass er wünschte, es wäre so. Schließlich staute sich das Verlangen seit Tagen in ihm an. Doch er schüttelte den Kopf und fuhr sich mit der Hand übers Gesicht. In letzter Zeit war das Leben ziemlich chaotisch gewesen. Obwohl er sich bemühte, ruhig zu bleiben, spürte er Ärger in sich hochsteigen, was wiederum dazu führte, dass er schärfer als beabsichtigt klang:

»Illiana, was geht eigentlich in deinem Kopf vor?«

Sie hob erneut die Hand, doch er hatte keine Lust mehr, geohrfeigt zu werden, deshalb ergriff er ihre beiden Hände und hielt sie über ihrem Kopf fest. Dann presste er sie gegen die Wand, die sich hinter ihr befand.

»Was tust du da?«, fauchte sie.

»Illiana, ich habe nicht wie ein Mönch gelebt, aber seit wir verheiratet sind, hat mich keine andere Frau interessiert!«

Illiana schien seine Worte zu verdauen, und Markus begann zu hoffen, dass sie wieder zur Vernunft kommen würde und sie sich endlich dem widmen konnten, wonach sich sein ausgehungerter Körper so sehr verzehrte.

Aber er hätte es besser wissen müssen. Illianas Augen funkelten wieder wütend. Bevor sie etwas sagen konnte – etwas, das er vermutlich nicht so gern hören wollte –, unterbrach er sie. »Ich verbiete dir, weiter Kontakt mit diesen Männern zu haben!«

Im Nachhinein betrachtet, gehörten diese Worte wahrscheinlich nicht zu seinen klügsten Äußerungen. In Illianas Augen zog erneut ein Sturm auf.

»Du kannst mir ja wohl nicht verbieten, mich mit anderen Leuten zu unterhalten«, fauchte sie.

Er erwiderte ruhig: »Nicht mit Leuten. Mit Männern.«

»So, also darf ich noch nicht einmal mit Stellan reden?«, fragte sie höhnisch.

Langsam war es kein Spaß mehr. Markus hielt ihre Arme eisern fest und sah ihr starr in die Augen. »Was ist zwischen Stellan und dir?«, fragte er langsam und eiskalt. Stellan war zwar sein bester Freund, aber er würde ihn töten, sollte er Illiana zu nahe gekommen sein.

»Du bist verrückt!«, sagte sie bestimmt und kniff den Mund zusammen, als habe sie ihr Urteil über ihn gefällt und nun nichts weiter zu sagen.

Markus drückte ihre Hände wieder gegen die Wand. Er lehnte sich in voller Länge gegen sie. Ihre Brüste wurden gegen seine Brust gedrückt, und seine Hüften schoben sie nach hinten.

»Du. Gehörst. Mir«, betonte er.

Illianas Augen wurden beunruhigend schmal. »Ich bin es satt, dir zu gehören!«, sagte sie und versuchte wütend, sich aus seinem Griff zu winden.

Also küsste Markus sie.

Fest.

Aus reinem Trotz wehrte sich Illiana gegen Markus' Kuss. Wenn sie ehrlich war, wollte sie nichts lieber, als von ihm geküsst zu werden. Aber er hatte kein Recht, plötzlich hier aufzutauchen, sie herumzukommandieren und zu glauben, sie stünde zur Verfügung, nur weil er es ihr befahl. Dachte er etwa, dass er so männlich aussah, dass ihr Widerstand zusammenbrach? Leider weigerte sich ihr verräterischer Körper, mit dem Kopf zusammenzuarbeiten. Gegen ihren Willen und gegen jede Vernunft begann Illiana, unter dem schonungslosen, aber ach so ersehnten Kuss dahinzusinken. Sie hatte sich so danach gesehnt, und Markus war so geschickt darin. Benebelt dachte sie, dass sie es zumindest nicht zeigen wollte, wie der Kuss sie berührte, doch dann hörte sie sich selbst stöhnen und sah ein, dass der Kampf verloren war. Ich hasse ihn, dachte sie und versuchte, sich ausschließlich auf dieses Gefühl zu konzentrieren, denn so leicht wollte sie es ihm nicht machen, sie zu bezwingen. Doch je mehr sie mit ihm verschmolz, desto mehr vergaß sie, warum es so wichtig war, gerade diesen Kuss nicht zu erwidern.

Und dann unterbrach Markus den Kuss, und sie standen nur da und sahen einander an. Illiana atmete so heftig, dass ihr schwindelig wurde.

Ohne ein Wort zu sagen, beugte sich Markus erneut zu ihr,

um sie zu küssen, doch diesmal drehte Illiana ihren Kopf zur Seite.

»Nein, du kannst dich mir nicht verweigern«, sagte Markus mit erstickter Stimme. Er hielt noch immer ihre Hände über ihrem Kopf fest, und Illiana wurde komplett gegen die Wand gedrückt. Er stellte ein Bein zwischen ihre Schenkel, presste es an sie, aufwärts, bis sie nahezu rittlings auf seinem Knie saß. Erregung durchfuhr ihren Körper. Sie war Markus völlig ausgeliefert und nahe daran, nachzugeben, als plötzlich Stimmen und Geschepper zu hören waren. Markus fluchte. »Hier sind zu viele Leute«, sagte er verbissen.

Benommen wurde Illiana klar, dass sie sich immer noch für alle sichtbar auf dem Flur befanden.

Markus fasste sie am Handgelenk und zog sie mit sich fort.

Sie stolperte über ihren Rocksaum. »Wohin gehen wir?«

»In mein Zimmer.«

»Ich will nicht in dein Zimmer!«, protestierte sie.

Er sagte kein Wort.

»Hast du nicht gehört? Ich will nicht in dein Zimmer!«, wiederholte sie an Markus' Rücken. Er ging so schnell, dass sie halb gehen, halb laufen musste, um nicht hinzufallen. »Ich möchte dort unten sein!«, fuhr sie fort, doch merkte selbst, dass ihr Protest nicht sonderlich überzeugend klang.

Zielstrebig ging Markus weiter, und Illiana hatte keine andere Wahl, als ihm zu folgen.

33

Mit einem leichten Stoß schob Markus Illiana in sein Schlafzimmer. Sie drehte sich um und blickte ihn mit wachsamen Augen und leicht geöffneten Lippen an.

»Markus, ich …«, begann sie unsicher.

Sie wich zurück, als er auf sie zuging.

»Nein«, sagte Markus. Er schüttelte den Kopf, streckte seine Hand aus, packte ihren goldenen Gürtel und zog sie daran zu sich heran. Er hatte die Kontrolle wiedererlangt, die er draußen auf dem Flur beinahe verloren hatte. »Du sollst nichts sagen oder denken«, befahl er. »Du sollst nur tun, was ich sage.«

Illiana riss die Augen auf. Markus ließ den Blick über diese Frau wandern, die nach Recht und Gesetz die seine war – von der glänzenden Haarmähne bis zu den roten Schuhen, die unter dem Brokat hervorlugten. Mit der Hand weiterhin fest an ihrem Gürtel manövrierte er Illiana dorthin, wo er sie haben wollte: zum Himmelbett.

Das Bett in Markus' Zimmer war ein riesiges ausländisches Möbelstück, majestätisch erhöht. An jeder der vier Ecken stand ein geschnitzter Pfosten. Die vier Pfosten – jeder von ihnen dicker als sein Oberschenkel – trugen ein Tuch aus Samt, das seinerseits einen Himmel hoch über den weichen Kissen bildete. Im Winter konnte man die Vorhänge zuziehen, doch jetzt, in dieser duftenden Juninacht, standen sie offen und hießen sie willkommen.

»Heute Nacht werden wir zusammen sein«, sagte Markus und zeigte auf das Himmelbett. Seine Geduld war am Ende.

Die Hindernisse waren zahlreich gewesen. Immer hatten sie Leute um sich und Illiana ihre Blutung gehabt. Der König hatte ihn in Beschlag genommen, und dann hatten ihn Roland und die Vergangenheit mit voller Wucht getroffen. Aber jetzt war Illiana sein. Er ließ den Gürtel los und stellte zufrieden fest, dass sie keine Anstalten machte zu fliehen. Er nahm ihr Gesicht in seine Hände, vergrub seine Finger im weichen Nackenhaar und strich mit den Daumen über ihre weiße Haut. Ihr Puls ging schnell und regelmäßig unter seinen Fingern. Behutsam küsste er ihr Schlüsselbein und ihre zarte Haut, bedeckte sie mit seinen Küssen und sog alles in sich auf – ihre Reinheit, Güte und Eigensinnigkeit.

Illiana stöhnte. Ihre Finger vergruben sich in seinem Haar, und sie klammerte sich fest. Er genoss ihre pulsierende Wärme. Illiana war die faszinierendste Person, die er je getroffen hatte, und ein kleiner Teil von ihm warnte ihn davor, wie sie sich in die geheimsten Winkel seiner Persönlichkeit schlich, wo niemand vorher gewesen war und auch niemand sein sollte. Er fuhr mit dem Finger ihre zerbrechlichen Schlüsselbeine entlang und lauschte Illianas keuchenden Atem, bevor er sie leicht biss. Sie holte tief Luft.

»Sag, dass du nur mir gehörst«, befahl er.

Illiana zögerte, und er biss sie wieder, nicht fest, aber dennoch ausreichend, um es am nächsten Morgen noch sehen zu können. »Sag es«, wiederholte er.

Illiana streichelte sein Haar. »Ich gehöre nur dir«, flüsterte sie, und er spürte, wie ihre Worte an seiner Wange vibrierten.

»Sag, dass du willst«, murmelte er und ließ seine Lippen hinunter in ihren Ausschnitt wandern.

Diesmal kam die Antwort schnell. »Ich will«, sagte sie und presste sich an seinen Mund.

Markus' Anspannung ließ nach. Er hatte nicht einmal gewusst, dass die Antwort ihm so viel bedeuten würde, nicht, bevor er die Kapitulation in ihrer Stimme und das Versprechen in ihren Worten gehört hatte. »Das hier«, sagte er, »ist rein physisch.« Als ob es ihn weniger verwundbar machen würde, wenn er es laut aussprach. »Ein körperlicher Akt zwischen Frau und Mann«, fuhr er fort, sah ihr tief in die Augen, bohrte sich in ihre Seele und bedeckte dann das verführerische Dekolleté mit der Hand. Er konnte spüren, wie Illianas Brustkorb sich unter seiner Handfläche bewegte, wie das Herz schlug und wie angespannt die Sehnen und die Muskeln waren. Er fühlte sich an Spinnweben erinnert: scheinbar zart, aber dennoch stark.

Seine Finger wanderten unter den Stoff. »Du bist mein«, sagte er und verschloss ihre Lippen mit einem festen Kuss, während er gleichzeitig ihre Brust in seine Hand nahm. Die Berührung ließ Illiana zusammenfahren, und sie erschauerte. Die nackte Brust war warm und weich, und die Brustwarze hart an seiner Handfläche. Er ließ seinen Daumen über ihr kreisen, und Illiana begann, mit offenem Mund zu atmen. Er vergrub seine Finger in ihrem Haar und zog an den eingeflochtenen Perlenbändern, bis sie sich lösten und die Perlen auf den Boden kullerten. Illiana wimmerte, und ihr Haar wallte lockig und golden hinunter über seine Hand und ihre Schultern. Sie duftete nach Rosen und Sommerwiese, Feuchtigkeit und Erde.

»Dreh dich um«, sagte Markus. Illiana gehorchte aufs Wort und wandte sich um, wobei die Seidenschleppe über seine Füßen raschelte. Markus zog an den Schnüren am Rücken, bis sie nachgaben und die körperwarme Seide Illianas Körper freigab und bis zur Taille hinabfiel. Die engen Ärmel bedeckten Illianas Arme noch, und er betrachtete ihren Rücken, der sich bei jedem Atemzug bewegte. Unter dem Kleid trug sie nur ein dünnes Hemd, und sie zitterte, als er mit dem Zeigefinger an einem der Träger entlangfuhr.

Illiana drehte den Kopf und sah ihn über die Schulter an. »Du musst die Ärmel auch aufknöpfen«, flüsterte sie.

Er legte seine Hände auf ihre Schultern und glitt dann mit den Handflächen ihre Arme entlang. Die Berührung seiner rauen Haut bewirkte, dass sie vor freudiger Erwartung erschauerte. Lächelnd schob er die Hände unter den eng anliegenden Stoff, bis sich die Säume spannten.

»Sei vorsichtig!«, sagte sie. »Es gehört der Königin.«

Nein, heute bin ich nicht vorsichtig.

Mit einem Ruck riss er den Stoff auseinander, erst an einem Ärmel, dann am anderen. Illiana schrie auf, ihr Kleid fiel zu Boden, und dann stand sie mit dem Rücken zu ihm da, bekleidet nur mit ihrem durchsichtigen Hemd, roten Strümpfen und perlenbesetzten roten Schuhen.

»Ich möchte dich sehen.«

»Markus, ich …«, sagte sie mit Zweifel in ihrer Stimme.

»Tu es.« Das Blut rauschte so laut in seinen Ohren, dass er kaum seine eigene Stimme zu hören vermochte. Ein rundes Hinterteil blitzte durch den hauchdünnen Stoff, die roten Strümpfe waren mit Seidenrosetten in den Kniekehlen befestigt, und er konnte nicht mehr klar denken.

Illiana drehte sich um. Markus sah die Rundungen ihrer Brüste und wie ihre kleinen, harten Brustwarzen an den Stoff stießen.

»Zieh es aus«, sagte er heiser.

Illiana sah ihn mit großen Augen an. »Sollten wir uns nicht ins Bett legen?«, fragte sie und blickte vielsagend auf die Kissen.

»Nein. Tu es hier. Vor mir. Ich möchte zusehen.«

Sie holte tief Luft, und für einen kurzen Moment dachte Markus, dass ihr Schamgefühl die Oberhand gewinnen würde, doch dann streifte sie die Träger von den Schultern. Das Hemd liebkoste ihren Körper, bevor es auf den dicken Teppich fiel. Dann stand Illiana in bestickten Seidenschuhen und Kniestrümpfen vor ihm. Hastig versuchte sie, ihre Scham zu bedecken.

»Nein«, sagte er ungeduldig zu dieser äußerst weiblichen Geste. »Ich möchte alles von dir sehen.«

Illiana biss sich auf die Lippen und nahm nervös ihre Hände wieder weg, ohne dabei den Blick von ihm abzuwenden. Sie ließ die Arme hängen und blieb ein wenig linkisch und mit roten Wangen stehen. Ihre Brüste hoben und senkten sich mit jedem Atemzug. Markus' Verstand setzte aus. Schnell zog er sich die Tunika über den Kopf. Er konnte sich die Kleider gar nicht rasch genug vom Leib reißen, und seine Eile machte ihn ungeschickt. Gürtel, Messer, Stiefel und Hose fielen vor Illianas Augen zu Boden. Nicht einmal, als er splitterfasernackt vor ihr stand, schlug sie ihren Blick länger als eine Sekunde nieder. Aber Markus sah, wie sich die Röte von ihrer Brust hinauf in ihr Gesicht verbreitete. Das konnte er ihr kaum verdenken, denn er erinnerte sich nicht, wann er das letzte Mal so erregt gewesen war.

»Komm.« Er reichte ihr die Hand. Illiana ergriff sie, doch anstatt sie in seine Arme zu ziehen, drehte er sie vorsichtig um.

»Was tust du?«, fragte sie wachsam.

Doch Markus drehte sie vollständig um, bis sie mit dem Gesicht an einem Bettpfosten zu stehen kam.

»Bleib so«, sagte er und verschlang sie mit seinen Blicken. Ihre Taille war ein wenig zu breit und der Hintern zu rund, um sie perfekt proportioniert erscheinen zu lassen. Sie machte ihn verrückt vor Lust. Sie war keine makellose Schönheit, keine selbstbewusste Kurtisane oder gelangweilte Hofdame, die versuchte, einen aufregenden, im Grunde aber austauschbaren Krieger zu verführen. Sie war bloß eine junge Frau, die auf einen Mann reagierte, den sie attraktiv fand, und das war unglaublich erotisch. Illiana blickte über die Schulter und sah aus, als wolle sie protestieren, blieb aber dennoch mit dem Rücken zu ihm stehen, nackt bis auf die roten Strümpfe.

Markus legte die Hände auf ihre Schultern. Langsam strich er über ihre Arme, bis er ihre Hände mit seinen Händen bedeckte. Sie begann zu beben, als er sie von hinten umarmte und sie mit seinem Körper umschloss. Er nahm ihre Hände, die ganz weich und warm in seinem Griff waren, und platzierte sie oben auf dem groben Bettpfosten. »Halt dich daran fest«, murmelte er.

Illiana tat, was er gesagt hatte und klammerte sich am Pfosten fest. Das Bett war nahezu monströs groß, und ihre Hände leuchteten weiß am verschnörkelten, schwarzen Holz.

Sie schluckte. Ihr war nicht klar, was nun passieren würde, und das machte sie unsicher. »Ich glaube, ich könnte …«, begann sie, doch als Markus seine Hände um ihre Brüste legte, verstummte ihr Protest. Er war ihr so nahe, dass sie nicht mehr wusste, wo ihr Körper aufhörte und seiner anfing. Unwillkürlich begann sie, sich an ihm zu bewegen, ungeduldig und unsicher, was er von ihr erwartete. Er ließ ihre Schultern los und umfasste stattdessen ihre Hüften. Mit einem Ruck zog er ihren Hintern zu sich heran. Da sie den Pfosten noch immer mit den Händen umklammerte, stand sie jetzt vornübergebeugt da. Sie wimmerte.

»Geduld«, sagte er. »Du bekommst bald, was du haben willst.« Seine Stimme klang hart und rau vor Lust. Seine Hände wanderten über ihren Körper. »Ich werde so vorsichtig sein, wie ich kann«, murmelte er.

Seine Hand glitt über ihren Bauch und hinunter zwischen ihre Schenkel. Illianas Finger krampften sich um den Bettpfosten, und als Markus einen Finger in sie hineingleiten ließ, nicht weit, nur ausreichend, um sie nach Luft schnappen zu lassen, presste sie sich gegen seine Hand.

»Du bist so feucht«, sagte er. »Das mag ich.« Er biss sie leicht in den Nacken. Doch sobald sie anfing zu beben, hörte er auf.

Illiana wartete. »Markus«, sagte sie schließlich mit zusammengebissenen Zähnen, als nichts weiter passierte. Warum hörte er auf? Die Enttäuschung machte sie ganz ungeduldig.

»Was?«, fragte er, und klang, als ob er lächelte.

»Bitte, Markus«, flehte sie.

»Bitte was?«, fragte er beiläufig und streichelte ihr über den Hintern. Sein Daumen spielte mit der Falte unterhalb ihrer Wirbelsäule.

Großer Gott, sie konnte nicht mehr denken. »Du weißt es genau«, sagte sie erstickt. »Mach weiter.«

»Hiermit?« Sein Finger glitt wieder vorsichtig in sie. Die Berührung entfachte ein Feuerwerk in ihrem Körper. Illiana begann in rhythmischen Stößen zu atmen und gab jeglichen Gedanken an Würde oder Kontrolle auf. Verlangend presste sie sich an ihn. »Bitte!«, flehte sie, aber wusste noch nicht einmal mehr, worum sie bat.

Er streichelte sie wieder. Und dann spürte Illiana endlich, wie Markus eine Hand auf ihr Steißbein legte, ihre Beine auseinanderzog und in sie eindrang, langsam und vorsichtig, als sei ihm ihre Reaktion wichtig. Als sie es zum ersten Mal getan hatten, hatte sie enorme Angst gehabt, und es hatte sehr wehgetan. Jetzt war alles anders. Denn jetzt fühlte sich Markus nur groß und richtig an. Als er in sie eindrang, konnte sie spüren, wie etwas mit ihrem Körper passierte. Etwas Intensives, Tierisches, das tief in ihrem Inneren begann, im Zentrum ihrer Lust. Langsam zog sich Markus wieder heraus, und sie spürte diese bebende Erwartung, die nur davon handelte, dass sie sich erneut treffen würden. Und dann war es so weit – er kam zurück, härter und tiefer. Illiana hörte sich selbst stöhnen, nicht leise und feminin, sondern laut und tief und unkontrolliert. Markus' Hüften stießen gegen ihr Hinterteil, sie spürte seine rauen Haare an ihrer Haut, fühlte, wie er immer tiefer in sie eindrang, sie ausfüllte.

Ihre Finger krampften sich um den Pfosten. »Ja«, keuchte sie.

Er nahm sie erneut in Besitz, diesmal noch härter, und etwas begann sich in ihr aufzubauen, etwas, das von der Stelle ausging, wo sich ihre Körper trafen, und sich steigerte und steigerte, bis Illiana dachte, dass es irgendwohin führen musste, sonst würde sie vor Enttäuschung sterben. Und dann kam es. Es war, als würde sie einen Gipfel erreichen und gleich darauf in freiem Fall durch die Luft stürzen. Markus' Stöße wurden härter, schneller, und sie stieß einen Schrei aus, als die heftige Bewegung seiner Hüften sie fast in die Höhe geschleudert hätte. Markus erstarrte, schloss beide Hände um ihre Brüste, drückte sie fest und gab einen erstickten Laut von sich. Und dann spürte sie, wie sich sein Samen in sie ergoss, wie er in ruckartigen Stößen in sie hineingeschossen wurde. Und gleich darauf – eine fast unerträgliche Nähe.

Dann war es vorüber. Markus zog sich heraus, hob sie in seine Arme, bevor sie am Pfosten zusammensank und legte sie wortlos mitten aufs Bett. Er legte sich neben sie, warm und verschwitzt, und vergrub sein Gesicht an ihrem Nacken, schloss seine Arme um sie. »Das habe ich gebraucht.« Er lachte auf. »Man muss schon sagen, dass die Ehe durchaus ihre Vorteile hat.«

Illiana blinzelte und versuchte, das Gefühl der enormen Nähe festzuhalten, das sie gerade noch verspürt hatte. Seine Worte waren nicht so liebevoll gewesen, wie erhofft.

Sie rollte sich in seinem Arm ein und genoss seinen Duft. Es hatte sich angefühlt, als wären sie eins geworden. Sie konnte nicht fassen, dass das Gefühl nicht auf Gegenseitigkeit beruhte und dass es von Markus' Seite wirklich nur körperliche Befriedigung gewesen war, nicht mehr. Es war nicht so, dass sie das Körperliche nicht auch genossen hätte, im Gegenteil, doch sie war sich so sicher gewesen, dass Markus dasselbe fühlte wie sie – Nähe, Intimität, eine Verbindung. Sie wollte so furchtbar gerne fragen, wollte wissen, wollte …

Ein lautes Schnarchen unterbrach ihren zunehmend düsteren inneren Monolog und sagte ihr, dass Markus eingeschlafen war.

Jetzt lag sie also neben ihrem schnarchenden Mann, umschlungen von seinem Körper und spürte, wie der Beweis seiner Lust aus ihr herauslief und zwischen ihren Schenkeln kalt wurde. Vielleicht würde sie einen Weg finden, damit klarzukommen. Sie verdrängte das düstere Gefühl, das sich in ihrer Brust ausbreitete. Die meisten Frauen mussten sich weiß Gott mit weniger zufriedengeben. Behutsam strich sie über Markus' kräftigen Arm. Für ihn war es offenbar völlig ausreichend gewesen. Also musste sie zusehen, dass es auch für sie ausreichend war. Was blieb ihr anderes übrig?

34

Offensichtlich hatte es während der Nacht geregnet, denn als Markus wenige Stunden später im Morgengrauen mit dem König über den Burghof spazierte, war es feucht und roch nach nassen Steinen und frischem Grün. Noch waren kaum Menschen zu sehen. Die Hochzeitsfeier hatte bis in die frühen Morgenstunden gedauert, und die meisten Gäste – sowohl schwedische als auch ausländische – schliefen noch. Vereinzelt waren Bedienstete zu erblicken, die Feuerholz holten und Wasser trugen, aber auch sie waren noch langsam und verschlafen.

»Die Herzöge schienen zufrieden zu sein«, sagte König Magnus. »Und die Bräute sahen gesund und lebhaft aus«, fügte er lächelnd hinzu. »Es würde mich nicht wundern, wenn ich bald der Onkel von ein paar kleinen Herzögen werden würde.«

Markus sagte nichts, denn er hatte dazu nichts zu sagen. Wenn er ehrlich war, konnte er sich nichts Uninteressanteres vorstellen, als über Hochzeiten, eheliches Glück und Kindersegen zu diskutieren. Er zog es vor, sich an die Themen Krieg und Kampf zu halten, doch der König schweifte immer wieder davon ab. Sie waren unterwegs, um die Soldaten zu überprüfen und die Wachablösung zu kontrollieren. Der König war sehr daran interessiert, wie Markus mit seinen Männern trainierte. Außerdem wollten sie den Ablauf des anstehenden Turniers ein letztes Mal durchsprechen. Viele der Ritter, die zu Besuch waren, wollten teilnehmen, und die Soldaten waren unter Karls und Sigvards Leitung verantwortlich für die Sicherheit.

»Und wie geht es euch? Du scheinst dich gut mit Illiana zu verstehen«, fuhr der König fort, der sein neues Lieblingsthema gefunden zu haben schien.

Ja, doch.

Abgesehen davon, dass er Illiana gestern aus dem Saal geschleppt und sich ihr aufgedrängt hatte, um dann nach dem Akt sofort einzuschlafen, war sicher alles gut zwischen ihnen, dachte er bitter. Wenn man außerdem davon absah, dass sie etwas wollte, was er ihr nicht geben konnte, nämlich Liebe, war alles wunderbar. Er seufzte.

»Ich kann mich nicht beklagen.«

»Sie sah gestern blendend aus«, fuhr der König zufrieden fort. »Ihr seid ein sehr schönes Paar, und sie scheint in dich vernarrt zu sein.«

Ja, das war Markus auch schon aufgefallen. Illiana wollte ihn. Seine gestrige Eifersucht war vollkommen unnötig gewesen, und er fühlte sich unbehaglich deswegen. Es war untypisch für ihn, auf diese Weise überzureagieren, und er konnte nicht verstehen, warum er so wütend geworden war. Aber als er Illiana mit all diesen Männern gesehen hatte, hatte sein Verstand ausgesetzt. Vielleicht war er erschöpfter gewesen, als er gedacht hatte.

»Wann reist ihr ab?«, fragte der König.

»Morgen früh. Mein Schiff wird heute beladen.«

»Und dann wirst du dort bleiben, oder? Auf der Burg?«, fragte der König auf seine typische Art, die eine Frage eher wie eine Feststellung klingen ließ.

»Ich werde bleiben, bis Illiana sich zurechtgefunden hat«, antwortete Markus ausweichend.

»Aber willst du dich denn nicht zur Ruhe setzen?«, fragte der König erstaunt weiter.

Markus begann, ärgerlich zu werden. »Ich habe keine konkreten Pläne, Bauer zu werden, falls es das ist, was Ihr meint, Majestät.«

König Magnus blieb stehen und legte seine Hand auf Markus' Arm. »Du planst doch nichts Unüberlegtes?«, fragte er ernst.

»Was zum Teufel soll das bedeuten?«, schnauzte Markus, ohne seinen Ärger länger verbergen zu können.

Der König blickte Markus starr an. »Es bedeutet, dass ich will, dass du die Sache mit Roland Birgersson auf sich beruhen lässt«, sagte er in Befehlston.

Markus fragte sich ernsthaft, ob der König *bewusst* die Themen aussuchte, bei dem sich ihm die Haare sträubten.

»Ich muss dir sogar verbieten, die Sache weiterzuverfolgen«, fuhr der König fort. »Roland Birgersson ist mit König Albrecht befreundet. Ich will nicht, dass du ihn weiterhin beschuldigst. Das könnte sonst unangenehme Auswirkungen haben.«

»Ich werde versuchen, mich zurückzuhalten«, erwiderte Markus knapp. Er konnte sich nicht erinnern, wann ihm der König zuletzt die Leviten gelesen hatte.

»Hast du Beweise gegen Roland?«, insistierte der König.

»Nein.«

»Gegen irgendjemanden?«

»Nein.«

»Also siehst du ein, dass du dich geirrt haben kannst?«

Markus biss die Zähne zusammen. »Ja«, sagte er. *Natürlich* sah er es ein, er war ja kein Idiot. Und dann kam Karl auf sie zu und unterbrach ihr Gespräch, worüber Markus unendlich dankbar war. Karl verbeugte sich vor dem König und nickte Markus zu.

»Alles in Ordnung?«, fragte der König.

Schon gestern hatten unten auf der Wiese die Vorbereitungen für das Turnier begonnen. Ein Podium für die Mitglieder des Hofs war errichtet worden, man hatte die Wiese von Stei-

nen und Unrat befreit und grobe Seile aufgespannt. Markus'
Leute waren an dieser Arbeit beteiligt. Karl nickte und bedeutete Markus mit einer hastigen Geste mitzukommen.

»Ich werde gebraucht«, sagte Markus. »Darf ich mich entfernen, Eure Majestät?«

»Geh nur. Wir sehen uns dort«, entließ ihn der König. Er sah
Markus an. »Du machst mit beim Turnier, nicht wahr?« fügte
er mit erhobener Augenbraue hinzu.

»Wenn Eure Majestät es wünschen, werde ich selbstverständlich teilnehmen«, antwortete Markus steif. Es war nicht
so, dass er eine Wahl gehabt hätte. Er war der berüchtigtste
Ritter des Königs. Alle wollten gegen ihn antreten. Reine Zeit-
verschwendung, wenn man ihn fragte.

»Vielleicht bist du so lieb und erfreust deinen König damit,
dass du nicht allzu viele seiner Gäste tötest«, antwortete Magnus ironisch. Sein Ton klang heiter, doch der König sah müde
aus. Die Fältchen in seinen Augenwinkeln, an denen man erkennen konnte, dass er nicht mehr ganz jung war, zeigten sich
deutlich in der hellen Morgensonne. »Es wird ein langer Tag«.

Markus verbeugte sich. »Ja, Eure Majestät.« »Das wird es
wohl.«

»Ich verstehe nicht so recht die Regeln«, sagte Illiana und blickte auf das farbenfrohe Schauspiel. Wie sie sich auch anstrengte,
war es doch unmöglich zu begreifen, wer was warum tat.

Helvig schüttelte langsam den Kopf, während sie einen Ritter mit den Augen verfolgte. Der Ritter erhielt einen stumpfen,
aber harten Lanzenstoß und fiel mit einem Plumps zu Boden.
Die Leute johlten.

»Es gibt wohl keine Regeln«, antwortete Helvig mit gerunzelter Stirn.

Das nächste Ritterpaar donnerte schon über die flache Wiese herbei. Die Hufe wirbelten Gras und Erde auf, und das Publikum schrie vor Aufregung, als die Lanzen mit ohrenbetäubendem Krachen aufeinanderstießen.

Die Königin war mit ihrem Gefolge nach dem Frühstück hinunter zu der Wiese geritten. Hier saßen die Hofdamen mitsamt Illiana und Helvig nun unter einem Stoffbaldachin auf einer hölzernen Tribüne und blickten auf das Turnier. Um den Hofstaat herum bewegte sich das übrige Publikum. Turniere waren beliebte Volksfeste, und die Stadtbevölkerung war zahlreich erschienen. Innerhalb der Markierungen durch aufgespannte Seile kämpften die Ritter. Sie waren alle farbenfroh gekleidet, schwer bewaffnet und unterschiedlich geschickt. Einige waren berühmte Publikumslieblinge, andere wiederum unerfahrene Jünglinge, die die Chance sahen, dem König zu imponieren. Außerhalb der Absperrungen mischten sich Zuschauer mit Verkäufern, die von Süßigkeiten bis Krimskrams alles feilboten.

Illiana nippte an ihrem Saft und hatte bereits genug vom eintönigen Stoßen der Lanzen, Schwerter und Schilde. Wieder fiel ein Ritter zu Boden, und sie rutschte auf ihrer Holzbank hin und her. Was in der Nacht passiert war, nagte an ihr, und sie musste zugeben, dass sie verwirrt war. Was wollte Markus eigentlich? Was empfand er? Und was empfand sie? Die körperliche Vereinigung war unglaublich gewesen, aber dann schien Markus sich ihr entzogen zu haben – erst seelisch, danach auch körperlich, indem er verschwunden war, während sie noch schlief. Illiana trank einen Schluck und fragte sich, ob das reichte. Konnte sie sich damit zu begnügen, was ihre Körper zusammen schufen? Es war magisch gewesen. Aber konnte sie sich damit begnügen? Damit, was er tat?

Und dann kam Markus aufs Turnierfeld, und die Atmosphäre veränderte sich, wurde so dicht, dass man sie fast mit Händen greifen konnte. Es war das erste Mal, dass Illiana Markus in voller Kämpfermontur sah, mit der langen Lanze und dem Helm, der sein Gesicht bedeckte. Mit der nachtschwarzen Tunika über der Rüstung und der schwarzen Schabracke des Pferdes glich er einem Wesen aus der Unterwelt, und als er auf die Wiese hinausritt, die Zügel fest in den Stahlhandschuhen, und den König begrüßte, brach Jubel aus. Sein Hengst stieg mit flatternden Nüstern und scharrte vor Eifer mit den Hufen. Markus nickte und das Spiel begann.

Eine Trompete erschallte, und Illiana hörte die Schläge und sah die Kraft, mit der Markus seinen Gegner aus dem Sattel stieß. Es schien, als wollten viele ihre Kräfte mit ihm messen. Ein Ritter nach dem anderen ritt heran und forderte ihn heraus. Und er besiegte einen nach dem anderen, unerbittlich und systematisch, bis er am Nachmittag verschwitzt und verstaubt als Sieger dastand.

Markus nahm seinen Helm ab, zog die Haube vom Gesicht und fuhr sich mit den Fingern durchs Haar. Illiana applaudierte, und das Publikum jubelte, als er den Preis, einen Dolch, aus der Hand des Königs entgegennahm. Ihr Herz schlug so schnell, dass ihr schwindelig wurde, und sie hoffte *inständig*, dass er sie sehen würde. Dass er für sie gekämpft hatte und nicht für den König. Und dann tat er es. Er drehte sich um und sah sie direkt an, und als sich ihre Blicke trafen, war es, als entzünde sich ihr ganzer Körper. Es prickelte und brannte, so, wie es gewesen war, als er sie mit seinen rauen Handflächen gestreichelt hatte. Illiana saß unbeweglich da. Sie war wie gelähmt vor Lust und Verlangen. Markus' Blick war schwarz, und etwas blitzte in ihm auf, doch Illiana konnte es nicht deuten, nicht auf die Entfernung und mit all ihren verwirrenden Gefühlen. Sie schluckte. Markus berührte etwas in ihrer Seele. Aber sie fühlte auch Lust, reine Lust. Vielleicht war eine körperliche Verbindung doch genug? Sie wollte lächeln, blieb aber still und ernst sitzen, unsicher, was der durchdringende Blick aus Markus' dunklen Augen zu bedeuten hatte. Sein Pferd stampfte ungeduldig mit den Hufen und riss an den Zügeln, doch er parierte geschickt die kleinste Bewegung. Er war ein hervorragender Reiter. Sie erinnerte sich noch genau daran, wie diese kraftvollen Beine ihre auseinandergedrückt hatten, wie dieser muskulöse Körper sich an sie gepresst und sie in Ekstase versetzt hatte. Und sie erinnerte sich, wie diese nacht-schwarzen Augen geleuchtet hatten, als sie sich liebten, und beinahe konnte sie Markus' heiße Worte über den Lärm des Publikums hinweg hören. Markus konnte vielleicht leugnen, dass er Gefühle für sie hatte, aber er konnte kaum ignorieren, wie ihre Körper und ihre Haut miteinander kommunizierten. Würde sie es schaffen, sich damit zufriedenzugeben? Vielleicht war das wirklich das Einzige, das sie von ihm bekommen konn-te. Markus nickte kurz, wendete sein Pferd und ritt davon. Il-liana sah dem breiten, schwarz gekleideten Rücken hinterher, bis er verschwunden war.

35

Markus wusste, dass Illiana enttäuscht von ihm war. Er hatte es in ihren schönen Augen und dem ernsten Gesicht sehen können. Doch er wusste nicht, wie er es seiner Frau anders klarmachen sollte, dass ihre Hoffnung auf Liebe naiv war. Er hatte ihr sehr deutlich gesagt, dass sie nicht auf mehr hoffen sollte. Trotzdem hatte sie eben auf der Tribüne gesessen und ihn mit Bewunderung und etwas anderem im Blick angesehen. Etwas, das er nicht ganz deuten konnte, was aber ein Prickeln in seiner Magengegend zur Folge hatte und die Erinnerung daran weckte, was sie letzte Nacht in seinem Bett getan hatten. Sie hatten sich heiß und hemmungslos geliebt. Doch danach hatte er etwas Taktloses gesagt und war eingeschlafen. Er sah ein, dass sich Illiana mehr erhofft hatte. Doch sie schien Wunder von ihm zu erwarten, und er hatte keine Wunder zu bieten. Es war am besten, wenn Illiana das begriff. Je früher, desto besser. Und deshalb verließ Markus das Turnier und kehrte zum Schloss zurück, ohne mit jemandem zu sprechen.

Einer der vielen jungen Männer am Hof, die den Rittern zu Diensten waren, kam Markus im Burghof entgegen. Ein Stalljunge führte den Hengst zu seiner Box, während der junge Mann Markus auf sein Zimmer begleitete und ihm beim Abnehmen der schweren Rüstung, dem Kettenhemd und sonstigem Schutz sowie der Kleidung behilflich war. Während der Bursche beschäftigt war, verschaffte sich Markus einen schnellen Überblick über seine Verletzungen. Schon bald stellte er fest, dass es sich hauptsächlich um Schürfwunden und Blutergüsse handelte, nichts, was untersucht werden musste. Der junge Bursche brachte einen Krug Wasser ins Zimmer, eilte wieder hinaus und kam mit einer Holzwanne zurück, in die er das Wasser hineinschüttete.

»Soll ich Euch helfen?«, fragte der Junge und hielt ihm einen Schwamm hin.

Doch Markus schickte ihn fort. Er konnte sich definitiv selbst waschen, und er brauchte seine Ruhe. Es zog sich ganz aus, tauchte den Schwamm ins Wasser, wrang ihn aus und fuhr sich damit über Gesicht und Hals. Während ihm das Wasser vom Körper tropfte, klopfte es an der Tür, und Markus rief kurz: »Komm herein!«, überzeugt davon, dass der Bursche zurückkam.

Doch anstelle des Burschen war es Illiana, die vorsichtig die Tür öffnete und hereinkam. Nass, nackt und erstaunt hielt Markus mit dem Schwamm in der Hand inne.

Illiana schloss die Tür hinter sich und betrachtete ihn.

Markus strich ein letztes Mal mit dem Schwamm über seinen Arm und ließ ihn dann mit einem Platsch ins Wasser fallen.

»Was macht die Heilung?«, fragte Illiana.

Markus runzelte die Stirn. »Was meinst du?«

Illiana ging auf ihn zu, und als sie sich nah an seinen nackten Körper stellte und seinen Brustkorb berührte, zuckte es sofort in Markus' Glied. Illiana sah hinunter, streifte seine Männlichkeit kurz mit ihrem Blick und lächelte dann leicht. »Ich finde, deine Wunden sehen aus, als seien sie gut verheilt«, sagte sie und fuhr mit ihren Fingerspitzen über seinen Brustkorb. Markus' Brustwarzen zogen sich zusammen, und sein Schwanz hob sich Illiana entgegen.

»Ich habe gutes Heilfleisch«, sagte er mit heiserer Stimme

und wild pochendem Herzen. Was tat sie da? Aber Illianas Hand blieb an seiner Brust, und die Geste war eindeutig.

Und unerwartet.

»Illiana?«

»Ich habe nachgedacht«, begann Illiana, als habe sie ihn gar nicht gehört und folge ihrem eigenen Gedankengang. Sie sah ihn an, und Markus hatte das Gefühl, er würde in ihren grauen Augen versinken. Sie klimperte mit den Wimpern und befeuchtete ihre Lippen. »Über das, was zwischen uns passiert ist, meine ich«, fuhr sie leise gurrend fort.

Gurrend.

»Heute Nacht?«, fragte er dumm.

Illiana nickte und strich mit ihrem Zeigefinger über seine Brustwarze, ganz beiläufig, als merke sie gar nicht, was sie tat und wie es auf ihn wirkte. »Und davor«, fuhr sie im selben träumerischen Tonfall fort. »Erinnerst du dich noch daran, was wir im Fell getan haben?«

Ob er sich erinnerte! Allein der Gedanke machte ihn steinhart.

Illiana lächelte wieder, ein schelmisches, vielversprechendes Lächeln, das Markus beinahe aufstöhnen ließ. Ihre Hand glitt seinen Bauch hinab, langsam und bedächtig. »Ich fand es schön, dass du mochtest, was ich mit dir getan habe«, murmelte sie. »Dass du es genossen hast und ich dir den Genuss verschafft habe.« Ihre Augen weiteten sich. »Weißt du, mir war nicht klar, dass es so sein würde: Dass *ich* davon erregt werde, dass *du* erregt bist.«

Markus atmete kaum. Illianas Stimme war heiser und verlockend, und er konnte nur noch daran denken, dass er diese schlanken, geschickten Finger ein weiteres Mal um seine Erektion spüren wollte. »Du hast mir schon oft Genuss verschafft«, sagte er erstickt.

Illiana hob die Augenbraue und legte ihren Kopf leicht schief. Eine goldene Locke streichelte ihre Wange, und sie lächelte: Es war ein verführerisches Lächeln, das Markus' Körper vor freudiger Erwartung jubeln ließ.

»Wirklich?«, fragte sie.

Markus nickte. »Ich habe zugeschaut, wie du dich am Wasser selbst berührt hast«, antwortete er grinsend.

Sie errötete, weil er sie dabei ertappt hatte, fing sich aber schnell wieder. »Ich hatte schon vermutet, dass es eine Lüge war, als du meintest, du hättest nichts gesehen.« Ihre Hand hatte sich inzwischen zu den Haaren unterhalb seines Nabels begeben, und Markus musste sich zwingen, stillzustehen, sie ihr Spiel spielen zu lassen und sich nicht auf sie zu stürzen.

»Mochtest du denn, was du gesehen hast?«, fragte sie.

Er fragte sich, ob ihr klar war, dass sie gerade mit dem Feuer spielte.

»Sehr«, antwortete er heiser. Zu sehen, wie sich Illiana Henriksdotter im Sonnenlicht selbst streichelte, war eines der erotischsten Erlebnisse seines Lebens gewesen.

Und nun betrachtete dieselbe Illiana Henriksdotter *seinen* nackten Körper mit rosigen Wangen und einem Blick voller Begehren. Ihre Augen wanderten wieder zu seiner Erektion. »Und ich mag es, *dich* nackt zu sehen«, sagte sie leise.

Markus konnte sich nicht beherrschen und stöhnte auf.

»Und du magst es also, mich nackt zu sehen?«, fuhr Illiana mit selbstbewusstem Lächeln fort. Sie stich mit dem Finger an ihrem Ausschnitt entlang hinunter über den Stoff zu ihrer Brust. Der Finger liebkoste ihre weiche Brust und kreiste um die Brustwarze. Das entschied die Sache. Markus streckte die Arme nach ihr aus.

Doch Illiana schüttelte den Kopf und glitt zur Seite. »Nein.« Sie trat einen kleinen Schritt zurück.

»Illiana, das kannst du nicht …«, begann Markus frustriert.
Sie führte ihre Hände hinter den Rücken und tat etwas.

»Ich kann nicht was?« fragte sie, während ihr Kleid zu Boden fiel. Sie hatte es sich am Rücken aufgeknöpft, und nun lag es bauschig um ihre Füße. Darunter trug sie ein dünnes Unterkleid. Keine Strümpfe, keine Unterwäsche, nur ihre Schuhe und das fast durchsichtige Unterkleid. Und bevor Markus irgendetwas sagen konnte, war auch dieses an ihr hinabgeglitten, und sie stand bis auf die weichen Lederschuhe nackt vor ihm.

Markus war stolz auf sein schnelles Reaktionsvermögen, hatte sich immer für aufgeweckt und handlungsstark gehalten, fähig zur Improvisation in den meisten Situationen und unmöglich zu überraschen. Doch jetzt stand er einfach nur da und starrte auf seine nackte Frau, unfähig zu handeln, völlig überrumpelt und ohne einen einzigen vernünftigen Gedanken im Kopf.

Illiana legte ihre Hände auf seine Brust. Sein ganzer Körper schrie nach ihr. Er atmete heftig vor lauter Vorfreude und machte sich bereit, sie zu küssen. Doch Illiana überraschte ihn erneut. Langsam sank sie vor ihm nieder. Unterwegs berührte ihre Wange seine Männlichkeit, und Markus schluckte, wieder unsicher, was sie eigentlich vorhatte.

Aber Illiana schien zu wissen, was sie wollte, denn als sie vor ihm kniete, nahm sie seinen Hodensack in die Hand, umfasste ihn mit sanftem Griff und streichelte ihn vorsichtig. Markus atmete schwer. Dann nahm sie seine Männlichkeit in ihre andere Hand, und Markus Järv, berüchtigter Kämpfer, Kriegsveteran und des Königs rechte Hand, zitterte wie eine Jungfrau.

»Illiana«, wimmerte er, und dann konnte er nichts mehr sagen, denn Illiana schloss ihre Lippen und ihren weichen, warmen Mund um ihn, und Markus landete im Paradies.

Illiana hörte Markus' ersticktes Atmen und fand, dass sie ihre Sache wohl durchaus gut machte. Sie wollte ihm so gerne zeigen, wie viel er ihr bedeutete. Sie wollte wirklich eine Ehefrau sein, die bedingungslos gab, die alles verstand und nicht mehr verlangte, als sie bekommen konnte. Und sie redete sich ein, dass es keine Rolle spielte, wenn er nur auf das Physische aus war. Sie wollte ihm zeigen, dass sie sich damit begnügen konnte. Markus krallte seine Finger in ihr Haar, doch sie war nicht sicher, ob er sich überhaupt noch bewusst war, was er tat. Sie wusste auch nicht, wo sie den Mut hergenommen hatte, das hier zu tun, aber es hatte sich wichtig angefühlt, ihm zu zeigen, dass die körperliche Nähe ihr auch gefiel. Jetzt war er groß, warm und lebendig in ihrem Mund. Aus der kleinen Öffnung an der Spitze sickerte etwas Flüssigkeit, und sie küsste sie neugierig. Es schmeckte unerwartet salzig, wie sonnenwarmes Meerwasser. Sie schloss ihre Hand um ihn, so wie es in den Fellen gefallen hatte und glitt an seinem Schaft hoch und runter, während sie an ihm saugte und schleckte.

»Oh mein Gott!«, sagte Markus mit erstickter Stimme. Er stöhnte und fuhr fort: »Ich kann es nicht länger zurückhalten. Wenn du weitermachst, werde ich in deinem Mund kommen!«

»Möchtest du das?«, murmelte sie. Und dann spürte Illiana mit jeder Faser ihres erregten Körpers, dass *sie* ihn auf diese Art entgegennehmen wollte. Es war sündig und aufregend, und etwas sagte ihr, dass Markus es sehr mögen würde. Ohne auf seine Antwort zu warten, nahm Illiana ihn wieder in den Mund. Sie fühlte, wie sein Körper erstarrte, spürte, wie sein Glied noch größer und härter wurde, und passte ihren Rhythmus an. Griff fester zu. Schloss ihren Mund noch kräftiger um ihn. Saugte. Markus rief etwas. Seine Hände umfassten ihren Kopf, halfen ihr mit dem Rhythmus, und dann kam er. Es war warm und salzig, aber nicht unangenehm, und sie zögerte nicht, sondern schluckte es hinunter.

»Oh Gott!«, stöhnte Markus. Er zog sich aus ihrem Mund zurück und keuchte. Illiana kauerte zu seinen Füßen, plötzlich unsicher, was sie als Nächstes tun sollte. Sie schielte zu ihm nach oben. Markus atmete schwer, stand da mit geschlossenen Augen und zitterndem Körper.

»Warum hast du das getan?«, fragte Markus leise.

Illiana sah auf und lächelte vorsichtig. »Weil ich es wollte«, antwortete sie schlicht.

Markus griff nach einem Hemd, und Illiana blickte auf ihre Kleider, die auf dem Boden lagen. Sie waren zerknittert.

Und plötzlich hielt sie es nicht mehr aus, sich zu begnügen. Hielt es nicht aus, wie Markus schon wieder begann, sich gefühlsmäßig zu distanzieren und an anderes zu denken. Sie begann, sich aufzurichten, und er reichte ihr die Hand. Ihre Glieder waren etwas steif, nachdem sie so lange gekniet hatte. Sie stöhnte auf. Markus blickte sie fragend an, und sie konnte sich nicht länger beherrschen. Sie schlug die Arme um ihn. Eigensinnig klammerte sie sich fest und versuchte nicht darauf zu achten, wie er erstarrte.

»Warte …«, fing er an, doch ohne sich zurückhalten zu können schluchzte Illiana an seiner Brust auf. Eigentlich hatte sie sich vorgenommen, möglichst fröhlich, zuvorkommend und unkompliziert zu wirken. Was sie jetzt tat, entsprach ganz und gar nicht diesem Plan – das war ihr klar. Und ihr war ebenfalls klar, dass sie ihren Ausbruch bald bereuen würde, doch jetzt wurden ihre Gefühle übermächtig.

Markus umfasste ihre Schultern. Illiana versuchte, ihre Tränen wegzublinzeln, wusste nicht einmal, warum sie weinte.

»Illiana, es tut mir leid«, sagte er mit gequälter Stimme.

»Was denn?«, fragte sie schniefend.

Er streichelte ihre Schultern. »Glaub nicht, dass ich dir nicht dankbar bin«, begann er. Iliana hasste den distanzierten Tonfall seiner Stimme. »Aber du wirst nur verletzt, wenn du meinst, es ist mehr«, fuhr er fort. »Du hättest das niemals tun müssen, ich hätte es nie erwartet.«

»Aber ich wollte es«, sagte sie still, unendlich gedemütigt. Unendlich abgewiesen.

»Unser Liebesleben ist fantastisch«, lächelte er. »Dafür bin ich wirklich dankbar. Aber, Illiana, ich bin ein Krieger, ich habe nicht die Art Gefühle, die du dir erhoffst.«

»Wie willst du wissen, was ich mir erhoffe?« Illiana hörte selbst, dass sie ziemlich kläglich klang, also richtete sie sich auf, zerstörte aber die stolze Geste direkt wieder durch ein erneutes Schniefen.

»Du wirst ein Zuhause bekommen, du wirst alles erhalten, was du brauchst. Ich verspreche dir, dass es dir an nichts fehlen wird«, und ihr wurde klar, dass er wirklich nicht verstand.

»Insbesondere, wenn du mich weiterhin so hofierst«, fügte er lachend hinzu.

Sie verzog das Gesicht. Wahrscheinlich meinte Markus es nicht böse, aber so langsam fühlte sie sich wie eine Dirne, die für ihre Dienste bezahlt wird. Das war kein angenehmes Gefühl. Plötzlich kam ihr der Gedanke, dass der Unterschied zwischen Ehefrau und Dirne vielleicht nicht ganz so groß war, wie sie gedacht hatte. Nicht so groß, wie er hätte sein sollen. Markus gab ihr materielle Sicherheit, sie gab ihm …

Sie schluckte. »Kommst du mit hinunter zum Abendessen?«, fragte sie schließlich und versuchte, möglichst ruhig und unbeteiligt zu klingen. So, als wäre ihr nicht gerade schmerzlich ihr Platz im Dasein klar geworden. Trotz allem war sie es gewesen, die zu ihm gekommen war. Also konnte sie auch niemand anderen dafür verantwortlich machen.

»Später«, entgegnete er, ließ ihre Schultern los, beugte sich hinunter und hob ihr Unterkleid auf. Illiana nahm es entgegen und fühlte sich plötzlich überflüssig und beinahe unwillkommen. Als sei sie eine angenehme Zerstreuung gewesen, die ihn jetzt wieder seinen wichtigen männlichen Vorhaben überlassen sollte. »Soll ich gehen?«, fragte sie und fühlte sich elender als je zuvor.

»Wenn du willst«, sagte er und zog sich seine Hose an.

Ihre Augen wurden schmal. »Was willst du?«

Markus schüttelte den Kopf. »Mach, was du möchtest.«

Illiana sammelte ihre Kleider ein und zog sich hastig an. Dabei kämpfte sie weiter gegen das Gefühl der Demütigung an. Sie war hergekommen und hatte alles freiwillig getan. Markus hatte das gute Recht, so zu denken und zu fühlen. Sie lächelte ihn kühl an, drehte sich um und schloss dann die Tür sanft hinter sich. Sie hatte nicht vor, sich wegen irgendetwas mit ihm zu streiten. Nein, sie wollte weder anstrengend sein noch meckern oder sich echauffieren. Doch sie blieb vor seinem Zimmer stehen, lehnte den Kopf an die geschlossene Tür und versuchte, Luft zu bekommen.

Gott bewahre, sie konnte doch keine Gefühle für ihren eigenen Mann hegen.

Markus stand lange da und blickte auf die Tür, die Illiana geschlossen hatte. Dann sank er in den Stuhl am Schreibtisch und blieb dort sitzen, mit dem Blick ins Leere. Das war nicht gut gewesen. Illiana hatte ihm ein Geschenk gemacht, und er hatte es ihr mitten ins Gesicht geschleudert. Sozusagen.

Er seufzte tief. Das würde er wieder gutmachen müssen.

Mehrere Stunden später ging Markus hinunter in den Speisesaal. Die Hochzeitsfeierlichkeiten würden noch einige Tage andauern, aber er hatte inzwischen genug vom Schloss und Hof.

Und er merkte, dass er sich darauf freute, zu seiner Burg zu kommen.

Markus besaß zahlreiche Höfe und Ländereien, so viele, dass er sie gar nicht alle aufsuchen konnte. Besonders die Burg hatte er meist als Belastung angesehen. Trotzdem musste er zugeben, dass sie das war, was einem Zuhause am nächsten kam. Ganz davon abgesehen war ihre Lage einzigartig. Die Burg lag an der Spitze einer Landzunge im Mälarsee, mit Wasser zu drei Seiten, und wenn er sich richtig erinnerte, war die Luft unglaublich frisch und rein. Er hoffte, dass sie Illiana gefallen und sie sich an ihrem neuen Zuhause erfreuen würde.

Sein Schiff lag im Hafen bereit, und seine Männer hatten die Anweisung erhalten, bis zum Morgengrauen fertig zur Abreise zu sein. Karl würde sie begleiten, der Knecht Nils, der seit Nyköping bei ihnen war, und einige weitere Männer. Sigvard und Viking würden in Stockholm bleiben. Somit hatte Markus nur eine kleine Anzahl kampftauglicher Männer dabei. Doch er ging davon aus, dass es rund um die Burg genügend Leute gab, die er anstellen konnte. Es war ja nicht so, dass ein Angriff auf die Burg unmittelbar bevorstand. Momentan war alles friedlich. Daher würde er genug Zeit haben, sich um die Verteidigung und andere wichtige Dinge zu kümmern.

Stellan würde natürlich nicht mit ihnen kommen. Stellan fühlte sich unter Leuten am wohlsten, und ausnahmsweise fand es Markus angenehm, sich einmal für eine Weile von seinem Freund zu trennen. Seit ihrem Disput am gestrigen Abend war die Stimmung zwischen ihnen immer noch gedämpft.

Markus trat in den großen Speisesaal und suchte automatisch nach Illiana. Wenn sie heute wieder Bewunderer um sich geschart hatte, würde er neutral regieren. Er war gewiss nicht eifersüchtig, *darum* ging es nicht. Gestern war er lediglich überrascht gewesen. Aber er beschloss, für sie da zu sein, falls sie ihn brauchte und scherte sich nicht weiter darum, seine Gefühle zu analysieren. Schon bald entdeckte er sie. Es war, als leuchtete es um sie, damit er sie immer finden konnte, wo sie sich auch befand. Sie stand da und unterhielt sich mit einem Mann. Es war nur *ein* Mann, und der Hauch von Erleichterung, den Markus verspürte, hatte natürlich rein gar nichts zu bedeuten. Er konnte sehen, wie Illiana den Mann anlächelte. Sie sah klein und zart aus und hatte andere Kleidung an als vorher, als sie in sein Zimmer gekommen war. Sie trug das violette Kleid, das er ihr gekauft hatte, und es ließ sie jung und verwundbar aussehen, besonders, als sie den älteren Mann erneut freundlich anlächelte. Markus mochte es nicht, wenn sie andere Männer so anlächelte. In gewisser Weise fand er, dass ihr Lächeln nur für ihn reserviert sein sollte. Eine Ehefrau, die ihrem Mann gerade die – äh – ultimative Befriedigung verschafft hatte, sollte keine Energie dafür übrig haben, jemand anderen derart anzulächeln. Doch dieser Gast war zumindest älter als die Männer, mit denen Illiana gestern geflirtet hatte, und Markus versuchte sich zu entspannen. Herrgott, sie durfte sich ja wohl mit Leuten unterhalten. Doch dann machte der ältere Mann eine Bewegung und geriet deutlicher in Markus' Blickfeld. Markus hatte das Gefühl, als würde ihm das Herz stehenbleiben. Zuerst kam die Angst, und dann kam die Wut. Was tat Roland Birgersson mit seiner Frau? Warum stand er da und unterhielt sich ausgerechnet mit Illiana? Markus beschleunigte seine Schritte und hatte die zwei gleich darauf erreicht. Sie sahen ihn alle beide an. Illiana verwundert, Roland mit einer Mischung aus Hohn, Triumph und einem einschmeichelndem Lächeln, das Markus nicht im Mindesten beruhigte. Die Angst lähmte ihn beinahe.

Markus ergriff Illianas Oberarm. »Was tust du?« fragte er leise.

Illiana runzelte die Stirn. »Wir reden nur«, sagte sie steif. Er merkte, dass sie noch immer böse auf ihn war. Roland Birgersson schlug mit verwunderter Miene die Hände zusammen, als hätte der Streit im Zimmer des Königs nie stattgefunden und er verstünde rein gar nichts. Doch Markus war klar, dass er ihn offen und voller Hohn provozierte. »Ist das deine Ehefrau?« fragte Roland unschuldig. »Sie ist wirklich bezaubernd.«

Markus sah das gefährlich Blitzen in Rolands Augen, hörte die versteckte Drohung und verstand, dass es hier um Leben und Tod ging.

»Du hältst dich fern von meiner Frau«, sagte er kalt und richtete seinen Blick auf Illiana. »Komm.«

Sie sah aus, als wolle sie protestieren, also verstärkte Markus seinen Griff und zog sie mit sich. Er wusste, dass er ihr wehtat und sie den Ernst der Lage nicht begriff, doch die Angst bewirkte, dass er nicht klar denken konnte. Es gab nur eines, was er genau wusste: Er musste sie von hier wegbringen.

Illiana stolperte. »Bitte«, keuchte sie. »Du tust mir weh.«

Er wirbelte sie herum, drückte sie gegen eine Wand und stellte sich mit dem Rücken zum Saal vor sie. Er blockierte Illiana mit seinem Körper, unsicher, ob er sie schützte oder doch eher erschreckte. Roland würde wahrscheinlich nicht so dumm sein, hier etwas zu versuchen.

Ist das deine Ehefrau? Sie ist wirklich bezaubernd.

Der Schrecken ließ Markus' Stimme hart klingen. »Du sprichst nicht mit ihm, hörst du?«

Illiana starrte ihn an, als sei er verrückt geworden. »Bist du völlig von Sinnen?« stieß sie hervor. »Er ist ein alter Mann, und wir haben uns nur *unterhalten*.«

»Illiana«, sagte Markus hart. »Ich dulde es nicht, wenn du mir widersprichst. Du tust, was ich sage, und hältst dich fern von diesem Mann.«

»Diesem Mann«, schnaubte sie. »Du meinst wohl *alle* Männer, nicht wahr? Es ist genau wie gestern. Ich verstehe nicht, was in dich gefahren ist.«

»Nein, das verstehst du nicht«, brüllte Markus. »Er ist gefährlich, und ich verbiete dir, mit ihm zu sprechen oder ihn nur anzusehen. Und ich erwarte, dass man mir gehorcht.«

Illianas Miene schien plötzlich wie versteinert. Sie erstarrte, ihr Blick wurde leer, und Markus wusste, dass er zu weit gegangen war. Er wollte erklären, dass ihm durch den König die Hände gebunden waren, dass er machtlos war und ihr Wohlbefinden ihm wesentlich mehr bedeutete als sie ahnte, aber die Worte kamen ihm nicht über die Lippen.

»Du kannst mich nicht so behandeln«, flüsterte sie. »Das kannst du nicht. Vielleicht muss ich mich mit den Brotkrumen begnügen, die du mir hinwirfst. Aber du kannst nicht darüber bestimmen, was ich denke und fühle. Ich verstehe es einfach nicht. *Du* willst mich nicht, aber auch niemand anderer darf mir nahe sein, ist es nicht so?«

»Natürlich will ich dich«, hob er hervor.

»Ja, stimmt, verzeih, dass ich es vergaß. Du willst meinen Körper. Aber nicht meine Gefühle«, sagte sie sarkastisch.

»Aber du verstehst nicht«, sprach er gequält.

»Ich verstehe dich hervorragend. Du bestimmst, mit wem ich reden darf und mit wem nicht. Du besitzt mich. Ich tue, was du mir sagst.«

»Ich meinte natürlich nicht, dass …«, begann Markus.

Doch Illiana blickte ihn nur ausdruckslos an und unterbrach ihn mit grässlich, tonloser Stimme: »Darf ich jetzt gehen? Oder hast du weitere Anweisungen für mich, was ich als Nächstes tun und nicht tun darf?«

Markus schüttelte den Kopf. »Du bist ungerecht. Natürlich darfst du gehen, wenn du das willst. Aber das, was ich zu Roland Birgersson gesagt habe, gilt. Halte dich von ihm fern. Es ist zu deinem Besten, und ich erwarte, dass du mir gehorchst. Wie du selbst gesagt hast, du bist meine Frau, und wenn du dich mir widersetzt, Illiana, wirst du es noch bereuen.«

Er trat zur Seite, um zu zeigen, dass sie frei war um zu gehen.

Illiana drehte sich auf dem Absatz um, und als Markus ihren Rücken verschwinden sah, dachte er, dass er gerade einen sehr hohen Preis dafür zahlte, dass seine Frau in Sicherheit war. Denn in Illianas allerletztem Blick hatte Markus gesehen, was er mit seinen harten Worten bewirkt hatte. Nämlich genau das, was er so gern vermieden hätte: Illiana hasste ihn.

Auf einem Hof in Nyköping sah Pater Eskil auf den sterbenden Mann im Bett.

Birger Sverkersson konnte nicht mehr lange zu leben haben. Tage, vielleicht auch nur Stunden.

»Ich möchte, dass du ihm alles erzählst«, sagte Birger angestrengt und mit röchelnder Stimme. Die Worte waren kaum zu verstehen. »Alles.«

Aber es fällt unter das Beichtgeheimnis. Versteht er, was das bedeutet?

»Ich befreie dich von deiner Schweigepflicht«, zischte Birger, als hätte er die besorgten Gedanken des Priesters gehört, und der Priester erschauderte. Er war ein einfacher Dorfpriester, bisher hatte er das Böse in der Form nicht erlebt. Er zögerte.

Birger röchelte wieder, und seufzend entschied der Priester, ihm schnellstmöglich die Krankensalbung zu geben, solange der Sterbende sie noch entgegennehmen konnte.

Birger öffnete die Augen, als der Priester seine Stirn mit Öl einrieb. Er blickte den Priester durchdringend an.

»Gehe in Frieden, mein Sohn«, sagte der Priester leise.

Birger sah ihn lange an, bevor er die Augen wieder schloss. Und Vater Eskil fasste einen Beschluss.

36

Roland beschleunigte seine Schritte in der engen Gasse. Der Gestank und die Nachmittagshitze lagen schwer über der Stadt. Er wich einem dampfenden Dunghaufen aus, legte die Hand an den gekrümmten Dolch am Gürtel und sah sich wachsam um. Gerade hatte er ein Treffen mit jemandem überlebt, dem er Gold schuldete, und er war nicht in der Laune, von einem der hiesigen Gauner überfallen zu werden. Roland hatte einen Ring und seine Handschuhe verpfändet, und der Schuldner hatte sich bis auf Weiteres damit zufriedengegeben. Doch wenn sein Vater nicht bald starb, machte sich Roland keine Illusionen. Er würde mit durchgeschnittener Kehle in einer dieser stinkenden Gassen landen. Seine Schuldner waren nicht gerade von der geduldigen Sorte, um es so auszudrücken.

Ein kleines Holzhaus, eingeklemmt zwischen einem Bordell und einer Kneipe und so windschief, dass es aussah, als würde es jeden Moment zusammenfallen, war Rolands nächstes Ziel. Er öffnete die niedrige Tür, duckte sich und trat ein. Nachdem sich die Augen an die Dunkelheit und die Nase an den Gestank gewöhnt hatten, grüßte Roland den Besitzer, dessen Rücken stark gebeugt war. Mit geübtem Blick betrachtete er die verschiedenen Krüge und gab dann seine Bestellung auf.

»Hoffentlich wisst Ihr, was Ihr tut«, sagte der Ladenbesitzer, während er die ölige Flüssigkeit in ein Fläschchen gab, das er anschließend sorgfältig mit einem Korken verschloss.

»Ungeziefer.« Roland nahm die Flasche mit dem Fingerhutextrakt. »Ich möchte Ungeziefer ausrotten.«

Er bezahlte das Gift mit seiner allerletzten Kupfermünze und verließ dann hastig das Geschäft. Auf dem Weg hinunter zum Wasser kam Roland an dem Haus vorbei, in dem Anna vor so vielen Jahren gewohnt hatte. Er verlangsamte seine Schritte. Das Haus sah noch genauso aus wie früher, und fast glaubte er, die Tür würde sich öffnen und Anna würde ihn anlächeln. Ein sonderbares Gefühl verbreitete sich in seiner Brust, doch dann hatte er das Haus und seine Vergangenheit schon wieder hinter sich gelassen. Er ging weiter, hinunter zum Hafen, aus dem Markus und sein Gefolge am Morgen ausgelaufen waren. Laut Nils waren sie unterwegs Richtung Norden zu einer Burg, die Markus offenbar vom König erhalten hatte.

Roland blickte hinaus auf die Schiffe im Hafen, die großen Segler und die kleinen Koggen – einmastige Boote –, die einliefen uns festmachten oder ausliefen. Draußen auf der einsamen Burg musste Markus beizukommen sein. Roland hatte nicht vor, jemanden auf ihn anzusetzen, er wollte es selbst tun. Er verspürte fast so etwas wie Heiterkeit. Wie unwahrscheinlich es vor ein paar Tagen noch geschienen hatte, er würde davonkommen. Als Markus ihn vor dem König als Mörder identifiziert hatte, war Roland überzeugt gewesen, dass es vorbei war. Merkwürdigerweise hatte er Erleichterung verspürt. Doch dann war der König dazwischengegangen und hatte von Zweifeln gesprochen, von Jahren, die vergangen waren und von Beweisen, die fehlten. Roland gluckste vor Lachen. *Das* war in der Tat eine unerwartete Wendung gewesen. Es war, als würde er selbst immer stärker und Markus immer schwächer. Es musste ein harter Schlag für den arroganten Markus Järv gewesen sein, sich unsicher zu fühlen, doch Roland hatte deutlich den Zweifel in den schwarzen Augen gesehen, die Annas Augen so glichen. Eigentlich war es unheimlich, wie sehr Markus' Augen denen Annas ähnelte. Ihre waren braun gewesen, doch sonst war die Ähnlichkeit verblüffend, wenn man davon absah, dass Annas Blick immer sanft gewesen war, während der ihres Sohnes hart war durch alles, was er gesehen und getan hatte. Roland hatte von Järven gehört, doch nie einen Zusammenhang hergestellt zwischen dem schmutzigen Kind, das er einst zu töten versucht hatte, und König Magnus' berüchtigtem Krieger. Er rieb sich seine schmerzende Hand und war sich im Klaren darüber, dass er einen Entschluss fassen musste, damit er die Vergangenheit hinter sich lassen, einen Platz an Magnus' Hof einnehmen und sich damit begnügen konnte. Markus waren durch seine Loyalität gegenüber dem König die Hände gebunden, und wenn Birger endlich starb, was hoffentlich bald der Fall sein würde, würde Roland gut dastehen, *selbst* wenn Markus die Hälfte der Besitztümer an sich raffte. Aber das durfte nicht passieren. Roland lächelte, wandte dem Hafen den Rücken zu und ging wieder hinauf zum Schloss. Markus war zu seiner nördlich abgelegenen Burg gereist und hatte nur eine Handvoll Männer mit sich genommen. Unter ihnen befand sich Nils, Rolands geldgieriger Informant. Nils würde dafür sorgen, dass Roland erfuhr, was sich innerhalb der Burgmauern abspielte. Der Knecht war sein Spion im Feindesland. Roland strich sich über den Gürtel, an dem der Beutel hing, den er gerade gekauft hatte. Er hatte seinen Dolch und eine mehr als ausreichende Menge Gift. Denn nun hatte er Markus' wunden Punkt ausgemacht. Roland hatte gesehen, wie Markus Järv seine kleine Ehefrau angeblickt hatte, und sofort hatte er gewusst, was er tun und wie er es tun musste. Markus war die Ursache für alles, was schiefgelaufen war seit jenem schicksalhaften Tag, an dem Anna gestorben war. Wegen Markus war Roland des Landes verwiesen und um sein halbes Erbe gebracht worden. Markus war zwischen ihn und seinen Vater getreten. Während sich Markus inmitten von Familie und Gesellschaft eingenistet hatte, war Roland an die Peripherie verbannt worden. Roland ging schneller durch die Gassen, konnte es kaum noch erwarten, seinen Plan in die Tat umzusetzen. Er hatte so viel verloren, so viele Jahre vergeudet. Er trat durch das Schlosstor und spürte freudige Erwartung in seiner Brust. Jetzt war endlich Markus Järv an der Reihe zu erleben, wie es war, wenn man das verlor, was einem am meisten bedeutete.

37

»Ist alles in Ordnung zwischen euch?«, fragte Illiana Helvig. Sie nickte in Richtung Karl, der am Bug stand und über den grauen See blickte. Neben Karl stand Markus, und ihre Umhänge bauschten sich im Wind und Regen.

»Mmm«, antwortete Helvig und zog ihren Umhang fester um sich.

Illiana stampfte mit den Füßen auf, um wieder Gefühl in ihren Zehen zu bekommen. »Also seid ihr jetzt ein Paar?«, fragte sie und fröstelte. Es war schwer zu glauben, dass bald Mittsommer sein würde.

Helvig warf den Kopf in den Nacken, was im Prinzip alles und nichts bedeuten konnte. »Ich nehme es an. Aber er ist sauer, weil ich ihn im Schach geschlagen habe.«

»Männer mögen es nicht zu verlieren«, sagte Illiana mit schiefem Lächeln.

»Nein. Weil Männer Idioten sind.«

Illiana war geneigt, ihr zuzustimmen. Männer waren Idioten, und sie hatte den größten von allen geheiratet. Sie fragte sich, was gestern eigentlich passiert war. Was hatte sich Markus dabei gedacht, als er sich auf sie und Roland gestürzt hatte? Er musste irgendeine Art Anfall gehabt haben, denn heute wirkte er gefasster. Wenn man mit »gefasst« hart und schreckeneinflößend meinte, natürlich.

Früh am Morgen hatte Markus das Schiff beladen und die Segel setzen lassen. Mit der Hilfe von Hafenarbeitern und Ketten war das Schiff gegen die Strömung aus dem Meer hinein in den Mälarsee gezogen worden. Das vollgeladene Schiff hatte geknarrt und sich gedreht, doch sie hatten es ohne Probleme durch das strömende Wasser manövriert. Doch dann, nachdem Schloss, Kirchen und Häusergewirr hinter ihnen verschwunden waren, war das Wetter von jetzt auf gleich umgeschlagen, und es hatte zu regnen begonnen. Den ganzen Tag hatte der Regen sie nun schon begleitet.

Verstohlen blickte Illiana auf Markus' Rücken. Markus breitbeinig am Bug und passte sich dem Schaukeln des Schiffs an. Ab und zu kam einer seiner Männer zu ihm, und er beantwortete ihre Fragen kurz, effizient und ohne zu lächeln.

Das Schiff schoss hinab in ein Wellental, und Übelkeit durchfuhr Illiana. Während sie nach der Reling griff, kam ihr der Gedanke, dass der Wechsel zwischen Wellenkamm und Wellental hier draußen auf dem Mälarsee wie ein düsteres Abbild ihrer Ehe wirkte. Markus war in der Nacht nicht zu ihr gekommen, aber das hatte sie nach dem nervenaufreibenden Streit auch nicht erwartet.

Als hätte Markus Illianas Gedanken gelesen, drehte er sich um und kam nach kurzem Zögern auf sie und Helvig zu.

»Wir haben Rückenwind. Also werden wir heute ankommen.«

Zu Beginn war die Seefahrt spannend gewesen. Jetzt, nach einem halben Tag in strömendem Regen und einem Magen, der sich bei jedem Wellental umdrehte, konnte Illiana sich Schöneres vorstellen. Sie war nass bis unter ihre Haube, und ab und zu hörte man entferntes Donnergrollen. Das Schiff drehte sich erneut, und die im unteren Deck angebundenen Pferde wieherten unruhig. Illianas Finger krampften sich um die Reling.

Markus sah sie an, sagte aber nichts mehr, und aus reiner Sturheit schwieg auch sie. Stumm standen sie beieinander als seien sie sich fremd.

Ich sollte mit ihm sprechen, dachte sie. Aber wie sprach man mit einem Mann, der sich so aufführte wie er? Der aussah, als sei er aus Stein?

Ein Windstoß brachte Illiana aus dem Gleichgewicht. Sie schwankte, und Markus trat einen Schritt auf sie zu.

Er blieb stehen. »Geh weg vom Rand«, brüllte er über den Wind, drehte sich um und ging zurück zu Karl.

Während der Tag weiter voranschritt, fuhren sie an grauen Klippen vorbei, deren Kiefernbewuchs zunahm, je nördlicher sie kamen. Zwischen den Felsen glänzten regennasse Wiesen und in den Buchten flüsterte das Schilf. Manchmal sah man kleine Holzhäuschen und Kirchen vorbeigleiten.

Einmal sah Illiana nach oben und erblickte einen riesigen Raubvogel, der über dem Wasser schwebte. Er flog in immer höheren Kreisen über ihnen, und sie dachte, dass er wie Markus war. Einsam und majestätisch und sich selbst genug.

Sie umrundeten eine weitere kiefernbewachsene Landzunge, und dann lag sie da: die Burg. Der Spätnachmittagshimmel war durchgehend grau, der See dunkelgrau, und der Regen grau, doch am grausten von allem war die Burg. Illiana schluckte und starrte auf das mächtige Bauwerk, das hoch oben auf der Klippe thronte wie ein urzeitliches Steinmonster. Als ob es dort Wärme und Behaglichkeit geben konnte. Platz für Liebe …

Sie blickte Helvig an, sah das bekümmerte Gesicht des Dienstmädchens und versuchte, gegen ihre Angst und das plötzliche Heimweh anzukämpfen. Hier würde sie den Rest ihres Lebens wohnen.

»Zuhause«, sagte Helvig mit einem Seufzer.

Zuhause, dachte Illiana düster.

Kurze Zeit später legten sie am Steg unterhalb der Burg an. Während zwei der Schiffsjungen an Land sprangen und das Schiff vertäuten, bildete sich eine Menschenansammlung um die Anlegestelle herum. Einfach gekleidete Dorfbewohner beobachteten schweigend, wie die Besatzung Kisten, Taschen und weiteres Gepäck aus dem Schiff lud. Die anderen beiden Schiffe, die Markus von Skänninge aus hergeschickt hatte, waren bereits da, entladen und sorgfältig am Steg vertäut. Illiana wartete, bis das meiste ausgeladen worden war. Die Königin hatte ihnen Stoffe, Gläser und Lebensmittel mitgegeben, und Markus hatte Unmengen eingekauft. Illiana hatte sich heimlich gefragt, wo alles Platz finden sollte. Doch jetzt, als sie den Kopf hob und an der riesigen Burg emporsah, war ihr klar, dass hier Platz genug sein würde.

Zum Schluss führten Karl und Markus gemeinsam die Reitpferde an Land, die letzte Truhe und die letzte Fuhre mit Taschen wurde über den Landungssteg getragen, und dann waren sie fertig.

Illiana stand inmitten ihrer Habseligkeiten und sah sich um. Sie blickte in die Augen schweigender Männer, die mit der Mütze in der Hand dastanden, in die ängstlichen Augen der Kinder, und sie sah Frauen mit verbissenem Gesichtsausdruck und unruhigem Blick. Unbehagen erfüllte Illiana, als sie bemerkte, dass ihre eigenen, gut gearbeiteten warmen Kleider in starkem Kontrast zum ärmlichen Aussehen der Menschen standen. Das Schweigen, das ihr entgegenschlug, war wie eine Mauer, und sie vermochte nicht zu lächeln. Einige bekreuzigten sich, als sie sahen, wie Markus in seinem schwarzen Umhang mit der Raubtierbrosche zu seiner Burg hinaufblickte, ohne sie eines Blickes zu würdigen. Eine baufällige Holzkirche stand am Fuße des Hügels. Das Dach war ausgebessert, das

Holz grau vom Alter, und Illiana runzelte die Stirn über den Verfall. Ein kleines Kind begann zu weinen, ein leises, klägliches Weinen. Ein anderes Kind, ein mageres, dunkelhaariges Mädchen von ungefähr sieben Jahren, in verschlissenem Rock und mit schmutzigen, nackten Füßen, sah sie mit viel zu erwachsenen, hasserfüllten Augen an. Illiana schluckte und suchte nach dem weinenden Kind. Sie entdeckte einen Jungen mit tränenverschmiertem Gesicht an der Hand seiner Mutter und mit einem blutbefleckten Lappen um die Hand.

»Kannst du sie bitten, zu mir zu kommen?«, fragte sie leise zu Markus und nickte in Richtung des Paares.

»Du«, befahl Markus und zeigte auf die Frau, die zusammenzuckte, als hätte man sie geschlagen. »Komm her!«

Illiana seufzte, als sie das Keuchen hörte und die Angst sah. Das hier waren keine Soldaten, es waren gewöhnliche Menschen, und sie hatten Todesangst vor Järven. Sie ging vor dem Jungen in die Hocke. Oberhalb des Lappens sah sein Arm rot und entzündet aus.

»Du musst später mit ihm zu mir kommen«, sagte sie zur Mutter. »Er braucht einen ordentlichen Verband.«

Die Frau sah sie erschrocken an. Es war deutlich, dass sie nicht willens war, zu gehorchen.

»Tu, was meine Frau sagt!«, befahl Markus kalt, während er seine behandschuhte Hand ans Schwert legte.

»Ja, Herr«, flüsterte die Frau schreckgelähmt und zog ihren Jungen an sich. Sie hatte Tränen in den Augen, und das feindselige Gemurmel um sie herum nahm zu.

Und dann war eine helle Stimme zu vernehmen. »Verzeihung«, rief jemand, und ein junger Mann wurde sichtbar, der sich seinen Weg durch die Menschenansammlung bahnte. Die Leute machten ihm Platz, einige nahmen die Mütze ab. »Verzeihung!«, rief er noch einmal. »Entschuldigt«, sagte er außer

Atem und kam zu ihnen. »Es tut mir leid, dass ich zu spät bin.«
Mit keuchendem Atem und rot im Gesicht vor Anstrengung
fuhr er fort: »Guten Tag, herzlich willkommen! Mein Name ist
Pater Antonius. Ich bin der Dorfpriester.«

»Guten Tag, Pater!«, sagte Illiana und streckte dem rotwan-
gigen Antonius ihre Hand entgegen. Sein Kragen saß nicht ordentlich fest, und das Priestergewand war zu groß für seinen
schmalen Körper. Doch er schüttelte ihre Hand mit festem
Griff und wandte dann sein lächelndes Gesicht Markus zu.

»Pater?«, fragte Markus misstrauisch und ohne ihm die
Hand zu reichen. »Wie alt seid Ihr eigentlich?«

»Ich bin ziemlich neu in der Gegend«, sagte der Priester
entschuldigend. »Ich bin erst seit ein paar Wochen hier. Der
Bischof schickte mich her, nachdem ich mein Gelübde abgelegt hatte. Die Gemeinde hatte schon lange keinen Priester
mehr gehabt, und niemand anderer wollte hierherkommen.«
Er lächelte wieder, und Illiana fand, dass er aussah wie ein ver-
schmitzter Junge, unterwegs zum ersten Abenteuer seines Lebens.

Markus schüttelte nur mit dem Kopf und ging schnaubend
hinauf Richtung Burg.

Illiana lächelte Pater Antonius entschuldigend an und eilte
Markus nach. Hinter ihrem Rücken hörte sie, wie jemand nach
ihnen in den Staub spuckte.

Illiana tat so, als sehe und höre sie nichts, aber sie flüsterte
Markus zu: »Mein Gott, was hast du diesen Menschen angetan?«

»Ich habe ihnen gar nichts getan. Aber dein Vertrauen in
mich ist rührend«, antwortete er ironisch.

»Ich glaube, sie befürchten, dass Järven ein hartherziger
Herr sein wird«, sagte Pater Antonius fröhlich und versuchte
gar nicht erst, so zu tun, als hätte er nicht heimlich gelauscht.

»Sie glauben, Järven sei die Grausamkeit in Person«, fügte er hinzu.

Markus sagte nichts, beschleunigte nur seine Schritte.

»Ja, das ist schon merkwürdig«, sagte Illiana leichthin und ließ ihren Blick über die Schwärze und das Eisen schweifen, die ihren Mann umgaben.

Pater Antonius schwieg, und Markus schüttelte nur weiter den Kopf und ging mit großen Schritten den steilen Hang hinauf.

Die Zugbrücke war heruntergelassen, doch Illiana sah keine Wachen. Sie schritten über die Holzplanken, durch die man das schwarze Wasser des Wallgrabens sehen konnte. Der Burghof lag öde, er war fast leer bis auf einige einfache Hütten und Gebäude aus Holz. Es zog, und Illiana fröstelte unter ihrem feuchten Umhang. Im Winter würde es in einer solchen Burg vermutlich unvorstellbar kalt sein. Illiana versuchte zu lächeln, doch die Kälte breitete sich in ihrer Brust aus. Das hier war der unwirtlichste Ort, den sie je gesehen hatte.

38

Eine Burg in Uppland

Das letzte und einzige Mal, dass Markus auf seiner Burg gewesen war, war vor sieben Jahren gewesen. König Magnus hatte ihm diese gottverlassene Burg draußen auf der Landzunge mit den Worten übergeben: »Ein Ritter muss doch einen eigenen Herrensitz haben, und diese Burg passt zu dir!«

Da man königliche Geschenke nicht dankend ablehnte, auch nicht, wenn sie aus einem Steinhaufen mitten im Nirgendwo bestanden, war der neunzehnjährige Markus im Frühling 1342 hergeritten, um die Burg in Augenschein zu nehmen. Sie war genauso abgelegen und abweisend gewesen, wie er befürchtet hatte. Eine Trutzburg, erbaut an einem strategisch günstigen Ort. Unbewohnt und fast vergessen. Einige Wochen war er geblieben. Er hatte den Wohnbereich notdürftig hergerichtet, Dienstpersonal und einen Vogt angestellt und Dorfbewohner beauftragt, das Nötigste instandzusetzen und auszubauen, bis er, unendlich erleichtert, den königlichen Auftrag bekommen hatte, abzureisen, um in Dänemark zu kämpfen. Er hatte die Burg verlassen, ohne zurückzublicken.

Markus schämte sich, das zuzugeben – es war nämlich nicht nur die Burg gewesen, die er an diesem Tag verlassen hatte –, aber er hatte nicht ein einziges Mal zurückgeblickt. Während der Jahre hatte der Burgvogt ausführliche Berichte geliefert, wo auch immer auf der Welt Markus sich gerade befunden hatte, doch Markus hatte sie dennoch nie besonders sorgfältig studiert. Pflichtschuldigst hatte er die Schriftstücke durchgesehen, in denen die Arbeit auf der Burg beschrieben wurde, doch im selben Moment, in dem er sie weggelegt hatte, hatte er sie auch schon wieder vergessen. Von allen Pflichten, die Markus zu erledigen hatte, war ihm der Unterhalt der Burg am wenigsten wichtig. Und deshalb stand er nun einen Tag nach ihrer Ankunft an der Türschwelle zu seinem Arbeitszimmer und betrachtete die Unordnung, die ihn an die siebenjährige Versäumnis seiner Pflichten erinnerte. Sieben Jahre, in denen er Krieg geführt hatte und reich geworden war. Aber auch sieben Jahre, in denen er das Leben der Menschen vernachlässigt hatte, für die er Verantwortung trug.

Seine Schuldgefühle waren höchst unbehaglich, und er fragte sich, wann sein Leben so verantwortungsschwer und unübersichtlich geworden war. Aber natürlich wusste er die Antwort auf *diese* Frage. Es war in dem Moment gewesen, als er Philippe losgeschickt hatte, um ihm eine unkomplizierte Frau zu holen, und stattdessen Illiana Henriksdotter nackt und wütend in seinem Leben aufgetaucht war. Irgendwo in diesem Wirrwarr gab es bestimmt eine göttliche Lehre, über die er reflektieren sollte. Eines Tages würde er das vielleicht auch tun.

Aber jetzt …

Düster betrachtete Markus den wuchtigen Eichentisch, der offensichtlich sein Schreibtisch war. Er konnte sich jedoch nicht erinnern, ihn schon einmal gesehen zu haben. Die Tischplatte war bedeckt mit Schriften, Schreibutensilien und Wachstafeln. Auch der Stuhl, der groß genug war, um zwei kleineren Männern Platz zu bieten, war vollgestellt mit lederumhüllten Büchern, Kästchen und Pergamentrollen. Überall auf dem staubbedeckten Boden standen die Taschen und Truhen, die Markus aus Skänninge hreverfrachtet und hierhin beordert hatte. Wo er auch seinen Blick hinwandte, sah er Dinge, über die er einen Überblick und Kenntnisse haben sollte.

Es war kein Brennholz in der Feuerstelle, und der Raum mit den meterdicken Steinmauern war eiskalt. Wäre jemand aufgetaucht und hätte Markus mitgeteilt, dass in der Nähe ein Krieg oder blutiger Aufstand stattfand, hätte er sich, ohne zu zögern, dorthin begeben. Denn dann hätte er sich wenigstens nicht mit all diesem Chaos auseinandersetzen müssen. Die Unordnung in der Burg und vor allem im Arbeitszimmer war nahezu unüberschaubar, und er spürte, wie sich seine Laune im gleichen Maße verschlechterte, in dem seine Schuldgefühle wuchsen. Und er hatte noch nicht einmal *angefangen*, über seine Beziehung zu Illiana nachzudenken. Er fuhr sich mit der Hand durch das Haar. Wie konnte man den derzeitigen Zustand ihrer Ehe am besten beschreiben? Mit Eiseskälte? Hass?

Direkt nach der Ankunft gestern war Illiana still und bleich in einem der kleineren Zimmer verschwunden. Markus war irritiert über die Begrüßung gewesen, die ihnen zuteilgeworden war, und darüber, dass Illiana einfach verschwunden war. Letzten Endes hatte jeder für sich allein geschlafen. Er hatte sie vermisst und mehrere Male überlegt, ob er zu ihr gehen sollte. Doch sein Verstand hatte ihm gesagt, dass Illiana ihn nicht begeistert empfangen hätte, und merkwürdigerweise schienen ihre Gefühle ihm wichtig zu sein. Er blickte aus dem schmutzigen Fenster nach draußen, wo es immer noch in Strömen regnete. Am Morgen hatte er seine Ländereien im Platzregen besichtigt, und nun sah es aus, als regne es noch stärker. Genau das, was nötig war, um die Stimmung aufzuhellen – ein Wolkenbruch.

»Herr?«

Markus wandte sich zur Tür, dankbar über alles, was seine unangenehmen Gedanken und Kümmernisse unterbrach.

»Komm herein, Aron«, sagte er und winkte den Vogt zu sich, um dessen Erscheinen er gebeten hatte.

Der Burgvogt Aron wohnte auf dem Burghof in einem der Holzhäuser. Er war mittelgroß, weder dick noch dünn und mittleren Alters. Mit seinen Alltagskleidern und seiner ruhigen Art tat sich Aron in keiner Weise hervor, und es war fast unmöglich, sich eine Meinung über ihn zu bilden. Er *wirkte* jedoch kompetent. Außerdem hatte er es die letzten sieben Jahre hier ausgehalten, was an sich schon für ihn sprach.

»Gestern sagtet Ihr, dass Ihr einen Überblick wünscht«, sagte Aron mit seiner tonlosen Stimme. Er bewegte sich bedächtig um die Gegenstände auf dem Fußboden herum. Mit der einen Hand entfernte er das Gerümpel vom Stuhl und zog ihn dann mit höflichem Lächeln vor Markus.

Markus setzte sich. Er strich über die geschnitzten Armlehnen des Stuhls. Sie waren schön gearbeitet, und der Sitz aus poliertem Leder war weich und bequem. Der ganze Raum würde bestimmte sehr gemütlich sein, wenn man ihn erst ordentlich aufgeräumt hatte. Er war schön geschnitten, und die Aussicht über das Wasser war sicher beeindruckend, wenn sie nicht durch schmutzige Fenster und Dauerregen getrübt war.

Markus wies auf den anderen Stuhl, führte seine Fingerspitzen zusammen und wartete.

Aron begann zu berichten, was in den letzten sieben Jahren passiert war, und was er alles getan hatte. Markus hörte mit wachsender Sorge zu. Er hatte sich nicht klargemacht, um wie viel Arbeit es sich handelte. Tagaus und tagein, Jahr für Jahr Pflichten und Verantwortung in einem nicht abreißenden Strom.

Schließlich hob Markus die Hand und unterbrach den Vogt. »Ich gehe davon aus, dass du dich weiterhin für mich um die Burg und die Ländereien kümmern wirst«, sagte er. »Ich wollte nur einen kurzen Bericht über das, was deiner Ansicht nach das Wichtigste ist. Alles andere lege ich in deine Hände.«

»Herr?«, fragte Aron mit unüberhörbarer Verwunderung in der Stimme.

»Ich werde nicht hierbleiben«, erklärte Markus und ignorierte das schlechte Gewissen, das diese Worte bei ihm weckten. Stattdessen stand er auf, um zu verdeutlichen, dass das Treffen beendet war. Er musste hinaus, sich bewegen, etwas *tun*. »Meine Frau wird natürlich so bald wie möglich die Verantwortung für Haushalt, Dienstmädchen und Vorrat übernehmen«, fuhr er mit zunehmendem Unbehagen fort, »aber sie ist jung und wird jemanden brauchen, an den sie sich wenden kann.«

Jemand anderen als mich.

»Selbstverständlich.«

Der Vogt wirkte kompetent und hatte seine Aufgabe zufriedenstellend ausgeführt. Also schob Markus die bösen Vorahnungen beiseite. Er redete sich ein, dass das ungute Gefühl nur daher kam, dass er das Ausmaß seiner Pflichtversäumnisse nicht richtig eingeschätzt hatte. Doch nun wusste er es und hatte somit keinen Grund mehr, ein schlechtes Gewissen zu haben. Er hatte von Anfang an klargemacht, dass er gehen musste, sobald Illiana sich hier eingerichtet hatte. Es war nicht so, dass er sie *im Stich ließ.*

»Ich brauche Männer, denen ich beibringen kann, die Burg zu verteidigen«, sagte er und wechselte zu dem Thema, das er am besten beherrschte: Gewalt.

»Es gibt genug Männer unten im Dorf«, sagte Aron. »Das sollte kein Problem darstellen.«

»Ich möchte so schnell wie möglich mit ihnen reden«, verlangte Markus und versuchte, seine innere Stimme zu ignorieren, die ihm sagte, dass er im Falle eines Angriffs nicht da sein würde, um die Burg und deren Bewohner zu schützen.

Sie würden ausgeliefert sein. Er beschloss, viele Männer auszubilden. Dieser Nils, den sie mitgenommen hatten, machte einen starken Eindruck. Vielleicht konnte man ihn zum Anführer ausbilden.

Aha, du erwartest also, dass ein Junge, ein Knecht, deine Arbeit tun wird.

Apropos schlechtes Gewissen, dachte Markus, als die Tür aufgestoßen wurde und Illiana ins Zimmer kam. Sie nickte Aron kurz zu, stemmte dann die Hände in die Seiten und blitzte Markus verärgert an. Markus ging davon aus, dass er nicht gerne hören würde, was auch immer seine Frau ihm mitzuteilen hatte.

Er sagte zum Vogt: »Wir sprechen später weiter.«

Aron machte schnell einen Diener und verließ rückwärts gehend den Raum. Illiana blickte ihm nach, bis sich die Tür hinter ihm geschlossen hatte und sah Markus dann wütend an.

»Hier versteckst du dich also«, begann sie, als sei *er* es, der verschwunden war.

Markus wollte ihr gerade kurz angebunden antworten – er war weiß Gott nicht in der Stimmung, von einer eigensinnigen Ehefrau belehrt zu werden, die heute Nacht hätte bei ihm sein sollen –, als er sah, dass Illiana Schmutz an den Wangen hatte, ihre Schürze zerknittert war und sie völlig erschöpft aussah.

»Ich verstecke mich nicht, ich arbeite«, sagte er, nicht sicher, wie viel schlechtes Gewissen er noch aushalten konnte. »Was willst du?«

Es sah aus, als plustere Illiana sich geradezu auf, und ihre Augen wurden bedrohlich schmal. »Ich bitte um Entschuldigung, dass ich dich mit meinen unwichtigen Fragen belästigen muss«, erklärte sie kühl, »aber ich muss wissen, was ich mit all den Kisten und Traken tun soll. Soll ich sie auspacken? Sie inventarisieren?«

»Pack aus und inventarisiere was du willst.«

»Hast du etwas dagegen, wenn ich einige Räume ummöbliere?«, fragte sie kurz.

Markus zuckte mit den Schultern. Sie konnte das ganze Haus ummöblieren, wenn es nach ihm ging. »Mach, was du willst«, sagte er.

Illiana blickte Markus ärgerlich an. Es kam ihr vor, als würde er sie absichtlich reizen. Er hatte eines der größeren Zimmer bezogen, da er offenbar erwartet hatte, sie würde bei ihm schlafen – ganz selbstverständlich. Genau aus diesem Grund hatte sie beschlossen, in einem anderen Zimmer zu übernachten. Nur war sie dann letzten Endes leider gezwungen gewesen, eine Art Besenkammer mit Helvig zu teilen, was ziemlich beengt und unangenehm gewesen war. Aber die Burg war so schmutzig, dass Illiana es nicht über sich gebracht hatte, sich zur Ruhe zu legen, bevor das Zimmer gelüftet, geschrubbt und die Bettwäsche gewechselt worden war. Doch als der Abend gekommen war, war sie völlig erledigt gewesen und hatte es nicht gewagt, die Bediensteten zu bitten, ein Zimmer für sie herzurichten. Sie hatte nämlich alle Hände voll damit zu tun gehabt, sie zu den einfachsten Tätigkeiten zu bewegen wie Essen zu kochen, Wasser zu holen und nicht hinter ihrem Rücken Grimassen zu schneiden. Den letzten Rest Würde hatte sie aufgebraucht, als sie sich gezwungen hatte, auf einer Decke auf dem schmutzigen Boden zu liegen, anstatt sich zu Markus zu schleichen, sich zu ihm in das breite, weiche Bett zu legen und ihm das Einzige zu geben, das er von ihr haben wollte. Illiana blickte in sein verärgertes Gesicht. Inzwischen schien er noch nicht mal mehr das von ihr zu wollen.

»Dieses Haus unterliegt deiner Verantwortung«, sagte sie. »Hast du dich einmal gefragt, wie es den Leuten ergangen ist, als du weg warst und Kriege geführt hast oder was auch immer du getan hast?« Sie war so aufgebracht, dass sie am liebsten mit dem Fuß aufgestampft hätte, doch er blickte sie nur an, als störe sie ihn mit Unwichtigkeiten. »Hast du gesehen, wie mager sie sind?«, fragte sie. »Warum haben sie so wenig zu essen? Wer trägt dafür die Verantwortung?«

»Ich bin kein Bauer, Illiana«, sagte Markus mit kühler Stimme. Er zeigte auf die Stapel um sich herum. »So gerne ich mich auch zur Unzeit ausschimpfen lasse, habe ich doch gerade anderes zu tun.« Er sah sie fragend an. »War noch etwas?«

»Dein Haushalt ist jedenfalls in Aufruhr«, antwortete sie. »Und überall ist es schmutzig«, fügte sie hinzu, obwohl deutlich zu merken war, dass er uninteressiert war. An ihr. An ihrem gemeinsamen Heim. An allem. »Und der Haushalt ist in kompletter Unordnung«, fuhr sie fort. »Ich habe niemals etwas Ähnliches gesehen.«

Und alle sind gemein zu mir und hassen dich, und ich möchte mich nur irgendwo hinlegen und alle Verantwortung abgeben.

»Du bist jetzt die Hausherrin«, entgegnete Markus. »Du hast gesagt, du könntest einen Haushalt führen. Dein Vater prahlte während unserer Verhandlungen damit, wenn ich mich recht erinnere.« Er wies mit der Hand auf die Stapel von Büchern, die sie umgaben. »Ich muss mich um jahrelang liegen gebliebene Arbeit kümmern, ich habe keine Zeit, mich mit Frauenangelegenheiten zu befassen. Es ist deine Sache, und du musst einfach das tun, was du für richtig hältst.«

»Im Gegensatz zu dir weiß ich genau, wofür ich verantwortlich bin«, erwiderte sie schnippisch. Sie wandte sich ab, um zu gehen. Genauso gut konnte sie zu ihren unwichtigen Frauenangelegenheiten zurückkehren. Tränen stiegen ihr in die Augen.

»Illiana«, sagte Markus sanft hinter ihrem Rücken. Zu sanft. Sie blieb stehen, drehte sich aber nicht um.

»Wenn du weißt, wofür du verantwortlich bist, dann erwarte ich, dass du heute Nacht in meinem Bett liegst«, fuhr er fort.

Obwohl sie sich nicht umgedreht hatte, konnte sie ihn vor sich sehen, wie er mit der Hüfte an den Tisch gelehnt und mit verschränkten Armen dastand. Sein Tonfall war ruhig, fast träge, doch Illiana hatte den Befehl dahinter genau wahrgenommen. »Ich weiß nicht, wo du dich letzte Nacht versteckt hattest, aber glaube nicht, dass dir das noch einmal gelingt. Ich finde dich. Wo du auch bist.«

Wenn er sie gebeten, wenn er gelächelt oder zumindest diesen Befehlston weggelassen hätte, wäre sie mit Freude zu ihm ins Bett gestiegen. Doch so … Illiana beschloss, unter keinen Umständen die Nacht mit Markus zu verbringen.

39

»Aber ich *will*, dass du sauberes Wasser nimmst, wenn du ihn ausspülst«, sagte Illiana empört und riss am Handgriff des Eisenkessels, den die Köchin der Burg gerade mit Schmutzwasser auswaschen wollte.

Die Köchin, die offensichtlich seit Adam und Evas Zeit in dieser Küche herrschte, ließ jedoch nicht los. Sie lieferten sich eine Art Tauziehen, bei dem das übrige Dienstpersonal mit unverhohlener Schadenfreude zusah. Schließlich gab Illiana auf, ließ den Griff los, wischte sich den Schweiß von der Stirn und sagte so autoritär, wie sie nur konnte: »Tu, was ich sage!«

Die Köchin zuckte mit den Schultern, dass ihr Busen nur so wackelte, und zeigte damit, wie wenig sie von den Reinlichkeitsvorstellungen einer jungen Frau aus Östergötland hielt. Die wohlgenährte Köchin zeigte ebenso wenig Interesse an Illianas Ansichten zu schimmeligem Brot und ranzigem Fleisch. Sie hatte verächtlich geschnaubt angesichts der frischen Kräuter, die laut ihrer neuen Herrin zu jeder Mahlzeit gehörten. Illiana sah sich in der Küche um. Auf den Arbeitsflächen entlang der Wände standen Kannen und Körbe, an der Decke hingen Fleischhaken. Überhaupt war es eine Küche, die mit wenig Aufrüstung die Einwohner der Burg satt bekommen konnte. Doch die Vorratskammern waren halb leer, obwohl es um diese Jahreszeit reichlich Nahrung aus der Natur gab. Es war kein Fleisch da, weil niemand jagte, und es gab kein Gemüse, weil der Küchengarten verwildert war. Sie begriff es nicht. War ihnen nicht klar, dass sie hungern würden? Eine gesprenkelte

Katze gähnte, streckte sich, sprang hinunter von ihrem Platz am Herd und schlich davon. *Sie* ist wenigstens wohlgenährt, dachte Illiana düster. Vermutlich gab es hier ausreichend Mäuse zum Jagen.

Auch wenn die Köchin den Kessel jetzt mit sauberem Wasser ausspülte, war sich Illiana sicher, dass alles wieder seinen gewohnten Gang gehen würde, sobald sie die Küche verlassen hatte. Illiana hatte nämlich schon gemerkt, dass es auf der Burg so funktionierte. Die Dienerschaft gehorchte, solange sie in der Nähe war, doch sobald sie ihnen den Rücken zuwandte, fielen sie zurück in den Trott, »so wie wir es immer gemacht haben«.

Nie hätte Illiana gedacht, dass es so schwer sein würde, einen Haushalt zu führen. Wobei die Burg natürlich auch sehr groß war. Das Anwesen bestand einerseits aus einem zweistöckigen Haus mit Keller, andererseits aus einem gigantischen Turm, der sich in einer Ecke des Burghofs in den Himmel streckte. Außerdem gab es eine Kapelle, diese riesige Küche und eine Menge Gebäude auf dem Burghof. Dazu kamen die Dienerschaft und alles andere, was in Illianas Verantwortungsbereich lag: die Kinder, die Tiere und die Leute im Dorf. Es kam ihr vor, als würde es überall brennen, und sie rannte umher mit einem löchrigen Eimer und versuchte, die Brände zu löschen, während ständig neue entstanden. Illiana hatte sich selbst immer als ruhige und gerechte Person empfunden. Sie hätte sich daher nie vorstellen können, dass man ihr so entgegenarbeitete. Wenn ihre Mutter auf Månssättra bestimmte und entschied, gab es keine Widerworte. Hier jedoch … Illianas Gedanken wurden von einem Schrei und einem Klatschen unterbrochen. Es war Helvig, die mit einer Magd stritt. So, wie diese sich die Wange hielt, war davon auszugehen, dass Helvig – die noch nie sonderlich geduldig gewesen war – ihr für ihre Widerworte eine

Ohrfeige gegeben hatte. Die anderen Küchenmägde ließen alles stehen und liegen, um schadenfroh dem nächsten Streit zuzusehen. Das nutzte ein mageres schwarzhaariges Kind – dasselbe Kind, das Illiana bei ihrer Ankunft gesehen hatte – aus, um ein Stück des schimmeligen Brotes an sich zu reißen. Illiana wollte ihm hinterherrufen, dass es kein schimmeliges Brot essen sollte, doch das Kind verschwand schneller als eine Maus. Stattdessen sah sich Illiana gezwungen, zwischen Helvig und die schreiende Magd zu gehen.

»Es reicht!«, sagte Illiana bestimmt. Sie sah die Magd scharf an. »Du gehst hinaus und pflückst Holunderblüten im Hof.« Sie nahm wahllos eine der Holzschalen und gab sie der Magd. »Komm nicht wieder, bevor sie nicht voll ist!«, sagte sie barsch und wandte sich dann an Helvig. »Ich brauche deine Hilfe. Wir werden eine Krankenstube eröffnen.«

Illiana sah sich in der Küche um und begegnete den höhnischen Blicken der Mägde und dem wütenden Gesicht der Köchin. »Und du backst neues Brot!«, befahl sie und ahmte so gut sie konnte Markus' Befehlston nach. Markus hatte in solchen Momenten jedoch keine Tränen in den Augen, und seine Stimme zitterte auch nicht. Illiana zweifelte daran, dass sie die gewünschte Wirkung erzielte. »Komm.« Sie tastete nach Helvigs Hand.

»Ich hätte dich übers Knie legen sollen«, murrte Helvig, als sie an der Magd vorbeikamen, mit der sie gestritten hatte.

Illiana zog Helvig weiter, bevor der Streit eskalieren konnte.

Illiana hatte einen der kleineren Räume des Hauptgebäudes dazu ausersehen, eine provisorische Krankenstube zu werden. Als sie tags zuvor angekommen waren, hatte sie bemerkt, in welch schlechtem Gesundheitszustand sich ein Teil der Leute befand. Mochte sie auch eine schlechte Hausfrau sein, sich um Verletzte und Kranke kümmern, das konnte sie jedenfalls. Schon früher am Tag hatte sie ihre schönste Heiligenfigur ins Krankenzimmer gestellt. Die Figur war vergoldet und stellte die Heilige Anna da. Vielleicht würde die Heilige ihr helfen, dachte Illiana. Denn sie konnte weiß Gott jede Hilfe gebrauchen. Danach hatte sie die Anweisung gegeben, das Zimmer zu wischen. Man hätte meinen können, dass das eine einfache Anweisung war, dachte sie, als sie an der Türschwelle stand und zusah, wie zwei Mägde auf den Knien lagen und die Dielenbretter mit schwarzem Wasser schrubbten. Sie konnte eine der beiden gerade noch davon abhalten, auch die Wände mit dem schmutzigen Wasser abzuwaschen. Eine Magd kniete vor der Feuerstelle und schrubbte sie aus, dass der leidlich saubere Fußboden davor rußig wurde. Illiana wusste, dass sie einschreiten musste, hatte aber keine Kraft dazu. Sie blickte Helvig müde an und beschloss, es später heimlich selbst zu tun.

Sie sah sich im Zimmer um. Überall stand Gepäck herum, und planlos begann sie, eine der Truhen auszupacken. Zuoberst lag ein einfaches Holzkästchen. Verwundert nahm sie es in die Hand. Bisher hatte Illiana nur einen Luxusgegenstand nach dem anderen ausgepackt, doch dieses Kästchen war einfach, fast schäbig. Illiana wollte es gerade öffnen, als eine Stimme an der Tür sie unterbrach. Als sie sich umwandte, bemerkte sie die Frau, die ihr gestern aufgefallen war – die Mutter mit dem Kind. »Ihr sagtet, dass wir kommen sollten«, erklärte die Frau, und fuhr mit mühsam zurückgehaltenem Weinen in der Stimme fort: »Meinem Sohn geht es schlechter.«

Illiana sah auf den kleinen Jungen, den die Frau an der Hand hielt. Er war bleich und stand still.

»Kommt herein«, sagte Illiana und bedeutete Helvig, einen Schemel herbeizuziehen. Die Frau setzte sich und nahm ihren Sohn auf den Schoß, während sie mit den Tränen kämpfte.

Illiana wickelte den blutigen Lappen von der Hand des Jungen. Er hielt still, doch die kleine Brust hob und senkte sich hastig.

Illiana lächelte in beruhigend an. »Wie heißt du?«, fragte sie.

»Erik«, flüsterte er.

Illiana legte den schmutzigen Verband zur Seite und betrachtete die Wunde.

»Wie ist das passiert?«

»Er sollte Holz hacken. Mein Mann ist im letzten Jahr gestorben. Erik ist so tüchtig. Er ist alles, was ich noch habe.«

»Ich werde die Wunde säubern«, sagte Illiana. »Wie heißt du?«, fragte sie, bevor die Frau von Neuem anfangen konnte zu weinen.

»Maria, Herrin.« Maria biss sich zögernd auf die Lippen und stieß dann hervor: »Wir waren wieder bei Gudvor. Sie meinte, dass ich Euch meiden sollte.«

Illiana befeuchtete ein sauberes Stück Stoff mit Wasser, in das sie schon ein paar Silbermünzen gelegt hatte. Behutsam säuberte sie die Wunde. »Gudvor?«, fragte sie neutral.

Maria nickte. »Gudvor ist unsere Heilerin. Sie ist beängstigend, aber immerhin kenne ich sie«, fügte sie beschämt hinzu.

»Und ich bin eine Fremde«, erwiderte Illiana freundlich. »Das ist nicht weiter merkwürdig.«

Auch wenn Gudvor bei den Leuten bekannt war, sonderlich geschickt im Verbinden von Wunden schien sie nicht zu sein. Während Illiana die Wunde verband, stellte sie fest, wie mager beide waren, der Junge und seine Mutter.

»Die Leute sind unruhig, was passieren wird«, sagte Maria.

»Und alle haben Angst vor Euch«, fügte Erik hinzu. Maria errötete, doch Erik fuhr fort: »Aber natürlich nicht so viel Angst wie vor Järven.«

»Erik, es reicht!« Maria warf Illiana einen erschrockenen Blick zu. »Verzeiht«, flüsterte sie. »Mein Sohn redet oft, ohne nachzudenken.«

Illiana schüttelte den Kopf. »Da sind wir schon zu zweit«, lächelte sie. »Es macht wirklich nichts, er sagt nur die Wahrheit.« Sie streichelte Eriks Hand. »Aber jetzt musst du noch etwas tun, etwas Wichtiges«, sagte sie. Erik blickte sie mit großen Augen an.

»Nimm deine Mama und gehe mit Helvig in die Küche. Ihr werdet Brot mit Honig erhalten, das gehört dazu, wenn man eine Wunde versorgt bekommt. Machst du das?«

Das Gesicht des Jungen erhellte sich, er nickte eifrig und Maria sah aus, als würde sie wieder zu weinen anfangen. Mutter und Sohn erhoben sich, und als sie mit Helvig verschwunden waren, dachte Illiana, dass sie nun zumindest zwei Verbündete auf der Burg hatte.

Illiana lehnte sich gegen die Rückenlehne der Bank, die an der Wand befestigt war. Die Mägde hatten es vorgezogen, zu verschwinden und die Eimer und Lappen zurückgelassen. Ihr war klar, dass sie sich darum kümmern musste, aber ihr fehlte die Kraft. Unten im Hafen liefen ununterbrochen kleine Schiffe und Koggen ein, zumeist mit Papieren und Dokumenten für Markus, doch heute Morgen waren auch zwei Briefe an sie dabei gewesen. Sie betrachtete die zwei Umschläge, wie sie auf dem Regal neben der Heiligenfigur lagen. Seit ihrer Abreise aus Månssättra hatte sie nichts mehr von ihrer Familie gehört, doch nun waren zwei Briefe gleichzeitig angekommen, einer von ihrer Mutter und einer von Axel. Sie stand auf, holte die Briefe und setzte sich zurück auf die Bank. Zuerst las sie den kurzen, sachlichen Brief von ihrer Mutter. Er handelte von der Ernte, vom Hof und davon, dass Frau Birgitta aus Alvastra im Herbst nach Rom reisen würde. Falkes Tod wurde kurz erwähnt. Aber nicht, dass Rikissa vorhatte, ihre Tochter zu besuchen. Nichts davon, dass sie Illiana vermissten, keine Fragen über ihre Ehe. Illiana legte den Brief mit einem Kloß im Hals beiseite. Auch wenn sie nichts anderes erwartet hatte, war sie trotzdem niedergeschlagen. In Axels Brief stand sogar noch weniger. Nur, dass er bald ein Mädchen aus dem Dorf heiraten würde und hoffte, dass Illiana gesund und zufrieden war.

Illiana blieb mit den Briefen im Schoß sitzen. Das Leben auf Månssättra ging weiter, als hätte es sie nie gegeben. Sie freute sich aufrichtig für Axel. Trotzdem kam sie nicht umhin, darüber nachzudenken, wie leicht es offenbar war, über sie hinwegzukommen. Sie fühlte sich den Tränen nahe und müde, unglaublich müde. Als sie aus dem Fenster in den grauen Himmel blickte, fragte sie sich, ob die Sonne in diesem Teil der Welt jemals schien. Sie sehnte sich danach, draußen zu sein, nach ihrer Erde und ihren Pflanzen, die keine Widerworte gaben, stritten oder hinter ihrem Rücken bummelten. Sie seufzte. Das würde vermutlich noch dauern. Es gab noch viele Fenster zu putzen, Fußböden zu schrubben und Gepäck, das sortiert werden musste. Und Abendbrot, das zubereitet werden musste. Geschirr, das gespült, Wäsche, die gewaschen werden musste. Und Brennholz, dachte sie, wir brauchen Brennholz. Sie schloss die Augen.

Illiana erwachte mit einem Ruck. Verwirrt blickte sie sich um. Eine Magd sah sie mit weit aufgesperrten Augen an. »Herrin!«, rief sie und rang die Hände. »Sie prügeln sich in der Küche!«

»Was?« Illiana hatte keine Ahnung, wie lange sie geschlafen hatte und verstand überhaupt nichts. »Prügeln?«

Die Magd nickte. »Es scheint um Brot zu gehen«, sagte sie.

Illiana eilte hinter der Magd her und fand die Küche im Chaos vor. Die Köchin kreischte und bebte vor Aufregung.

Helvig kreischte zurück. Maria und Erik standen zusammengekauert in einer Ecke und sahen dem Treiben zu.

»Was ist hier los?«, fragte Illiana scharf.

Maria legte schützend die Hand über ihren Sohn. »Wir wollten keinen Streit verursachen, Entschuldigung!«, sagte sie mit zurückgehaltenem Weinen in der Stimme.

»Ich habe ihnen Brot gegeben«, sagte die Köchin und zeigte auf ein paar schimmlige, unappetitliche Brotklumpen. Frisch gebackene Brotlaibe dufteten schon in den Körben auf der Anrichte.

»Sie hat ihnen schlechtes Brot gegeben«, hob Helvig wütend hervor.

»Warum hast du ihnen nicht von dem frischen Brot gegeben?«, fragte Illiana.

»Wir brauchen immer erst das alte auf!«, antwortete die Köchin, als erkläre sie einem Dorftrottel etwas Selbstverständliches.

Illiana trat herbei und gab Maria einen der warmen Brotlaibe. Dann wandte sie sich um und zeigte auf das schimmlige Brot. »Schmeiß es weg!«, sagte sie scharf und blickte die Köchin durchdringend an. Doch die Köchin war offensichtlich auf Streit aus und starrte nur wütend zurück, ohne zu gehorchen.

Und genau da wurde es Illiana zu viel.

Markus streckte sich auf seinem Stuhl, auf dem er den ganzen Tag gesessen und gearbeitet hatte. Nachdem er sich mit den nötigen Informationen versehen und sich eine Vorstellung von seinen Ländereien und Erträgen gemacht hatte, war sein Interesse erwacht. Die letzten Stunden hatte er damit zugebracht, sich in das Wesen des landwirtschaftlichen Anbaus zu vertiefen. Er hatte gemerkt, dass ihm dieses Thema tatsächlich am Herzen lag. Nicht zuletzt, weil er wollte, dass Illiana es in Zukunft gut haben würde. Als der Vogt Aron zurückkam, hatte Markus sogar schon ein paar Maßnahmen vorschlagen können. Aron hatte nicht protestiert, sondern sich verneigt und gesagt, dass er sich der Dinge sobald wie möglich annehmen würde. Doch jetzt hatte Markus vor, seine Arbeit für den Tag zu beenden, eine Runde durch die Burg zu drehen und nach Illiana zu suchen, die er seit dem Morgen nicht mehr gesehen hatte. Schon bald stellte er jedoch fest, dass niemand zu wissen schien, wo Illiana war. Er schaute in einen Raum, der nach ihren Kräutern und Cremes roch. Er war leer, doch als er eintrat, fand er zwei Briefe auf dem Boden. Er drehte sie um und betrachtete die Siegel. Der eine schien von Axel zu sein, und das gefiel ihm nicht. Warum bekam Illiana einen Brief von ihrem früheren Verlobten? Er legte ihn beiseite, ohne ihn zu lesen. Deutlich schlechterer Laune suchte er weiter nach seiner Frau.

Als Markus Tumult vernahm, lenkte er seine Schritte dorthin. Er bog um eine Ecke, gelangte in die Küche und mitten hinein in ein großes Getöse. Verwundert konnte er mit ansehen, wie eine rasende Illiana etwas, das wie Brot aussah, zusammenraffte und mit einem wütenden Aufschrei ins Feuer warf. Die Leute sahen mit aufgesperrten Augen zu. Eine dicke Frau – offenbar die Köchin – schrie etwas, das Markus nicht verstehen konnte, und dann schrie Illiana etwas, das Markus sehr wohl verstand. Ihm fiel die Kinnlade herunter, denn er hatte noch nicht einmal gewusst, dass Illiana solche Wörter kannte. Es schien ihm, als sei er in einem Irrenhaus gelandet, und er fragte sich, was in Gottes Namen in seine Frau gefahren war. Die Köchin öffnete erneut ihren Mund, und Markus trat mit großen Schritten in die Küche. Die Leute verstummten. Illiana wirbelte herum, und als sie ihn entdeckte, zeigte sie mit einem äußerst schmutzigen Zeigefinger auf ihn und schrie: »Du!«

Und dann tauchte eine riesige Ratte aus dem Nichts auf. Gemächlich spazierte das Tier über den Küchenfußboden, schnüffelte und kümmerte sich nicht weiter um die Menschen. Eine Magd schrie auf, dann schrie noch jemand und schon wieder herrschte Chaos. Markus zog sein Schwert, die Leute keuchten auf, er zielte und durchbohrte dann mit einem einzigen Hieb den Körper des Tieres, nagelte ihn am Boden fest. Die Schreie verstummten abrupt.

»Was zum Teufel geht hier vor?«, brüllte er Illiana an.

Illiana funkelte ihn an, und er fragte sich, ob sie den Verstand verloren hatte.

Und dann begriff er.

Illiana war vollkommen fertig. Sie stand kurz vor dem Zusammenbruch. Da Markus ohnehin genug von dem Drama in der Küche hatte, zog er sein Schwert aus der toten Ratte, trat sie zur Seite und brüllte die Dienstboten an: »Schafft das hier weg! Und hört auf zu glotzen!«

Er steckte das Schwert zurück in die Scheide und legte den Arm um Illiana. Sie lehnte sich schwer an ihn und brach beinahe zusammen. Er beugte sich hinunter und hob sie einfach auf seinen Arm. Mit einem letzten grimmigen Blick auf die Dienerschaft trug er sie aus der Küche, durch den Flur und die Treppe hinauf in sein Zimmer. Die ganze Zeit murmelte sie etwas an seiner Brust. Er verstand: »Alle hassen mich. Und jetzt hast du meine Autorität untergraben.« Sie schluchzte auf und murmelte weiter. Und dann: »Keiner liebt mich. Keiner.« Tränen liefen ihr über die Wangen.

Markus drückte die Tür zu seinem Zimmer mit der Schulter auf, trat ein und setzte Illiana auf seinem Bett ab.

Sie sah ihn anklagend an. »Glaub nur nicht, dass ich mit dir schlafen werde!«, sagte sie. »Ich habe es satt.« Sie verschränkte ihre Hände im Schoß. »Ich habe euch alle satt.«

Markus betrachtete seine wütende, schmutzige Frau und Zärtlichkeit durchfuhr ihn. Er streichelte ihr übers Haar und strich eine Haarsträhne hinter ihr Ohr. »Alles wird gut«, sagte er. »Ich finde, du schlägst dich tapfer. Und ich hasse dich nicht. Helvig auch nicht.« Er gab ihr einen Stups auf die Nase. »Und auch sonst niemand, glaube ich.«

»Ich habe mich so angestrengt«, sagte sie schwach.

»Ich weiß. Bleib sitzen, dann helfe ich dir mit dem Ausziehen.«.

Sie schnappte nach Luft.

»Nur, damit du bequemer schlafen kannst«, fügte er schnell hinzu.

»Meinst du das ernst?«, fragte sie zweifelnd.

»Versprochen«, flüsterte er.

Sie entspannte sich, und ihr Vertrauen bewirkte etwas in Markus. Widerstandslos ließ sich Illiana erst die Schürze und dann das Kleid ausziehen. Er legte ihre Kleidung auf einen Stuhl und ließ ihr das Unterkleid an.

»Ich habe noch meine Schuhe an«, bemerkte sie, also zog sich Markus ihr behutsam erst den einen, dann den anderen Schuh aus. Er streichelte ihre Wade. Sie erschauerte, sagte aber nichts.

»Soll ich dir die Strümpfe ausziehen?«, fragte er leise.

»Nein«, antwortete sie. »Ich friere.«

Er erhob sich, zog die Bettdecke zur Seite und bedeutete ihr, sich hinzulegen. Illiana legte sich schnell in die Mitte und Markus deckte sie sorgfältig zu. Er setzte sich auf die Bettkante und strich ihr übers Haar. Er wollte sie, sein Körper schrie nach ihr. Doch Illiana hatte recht. Sie hatte in den vergangenen Tagen furchtbar hart gearbeitet, wahrscheinlich härter als alle anderen zusammen. Außerdem hatte er es ihr versprochen, und sie vertraute ihm. Und aus irgendeinem Grund schien ihm Illianas Vertrauen das Wichtigste auf der Welt zu sein.

Illiana blinzelte. »Du verdienst mich nicht«, sagte sie mit schlaftrunkener Stimme und schloss ihre Augen. Ihre Gesichtszüge entspannten sich, und sie sah plötzlich sehr jung aus.

»Nein«, sagte er sanft. »Ich verdiene dich nicht.«

»Hm«, murmelte sie, ohne die Augen zu öffnen. »Da sind wir ja ausnahmsweise einmal einer Meinung.«

Er schmunzelte und blieb bei ihr, während sie zur Ruhe kam und in seinem Bett einschlief.

40

Illiana erwachte davon, dass ihr die Sonne mitten ins Gesicht schien. Das Wetter hat sich geändert, war das Erste, was sie dachte. Er schläft noch, war das Zweite.

Sie fühlte sich frisch und ausgeruht, und es gelang ihr, sich aus dem warmen Bett zu schleichen, ohne Markus zu wecken. Meistens hatte er einen sehr leichten Schlaf, doch jetzt schlief er tief und fest. Die Bettdecke hatte sich um seine Beine gewickelt, und sie betrachtete den starken, vernarbten Körper, bevor sie sich schnell ihre Kleider griff und aus dem Raum schlüpfte, still und leicht wie ein Lufthauch.

Sobald sich Illiana angezogen hatte, eilte sie die Treppe hinunter hinaus auf den Burghof und hin zu einer niedrigen Öffnung in der Mauer. Als sie an der Kapelle vorbei kam, sah sie den jungen Priester, Pater Antonius. Sie winkte ihm zu, hielt aber nicht an. Sie hatte ein anderes Ziel – tags zuvor hatte sie nämlich den Kräutergarten entdeckt. Leichtfüßig lief sie die steile Steintreppe hinunter und blieb stehen. Es war, als sei sie direkt im Paradies gelandet. Der Mälarsee breitete sich vor ihr aus und glitzerte im Sonnenlicht. Als sie zurückschaute, war die Burg nicht länger ein graues, düsteres Gebäude, sondern ein schimmerndes Märchenschloss, als hätte ein Zauberstab sie verwandelt. Hoch oben auf dem Turm flatterten Wimpel, die Markus hatte hissen lassen, und Järvens Silberzungen glänzten in der Sonne, nicht bedrohlich, sondern fröhlich, fast schelmisch. Voller Freude blickte sie über den Garten. An einer Wand hatte jemand vor langer Zeit Pfingstrosen gepflanzt, und der Wind trug ihren Duft zu ihr hinüber. Der Garten war ungepflegt, die Rosen verwildert, die Kräuter holzig und viel zu buschig, aber sie erkannte die Möglichkeiten, die der Garten bot. Überall flatterten Schmetterlinge, summten Hummeln und Bienen, und es duftete nach Lavendel und Rosmarin.

Nachdem sie durch den Garten geschlendert war, kletterte sie auf die Mauer, die den Garten zum See hin abgrenzte. Sie setzte sich und baumelte mit den Beinen über dem Abgrund. Es war furchterregend hoch, doch die Mauer war breit, und sie saß sicher. Am gegenüberliegenden Ufer wuchsen Kiefern und Fichten auf grauen Felsen, und sie gab sich angenehmen Gedanken über Freude und Glück hin.

Illiana spürte ihn kommen, noch bevor sie ein Geräusch vernommen hatte. Sie hätte nie gedacht, dass sich ein so gewaltiger Mann so lautlos bewegen konnte, doch hinter ihr verdichtete sich die Luft. Als sie sich umdrehte, winkte sie Markus zu und spürte, wie sich ihr Herz mit Freude füllte. Er war einfach gekleidet, auf Kinn und Wangen zeigten sich Bartstoppeln, und als er zurücklächelte, dachte sie, dass er nie besser ausgesehen hatte.

Markus kletterte hinauf und setzte sich neben Illiana auf die Mauer. Sie blickten hinaus über das glitzernde Wasser.

Er schleuderte einen Stein weit hinaus, und sie sahen, wie er unten im Wasser landete.

»Ob das Wasser wohl kalt ist?«, fragte er.

»Kannst du schwimmen?«, fragte Illiana zurück.

Markus nickte als Antwort und lächelte seine Frau an. Er betrachtete ihr Gesicht und stellte fest, dass sie bedeutend erholter aussah. »Gut geschlafen?«, fragte er. Selbst hatte er tief und fest geschlafen. Das tat er, wenn sie bei ihm war. Er schlief gut und fühlte sich sicher.

»Sehr«, sagte sie. »Danke«, fügte sie hinzu, und er fragte sich, wofür sie ihm dankte. Dafür, dass er lieb zu ihr war? Oder dafür, dass sie nicht mit ihm hatte schlafen müssen?

Er warf noch einen Stein in die Tiefe, verfolgte ihn mit den Augen und fragte dann, so beiläufig wie er konnte: »Was stand übrigens in den Briefen?«

Illiana runzelte die Stirn. »Was meinst du?«

»Du hast zwei Briefe aus Månssättra bekommen«, sagte er und versuchte zu klingen, als sei die Frage völlig unwichtig. Als wäre es ihm gleichgültig, welche Gefühle sie für ihren früheren Verlobten hegte, und als wäre er kein bisschen eifersüchtig. »Einer war von deiner Mutter, einer von Axel.«

Leider konnte er nicht einmal sich selbst weismachen, dass er nicht eifersüchtig war, also gelang es ihm vermutlich auch nicht, ihr etwas vorzuspielen. Es war verdammt unbehaglich. Was tat er überhaupt? War nicht er es gewesen, der gesagt hatte, dass ihre Ehe eine rein praktische Lösung ohne Liebe sei? Dass Illiana sich um seinen Haushalt kümmern sollte, während er seiner Wege ritt? Welches Recht hatte er dann, sie über unschuldige Briefe von zu Hause auszufragen? Aber vielleicht waren sie gar nicht unschuldig. Es war dieser Gedanke, der ihn zum Schwitzen brachte, der Gedanke, dass Illiana *Axel* womöglich immer noch liebte. Er erwartete geradezu, dass sie zum Angriff übergehen würde.

Stattdessen verzog Illiana den Mund zu einem Lächeln. »Stimmt. Der Familie geht es gut.« Sie zwinkerte und fügte hinzu: »Sie lassen dich natürlich grüßen.«

Aber sicher.

»Und wie geht es Axel?«, fragte er und warf einen Stein mit voller Kraft in den See.

Illiana lachte auf, ein fröhliches, unbekümmertes Lachen voller Sonnenschein. »Axel scheint es gut zu gehen. Er schrieb, dass er sich mit einem Mädchen aus dem Dorf verlobt hat.« Sie lächelte schelmisch und fügte hinzu: »Ich hoffe, dass sie sehr glücklich werden.«

Markus grinste. Mit einem Mal war ihm geradezu lächerlich leicht ums Herz. »Wie schön«, sagte er mit Nachdruck und wurde mit ihrem sprudelnden Lachen belohnt. Sie blieben sitzen, Schulter an Schulter, und blickten hinaus über das Wasser. Er zeigte auf einen Schwan, der unten im Wasser schwamm, und sie erzählte, dass sie vorhatte, ein paar Kinder zu beauftragen, das Unkraut zu jäten.

»Warum hast du eigentlich in die Heirat eingewilligt?«, fragte Markus nach einer Weile. Er hatte diese Frage nicht geplant, die Worte waren wie von selbst aus seinem Mund gekommen.

Illiana zog die Füße hoch und legte den Kopf auf die Knie. Sie blickte ihn an und blinzelte gegen die Sonne. »Wie gesagt. Sie hätten mich sonst ausgepeitscht«, antwortete sie langsam. »Aber ich wollte sie auch so gerne stolz machen, besonders meine Mutter. Sie ist immer enttäuscht von mir.« Sie zuckte mit den Schultern und wackelte mit den Zehen auf dem rauen Stein. Ihre Schuhe hatte sie vor der Mauer auf dem Boden gelassen, und ihre zarten Füße leuchteten weiß. »Und ich musste heiraten. Als Tochter ist das meine Aufgabe«, fügte sie hinzu.

»Deswegen hast du eingewilligt?«, fragte er skeptisch. »Obwohl du glaubtest, ich würde dich vergewaltigen und schlagen?«

»Das habe ich doch nie gesagt.«

»Aber gib zu, dass du es gedacht hast.«

»Es ist nicht ganz leicht, eine Frau zu sein, Markus. Wir Frauen können nicht unbedingt über unser eigenes Leben bestimmen«, antwortete sie sanft.

»Ich weiß genau, was du meinst«, sagte Markus und streichelte ihr über die Zehen. Es war ihm nur nicht klar gewesen, dass es sich für sie so angefühlt haben musste, als sie ihn heiratete. Diese Einsicht brachte ihn dazu, zu schweigen.

»Aber warum hast *du* eingewilligt?«, fragte sie. Die Sonne ließ ihr Haar wie einen goldenen Heiligenschein schimmern. Das einfache Kleid flatterte im Wind und schmiegte sich an ihre Rundungen. Verlangen wallte in ihm auf. Er blickte über das Wasser und sagte ihr grinsend die Wahrheit: »Weil du mir nackt sehr gut gefallen hast.«

»Waas?«, stieß sie ungläubig hervor. Markus grinste noch breiter. Gerade wollte er sich vorbeugen, um sie zu küssen, als er aus den Augenwinkeln sah, wie Karl die steile Treppe herabkam. Markus gab Karl ein Zeichen zu warten. Er wollte noch etwas mit seiner Frau in der Sonne sitzen und den Moment genießen.

Illiana drehte sich um und sah dem vernarbten Livländer nach, der die Treppe wieder hinaufging. »Wie lange kennt ihr euch schon, du und Karl?«, fragte sie.

»Wir haben uns im Land der Russen getroffen und sind gemeinsam im letzten Winter geflohen.«

»Was ist passiert?«

Markus wollte nicht reden, er wollte sie küssen. Außerdem redete er hierüber nicht. Er wollte Illiana wirklich nicht mit der schrecklichen Geschichte belasten. Doch sie sah ihn so aufrichtig interessiert an, dass er sich plötzlich danach sehnte, seine Erlebnisse mit jemandem zu teilen. »Ich geriet in einen Hinterhalt und wurde zu einem Hof geführt«, sagte er. »Karl war bereits dort. Wir wurden gefoltert«, fuhr er fort und blickte sie forschend an, suchte nach Anzeichen, dass sie es bereute und nichts mehr hören wollte. Doch Illiana schaute ihn mit ihren großen grauen Augen fest an, und er wunderte sich selbst darüber, dass er weitersprach: »Der Hof gehörte einem russischen Adeligen, und ich war nicht weiter beunruhigt. Ein gefangen genommener Ritter wird gut behandelt.« Er lächelte schief.

»Wir sind viel Geld wert. Ich wartete also nur darauf, dass der König das Lösegeld bezahlen würde. Doch nichts geschah, und ich wurde … nicht so gut behandelt.« Markus blickte in die Luft und dachte daran, wie sie ihn und Karl gefoltert hatten, wie er seine Würde aufgegeben und einfach nur geschrien hatte. Wie er zu einem Gott gebetet hatte, der nicht antwortete, und wie sicher er gewesen war, dass er Teile seiner Seele bei dem wahnsinnigen Russen verloren hatte.

»Warum hat er euch gefoltert?«, fragte sie leise.

»Ich weiß es wirklich nicht. Ich weiß nur, dass ich mich entschloss zu fliehen, bevor er mich töten konnte«, fuhr er fort. »Und du weißt ja, was er mit Karl gemacht hat, also kam Karl mit mir. Wir wären sonst beide gestorben.«

Illiana wusste nicht, was sie sagen sollte. Markus' Tonfall war normal, doch sie ahnte das Grauen hinter seinen Worten. Gefangen genommen in einem fremden Land. Gefoltert. Ausgeliefert und vergessen.

»Wenn ich das nächste Mal fliehen muss, sollte es wenigstens Sommer sein«, sagte er mit einem schiefen Lächeln. »Ich habe noch nie zuvor so gefroren wie dort.« Er zuckte die Schultern. »Wie auch immer, jetzt liegt es jedenfalls hinter uns.«

Bis du das nächste Mal gefangen genommen wirst.

»Ich möchte nicht, dass du stirbst«, sagte sie leise.

»Welch ein Glück, dass ich auch gar nicht vorhabe zu sterben!«, antwortete er grinsend und zeigte deutlich, dass er nun genug von ernsten Gesprächsthemen hatte.

Sie streckte ihm die Zunge heraus, und er lachte.

»Was machst du heute?«, fragte sie.

»Mit den Männern trainieren. Und du?«

»Ich suche schon die ganze Zeit meine große Truhe mit Kräutern«, sagte Illiana. »Hast du sie gesehen?«

»Ich nehme an, dass sie in einer der Kisten aus Skänninge liegt.« Markus wies hinauf zur Burg. »Alles steht dort drinnen. Bitte jemanden, dir beim Suchen zu helfen.«

»Ja«, sagte sie trocken. »Denn sie sind ja alle miteinander so hilfsbereit.«

Markus brach in lautes, polterndes Lachen aus.

Glücklich. Jetzt gerade bin ich glücklich, dachte Illiana. Doch aus irgendeinem Grund machte es ihr Angst.

Nachdem Illiana und Markus auseinandergegangen waren, machte sich Illiana auf die Suche nach ihren Kräutern. Der Reisevorrat ging zur Neige, und sie brauchte ihre restlichen Beutel, ihre Utensilien und Salben. Doch sie dachte nicht mehr daran, *irgendjemanden* um *irgendetwas* zu bitten. Sie würde sie selbst finden. Es wäre leichter, wenn diese verdammte Burg nicht so groß wäre, dachte sie bei sich und hielt schwer atmend auf der Treppe inne. Sie hatte die Räume im Wohnhaus bereits durchsucht und war nun auf dem Weg hinauf in den Turm. Während sie weiter emporstieg, richtete sie den Blick immer wieder durch die Öffnungen in der Turmmauer hinaus auf den dunkelblau wogenden See. Der Wind war aufgefrischt, Möwen segelten im sich anbahnenden Sturm, und die Wellen hatten weiße Schaumkronen. Sie eilte weiter, stieß eine Tür auf und gelangte in einen runden Vorratsraum. Eine Menge Kisten standen auf den breiten Holzdielen, und als sie eine der Truhen wiedererkannte, öffnete sie sie erleichtert und kramte nach dem Kästchen.

Illiana hatte sich schon halb durch die Truhe gewühlt, als sie ein leises Geräusch wahrnahm, ein Rascheln und dann einen unterdrückten Laut. Sie blickte auf und sah eine Bewegung aus den Augenwinkeln.

»Was tust du hier?«, fragte sie verwundert.

Es war das schwarzhaarige Kind, das tags zuvor in der Küche Brot gestohlen hatte. Auch dieses Mal versuchte das Kind, sich davonzumachen, aber jetzt war Illiana vorbereitet. Mit zwei schnellen Schritten war sie an der Tür und blockierte den Ausgang. Sie fasste das Mädchen am Arm. Erschrocken stellte sie fest, wie mager es war. »Antworte mir!«, sagte sie.

Das Kind blickte zu einer Decke, die auf dem Boden lag.

»Schläfst du hier?«, fragte Illiana erstaunt. Obwohl es Sommer war, ließen die meterdicken Steinwände keine Wärme hindurch, und im Raum war es kalt. Er befand sich abgelegen hoch oben im Turm und war mit Gerümpel vollgestellt. Nachts musste es ein beängstigender Ort für ein Kind sein.

Das Mädchen starrte nur vor sich hin.

»Und?«, fragte Illiana, nicht hart, aber auch nicht sanft.

Das Mädchen schob trotzig sein Kinn vor wie jemand, der Schelte gewöhnt war, sich aber dennoch nicht unterkriegen ließ. »Sonst habe ich immer in der Küche geschlafen«, sagte sie.

»Aber?«, fragte Illiana, die die Fortsetzung schon erahnte.

»Seitdem *Ihr* da seid, darf ich nicht mehr dort sein.« Es gelang ihr, das Wort »Ihr« wie ein Schimpfwort klingen zu lassen. Die Stimme des Mädchens klang wütend, doch Illiana konnte die Einsamkeit in den dunklen Augen sehen. Trotzdem war das, was die Kleine sagte, absurd. Illiana sah, wie das Mädchen eine Bewegung mit der Hand machte und zusammenzuckte.

»Hast du Schmerzen am Arm?«, fragte Illiana und schob den Ärmel des Mädchens hoch. Bekümmert betrachtete sie den Arm. »Wie ist das passiert?« Sie zeigte auf den Bluterguss. Er war fast schwarz und bedeckte ihren mageren Oberarm.

Das Mädchen schüttelte nur den Kopf. »Das ist nichts«, antwortete sie. »Ich bin heruntergefallen, als ich auf einen Baum klettern wollte. Ich hasse Bäume.«

Illiana runzelte die Stirn. Der Arm schien nicht gebrochen

zu sein, aber man konnte nie wissen. »Du kommst mit mir in die Krankenstube«, entschied sie.

»Bin ich krank?«, fragte das Kind erschrocken.

»Ich werde es mir nur genauer ansehen. Und du solltest etwas essen, du bist viel zu dünn.« Das Mädchen war fast unterernährt. Und schmutzig. Illiana ließ die Kleine los und klemmte sich den Kasten unter den Arm. »Wo ist deine Mutter?«

»Sie wurde krank, als ich noch jünger war.« Das Kind blickte Illiana anklagend an. »Und *sie* ist gestorben!«

»Das ist traurig zu hören«, sagte Illiana. »Aber du wirst nicht sterben. Und wenn ich fertig bin, bekommst du frisches Brot. Mit viel Butter darauf.« Sie sah, wie die dunklen Augen zu glitzern begannen, und lächelte. Endlich benahm sie sich wie ein normales Kind. »Und Honig. Du magst doch Honig?«

Das Mädchen nickte, wachsam, als sei es nicht sicher, ob es sich auf das Versprechen verlassen konnte.

»Wie heißt du?«, fragte Illiana und zog die Tür hinter ihnen zu.

»Ester«, antwortete die Kleine. Sie nahm nicht Illianas ausgestreckte Hand, und sie lächelte auch nicht. Aber sie lief auch nicht davon.

»Ich heiße Ester«, wiederholte sie.

Als Illiana mit Ester im Schlepptau in die provisorische Krankenstube kam, saß die Witwe Maria auf der Wandbank und riss Stoff in lange Fetzen. Ihr Sohn Erik spielte friedlich mit einigen anderen Kindern auf dem Fußboden.

»Ich passe auf sie auf«, lächelte Maria in Richtung der Kinder. »Währenddessen nutze ich die Zeit, um ein paar Verbände herzustellen.« Sie lächelte, und ihre seelenvollen Augen blitzten. »Erik geht es viel besser!«, sagte sie dankbar und erleichtert.

Illiana nickte, stellte ihren Kasten ab und begrüßte ein paar Knechte, eine ältere Frau und einen Jüngling. Weitere Kinder spielten auf Decken, und das kleine Krankenzimmer war proppenvoll mit Leuten.

»Wo kommen sie alle her?«, flüsterte sie Helvig zu, die vor der Feuerstelle kniete und versuchte, ein Feuer in Gang zu bringen.

»Was weiß ich«, antwortete Helvig und hustete.

Maria lächelte. »Sie haben gesehen, wie Ihr meinem Sohn geholfen habt, und die Kunde von Euren Fähigkeiten hat sich schnell verbreitet.« Sie hatte Tränen in den Augen, und Illiana hatte das Gefühl, dass Maria recht häufig weinte. »Es gibt viele Kranke hier.« Dann bemerkte Maria Ester, die sich die ganze Zeit über hinter Illianas Röcken versteckt gehalten hatte, nun aber hervorlugte. Marias Augen weiteten sich, sie sagte jedoch nichts, sondern senkte stattdessen den Kopf und begann, die Stofffetzen zusammenzurollen und sie dann in einen Korb zu legen.

»Ich möchte ihren Arm untersuchen.« Illiana nickte Ester zu, die wie ein verängstigtes Tier hinter ihr kauerte. »Danach widme ich mich der Reihe nach den anderen. Kannst du eine erste Einteilung vornehmen, Helvig?« Illiana warf einen erfahrenen Blick über die Wartenden im Raum. »Die Notfälle nehme ich zuerst, und die, die noch warten können, kommen später dran.«

Während Helvig mit den Besuchern sprach, untersuchte Illiana die Verletzung an Esters Arm. »Er ist nicht gebrochen«, sagte sie erleichtert. »Er wird von selbst heilen.«

Aber es war deutlich, dass irgendetwas nicht stimmte. Nicht nur Maria betrachtete das Mädchen unruhig, viele der anderen Frauen flüsterten und schauten. Offenbar war dies eines der vielen Dinge, die sie klären musste.

Später.

Nachdem sie Wunden begutachtet, Wehklagen zugehört und Fragen gestellt hatte, musste Illiana feststellen, dass die Heilerin unten im Dorf, Gudvor, die in den letzten Jahren die Dorfbewohner versorgt hatte, offensichtlich verrückt war. Einer unfähigen Heilerin, einem unerfahrenen Vogt und einem viel zu jungen Priester ausgeliefert, befanden sich die Leute, die in und um die Burg herum lebten – nicht zuletzt die Kinder –, in einem denkbar schlechten Zustand.

Wut stieg in ihr auf, während sie einen nach dem anderen verarztete. Diese Menschen hier waren abhängig von Markus. Sie waren seine Leute, und sie sollten nicht Hunger leiden, während Markus im ganzen Land umhergaloppierte und Krieg spielte. Illiana sah ein, dass sie vielleicht etwas ungerecht war, aber jetzt nahm sie sich das Recht heraus, es zu sein. Sie betrachtete die Wunde, die sie gerade gesäubert hatte. Es war ein Wunder, dass dieser Knecht sein Bein nicht verloren hatte. Illiana verband es mit einem von Marias ordentlichen Stoffstreifen und massierte sich danach die Stirn.

»Morgen möchte ich Gudvor treffen«, sagte sie finster.

»Oh nein, Herrin«, sagte Maria erschrocken, und ihre Augen füllten sich wieder mit Tränen. »Mit ihr muss man sich gutstellen. Niemand wagt es, ihr zu widersprechen.«

»Ich werde mit ihr reden«, blieb Illiana bestimmt.

Mehr als jetzt können sie mich ja nicht hassen.

»Ja, Herrin«, sagte Maria leise.

Illiana streichelte der Witwe über die Hand. »Weine nicht, Maria.« Sie sagte sich selbst, dass nicht *alle* sie hassten.

Maria wischte sich die Tränen von den Wangen, warf erneut einen Blick auf Ester und schüttelte den Kopf, als würde sie etwas bekümmern. Illiana betrachtete das Kind, das still für sich alleine ein Stück von den anderen Kindern entfernt dasaß. Niemand sagte etwas, aber sie hätten es genauso gut hinausschreien können: Irgendetwas ging hier vor, von dem alle annahmen, dass sie es nicht wusste. Darüber würde sie auch später nachdenken. Illiana seufzte. Die Liste der Dinge, mit denen sie sich später auseinandersetzen wollte, wurde länger und länger.

41

Am Nachmittag trat Illiana hinaus auf den Burghof. Neugierig schaute sie zusammen mit ein paar Kindern Markus und Karl zu, wie sie mit den Männern, die aus dem Dorf hinaufgekommen waren, trainierten. Man hatte eine größere Fläche auf dem Burghof freigeräumt, und unter gemeinsamen Anstrengungen demonstrierten Markus und Karl Angriff, Verteidigung und unterschiedliche Formationen. Knüppel, Lanzen und die ein oder andere Hellebarde rasselten und schepperten, und Illiana fand, dass es chaotisch aussah. Markus wirkte jedoch recht zufrieden. Einmal musste er zwei eifrige Raufbolde trennen, demonstrierte eine Bewegung und sprang dann schnell zur Seite, als die beiden wieder zum Angriff übergingen.

Es blieb nur zu hoffen, dass sich niemand verletzen würde, denn sie hatte schon genug Wunden und Verletzungen, um die sie sich kümmern musste.

»Ich habe etwas zu trinken dabei«, sagte Illiana und reichte Markus den Krug. »Es gibt noch mehr in der Küche, falls du jemanden schicken willst.« Sie hatte zwei der Mägde gezwungen, noch mehr Holunderbeeren zu pflücken und Saft daraus zu machen, und überraschenderweise war der Saft trinkbar.

Markus nahm den Krug dankbar entgegen und rief einem der jüngeren Burschen zu, dass er mehr holen sollte. Er trank, trocknete sich den Mund und folgte Illianas Blick zu den kämpfenden Männern. »Sie werden immer geschickter. Bald üben wir, einem von ihnen die Befehlsgewalt zu übergeben.«

Illiana zog die Stirn in Falten, als sie zusah, wie Karl eine Gruppe Männer mit kurzen Holzschwertern instruierte. »Wie verständigt er sich eigentlich mit ihnen?«

»Mit Gesten«, erklärte Markus. »Stellan und ich haben dieses System schon vor Jahren entwickelt, und es passt natürlich perfekt zu Karl. Und die Männer lernen es schnell.«

Illiana sah, wie ein Mann so tat, als hielte er seinen Gegenspieler gefangen. Dann wurde er wie durch Zauberei entwaffnet.

Sie musste lachen und zeigte auf die beiden. »Und was tun diese zwei?«

»Sie trainieren, wie man sich losreißt, wenn man festgehalten wird.«

Während Markus trank, schaute Illiana zu, wie die Männer jeweils zu zweit die Bewegung trainierten. Nach einer Weile begriff sie das Bewegungsmuster und freute sich zu beobachten, wie die Männer den Ablauf perfektionierten.

»Es ist wie Zauberei.«

»Nein, es ist die Übung«, antwortete Markus.

»Sind alle deine Männer damit beschäftigt zu üben, wie sie einander töten können?«, fragte sie. »Oder könntest du einige von ihnen auf die Jagd schicken? Die Vorräte sind aufgebraucht.«

Markus lächelte. »Ich werde dafür sorgen, dass du bekommst, was du brauchst.« Er strich ihr über die Wange. »Gibt es noch etwas, das ich dir geben kann?«, fragte er mit so zärtlicher Stimme, dass sie eine Gänsehaut bekam.

»Ich weiß nicht«, sagte sie atemlos. »Lass mich überlegen.«

Er lachte auf, und für einen Moment verloren sie sich beide im Blick des anderen. Sie fühlte sich, dachte Illiana, als würde ich fallen und fallen.

»Wie läuft es mit der Köchin?«, fragte er.

Illiana blinzelte. »Niemand wagt es mehr, mir zu widersprechen«, sagte sie mit verlegenem Lachen. »Die Köchin meckert zwar, aber sie tut, was ich sage. Also habe ich mir mit meinem Ausbruch wohl Respekt verschafft. Ich weiß nicht so recht, was ich daraus schließen soll.«

Markus schwieg und betrachte sie nur lange und intensiv, dass sie errötete.

»Markus, ich ...«, begann sie.

»Hast du es eilig?«, fragte er gleichzeitig. Das Lächeln, das in seinen Mundwinkeln spielte, brachte Illianas Herz zum Hüpfen.

Sie schüttelte den Kopf.

»Du sagtest vorhin, du fühltest dich machtlos«, sagte er und entfernte sich mit großen Schritten. »Komm, meine kleine Frau, ich zeige dir, wie man sich selbst verteidigt.«

Illiana stolperte hinterher. »Meinst du das ernst?«, fragte sie.

Er blieb stehen und wartete auf sie, legte den Arm um ihre Schultern und küsste sie auf die Stirn. »Ich meine es immer ernst«, murmelte er. »Komm jetzt.«

Illiana hatte nicht damit gerechnet, dass sie Publikum haben würden. Doch als Markus begann, sie zu instruieren, wurden die Männer auf dem Burghof neugierig. Einer nach dem anderen legten sie ihre Waffen nieder und kamen, um ihnen zuzusehen. Illiana fing an, ihr Vorhaben zu bereuen.

»Kümmere dich nicht um sie«, sagte Markus bestimmt. »Sich aus einem Griff zu befreien, hängt meist von Taktik und Überraschungseffekt ab. Du bist eine kleine, schwache Frau.« Er grinste über ihren wütenden Blick. »Niemand sieht dich als Gefahr an. Das musst du zu deinem Vorteil ausnutzen.«

»Vorteil?«

Er nickte. »Ich möchte, dass du mich jetzt als deinen Feind

ansiehst, dass du so tust, als sei ich gefährlich.« Er legte einen Arm um ihren Hals und drückte zu. »Was fühlst du jetzt?«

»Angst«, antwortete sie blitzschnell.

Er nickte anerkennend. »Angst ist natürlich. Und unvermeidlich. Nur Verrückte haben keine Angst. Diese Angst musst du dafür benutzen, dass dein Angreifer dich unterschätzt. Aber auch, um dich auf den Kampf vorzubereiten.« Sein Mund streifte ihr Haar. »Du musst denken: Was auch passiert, ich werde alles tun, um zu überleben, verstanden?«

Illiana nickte. Seine Stimme klang ernst und kristallklar. Das hier war der Anführer und Krieger Markus Järv, also hörte sie aufmerksam zu und nahm seine Worte in sich auf.

Er drückte seinen Arm um ihren Hals und Illiana keuchte auf. »Angst«, erinnerte er sie. »Du spürst Angst.« Er ließ sie wieder los und zeigte auf Karl, der auf sie zukam und denselben Griff an Markus ausführte. Langsam führte Markus die Bewegung vor, die Illiana lernen sollte, um sich aus dem Griff zu befreien. Nacken. Arm. Hüfte. Drehen. Und noch einmal. Und ein weiteres Mal.

»Bereit?«, fragte er dann, und Illiana nickte konzentriert. Alles um sie herum war vergessen, es gab nur sie und Markus und die Bewegungen. Markus nahm sie in den Griff, und sie tat genau das, was er getan hatte. Sie beugte ihren Nacken, griff mit beiden Händen um seinen Arm und benutzte die Kraft ihrer Hüften, um ihn von sich zu stoßen und sich aus seinem Griff zu befreien.

Markus lächelte anerkennend, und sie begriff, was für ein Anführer er draußen auf dem Schlachtfeld sein musste. Wäre sie einer seiner Männer gewesen, hätte sie alles dafür getan, um sich diese Wertschätzung zu verdienen.

»Das ist die Technik«, sagte Markus. »Nun geht es nur noch darum zu üben, wie man trotz Angst rational agieren kann.«

Illiana nickte, um zu zeigen, dass sie verstand. Sie nahm die Kanne, die er beiseitegestellt hatte und machte sich bereit zum Gehen, in der Annahme, sie seien fertig.

»Wohin gehst du?«, fragte Markus verwundert.

Sie sah ihn fragend an. »Ich dachte, wir wären fertig.«

Er grinste. »Nein. Nun sollst du trainieren.«

Also taten sie es. Markus ließ sie erst wieder aufhören, als ihnen beiden der Schweiß herunterlief. Die anderen Männer hatten längst wieder das Interesse an ihr verloren, sie war nur noch eine unter ihnen, und Illiana hatte schon lange nicht mehr so viel Spaß gehabt. Nachdem sie das Bewegungsmuster verinnerlicht hatte, brachte Markus ihr bei, wie man sich traute, zu schreien, Widerstand zu leisten und wie man Angst empfinden konnte, ohne sich davon lähmen zu lassen. Es war das Anstrengendste und Beste, was sie je in ihrem Leben getan hatte. Schließlich machte Markus Karl mittels Gesten deutlich, dass er das Training für diesen Tag beenden sollte.

Markus lächelte Illiana an. »Spaß gehabt?«

Sie nickte und strich sich das Haar aus dem Gesicht. Ihre Hände waren schwarz vom Staub. Sie war von Kopf bis Fuß schmutzig, verschwitzt und außer Atem. Und froh, unglaublich froh.

Markus trocknete sich die Stirn. »Wollen wir baden gehen?«, fragte er vergnügt.

Und plötzlich spürte Illiana, dass es nichts auf der Welt gab, was sie lieber tun wollte, als im glitzernden Wasser des Mälarsees zusammen mit ihrem attraktiven Ehemann zu baden.

»Ja«, sagte sie. »Gerne.«

Zusammen wanderten sie hinunter zum Wasser. Als hätten sie eine stille Übereinkunft getroffen, gingen sie am Hafen mit seinen Anlegestegen vorbei weiter zu einer abgelegeneren Bucht.

Während Markus seine Kleider ablegte, sah er, wie Illiana zu ihm herüberschielte. Sie genierte sich offensichtlich, zog aber dennoch Kleid und Strümpfe aus und legte alles ordentlich auf einen Stein. Zögernd stand sie anschließend in ihrem Unterkleid da. Sie betrachtete ihre Zehen.

»Du warst heute tüchtig«, sagte er und zog sich langsam Schuhe und Hose aus. »Du wärst ein guter Soldat geworden.« Das fand er wirklich. Sie war geschmeidig und stark gewesen, und jedes Mal, wenn er den Arm um sie geschlungen hatte, hatte ihn ein beinahe übermächtiges erotisches Verlangen gepackt. Es war ein Wunder, dass er nicht sofort über sie hergefallen war. Als er sie wieder ansah, bemerkte er, wie die Sonne ihr Unterkleid durchsichtig erscheinen ließ, und er sagte mit vor Lust rauer Stimme: »Zieh dein Kleid aus und spring hinein. Ich gebe dir einen Augenblick Vorsprung, nicht mehr.«

Lachend zog sie sich das Kleid über den Kopf und lief splitternackt hinein ins Wasser. Markus riss sich das Hemd vom Leib, lief hinter ihr her, und sie stürzten sich gleichzeitig ins Wasser.

»Gott, wie herrlich!«, prustete Illiana, als sie wieder an die Oberfläche kam. Sie schüttelte ihren Kopf hin und her wie ein Hund, und er schwamm zu ihr hin, nahm sie in seine Arme und küsste sie, bis sie keuchte. Er war so hart, dass er kaum noch klar denken konnte. Er küsste sie wieder, erstickte ihr heftiges Atmen und zog ihren weichen Körper fest zu sich heran.

»Beeil dich mit dem Waschen.«

Sie wuschen sich gegenseitig – schnell und ineffektiv. Ineffektiv deswegen, weil sie nicht aufhören konnten, sich zu küssen und zu streicheln, und als sie kurz darauf aus dem Wasser wateten, waren sie beide gleichermaßen in Eile. Irgendwie gelang es Markus, seine Kleider über seine Erektion zu ziehen, während ihn Illiana, die sich schneller angezogen hatte, hungrig ansah.

»Komm«, sagte er, und Hand in Hand liefen sie hinauf zur Burg und in sein Zimmer.

»Alle haben uns gesehen.« Illiana lehnte sich verlegen gegen die Tür. »Sogar der Priester hat uns gesehen. Pater Antonius hat *gewunken*! Alle wissen, was wir tun werden.«

Markus warf sich auf sie. »Und *wie* wir es tun werden.« Dann sagte er für längere Zeit keiner von ihnen mehr etwas.

Sie liebten sich hitzig und lautstark. Danach setzte sich Markus halb auf und betrachtete Illiana, die aufgestanden war und jetzt auf einem Hocker saß, um ihr Haar zu ordnen, das vom Baden und von der Liebe zerzaust war. Ab und zu blitzte ihr Ehering auf, und er genoss es, sie anzuschauen, nackt und schlank wie sie war. Auf der Holztruhe neben dem Hocker lag der Silberspiegel, der zu ihrer Bürste gehörte, und daneben lag der geschnitzte Kamm aus Elfenbein, den er in Skänninge gekauft hatte. Sie hatte es sich in seinem Zimmer bereits bequem gemacht. Aber so war das mit ihr: Sie brauchte sich nur für eine Weile in einem Raum aufhalten, schon verlieh sie ihm eine feminine Note, verbreitete Duft und machte ihn gemütlich. Markus verschränkte die Hände hinter dem Kopf und lehnte sich an das Kopfende des Bettes. Das Zimmer roch sauber und gut, das Bett erschien ihm weicher als er es in Erinnerung hatte. Er schloss die Augen, sog den Duft ihrer Öle und Salben ein und spürte das Wohlbehagen nach ihrem Liebesakt im ganzen Körper. Plötzlich dachte er daran, dass Illiana sehr bald schwanger werden könnte. Er öffnete ein Auge und betrachtete ihre schlanke Taille und das runde Hinterteil. Vielleicht war sie schon schwanger. Sie würde eine gute Mutter sein, da war er sich sicher. Er konnte es schon vor sich sehen – Illiana inmitten einer Kinderschar. Lauter kleine Mädchen und Jungen, die sie ermahnen, formen und lieben konnte. Und dann wurde Markus schmerzlich bewusst, dass er aller Wahrscheinlichkeit nach nicht hier sein würde, um das mitzuerleben. Illiana würde seine Kinder erwarten, vielleicht gebären, ohne ihn. Dass er daran noch nicht gedacht hatte … Er musste dafür sorgen, dass sie eine gute Hebamme bekam. Doch ein Gedanke – flüchtig wie der Flügelschlag eines Schmetterlings – kam ihm in den Sinn und flüsterte ihm zu: Du könntest hierbleiben.

»Was?«, fragte Illiana und drehte sich um. Als hätte sie seine Gedanken gelesen. »Du siehst besorgt aus.«

Markus mied ihren Blick und sah an die Decke. »Ich dachte nur gerade, dass es mir hier gefällt.«

Sie legte die Bürste in den Schoß. »Und warum kannst du dann nicht einfach hierbleiben?«, fragte sie leise.

»Der König braucht mich«, sagte er und fragte sich, wen er häufiger anlog, sie oder sich selbst.

»Kannst du ihn nicht darum bitten, dich freizustellen?«, fragte sie.

»Du verstehst nicht.« Er blickte direkt in ihr flehendes, verletzliches Gesicht. »Ich muss nicht. Ich *will*.«

Illiana sah aus, als habe er sie geohrfeigt.

Verdammt.

»Ich verstehe«, sagte sie leise.

»Komm.« Er klopfte neben sich auf das Bett. »Bitte«, fügte er hinzu.

Sie erhob sich, kam herüber und setzte sich neben ihn auf das Bett.

Er zog sie an sich und küsste sie auf die Schulter. »Lass uns nicht streiten. Nicht jetzt.«

»Aber ich verstehe nicht …«, sagte sie. Er begann, sie wieder zu streicheln, bis er hörte, wie ihr Atem schneller wurde. »Du riechst so gut«, flüsterte er an ihrer Haut, die wieder unter seinen Lippen zu leben und zu brennen begonnen hatte. Er biss zu und leckte über ihre weichen Kurven. Langsam, systematisch und nach allen Regeln der Kunst verführte er Illiana, gab ihr keine Zeit nachzudenken, schenkte ihnen beiden höchsten Genuss und streichelte sie, bis sie ihn schreiend bat, in sie zu kommen.

Es ist armselig, dachte Markus, als er sich endlich erbarmte und in sie eindrang. Armselig, Sex dafür zu benutzen, sie auf andere Gedanken zu bringen. Doch er konnte sich einfach nicht ändern, konnte nicht bleiben.

Oder?

42

Am Tag darauf streifte Markus zusammen mit der Jagdmannschaft durch den Wald. Die Hunde liefen vor ihnen her. Rund um die Burg und das Dorf hatte es genügend Wild gegeben, und es war angenehm gewesen, zusammen mit den anderen Männern zu jagen. Er hatte sich mit einem Jüngling zu unterhalten, der sein gesamtes Leben im Dorf unterhalb der Burg verbracht hatte, und er hatte Alltagsgespräche mit den Männern zu führen, die den Acker bebauten und in der Nachbarschaft arbeiteten. Es waren einfache, strebsame Leute, und nach anfänglichem Misstrauen – und möglicherweise, nachdem Markus zunächst sein Bestes gegeben hatte, sie mit seiner Treffsicherheit zu beeindrucken, und sie dann spontan zum Mittsommerfest eingeladen hatte – hatten sie ihn einfach als einen der ihren akzeptiert. Er hatte einem Gespräch über einen kaputten Zaun zugehört, und jemand hatte davon gesprochen, dass es bald Zeit für die erste Ernte war. Er hatte genickt und geredet und gleichzeitig, mit zunehmendem Missmut, eingesehen, dass die Männer gezwungen sein würden, alle Probleme ohne ihn zu lösen. Zumindest, wenn er bei seinem Entschluss blieb, zurück in den Dienst des Königs zu treten. Er musste zugeben, dass diese Aussicht ihn immer weniger lockte.

Aber auch wenn König Magnus ihn von seinen Pflichten befreite, gab es noch das Problem Roland. Er war noch nicht fertig mit Roland, noch lange nicht.

Jemand erwähnte Illiana, und Markus horchte auf. Offenbar waren sich die Männer einig, dass man höchst zufrieden mit ihr war. Erstaunt hörte Markus davon, dass Illiana inzwischen wohl eine Art offenen Treff praktizierte, wo die Leute hingehen und ihre Probleme besprechen konnten.

»Gudvor hat gesagt, ich sollte mich *dort* mit Rattendreck einreiben, den ich im Mondschein gesammelt habe«, erklärte die Köchin flüsternd.

Illiana kratzte sich am Hals und versuchte, ernst zu bleiben.

»Hat es geholfen?«, fragte sie neutral.

»Nicht in den letzten Jahren«, gab die Köchin zu und kniff die Beine zusammen. »Und es juckt höllisch.« Sie bekreuzigte sich schnell.

Illiana reichte ihr eine Flasche mit Ringelblumenextrakt. »Versuch es ein paar Tage lang hiermit«, sagte sie zur Köchin. »Wende es äußerlich an, und trinke es dreimal täglich. Außerdem solltest du viele rote Johannisbeeren essen«, fügte sie hinzu. Es war reines Glück, dass die Köchin bei dieser Kur, die die Heilerin verordnet hatte, nicht gestorben war. Überhaupt schien die gefürchtete Gudvor eine Vorliebe für Dreck und verschiedene Mondstadien zu hegen, welche Illiana nicht unbedingt teilte. »Und vermeide den Verkehr mit deinem Mann für ein paar Tage«, fügte sie hinzu.

Die Köchin lächelte verlegen. »Es fällt mir schwer, von ihm zu lassen, aber ich werde es versuchen. Danke, Herrin«, sagte sie, erhob sich und verließ den Raum, als der junge Dorfpriester, Pater Antonius, im Türrahmen auftauchte.

»Hier seid Ihr«, sagte der Priester zu Illiana.

»Kommt herein, Pater Antonius.« Schon als sie sich das erste Mal getroffen hatten, hatte Illiana gedacht, dass diese formelle Anrede überhaupt nicht zu ihm passte. Pater Antonius war noch sehr jung und errötete ständig, und zwar nicht nur, wenn er außer Atem war. Illiana hatte ihn vom ersten Augenblick an gemocht. Er schien ein außerordentlich gutes Herz zu haben, und wo immer er auftauchte, versammelten sich die Kinder völlig furchtlos um ihn. Wichtiger noch: Er schien zufrieden mit seinem Dasein hier in der Einöde, und dafür war sie ihm von Herzen dankbar.

»Störe ich?«, fragte er und blickte sich im gut gefüllten Zimmer um. Er ließ den Blick besorgt auf Ester ruhen, bevor seine Augen weiter zur hübschen Witwe Maria wanderten, die errötete und schüchtern grüßte. Selbst ein Blinder hätte gemerkt, dass die beiden heftig ineinander verliebt waren. Es war allerdings schwer auszumachen, wer von ihnen schüchterner oder verlegener war, der zerzauste Priester oder die Witwe mit den ständig feuchten Augen.

»Überhaupt nicht, kommt herein«, sagte Illiana und wies Helvig mit einem Nicken an, einen Stuhl für den Priester heranzuziehen.

»Ich kam nur, um zu grüßen, macht Euch meinetwegen keine Umstände«, sagte Pater Antonius. »Wie geht es Euch?«

Illiana musste ihre Stimme erheben, um sich bei dem Geräuschpegel Gehör zu verschaffen. Ein Tischler war dabei, Regale für ihre Schriften über Heilkunst zu fertigen, und die ganze Zeit strömten neue Menschen herbei. »Es geht gut«, antwortete sie, und im selben Moment steckte eine Frau den Kopf zur Tür herein. »Eine der Mägde sagte, dass ich herkommen soll«, flüsterte sie.

»Komm herein«, sagte Illiana. »Wie heißt du?«

Die Frau knickste einige Male und antwortete ebenfalls flüsternd: »Maja, Herrin.«

»Komm herein, Maja.« Da es inzwischen voll im Zimmer war, stand Illiana auf und überließ der Neuangekommenen ihren Stuhl.

»Ich möchte nicht stören, aber eigentlich suche ich Euren

Gemahl«, fuhr der Priester fort. »Wir müssen aneinander vorbeigegangen sein.« Er lächelte schief. »Schon wieder.«

Illiana sagte nichts. Wenn Markus den Priester mied, war das seine Sache. Jemand klopfte gegen den Türrahmen. Ein Mann blickte durch die offene Tür herein. »Es wird erzählt, dass man mit der Herrin sprechen kann.«

»Ja«, sagte Illiana aufmunternd. »Erzähle, wer du bist und was dich hierherführt. Ich werde versuchen zu helfen, so gut es geht.«

»Ich heiße Jöns. Das Dach meines Hauses ist undicht, und meine Familie friert. Ich wollte um etwas Brennholz bitten, meine Frau bekommt bald ein Kind, und wir hörten, dass wir hier Brennholz bekommen würden.«

»Das stimmt«, nickte Illiana. »Die Männer helfen sich gegenseitig, Bäume zu fällen und Holz zu hacken. Alle, die mithelfen, dürfen sich trockenes Brennholz für den eigenen Gebrauch mitnehmen. Wann bekommt deine Frau das Kind?«

»Nach Mittsommer, Herrin.«

Illiana lächelte Jöns und dann den Priester an. »Wir haben viel zu tun, wie Ihr seht.«

Und dann bemerkte Illiana, wie ein paar der gerade angekommenen Frauen ihr verstohlene Blicke zuwarfen. Sie hatte das schon mehrmals bemerkt. Die Blicke waren nicht abschätzig, eher beunruhigt. Zuerst hatte sie gedacht, sie hätten nichts mit ihr zu tun, doch nun wurde sie unsicher. Beunruhigt über was? Es war, als blitze etwas in ihrem Bewusstsein auf, etwas, das sie hätte begreifen müssen. Die Frauen blickten hastig zur Seite, doch der Gedanke ließ Illiana nicht los. Wieder drang etwas beinahe an die Oberfläche, blieb aber außer Reichweite. Sie sah sich im Zimmer um und betrachtete die Frauen, versuchte sie mit anderen Augen zu sehen, um das zu entdecken, was ihr offenbar entging. Sie blickte auf die Kinder. Auf Ester.

Den Priester. Und dann wurde es ihr plötzlich klar, und sie begriff endlich, was sie schon seit Langem hätte begreifen müssen. Sie wurde still. Es war beinahe wie eine Erleichterung. *Dass ich es nicht schon früher erkannt habe.*

»Ihr Männer könnt einfach tun, was ihr wollt«, sagte Illiana wütend und stach mit ihrem kleinen Messer in den Käse, dass die Bröckchen über den Tisch stoben. »Ihr könnt euch mit euren Freunden davonmachen und ein bisschen kämpfen, mal hier, mal da«, fuhr sie fort, steckte ihr Messer in ein Stück Käse und wedelte damit herum.

Markus fragte sich, was in sie gefahren war. Sie hatten ruhig und friedlich im Garten gesessen. Sie hatten gegessen und getrunken, und dann hatte Illiana angefangen, aufgebracht mit dem Messer herumzufuchteln und ihn wütend anzuklagen. Er hörte ihr verwundert zu, als sie weiterschimpfte: »Während wir Frauen gar keine Wahl haben. Im schlimmsten Fall müssen wir zurückbleiben, werden verlassen, sterben im Kindbett und werden dann einfach vergessen.« Sie verstummte und betrachtete düster den Käseteller. »Und wir lassen unerwünschte Kinder zurück, um die sich niemand kümmern will«, fügte sie hinzu.

Markus starrte seine Frau an. Sie hatten Wein getrunken und Käse gegessen, und er hatte dagesessen und sich vorgestellt, wie er sie bald küssen würde, und dann – wie aus dem Nichts – das.

»Illiana, wovon in Gottes Namen redest du?«, rief er aus. Er hatte nicht vor, sie zu vergessen. Und Gott bewahre, dass sie im Kindbett starb. »Worum geht es hier eigentlich?«

»Weißt du das wirklich nicht?«, fragte sie und nahm ihr Weinglas.

»Illiana«, sagte Markus ungeduldig. »Was ist in dich gefahren? Und *wovon* redest du?«

»Ich rede von Ester«, sagte sie und knallte ihr Weinglas auf den Tisch. »Sie ist deine Tochter. Ist es wirklich dein Ernst, dass du nichts davon weißt?«

Er musste sich verhört haben.

Wer zum Teufel ist Ester?

Doch dann erinnerte sich Markus vage an ein schwarzhaariges Kind, das vorübergehuscht war. Hatte es Ester geheißen?

»Sei nicht albern«, sagte er scharf. Illiana sollte es besser wissen und nicht auf den Klatsch der Leute hören. Er hatte keine Kinder. *Oder?*

»Wer hat das behauptet?«, fuhr er fort, während sich ein furchtbarer Verdacht in ihm festsetzte. Herr im Himmel, hatte er Stella damals geschwängert, als er vor so langer Zeit für einige Wochen hier gewesen war? Aber niemand hatte etwas gesagt. Wohnte sie noch hier? Gütiger Gott, lebte sie überhaupt noch?

»Ich bin nicht albern«, versetzte Illiana. »Niemand hat etwas gesagt. Ich wohne hier. Ich sehe und höre Dinge.«

Sie hatte recht, natürlich. Markus kannte niemanden, der die Menschen so *sah* wie Illiana. »Wenn es so ist, hatte ich keine Ahnung davon«, sagte er und fühlte sich unfassbar elend. »Ich bin seit vielen Jahren nicht mehr hier gewesen.«

»Sieben Jahre, um genau zu sein«, präzisierte Illiana spitz. »Sie ist sieben Jahre alt.«

Die Dienstmagd Stella war eine kurvige Schönheit gewesen, einige Jahre älter als er, mit dunklem Haar und weichem Körper. Sie hatten in jenem Sommer für einige Wochen das Bett geteilt. Er fragte mit trockenem Mund: »Wo ist ihre Mutter?«

»Sie ist tot. Und Ester hat mit den Hunden in der Küche gewohnt, auf einer Decke. Offenbar war ihre Mutter beliebt, sonst hätte man sie sie bestimmt weggescheucht und sie wäre allein gewesen. Wie findest du das?« Ihre Augen wurden schmal. »Ein einsames, uneheliches Kind, ein Mädchen, das für sich selbst sorgen muss, weil es *verlassen* wurde. Und jetzt, als wir kamen, wurde es versteckt gehalten.«

»Dann sag Bescheid, dass sie in der Küche wohnen kann«, sagte er lahm.

»Markus! Sie ist deine Tochter, dein Kind. Sie kann nicht in der Küche wohnen. Du solltest mal sehen, wie einsam sie aussieht. Du musst sie treffen und sie als dein Kind anerkennen.«

»Einen Bastard?«

Illiana stand auf sah ihn mit glühendem Blick an: »Ich bin verdammt noch mal mit einem Bastard *verheiratet*! Glaubst du, ich würde ein Kind verstoßen? Was hat *sie* mir denn getan? Das hier ist deine Schuld. Und du weißt, dass ich recht habe, wage nicht, es zu leugnen.«

Die Reise hatte Illiana verändert. Sie trat energischer auf. Auch ihr Körper hatte eine Veränderung durchgemacht. Er war immer noch weich, aber stärker und kraftvoller. Ihre Rundungen zeichneten sich unter dem bauschigen Stoff ab, und Markus erfasste ein heftiges Verlangen nach dieser neuen Illiana. Ein Verlangen, das nicht nur körperlich, sondern auch seelisch war. Wo kam sie her? Diese Furie, die uneheliche Kinder verteidigte und jeden beschützte, der zu ihrem Verantwortungsbereich gehörte? Die Frau, die sein Heim mit Duft und Farbe erfüllte. Die einem Kind beistehen wollte, dem er hätte beistehen sollen, es stattdessen aber im Stich gelassen hatte.

Illiana setzte sich und richtete den Blick auf den Garten. Markus schloss die Augen. Stella. Er konnte sich beim besten Willen nicht mehr an ihr Gesicht erinnern. Er wusste nur, dass er sie im Stich gelassen hatte. Und ihr Kind. *Sein* Kind. Er öffnete die Augen und sah Illiana an.

»Sag nichts«, beschied sie ihm. »Ich mag Ester, aber ich muss erst verdauen, dass du hier eine andere Frau vor mir hattest.«

»Illiana …«

»Nein. Lass mich eine Weile in Ruhe. Ich muss nachdenken.«

Lange, nachdem es am Abend im Haus still geworden war, lag Markus wach, allein in seinem Bett. Illiana hatte für sich sein wollen, und er hatte nicht protestiert. Seine Gedanken überschlugen sich. Er dachte an Illiana, an Stella und an das Kind, das Ester hieß. Ein Kind, das seine Tochter war und in der Küche auf einer Decke gelebt hatte. Und dann dachte er an seine Mutter, nicht, wie sie am Schluss gewesen war, als Armut, Hunger und Sorge sie gebrochen hatten, sondern an die wenigen Male, wo Anna fröhlich gewesen war und es sich angefühlt hatte, als seien sie beinahe eine normale kleine Familie. Er dachte an die Mutter, deren Tod sein Leben bestimmt und deren Ermordung er geschworen hatte zu rächen. Und an einen Mörder, der sich das erste Mal seit vielen Jahren in Reichweite befand.

Als die Vögel zu zwitschern begannen, gab Markus es auf, einschlafen zu wollen. Er stand auf, zog sich an und ging in sein Arbeitszimmer. Es war hell, und er horchte auf, als er einen Laut aus dem Wald vernahm. Es war der Laut eines Raubtieres, doch er konnte ihn auf die Entfernung nicht genauer identifizieren.

Er setzte sich auf den Stuhl, in der Absicht, irgendetwas zu bearbeiten, blieb aber einfach sitzen.

Dann hörte er, wie sich jemand vor seiner Tür bewegte, ein leises Rascheln und ruhige Atemzüge. Er lauschte, war sich jedoch sicher, dass es nicht Illiana war, denn ihre Geräusche hätte er überall erkannt. Er fragte sich, wer es wagte, sich zu dieser Stunde vor seinem Zimmer aufzuhalten. Die Wachen am Tor hatten keine Warnung abgegeben, also war es kein Feind von außen. Aber es war wohl niemand so einfältig und versuchte, sich gegen ihn aufzulehnen? Markus fasste nach seinem Dolch, der auf dem Tisch lag und wartete. Der Türgriff bewegte sich, ohne dass vorher angeklopft worden wäre, und Markus wartete angespannt weiter darauf, dass der ungebetene Gast sich zu erkennen geben würde.

Ein flaumiges blondes Haupt wurde durch die Tür gesteckt, und Pater Antonius trat mit unschuldigem Gesicht und freundlichem Blick ein. Er blieb stehen, nickte zum Gruß und sah sich dann neugierig um. Offensichtlich war er sich nicht der Reaktion bewusst, die er ausgelöst hatte.

Markus zwang sich, sich zu entspannen. Er ließ den Dolch los und setzte eine arrogante Miene auf. Er hatte nicht vor, zu zeigen, dass es dem Priester gelungen war, ihn zu erschrecken. »Ich habe nicht gehört, dass Ihr angeklopft habt«, sagte er säuerlich.

»Nein«, sagte Pater Antonius, faltete seine Hände und zwinkerte mit den hellen Wimpern. »Es ist merkwürdig, aber jedes Mal, wenn ich ankündige, dass ich vorhabe zu kommen, ist es, als seid Ihr in Luft aufgegangen.« Er lächelte unschuldig. »Also dachte ich mir, ich komme überraschend.« Er lächelte wieder. »Und hier seid Ihr.«

Markus lehnte sich im Stuhl zurück und legte die Beine auf den Tisch, ohne den Priester zu bitten, sich zu setzen. »Seid Ihr hier, um mich zu belehren?«, fragte er.

Der Priester sah sich um. »Hier sieht es anders aus«, bemerkte er.

Illiana hatte jemanden das Zimmer aufräumen lassen, und es stand eine Vase mit Blumen auf einer Truhe. Markus musste zugeben, dass er nichts dagegen hatte.

Der Priester zog sich einen Stuhl an den Tisch, setzte sich und schlug die Beine übereinander. »Habt Ihr es nötig, belehrt zu werden?«, fragte er in heiterem Gesprächston. Vertrauenswürdige hellblaue Augen betrachteten Markus. Nicht eine Falte war in dem hellen Gesicht zu sehen.

»Jedenfalls nicht von einem Grünschnabel. Seid Ihr wirklich alt genug, um Priester zu sein?«, fragte Markus misstrauisch.

Der Priester machte eine abwehrende Handbewegung, als sei die Frage irrelevant. »Warum seid Ihr schon auf?«, konterte er stattdessen.

»Ich könnte Euch dasselbe fragen«, sagte Markus trocken. »Sagt, was Ihr vorhattet mir zu sagen, und verschwindet dann«, fuhr er fort. »Und ich warne Euch, meine Geduld mit Kirchenmännern ist begrenzt.«

»Aha«, machte der Priester interessiert, lehnte sich zurück und sah aus, als sei er noch lange nicht bereit zu gehen. »Und was hat die Kirche Euch getan?«

Markus blickte in das offene Gesicht, fand aber nichts anderes darin als echtes Interesse. »Die Kirche und ich kommen nicht so gut miteinander aus«, sagte er kurz. »Ich glaube nicht, dass wir das jemals getan haben.«

Markus konnte sich nicht erinnern, ein Gespräch mit einem Priester gehabt zu haben, das nicht im Streit geendet hatte. Er dachte an die scheußlichen Taten, die er selbst vollbracht hatte, an all die Sünden, von denen er wusste, dass sie unverzeihlich waren. »Ich mache mir keine großen Hoffnungen, in den Himmel zu kommen, um es einmal so auszudrücken.«

»Hört sich etwas melodramatisch an«, entgegnete der Priester. »Wann habt Ihr eigentlich das letzte Mal gebeichtet?«

Markus konnte nicht anders, er musste lachen. »Ich habe auf eine Weise gesündigt, dass Ihr davon graue Haare bekommen würdet. Wir können uns darauf einigen, dass ich nicht sehr gute Erfahrungen mit der Beichte gemacht habe.«

Der Priester betrachtete ihn eingehend. »Es dauert wohl

noch etwas, bis ich grauhaarig werde«, sagte er ruhig. »Sagt Bescheid, wenn Ihr Eure Meinung ändert. Ich bin da, falls Ihr Eure Seele retten wollt.«

»Es interessiert mich mehr, wie ich am Leben bleibe.«

»Das ist natürlich auch nicht unwichtig«, erwiderte der Priester lächelnd.

Markus sah diesen Pater Antonius von oben bis unten an und fragte sich, ob er wirklich so tolerant war, wie es den Anschein hatte. »Also, wenn ich schon einen Kirchenmann bei mir habe«, sagte er gedehnt, »darf ich die Gelegenheit nutzen und um einen Rat bitten?«

Der Priester nickte eifrig und aufmunternd.

»Wie ist Eure priesterliche Vorstellung davon, wie ich mich meiner unehelichen Tochter gegenüber verhalten soll?« Die Männer der Kirche hatten sein ganzes Leben lang nach Markus gespuckt, deshalb ließ er nun seine Stimme und Worte so roh wie möglich klingen. »Was würde die Kirche sagen, wenn ich einen Bastard, den ich mit einer Dienstmagd gezeugt habe, in meinem Heim mit mir und meiner mir rechtlich angetrauten Frau wohnen lasse?« Markus wartete darauf, dass die freundliche Miene des Priesters in Schock und Verachtung übergehen würde.

Doch Pater Antonius entgegnete nur: »Ach, ich weiß doch, dass Ihr unehelich geboren wurdet. Alle wissen es.« Er beugte sich vor. »Jesus hieß besonders die Kleinsten willkommen. Wenn Eure Tochter gut genug ist für unseren Heiland, dann ist sie auch gut genug für die Kirche«, sagte er ruhig.

Markus musste schmunzeln. Zurechtgewiesen zu werden von einem Priester, der noch grün hinter den Ohren war ...

»Ihr seid nicht ganz so unschuldig, wie Ihr ausseht.«

»Und Ihr seid vermutlich ein bedeutend besserer Mann, als Ihr vorgebt zu sein«, sagte Pater Antonius und erhob sich. »Ich denke, es ist besser, wenn ich gehe, bevor Ihr merkt, wie ängstlich ich eigentlich bin. Danke für dieses Gespräch.«

Markus lachte auf. Er erhob sich ebenfalls und streckte die Hand aus. »Ich habe nur Gutes von Euch gehört. Danke, dass Ihr Euch um die Leute gekümmert habt, während ich weg war.«

»Es ist gut, dass Ihr zurückgekommen seid«, sagte der Priester und blickte Markus direkt an. »Ich glaube nämlich, dass Ihr hier gebraucht werdet.«

43

Illiana planschte mit den Füßen im Wasser und schaute Ester zu, die verbissen versuchte, einen Kranz aus den Kornblumen zu winden, die sie auf der Wiese gepflückt hatten. Esters Hände waren schwitzig und klebrig, und die Blumen ließen in ihrem harten Griff die Köpfe hängen.

Es war Nachmittag, und Illiana hatte Markus den ganzen Tag noch nicht gesehen, doch sie vermutete, dass er nachdenken musste, genau wie sie es getan hatte. Aber *sie* hatte fertig gedacht. Auf ihr Nachfragen hin hatten die Frauen auf der Burg begonnen zu erzählen, und nun wusste sie, wer Stella gewesen war. Nach einem Gespräch mit Helvig hatte die Dienstmagd nur unbekümmert festgestellt, dass »das ja wohl keine große Sache« gewesen sei, und weil sie damit recht hatte, war Illiana fertig mit Nachdenken. Es war, wie es war. Ester hatte sie jedoch bisher noch nichts gesagt. Sie würde einen Schritt nach dem anderen tun und nichts übereilen.

Illiana spritzte Wasser mit den Füßen auf. »Kannst du schwimmen?«, fragte sie und betrachtete das schmutzige Kind. Ein Bad, vielleicht eine Entlausung und Kleider, die Ester bis über die Knie reichten, würden vermutlich Wunder bewirken.

Ester schüttelte den Kopf.

»Du bist doch wohl nicht wasserscheu«, sagte Illiana im Scherz. Verwundert sah sie, wie Esters Miene sich verdunkelte.

»Ich habe vor gar nichts Angst!«, schrie Ester und schmiss den schiefen Kranz wütend weg. Doch Illiana hatte sie noch nie im Wasser gesehen, und die Wut des Mädchens sprach Bände.

Illiana sprang hinunter ins Wasser, das ihr hier am Ufer nur bis unter die Knie reichte. »Falls du möchtest, bringe ich dir das Schwimmen bei.« Wenn sie sich nahe am Ufer hielten und die tückischen Seerosenwurzeln vermieden, würde es unbedenklich sein.

Die Augen des Kindes wurden schmal. »Aber ich will nicht. Ich hasse es zu schwimmen.« Die wütende Abwehrhaltung war Markus' so ähnlich, dass Illiana schmunzeln musste. Kein Kleid der Welt würden dieses kratzbürstige Mädchen jemals liebreizend und niedlich erscheinen lassen. Sie fühlte eine Welle von Zärtlichkeit in sich aufsteigen. So musste Markus in Esters Alter gewesen sein. Mager wie ein ausgesetztes Katzenjunges, in ständiger Angst vor Prügel und immer auf der Hut. Verzweifelt auf der Suche nach Zugehörigkeit, aber zu stolz, um es zu zeigen.

Illiana betrachtete die kleinen silbernen Fische, die pfeilschnell über dem sandigen Boden umher schossen. Sie stand still, bis die Fische ihre Angst verloren und stattdessen begannen, an ihren Füßen zu knabbern. Blitzschnell tauchte sie ihre Hände ins Wasser. »Ich habe ihn gefangen!«, rief sie Ester triumphierend zu. Diese spielte nicht länger die Uninteressierte, sondern gab ihrer Neugierde nach und erhob sich, blieb jedoch zögernd am Ufer stehen.

»Komm her, dann kannst du ihn dir ansehen!«, lockte Illiana sie. »Das Wasser ist flach, und ich bin hier.«

Ester watete konzentriert zu ihr hin und betrachtete den Fisch, der zappelte und wieder im Wasser verschwand. Ester runzelte die Stirn und blickte Illiana anklagend an.

»Wir versuchen, noch mehr zu fangen«, sagte Illiana und zeigte auf die Fische unten am Grund.

Zusammen jagten sie nun Fischschwärme und Seerosen.

Schließlich war Ester völlig durchnässt und hatte blaue Lippen, aber sie schien keine Angst mehr zu haben. Bibbernd gingen sie wieder an Land. Illiana half Ester, sich die Kleider auszuziehen und trocknete sie dann mit einem Stück Stoff ab. Der Kinderkörper war so abgemagert, dass es wehtat, ihn anzusehen. Als Ester sich ihr kurzes Hemd wieder übergezogen hatte, öffnete Illiana ihren kleinen Lederbeutel, kramte darin herum und zog dann ein hellrosa Band hervor.

»Meinst du nicht, es könnte schön in deinem dunklen Haar aussehen?«, sagte sie. »Vielleicht in einem Zopf?«

In Esters Gesicht zeichnete sich ein Widerstreit zwischen Eigensinn und Verlangen nach der schönen Farbe ab. Das Kind in ihr gewann, und sie nickte vorsichtig.

Illiana setzte sich, nahm Ester zwischen ihre Beine und begann, sich durch das zerzauste Haar zu kämpfen. Mit einem Kloß im Hals wurde ihr klar, dass Esters Haar die Kinderversion von Markus schwarzer Mähne war. Behutsam flocht Illiana zwei dünne Zöpfen an den Seiten und band sie dann mit dem rosa Band zusammen.

»Die Farbe steht dir gut«, sagte Illiana, und achtete darauf, beiläufig zu klingen. »Ich habe ein Stück Stoff in derselben Farbe auf meinem Zimmer. Es ist viel zu wenig, um ein Kleid für eine Erwachsene daraus zu machen. Aber ich denke, es würde für einen Rock für dich reichen.« Nachdem es ihr gelungen war, das Mädchen sauber zu reiben, sah sie ein, dass Ester nichts besaß außer ihrem Hemd und den zu kleinen, schmutzigen Kleidern. Illiana wollte gerade sagen, dass sie zurückgehen sollten, als Ester in ihrem Arm erstarrte.

»Ester, was ...« Und dann sah Illiana, wie Markus ihnen entgegenkam. Er blieb stehen und betrachtete sie, wie sie zusammen auf dem Steg saßen. »Was tut ihr?«, fragte er.

Ester wollte losrennen, doch Illiana, die sich mittlerweile

an die blitzschnellen Reflexe der Kleinen gewöhnt hatte, war schneller und hielt sie am Arm fest, bevor Esther verschwinden konnte. Sie zog das Mädchen an sich und ignorierte den Widerstand …

»Grüße ihn artig«, sagte sie zu dem Kind.

Doch Ester sträubte sich mit aller Kraft. Versehentlich schlug sie Illiana dabei ins Gesicht. Illiana war so überrumpelt, dass sie das Mädchen losließ. Ester sprang auf die Füße. Doch bevor sie irgendwohin verschwinden konnte, war Markus herangetreten, hatte sie am Nacken, Hemd und an den Haaren gepackt und sie hochgehoben. Er ließ sie mit den Beinen in der Luft zappeln und betrachtete sie grimmig. Ester starrte zurück, holte aber zu keinen weiteren Schlägen oder Tritten aus, sondern hing nur schlaff in seinem Griff, während sich ihre Brust hob und senkte wie bei einem ängstlichen Vogel.

Illiana wagte nicht, etwas zu sagen.

»Wenn meine Frau dich um etwas bittet, musst du ihr gehorchen«, sagte Markus bestimmt. Er setzte Ester auf dem Boden ab, hielt sie aber weiter am Nacken fest.

Ester presste demonstrativ die Lippen aufeinander.

»Markus …«, begann Illiana.

»Warum muss ich ihr gehorchen?«, fragte Ester mürrisch.

»Weil sie die Hausherrin ist«, sagte Markus ruhig. »Weißt du, wer ich bin?«

Ester nickte.

»Dann weißt du, dass mein Wort hier Gesetz ist. Ich werde dich jetzt loslassen, und dann fangen wir noch einmal von vorne an.« Er ließ sie los, ging vor ihr in die Hocke, blickte ihr direkt in die Augen und sagte ruhig: »Guten Morgen, Ester.«

Illiana wartete atemlos.

»Guten Morgen«, antwortete Ester.

Markus nickte ihr zu. »Was tut ihr?«

»Nichts«, antwortete Ester eingeschnappt.

Markus hob die Augenbraue, um sie an seine Worte zu erinnern, und Ester beeilte sich, hinzuzufügen: »Aber vorher haben wir Fische gefangen.« Das Mädchen blickte Markus schüchtern an, als erwarte es Schläge. Doch als er nur dasaß und sie ansah, entspannte sich der kleine Körper. »Und jetzt sitzen wir einfach bloß hier«, sagte sie, und etwas, das wie ein Lächeln aussah, zeigte sich in ihren dunklen Augen. Sie waren sich unwahrscheinlich ähnlich, Vater und Tochter. Illiana kamen plötzlich die Tränen.

Markus blickte auf Illiana. »Darf ich mich zu euch setzen?«, fragte er höflich.

Illiana ihrerseits schaute fragend Ester an, die nickte. Eine herzzerreißende Mischung aus Sehnsucht und Unruhe sprach aus ihren Augen.

Illiana lächelte Markus an. Ihr Herz war so leicht, das es aus ihrer Brust hätte fliegen können. »Gerne«, antwortete sie genauso höflich.

Markus ließ sich auf dem Steg nieder, der unter seinem Gewicht knarrte. Er brach einen Schilfhalm ab und begann, an ihm zu kauen, als hätte er keine einzige Sorge auf dieser Welt. Illiana hätte ihn küssen können dafür, wie er mit dem Kind umgegangen war. Sie rückte ein Stück zur Seite, und Ester setzte sich dicht neben sie, den Blick die ganze Zeit auf Markus gerichtet.

»Ester bedeutet Stern«, sagte Markus. »Deine Mama hat dir einen schönen Namen gegeben. Sie hieß Stella. Das bedeutet auch Stern. Sie wollte dir wohl etwas von sich abgeben.« Er blickte Illiana fragend an. Sie nickte zustimmend, also fuhr er fort: »Deine Mutter war ein guter Mensch, alle mochten sie.«

Ester hielt den Blick starr auf ihn gerichtet, und Illiana spürte, wie sich ihre Kehle zusammenschnürte.

»Es tut mir leid, dass sie gestorben ist«, sagte Markus ernst.

»Ich hatte keine Ahnung, dass es dich gibt, und ich wusste nicht, dass sie tot ist.« Er lächelte zaghaft. »Ich bin auch ohne Mama aufgewachsen. Das ist nicht so leicht.«

Ester sah aus, als hielte sie den Atem an, und Markus wandte sich mit einem Gesichtsausdruck an Illiana, den sie noch nie an ihm gesehen hatte. »Sorge dafür, dass sie ein Zimmer und ein Bett zum Schlafen bekommt«, sagte er. »Sie soll nicht länger in der Küche liegen müssen.«

Er erhob sich so plötzlich, dass der Steg zu schwanken begann. Illiana nahm Esters Hand und drückte sie. Sie schniefte ein wenig, als sie Markus davongehen sah. Vor lauter Rührung standen ihr erneut die Tränen in den Augen.

Am Abend vor Mittsommer herrschte strahlendes Sommerwetter. Nach dem Abendessen ging Markus hinaus, um nach den Pferden zu sehen. Im Stall traf er einen Jungen, der in einem der Holzhäuser auf dem Burghof wohnte. Ehe er es sich versah, hatten sie sich zusammen ein kaputtes Dach angesehen. Und dann hatte Markus geholfen, das Dach zu reparieren. Als das vollbracht war, fing jemand an, von einem Zaun zu sprechen, der ebenfalls ausgebessert werden musste, und es war selbstverständlich, dass Markus mit den Männern ging, um auch diesen Zaun zu reparieren. Während sie hämmerten und sägten, fragte jemand, ob Markus sich vorstellen konnte, einen kaputten Pflug in Augenschein zu nehmen, wo er sich gerade in der Nähe befand. Also ging er auch dorthin und brachte den Pflug wieder in Ordnung. Und dann half er beim Holzhacken und hörte jemanden sagen: Frag Järven, er kann eine Menge. Markus antwortete höflich auf die Frage und bemühte sich, nicht über das ganze Gesicht zu strahlen.

Die Leute sahen zu ihm auf. Gewöhnliche, ehrenhafte Menschen waren der Meinung, dass er etwas beitragen konnte.

Einer der Männer klopfte ihm auf den Rücken, ein anderer wagte es, einen Scherz zu machen, und plötzlich waren sie alle mitten in einer lebhaften Diskussion über Hufeisen. Eine Diskussion, die – darin waren sie sich einig – bei einem Krug Bier fortgesetzt werden sollte. Als die Sonne irgendwann schon tief über dem Horizont stand, kehrten sie schließlich alle in den Burghof zurück, und Markus entdeckte Illiana. Sie lächelte ihm zu, er winkte, und jemand sagte, dass er bei Gott eine prächtige Ehefrau gefunden hatte.

»Ja«, stimmte ein anderer zu. »Sie sind ein gutes Paar.«

Markus wusste nicht, was er sagen sollte. Die Aussage machte ihn schwindelig. Waren Illiana und er ein gutes Paar?

Noch nie war er wie hier Teil einer Gemeinschaft gewesen. Nicht mit seinen Soldaten, nicht mit dem König, nicht auf diese Weise. Die Männer sprachen mit ihm, als sei er einer von ihnen. Und nun sprachen sie vom morgigen Tag und von dem Fest, das sie planten. Wie lange Markus auch in seinem Gedächtnis kramte, er konnte sich nicht erinnern, jemals etwas so Alltägliches getan zu haben wie ein Fest vorzubereiten.

Illiana kam ihm entgegen. Es war kühler geworden, und sie hatte sich einen Schal mit Fransen um ihre Schultern gezogen.

Ihre grauen Augen leuchteten. »Ester schläft in ihrem neuen Bett«, sagte sie zärtlich und klang ganz wie eine Mutter. »Sie war völlig erschöpft.«

»Hat sie schon schwimmen gelernt?«

Illiana lachte amüsiert: »Sie zieht es vor, umherzuwaten. Ich bezweifle, dass sie jemals Spaß am Schwimmen haben wird.« Sie lächelte und zog den Schal enger um sich. »Aber sie kann sehr gut waten!«, sagte sie loyal. »Ein wütender, watender Stern. Was macht ihr?«

»Wir arbeiten«, sagte Markus. »Offensichtlich kann ich Sachen reparieren.«

»Guten Abend, Jöns«, grüßte Illiana. »Was macht das Brennholz?«

»Euer Ehemann hat mitgeholfen. Er ist stark wie ein Stier.«

»Ja«, sagte sie und blickte Markus mit blitzenden Augen an. »Das ist er!« Sie nahm seine Hand und drückte sie, bevor sie Jöns fragte: »Wie geht es deiner Frau?«

»Es geht ihr gut. Sie lässt grüßen und bedankt sich für den Kuchen.«

Markus stand dort Hand in Hand mit Illiana und wunderte sich über die Intensität seiner Gefühle. Es war ihm klar geworden, dass auch sein Leben sich so gestalten konnte – Teil eines strebsamen Paares zu sein. In die Freude über diese Einsicht mischte sich Schrecken. War das die Zukunft – Holz zu hacken, Kuchen zu essen, die Hand seiner Frau zu halten, während die Kinder schliefen und die Sonne über der Burg unterging?

Er drückte Illianas Hand fest, und sie sah ihn verwundert an. »Alles in Ordnung?«, fragte sie.

»Wir arbeiten gut zusammen«, sagte er leise.

Sie lächelte. »Ja, mein Geliebter, das tun wir.«

Er nahm sie in seine Arme, begrub sein Gesicht in ihrem Haar und atmete tief ihren Duft ein.

»Markus?«

»Ja?«

»Du weißt, dass ich dich liebe, oder?«

Er seufzte. Ja, er wusste es.

44

Schon früh am Morgen des Mittsommertages begannen die Vorbereitungen für das Fest. Im Burghof wurden Schweine an Spießen gebraten, lange Tische wurden mit Holztellern und Zinnbechern gedeckt und mit Birkengrün geschmückt. Illiana führte das Zepter über die Mägde und Knechte, und schon bald verbreitete sich der Duft frisch gebackenen Brotes und gebratenen Fleisches über den Festplatz. Mittsommer hatte Illiana schon immer geliebt. Es war ihr wohl bewusst, dass das Fest heidnischen Ursprungs war und erst in neuerer Zeit eine christliche Bedeutung gewonnen hatte. Jetzt war dieser Tag Johannes dem Täufer gewidmet. Doch falls jemand vorhatte, den alten Göttern Opfergaben darzubringen, würde sie keine Einwände dagegen erheben. Sie blickte hinüber zu Pater Antonius, der sich mit der Witwe Maria unterhielt. Vermutlich hatte auch er momentan anderes im Kopf.

Ausgelassenheit verbreitete sich, und das erwartungsvolle Gemurmel der Leute, die sich darauf freuten, frei zu haben und sich mit gutem Essen vollzustopfen, vielleicht zu singen und zu tanzen, lag wie ein Klangteppich über dem Burghof. Die Kinder hatte man leidlich sauber gewaschen, und sowohl Frauen als auch Männer trugen ihre feinste Kleidung. Einige hatten Blumenkränze im Haar, und sich selbst hatte Illiana kleine rosa Röschen in die Locken gesteckt. Dazu trug sie ein fließendes Kleid aus hellstem rosa Leinen, mit weißem Unterrock und langen, trompetenförmigen Ärmeln.

Markus hatte befohlen, so viel Bier und Met zu servieren, wie die Leute trinken konnten, und schon bald schallten Lachen und Gesang über den Burghof. Alle waren sie gekommen, die Leute aus der Burg und aus dem Dorf, vom kleinsten Kind bis hin zum ältesten Greis. Die Heilerin Gudvor, die sich bei Illianas Besuch weniger als verrückt, sondern als vollkommen blind erwiesen hatte, saß in einer Ecke und trank so viel Bier, dass sie schon bald einschlief. Ester saß mit den anderen Kindern an einem eigenen Tisch und aß und trank Saft und lachte wie jedes andere Kind auch.

Illiana und Markus saßen an unterschiedlichen Tischen, hatten jedoch die ganze Zeit Blickkontakt. Markus hob seinen Becher und prostete ihr stumm zu. Sie blickten einander tief in die Augen, und ihr wortloses Gespräch ließ keine Zweifel darüber aufkommen, was sie später während der hellsten und magischsten aller Sommernächte miteinander tun würden. Illianas Brust hob sich, und Markus' Augen verdunkelten sich vor Begierde. Er sah unverschämt gut aus mit seiner schneeweißen Tunika, die seine gebräunte Haut effektvoll betonte. Als er sie herausfordernd angrinste, traten seine Grübchen hervor, und Illiana spürte, wie ein Prickeln ihren ganzen Körper überlief. Sie lächelte und hörte dann, neben Pfiffen und Gelächter, wie jemand kommentierte, dass sich hier wohl zwei Menschen mit Blicken verschlangen. Sie errötete und fand, dass sich die schwere Verantwortung einer Burgherrin zum ersten Mal federleicht anfühlte.

Nach dem Essen, den Tänzen und den immer rauschhafteren Gesängen verschwand Markus im Haus, nur um bald darauf mit einem Korb in der einen und einer leuchtend blauen Decke in der anderen Hand wiederzukommen.

»Ich dachte, wir entfernen uns und essen den Nachtisch

für uns allein«, sagte er, als er neben sie getreten war. Breit lächelnd reichte er ihr die Hand.

Zusammen spazierten sie weg von der Burg und hinunter zur Wiese. Sie blieben eine Weile stehen und begrüßten die Pferde auf der Weide, bevor sie ihren Weg fortsetzten. Markus breitete die kobaltblaue Decke aus und bedeutete Illiana, sich darauf niederzulassen. Er nahm eine kleineren Korb voller Walderdbeeren heraus.

»Hast du sie gepflückt?«, fragte Illiana, und steckte sich die Erdbeere, die er ihr gereicht hatte, in den Mund.

»Ich habe ein paar Kinder bestochen. Sie sind ganz schön geschickt im Verhandeln«, lachte er und gab ihr eine Handvoll. »Diese Erdbeeren haben mich ein Vermögen gekostet. Ich hoffe, du weißt das zu würdigen.«

Er legte sich neben sie auf den Rücken und schloss die Augen im Sonnenlicht.

»Willst du etwa einschlafen?«, fragte sie lachend und angelte sich über seinen Körper hinweg weitere Erdbeeren aus dem Körbchen.

»Vielleicht.«

Illiana beugte sich vor, strich Markus über das Haar und hörte, wie er einen zufriedenen Seufzer von sich gab.

»Sag irgendetwas«, forderte er sie auf. »Ich mag es, dich reden zu hören. Ganz besonders, wenn deine Stimme so sinnlich klingt.«

»Wenn meine Stimme so sinnlich klingt?« Illiana musste sich das Lachen verkneifen. Sie nahm sich noch eine Erdbeere und kaute. »Ich könnte davon erzählen, dass ich die Sachen weiter ausgepackt habe, die wir mitgebracht haben.« Sie hatte sich gefühlt, als sei sie auf eine Goldgrube gestoßen, und sie hatte fein säuberlich jeden einzelnen Gegenstand schriftlich notiert. Sie mochte es, wenn alles seine Ordnung hatte. »Du bist reich«, sagte sie und stopfte sich noch eine Erdbeere in den Mund.

»Ja«, murmelte er schläfrig.

»Ich meine, wirklich *reich*.«

Markus öffnete ein Auge und blinzelte zu ihr. »Das ist doch gut?«

»Jaa.«

»Aber?«, fragte er.

Illiana war immer davon ausgegangen, dass Markus nur umherreiste und Kriege führte, um weitere Reichtümer anzuhäufen. Doch offensichtlich interessierte ihn sein Besitz gar nicht so sehr. Also ging es um etwas anderes. Das wiederum bedeutete, dass er nie genug bekommen und niemals bei ihr bleiben würde.

Sie glitt mit den Fingern durch sein Haar. Es war so weich und so ganz anders als die Härte seines restlichen Körpers. Aus irgendeinem Grund erfüllte sie das mit Zärtlichkeit. Der eiserne Markus Järv hatte Haare so weich wie Kaninchenfell. »Ich wäre dumm, wenn ich damit unzufrieden wäre«, sagte Illiana. »Und ich bin nicht dumm.«

»Nein«, stimmte Markus ihr zu. Er nahm ihre Hand und küsste sie leicht auf die Handfläche. »Du bist die Klügste, die ich kenne.«

»Die klügste Frau, meinst du?«, sagte sie schelmisch.

»Nein. Von allen, die ich kenne.«

Illiana lächelte und fragte sich, wie er es anstellte, sich auf diese Weise in ihr Herz zu stehlen. Markus legte sich so zurecht, dass sein Kopf in ihrem Schoß ruhte, und während Illiana ihm weiter über das Haar streichelte, wurde ihr klar, dass sie ihr Leben neu ausrichten musste, wenn Markus seiner Wege ging. Sie musste etwas finden, das ihr Herz daran hinderte zu brechen. Gestern hatte sie ihm gesagt, dass sie ihn liebte, aber er hatte die Worte nicht erwidert. Das hatte sie als eine Demütigung empfunden. Sie war so überzeugt davon gewesen, dass er fühlte wie sie. Aber vielleicht war es genau so, wie Markus immer gesagt hatte: Er war ein Krieger, dem solche Gefühle fremd waren.

»Ich habe mit dem Tischler gesprochen«, sagte Illiana schnell, bevor sie in Selbstmitleid ertrank. »Er wird ein Schreibpult für mich fertigen. Dort werde ich dann sitzen und in meinem Kräuterbuch schreiben. Und alle Schriften lesen, die wir mitgenommen haben.« Es hatte sich gezeigt, dass Markus unfassbare Mengen an Büchern besaß. Sie hatte Bestiarien mit farbenprächtigen Bildern gesehen, lateinische Gesetzestexte, medizinische Bücher und massenhaft andere Kostbarkeiten. Sie würde an den vielen einsamen Abenden gut beschäftigt sein. Sie beabsichtigte nicht, vor Kummer zu vergehen.

»Ich finde es schön, dass du dir Zeit für Ester genommen hast«, fuhr sie fort.

»Ester wurde vielleicht nach einem Stern benannt, sie ist aber ein sehr willensstarkes Kind«, murmelte er.

»Ja, ich frage mich, woher sie das hat«, lachte Illiana.

Markus schwieg so lange, dass sie schon glaubte, er sei auf ihrem Schoß eingeschlafen. Seine Brust hob und senkte sich langsam, und seine Gesichtszüge waren entspannt unter ihren Liebkosungen.

»Es ist sonderbar, sich selbst in einer neuen Generation zu sehen«, sagte er plötzlich. »Ich habe immer gedacht, dass ich das, was ich bin, nicht weiterführen wollte. Dass ich …«

Markus verstummte, doch Illiana vervollständigte ohne Schwierigkeiten für sich den Satz:

… böse bin.

»Ich glaube nicht, dass es gute oder schlechte Menschen gibt.« Sie strich ihm über seine schwarze Augenbraue. »Es sind unsere Handlungen, die zählen. Manchmal treffen wir schlechte Entscheidungen. Manchmal handeln wir richtig.«

»Du bist ein guter Mensch«, sagte Markus.

»Ja, ich bin natürlich eine Ausnahme«, sagte sie trocken und spürte, wie er an ihrer Hand lächelte.

Markus hörte Illiana zu, und ein Teil von ihm wollte ihr zustimmen. Aber er kam einfach nicht mit der Tatsache klar, dass er so viele Menschen im Stich gelassen hatte. Das war seine größte Schande, die er mit niemandem vorhatte zu teilen. Dass er seine eigene Mutter im Stich gelassen hatte. Und nicht nur sie, dachte er gequält. Zuerst Anna, dann Stella und Ester. Und nun ließ er auch Illiana im Stich, indem er ihr das nicht gab, was sie haben wollte und verdiente: Liebe.

»Es war schön, dass du mit Ester über ihre Mutter gesprochen hast«, sagte Illiana leise und fuhr fort: »Stellan hat erwähnt, dass deine Mutter ermordet wurde. Es tut mir so leid.«

Markus schluckte. »Meine Mutter war eine Dirne, und als solche vollkommen ohne Rechte. Aber sie war mein Ein und Alles, und ja, sie wurde ermordet, als ich in Esters Alter war. Ich war dabei.«

»Hast du es gesehen?«, fragte Illiana. Markus konnte das Grauen in ihrer Stimme hören. Aber auch Mitleid.

»Ich weiß es nicht. Ich glaube es. Ich erinnere mich an fast nichts. Nur daran, dass überall Blut war, und dass ich mehr Angst hatte als je zuvor in meinem Leben.«

Illiana beugte sich hinunter und küsste ihn auf die Stirn. »Es tut mir so leid«, flüsterte sie sanft.

Und Markus stieß etwas hervor, was er eigentlich niemals hatte sagen wollen. »Es war meine Schuld, dass sie gestorben ist.«

Illiana saß ruhig da. Er wagte nicht, die Augen zu öffnen und sie anzusehen.

»Wie meinst du das?«, fragte sie mit leiser Stimme.

Und Markus erinnerte sich so genau, als wäre es gerade erst geschehen. Wie seine Mutter geklungen hatte, als das Messer – das ihm gegolten hatte – sie in der Brust getroffen und die Lunge durchstoßen hatte. Es war ein grässlicher, zischender Laut gewesen. Mit letzter Kraft hatte Anna ihm noch zu verstehen gegeben, dass er weglaufen und sich verstecken sollte. Und Markus war weggelaufen. Und hatte sie somit ihrem Tod überlassen.

»Ich bin weggelaufen«, sagte er, und der Kloß im Hals ließ seine Stimme stocken. »Wenn ich geblieben wäre, hätte ich versuchen können, Hilfe zu holen. Ich hätte ihn vielleicht überwältigen können. Aber meine Mutter starb allein, während ich überlebt habe.«

Illianas Hand rührte sich nicht mehr. Er spürte, wie sie sich bewegte. »Manchmal frage ich mich, ob du der dümmste Mann bist, den ich je getroffen habe.« Sie nahm sein Kinn in ihre Hand, drehte seinen Kopf zu sich hin und zwang ihn, in ihre Augen zu sehen. Ihr Blick war fest und sicher. »Markus, hör mir zu. Es war nicht deine Schuld. Du warst ein Kind. Deine Mutter hat dich beschützt, weil das Mütter nun mal tun. Du bist nicht böse.« Sie schüttelte den Kopf. »Du hast eben behauptet, dass ich ein guter Mensch bin. Wenn das stimmt und ich sage, dass du nicht böse bist, dann muss es ja wohl stimmen, oder?«

Markus blinzelte. »Ich bin nicht sicher, ob ich dich richtig verstehe«, sagte er. Aber das stimmte nicht. Er verstand sie sehr wohl, und etwas, das sich verdächtig nach Erleichterung anfühlte, breitete sich in ihm aus. Hatte Illiana recht? Hatte er in all den Jahren Verantwortung mit Schuld und Scham verwechselt? Er erinnerte sich, wie Ester in seinem festen Griff gebaumelt hatte, klein und hilflos. Ein Kind konnte es nicht mit einem erwachsenen Mann aufnehmen. Natürlich hatte er das schon immer gewusst, doch jetzt wurde es ihm erst richtig *klar*.

»Es wird höchste Zeit, dass du dir selbst verzeihst«, sagte Illiana sanft.

Markus hob seine Hand und zog ihr Gesicht zu sich heran. Er spürte ihren Mund sanft über seine Lippen gleiten. Illiana küsste ihn innig und ohne Eile, während er selbst still und passiv dalag und ihren Duft und ihre Nähe aufsaugte. Behutsam ließ sie ihre Hand unter sein Hemd und über seine Brust gleiten. Markus holte tief Luft.

»Zieh es aus«, flüsterte sie.

Ohne sich zu erheben zog Markus das Hemd über den Kopf und warf es beiseite. Zärtlich fuhr Illianas Hand über die Haare auf seiner Brust, über seinen Bauch bis zum Bund seiner Hose. Sie beugte sich nieder und bedeckte ihn mit leichten Küssen, als wolle sie einen vergessenen Schmerz wegküssen.

»Bitte, Markus, kannst du nicht bei mir bleiben«, flüsterte sie an seiner Haut.

Er hätte es wissen müssen, dass sie ihn nicht so leicht davonkommen lassen würde.

»Illiana«, sagte er gequält. »Ich weiß, wo sich der Mörder aufhält. Ich habe ihn gesehen.«

Illiana hielt inne und starrte ihn an. »Wovon redest du da?«

»Ich habe ihn gesehen.«

»Bist du dir sicher?«

»Beinahe.«

Sie runzelte sie Stirn. »Beinahe?«

»Es ist viel Zeit vergangen«, erklärte Markus. »Ich war ein Kind, und er sieht anders aus. Aber ich denke, dass er es sein könnte.«

»Es ist nicht so, dass ich dir nicht glaube«, sagte Illiana langsam. Sie hatte sich zurückgezogen, und er konnte sehen, wie sie sich bemühte zu verstehen.

»Aber, Markus, hörst du selbst, was du da sagst?«, fuhr sie fort. »Du hast eine Frau, und du hast ein Kind. Deine Mutter ist tot, aber wir leben. Der Mörder könnte genauso gut jemand anderer sein. Wie kannst du dich so entscheiden? Wie kannst du dich mehr um die kümmern, die tot sind – Gespenster und Schatten –, als um die, die noch leben?«

»Weil ich es muss.«

Illianas Augen blitzten. »Nein«, sagte sie wütend und begann, ihre Kleidung mit energischen Bewegungen zu richten. »Das musst du nicht. Sag einfach, wie es wirklich ist. Du *willst* es.«

»Illiana«, begann er, denn er musste es ihr begreiflich machen.

Doch sie unterbrach ihn fauchend: »Du bist ein erwachsener Mann. Du hast eine Familie, du hast mich und Ester und ein Zuhause, aber du entscheidest dich zu gehen.« Sie bohrte ihren Zeigefinger in seine Brust. »Ich sage dir, was ich glaube, Markus Järv. Ich glaube, dass du Angst hast. Angst zu bleiben und Angst zu leben. Du fürchtest dich davor, etwas Neues zu wagen.« Und mit diesen Worten raffte sie ihre Röcke zusammen und erhob sich.

Doch dieses Mal hatte er nicht vor, sie einfach gehen zu lassen, nachdem sie fertiggeredet hatte. »Nein«, sagte er und hielt sie am Arm fest. »Bleib.« Er richtete sich auf und schob Illiana zurück, bis sie auf dem Rücken landete.

»Was tust du da«, protestierte sie und versuchte halbherzig, ihn wegzuschieben.

Er ließ sich nicht beirren, sondern schloss seine Hände um ihre Handgelenke und bedeckte ihren Körper mit seinem. Dann suchte er nach ihrem Mund, schob ein Knie zwischen ihre Beine und küsste sie.

Illiana versuchte weiter, zu protestieren, hörte aber selbst, wie unglaubwürdig sie klang. Sie konnte es nicht glauben. Markus tat es *schon wieder*. Benutzte die Anziehungskraft zwischen ihnen, benutzte seine hungrigen Küsse, um sie auf andere Gedanken zu bringen. Sie wäre nicht halb so böse gewesen, wenn die hinterlistige Taktik nicht so gut funktioniert hätte. Ihr Körper ließ sie im Stich, und sie verriet sich selbst. Die Intensität zwischen ihnen war enorm, und jedes Mal, wenn sie sich liebten, dachte sie, dass es vielleicht das letzte Mal war. Denn wer wusste schon, wie viel Zeit noch blieb? Das Leben war flüchtig und kurz.

»Markus, wir müssen reden«, sagte sie und versuchte, streng zu klingen, was ihr aber nicht gelang. Sein Griff um ihre Handgelenke wurde fester. Seine andere Hand schloss sich um eine ihrer Brüste. Sie stöhnte. »Du darfst nicht«, protestierte sie schwach. Markus zog an ihrem Rock, schob den Stoff nach oben, bis sie von der Taille an nackt vor ihm lag. Dann legte er sich neben sie, ohne den Griff um ihre Handgelenke zu lockern. Sein Bein lag immer noch zwischen ihren. Sanft, beinahe ehrfürchtig küsste er ihren Bauch, und während sie sich in seinem Griff wand, arbeitete er sich immer weiter nach unten vor. Er leckte und küsste sie, manchmal biss er spielerisch zu. Illiana spürte, wie die Erregung in fast schon schmerzhaften Stößen durch ihren Körper schoss. Als er die Innenseite ihrer Oberschenkel küsste, während seine großen, starken Hände ihr Hinterteil umfassten, wurde ihr klar, dass er ihre Handgelenke losgelassen hatte. Sie holte tief Luft. Alle ihre Gefühle sammelten sich in ihrem Zentrum, ihrem Mittelpunkt. Sie wollte nicht denken, wollte nur auf den Wogen der Lust reiten, die er ihrem Körper bereitete.

»Illiana, du sagst, dass du mich liebst«, sagte Markus mit rauer Stimme. »Lass mich dich auf meine Weise lieben, so wie ich es kann.« Sein Mund glitt über die Locken, die ihr feuchtes Innerstes verbargen, und er vergrub seine Nase in ihrem Duft und ihrer Feuchtigkeit. Illiana gab auf.

»Markus.« Sie nahm seinen Kopf in ihre Hände.

»Lieg still.« Er spreizte ihre Scham mit seinen Fingern und näherte sich mit dem Mund ihrem Schoß.

»Oh Gott«, stöhnte Illiana, als sein Finger oder seine Zunge oder vielleicht beide ihre empfindlichsten Körperteile berührten. Gefühle explodierten wie ein Feuerwerk in ihrem Körper. Markus leckte und liebkoste sie, und sie begann unkontrolliert zu zucken. Sie vergaß jeden Gedanken daran, sich würdevoll oder damenhaft verhalten zu wollen, und erreichte einen gewaltigen Höhepunkt, der sie einen tierischen Laut ausstoßen ließ, von dem sie nicht sicher war, ob er wirklich aus ihr gekommen war.

Markus hielt ihre Hüften und ließ sie kommen, leckte sie, bis sie ihn wimmernd bat aufzuhören, und erst dann legte er sich über sie. Gierig verschloss er ihren Mund mit dem seinen, ließ sie ihre eigenen Säfte schmecken, erforschte sie hungrig, küsste sie, bis sie nicht mehr wusste, wo sie aufhörte und er anfing. Und dann drang er endlich in sie ein. Hart und kraftvoll nahm er sie und stieß rhythmisch in sie hinein, bis sie ein weiteres Mal laut herausschrie. Markus kam mit einem leisen Stöhnen. Er verströmte sich in ihr, und sie schlang ihre Beine um seine Hüften, drückte ihn noch fester in sich hinein. Er vergrub seinen Kopf an ihrer Schulter, und dann lagen sie keuchend und schwitzend da, während die Sonne über den Baumwipfeln unterging.

»Sei nicht traurig«, sagte Markus nach einer Weile, und erst da merkte Illiana, dass sie weinte.

»Aber ich bin nicht traurig«, schluchzte sie.

»Verzeih mir«, flüsterte er. »Ich wollte dir nicht wehtun.«

»Du hast mir nicht wehgetan. Jedenfalls nicht gerade eben«, schniefte sie.

Markus küsste ihre Wangen und leckte ihre Tränen ab. Illiana legte ihre Hände auf seine Brust und blickte in seine schwarzen Augen. »Ich liebe dich, Markus.«

Er flüsterte zurück: »Ich weiß.« Er lächelte. »Deine Liebe war sehr gut zu hören.«

Später, als die Sonne den Himmel rosa zu färben begann, erhoben sie sich, packten ihre Sachen zusammen und begaben sich auf den Heimweg.

Plötzlich runzelte Markus die Stirn. »Hast du das auch gehört?«, fragte er und spähte hinüber zu einem kleinen Gehölz.

Illiana hatte nichts gehört. Aber sie verspürte eine vage Bedrohung.

»Bleib hier«, sagte Markus und ging zu dem Gehölz.

Aber sicher.

Illiana schlich ihm nach und lugte hinter seinem Rücken hervor. Markus hatte sein Messer gezogen, und sie starrten beide hinunter ins Gras, wo ein großes Tier im Todeskampf lag. Das dunkle Fell glänzte vor Blut, und seine Vorderpfoten waren zerfetzt. Das Tier saß in einer Falle fest und war schwer verletzt durch die Eisenspitzen und den Versuch, loszukommen.

»Ich verstehe nicht, wie er hierhergekommen ist«, sagte Markus, ließ verwundert sein Messer sinken und näherte sich dem Tier.

»Was ist das?«, fragte Illiana. Es sah aus wie eine Mischung aus Wolf und Bär, aber mit langen Klauen und messerscharfen Zähnen. Nie zuvor hatte sie so etwas gesehen.

»Ein Järv, also ein Vielfraß«, sagte Markus. »Es muss ein Jungtier sein, das sich hierher verirrt hat.«

»Sei vorsichtig«, sagte Illiana, als Markus in die Hocke ging.

Das Tier wirkte trotz seiner schrecklichen Verletzungen gefährlich. Der Vielfraß zuckte zusammen, und nach einem letzten Erzittern lag er still.

»Ich glaube, er ist tot«, sagte Markus und betrachtete das leblose Tier.

Illiana spürte eine Welle des Mitleids in sich aufsteigen. Das Tier war hier eines unwürdigen Todes gestorben, einsam und qualvoll. Sie streckte die Hand aus.

»Sei vorsichtig«, warnte Markus. Doch es gab keinen Zweifel, dass das Tier tot war, also strich sie vorsichtig mit der Hand über das dunkelbraune, fast schwarze Fell. Es fühlte sich ganz weich an. Sie spreizte ihre Finger über den dunklen Pelz und fühlte plötzlich etwas, das sie nie zuvor gefühlt hatte. Kälte breitet sich von ihrer Hand bis in ihre Brust aus, und dann erfasste sie eine ungeheure Angst, die ihren ganzen Körper ergriff. Eine Vorahnung, dachte Illiana und zog erschrocken die Hand zurück. Sie hatte es so deutlich gespürt, als hätte jemand neben ihr gestanden und ihr die Warnung ins Ohr geflüstert. Sie blickte zu Markus und kämpfte gegen den irrationalen Schrecken an, der sie erfüllte.

»Komm«, sagte Markus, der nichts gemerkt zu haben schien. »Wir lassen ihn liegen.«

Es musste Einbildung gewesen sein, sie konnte nicht hellsehen und hatte keine Vorahnungen, nichts würde geschehen.

Gütiger Gott, lass es Einbildung sein. Nimm mir nicht Markus. Ich bitte dich, nimm ihn mir nicht weg.

Sie schluckte die Übelkeit hinunter und beeilte sich, von dem toten Vielfraß fortzukommen.

45

»Du hast also die Niete gezogen«, sagte Markus am nächsten Morgen zu Nils, dem jungen Knecht, der am Burgtor Wache gehalten hatte.

Die meisten Burginsassen versuchten noch, den Rausch des Mittsommerabends auszuschlafen, und diejenigen, die wach waren, sahen alle etwas angeschlagen aus.

Doch Nils schüttelte den Kopf, ohne auf den Scherz einzugehen. »Ich habe mich freiwillig gemeldet.«

»Ich suche meine Frau. Hast du sie gesehen?«, fragte Markus. Illiana war früh am Morgen aus dem Bett verschwunden, hatte etwas von Pflichten gemurmelt und dass er weiterschlafen solle. Das hatte er getan, doch nun vermisste er sie.

Nils blinzelte einmal. »Nein, Herr.«

Markus nickte zum Abschied und ging zurück über den stillen Burghof. Er warf einen Blick in die Küche, fand dort aber nur die Köchin vor, die in einer Ecke saß und döste. Keine Illiana. Drinnen im Haus traf er auf eine Magd, die auf einem Hocker saß und gähnte. Markus fragte sie: »Hast du meine Frau gesehen?«

Die Magd schüttelte verschlafen den Kopf. Sonst war niemand mehr da, den er fragen konnte. Der Flur war so still und verlassen, dass man das Rauschen der Wellen hören konnte. Markus wanderte durch die Korridore. Es fiel ihm auf, dass es anders aussah. Alles war sauber und geputzt, es duftete und überall wurden seine – ihre – Sachen sichtbar. Wandteppiche und Tücher an den Wänden sowie Schmuckgegenstände auf

Regalen und Tischen bewirkten, dass die gewaltige Burg langsam zu einem gemütlichen Zuhause wurde. Er lächelte. Seine Frau hatte den Haushalt fest im Griff. Es war schnell gegangen. Aber Illiana war in allem, was sie tat, sehr effektiv. Längst gehorchte ihr die kleine Heerschar an Bediensteten so, als sei sie die Beste aller Heerführerinnen.

Er blieb stehen und hob ein paar rosa Blütenblätter auf, die von den Rosen in einem Zinnkrug am Fenster herabgefallen waren. Als Illiana und er sich gestern auf der Wiese geliebt hatten, war das ein unvergleichliches Erlebnis gewesen. Nur ein Narr hätte jetzt noch behaupten können, dass die Verbindung zwischen ihnen auf reiner Lust beruhte. Und er war kein Narr. Danach hatte Illiana gesagt, dass sie ihn liebte. Schon wieder. Markus lächelte bei der Erinnerung. Natürlich liebte er sie auch. Eigentlich hätte er es gleich gestern sagen sollen. Er wusste gar nicht recht, was ihn daran gehindert hatte, außer, dass es so ungewohnt war. Doch jetzt würden sie alle Zeit der Welt haben, um zu reden, denn er hatte nicht vor, sie zu verlassen. Nicht jetzt und auch sonst niemals. Er wollte so unglaublich gerne leben, dass es wehtat. Und er wollte zusammen mit Illiana leben. Pflanzen anbauen. Dinge erschaffen, statt sie niederzubrennen. Bestimmt würde er ein fähiger Gutsherr werden. Es schien nicht schwieriger zu sein, mit einem Pflug umzugehen als mit Schwert und Lanze.

Markus kam an der halb offenen Tür zu Illianas Krankenstube vorbei und blickte hinein. Hier war auch keine Menschenseele, doch er entdeckte Illianas dickes, in Leder gebundenes Journal, in dem sie offenbar alles notierte, was sie auspackte.

Er lächelte, als er die Kladde in die Hand nahm. Er hatte sich entschieden, hatte es gestern klar vor sich gesehen. Es war an der Zeit, die Jagd aufzugeben, Zeit, die Vergangenheit hinter sich zu lassen und statt dem Tod das Leben zu wählen.

Denn Illiana hatte recht. Seine Mutter würde niemals wiederkommen. Und sie hätte gewollt, dass sich ihr Sohn für das Leben entschied. Es war merkwürdig, dass das Leben eigentlich von etwas völlig anderem handelte, als er immer gedacht hatte. Dass sein Schicksal nicht vorherbestimmt war, sondern dass er die Möglichkeit hatte, sein Schicksal, seine Zukunft selbst zu gestalten.

Markus studierte Illianas lange Listen. Stoffe und Gebrauchsgegenstände waren fein säuberlich notiert. Behutsam strich er mit dem Finger über ihre ordentliche Handschrift und sah vor sich, wie Illiana dagesessen und die Gegenstände aufgeschrieben hatte, einen nach dem anderen. Er lächelte in sich hinein. Doch dann sah er einen Posten, der ihn die Stirn runzeln ließ. Er beugte sich näher heran und studierte die verschnörkelte Handschrift. Eine einfache Holzkiste. Ein Heiligenbild, das … Erneut las er, was Illiana geschrieben hatte.

Natürlich.

Zum allerersten Mal ergab alles einen Sinn. Jetzt wusste er es also.

Gütiger Gott.

Markus ging wieder hinaus und versuchte, seine eigenen Gefühle zu begreifen. War er schockiert? Hätte er das sein sollen? Oder hatte er es im tiefsten Innern immer gewusst? Er blinzelte ins blendende Sonnenlicht. Während der kurzen Zeit, die er im Haus gewesen war, hatte sich die Wärme in drückende Hitze verwandelt. Es herrschte ein sonderbares, messerscharfes Licht. Der Himmel war zwar noch blau, es lag jedoch ein Unwetter in der Luft.

Aufgewühlt blickte er um sich und bemerkte Pater Antonius. Er winkte den Priester zu sich. »Ich suche Illiana«, sagte er. »Habt Ihr sie gesehen?«

Antonius schüttelte den Kopf. »Den ganzen Morgen noch nicht.«

Markus zögerte und entschied sich dann. »Vater, könnt Ihr ein Stück mit mir gehen? Ich muss mit Euch reden.«

Sie gingen zum Garten, den Illiana so liebte. Vielleicht würde er sie dort finden. Beide Männer blieben auf der steilen Treppe stehen, die hinunter in den Garten führte. Die Aussicht war einzigartig, und die Blumen und Kräuter dufteten süß und aromatisch. Als Markus über das Wasser blickte, sah er jedoch, dass sich kleine weiße Schaumkronen auf den Wellen gebildet hatten. Am anderen Ufer begannen sich Wolken über den Wipfeln der Kiefern aufzutürmen.

Über ihnen schien immer noch die Sonne, doch ohne Zweifel kündigte sich ein Unwetter an.

»Ich bin immer davon überzeugt gewesen, dass Gott etwas gegen mich hat«, sagte Markus, als sie die Treppe hinabstiegen. Sie setzten sich auf eine der Steinbänke unterhalb der Mauer. »Dass Gott mich hasst und mich zerstören will.«

Pater Antonius faltete die Hände. »Ihr seid ein kluger Mann, also versteht Ihr sicher, dass das Unsinn ist. Ich bin überzeugt, dass Ihr eine Menge Menschen wütend gemacht habt, aber Gott führt keine Rachefeldzüge.«

»Ich hatte beschlossen, die Jagd auf den Mörder meiner Mutter aufzugeben.«

Der Priester hob eine Augenbraue und wartete geduldig.

»Und dann sah ich etwas, das Illiana geschrieben hat«, fuhr Markus fort. »Ich weiß, wer der Mörder ist, und er befindet sich in der Nähe. Aber jetzt möchte ich ihn nicht länger verfolgen. Ich möchte hierbleiben.« Er verstummte. »Glaubt Ihr, dass Gott mich prüfen will?«

Der Priester blickte hinauf in den Himmel, wo die Schwalben Insekten hinterherjagten, die bereits den sich nähernden

Sturm spürten. »Ihr seid ein privilegierter Mann«, begann er. »Ihr habt die Möglichkeit, Eure Sünden zu sühnen und Euch zu bessern.«

»Ja«, antwortete Markus. Er wollte so verzweifelt gerne glauben, was der Priester sagte.

»Markus, Rache fällt Gott zu.«

Ja.

»Ich werde die Burg übernehmen«, sagte Markus und erhob sich. »Aron hat sein Bestes gegeben, aber er kann nicht die ganze Verantwortung allein tragen.« Der Vogt war jung und unsicher, und Markus konnte sich nicht selbst betrügen. Man brauchte ihn hier. Und er *brauchte* es, hier zu sein. »Ich werde die Äcker bebauen und Verantwortung für die Menschen tragen.« Ungeduld breitete sich in ihm aus. Er wollte es Illiana erzählen. Jetzt. Ihr sagen, dass er bleiben wollte. Dass er sie liebte.

Wenn er sie nur hätte *finden* können.

»Das klingt gut«, sagte Pater Antonius mit Wärme in der Stimme und erhob sich ebenfalls. »Ich bin nämlich ziemlich sicher, dass Ihr ein guter Mann seid«, fügte er lächelnd hinzu.

»Gut genug für Illiana?«, fragte Markus.

»*Das* weiß ich nicht.« Der Priester und lächelte. »Aber Ihr seid es, den sie haben will, also …«

Markus streckte die Hand aus und schüttelte die Hand des Priesters. »Ich werde sie jetzt finden.«

»Tut das.«

Nachdem sie sich verabschiedet hatten, ging Markus zurück zum Burgtor und zur Zugbrücke. Vielleicht hatte sie die Burg verlassen.

Ein Junge kam ihm hinterhergelaufen und rief: »Herr, hier ist jemand, der Euch sucht.«

»Meine Frau?«, fragte Markus.

Doch der Junge schüttelte den Kopf. »Er sagt, er heißt Eskil.«

»Noch nie von ihm gehört.«

»Er sagt, es sei wichtig«, sagte der Junge.

»Führe ihn in mein Arbeitszimmer«, antwortete Markus. »Ich komme, sobald ich meine Frau gefunden habe.«

Und mit diesen Worten schritt er durch das Burgtor. Er kam erneut an Nils vorbei. »Hast du sie noch immer nicht gesehen?«

»Nein.«

»Ich gehe trotzdem hinunter zum Wasser.«

Nils sah aus, als wolle er etwas sagen, blieb aber stumm und blickte mürrisch vor sich hin. Markus zögerte. Er hatte nur seinen kurzen Dolch bei sich. Außerdem nahm der Wind stetig zu. Vielleicht sollte er warme Kleider für sie mitnehmen. Doch dann beschloss er, sich zu beeilen. Er wollte nicht noch mehr Zeit vergeuden. Schnell ging er hinunter zum Hafen und zum Anlegesteg, wo er Illiana und Ester neulich vorgefunden hatte. Sein Leinenhemd flatterte im starken Wind, und plötzlich sah er einen Blitz über dem Wasser. Die Wolken, die eben noch hellgrau gewesen waren, waren jetzt schwarz und schienen die Kiefernwipfel am anderen Ufer zu berühren. Die Wimpel schlugen im Wind, und Markus beschleunigte seine Schritte.

Zwei fremde, einmastige Koggen schaukelten im Hafen und rissen an den Vertäuungen. Sie mussten eben erst angekommen sein. Er hatte geglaubt, dass nun für eine Weile keine Schiffe und Schreiben vom König mehr eintreffen würden. Selbst Magnus pflegte einige Tage über Mittsommer die Geschäfte ruhen zu lassen. Aber diesmal schien der König in Arbeitslaune zu sein.

Markus blickte über den Hafen, entdeckte jedoch keine Spur von Illiana und Ester, also lief er die steil abfallende Uferlinie entlang und ließ den Hafen hinter sich. Er würde Magnus natürlich seinerseits eine Botschaft schicken und ihm mitteilen müssen, dass er vorhatte, sich zurückzuziehen und Bauer zu werden. Markus grinste. König Magnus würde protestieren, ihn letztlich aber verstehen. Blanche würde er ebenfalls auf seiner Seite haben. Die Königin hatte immer die Familie an erste Stelle gesetzt.

Markus bog um eine Ecke und hörte von weitem plätschernde Geräusche. Endlich, dachte er erleichtert. Er hatte beinahe angefangen, sich Sorgen zu machen. Ein Kind sagte etwas. Es war Ester, seine Tochter. Das Wort »Tochter« klang immer noch ungewohnt. Er hörte Illianas ruhige Stimme und lächelte noch breiter. Seine Frau hatte sich vorgenommen, Ester Schwimmen beizubringen. Und jetzt war der Unterricht offenbar im vollen Gange. Erneut hörte er die Stimme des Kindes und gleich darauf Illianas Stimme. Die beiden hatten sich ein gutes Stück von der Burg entfernt, weiter, als er gedacht hatte. Als er sich umblickte, war keine Menschenseele zu sehen. Das Ufer schien wie ausgestorben. Wieder sagte Illiana etwas. Seine Frau und seine Tochter waren offenbar weiter weg, als er gedacht hatte, die Felsen verfälschten sowohl Geräusche als auch das Einschätzen der Entfernung. Er hörte seine Tochter. Und dann vernahm Markus eine weitere Stimme, eine dunklere, und es lief ihm eiskalt den Rücken hinunter. Instinktiv suchte er nach seinem Schwert, erinnerte sich dann aber, dass er es zurückgelassen hatte. Er spürte das wohlbekannte Stechen im Nacken, beschleunigte seine Schritte und kam näher. Hörte wieder die Männerstimme. Sein Herz pochte. Illiana war dort mit einem Mann, und es dauerte eine Ewigkeit, den Abstand zu ihr zu verringern. Jetzt waren die Stimmen deutlicher zu hören, es war wohl eine Art von Gespräch. Warum schien alles so merkwürdig, so unwirklich? Ester lachte und planschte, und er verspürte Panik beim Gedanken an den wütenden kleinen Stern, der seine Tochter war, sein eigen Fleisch und Blut, das er beschützen musste. Illiana lachte ebenfalls auf, aber es war nur ein kurzes Lachen. Bildete er sich das ein, oder hatte sie nervös geklungen? Wer war dieser Mann? Markus hörte wieder die Männerstimme und versuchte herauszufinden, warum sie ihm bekannt vorkam. Er umrundete ein Gestrüpp. Jetzt war es nur noch ein kurzes Stück. Zuerst sah er Ester im Wasser. Und dann erblickte er Illianas Kopf. Sie lächelte einen Mann an. Ein grauhaariger Mann mit breitem Rücken. Markus' Instinkte schlugen Alarm. Illiana blickte über die Schulter des Mannes, entdeckte Markus und winkte ihm zu. Sie sah erleichtert aus, als habe sie sich nach ihm gesehnt und sei nun froh, dass er da war. Doch Markus wollte brüllen, dass sie sich entfernen sollte, dass die Gefahr keineswegs vorüber, sondern sie nur der Lockvogel war. Der Grauhaarige wandte sich um und blickte Markus direkt in die Augen. Er stand so, dass er sich genau zwischen Markus und Illiana und Ester befand.

Markus öffnete den Mund. »Illiana«, rief er scharf.

Sie schien die Warnung in seiner Stimme zu bemerken, es war aber deutlich, dass sie nicht wusste, was sie tun sollte. Markus beschlich das furchtbare Gefühl, zu spät gekommen zu sein.

»Roland«, brüllte er. »Lass sie in Ruhe!«

Doch Roland grinste nur als Antwort. Und dann tat er etwas Wohlbekanntes. Etwas, bei dessen Anblick sich die Haare auf Markus' Armen sträubten. Roland zog einen Dolch hervor, ein doppelt geschliffenes Messer, das Markus schon einmal gesehen hatte. Als nämlich eben jener Dolch die Lunge seiner Mutter durchstoßen hatte. Mit einer einzigen Bewegung zog Roland Illiana an sich. Sie riss die Augen auf, als er seinen Griff um ihren Hals verstärkte.

Und Markus wusste, dass ihn seine Vergangenheit eingeholt hatte.

46

Illiana versuchte fieberhaft zu verstehen, was gerade passierte, während sie gleichzeitig erschrocken versuchte, Ester nicht aus den Augen zu verlieren. Eben hatte das Mädchen noch am Strand gespielt und geplanscht, doch nun war sie in tieferes Wasser geraten.

Wie konnte ich nur so unglaublich naiv sein, dachte Illiana. Als Roland charmant lächelnd auf sie zugekommen war, hatte sie ihn höflich gegrüßt. Sie war davon ausgegangen, dass ihnen hier bei der Burg nichts passieren konnte. Daher hatte sie die leichte Unruhe verdrängt. Und als Roland ihr gesagt hatte, er sei zu Besuch gekommen und wolle Markus treffen, hatte sie ihm geglaubt. Doch sie hätte auf ihren ersten Instinkt hören sollen, der ihr gesagt hatte, dass etwas nicht stimmte.

»Bleib, wo du bist«, rief Roland zu Markus hinüber, der oben auf dem Felsen erstarrt war. Der Wind peitschte gegen Markus' Hemd, und Illiana spürte die ersten Regentropfen.

»Bitte«, flehte sie mit schwacher Stimme. Es fiel ihr zunehmend schwer, in seinem würgenden Griff zu atmen.

»Beweg dich nicht.« Rolands Stimme klang kalt, und der Arm um ihren Hals drückte noch fester zu. Illiana versuchte, sich nicht in Richtung des Messers zu bewegen.

Ester, dachte sie. Ester kann nicht schwimmen. Die Angst drohte sie zu lähmen.

Roland ließ Markus nicht aus den Augen. *Endlich* hatte er Järven da, wo er ihn haben wollte. Ein halbes Leben lang hatte er auf diesen Moment gewartet. Und jetzt war es so weit. Eigentlich war es verwunderlich, wie vielen Menschen es misslungen war, diesen Mann zu töten. Doch das würde sich nun ändern. Die Frau zitterte und bebte in seinem Griff, doch Roland ignorierte sie. Markus' Ehefrau war bloß ein Mittel zum Zweck.

Die Frau hatte den Fehler begangen, sich mehr auf das Kind als auf die eigene Sicherheit zu konzentrieren, aber es spielte keine Rolle mehr, niemand von ihnen würde noch sonderlich lange leben.

»Ich bekomme keine Luft«, keuchte sie.

»Halt den Mund«, antwortete er kurz.

Doch noch brauchte Roland sie lebend. Markus machte sich etwas aus ihr. Markus, dem so schwer beizukommen war, hatte einen Schwachpunkt. Roland lächelte befriedigt. Er durfte nicht unvorsichtig sein, aber diesen berauschenden Augenblick würde er trotzdem genießen. Er lockerte seinen Griff ein wenig und ließ sie gierig nach Luft schnappen.

Markus hatte noch nie in seinem Leben solche Angst gehabt. Er verinnerlichte jedes Detail: Illiana, die unter der Bedrohung des Messers zitterte, Ester, die zunehmend panisch rief und hustete.

Blickwinkel, Möglichkeiten, Risiken.

Eine nahezu hoffnungslose Situation.

Markus holte tief Luft, spannte und entspannte seine Muskeln, zwang sein Blut zu zirkulieren.

Roland war tot.

Egal, was von nun an passierte, Roland Birgersson war tot.

Markus suchte mit Blicken die Umgebung ab, während er sich zwang, sämtliche Gefühle auszuschalten. Felsen. Hohe Wellen und der Regen. Die Schreie der Seevögel.

»Markus«, rief Illiana plötzlich. Die Angst in ihrer Stimme schnürte ihm die Kehle zu. Er wollte das nicht hören. Denn wenn er diesen Schrecken vernahm, konnte er nicht klar denken.

»Markus«, rief sie wieder voller Panik. »Ester. Sie kann nicht schwimmen.«

Und Markus' sachlich kalkulierendes Gehirn war gezwungen, eine Tatsache zu akzeptieren. Er würde sie nicht beide retten können. Ester verschwand bereits unter der Wasseroberfläche. Es war nur noch eine Frage der Zeit, bis sie ertrank. Er blickte in Illianas aufgerissenen Augen. Sie würde ihm nie verzeihen, wenn er Ester ertrinken ließ. Aber dann würde seine Frau leben. Und das war der einzige klare Gedanke, den er hatte: Illiana musste am Leben bleiben.

Illiana zwang sich, still zu stehen. Das scharfe Messer zwang sie, den Hals so weit nach hinten zu beugen, wie es überhaupt ging. Roland war wahnsinnig. Sie versuchte, weder Angst noch Wut zu zeigen. »Ester ist nur ein Kind«, erklärte sie mit möglichst ruhiger Stimme. »Lass sie nicht ertrinken. Sie hat dir doch nichts getan.«

»Sie ist unwichtig«, antwortete Roland und umfasste ihren Hals so fest, dass die Luftzufuhr erneut abgeschnitten wurde. »Genau wie du.«

Es war unerträglich. Draußen außer Reichweite kämpfte Ester um ihr Leben, und keiner der drei Erwachsenen, die sich um sie hätten kümmern können, tat es.

»Sie ist mir egal«, fuhr Roland hinter Illianas Rücken fort. »Dein Mann ist es, den ich will.«

Illiana suchte Markus' Blick und erhaschte ihn. Die Panik in seinen schwarzen Augen brachte sie fast zum Weinen.

Liebster Markus. Soll es wirklich so enden?

Rolands Arm drückte sich immer fester um ihren Hals. Sie schnappte nach Luft. Der Regen peitschte ihr ins Gesicht.

Roland behielt Markus im Auge. Er konnte die Qual in den Augen des großen Manns sehen. »Eine falsche Bewegung, und ich schneide ihr die Kehle durch«, rief er. Er würde Markus eine Weile in dem Glauben lassen, er könne Illiana noch retten. Er würde ihn näher kommen lassen. Dann würde er sie beide töten. Und *dann* würde er sowohl ein freier als auch ein vermögender Mann sein. Er würde der Alleinerbe sein, und die Bedrohung, die von Markus Järv ausging, war ein für alle Male aus dem Weg geräumt.

»Wie willst du entkommen?«, fragte Markus, und Roland genoss das Zittern in seiner Stimme. »Die Leute haben dich ankommen sehen.«

Doch dieses Mal hatte Roland keine Fehler begangen. Er hatte die kleine Kogge selbst gesegelt. Niemand hatte ihn Stockholm verlassen und niemand ihn hier ankommen sehen. Und natürlich hatte er noch einen weiteren Trumpf in der Hand.

»Nils ist einer meiner Männer, und er wird bezeugen, was passiert ist. Er wird erklären, dass er alles mit angesehen hat und dass es ein Unfall war«, rief er grinsend. Ein Todesfall durch Ertrinken konnte so leicht passieren: Das Kind fiel ins Wasser. Die Frau wollte es retten, aber der Versuch misslang. Und Markus ertrank, als er seinerseits versuchte, die beiden zu retten. Sogar das Wetter ist auf meiner Seite, dachte Roland und spürte, wie das Unwetter zunahm.

Die Frau hatte in seinem harten Griff aufgehört, Widerstand zu leisten. Sie war vor Angst ohnmächtig geworden. Das Kind war verschwunden. Nur noch Markus und er waren jetzt übrig.

Markus sah auf den Mann, der seine Mutter ermordet hatte und nun ein Messer an die Kehle der Frau hielt, die er liebte. Die halbkreisförmige Narbe auf Rolands Hand war deutlich zu erkennen. Markus betrachtete die scharfen Gesichtszüge des Manns, den seine Mutter so sehr geliebt haben musste, dass sie sich für ihn erniedrigen ließ. Roland zuliebe hatte Anna im Elend gelebt und war im Elend gestorben. Markus sah in die goldbraunen Augen, die den Augen seiner Tochter so sehr glichen.

»Ich weiß, wer du bist«, rief er über den Wind und den Regen hinweg. »Meine Mutter hinterließ eine Statue. Eine kleine Figur, die den Heiligen Roland darstellt. Sie hat mir gesagt, dass es die Statue meines Vaters war – zumindest habe ich das lange gedacht. Aber das stimmt nicht. Inzwischen ist mir klar, dass meine Mutter etwas anderes gesagt hat. Sie hat gesagt, dass es mein Vater *war*. Du bist mein Vater, Roland! «

Illiana keuchte auf. Sie blickte voller Grauen auf Markus.

»Ja, Anna hat irgendetwas davon gefaselt«, sagte Roland. »Aber das muss nicht stimmen. Ich habe es nie geglaubt.«

Markus fühlte nichts. Noch nicht einmal, als ihm klar wurde, dass Birger sein Großvater sein musste, wenn Roland wirklich sein Vater war. Vielleicht hatte er es tief im Inneren immer gewusst. Doch es war Illiana gewesen, die das Rätsel mit ihren ordentlichen Notizen gelöst hatte. »Das Kind im Wasser ist deine Enkelin.«

Roland lächelte höhnisch und antwortete nur kühl: »Wenn du es sagst.«

»Wusste Birger, was du getan hast?«, fragte Markus. »Dass du Anna ermordet hast, die Mutter seines einzigen Enkels?«

Roland lächelte wieder höhnisch.

Natürlich hatte Birger alles gewusst.

Eines Tages würde Markus ihm vielleicht verzeihen können.

Doch jetzt behielt er sich das Recht vor, den alten Mann zu hassen.

»Anna war eine Hure, und für mich bist du bloß ein Hurenkind«, fauchte Roland. »Genau wie deine hässliche Tochter. Ihr bedeutet mir nichts. Nichts.«

Markus war eine Weile still und erwiderte dann ruhig: »Nun, dann wissen wir ja, woran wir sind.«

Illiana war betrübt über das, was sie hörte. Sie konnte vor ihrem inneren Auge sehen, wie sich die traurige Geschichte entwickelt hatte. Roland musste früher einmal ein sehr schöner Mann gewesen sein, wenn Markus seine Züge geerbt hatte. Anna musste sich in den weltgewandten Roland verliebt haben, und vielleicht war sie zu Beginn gar keine Prostituierte gewesen.

»Wie kannst du so etwas deinem eigenen Sohn antun?«, fragte sie verzweifelt.

»Jeder könnte sein Vater sein«, sagte Roland. »Seine Mutter war eine Hure. Sie hat natürlich behauptet, dass er mein Sohn ist. Aber ich habe ihr nie geglaubt.«

In Wahrheit hatte Roland wohl eher *beschlossen*, es nicht zu glauben, dachte Illiana. Sobald man genauer hinsah, war die Ähnlichkeit zwischen den beiden Männern klar erkennbar. Obwohl sie Roland verfallen war, musste Anna geahnt haben, wie bösartig er war. Also hatte sie ihr Kind geschützt, indem sie es ihm nicht erzählte. Und dann hatte sie ihr Leben für ihren Sohn gegeben. Illianas Augen füllten sich mit Tränen. Anna musste Markus sehr geliebt haben.

»Hör auf, mit ihm zu sprechen, Illiana«, rief Markus. »Lass es sein.«

»Du klingst verzweifelt, Markus«, sagte Roland kalt. »Dein Ruf als guter Krieger ist also übertrieben. Du bist bloß ein gewöhnlicher simpler Idiot. Du konntest deine Mutter nicht retten, und du wirst deine Frau nicht retten können. Wenn es darauf ankommt, bist du kein richtiger Mann.«

»Du hast recht«, sagte Markus, denn er würde Roland in allem recht geben, wenn er nur Illiana retten konnte. Er versuchte, gebrochen auszusehen. »Was damals passiert ist, ist längst vorbei. Du kannst von hier weggehen und dein Leben leben. Willst du meine Reichtümer? Nimm sie, du hast recht, sie gehören ohnehin dir.« Er konnte selbst die Verzweiflung in seiner Stimme hören. Markus sah, wie Illianas wunderschöne Augen blitzten. Er hatte sie und alle anderen so fürchterlich im Stich gelassen. Doch dann, als Illiana ihn erneut ansah, bemerkte er plötzlich die Entschlossenheit in ihrem Gesicht. Und mit einem Mal wusste er, was sie vorhatte. Illiana hatte vor zu kämpfen, und nie hatte er sie mehr geliebt als jetzt und hier. Sie waren ein gutes Paar, genau wie die Männer aus dem Dorf gesagt hatten. Sie konnten den Blick nicht voneinander abwenden, und Markus wusste, dass es ein Abschied war.

»Lass sie gehen«, rief er, um Zeit zu gewinnen, während er sich bereit machte. Im nächsten Moment begann Illiana, laut zu schreien. Der Sekundenbruchteil, in dem Roland die Fassung verlor, war alles, was Markus benötigte. Es gelang ihm, sich ihm einige wertvolle Schritte zu nähern, und dann machte Illiana jene Bewegung, die sie auf dem Burghof geübt hatten. Sie beherrschte sie perfekt. Gleich darauf war sie frei. Sie schob ihren Angreifer mit der Hüfte zur Seite. Roland verlor das Gleichgewicht, und als er sein juwelenbesetztes Messer hob, war Markus bereits über ihm.

Sobald Illiana sich aus Rolands Griff befreit hatte, warf sie sich ins Wasser. Es war trübe, und als sie untertauchte, sah sie nur Sand. Die wild wogenden Wellen erschwerten die Suche, und obwohl sie so lange unter Wasser blieb, dass sie dachte, ihre

Lungen würden platzen, konnte sie nichts erkennen. Sie kam wieder hoch, sah, wie die beiden Männer im Regen kämpften, und tauchte dann erneut. Sie richtete ihre gesamte innere Kraft auf Ester und befahl dem kleinen Mädchen, nicht aufzugeben. Am Leben zu bleiben. Und dann fand sie sie unten im Sand, leblos wie eine Puppe. Sie zog sie durch die Wassermassen nach oben, zwang ihren Kopf über die Wasseroberfläche, schleppte sie bis zum Ufer. Dort drehte sie den leblosen kleinen Körper um. Sie schrie Ester zu, dass sie atmen sollte. Und tatsächlich – Ester erbrach sich mit einem Husten.

Illiana sah hinüber zu Markus mit Jubel in der Brust. »Sie lebt! Wir haben es geschafft.«

Markus lachte. Illiana hatte sowohl Ester als auch sich selbst gerettet. Seine Frau besaß hervorragende Instinkte, bessere, als er je bei einem Mann gesehen hatte. Er wünschte, er hätte es ihr sagen können. Er wollte ihr sagen, dass sie sich immer auf sich selbst verlassen sollte. Doch vor seinen Augen begann alles zu verschwimmen.

»Verzeih mir«, sagte er, aber Illiana hörte ihn nicht, sie war vollkommen mit Ester beschäftigt. Markus war traurig, dass er es nicht mehr schaffen würde, ihr zu sagen, dass er sie liebte. Doch vielleicht war das egoistisch. Bestimmt war es besser für sie, wenn sie es nicht wusste. Er war jedenfalls froh, dass sie leben würde und Roland tot war. Und dass Ester leben würde. Die Burg würde ihnen eine sichere Zukunft bieten. Eigentlich war das mehr, als er zu hoffen gewagt hatte. Illiana und Ester würden einander haben, das machte ihn froh.

»Verzeih mir«, wiederholte er.

Und dann fiel er ins Leere.

47

Etwas in Markus' Stimme ließ Illiana von der hustenden Ester aufsehen. Der Regen rauschte hernieder, und der Himmel war so schwarz, dass es beinahe dunkel war. Noch vor einem Augenblick hatte sie Markus dort stehen sehen, durchnässt und atemlos, aber lebendig. Roland hatte tot zu seinen Füßen gelegen, der Regen war auf den reglosen Körper niedergeprasselt, und die Trauer und das Grauen darüber, dass Markus seinen eigenen Vater hatte töten müssen, wurden von der Euphorie darüber verdrängt, dass Markus unverletzt ausgesehen hatte. Er hatte zwar Schnittwunden an Armen und einer Schulter gehabt, doch die hatten oberflächlich ausgesehen. Illiana hatte gedacht, dass er nur leicht verletzt wirkte und dass sie zu ihm gehen wollte, sobald Ester aufgehört hatte zu weinen und zu husten.

Doch ein fremder Klang in Markus' Stimme hatte Illiana aufmerken lassen. Sie hatte gesehen, wie sein Mund irgendwelche Worte formte, die durch den Regen nicht zu hören waren.

Und dann war er zusammengebrochen.

»Warte hier, ich komme bald wieder«, sagte sie und legte Esters Kopf vorsichtig auf dem Boden ab. Der Regen peitschte ihr in das kleine Gesicht, und Illiana lächelte beruhigend, obwohl ihr eiskalt vor Schreck war.

Im selben Moment, als sie Markus erreichte, sah sie, wie Leute angelaufen kamen. Ein fremder Priester, Helvig und Pater Antonius rannten zum Strand hinunter, dicht gefolgt von Karl, dessen narbiges Gesicht vor Sorge verzerrt war.

»Was ist passiert?«, rief Pater Antonius über den Regen und Wind hinweg.

»Holt Hilfe!«, rief sie zurück. »Männer, eine Trage und Decken!«

Karl drehte um und rannte zurück. Illiana wusste, dass sie sich darauf verlassen konnte, dass der Livländer tun würde, was zu tun war.

Markus war bei Bewusstsein, doch er atmete angestrengt, als hindere ihn etwas daran. Illiana fuhr mit den Händen leicht über seine Arme und seinen Rumpf, konnte aber keine tiefe Wunde ausmachen.

»Du bist verletzt«, sagte sie. »Wo tut es weh?«

Er sah sie nur mit diesem fürchterlich glasigen Blick an, als höre er, was sie sagte, könne er aber keine Antwort formulieren.

Kurz darauf kehrte Karl mit einem zweiten Mann und einer Trage zurück. Sie knieten neben Markus nieder. Helvig kam und nahm Ester auf ihren Arm, und noch mehr Leute strömten herbei.

»Bring sie von hier fort«, rief Illiana der Dienstmagd zu und wandte sich dann an Karl. »Wir müssen ihn hinauf ins Haus schaffen«, sagte sie beinahe hysterisch. Alles ging so furchtbar langsam, und je länger sie Markus anblickte, desto größer wurde ihre Angst. Irgendetwas stimmte hier ganz und gar nicht. Noch nie hatte sie einen Menschen in einem solchen Zustand gesehen. Während die Männer Markus die steilen Felsen hinauftrugen, lief Illiana nebenher, ließ ihre Augen über seinen Körper schweifen und suchte verzweifelt nach der Verletzung, die die Ursache für seinen sich verschlechternden Zustand sein musste.

Nichts, ich finde nichts.

»Tragt ihn in die Krankenstube«, rief sie. Dienstmägde kamen herbeigeeilt und sie schrie: »Kocht Wasser, holt Verbandszeug und Decken, schnell!«

Als sie Markus endlich auf das Bett im Krankenzimmer hoben, war er von kaltem Schweiß bedeckt. Seine Haut war ganz grau.

Illiana nahm ein feuchtes Tuch und strich damit über seine Haut, wischte Blut, Schmutz und den übel riechenden Schweiß weg. »Schneidet seine Kleider auf!«, befahl sie Karl, während sie fieberhaft weiter nach Anzeichen suchte, was mit Markus geschehen sein konnte. »Beeil dich.«

Oberflächliche Wunden. Höchstens ein halbes Dutzend. Keine inneren Verletzungen, keine Beulen, keine anderen wunden Stellen. Was ist mir entgangen?

Als seine Kleider in Streifen geschnitten auf dem Boden lagen, suchte sie erneut seinen Körper ab. Aber sie konnte nichts erkennen, das seinen Zustand erklärte. Es gab keinen Hinweis darauf, warum seine Atmung immer angestrengter wurde.

Es war, als rinne das Leben vor ihren Augen aus ihm heraus.

Und dann dieser Geruch nach Tod.

Sie blickte in Karls verzweifelte Augen.

Helvig sagte: »Was riecht hier so?« Illiana hatte gar nicht gemerkt, dass die Magd neben sie getreten war.

Natürlich.

Die Einsicht traf sie wie ein Schlag in die Magengrube.

Es gab keine Verletzungen, die seine Verschlechterung erklären konnten, weil es sich um etwas anderes handelte. Wenn sie nicht so verzweifelt gewesen wäre, hätte sie es sofort begriffen. Gift. Markus war vergiftet worden.

Und der Geruch … In ihrem Kopf begann es sich zu drehen. Es war derselbe Geruch, den sie vor vielen Wochen in Skänninge wahrgenommen hatte, als sie gegen den Karren mit den Kräutern gestoßen waren und der lebensgefährliche Fingerhut sich auf dem Boden verteilt hatte. Rolands Messer musste in das Gift vom Fingerhut getaucht worden sein.

Illiana kramte verzweifelt in ihrem Gedächtnis nach jeglichem Wissen, das sie über diese Giftigste aller Pflanzen besaß. Aber wie sie es auch drehte und wendete, und nach allem, was sie gehört und gelesen hatte – es gab nur eine Schlussfolgerung.

Der Tod kam schnell, und er war äußerst qualvoll.

Es gab kein Gegenmittel.

Deswegen wurde Fingerhut von Mördern benutzt. Und um Raubtiere zu töten. Wenn sich das Gift einmal festgesetzt hatte, konnte man nichts weiter tun.

Vielfraßtöter.

In diesem Moment hasste sie Roland auf eine Weise, wie sie noch nie einen Menschen gehasst hatte. Roland hatte seinen eigenen Sohn vergiftet. Auf die gleiche Weise wie er Markus' Mutter ermordet hatte, hatte er sein und Annas Kind ermordet.

Markus suchte nach ihrem Blick.

»Schsch …«, sagte sie. »Rede nicht.« Er musste nichts sagen, Illiana wusste, was er fühlte. Er war durstig. Er fror, und sein Kopf fühlte sich an, als würde er zerspringen. Bald würde sich die Lähmung weiter nach oben verbreiten, von den Füßen immer weiter hinauf, Stück für Stück. Lungen, Gesicht und Kopf würden schmerzen, bis er darum bitten würde, sterben zu dürfen. Und die ganze Zeit würde er bei Bewusstsein sein.

Oh Markus …

Die Tür ging auf. Pater Antonius kam herein. Er hatte einen weiteren Priester bei sich.

»Wer ist denn das?«, fragte Illiana scharf. Sie erkannte ihn flüchtig wieder, aber sie waren schon einmal verraten worden, und nun traute sie niemandem mehr.

»Ich bin Pater Eskil, ich komme mit einer Botschaft von Birger Svensson. Er bat mich, die Wahrheit über Markus' Mutter zu erzählen.«

»Ich glaube, Ihr kommt zu spät«, flüsterte Illiana Vater Eskil zu.

Sie wandte sich um und blickte in Markus' Augen. Sie sah unendliche Trauer und Reue in ihnen, und sie wusste, dass er in ihren dasselbe sah. Es gab so vieles, was sie einander hätten sagen sollen, als noch Zeit dafür gewesen war. Und sie wusste, dass sie stark sein und ihm Hoffnung machen musste, aber wie stellte man das an, wenn es keine Hoffnung mehr gab? Illiana nahm Markus' Hand in ihre beiden Hände, während Pater Antonius mit ernster Miene die letzte Ölung vorbereitete.

»Ich liebe dich«, sagte sie. »Und ich weiß, dass du mich liebst.«

Er nickte kaum merklich, bevor der Schmerz sein Gesicht erneut verzerrte.

»Wie lange dauert es noch?«, fragte Vater Eskil.

»Eine Stunde, vielleicht zwei«, antwortete Illiana tonlos.

Niemals hatten sich ein paar armselige Stunden so lang und gleichzeitig so kurz angefühlt. Eine Ewigkeit, wenn man unter Schmerzen starb. Überhaupt nichts, wenn man sich verabschieden wollte.

Pater Antonius legte eine Hand auf Markus' Arm. »Ich bin hier«, sagte er, und Illiana sah zur Seite. Sie versuchte sich zu sammeln, wollte nicht weinen und Markus zusätzlich mit ihrer Trauer belasten. Helvig schluchzte still am Fenster, eine Magd begrub ihr Gesicht in den Händen.

»Ester?« Illiana blickte Helvig fragend an. »Sie ist in der Küche«, antwortete Helvig. »Sie kümmern sich dort um sie.«

Illianas Blick fiel auf die Statue der Heiligen Anna. Das geliebte Holzantlitz der Großmutter Jesu schimmerte golden.

Still betete Illiana zu ihrer Schutzheiligen, die sie durch ihr ganzes Leben begleitet und ihr so viele Male Trost gespendet hatte. Die Tränen liefen ihr über die Wangen, als sie merkte, dass sie auch die andere Anna in ihr Gebet einschloss. Die junge, unglückliche Anna, die zwanzig Jahre zuvor ihr Leben für ihr Kind gelassen hatte. Jene Anna, deren Sohn Illiana so verzweifelt liebte und für deren Enkelin sie nun verantwortlich war.

Hilf ihm. Er ist ein guter Mann, ein guter Mensch, und ich liebe ihn so sehr. Bitte.

»Illiana«, sagte Pater Antonius mit leiser Stimme.

Illiana hatte auf ein Wunder gehofft, doch als sie sich hastig die Tränen trocknete und sich dem Priester zuwandte, sah sie, welche Schmerzen Markus hatte, und sie dachte, dass es wohl das Beste war, wenn es schnell ging. Markus dunkler Blick ruhte auf ihr, und sie sah, wie das Leben in seinen Augen verglühte.

Sie blickte auf Pater Antonius und sah seine Trauer.

Sie blickte auf ihren sterbenden Mann.

Sie sog tief die Luft ein, die durch das geöffnete Fenster hereinströmte. Es war Sommerluft, sonnig und grün und warm, was merkwürdig war, denn es stürmte noch immer. Illiana blickte wieder auf das Heiligenbild. Scheinbar bewirkte ihr Tränenschleier eine optische Täuschung, denn es schien, als blicke es sie direkt an. Der intensive Blick forderte sie auf, …

Illiana runzelte die Stirn. Was sollte sie tun? Und dann, obwohl es abgesehen vom sanften Gemurmel des Priesters still im Raum war, hörte sie eine Stimme. Sie hatte sie nie zuvor gehört, aber es gab keinen Zweifel, wem sie gehörte. Es war Anna, Markus' Mutter, die ihr vorwarf, zu früh aufzugeben. Die ungerechte Anklage schmerzte.

Du hast auch aufgegeben. Du hast ihn verlassen.

»Aber ich besaß nicht das Wissen, das du besitzt«, antwortete die Stimme. Sie war sanft, aber bestimmt. »Du hast das Wissen, Illiana. Wende es jetzt an.«

Illiana verspürte einen leichten Windhauch auf ihrer Stirn, wie ein sanfter Kuss, und plötzlich wusste sie, was sie tun musste.

Markus lag im Bett und atmete immer mühsamer. Illiana beugte sich über ihn, nahm sein Gesicht in ihre Hände, zwang seine schwarzen, schmerzerfüllten Augen in die ihren zu blicken, und sagte:

»Du wirst nicht sterben, du wirst leben. Hörst du? Wenn du deine ganze Kraft, die du in deinem Körper hast, benutzt, um zu kämpfen, dann werde ich dir helfen. Denn wir beide werden jetzt kämpfen, wie wir noch nie gekämpft haben. Hörst du, was ich sage? Es ist noch nicht Zeit für dich zu sterben!«

»Illiana«, sagte Pater Antonius mit besorgter Stimme. Vater Eskil rang die Hände. Es war deutlich, dass beide der Ansicht waren, sie habe den Verstand verloren.

Illiana blickte die Priester mit festem Blick an.

Wagt nicht, mich aufzuhalten.

»Wir halten ihn am Leben, bis das Gift den Körper verlassen hat.«

»Wie?«

Das war natürlich das eigentliche Problem, denn Illiana hatte keine Ahnung, wie sie es anstellen sollte. Sie sah zu, wie er angestrengt atmete und tastete mit der Hand nach seinem Herz. Es schlug unregelmäßig und mühsam. Also würde sie sich einfach auf die Atmung und das Herz konzentrieren.

Nimm das, Roland. Ich werde gewinnen, und du kannst für alle Ewigkeit in der Hölle brennen. Hörst du?

Markus fiel es immer schwerer zu atmen, und Illiana beugte sich hinunter und blies ihm Luft in den Mund. Seine Augen baten darum, ihn in Ruhe zu lassen, und nicht Zeuge seiner Erniedrigung zu werden. Sie konnte ihn regelrecht denken hören: Lass mich in Ruhe sterben!

»Du wirst leben«, sagte sie bestimmt. »Verstehst du das?« Sie befahl laut: »Hebt ihn hinunter auf den Boden. Ich brauche eine härtere Unterlage.«

»Wisst Ihr, was Ihr tut?«, flüsterte Helvig.

Illiana antwortete nicht, sie lauschte nach seinen Herzschlägen. Aber da war nichts mehr zu hören. Das Herz hatte aufgehört zu schlagen. Also kniete sie sich neben ihn. Sie holte tief Luft und begann, die Handflächen fest auf seinen Brustkorb zu drücken. Mit gestreckten Armen drückte sie einige Male schnell und fest zu. Dann blies sie Luft in seinen Mund, bis sich seine Brust wieder hob und senkte. »Ich werde deinem Herz jedes Mal, wenn es stehen bleibt, helfen, wieder zu schlagen. Und ich werde für dich atmen, bis das Gift aus deinem Körper ist. Deine Aufgabe ist es, währenddessen nicht zu sterben«, sagte sie.

Illiana kämpfte mit allen Mitteln. Jedes Mal, wenn Markus' Herz stehen blieb, massierte sie es. Und sie zwang Luft in seine Lungen, wieder und wieder. Wie eine Kriegerin kämpfte sie an seiner Seite gegen das Gift. Als Markus vor Kälte zu zittern begann, sorgte sie dafür, dass er zugedeckt wurde. Als der Schweiß ihm in Strömen herunterlief, zog sie die Decken beiseite und befahl, dass man ihm Luft zufächern sollte, während Helvig Tuch um Tuch in krampflösendes Kamillenwasser tauchte und seine Lippen damit befeuchtete.

Eine Stunde verging. Die Priester murmelten etwas, doch Illiana hörte sie kaum. Sie befand sich in einer Welt, in der Schmerz und Überlebenswillen regierten. Mägde nahmen die benutzten Tücher entgegen, tauschten sie gegen frische aus, holten Wasser, kochten Lavendel, Kamillenblüten und Zitronenmelisse auf und schüttelten ihre Köpfe. Noch eine Stunde verging. Illiana hatte sich bisher nie wirklich klar gemacht, wie viel Luft ein Mensch zum Atmen brauchte und wie häufig ein Herz schlagen musste. Sie war schweißüberströmt. Ihre Arme und Hände zitterten unkontrolliert. Sie beugte sich wieder zu Markus hinunter. Hörte nicht die leise Stimme des Priesters. Weigerte sich, zuzuhören, als er den Mund öffnete, um zu sagen, dass es vorbei war, dass Markus tot und ihre Anstrengung vergebens gewesen war. Sie schluchzte, beugte sich vor und atmete erneut in seinen Mund.

»Illiana?«

Sie weigerte sich, zuzuhören. Beugte sich über Markus. Schlug ihm auf die Brust.

»Illiana!«

Nun zogen beide Priester an ihrem Arm. Pater Antonius rief Helvig herbei, und Illiana wollte sie alle anbrüllen, dass sie zur Hölle fahren sollten, dass sie Gott hasste.

»Illiana, es ist vorbei. Schau doch!«

Sie blinzelte ihre Tränen weg. Markus lag still, bleich und unbeweglich da. Sie schloss die Augen und wimmerte.

»Illiana, du musst es dir ansehen!«

Sie öffnete ihre Augen. Und da kam er. Ein tiefer Atemzug. Und dann noch einer.

»Er atmet«, flüsterte Illiana. Ihre Stimme war schwach, der Hals schmerzte von den Strapazen der letzten Stunden. Sie begann zu schlottern.

»Ja«, sagte Pater Antonius mit glänzenden Augen.

Sie strich Markus über die Stirn und schluchzte. »Du atmest. Versprich mir, dass du weiteratmen wirst!«

Markus schlug die Augen auf. Sie sahen müde, aber klar aus. Die Schmerzen waren vorüber. Sie begann, unkontrolliert zu weinen.

»Ich verspreche es«, flüsterte er. »Wenn du mich küsst und aufhörst, mich auf die Brust zu schlagen.«

Sie lachte und weinte gleichzeitig. Sanft küsste sie ihn und fühlte dann nach seinem Herz. Es schlug ruhig und regelmäßig. Seine Stirn war kühl und trocken, und seine Wangen bekamen wieder etwas Farbe. Sie setzte sich neben ihn auf den Fußboden, nahm seine Hand und wartete, während die anderen still den Raum verließen. Das sanfte Prasseln des Regens vor dem Fenster war das einzige, was zu hören war.

»Ich liebe dich, Illiana«, sagte er.

Sie drückte seine Hand.

»Ich weiß.«

»Es war seltsam. Ich dachte, ich hätte die Stimme meiner Mutter gehört.«

Illiana lächelte unter Tränen.

»Ich glaube, ich muss eine Weile schlafen«, flüsterte Markus.

»Aber du lebst.«

»Ja«, stimmte er ihr zu, »ich lebe. Danke.«

Er schloss die Augen, und mit geschlossenen Augen fuhr er fort: »Du hast Ester das Leben gerettet. Mir auch. Welch ein Glück, dass ich dich geheiratet habe.«

Illiana schniefte. »Ja, welch ein Glück.«

»Ich möchte die Burg nach ihr benennen«, murmelte Markus.

»Deiner Mutter?«

»Nein, nach meiner im Wasser watenden Tochter. Wenn du nichts dagegen hast, möchte ich, dass die Burg Wadenstierna heißt.«

»Das ist ein guter Name«, antwortete Illiana leise. »Wadenstierna. Der watende Stern. Das gefällt mir.«

»Ja«, erwiderte er, und im nächsten Moment war er eingeschlafen.

Illiana saß lange da und sah zu, wie sich Markus' Brust unter jedem seiner regelmäßigen Atemzüge hob und senkte. Als sie endlich zu hoffen wagte, dass das Gift wirklich seinen Körper verlassen hatte, legte sie sich neben ihn auf den Boden und ließ ihren Tränen freien Lauf.

Einige Tage später spazierten sie alle zur Kirche, wo Pater Antonius einen Gottesdienst feiern wollte.

Die Holzkirche würde bis auf Weiteres stehen bleiben. Doch die Männer hatten bereits angefangen, geeignete Steinblöcke herbeizuschaffen. Markus wollte Birgers Erbe dazu nutzen, eine neue Kirche aus Stein zu errichten. Noch in diesem Sommer sollte der Bau beginnen. Die fertige Kirche würde Sankt-Anna-Kirche heißen. Pater Eskil hatte die komplette traurige Geschichte erzählt, die ihm Birger im Beichtgespräch anvertraut hatte. Birger hatte berichtet, wie die sehr junge Anna von dem älteren, weltgewandten Roland Birgersson verführt worden war. Wie sie schwanger geworden war, ohne verheiratet zu sein. Wie sich Roland geweigert hatte, die Vaterschaft anzuerkennen. Es war eine alte Geschichte, aber deswegen nicht weniger tragisch. Vater Eskil hatte erzählt, dass Anna eine junge Frau aus einer angesehenen, doch sehr religiösen Familie in Stockholm gewesen war. Anna war von ihren Eltern verstoßen worden und hatte keine andere Wahl gehabt, als sich zu prostituieren. Und trotzdem hatte sie Roland immer noch geliebt. Vielleicht hatte Anna nie die Hoffnung aufgegeben, dass Roland eines Tages seinen Sohn anerkennen und sich bessern würde. Doch Roland hatte sie immer seltener besucht, und beim letzten Mal, als sie sich sahen, hatte er sie ermordet.

Mit einem letzten Schaudern schob Illiana die düsteren Gedanken von sich weg. Seit dem Unwetter hatte die Sonne ununterbrochen geschienen, und hinter ihnen schimmerte Wadenstierna im Sonnenlicht. Die Wimpel flatterten im Wind, und alle Fenster waren frisch geputzt und glänzten.

Während Markus, frisch rasiert und wohlriechend, in einer einfachen, grauen Tunika Pater Antonius die Hand schüttelte, blickte Illiana ihn von der Seite an. Er lächelte beruhigend, doch sie konnte es nicht lassen, in seinem Gesicht nach Anzeichen zu suchen, die darauf hinwiesen, dass seine Erholung noch nicht wie gewünscht verlief. Es würde eine Weile dauern, bis sie wieder in der Lage sein würde, sich zu entspannen. Ester war vorausgelaufen, und als sie in ihrem rosa Kleid zu ihnen zurückhüpfte, nahm Markus sie auf den Arm. Tränen schossen Illiana in die Augen. Beinahe hätte sie beide verloren. Diskret trocknete sie sich die Augenwinkel. Sie wollte nicht mehr weinen. Sie hatte so viel geweint, dass es für mehrere Jahre reichen würde.

Sie hatten Rolands Leiche nach Stockholm verschiffen lassen, wo er begraben werden sollte. Markus hatte Nils, den Knecht, mit auf die Reise geschickt. Nils hatte sie verraten, trotzdem hatten sie beschlossen, auf einen Prozess zu verzichten. Was sie wollten, war, endlich alles hinter sich zu lassen.

Illiana entdeckte Helvig und Karl, die Hand in Hand in Richtung Kirche gingen. Sie winkte ihnen zu. Es würde wohl nicht mehr lange dauern, bis Pater Antonius eine Trauung durchführen würde.

Die Kirchenglocke begann zu läuten, und sie traten in die Kirche. Gelbe Kerzen brannten an den Heiligenaltären, die sich längs der Wände befanden. Während der Priester den Gottesdienst vorbereitete, streiften die Leute durch die Kirche, suchten nach ihren Heiligen und legten kleine Gaben vor ihnen nieder. Illiana blieb vor Sankt Anna stehen, einer kleinen, einfachen Variante der Heiligenfigur, die sich immer noch in der Krankenstube befand. Sie hatte einen Strauß wilder Rosen

gepflückt, den sie nun in eine Vase in die Nische der Schutzheiligen stellte.

Pater Antonius hob seine Arme zum Zeichen, dass der Gottesdienst beginnen sollte, und Illiana schloss wieder zu Markus
auf. Sie zog Ester zwischen sich und ihn. Markus legte eine
Hand auf die Schulter des Mädchens und den Arm um Illiana.
Während der Gesang durch die Kirche hallte, warf Illiana erneut einen Blick auf Sankt Anna. Durch ein Fenster hoch oben
in der Kirchenwand fiel ein Sonnenstrahl direkt auf die Skulp-
tur. Und dann schien die Sonne Illiana einen Streich zu spielen,
denn plötzlich sah es so aus, als würde sich die Heilige mit dem
Schleier verwandeln. Aus der Großmutter Jesu wurde eine junge Frau mit braunen Augen und lächelndem Mund. Eine dunkelhaarige Schönheit mit Grübchen in den Wangen, die Illiana
quer durch Zeit und Raum anlächelte.

Illiana schluckte.

»Danke«, hörte sie eine sanfte Stimme, und es schien, als
zwinkere die junge Frau ihr zu. Und sie schien zu lächeln.

»Danke gleichfalls«, flüsterte Illiana.

Pater Antonius erhob seine Stimme und begann zu singen,
und als Illiana das nächste Mal zur Statue hinüberblickte, war
es wieder die Schleier tragende Großmutter Jesu.

Sie lehnte sich an Markus und fühlte, wie er sie fester um die
Schultern fasste.

»Ist alles gut?«, flüsterte er.

»Ja«, antwortete Illiana. »Alles ist gut.«

ENDE

Schlusswort der Autorin

»*Eine unbeugsame Braut*« spielt viele Jahrhunderte vor unserer Zeit. Der Roman hätte nie geschrieben werden können ohne den bereitwilligen und freundlichen Beistand von Historikern, Archäologen, Museen, Archiven, Bibliotheken und allen anderen, die sich der Aufgabe widmen, die schwedische Geschichte und unser reiches Kulturerbe zu verwalten.

Besonders herzlich möchte ich Dick Harrison danken, der mich mit unendlicher Geduld durch das teilweise undurchdringliche Dickicht des Mittelalters gelotst hat. Danke!

Mein Dank geht auch an:

Marie Ohlsén, Museum der Provinz Östergötland, Marit Holgersson, Mittelaltermuseum Stockholm, Marcus Hjulhammar, Seehistorisches Museum, Anna Bergman, Stadtmuseum Stockholm, Christian Buchberger, Museum Drei Kronen. Markus Lindberg, Schloss- und Dommuseum Linköping. Johan Käll und Oskar Hejll für das Demonstrieren von Rüstungen und Kampf. Lasse und Petri für das Demonstrieren von Selbstverteidigungstechniken. Lisbeth Abrahamsson für ihre bereitwillig geteilten Kenntnisse der Kräuter- und Naturheilkunde. Bo Engborg, Wundbehandlung mit naturheilkundlichen Mitteln. Kersti Gabrielsson, Medizin. Petra Gunnarsson, Katholizismus. Jesper Wasling, Ritter. Und Daniel Sjöstrand, Kleidung.

Alles, was richtig ist in »*Eine unbeugsame Braut*«, wurde richtig durch eure umfassenden Kenntnisse. Alles, was unwahr ist, unterliegt meiner Verantwortung.

Mein Dank geht auch an meine Freunde:

Beste und liebste Pernilla Alm und Susanne Boll, weil es euch gibt. Åsa Hellberg aus demselben Grund. Pern, Trude und Carina, weil ihr es gelesen und gemocht habt. Petra, weil du es FÜNF Mal gelesen und gemocht hast. Jenny Bäfving und Ann Ljungberg – eure Unterstützung ist immer Gold wert. Amanda Hellberg, danke für deine entscheidenden Ratschläge, als ich das Gefühl hatte, nicht mehr weiterzukommen. Johan, für deine Hilfe, als mein Computer in Kapitel 23 abstürzte. Und Ammis, dafür, dass du mir immer Schokolade gibst, wenn ich es am meisten brauche.

Ebenfalls »danke« an meine Lektorin Maria Thufvesson, die glücklicherweise die beste Lektorin der Welt ist. Beim besten Verlag der Welt. Danke an den Verlag.

Und an die Kinder, die immer noch stolz auf ihre Mama sind, obwohl sie immer so furchtbar beschäftigt ist. Mama liebt euch über alles.

Und schließlich: Allen Blog-Lesern. Ich glaube, euch liebe ich auch.

Besucht gerne meine Webseite www.simonaahrnstedt.se